Christopher Paolini • Eragon
Das Vermächtnis der Drachenreiter

cbt

DER AUTOR

Christopher Paolinis Leidenschaft für Fantasy und Science Fiction inspirierte ihn zu »Eragon – Das Vermächtnis der Drachenreiter«, seinem Debütroman, den er mit fünfzehn Jahren schrieb. Heute ist Paolini zweiundzwanzig Jahre alt und wird weltweit als Bestseller-Autor gefeiert. Er lebt mit seiner Familie in Montana, wo er inzwischen am dritten Teil der Drachenreiter-Trilogie arbeitet.

Von Christopher Paolini ist bei cbj außerdem erschienen:

Eragon – Der Auftrag des Ältesten (12804)

Weitere Informationen zu Autor und Buch unter:
www.eragon.de

Christopher Paolini im Spiegel der Presse:

Christopher Paolinis Erstling blitzt aus den Schwert- und Zauberei-Büchern hervor wie Eragons Schwert Zar'roc aus einem Berg gewöhnlicher Waffen.

DIE ZEIT

Man möchte mit dem Lesen gar nicht mehr aufhören.

Gala

Christopher Paolini

ERAGON

Das Vermächtnis
der Drachenreiter

Aus dem Amerikanischen
von Joannis Stefanidis

cbt

cbt – C. Bertelsmann Taschenbuch
Der Taschenbuchverlag für Jugendliche
Verlagsgruppe Random House

FSC
Mix
Produktgruppe aus vorbildlich
bewirtschafteten Wäldern und
anderen kontrollierten Herkünften

Zert.-Nr.SGS-COC-1940
www.fsc.org
© 1996 Forest Stewardship Council

Verlagsgruppe Random House FSC-DEU-0100
Das FSC-zertifizierte Papier *München Super*
liefert Mochenwangen.

8. Auflage
Erstmals als cbt Taschenbuch April 2006
Gesetzt nach den Regeln der Rechtschreibreform
© 2003 der Originalausgabe by Christopher Paolini
Die amerikanische Originalausgabe erschien 2003
unter dem Titel »Eragon – Inheritance Book One«
bei Alfred A. Knopf, New York
Published by arrangement with Random House
Children's Books, a division of Random House, Inc.
© 2004 der deutschsprachigen Ausgabe
cbj Verlag, München
in der Verlagsgruppe Random House GmbH
Alle deutschsprachigen Rechte vorbehalten
Übersetzung: Joannis Stefanidis
Lektorat: Alexandra Ernst
Innenillustration: © 2003 Christopher Paolini
Umschlagillustration: © 2003 John-Jude Palencar
Umschlaggestaltung:
init.büro für gestaltung, Bielefeld
lf · Herstellung: CZ
Satz: Uhl + Massopust, Aalen
Druck: GGP Media GmbH, Pößneck
ISBN-10: 3-570-30333-0
ISBN-13: 978-3-570-30333-7
Printed in Germany

www.cbj-verlag.de

DIESES BUCH *widme ich
meiner Mutter, die mir die Magie in der Welt zeigte;
meinem Vater, der mir verriet,
wer hinter dem Vorhang steht.
Und meiner Schwester Angela,
die mich aufmuntert, wenn ich traurig bin.*

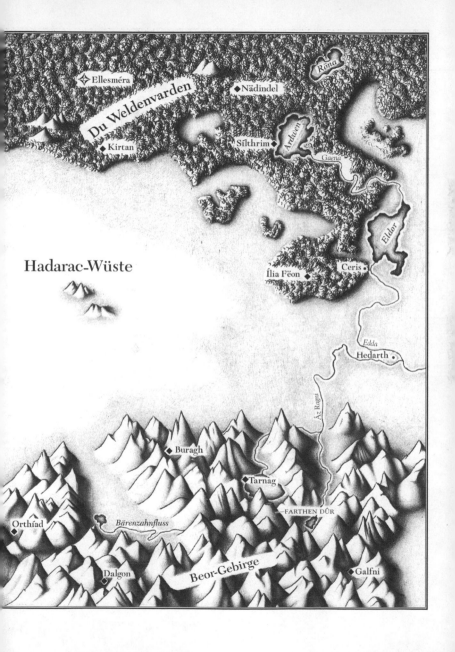

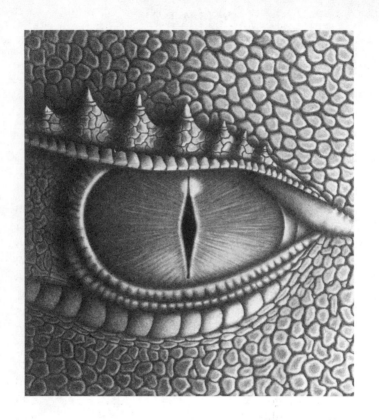

INHALT

PROLOG:
SCHATTEN DER ANGST

D er Wind heulte durch die Nacht und trug einen Duft heran, der die Welt verändern sollte. Ein hoch aufragender Schatten hob den Kopf und schnüffelte. Bis auf sein blutrotes Haar und seine gelb glühenden Augen sah er aus wie ein Mensch.

Er blinzelte überrascht. Die Botschaft war eindeutig: Sie kamen. Oder war es eine Falle? Er überlegte kurz, dann sagte er eisig: »Verteilt euch. Versteckt euch hinter den Bäumen und Büschen. Haltet jeden auf, der kommt... oder ihr sterbt.«

Um ihn scharten sich zwölf groß gewachsene Urgals mit Kurzschwertern und runden Eisenschilden, die mit schwarzen Symbolen bemalt waren. Die Urgals ähnelten Menschen mit krummen Beinen und muskelbepackten Armen, die zum Zuschlagen wie geschaffen schienen. Über ihren kleinen Ohren sprossen lange, knorrige Hörnerpaare. Die Ungeheuer huschten grunzend ins Unterholz und versteckten sich. Kurz darauf verstummte das Geraschel und der Wald war wieder still.

Der Schatten spähte um einen dicken Baum und schaute den Pfad hinauf. Ein Mensch hätte in der Dunkelheit nichts

13

mehr erkennen können, aber für ihn war das schwache Mondlicht wie Sonnenschein, der zwischen den Bäumen hindurchfiel. Scharf und deutlich nahm sein suchender Blick jede Einzelheit wahr. Er war unnatürlich ruhig, in seiner Hand hielt er ein langes blankes Schwert. Eine Scharte, fein wie ein Haar, verlief über die gesamte Länge der Klinge bis hinab zur Spitze. Das Blatt war dünn genug, um zwischen zwei Rippen hindurchgleiten zu können, und dennoch so stabil, dass es selbst die härteste Rüstung durchdrang.

Die Urgals sahen nicht so gut wie der Schatten. Sie kauerten am Boden wie blinde Bettler und griffen dabei unruhig nach ihren Waffen. Ein Eulenschrei durchschnitt die Stille. Keiner der Urgals entspannte sich, bis der Vogel vorbeigeflogen war. Dann fröstelten die Ungeheuer in der kalten Nacht; eins von ihnen trat mit seinem schweren Stiefel auf einen Zweig. Der Schatten zischte wütend und die Urgals zogen erschrocken die Köpfe ein. Er unterdrückte seine Abscheu – sie stanken wie ranziges Fleisch – und wandte sich ab. Sie waren Werkzeuge, nichts weiter.

Der Schatten rang mit seiner wachsenden Ungeduld, während aus Minuten Stunden wurden. Der Duft musste seinen Besitzern weit vorausgeeilt sein. Der Schatten erlaubte es nicht, dass die Urgals aufstanden und sich wärmten. Auch sich selbst versagte er diese Annehmlichkeit, blieb hinter dem Baum stehen und beobachtete den Pfad. Ein weiterer Windstoß fegte durch den Wald. Dieses Mal war der Duft stärker. Er verzog die schmalen Lippen und knurrte aufgeregt.

»Haltet euch bereit«, flüsterte er. Sein ganzer Körper vibrierte. Die Spitze seines Schwertes zog kleine Kreise. Es hatte ihn viel Hinterlist und große Anstrengung gekostet, an diesen Punkt zu gelangen. Es wäre töricht gewesen, jetzt die Selbstbeherrschung zu verlieren.

Unter den dichten Brauen der Urgals begannen ihre Augen zu schimmern und die Kreaturen verstärkten den Griff um die Waffen. Vor ihnen hörte der Schatten ein Klirren, als etwas Hartes an einen losen Stein stieß. Undeutliche Schemen lösten sich aus der Dunkelheit und kamen den Pfad hinab.

Drei weiße Pferde galoppierten auf den Hinterhalt zu. Die Reiter hielten ihre Häupter stolz erhoben und ihre Umhänge kräuselten sich wie flüssiges Silber im Mondschein.

Auf dem ersten Pferd saß ein Elf mit spitzen Ohren und elegant geschwungenen Augenbrauen. Sein Körper war gertenschlank, aber kräftig wie ein Degen. Ein mächtiger Bogen war auf seinem Rücken befestigt. An einer Seite hing ein Schwert, an der anderen ein Köcher voller weiß gefiederter Pfeile.

Der hintere Reiter hatte dieselbe helle Haut und dieselben länglichen Gesichtszüge wie der andere. In der rechten Hand hielt er einen Langspeer und in seinem Gürtel steckte ein weißer Dolch. Auf dem Kopf trug er einen außergewöhnlich kunstvollen, mit Gold und Bernstein beschlagenen Helm.

Zwischen den beiden ritt eine Elfe mit rabenschwarzem Haar, die aufmerksam ihre Umgebung beobachtete. Ihre von langen dunklen Wimpern umrahmten Augen blickten entschlossen. Ihre Kleidung war schlicht, was jedoch ihre Schönheit nicht minderte. An ihrer Seite hing ein Schwert, auf dem Rücken ein langer Bogen mit einem Köcher. Auf ihrem Schoß lag ein Beutel, auf den sie immer wieder hinabsah, als wollte sie sich vergewissern, dass er noch da war.

Einer der Elfenmänner sagte etwas, aber so leise, dass der Schatten die Worte nicht verstehen konnte. Die Elfenfrau antwortete mit offenkundiger Autorität, woraufhin ihre Wachen die Plätze tauschten. Der mit dem Helm übernahm die Führung und hielt den Langspeer nun so, dass er ihn sofort einsetzen konnte. Sie ritten am Versteck des Schattens und an den ersten Urgals vorbei, ohne Verdacht zu schöpfen.

Der Schatten schwelgte bereits im Siegestaumel, als der vom Gestank der Urgals durchdrungene Wind die Richtung änderte und den Elfen entgegenschlug. Die Pferde schnaubten aufgeregt und warfen die Köpfe herum. Die Reiter erstarrten, ihre Blicke schossen umher, dann rissen sie ihre Rösser herum und galoppierten davon.

Das Pferd der Elfe stob vorwärts und ließ ihre Begleiter weit hinter sich. Die Urgals sprangen aus ihren Verstecken, erhoben sich und schickten ihnen einen Hagel schwarzer Pfeile hinterher. Der Schatten trat hinter dem Baum hervor, hob die rechte Hand und rief: »*Garjzla!*«

Ein roter Blitz schoss aus seiner Handfläche auf die Elfe zu und tauchte die Bäume in blutiges Licht. Er traf ihr Pferd, das mit einem schrillen Schrei zusammenbrach und mit dem Brustkorb in den Boden pflügte. Sie sprang mit übermenschlicher Schnelligkeit von dem Tier herab, landete leichtfüßig und schaute sich nach ihren Begleitern um.

Die tödlichen Pfeile der Urgals prasselten auf die beiden Elfenkrieger nieder. Sie fielen von ihren edlen Rössern in die Blutlachen, die sich rasch auf dem Boden ausbreiteten. Als die Urgals auf die Gefallenen zurannten, brüllte der Schatten: »Ihr nach! Sie ist es, die ich haben will!« Die Ungeheuer stürmten grunzend den Pfad hinauf.

Der Elfe entfuhr ein Schrei, als sie ihre toten Begleiter sah. Sie ging einen Schritt auf sie zu, dann verfluchte sie ihre Feinde und schlüpfte mit einem geschmeidigen Satz in den Wald.

Während die Urgals ihr zwischen den Bäumen hindurch nachstürmten, kletterte der Schatten auf einen Granitfelsen, der die Baumkronen überragte. Von dort konnte er das gesamte umliegende Gebiet überblicken. Er hob eine Hand und murmelte: »*Istalrí boetk!*«, woraufhin etwa dreihundert Quadratmeter Wald in Flammen aufging. Grimmig setzte er ein Stück nach dem anderen in Brand, bis ein riesiger Feuerring die Stätte des Hinterhalts umgab. Die Flammen sahen aus wie eine geschmolzene, auf den Wald niedergefallene Krone. Mit zufriedenem Gesicht beobachtete er aufmerksam den Ring, für den Fall, dass das Feuer frühzeitig erlosch.

Doch der Ring verdichtete sich und konzentrierte sich auf den Bereich, in dem sich die Urgals befanden. Plötzlich hörte der Schatten Rufe und einen Aufschrei. Zwischen den Bäumen sah er drei seiner Handlanger tödlich verwundet übereinander fallen. Er erhaschte einen kurzen Blick auf die Elfe, die vor den übrigen Urgals floh.

Sie rannte mit unglaublicher Geschwindigkeit auf den Granitfelsen zu. Der Schatten blickte prüfend auf den Waldboden zwanzig Fuß unter ihm, dann sprang er und landete direkt vor ihren Füßen. Sie wirbelte herum und rannte zum Pfad zurück. Schwarzes Urgal-Blut tropfte von ihrem Schwert und beschmutzte den Beutel in ihrer Hand.

Die gehörnten Ungeheuer stürmten aus dem Wald, umstellten sie und versperrten ihr den einzigen Fluchtweg. Sie sah sich in alle Richtungen nach einem Ausweg um. Als sie keinen entdeckte, straffte sie in vornehmer Verachtung den Rücken. Der Schatten trat mit erhobener Hand auf sie zu und weidete sich an ihrer Hilflosigkeit.

»Schnappt sie euch.«

Als die Urgals losstürmten, öffnete die Elfe den Beutel, griff hinein und ließ ihn dann zu Boden fallen. In ihren Händen lag ein großer Saphir, in dem sich das grimmige Licht des Feuers spiegelte. Sie hob ihn über den Kopf, während ihre Lippen fieberhaft Worte formten. Verzweifelt brüllte der Schatten: »*Garjzla!*«

Ein roter Feuerball entsprang seiner Hand und schoss pfeilschnell auf die Elfe zu. Aber der Schatten kam zu spät. Einen Moment lang erhellte ein grüner Lichtblitz den ganzen Wald – und dann war der Stein aus ihren Händen verschwunden. Im nächsten Augenblick traf sie der rot glühende Feuerball und sie brach zusammen.

Der Schatten stieß einen wütenden Schrei aus und marschierte auf sie zu, dabei hieb er sein Schwert gegen einen Baum. Die Klinge fuhr durch den halben Stamm und blieb zitternd stecken. Neun weitere Energieblitze schossen aus seiner Handfläche und töteten die Urgals in Sekundenschnelle. Dann zog der Schatten das Schwert wieder aus dem Baum und ging zu der Elfe hinüber.

Racheschwüre, gesprochen in einer grässlichen Sprache, die nur er verstand, rollten über seine Zunge. Er ballte die hageren Hände zu Fäusten und starrte zum Himmel empor. Die kalten Sterne starrten ungerührt zurück wie Zuschauer aus einer anderen Welt. Wütend verzog er die Lippen, bevor er sich der bewusstlosen Elfenmaid zuwandte.

Ihre Schönheit, die jeden sterblichen Mann verzaubert

hätte, ließ ihn kalt. Er vergewisserte sich, dass der Stein tatsächlich verschwunden war, dann holte er sein Pferd aus dem Versteck zwischen den Bäumen. Nachdem er die Elfe an den Sattel gefesselt hatte, saß er auf und ritt aus dem Wald.

Er löschte die Feuer, die ihm im Weg waren, ließ die übrigen aber brennen.

DIE ENTDECKUNG

Eragon kniete im zertrampelten Schilfgras und musterte mit geübtem Auge die Fährte. Die Abdrücke verrieten ihm, dass die Hirsche erst vor einer halben Stunde auf der Lichtung gewesen waren. Bald würden sie sich zur Nacht hinlegen. Sein Ziel, eine kleine Hirschkuh, die stark auf dem linken Vorderlauf lahmte, war noch bei der Herde. Es erstaunte ihn, dass sie es so weit geschafft hatte, ohne von einem Wolf oder einem Bären gerissen zu werden.

Der Himmel war klar und dunkel und es wehte ein leichter Wind. Eine silbrige Wolke trieb über die umliegenden Berge, deren Ränder im Lichtschein des zwischen zwei Gipfeln hängenden Herbstmonds rötlich schimmerten. An den Berghängen flossen aus trägen Gletschern und glitzernden Schneemassen entstandene Bäche hinab. Ein zäher Nebel kroch über den Talboden, so dicht, dass er fast Eragons Füße zu verschlucken schien.

Eragon war fünfzehn, nur noch ein knappes Jahr vom Mannesalter entfernt. Dunkle Brauen überspannten seine eindringlichen braunen Augen. Die Kleider waren von der Arbeit abgenutzt. Ein Jagdmesser mit Knochengriff steckte in einer Scheide an seinem Gürtel und ein wildledernes Futteral schützte den Eibenholzbogen vor der Feuchtigkeit. Auf dem Rücken trug er einen holzgerahmten Rucksack.

Die Hirsche hatten ihn tief in einen unzugänglichen Gebirgszug geführt, der Buckel genannt wurde und das Land Alagaësia von Norden nach Süden durchzog. Aus diesen Bergen kamen oft sonderbare Geschichten und eigenartige Menschen und meistens verhießen sie nichts Gutes. Trotzdem fürchtete Eragon diese raue Gegend nicht – er war der einzige Jäger in der Umgebung von Carvahall, der es wagte, das Wild bis in den Buckel zu verfolgen.

Er war bereits die dritte Nacht auf der Jagd und sein Proviant war zur Hälfte verbraucht. Wenn er die Hirschkuh nicht erlegte, war er gezwungen, mit leeren Händen heimzukehren. Seine Familie brauchte Fleisch wegen des in Kürze anbrechenden Winters, und sie konnten es sich nicht leisten, es in Carvahall zu kaufen.

Eragon stand voll stiller Zuversicht im fahlen Mondlicht, dann ging er in den Wald und marschierte auf eine Lichtung zu, auf der er die Hirsche vermutete. Die Bäume versperrten den Blick zum Himmel und warfen federförmige Schatten auf den Boden. Er schaute nur gelegentlich auf die Spuren; er kannte ja den Weg.

Am Rande der Lichtung zog er den Bogen aus dem Futteral, nahm drei Pfeile und legte einen an die Sehne, während er die anderen in der linken Hand bereithielt. Im Mondlicht waren etwa zwanzig reglose Schatten zu erkennen – die im Gras liegenden Hirsche. Die Hirschkuh, auf die er es abgesehen hatte, lag etwas abseits des Rudels und hatte ihr linkes Vorderbein unbeholfen ausgestreckt.

Eragon schlich langsam näher und spannte den Bogen. Die

ganze Mühsal der letzten drei Tage war auf diesen Augenblick gerichtet gewesen. Er atmete ein letztes Mal tief durch und – eine Explosion erschütterte die Nacht.

Das Rudel sprang auf. Eragon stürmte los, und während er durchs Gras rannte, streifte ein heftiger Windstoß seine Wange. Schlitternd kam er zum Stehen und schoss auf die umherspringende Hirschkuh. Der Pfeil verfehlte sie um Fingerbreite und verschwand zischend in der Dunkelheit. Fluchend wirbelte Eragon herum und legte instinktiv den nächsten Pfeil an.

Hinter ihm, wo eben noch die Hirsche gewesen waren, schwelten Gras und Bäume in einem kreisrunden Areal. Viele der Kiefern waren nackt, hatten all ihre Nadeln verloren. Das Gras, das die verkohlte Stelle umgab, war platt gedrückt. Kleine Rauchfahnen stiegen in die Höhe und verströmten einen brenzligen Geruch. Im Zentrum des Explosionsherds lag ein polierter blauer Stein. Nebelschwaden schlängelten auf dem verkohlten Boden und ließen substanzlose Ranken über den Stein gleiten.

Eragon hielt mehrere Minuten nach Gefahr Ausschau, aber das Einzige, was sich rührte, waren die Nebelschwaden. Vorsichtig ließ er den Bogen sinken und ging los. Der Mondschein warf sein mattes silbriges Licht auf ihn, als er vor dem Stein stehen blieb. Er stieß ihn mit dem Pfeil an, dann sprang er zurück. Als nichts geschah, hob er ihn vorsichtig auf.

Nie hatte die Natur einen Stein so glatt poliert wie diesen. Seine makellose Oberfläche war dunkelblau, bis auf die feinen weißen Adern, die ihn wie ein Spinnennetz überzogen. Der Stein war kühl und Eragons Finger spürten nicht die geringste Unebenheit. Die Oberfläche fühlte sich an wie gehärtete Seide. Oval und etwa einen Fuß lang, wog der Stein mehrere Pfund, obwohl das Gewicht dem Jungen bei weitem nicht so schwer erschien.

Der Stein gefiel ihm, aber gleichzeitig machte er ihm auch Angst. *Wo kommt er her? Hat er irgendeinen Zweck?* Dann kam ihm ein beunruhigender Gedanke: *Ist er zufällig hier gelandet oder sollte ich ihn finden?* Wenn Eragon irgendetwas aus den alten Geschichten gelernt hatte, dann die Tatsache, dass man der Magie und jenen, die sie ausübten, mit Vorsicht begegnen musste.

Aber was soll ich mit dem Stein anfangen? Es wäre eine Mühsal, ihn mitzuschleppen, und es bestand nach wie vor die Möglichkeit, dass er gefährlich war. Vermutlich wäre es am klügsten gewesen, ihn einfach liegen zu lassen. Ein Anflug von Unentschlossenheit überkam ihn, und beinahe hätte er ihn wieder fallen gelassen, aber irgendetwas schien seine Hand zurückzuhalten. *Zumindest kann man ihn bestimmt gegen ein paar Lebensmittel eintauschen*, dachte er und schob den Stein achselzuckend in den Rucksack.

Die Lichtung war zu ungeschützt, um ein sicheres Nachtlager zu bieten, und so ging er in den Wald zurück und breitete unter den herausgerissenen Wurzeln eines umgestürzten Baumes sein Schlafzeug aus. Nach einem kalten Abendessen aus Brot und Käse kuschelte er sich in seine Wolldecke und schlief ein, während er darüber nachgrübelte, was er gerade erlebt hatte.

DAS PALANCAR-TAL

Der Sonnenaufgang am nächsten Morgen bot ein prachtvolles Feuerwerk aus schillerndem Rosa und Gelb. Die Luft war frisch, klar und sehr kalt. Eis bedeckte die Ufer der Bäche und die kleinen Teiche waren vollständig zugefroren. Nach einem Frühstück aus Haferbrei kehrte Eragon zu der Lichtung zurück und nahm das verkohlte Gelände in Augenschein. Das Morgenlicht offenbarte keine neuen Einzelheiten und so machte er sich auf den Heimweg.

Der holprige Wildpfad war nur leicht ausgetreten und an manchen Stellen kaum zu sehen. Da er von Tieren erschaffen worden war, wand er sich oft im Kreis und verursachte lange Umwege. Aber trotzdem war es immer noch der schnellste Weg aus den Bergen.

Der Buckel war eines der wenigen Gebiete, über die König Galbatorix keine Macht besaß. Noch immer erzählte man sich Geschichten darüber, wie einmal die Hälfte seiner Armee spurlos verschwand, nachdem sie in den uralten Wald einmarschiert war. Über diesem schien eine Wolke des Unheils zu schweben. Obwohl die Bäume dort hoch in den strahlenden Himmel emporwuchsen, konnten sich nur wenige Menschen längere Zeit im Buckel aufhalten, ohne dass ihnen etwas zustieß. Eragon war einer dieser wenigen – nicht weil er eine besondere Gabe besaß, sondern, so schien es ihm jedenfalls, weil er wachsam war und schnelle Reflexe hatte. Er wanderte schon seit Jahren in den Bergen herum und trotzdem nahm er sich noch immer vor ihnen in Acht. Jedes Mal wenn er glaubte, sie hätten ihm all ihre Geheimnisse offenbart, geschah etwas, das sein scheinbares Wissen über diesen Ort erschütterte – so wie das Auftauchen des blauen Steins.

Eragon behielt sein zügiges Tempo bei und unter seinen Stiefeln flogen die Meilen nur so dahin. Am späten Abend erreichte er den Rand einer steilen Schlucht. Tief unten rauschte der Fluss Anora dem Palancar-Tal entgegen. Von hunderten kleinerer Bäche bis zum Überlaufen gefüllt, wurde er zu einer rohen Naturgewalt und toste schäumend über die Steinplatten und Felsbrocken hinweg, die ihm im Wege lagen. Ein dumpfes Donnern erfüllte die Luft.

Der Junge schlug sein Nachtlager in einem Dickicht unweit der Schlucht auf und beobachtete den aufgehenden Mond, bevor er sich schlafen legte.

Im Laufe der nächsten anderthalb Tage wurde es kälter. Eragon lief schnell und nahm das Wild in seiner Nähe kaum wahr. Kurz nach Mittag des dritten Tages, seit er nach Hause aufgebrochen war, hörte er die rauschenden Wassermassen der Igualda-Fälle, die schon aus der Ferne jedes andere Geräusch übertönten. Der Pfad führte ihn auf einen nassen Felsvorsprung, an dem der Fluss vorbeirauschte, ehe er über moosbewachsene Klippen in die Tiefe stürzte.

Das Palancar-Tal lag vor ihm wie eine aufgerollte Landkarte. Der Fuß der Igualda-Fälle, mehr als eine halbe Meile weiter unten, war der nördlichste Punkt des Tales. Ein Stück vom Wasserfall entfernt, lag Carvahall, eine Ansammlung brauner Gebäude. Aus den Schornsteinen stieg weißer Rauch auf, wie zum Trotz gegen die allgegenwärtige Wildnis, die das Dorf umgab. Aus dieser Höhe waren die Bauernhöfe kleine rechteckige Flecken, nicht größer als seine Fingerkuppe. Das Land, auf dem sie standen, war sandbraun, mit totem, sich im Wind wiegenden Gras. Vom Wasserfall aus schlängelte sich der Anora zum südlichen Ende des Tales, dabei glitzerten breite Streifen goldenen Sonnenlichts auf seiner Oberfläche. In der Ferne floss er an dem Dorf Therinsford und dem abgelegenen Berg Utgard vorbei. Das Einzige, was Eragon außerdem wusste, war, dass er dahinter nach Norden abbog und ins große Meer mündete.

Nach einer kurzen Rast trat Eragon vom Felsvorsprung herab, schnitt eine Grimasse angesichts des steilen Wegs, der vor ihm lag, und machte sich dann an den Abstieg. Als er unten ankam, kroch bereits die Abenddämmerung heran und ließ Farben und Formen zu grauen Flächen verschwimmen. Nicht weit entfernt schimmerten Carvahalls Lichter in der zunehmenden Dunkelheit. Die Häuser warfen lange Schatten. Außer Therinsford war Carvahall das einzige Dorf im Palancar-Tal. Die Siedlung lag abgeschieden inmitten einer rauen, wunderschönen Landschaft. Bis auf fahrende Händler und Fallensteller fanden nur wenige Reisende den Weg hierher.

Das Dorf bestand aus gedrungenen Holzhäusern mit niedrigen Dächern – einige waren strohgedeckt, andere hatten Dachschindeln. Der aus den Schornsteinen aufsteigende

Rauch erfüllte die Luft mit dem würzigen Duft brennender Holzscheite. Die Gebäude besaßen breite Veranden, auf denen die Menschen zusammenkamen, um zu reden und Geschäfte abzuschließen. Gelegentlich erstrahlte ein Fenster, wenn dahinter eine Kerze oder Lampe angezündet wurde. In der kühlen Abendluft hörte Eragon lautstarke Männergespräche und Frauen, die schimpfend versuchten, die Saumseligen zur Heimkehr zu bewegen.

Eragon schlängelte sich zwischen den Häusern hindurch zur Metzgerei, einem ausladenden Gebäude mit massivem Gebälk. Schwarzer Rauch quoll aus dem Schornstein.

Er drückte die Tür auf. Der große Raum war warm und gut beleuchtet durch ein knisterndes Feuer in dem steinernen Kamin. Die Ladentheke nahm die gesamte gegenüberliegende Seite ein. Auf dem Boden lag locker verstreutes Stroh. Alles war peinlich sauber, als würde der Besitzer in seiner Freizeit jede Ritze nach winzigen Schmutzspuren absuchen. Hinter der Theke stand Sloan, der Metzger. Ein kleiner Mann in einem Baumwollhemd und darüber einem langen, blutverschmierten Kittel. An seinem Gürtel hing eine beeindruckende Messersammlung. Er hatte ein bleiches, pockennarbiges Gesicht und seine schwarzen Augen blickten missmutig. Mit einem abgewetzten Putzlappen wischte er die Theke ab.

Sloans Mund verzog sich, als Eragon eintrat. »Sieh mal an, der große Jäger stattet uns Sterblichen einen Besuch ab. Wie viele hast du diesmal erlegt?«

»Keins«, war Eragons knappe Antwort. Er hatte Sloan nie gemocht. Der Metzger hatte ihn immer von oben herab behandelt, als wäre er unrein. Als Witwer schien Sloan sich nur für einen einzigen Menschen zu interessieren – für seine Tochter Katrina, die er abgöttisch liebte.

»Das überrascht mich«, sagte Sloan mit gespieltem Erstaunen. Er kehrte Eragon den Rücken zu, um etwas von der Wand zu kratzen. »Und deswegen kommst du zu mir?«

»Ja«, gab Eragon beklommen zu.

»Na, dann zeig mir erst mal dein Geld.« Sloan trommelte mit den Fingern auf die Theke, als Eragon schwieg und unruhig von einem Fuß auf den anderen trat. »Komm schon – entweder hast du welches oder nicht. Was ist nun?«

»Eigentlich habe ich kein Geld, aber ich ...«

»Was, du hast kein Geld?«, unterbrach ihn der Metzger barsch. »Und da glaubst du, du bekommst trotzdem Fleisch von mir! Haben die anderen Händler vielleicht etwas zu verschenken? Soll ich dir meine Ware etwa umsonst geben? Außerdem«, sagte er abrupt, »ist es schon spät. Komm morgen mit Geld zurück. Ich habe geschlossen.«

Eragon funkelte ihn an. »Ich kann nicht bis morgen warten, Sloan. Aber es wird sich für dich lohnen. Ich habe etwas gefunden, womit ich dich bezahlen kann.« Er holte den Stein hervor und legte ihn behutsam auf die zerkratzte Theke, wo er im Lichtschein der tanzenden Flammen aufleuchtete.

»Den hast du wohl eher gestohlen«, murmelte Sloan und beugte sich interessiert vor.

Eragon ignorierte die Bemerkung und fragte: »Wird das reichen?«

Sloan nahm den Stein und wog ihn abschätzend in der Hand. Er strich über die glatte Oberfläche und betrachtete das feine weiße Aderngeflecht darin. Dann legte er ihn mit berechnendem Blick auf die Theke zurück. »Er ist hübsch, aber was ist er wert?«

»Ich weiß nicht«, gestand Eragon, »aber niemand hätte sich die Mühe gemacht, ihn so glatt zu polieren, wenn er nichts wert wäre.«

»Das ist einleuchtend«, sagte Sloan mit aufgesetzter Geduld. »Aber wie viel? Da du es nicht weißt, solltest du zu einem Händler gehen und ihn fragen oder mein Angebot von drei Kronen annehmen.«

»Das ist das Wort eines Geizhalses! Der Stein ist mindestens zehnmal so viel wert«, protestierte Eragon. Für drei Kronen bekam er nicht einmal genügend Fleisch für eine Woche.

Sloan zuckte mit den Schultern. »Wenn dir mein Angebot nicht gefällt, dann warte, bis die Händler kommen. So oder so, ich habe jetzt genug von dieser Unterhaltung.«

Die fahrenden Händler waren eine Nomadengruppe von Kaufleuten und Spielmännern, die im Frühling und Winter Carvahall besuchten. Sie kauften die Überschüsse der ansässigen Handwerker und Bauern und handelten mit allem, was die Leute brauchten, um durch das folgende Jahr zu kommen: Saatgut, Tiere, Stoffe und Vorräte wie Salz und Zucker.

Aber Eragon wollte nicht warten, bis die Händler kamen; es würde noch eine Weile dauern und seine Familie brauchte das Fleisch jetzt. »Na schön, ich nehme das Angebot an«, knurrte er.

»Gut, dann hole ich dein Fleisch. Nicht dass es wichtig wäre, aber wo hast du ihn gefunden?«

»Vorgestern Nacht im Buckel…«

»Raus mit dir!«, keifte Sloan ihn an und schob den Stein

von sich. Wutentbrannt stapfte er ans Thekenende und begann, mit einem Messer alte Blutflecken abzukratzen.

»Warum?«, fragte Eragon. Er zog den Stein näher zu sich heran, als wollte er ihn vor Sloans Zorn schützen.

»Ich nehme nichts an, was aus diesen verdammten Bergen stammt! Bring deinen Zauberstein woanders hin.« Sloans Hand rutschte ab, und er schnitt sich mit dem Messer in den Finger, schien es aber gar nicht zu merken. Er kratzte weiter und beschmierte die Klinge mit frischem Blut.

»Du weigerst dich, mir etwas zu verkaufen?«

»Richtig. Außer du bezahlst mit Münzen«, knurrte Sloan, wandte sich um und hob das Messer. »Verschwinde, bevor ich dich rauswerfe!«

Hinter ihnen flog die Tür auf. Eragon wirbelte herum, auf den nächsten Ärger gefasst. Hereinmarschiert kam Horst, ein bulliger Mann. Sloans Tochter Katrina – ein großes, 16-jähriges Mädchen – folgte ihm mit entschlossener Miene. Es überraschte Eragon, sie zu sehen; normalerweise hielt sie sich aus den Streitigkeiten ihres Vaters heraus. Sloan sah vorsichtig zu den beiden hinüber, dann begann er, Eragon zu beschuldigen. »Er weigert sich ...«

»Ruhe«, sagte Horst mit donnernder Stimme und ließ seine Fingerknöchel knacken. Er war der Dorfschmied von Carvahall, das bezeugten sein stiernackiger Hals und seine zerkratzte Lederschürze. Seine kräftigen Arme waren bis zu den Ellbogen entblößt; ein breites Stück seines behaarten, muskulösen Brustkorbs war oberhalb seines geöffneten Hemds zu sehen. Ein schwarzer, wild wuchernder Bart bebte im Rhythmus seiner zuckenden Kiefermuskeln. »Sloan, worüber regst du dich denn jetzt schon wieder auf?«

Der Angesprochene warf Eragon einen finsteren Blick zu, dann spuckte er aus. »Über diesen … *Jungen*. Er kam hier rein und fing an, mich zu bedrängen. Ich bat ihn zu gehen, aber er tat es nicht. Ich habe ihm sogar gedroht, aber selbst das hat er ignoriert!« Sloan schien unter Horsts Blick zusammenzuschrumpfen.

»Ist das wahr?«, wollte der Schmied wissen.

»Nein!«, antwortete Eragon. »Ich habe ihm diesen Stein als Bezahlung für etwas Fleisch angeboten und er hat akzeptiert. Als ich ihm sagte, dass ich den Stein im Buckel gefunden habe, wollte er ihn nicht mehr haben. Welchen Unterschied macht es denn, woher er stammt?«

Horst betrachtete den Stein neugierig, dann richtete er seine Aufmerksamkeit wieder auf den Metzger. »Warum willst du auf den Handel nicht eingehen, Sloan? Ich mag den Buckel auch nicht, aber wenn es um den Wert des Steins geht, bürge ich dafür mit meinem eigenen Geld.«

Die Frage hing einen Moment lang im Raum. Dann leckte Sloan sich über die Lippen und sagte: »Das ist mein Laden. Ich kann hier tun und lassen, was ich will.«

Katrina trat hinter Horst hervor und warf ihr rotbraunes Haar zurück wie eine Gischt geschmolzenen Kupfers. »Vater, Eragon ist bereit zu bezahlen. Gib ihm das Fleisch und dann können wir endlich zu Abend essen.«

Sloans Augen wurden gefährlich schmal. »Geh ins Haus zurück; die Sache geht dich nichts an … ich sagte *geh*!« Katrinas Züge verhärteten sich, dann marschierte sie hoch erhobenen Hauptes hinaus.

Eragon sah missbilligend zu, wagte es aber nicht einzuschreiten. Horst zupfte an seinem Bart, bevor er vorwurfsvoll sagte: »Na schön, dann verkaufst du eben *mir* etwas. Eragon, wie viel Fleisch willst du?« Seine Stimme schallte durch den Raum.

»So viel wie möglich.«

Horst zog seinen Geldbeutel heraus und zählte einen Stapel Münzen ab. »Gib mir deine beste Ware. Genug, um Eragons Sack zu füllen.« Der Fleischer zögerte, sein Blick wanderte zwischen Horst und Eragon hin und her. »*Mir* nichts zu verkaufen, wäre ein sehr törichter Fehler«, stellte Horst fest.

Mit giftigem Blick wandte sich Sloan um und verschwand in den hinteren Raum. Ein lärmender Wirbelsturm aus Hacken, Papiergeraschel und leisem Fluchen drang zu ihnen heraus. Nach einigen unbehaglichen Minuten kam er mit einem Arm voll eingepacktem Fleisch zurück. Mit ausdrucksloser Miene nahm er Horsts Geld entgegen und säuberte dann angelegentlich sein Messer, als wären die beiden gar nicht da.

Horst wuchtete das Fleischpaket von der Theke und ging nach draußen. Eragon lief ihm eilig mit seinem Rucksack und dem Stein hinterher. Die kühle Abendluft wehte ihnen ins Gesicht, erfrischend nach dem stickigen Laden.

»Vielen Dank, Horst. Onkel Garrow wird sich freuen.«

Horst lachte leise. »Du brauchst dich nicht zu bedanken. Ich wollte diesem ekelhaften Nörgler schon lange mal eins auswischen; das kann nicht schaden. Katrina hat euch gehört und mich schnell geholt. Zum Glück – sonst hätte es am Ende noch eine Rauferei gegeben. Allerdings wird er dir oder jemandem von deiner Familie wohl beim nächsten Mal nichts mehr verkaufen, selbst wenn ihr Geld mitbringt.«

»Warum hat er sich denn so aufgeregt? Wir sind nie Freunde gewesen, aber unser Geld hat er immer genommen.

Und ich habe ihn auch noch nie so mit Katrina umspringen sehen«, sagte Eragon und schnürte den Rucksack auf.

Horst zuckte mit den Schultern. »Frag deinen Onkel. Der weiß mehr darüber als ich.«

Eragon stopfte das Fleisch in den Rucksack. »Ein Grund mehr, schnell nach Hause zu gehen... denn dieses Rätsel muss ich lösen. Hier, der gehört jetzt dir.« Er reichte ihm den Stein.

Horst lachte. »Nein, behalte deinen seltsamen Stein. Und was die Rückzahlung betrifft: Albriech geht im nächsten Frühjahr nach Feinster. Er möchte Meister-Schmied werden und ich werde einen Helfer brauchen. Du kannst an deinen freien Tagen kommen und deine Schulden bei mir abarbeiten.«

Eragon verneigte sich leicht; er war hocherfreut. Horst hatte zwei Söhne, Albriech und Baldor, die beide in seiner Schmiede arbeiteten. Einen von ihnen zu ersetzen, war ein großzügiges Angebot. »Nochmals vielen Dank! Ich freue mich darauf, bei dir zu arbeiten.« Er war froh, dass sich ihm eine Möglichkeit bot, Horst zu bezahlen. Sein Onkel würde niemals Almosen annehmen. Dann fiel Eragon ein, was sein Cousin ihm aufgetragen hatte, bevor er zur Jagd aufgebrochen war. »Roran wollte, dass ich Katrina eine Nachricht überbringe, aber da ich es jetzt nicht mehr kann, könntest du das vielleicht erledigen?«

»Natürlich.«

»Er lässt ihr ausrichten, dass er nach Carvahall kommt, sobald die Händler hier sind, und dass er sich dann mit ihr treffen wird.«

»Ist das alles?«

Eragon war etwas verlegen. »Nein, er möchte ihr auch sagen, dass sie das schönste Mädchen ist, das er je gesehen hat, und dass er an nichts anderes mehr denken kann.«

Ein breites Grinsen legte sich über Horsts Gesicht und er zwinkerte Eragon zu. »Die Sache wird ernst, was?«

»Ich glaube schon«, antwortete Eragon mit einem verschmitzten Lächeln. »Könntest du ihr auch meinen Dank ausrichten? Es war nett von ihr, sich meinetwegen mit ihrem Vater anzulegen. Ich hoffe, sie wird dafür nicht bestraft. Roran wäre außer sich, wenn ich sie in Schwierigkeiten gebracht hätte.«

»Keine Sorge. Sloan weiß nicht, dass sie mich geholt hat, und darum wird die Strafe, wenn überhaupt, schon nicht so schlimm ausfallen. Möchtest du bei uns essen, bevor du nach Hause gehst?«

»Tut mir Leid, aber ich kann nicht. Garrow erwartet mich«, sagte Eragon und verschnürte den Rucksack. Er wuchtete ihn auf den Rücken, hob zum Abschied die Hand und lief die Straße hinunter.

Das Fleisch war schwer und verlangsamte seine Schritte, aber der Gedanke an zu Hause verlieh ihm neue Kraft. Das Dorf endete abrupt und er ließ die behaglichen Lichter hinter sich zurück. Der wie eine Perle schimmernde Mond spähte über die Berge und warf einen geisterhaften Abglanz des Tageslichts über die Landschaft. Alles wirkte grau und formlos.

Sein Weg war nun fast zu Ende. Er bog von der Straße ab, die weiter nach Süden ging. Ein einfacher Trampelpfad führte durch hüfthohes Gras auf eine Anhöhe, die verborgen im Schatten schützender Ulmen lag. Oben angekommen, hieß ihn das warm schimmernde Licht in den Fenstern will-kommen.

Das Haus hatte ein Schindeldach mit einem dicken Schornstein. Dachtraufen ragten über die ausgeblichenen Mauern und beschatteten den Boden darunter. Auf einer Seite der umfriedeten Veranda stapelte sich gehacktes Brenn-holz, auf der anderen lag ein Wirrwarr von Werkzeugen he-rum.

Das Haus hatte ein halbes Jahrhundert lang leer gestan-den, bevor sie nach dem Tod von Garrows Frau Marian dort eingezogen waren. Es lag sechs Meilen von Carvahall ent-fernt, weiter abseits als jedes andere Haus. Die Leute hiel-ten die Entfernung für gefährlich, weil die Familie im Not-fall nicht auf schnelle Hilfe aus dem Dorf hoffen konnte, aber Eragons Onkel kümmerte das nicht.

Die alte Scheune, hundert Fuß vom Haus entfernt, beher-bergte zwei Pferde – Birka und Brugh –, zusammen mit eini-gen Hühnern und einer Kuh. Manchmal besaßen sie auch ein Schwein, aber in diesem Jahr hatten sie sich keins leisten können. Zwischen den beiden Gebäuden eingekeilt, stand ein Pferdekarren. Am Rande ihres Feldes säumte eine dichte Baumreihe das Ufer des Anora.

Als Eragon erschöpft die Veranda erreichte, sah er, wie sich hinter einem Fenster ein Licht bewegte. »Onkel, ich bin's, Eragon. Lass mich rein.« Ein Riegel glitt zurück, dann ging die Tür nach innen auf.

Garrow stand mit der Hand an der Tür da. Seine zer-schlissenen Kleider hingen an ihm herab wie Lumpen an einem Stock. Ein hageres, ausgemergeltes Gesicht mit ein-dringlichen Augen schaute unter einem ergrauenden Haarschopf hervor. Er sah aus wie ein Mensch, den man schon halb mumifiziert hatte, bevor man merkte, dass er noch am Leben war. »Roran schläft«, war seine Antwort auf Eragons suchenden Blick.

Eine flackernde Laterne stand auf einem Holztisch, der so alt war, dass die Maserung winzige Furchen bildete, die wie ein gigantischer Fingerabdruck aussahen. Neben dem Ofen hingen an selbst gemachten Nägeln Kochutensilien an der Wand. Eine zweite Tür führte in den hinteren Teil des Hauses. Der Fußboden bestand aus Holzbrettern, die wegen der jahrelangen Abnutzung durch schwer beschuhte Füße ganz abgewetzt waren.

Eragon nahm seinen Rucksack ab und holte das Fleisch heraus. »Was soll das bedeuten? Hast du das Fleisch gekauft? Woher hattest du das Geld?«, fragte sein Onkel streng, als er die eingepackten Fleischstücke sah.

Eragon holte tief Luft, bevor er antwortete. »Nein, Horst hat es für uns gekauft.«

»Du hast ihn dafür bezahlen lassen? Ich habe dir doch gesagt, dass ich keine Almosen annehme. Wenn wir nicht mehr in der Lage sind, uns selbst zu ernähren, können wir ja gleich ins Dorf ziehen. Bevor man sichs versieht, schenken sie einem ihre abgelegten Kleider und fragen uns, ob wir auch durch den Winter kommen.« Garrows Gesicht wurde bleich vor Zorn.

»Ich habe keine Almosen genommen«, schnaubte Eragon. »Horst möchte, dass ich die Schulden im Frühjahr abarbeite. Er braucht einen Helfer, weil Albriech fortzieht.«

»Und woher willst du die Zeit nehmen, um für ihn zu arbeiten? Willst du deswegen hier all die Dinge liegen lassen, die getan werden müssen?«, fragte Garrow mit gepresster Stimme.

Eragon hängte Bogen und Köcher an die Haken neben der Haustür. »Ich weiß noch nicht, wie ich es anstellen werde«, antwortete er gereizt. »Außerdem habe ich etwas gefunden, das uns ein bisschen Geld einbringen könnte.« Er legte den Stein auf den Tisch.

Garrow beugte sich darüber. Sein Gesicht nahm einen hungrigen Ausdruck an und seine Finger begannen, seltsam zu zucken. »Den hast du im Buckel gefunden?«

»Ja«, nickte Eragon. Er schilderte seinem Onkel, was geschehen war. »Und zu allem Unglück habe ich auch noch meinen besten Pfeil verloren. Ich werde demnächst neue schnitzen müssen.« Sie starrten beide in dem schummrigen Licht auf den Stein.

»Wie war das Wetter da oben?«, fragte Garrow und nahm den Stein in die Hand. Er umschloss ihn so fest, als befürchtete er, der Stein könnte plötzlich verschwinden.

»Kalt«, war Eragons Antwort. »Es hat nicht geschneit, aber es gab jede Nacht Frost.«

Garrow schien besorgt über diese Nachricht. »Morgen wirst du Roran bei der Gerstenernte helfen. Und wenn wir auch gleich noch die Kürbisse einsammeln, braucht der Frost uns nicht zu kümmern.« Er reichte Eragon den Stein. »Hier, nimm ihn. Wenn die Händler kommen, werden wir herausfinden, was er wert ist. Ihn zu verkaufen, ist wahrscheinlich das Beste. Je weniger wir mit Magie zu tun haben, desto besser... Warum hat Horst für das Fleisch bezahlt?«

Eragon schilderte in knappen Sätzen seinen Streit mit Sloan. »Trotzdem verstehe ich nicht, warum er so wütend war.«

Garrow zuckte mit den Schultern. »Ein Jahr bevor sie dich herbrachten ist seine Frau Ismira in die Igualda-Fälle gestürzt. Seitdem ist er nicht mal mehr in die Nähe des Buckels gegangen und will auch nichts mehr darüber hören. Aber das ist kein Grund, sich zu weigern, dir etwas zu verkaufen. Ich glaube, er wollte dich einfach nur ärgern.«

Eragon schwankte müde hin und her und sagte: »Es ist schön, wieder zu Hause zu sein.« Garrows Blick wurde weicher und er nickte. Eragon schlurfte in sein Zimmer, schob den Stein unters Bett und ließ sich auf die Matratze fallen. *Wieder daheim.* Zum ersten Mal, seit er zur Jagd aufgebrochen war, entspannte er sich wieder vollständig, während der Schlaf ihn überwältigte.

DRACHENGESCHICHTEN

Im Morgengrauen fielen die ersten Sonnenstrahlen durchs Fenster und wärmten Eragons Gesicht. Er rieb sich die Augen und setzte sich auf die Bettkante. Der Holzboden unter seinen Füßen war kalt. Er streckte seine vor Muskelkater schmerzenden Beine und rubbelte sich gähnend den Rücken.

Neben dem Bett befanden sich mehrere Regalbretter mit Fundstücken, darunter verdrehte Holzteile, skurril geformte Muscheln, aufgebrochene Steine, deren Inneres geheimnisvoll schimmerte, und Knäuel aus getrocknetem Schilfgras. Einen Gegenstand mochte er besonders – eine Wurzel, die so kunstvoll in sich verschlungen war, dass er nie müde wurde, sie zu betrachten. Ansonsten war das Zimmer bis auf eine Kommode und einen Nachttisch leer.

Er zog seine Stiefel an und starrte nachdenklich zu Boden. Dies war ein besonderer Tag. Fast auf die Stunde genau vor sechzehn Jahren war seine Mutter Selena allein und schwanger nach Carvahall zurückgekehrt. Sie war sechs Jahre fort gewesen und hatte in den Städten gelebt. Als sie zurückkam, trug sie teure Kleider, und ein perlenbesetztes Netz hielt ihr Haar zusammen. Sie hatte ihren Bruder Garrow aufgesucht und ihn gebeten, bis zur Entbindung bleiben zu dürfen. Fünf Monate später wurde ihr Sohn geboren. Alle waren schockiert, als Selena Garrow und Marian unter Tränen anflehte, den Jungen aufzuziehen. Als diese sie nach dem Grund fragten, weinte sie nur und sagte: »Es muss sein.« Ihre Bitten waren immer verzweifelter geworden, bis die beiden schließlich eingewilligt hatten. Sie gab ihm den Namen Eragon und am nächsten Morgen verließ sie das Haus und ward nie mehr gesehen.

Eragon erinnerte sich daran, wie ihm zumute gewesen war, als Marian ihm kurz vor ihrem Tod die Geschichte erzählt hatte. Die Erkenntnis, dass Garrow und Marian nicht seine leiblichen Eltern waren, hatte ihn tief getroffen. Unumstößliche, nie angezweifelte Wahrheiten hatten sich als Irrtum erwiesen. Irgendwann hatte er gelernt, damit zu leben, aber immer wieder hatte der Verdacht an ihm genagt, für seine Mutter nicht gut genug gewesen zu sein. *Ich bin mir sicher, sie hatte einen triftigen Grund für ihr Handeln. Ich wünschte nur, ich wüsste, was dieser Grund war.*

Und noch eine Frage beschäftigte ihn: Wer war sein Vater? Selena hatte es niemandem erzählt, und wer immer es auch sein mochte, er war nie gekommen, um nach Eragon zu schauen. Der Junge wünschte sich so sehr, ihn zu kennen, wenigstens seinen Namen zu erfahren. Er hätte zu gern gewusst, welches Erbe er in sich trug.

Seufzend ging er zum Nachttisch und spritzte sich kaltes Wasser aus der Waschschüssel ins Gesicht. Ihn fröstelte, als es ihm in den Nacken lief. Erfrischt zog er den Stein unterm Bett hervor und legte ihn auf eines der Regalbretter. Das sanfte Morgenlicht fiel darauf und warf einen warmen Schatten an die Wand. Er strich noch einmal über die glatte Oberfläche, dann eilte er in die Küche, begierig darauf, seine Familie zu sehen. Garrow und Roran saßen schon am Tisch und aßen Huhn. Als Eragon sie begrüßte, stand Roran grinsend auf.

Roran war zwei Jahre älter als Eragon, muskulös, stämmig und bedächtig in seinen Bewegungen. Er und Eragon hätten einander nicht näher stehen können, selbst wenn sie richtige Brüder gewesen wären.

Roran lächelte. »Schön, dass du zurück bist. Wie war die Jagd?«

»Anstrengend«, erwiderte Eragon. »Hat Onkel Garrow dir erzählt, was passiert ist?« Er nahm ein Stück Huhn und schlang es hungrig hinunter.

»Nein«, sagte Roran, woraufhin die Geschichte rasch noch einmal erzählt wurde. Auf Rorans Drängen ließ Eragon das Essen stehen und zeigte ihm den Stein. Roran bezeugte ein zufrieden stellendes Maß an Bewunderung, aber kurz darauf fragte er nervös: »Hast du mit Katrina gesprochen?«

»Nein, nach dem Streit mit Sloan hatte ich dazu keine Gelegenheit mehr. Aber sie wird sich mit dir treffen, wenn die Händler kommen. Ich habe es Horst erzählt und er wird ihr deine Botschaft ausrichten.«

»Du hast es Horst erzählt?«, fragte Roran ungläubig. »Das war etwas sehr Persönliches. Wenn ich wollte, dass es jeder erfährt, würde ich ein Feuer entzünden und Rauchsignale schicken. Wenn Sloan davon hört, wird er ihr verbieten, sich mit mir zu treffen.«

»Von Horst wird er nichts erfahren«, versicherte ihm Eragon. »Er verrät niemanden bei Sloan, dich schon gar nicht.«

Roran schien nicht überzeugt, stritt aber nicht mehr mit ihm. Sie kehrten in die Küche zurück und beendeten in Garrows schweigsamer Gegenwart ihre Mahlzeit. Als die letzten Bissen verzehrt waren, gingen die drei zur Arbeit auf die Felder.

Die Sonne war blass und entrückt und spendete kaum Wärme. Unter ihrem wachsamen Auge wurde die letzte Gerste in der Scheune eingelagert. Als Nächstes sammelten sie die Kürbisse ein, dann die Steckrüben, Erbsen, Karotten und Bohnen und verstauten alles im Gemüsekeller. Nach stundenlanger Arbeit streckten sie ihre strapazierten Muskeln, zufrieden, dass die Ernte eingefahren war.

Die folgenden Tage wurden mit Einlegen, Salzen und Enthülsen zugebracht, bis die Vorräte für den Winter haltbar gemacht waren.

Neun Tage nach Eragons Rückkehr trieb aus den Bergen ein teuflischer Schneesturm heran und blieb über dem Tal hängen. Es schneite ununterbrochen, bis alles unter einer dicken weißen Decke lag. Sie verließen das Haus nur noch, um Brennholz zu holen und die Tiere zu füttern, da sie fürchteten, sich im heulenden Wind und in der konturlosen Landschaft zu verirren. Sie verbrachten die Zeit dicht zusammengedrängt vor dem Ofen, während die Windböen an den schweren Fensterläden rüttelten. Nach einigen Tagen legte sich der Sturm endlich und offenbarte eine fremde Welt aus sanft geschwungenen weißen Schneewehen.

»Ich fürchte, bei diesem Wetter kommen die Händler dieses Jahr nicht«, sagte Garrow. »Sie sind jetzt schon spät dran. Wir warten noch ein bisschen, bevor wir nach Carvahall gehen. Aber wenn sie nicht bald eintreffen, werden wir das, was wir noch für den Winter benötigen, wohl im Dorf einkaufen müssen.« Seine Miene war verdrossen.

Als die Tage ohne jedes Anzeichen von den Händlern dahinkrochen, wurden sie immer unruhiger und einsilbiger, und im Haus breitete sich Trübsinn aus.

Am achten Morgen ging Roran zur Straße hinunter und vergewisserte sich, dass die Händler noch nicht vorbeigekommen waren. Sie verbrachten den Tag damit, den Besuch in Carvahall vorzubereiten, und suchten mürrisch alles zusammen, was sich verkaufen ließ. Aus reiner Verzweiflung ging Eragon am Abend noch einmal zur Straße. Als er tiefe Wagenspuren im Schnee entdeckte und dazwischen zahllose Hufabdrücke, rannte er mit einem Freudengeheul zum Haus zurück und brachte neues Leben in ihre Vorbereitungen.

Schon vor Sonnenaufgang luden sie die Überschüsse ihrer Ernte auf den Karren. Garrow steckte das Jahresgeld in einen Lederbeutel, den er sorgsam an seinem Gürtel festband. Eragon legte den eingewickelten Stein zwischen die Gerstenkornsäcke, damit er nicht herunterfiel, wenn der Karren über die holprigen Wege fuhr.

Nach einem eiligen Frühstück legten sie den Pferden das Zaumzeug an und schaufelten den Pfad hinab zur Straße frei. Die Wagen der fahrenden Händler hatten die Schneewehen durchbrochen, was ihnen das Vorankommen erleichterte. Gegen Mittag rückte Carvahall in Sicht.

Im Tageslicht war es eine kleine, zünftige Siedlung, erfüllt von Rufen und lautem Gelächter. Die Händler hatten ihr Lager auf einem leeren Feld am Dorfrand aufgeschlagen.

Wagengruppen, Zelte und Feuerstellen wirkten wie wahllos über den Schnee verstreute Farbtupfer. Die vier Zelte der Troubadoure waren grellbunt geschmückt. Ein steter Menschenstrom verband das Lager mit dem Dorf.

Die Dorfbewohner drängelten sich vor einer Reihe bunter Zelte und Stände und verstopften die Hauptstraße. Pferde wieherten gegen den Lärm an. Der Schnee war platt getrampelt, was ihm eine glasige Oberfläche verlieh; an anderen Stellen hatten Freudenfeuer ihn geschmolzen. Geröstete Haselnüsse gaben den Gerüchen, die durch die Luft zogen, ein würziges Aroma.

Garrow fuhr den Karren an den Straßenrand, stieg vom Bock und band die Pferde an einen Pfosten. Dann zog er ein paar Münzen aus seinem Beutel. »Kauft euch ein paar Leckereien. Roran, du kannst tun, was du möchtest, aber sei rechtzeitig zum Abendessen bei Horst. Eragon, du holst den Stein und kommst mit.« Eragon grinste Roran an und steckte sein Geld ein, während er bereits überlegte, wofür er es ausgeben würde.

Roran machte sich sofort mit entschlossener Miene auf den Weg. Garrow führte Eragon hinein ins Getümmel und bahnte ihnen unter Einsatz seiner Schultern einen Weg durch die Menge. Frauen kauften Stoffe, während nebenan ihre Ehemänner neue Bolzen, Haken oder Werkzeuge begutachteten. Aufgeregt herumschreiende Kinder tollten kreuz und quer über die Straße. Hier wurden Messer feilgeboten, dort Gewürze, und neben ledernem Zaumzeug waren Reihen schimmernder Kochtöpfe aufgebaut.

Eragon starrte die Händler neugierig an. Sie schienen weniger wohlhabend zu sein als im letzten Jahr. Ihre Kinder sahen ängstlich und erschöpft aus und ihre Kleider waren überall geflickt. Die hageren Männer trugen mit ungewohnter Selbstverständlichkeit Schwerter und Dolche und selbst in den Hüftgürteln der Frauen steckten kleine Messer.

Was mag wohl mit ihnen geschehen sein?, fragte sich Eragon. *Und warum sind sie diesmal so spät gekommen?* Er dachte daran, wie fröhlich sie früher immer gewesen waren, aber heute war davon nichts zu spüren. Garrow schob sich die Straße hinunter, auf der Suche nach Merlock, einem Händler, der auf Schmuck und Edelsteine spezialisiert war.

Sie fanden ihn an seinem Stand, wo er einer Gruppe von Frauen Broschen zeigte. Jedes neue Stück, das er hervorholte, erzeugte bewundernde Ausrufe. Eragon nahm an, dass schon bald etliche Geldbeutel geleert sein würden. Jedes Mal wenn Merlock für seine Ware gerühmt wurde, schien der Händler aufzublühen und ein Stück zu wachsen. Er trug einen Ziegenbart, wirkte völlig entspannt und schien den Rest der Welt mit leichter Geringschätzung zu betrachten.

Die aufgeregten Frauen hinderten Garrow und Eragon daran, den Händler anzusprechen, daher setzten sie sich auf eine Treppenstufe und warteten. Sobald Merlock allein war, eilten sie zu ihm hinüber.

»Was möchten sich die werten Herren anschauen?«, fragte Merlock. »Ein Amulett oder ein Schmuckstück für eine Dame?« Mit einer flinken Drehung zog er aus einer Schatulle eine kunstvoll gefertigte silberne Rose. Das glänzende Edelmetall weckte Eragons Aufmerksamkeit und er betrachtete die Rose bewundernd. Der Händler sagte: »Sie kostet nicht einmal drei Kronen, obwohl sie von den berühmten Silberschmieden in Belatona hergestellt wurde.«

Garrow sprach mit leiser Stimme. »Wir möchten nichts kaufen, sondern etwas verkaufen.« Sofort legte Merlock die Rose zurück in die Schatulle und musterte die beiden mit neuem Interesse.

»Ich verstehe. Wenn dieser Gegenstand etwas wert ist, wollt ihr ihn vielleicht gegen eines oder zwei dieser exquisiten Stücke eintauschen.« Er hielt einen Moment lang inne, während Eragon und sein Onkel beklommen dastanden, dann fügte er hinzu: »Habt ihr den Gegenstand bei euch?«

»Ja, aber wir würden ihn Euch lieber woanders zeigen«, sagte Garrow entschieden.

Merlock hob eine Augenbraue, sagte aber gelassen: »Gut, dann lade ich euch in mein Zelt ein.« Er raffte seine Ware zusammen und verstaute sie sorgfältig in einer eisenbeschlagenen Truhe, die er verschloss. Dann führte er sie die Straße entlang und zum Lager der Händler. Sie schlängelten sich zwischen den Wagen hindurch und gingen zu einem Zelt, das etwas abseits von den anderen stand. Oben war es purpurrot und unten schwarz, besetzt mit bunten Stoffdreiecken, die einander überlappten. Merlock löste den Knoten und schlug die Zeltplane zurück.

Das Zelt war mit allem möglichen Krimskrams und sonderbaren Möbeln wie einem runden Bett und drei aus Baumstümpfen geschnitzten Stühlen voll gestopft. Auf einem weißen Kissen lag ein korkenzieherartig verdrehter Dolch mit rubinbesetztem Knauf.

Merlock schloss die Plane wieder und wandte sich zu ihnen um. »Bitte, nehmt Platz.« Als sie sich gesetzt hatten, sagte er: »Nun zeigt mir, worüber wir uns nicht in der Öffentlichkeit weiter unterhalten konnten.« Eragon packte den

Stein aus und legte ihn zwischen die beiden Männer. Merlock griff mit glänzendem Blick danach, dann hielt er inne und fragte: »Darf ich?« Als Garrow nickte, nahm Merlock den Stein in die Hand.

Er legte ihn in den Schoß und griff neben sich nach einem niedrigen Kasten. Darin befand sich eine kupferne Balkenwaage, die er herausnahm und auf den Boden stellte. Nachdem er den Stein gewogen hatte, betrachtete er die Oberfläche unter einer Juwelierslupe, klopfte behutsam mit einem Holzhammer darauf und strich mit der Spitze eines Klarsteins darüber. Er maß Länge und Durchmesser, dann schrieb er die Zahlen auf eine Schiefertafel. Er dachte eine Weile über die Ergebnisse nach. »Wisst ihr, was er wert ist?«

»Nein«, gab Garrow zu. Seine Wange zuckte und er rutschte unruhig auf dem Stuhl herum.

Merlock verzog das Gesicht. »Ich leider auch nicht. Aber so viel kann ich euch sagen: Die weißen Äderchen bestehen aus demselben Material wie der blaue Stein, der sie einschließt. Worum es sich dabei handelt, ist mir allerdings ein Rätsel. Er ist härter als jeder Stein, den ich bisher gesehen habe, sogar härter als Diamant. Wer immer ihn formte, hat Werkzeuge verwendet, die ich nicht kenne – oder Magie. Außerdem ist er hohl.«

»Was?«, rief Garrow aus.

Ein gereizter Unterton schlich sich in Merlocks Stimme. »Habt ihr je einen Stein gehört, der so klingt?« Er nahm den Dolch vom Kissen und schlug mit der flachen Klinge dagegen. Ein heller Ton erfüllte das Zelt und verklang gleichmäßig. Eragon war erschrocken, denn er befürchtete, sein Schatz könnte beschädigt worden sein. Merlock hielt ihnen den Stein hin. »Ihr werdet weder einen Kratzer noch einen Riss daran finden. Selbst wenn ich mit einem Hammer draufschlüge, könnte ich diesem Stein nichts anhaben.«

Garrow verschränkte mit reservierter Miene die Arme. Eine Mauer des Schweigens umgab ihn. Eragon war verwirrt. *Ich wusste ja, dass der Stein auf magische Weise im Buckel aufgetaucht ist,* dachte er bei sich, *aber dass er durch Magie erschaffen wurde? Wofür und warum?* »Aber was ist er wert?«, entfuhr es ihm.

»Das kann ich euch nicht sagen«, meinte Merlock mit gequälter Stimme. »Ich bin mir sicher, dass es Leute gibt, die viel bezahlen würden, um ihn zu besitzen, aber diese Leute leben nicht in Carvahall. Ihr müsstet in die südlichen Städte gehen, um einen Käufer zu finden. Für die meisten Menschen ist er bloß eine Kuriosität – nichts, wofür man Geld ausgibt, wenn man praktische Dinge braucht.«

Garrow starrte zur Zeltdecke hinauf wie ein Spieler, der seine Chancen abwägt. »Würdet Ihr ihn kaufen?«

Der Händler antwortete prompt. »Es ist das Risiko nicht wert. Bei meinen Reisen im Frühjahr könnte ich vielleicht einen wohlhabenden Käufer finden, aber sicher ist das nicht. Und selbst wenn ich einen fände, würdet ihr das Geld erst bei meiner Rückkehr im nächsten Jahr bekommen. Nein, ihr werdet euch an jemand anderen wenden müssen, wenn ihr ihn veräußern wollt. Aber mich interessiert noch … Warum habt ihr darauf bestanden, mit mir allein zu sprechen?«

Eragon legte den Stein beiseite, bevor er antwortete. »Weil …« Er schaute den Mann an und fragte sich, ob er genauso aus der Haut fahren würde wie Sloan. »Weil ich ihn im

Buckel gefunden habe und das behagt den Dorfbewohnern nicht.«

Merlock warf ihm einen erschrockenen Blick zu. »Ist euch bekannt, warum meine Zunftgenossen und ich uns in diesem Jahr verspätet haben?«

Eragon schüttelte den Kopf.

»Unterwegs wurden wir vom Unglück nur so verfolgt. In Alagaësia scheint das Chaos zu herrschen. Uns plagten Krankheiten, wir wurden angegriffen und ständig mussten wir schlimme Schwierigkeiten überwinden. Weil die Angriffe der Varden zugenommen haben, hat Galbatorix die Städte gezwungen, mehr Soldaten an die Grenzen zu schicken, Männer, die eigentlich für den Kampf gegen die Urgals gebraucht werden. Die Bestien ziehen nach Südosten, in Richtung Hadarac. Keiner weiß, warum, und normalerweise würde es uns nicht kümmern, aber dabei kommen sie durch besiedelte Gebiete. Sie wurden auf Straßen und in der Nähe von Städten gesichtet. Am schlimmsten sind die Berichte über einen Schatten, wenngleich die Geschichten bisher nicht bestätigt wurden. Nicht viele Menschen überleben eine solche Begegnung.«

»Warum haben wir nichts von alledem gehört?«, fragte Eragon entgeistert.

»Weil es erst vor wenigen Monaten begann«, sagte Merlock verdrossen. »Ganze Dörfer waren gezwungen umzusiedeln, weil die Urgals ihre Felder zerstört haben und ihnen der Hungertod drohte.«

»Unsinn«, brummte Garrow. »Wir haben keine Urgals gesehen. Der einzige, den es hierher verschlug, wurde getötet, und seine Hörner hängen heute an der Wand von Morns Schankhaus.«

Merlock hob eine Braue. »Mag sein, aber dies ist ein kleines Dorf, umgeben von hohen Bergen. Es ist nicht verwunderlich, dass ihr noch nichts bemerkt habt. Aber ich fürchte, das wird nicht so bleiben. Ich habe diese Ereignisse nur erwähnt, weil auch hier merkwürdige Dinge im Gange sind, wenn ihr im Buckel einen solchen Stein gefunden habt.« Und mit dieser ernüchternden Bemerkung beendete er das Gespräch, verneigte sich und lächelte unverbindlich.

Garrow und Eragon gingen nach Carvahall zurück. »Was denkst du?«, fragte Eragon.

»Ich werde weitere Informationen einholen, bevor ich mir eine Meinung bilde. Bring den Stein zum Karren zurück, dann kannst du tun, was du willst. Wir sehen uns zum Abendessen bei Horst.«

Eragon drängelte sich durch die Menschenmenge und rannte freudig zum Karren zurück. Sein Onkel würde nun stundenlang mit seinem Handel beschäftigt sein, und er hatte vor, die Zeit zu genießen. Er versteckte den Stein zwischen den Säcken, dann marschierte er mit federndem Gang zurück ins Dorf.

Er ging von einem Stand zum nächsten und sah sich die Waren mit den willigen Augen eines Käufers an, trotz seines mageren Münzvorrats. Als er mit den Händlern sprach, bestätigten sie, was Merlock über die unruhige Lage in Alagaësia berichtet hatte. Ein ums andere Mal hörte er das Gleiche: Die Sicherheit der letzten Jahre ist dahin; neue Gefahren sind aufgetaucht und nirgendwo ist es mehr sicher.

Später am Tag kaufte er sich drei Malzstangen und ein Stück ofenfrischen Kirschkuchen. Die heiße Speise tat gut nach dem stundenlangen Herumstehen im Schnee. Er leckte sich bedauernd den klebrigen Sirup von den Fingern und wünschte sich, er hätte mehr von dem Kuchen. Dann setzte er sich auf eine Verandastufe und knabberte an einer Malzstange. In der Nähe trugen zwei Jungen aus Carvahall einen Ringkampf aus, aber er hatte keine Lust mitzumachen.

Als der Tag in den späten Nachmittag überging, begannen die Händler, ihre Geschäfte in den Häusern der Dorfbewohner abzuwickeln. Eragon wartete ungeduldig auf den Abend, wenn die Troubadoure herauskommen würden und ihre Geschichten erzählten und Kunststücke vorführten. Er liebte die Legenden über Magie und Götter – und wenn sie großes Glück hatten, würden sie vielleicht auch eine Erzählung über die Drachenreiter zu hören bekommen. Carvahall hatte seinen eigenen Geschichtenerzähler, Brom – ein Freund von Eragon –, aber im Laufe der Jahre hatten sich seine Geschichten abgenutzt, während die Troubadoure stets neue erzählten, denen er gespannt lauschte.

Eragon hatte gerade unter der Veranda einen Eiszapfen abgebrochen, als er Sloan vorbeigehen sah. Der Metzger hatte ihn nicht bemerkt, deshalb zog Eragon den Kopf ein und flitzte um die Ecke zu Morns Schankhaus.

Drinnen war es heiß und die Luft war geschwängert mit dem öligen Rauch der flackernden Talgkerzen. Die verdrehten, schwarz glänzenden Urgal-Hörner, so lang wie sein ausgestreckter Arm, hingen über der Tür. Der Tresen war lang und niedrig und hatte unten mehrere Sprossen, auf die die Gäste ihre Füße stellen konnten. Morn schenkte aus, die Ärmel bis zu den Ellbogen hochgekrempelt. Die untere Hälfte seines Gesichts war kurz und zerknautscht, als wäre er mit dem Kinn zwischen zwei Mühlsteine geraten. Die Gäste saßen an massiven Eichentischen und lauschten den beiden Händlern, die frühzeitig ihre Geschäfte beendet hatten und auf ein Bier hereingekommen waren.

Morn schaute von einem Krug auf, den er gerade abtrocknete. »Eragon! Schön, dich zu sehen. Wo ist dein Onkel?«

»Einkaufen«, sagte Eragon achselzuckend. »Wird noch eine Weile dauern.«

»Und Roran, ist er auch da?«, fragte Morn, während er mit dem Lappen den nächsten Krug auswischte.

»Ja, in diesem Jahr ist das Vieh gesund geblieben und so konnte er mitkommen.«

»Gut, gut.«

Eragon deutete auf die beiden Händler. »Wer sind die?«

»Getreideaufkäufer. Erst haben sie für lächerliches Geld den Leuten ihre Erträge abgekauft, und jetzt erzählen sie wilde Geschichten und erwarten, dass wir ihnen glauben.«

Eragon verstand Morns Ärger. *Die Menschen brauchen das Geld. Ohne Geld können wir nicht überleben.* »Was für Geschichten?«

Morn schnaubte. »Sie behaupten, die Varden hätten sich mit den Urgals verbündet und eine Streitmacht aufgestellt, um uns anzugreifen. *Angeblich* verdanken wir es nur der Gnade des Königs, dass wir bisher in Sicherheit lebten – als würde es Galbatorix kümmern, wenn unser Dorf niedergebrannt wird … Geh hin und hör sie dir selber an. Ich habe genug zu tun, da muss ich mich nicht auch noch mit irgendwelchen Lügengeschichten beschäftigen.«

Der erste Händler ließ mit seinem gewaltigen Leibesumfang fast den Stuhl unter sich verschwinden. Das Holz ächzte bei jeder Bewegung. Sein Gesicht wies keinerlei Spuren von

Behaarung auf, seine Hände waren fleischig, und er hatte dicke, wulstige Lippen, die sich zu einem Schmollmund verzogen, wenn er einen Schluck aus seinem Krug nahm. Der zweite Mann hatte ein rosiges Gesicht. Die Haut an seinem Kinn war trocken und voller Fettpolster und sah aus wie kalte, ranzig gewordene Butter. Im Gegensatz zu seinem Nacken und den dicken Hängebacken war der Rest seines Körpers unnatürlich mager.

Der erste Händler versuchte vergeblich, seine überquellende Leibesfülle auf den Abmessungen der Sitzfläche des Stuhls unterzubringen. Er sagte: »Nein, nein, ihr versteht nicht. Nur durch die unablässigen Anstrengungen, die der König für euch unternimmt, könnt ihr hier sitzen und mit uns reden. Wenn er, bei all seiner Weisheit, seine Unterstützung zurückzöge, dann wehe euch!«

Jemand rief: »Gewiss, warum erzählt ihr uns nicht gleich, dass die Drachenreiter zurückgekehrt sind und dass jeder von euch hundert Elfenkrieger getötet hat. Ihr glaubt wohl, wir wären kleine Kinder, die euch jedes Märchen abkaufen? Wir können selbst auf uns aufpassen.« Die Leute lachten.

Der Händler setzte zu einer Erwiderung an, als sein magerer Gefährte ihn mit einer Handbewegung unterbrach. Bunte Edelsteine blitzten dabei an seinen Fingern auf. »Ihr versteht uns falsch. Wir wissen, dass sich das Imperium nicht um jeden Einzelnen kümmern kann, so wie ihr es vielleicht gerne hättet, aber es kann die Urgals und andere Scheusale daran hindern, diesen…«, er suchte nach einem unverfänglichen Ausdruck, »diesen *Ort* zu überrennen.«

Der Händler fuhr fort: »Ihr seid verärgert über das Imperium, weil es in euren Augen die Menschen ungerecht behandelt, und das ist eine legitime Meinung, aber ein König kann es nicht jedem recht machen. Es kommt unweigerlich zu Streitfällen und Konflikten. Die überwiegende Mehrheit von uns hat jedoch nichts zu beanstanden. In jedem Land gibt es ein Häufchen von Nörglern, die mit der Machtverteilung unzufrieden sind.«

»Ja«, rief eine Frau, »wenn man die Varden als Häufchen bezeichnen will!«

Der Fettwanst seufzte. »Wir haben bereits erklärt, dass die Varden nicht daran interessiert sind, euch zu helfen. Das ist eine Lüge, die diese Verräter aufgebracht haben, um das Reich zu spalten und die Menschen zu überzeugen, dass die eigentliche Bedrohung innerhalb – nicht außerhalb – unserer Grenzen liegt. Sie wollen einfach nur den König stürzen und unser Land in Besitz nehmen. Sie haben überall ihre Spione und bereiten jetzt die Invasion vor. Man weiß nie, wer insgeheim für sie arbeitet.«

Eragon teilte ihre Auffassung nicht, aber die Händler waren gewiefte Redner und einige Leute nickten zustimmend. Er trat vor und sagte: »Woher wisst ihr das alles? Ich kann auch behaupten, die Wolken seien grün, aber das heißt noch lange nicht, dass es wahr ist. Beweist erst einmal, dass ihr nicht lügt.« Die beiden Männer warfen ihm wütende Blicke zu, während die Dorfbewohner schweigend auf die Antwort warteten.

Der magere Händler ergriff als Erster das Wort. Er wich Eragons Blick aus. »Bringt ihr euren Kindern keinen Respekt bei? Oder dürfen eure Gören Erwachsenen widersprechen, wann immer es ihnen beliebt?«

Die Zuhörer rutschten unruhig auf ihren Plätzen herum

und starrten Eragon an. Dann sagte ein Mann: »Beantwortet seine Frage.«

»Es ist nur gesunder Menschenverstand«, sagte der Dicke, auf dessen Oberlippe sich Schweißperlen sammelten. Seine Antwort verärgerte die Dorfbewohner und der Disput ging weiter.

Eragon zog sich mit einem säuerlichen Geschmack im Mund zum Tresen zurück. Er war noch nie jemandem begegnet, der Partei für das Imperium ergriff und dessen Widersacher schmähte. In Carvahall herrschte ein tief verwurzelter, fast angeborener Hass gegenüber dem Herrscherhaus. In den schweren Jahren, in denen sie fast verhungert wären, hatte der König ihnen nie geholfen, und seine Steuereintreiber waren herzlose Erbsenzähler. Er empfand es als gerechtfertigt, den Händlern hinsichtlich ihrer Meinung über den Regenten zu widersprechen, aber über die Varden machte er sich so seine Gedanken.

Die Varden waren eine Schar von Rebellen, die ständig Überfälle verübten und das Imperium angriffen. Niemand wusste, wer ihr Anführer war oder wer sie in den Jahren nach Galbatorix' Aufstieg an die Macht vor über einem Jahrhundert gegründet hatte. Die Aufständischen hatten viele Sympathien gewonnen, da sie sich gegen Galbatorix' Versuche, sie zu vernichten, immer wieder erfolgreich zur Wehr setzten. Es war kaum etwas bekannt über die Varden, außer dass sie einen aufnahmen, wenn man ein Flüchtling war und sich verstecken musste oder wenn man das Imperium hasste. Das einzige Problem war, sie zu finden.

Morn beugte sich über den Tresen und sagte: »Unglaublich, was? Sie sind schlimmer als Aasgeier, die über einem sterbenden Tier kreisen. Es wird Ärger geben, wenn sie noch länger bleiben.«

»Für uns oder für sie?«

»Für sie«, sagte Morn, während die ersten wütenden Stimmen durch den Schankraum schallten. Eragon ging, als der Streit gewalttätig zu werden drohte. Die Tür fiel hinter ihm zu und schnitt die Stimmen ab. Es war früher Abend und die Sonne ging rasch unter. Die Häuser warfen lange Schatten auf den Boden. Als Eragon die Straße hinabging, sah er Roran und Katrina in einer Gasse stehen.

Roran sagte etwas, das Eragon nicht verstehen konnte. Katrina schaute auf ihre Hände und antwortete mit gedämpfter Stimme, dann stellte sie sich auf die Zehenspitzen und gab ihm einen Kuss, bevor sie davonlief. Eragon schlenderte zu Roran hinüber und neckte ihn: »Hat es Spaß gemacht?« Roran brummte etwas Unverständliches und setzte sich in Bewegung.

»Hast du gehört, was die Händler sagen?«, fragte Eragon, der ihm folgte. Die meisten Dorfbewohner waren jetzt in ihren Häusern und feilschten dort mit den Händlern oder warteten, bis es Zeit war für den Auftritt der Troubadoure.

»Ja.« Roran wirkte abwesend. »Was hältst du von Sloan?«

»Ich dachte, das sei klar.«

»Es wird böses Blut geben, wenn er von Katrina und mir erfährt«, stellte Roran fest. Eine Schneeflocke landete auf Eragons Nase und er schaute auf. Der Himmel war grau geworden. Ihm fiel keine passende Erwiderung ein; Roran hatte Recht. Er klopfte seinem Cousin auf die Schulter, während sie weiter durch die Gasse gingen.

Das Abendessen bei Horst verlief in herzlicher Atmosphäre. Der Raum war erfüllt von angeregten Gesprächen und lautem Lachen. Es wurde jede Menge süßer Likör und schweres Dunkelbier getrunken, was die ausgelassene Stimmung noch verstärkte. Als die Teller leer waren, verließen Horsts Gäste das Haus und schlenderten zu dem Feld, auf dem die Händler ihr Lager aufgeschlagen hatten. Ein Ring aus Pfählen, auf denen brennende Kerzen standen, war um eine freie Fläche aufgestellt worden. Im Hintergrund loderten Feuer und malten tanzende Schatten auf den Boden. Die Dorfbewohner versammelten sich in dem Kreis und harrten erwartungsvoll in der Kälte aus.

Die Troubadoure, gewandet in bunte, mit Fransen besetzte Kleider, tanzten fröhlich aus ihren Zelten, gefolgt von den älteren und würdevolleren Spielmännern. Letztere waren für die Musik und das Erzählen zuständig, während ihre jüngeren Zunftgenossen die vorgetragenen Geschichten nachstellten. Die ersten Stücke waren reine Kurzweil: zahlreiche derbe Späße, Purzelbäume und alberne Possen. Später jedoch, als die Kerzen in ihren Sockeln flackerten und sich alle zu einem engen Kreis zusammenscharten, trat der alte Geschichtenerzähler Brom vor. Ein geflochtener weißer Bart kräuselte sich auf seiner Brust und ein langer schwarzer Umhang lag um seine gebeugten Schultern und verhüllte seinen Körper. Mit Händen, die sich wie Klauen öffneten, breitete er die Arme aus und trug Folgendes vor:

»Den Lauf der Zeit kann man nicht aufhalten. Die Jahre vergehen, ob wir es wollen oder nicht ... aber wir können uns erinnern. Das für immer Verlorene – es kann in unserer Erinnerung weiterleben. Was ihr nun hören werdet, ist unvollkommen und bruchstückhaft, aber habt trotzdem Achtung davor, denn ohne euch existiert es nicht. Ich gebe euch nun eine Erinnerung zurück, die verloren ging im traumhaften Nebel dessen, was hinter uns liegt.«

Sein lebhafter Blick wanderte über ihre neugierigen Gesichter und blieb zuletzt an Eragon hängen.

»Bevor die Väter eurer Großväter geboren wurden, fürwahr, selbst noch vor deren Vätern, wurden die Drachenreiter erschaffen. Zu beschützen und zu bewachen, war ihre Aufgabe, und sie taten dies viele tausend Jahre lang mit großem Erfolg. Ihre Fertigkeiten im Kampf waren unübertroffen, denn jeder von ihnen war so stark wie zehn Menschen. Sie waren praktisch unsterblich; nur eine Klinge oder ein Gift konnte sie töten. Ihre Kräfte setzten sie nur für Gutes ein und unter ihrer Aufsicht wurden große Städte und gewaltige Türme gebaut. Während sie den Frieden sicherten, blühte das Land auf. Es war eine goldene Zeit. Die Elfen waren unsere Verbündeten, die Zwerge unsere Freunde. Wohlstand überflutete unsere Städte und den Menschen ging es gut. Aber, oh weh… dieses Glück währte nicht ewig.«

Brom senkte den Blick. Tiefer Kummer lag in seiner Stimme.

»Zwar konnten ihre Feinde sie nicht vernichten, aber vor sich selbst konnten die Drachenreiter sich nicht schützen. Und so begab es sich, dass auf dem Höhepunkt ihrer Macht in der Provinz Inzilbeth, die es heute nicht mehr gibt, ein Knabe namens Galbatorix geboren wurde. Dem Brauch entsprechend, wurde er im Alter von zehn Jahren auf die Probe gestellt, und man fand heraus, dass große Kräfte in ihm schlummerten. Die Reiter nahmen ihn bei sich auf.

Er bestand die Prüfungen und unterzog sich der Ausbildung zum Reiter. Seine Geschicklichkeit übertraf dabei die aller anderen. Gesegnet mit einem scharfen Verstand und einem starken Körper, fand er schnell seinen Platz in den Reihen der Drachenreiter. Einige hielten seinen schnellen Aufstieg für gefährlich und warnten die anderen, aber ihre Macht hatte die Reiter unvorsichtig werden lassen und sie schenkten den Warnungen keine Beachtung. Und so war also der Tag seiner Aufnahme bei ihnen der Anfang des großen Leids, das über Alagaësia kommen sollte.

Kurz nach Beendigung seiner Lehrzeit begab sich Galbatorix mit zwei Freunden auf eine gefährliche Reise. Sie flogen Tag und Nacht bis hoch in den Norden und gelangten in das den Urgals verbliebene Territorium, wo sie sich törichterweise aufgrund ihrer Fähigkeiten völlig sicher fühlten. Doch auf einer dicken Eisscholle, die selbst im Sommer nicht schmolz, wurden sie mitten in der Nacht im Schlaf angegriffen. Obwohl seine Freunde und deren Drachen getötet wurden und er selbst schlimme Wunden davontrug, besiegte Galbatorix die Angreifer. Unseligerweise bohrte sich bei dem Kampf ein umherschwirrender Pfeil ins Herz seines Drachen. Da er nicht die nötige Heilkunst beherrschte, um ihn zu retten, starb er in seinen Armen. Die Saat des Wahnsinns war gelegt.«

Der Geschichtenerzähler klatschte in die Hände und blickte langsam in die Runde. Schatten flackerten auf seinem zerfurchten Gesicht. Die nächsten Worte klangen wie das traurige Glockengeläut einer Totenmesse.

»Allein, seiner Kraft weitgehend beraubt und halb von Sinnen über den Verlust seines Drachen, irrte Galbatorix in der trostlosen Einöde umher und suchte den Tod. Doch er sollte ihn nicht finden, obwohl er sich ohne zu zögern jeder lebendigen Kreatur entgegenwarf. Bald schon flohen die Urgals und andere Ungeheuer vor ihm, wenn sie ihn nur aus der Ferne sahen. Während dieser Zeit keimte in ihm die Hoffnung auf, dass die Reiter ihm vielleicht einen anderen Drachen schenken würden. Getrieben von diesem Gedanken, begann er seinen beschwerlichen Marsch zurück durch den Buckel. Ein Gebiet, über das er auf dem Rücken seines Drachen mühelos hinweggeflogen war, musste er nun in monatelanger Schinderei zu Fuß durchqueren. Er konnte mithilfe von Magie jagen, aber oft befand er sich in Gegenden, in denen es keine Tiere gab. Und so war er fast verhungert, als seine blutigen Füße ihn schließlich wieder aus den Bergen hinaus trugen. Ein Bauer fand ihn zusammengebrochen im Schlamm und rief die Reiter herbei.

Sie brachten den Bewusstlosen auf ihre Festung und dort heilte sein Körper. Er schlief vier volle Tage lang. Nach seinem Erwachen wies nichts auf seinen fiebrigen Geist hin. Als er vor den Ältestenrat gebracht wurde, der über ihn richten sollte, verlangte Galbatorix einen neuen Drachen. Seine wütende Forderung verriet seinen Geisteszustand, und der Rat erkannte, wie es wirklich um ihn stand. Seiner Hoffnung beraubt und durch den verzerrenden Spiegel seines Wahnsinns blickend, begann Galbatorix zu glauben, die anderen Reiter wären schuld am Tod seines Drachen. Nacht für Nacht brütete er darüber nach und schmiedete einen Racheplan.«

Broms Stimme senkte sich zu einem hypnotischen Flüstern.

»Er fand einen mitfühlenden Kameraden, den er mit seinen listigen Reden auf seine Seite zog. Mit Beharrlichkeit und unter Verwendung dunkler Geheimnisse, die er von einem Schatten erfahren hatte, hetzte er den befreundeten Reiter gegen den Ältestenrat auf. Schließlich begingen sie einen heimtückischen Mord an einem der Altvorderen, und als der grauenvoll zugerichtete Leichnam entdeckt wurde, wollte Galbatorix seinem Verbündeten die Tat in die Schuhe schieben und brachte ihn ohne Vorwarnung um. Doch die anderen Reiter kamen hinzu, als noch das Blut von seinen Händen tropfte. Ein Schrei entrang sich seiner Kehle und er floh hinaus in die Nacht. In seinem Wahnsinn war er davon überzeugt, dass sie ihn nicht finden würden.

Er versteckte sich viele Jahre lang wie ein gehetztes Tier in der Einöde und hielt ständig nach seinen Verfolgern Ausschau. Seine Gräueltat wurde nicht vergessen, aber nach einiger Zeit stellte man die Suche ein. Durch eine unglückliche Fügung begegnete er schließlich einem jungen Reiter, Morzan, der zwar einen starken Körper, aber einen schwachen Geist besaß. Galbatorix überredete Morzan, in der Zitadelle Ilirea, die heute Urû'baen heißt, ein Tor offen zu lassen. Galbatorix stahl sich in die Festung und raubte einen Jungdrachen.

Mit seinem neuen Verbündeten versteckte er sich an einem finsteren Ort, zu dem die Drachenreiter sich nicht vorwagten. Dort begann Morzan eine dunkle Lehrzeit, lernte verbotene Magie und erfuhr Geheimnisse, die niemals hätten verraten werden dürfen. Als seine Unterweisung beendet und Galbatorix' schwarzer Drache, Shruikan, voll ausgewachsen war, zeigte sich Galbatorix der Welt, mit Morzan an seiner Seite. Gemeinsam töteten sie jeden Reiter, dem sie begegneten. Mit jedem Sieg wuchsen ihre Kräfte. Zwölf der Reiter schlossen sich Galbatorix an, aus Machtgier und um Rache zu üben für vermeintliche Ungerechtigkeiten. Diese zwölf wurden, zusammen mit Morzan, zu den Dreizehn Abtrünnigen. Die anderen Reiter waren nicht darauf vorbereitet und hielten dem Ansturm nicht stand. Auch die Elfen wehrten sich erbittert gegen Galbatorix, aber sie wurden ebenfalls besiegt und mussten sich an ihren geheimen Zufluchtsort zurückziehen, den sie seitdem nicht mehr verlassen haben.

Nur Vrael, der Anführer der Reiter, konnte sich gegen Galbatorix und seine Abtrünnigen zur Wehr setzen. Alt und weise, versuchte er zu retten, was zu retten war, und wollte verhindern, dass die verbliebenen Drachen seinen Feinden in die Hände fielen. In der letzten Schlacht, vor den Toren von Dorú Areaba, besiegte Vrael Galbatorix, zögerte aber beim letzten tödlichen Hieb. Galbatorix nutzte die Gelegenheit und rammte ihm sein Schwert in die Seite. Schwer verwundet floh Vrael zum Berg Utgard, wo er neue Kräfte zu sammeln hoffte. Aber dazu sollte es nicht kommen, denn Galbatorix spürte ihn auf. Bei dem anschließenden Kampf trat Galbatorix Vrael in den Unterleib. Durch diesen hinterhältigen Fußtritt gewann er die Oberhand und enthauptete Vrael mit seinem Schwert.

Als daraufhin die neu gewonnene Kraft durch seine Adern strömte, ernannte sich Galbatorix zum König von ganz Alagaësia.

Und seit diesem Tage herrscht er über uns.«

Die Geschichte war zu Ende und Brom schlurfte mit den anderen Troubadouren und Gauklern davon. Eragon glaubte, auf seiner Wange eine Träne schimmern zu sehen. Während sie fortgingen, redeten die Leute leise miteinander. Garrow sagte zu Eragon und Roran: »Ihr könnt euch glücklich schätzen. Ich habe diese Geschichte nur zweimal in meinem Leben gehört. Wenn der König wüsste, dass Brom sie erzählt hat, würde der Alte binnen eines Monats sterben.«

Ein Geschenk
des Schicksals

Am Abend nach ihrer Rückkehr aus Carvahall beschloss Eragon, den Stein auf dieselbe Weise zu untersuchen wie Merlock. Allein in seinem Raum, platzierte er ihn auf dem Bett und legte drei Werkzeuge daneben. Als Erstes nahm er den Holzhammer und klopfte damit gegen den Stein. Das Ergebnis war ein leises Klingeln. Zufrieden griff er nach dem nächsten Werkzeug, einem schweren Hammer mit ledernem Kopf. Als er auf den Stein traf, erklang ein klagender Glockenton. Zuletzt probierte er es mit einem Meißel. Das Metall fügte dem Stein weder einen Kratzer noch einen Riss zu, erzeugte aber den bisher hellsten Ton. Als er schließlich verklungen war, kam es Eragon so vor, als höre er ein schwaches Fiepen.

Merlock hat gesagt, der Stein sei hohl; vielleicht steckt ja etwas Wertvolles darin. Aber ich weiß nicht, wie man ihn öffnet. Es muss einen guten Grund dafür geben, dass jemand diesen Stein so vollkommen bearbeitet hat, aber wer immer ihn in den Buckel schickte, hat sich nicht die Mühe gemacht, ihn zurückzuholen, oder er weiß nicht, wo er ist. Aber ich kann mir nicht vorstellen, dass ein Magier, der etwas irgendwohin zaubern kann, nicht in der Lage ist, es auch wieder zu finden. Bin ich also dazu auserwählt, den Stein zu besitzen? Diese Frage konnte er sich nicht beantworten. Er resignierte ob des unlösbaren Rätsels, sammelte das Werkzeug ein und legte den Stein zurück auf das Regalbrett.

Mitten in der Nacht fuhr er aus dem Schlaf hoch. Er lauschte angestrengt. Alles war still. Beklommen griff er unter die Matratze nach seinem Messer. Er wartete ein paar Minuten, dann sank er langsam in den Schlaf zurück.

Ein Quieken durchdrang die Stille und machte ihn wieder hellwach. Er wälzte sich aus dem Bett und riss das Messer unter der Matratze hervor. Mit zitternden Händen griff er nach der Zunderbüchse und steckte rasch eine Kerze an. Die Tür zu seinem Zimmer war verschlossen. Obwohl das Quieken zu laut für eine Maus oder eine Ratte war, sah er unter dem Bett nach. Nichts. Er setzte sich auf den Rand der Matratze und rieb sich den Schlaf aus den Augen. Wieder quiekte es und er zuckte erschrocken zusammen.

Woher kam das Geräusch? Im Boden oder in den Wänden konnte nichts sein; sie bestanden aus massivem Holz. Dasselbe galt für sein Bett. Außerdem hätte er bemerkt, wenn in der Nacht irgendetwas in seine Strohmatratze gekrochen wäre. Sein Blick blieb an dem Stein haften. Er nahm ihn vom Regal herunter und hielt ihn geistesabwesend in den Armen, während er im Zimmer umherblickte. Ein erneuter Quiekser vibrierte bis in seine Fingerspitzen – er kam aus dem Stein.

Das Ding hatte ihm nur Unbill und Verdruss gebracht und jetzt ließ es ihn nicht einmal schlafen! Der Stein ignorierte Eragons wütenden Blick, lag einfach nur schwer in seinen

Armen und quiekte gelegentlich. Nach einem besonders lauten Quiekser gab der Stein endlich wieder Ruhe. Todmüde legte der Junge ihn fort und kuschelte sich wieder unter die Decke. Welches Geheimnis der Stein auch barg, es musste bis zum Morgen warten.

Der Mond schien in sein Fenster, als er erneut aufwachte. Der Stein schaukelte auf dem Regal hin und her und stieß immer wieder an die Wand. Er war in kühles Mondlicht getaucht, das seine Oberfläche bleich aussehen ließ. Eragon sprang aus dem Bett, das Messer in der Hand. Die Bewegung hörte auf, aber er blieb angespannt stehen. Dann begann der Stein, wieder zu quieken, und schaukelte dabei schneller denn je hin und her.

Mit einem Fluch auf den Lippen, kleidete Eragon sich an. Ganz gleich wie wertvoll der Stein sein mochte, er würde ihn weit fortbringen und vergraben. Das Schaukeln hörte auf; der Stein lag still. Dann erbebte er, kullerte vorwärts und fiel mit einem lauten Knall zu Boden. Erschrocken wich Eragon zur Tür zurück, als der Stein langsam auf ihn zurollte.

Plötzlich zeigte sich ein Riss in dem Stein. Dann noch einer und noch einer. Gebannt beugte sich Eragon vor, noch immer das Messer in der Hand. Auf der Oberseite, dort wo die Risse zusammenliefen, wackelte ein kleines Stück, als würde es auf etwas balancieren, dann hob es sich und fiel zu Boden. Nach einer Reihe weiterer Quiekser schob sich ein kleiner dunkler Kopf aus dem Loch, gefolgt von einem merkwürdig verrenkten Körper. Eragon packte das Messer fester und stand da wie angewurzelt. Kurz darauf hatte das Wesen sich vollständig aus dem Stein geschält. Es blieb einen Moment lang hocken, dann huschte es ins Mondlicht.

Eragon machte vor Schreck einen Satz rückwärts. Vor ihm saß ein winziger Drache und leckte sich die Eihülle ab, die ihn noch umgab.

ERWACHEN

Der Drache war nicht länger als Eragons Unterarm und dennoch wirkte er würdevoll und anmutig. Seine Schuppen waren saphirblau, dieselbe Farbe wie der Stein. Aber es war ja gar kein Stein, das wurde Eragon jetzt klar, sondern ein Ei. Der Drache faltete seine Flügel auseinander – es waren diese Schwingen gewesen, die ihm das seltsam verrenkte Aussehen verliehen hatten. Die Flügel waren um ein Mehrfaches länger als sein Körper und gerippt mit dünnen, fingerartigen Knochen, die am äußeren Flügelrand eine Reihe weit auseinander liegender Krallenfortsätze bildeten. Der Kopf des Drachen war annähernd dreieckig. Zwei winzige weiße Fänge ragten aus seinem Oberkiefer hervor. Sie sahen sehr scharf aus. Die Krallen waren ebenfalls weiß wie poliertes Elfenbein und hatten an der Innenseite kleine Widerhaken. Entlang der Wirbelsäule verlief vom Kopf bis zur Schwanzspitze eine Linie aus kleinen Zacken. Dazwischen befand sich im Nacken eine etwas größere, muldenartige Lücke.

Eragon machte eine vorsichtige Bewegung und sofort schnellte der Kopf des Drachen zu ihm herum. Harte eisblaue Augen fixierten ihn. Eragon rührte sich nicht. Der Drache konnte ein ernsthafter Gegner sein, falls er beschloss, ihn anzugreifen.

Doch er verlor sofort wieder das Interesse an ihm und erkundete tollpatschig seine Umgebung. Jedes Mal wenn er gegen eine Wand oder ein Möbelstück stieß, quiekte er auf. Mit flatternden Flügelschlägen hüpfte er schließlich aufs Bett und kroch fiepend auf Eragons Kopfkissen. Als er jämmerlich das Maul aufriss wie ein junger Vogel, entblößte er zwei Reihen spitzer Zähne. Eragon setzte sich vorsichtig ans Fußende. Der Drache beschnüffelte seine Hand, dann knabberte er an seinem Ärmel. Eragon zog den Arm zurück.

Ein Lächeln stahl sich auf seine Lippen, während er das kleine Geschöpf betrachtete. Vorsichtig streckte er die Hand wieder aus und berührte die Flanke des Drachenbabys. Ein eisiger Energiestoß schoss ihm die Hand und den Arm hinauf und brannte wie flüssiges Feuer in seinen Adern. Mit einem Aufschrei kippte er hintenüber. Ein metallisches Läuten klang in seinen Ohren wider und er vernahm einen lautlosen Wutschrei. Jeder Teil seines Körpers brannte vor Schmerz. Er versuchte, sich zu bewegen, aber es gelang ihm nicht. Nach einer Weile, die ihm wie Stunden vorkam, kroch die Wärme allmählich zurück in seine kribbelnden Glieder. Unkontrolliert zitternd setzte er sich wieder auf. Seine Hand war taub, die Finger wie gelähmt. Erschrocken sah er mit an, wie sich in der Mitte seiner Handfläche ein diffus schimmerndes weißes Oval bildete. Die Haut juckte und brannte wie nach einem Spinnenbiss. Das Herz schlug ihm bis zum Hals.

Eragon blinzelte, versuchte zu verstehen, was geschehen war. Etwas streifte sein Bewusstsein wie ein tastender Finger. Das Gefühl wiederholte sich, aber diesmal verdichtete es sich zu einem forschenden Gedanken, in dem er wachsende Neugier las. Es war, als wäre eine unsichtbare Wand, die seinen Geist umgab, von ihm abgefallen, und nun stand es ihm offen, loszulassen und seinen Geist auf Entdeckungsreise zu schicken. Doch er hatte Angst, er könnte, wenn ihn nichts mehr zurückhielt, womöglich aus seinem Körper hinaustreten und nicht mehr zurückfinden. Erschrocken löste er die Verbindung. Die neue Sinneswahrnehmung verschwand, als hätte er die Augen geschlossen. Misstrauisch sah er den reglos daliegenden Drachen an.

Ein geschupptes Bein kratzte an seinem Oberschenkel und er zog ihn hastig zurück. Aber diesmal traf ihn kein Energiestoß. Verwirrt strich er dem Drachen mit der rechten Hand über den Kopf. Ein leichtes Kribbeln strömte in seinen Arm. Der Drache schmiegte sich mit gekrümmtem Rücken an ihn wie eine Katze. Eragon fuhr mit dem Finger über die dünnen Flügelmembrane. Sie fühlten sich an wie altes Pergament, samtig und warm, aber immer noch etwas feucht. Hunderte hauchfeiner Äderchen pulsierten in ihnen.

Erneut tastete etwas nach seinem Geist, aber diesmal spürte er keine Neugier, sondern einen überwältigenden, alles verzehrenden Hunger. Er sprang auf. Dies war ein gefährliches Tier, dessen war er sich sicher. Und doch sah der kleine Drache auf seinem Bett so hilflos aus, dass er sich fragte, ob es wohl etwas schaden konnte, wenn er ihn behielt. Der Drache wimmerte vor Hunger. Eragon strich ihm schnell über den Kopf, um ihn ruhig zu halten. *Darüber denke ich später nach*, entschied er, ging aus dem Raum und schloss sorgfältig die Tür hinter sich.

Als er mit zwei Streifen Trockenfleisch zurückkehrte, sah

er den Drachen auf dem Fenstersims sitzen und den Mond beobachten. Er schnitt das Fleisch in kleine Stücke und hielt dem Drachen eins davon hin. Dieser schnupperte vorsichtig daran, dann ließ er wie eine Schlange den Kopf vorschnellen, schnappte dem Jungen das Fleisch aus den Fingern und würgte es ruckartig hinunter. Anschließend stieß er Eragons Hand auffordernd an.

Eragon fütterte ihn, wobei er sorgsam auf seine Finger achtete. Als nur noch ein Stück übrig war, wölbte sich der Bauch des Drachen schon deutlich. Eragon hielt ihm den letzten Bissen hin. Das Kerlchen zögerte, dann schob es sich das Fleisch träge ins Maul. Nach beendeter Mahlzeit kroch es Eragons Arm hinauf und kuschelte sich an seine Brust. Dann schnaubte es zufrieden und ein kleines dunkles Rauchwölkchen puffte aus seinen Nasenlöchern. Eragon schaute voller Verwunderung zu.

Bald drang ein tiefes Summen aus der vibrierenden Kehle des Drachen, und Eragon nahm an, dass er eingeschlafen war. Behutsam trug er ihn zum Bett hinüber und legte ihn aufs Kopfkissen. Mit geschlossenen Augen schlang der Drache behaglich seinen Schwanz um den Bettpfosten. Eragon legte sich neben ihn. Seine Hand schloss und öffnete sich nervös im Halbdunkel.

Er stand vor einem schwierigen Problem: Wenn er einen Drachen aufzog, konnte er ein Drachenreiter werden. Die Menschen schwärmten von den Mythen und Geschichten über die Reiter, und er hatte die Chance, zu einem Teil dieser Legenden zu gehören. Wenn das Imperium jedoch von dem Drachen erfuhr, würde man ihn und seine Familie umbringen, es sei denn, sie schlossen sich dem König an. Niemand konnte – oder würde – ihnen helfen. Die einfachste Lösung wäre gewesen, den Drachen zu töten, aber ihm war schon der bloße Gedanke zuwider, und er verwarf ihn sofort. Er verehrte die Drachen viel zu sehr, um so etwas überhaupt in Betracht zu ziehen. *Außerdem, wer sollte uns denn verraten?*, überlegte er. *Wir wohnen in einer entlegenen Gegend und haben nichts getan, was Aufmerksamkeit erregen könnte.*

Das Problem war, Garrow und Roran zu überreden, dass er den Drachen behalten durfte. Keiner der beiden würde begeistert sein, einen leibhaftigen Drachen zu beherbergen. *Ich kann ihn ja heimlich aufziehen. In ein, zwei Monaten ist er dann zu groß, als dass Garrow ihn noch ohne viel Aufhebens loswerden könnte, aber so einfach hinnehmen wird er es bestimmt auch nicht. Und wo soll ich genug Futter für ihn herbekommen, während ich ihn verstecke? Er ist zwar noch nicht größer als eine kleine Katze, aber er hat jetzt schon eine ganze Hand voll Fleisch gefressen! Irgendwann wird er seine Nahrung selbst jagen können, aber wie lange wird es bis dahin dauern? Kann er bei der Kälte überhaupt im Freien überleben?* So oder so, er wollte den Drachen behalten. Je länger er darüber nachdachte, desto sicherer war er sich. Ganz gleich wie sich die Dinge mit Garrow entwickelten, Eragon würde alles in seiner Macht Stehende tun, um den Drachen zu beschützen. Mit diesem Vorsatz schlief er ein, der Winzling eng an ihn geschmiegt.

Bei Tagesanbruch hockte der Drache auf dem Bettpfosten wie ein uralter Wächter, der den neuen Tag begrüßt. Eragon bewunderte seine Farbe. Er hatte noch nie ein so klares, schillerndes Blau gesehen. Die Schuppen sahen aus wie hunderte kleiner Edelsteine. Ihm fiel auf, dass das weiße Oval auf seiner Handfläche, dort wo er den Drachen berührt hatte, jetzt silbern schimmerte. Er hoffte, es verbergen zu können, indem er nur noch mit schmutzigen Händen herumlief.

Der Drache hüpfte vom Bettpfosten herab und glitt zu Boden. Eragon hob ihn vorsichtig auf und schlich aus dem Haus, nachdem er noch etwas Fleisch, mehrere Lederriemen und so viele Stofflappen mitgenommen hatte, wie er tragen konnte. Es war ein wunderschöner kalter Morgen; der Hof war frisch verschneit. Er lächelte, als sich das kleine Wesen aus dem sicheren Nest von Eragons Armen neugierig umschaute.

Eilig lief er über die Felder und verschwand im dunklen Wald, wo er nach einem sicheren Versteck für seinen Schützling suchte. Nach einer Weile entdeckte er eine Eberesche, die allein auf einer kahlen Anhöhe stand. Die schneebedeckten Äste ragten wie graue Finger zum Himmel empor. Er setzte den Drachen am Fuße des Baumstamms ab und ließ die Lederriemen zu Boden fallen.

Mit einigen geschickten Handgriffen knüpfte er eine Schlinge und legte sie dem Drachen um den Hals, während dieser die Schneeklumpen am Baum inspizierte. Das Leder war abgewetzt, würde aber halten. Er sah zu, wie der Drache verspielt herumkroch, und nahm ihm die Schlinge wieder ab. Stattdessen bastelte er daraus ein behelfsmäßiges Geschirr, damit der Drache sich nicht versehentlich erdrosselte. Als Nächstes sammelte er einen Arm voll Zweige und baute hoch im Geäst des Baumes eine primitive Hütte, in der er die Stofflappen auslegte und das Fleisch hortete. Von den hoch gelegenen Ästen rieselte ihm Schnee ins Gesicht. Er hängte noch einige Stofflappen vor den Eingang des Unterschlupfes, damit die Wärme drinnen blieb. Dann betrachtete er zufrieden sein Werk.

»So, jetzt zeig ich dir dein neues Zuhause«, sagte er und hob den Drachen hinauf. Der wand sich zuerst und versuchte, sich zu befreien, aber schließlich kroch er in die Hütte, fraß ein Stück Fleisch, rollte sich zusammen und blinzelte Eragon treuherzig an. »Solange du hier drin bleibst, bist du in Sicherheit«, erklärte Eragon. Der Drache blinzelte erneut.

Da Eragon nicht glaubte, dass der Drache ihn verstanden hatte, sandte er seinen Geist tastend aus, bis er das Bewusstsein des Drachen spürte. Wieder hatte er dieses beängstigende Gefühl von *Offenheit* – von einem riesigen Raum, der wie ein schweres Tuch auf ihn niederdrückte. Er nahm all seinen Mut zusammen, konzentrierte sich auf den Drachen und versuchte, ihm einen Gedanken einzuschärfen: *Bleib hier.* Der Drache hörte auf, sich zu bewegen, und schaute ihn mit schräg gelegtem Kopf an. Eragon konzentrierte sich stärker: *Bleib hier.* Eine schwache Bestätigung strömte durch die Verbindung, aber Eragon fragte sich, ob der Drache wirklich begriffen hatte, was er von ihm wollte. *Trotz allem ist er nur ein Tier.* Erleichtert löste er den Kontakt und spürte, wie ihn die Sicherheit seines eigenen Geistes umfing.

Während Eragon den Baum hinter sich ließ, schaute er immer wieder zurück. Der Drache steckte den Kopf aus seinem Unterschlupf und schaute ihm mit großen Augen hinterher.

Nach einem eiligen Rückmarsch schlich er wieder in sein Zimmer und warf die zerbrochenen Eierschalen fort. Er war sicher, dass Garrow und Roran das Fehlen des Steins nicht auffallen würde – nachdem sie erfahren hatten, dass man ihn nicht verkaufen konnte, dachten sie sowieso nicht mehr daran. Als seine Familie aufstand, erwähnte Roran, er hätte in der Nacht Geräusche gehört, aber zu Eragons Erleichterung ging er nicht näher darauf ein.

Eragons Enthusiasmus ließ den Tag schnell vorübergehen. Niemand bemerkte das Mal auf seiner Hand, also hörte er bald auf, sich deswegen zu sorgen. Nach einer Weile kehrte er mit einigen Würsten, die er aus dem Keller stibitzt hatte, zu der Eberesche zurück. Gespannt näherte er sich dem Baum. *Kann ein Drachenjunges im Winter draußen überleben?*

Seine Befürchtungen waren grundlos. Der Drache saß auf einem Ast und knabberte an etwas, das er mit den Vorderbeinen festhielt. Als er den Jungen kommen sah, quiekte er aufgeregt. Eragon freute sich, dass er auf dem Baum geblieben war, außer Reichweite von großen Raubtieren. Sobald er die Würste fallen ließ, stieß der Drache von seinem Posten herab und verschlang sie hungrig, während Eragon den Unterschlupf inspizierte. Das Fleisch, das er mitgebracht hatte, war verschwunden, aber die Hütte war intakt, und auf dem Boden lagen mehrere Federbüschel. *Gut. Er kann sich also selbst etwas zu fressen besorgen.*

Plötzlich fiel ihm ein, dass er noch gar nicht wusste, ob der Drache eigentlich ein Er oder eine Sie war. Er hob ihn hoch und drehte ihn um, ohne sich um das Protestgeschrei des Kleinen zu kümmern, aber er konnte keine diesbezüglichen Merkmale entdecken. *Kampflos gibt er anscheinend keine Geheimnisse preis*, sagte er sich belustigt.

Eragon blieb eine ganze Weile bei seinem Findelkind. Erst nahm er ihm das Halfter ab, dann setzte er ihn sich auf die Schulter und marschierte los, um mit ihm den Wald zu erkunden. In der Abgeschiedenheit der schneebeladenen Bäume, die ihnen Obhut gewährten wie die mächtigen Säulen einer prachtvollen Kathedrale, erzählte Eragon dem Drachen alles, was er über den Wald wusste, ohne sich darum zu kümmern, ob dieser ihn verstand oder nicht. Für ihn zählte nur der simple Akt, die Dinge mit ihm zu teilen. Er redete ununterbrochen. Der Drache schaute ihn mit großen Augen an und saugte seine Worte auf. Eine Zeit lang saß Eragon einfach da, hielt ihn in seinen Armen und schaute ihn verwundert an, noch immer verblüfft über die jüngsten Ereignisse. Als er sich bei Sonnenuntergang wieder auf den Heimweg machte, spürte er im Rücken den entrüsteten Blick aus den kleinen blauen Augen des Drachen, der keine Lust hatte, allein zurückzubleiben.

In der Nacht malte er sich all die Dinge aus, die einem kleinen, hilflosen Tier zustoßen konnten. Bilder von Schneestürmen und hungrigen Raubtieren quälten ihn. Es dauerte mehrere Stunden, bis er einschlief. Im Traum sah er Füchse und schwarze Wölfe, die mit blutigen Fängen seinen Drachen zerfleischten.

Beim ersten Schimmer des Sonnenaufgangs verließ Eragon erneut das Haus mit frischem Futter und ein paar Decken als zusätzliches Wärmepolster für die Hütte. Er fand den Drachen wohlbehalten hoch oben auf dem Baum vor, wo er den Sonnenaufgang beobachtete. Inbrünstig bedankte Eragon sich bei allen ihm bekannten – und unbekannten – Göttern. Der Drache kam herabgehüpft, sprang ihm in die Arme und schmiegte sich an seine Brust. Die Kälte hatte ihm nichts anhaben können, aber er schien verängstigt. Ein dunkles Rauchwölkchen stieg aus seinen Nasenlöchern. Eragon streichelte ihn tröstend und setzte sich leise murmelnd mit dem Rücken an den Baumstamm. Er rührte sich nicht, als der Drache den Kopf in Eragons Mantel vergrub. Nach einer Weile löste er sich wieder aus der Umarmung und kletterte ihm auf die Schulter. Eragon fütterte ihn und wickelte anschließend die mitgebrachten Decken um die Hütte. Sie spielten eine Zeit lang miteinander, aber schließlich musste Eragon wieder nach Hause.

Von nun an rannte Eragon jeden Morgen zu dem Baum, brachte dem Drachen das Frühstück und eilte anschließend wieder heim. Tagsüber stürzte er sich mit Feuereifer in die Arbeit, um möglichst schnell zu seinem Schützling zurückkehren zu können. Sowohl Garrow als auch Roran fiel sein Verhalten auf, und sie wollten wissen, warum er so viel Zeit im Freien verbrachte. Eragon zuckte nur mit den Schultern und achtete fortan darauf, dass ihm niemand folgte.

Nach einigen Tagen hörte er auf, sich um den Drachen zu sorgen. Das Tier wuchs in atemberaubendem Tempo und bald schon konnten die meisten Gefahren ihm nichts mehr anhaben. In der ersten Woche verdoppelte er seine Größe. Vier Tage später reichte er dem Jungen schon bis zum Knie. Er passte jetzt nicht mehr in die Baumhütte und so musste Eragon ein neues Versteck zu ebener Erde bauen. Er brauchte drei Tage für diese Aufgabe.

Als der Drache zwei Wochen alt war, sah Eragon sich gezwungen, ihn frei herumlaufen zu lassen, weil er inzwischen ungeheuer viel Nahrung benötigte. Als er ihn zum ersten Mal losband, hielt Eragon ihn mit bloßer Willenskraft davon ab, ihm nach Hause zu folgen. Jedes Mal wenn der Drache es versuchte, schob er ihn mit seinen Gedanken von sich, bis das Tier lernte, das Haus und seine anderen Bewohner zu meiden.

Außerdem schärfte Eragon ihm ein, nur im Buckel auf die Jagd zu gehen, da ihn dort niemand entdecken konnte. Den Bauern würde es auffallen, wenn im Palancar-Tal plötzlich das Wild immer weniger wurde. Es beruhigte und ängstigte ihn zugleich, wenn der Drache sich so weit von ihm entfernte.

Die geistige Verbindung, die zwischen ihm und dem Tier bestand, wurde mit jedem Tag stärker. Er fand heraus, dass sie sich zwar nicht mit Worten, aber mit Bildern und Empfindungen verständigen konnten. Das war jedoch eine unsichere Methode und führte häufig zu Missverständnissen. Die Distanz, über die sie die Gedanken des anderen ertasten konnten, nahm schnell zu. Schon bald konnte Eragon den Drachen im Umkreis von zehn Meilen überall erreichen. Er tat es oft und im Gegenzug stupste dieser sanft seinen Geist an. Diese lautlosen Gespräche vertrieben ihm bei der Arbeit die Zeit. Ein Teil von ihm stand fortwährend mit dem Drachen in Verbindung. Meist ignorierte er die geistige Gegenwart seines Schützlings, aber er vergaß sie nie völlig. Wenn er mit anderen Menschen redete, lenkte sie ihn ab, wie eine Fliege, die an seinem Ohr herumsurrte.

Während der Drache heranwuchs, verwandelten sich sein Quieken und Fiepen allmählich in tiefes Brüllen, und aus dem Summen wurde ein scharfes Fauchen. Allerdings spie er kein Feuer, was Eragon beunruhigte. Wenn er aufgeregt war, stieß der Drache manchmal Rauchwolken aus, aber eine Flamme hatte Eragon noch nie gesehen.

Als der Monat zu Ende ging, reichten ihm die Schultern des Drachen bis zu den Ellbogen. In dieser kurzen Zeitspanne war aus dem kleinen, schutzlosen Drachenbaby ein mächtiges Tier geworden. Seine harten Schuppen waren so widerstandsfähig wie ein Brustpanzer, seine spitzen Zähne glichen Dolchen.

Abends unternahm Eragon lange Spaziergänge mit dem Drachen und die beiden trotteten einmütig nebeneinander her. Wenn sie auf eine Lichtung gelangten, setzte er sich an einen Baumstamm und sah zu, wie der Drache durch die Lüfte sauste. Er schaute ihm gern beim Fliegen zu und bedauerte, dass das Tier noch nicht groß genug war, um geritten zu werden. Oft saßen sie nebeneinander und Eragon strich über den Hals des Drachen; dann spürten seine Hände jede einzelne Sehne und jeden Muskelstrang.

Trotz aller Bemühungen fanden sich im Wald um den Bauernhof bald zahlreiche Hinweise auf die Anwesenheit des Drachen. Es war unmöglich für Eragon, alle Vier-Krallen-Fußspuren im Schnee zu verwischen, und er unternahm nicht einmal den Versuch, die gewaltigen Dunghaufen zu vergraben, die inzwischen überall herumlagen. Der Drache hatte sich an Bäumen gerieben und dabei die Rinde abgerissen, hatte seine Krallen an toten Stämmen geschärft und tiefe Furchen hinterlassen. Wenn Garrow oder Roran sich einmal zu weit hinter die Grenzen des Hofes begäben, würden sie unweigerlich auf den Drachen stoßen. Eragon konnte sich keine schlimmere Art vorstellen, wie die Wahrheit herauskommen konnte, daher beschloss er, dem zuvorzukommen, indem er ihnen alles erzählte.

Vorher jedoch wollte er noch zwei Dinge tun: seinem Gefährten einen passenden Namen geben und mehr über Drachen im Allgemeinen herausfinden. Für Letzteres musste er mit Brom reden, dem Meister der Sagen und Legenden – diese Geschichten waren der einzige Ort, an dem das uralte Wissen über Drachen überlebt hatte.

Also bot Eragon sich an, Roran zu begleiten, als dieser nach Carvahall musste, um einen Meißel reparieren zu lassen.

Am Abend vor ihrem Aufbruch ging Eragon zu einer kleinen Lichtung im Wald und rief im Geiste den Drachen herbei. Kurz darauf sah er einen sich schnell bewegenden Punkt am trüben Himmel. Der Drache schoss auf ihn zu, bremste mit aufgerichtetem Körper scharf ab und fing sich über den Bäumen. Eragon hörte, wie die Luft mit einem tiefen Pfeifton die Flügel entlangrauschte. Dann neigte sich der Drache leicht nach links und schwebte in weiten Kreisen zur Erde nieder. Er schlug noch ein paarmal mit den Flügeln, um nicht das Gleichgewicht zu verlieren, und landete schließlich mit einem dumpfen *Plumps* am Boden.

Eragon öffnete seine geistigen Kanäle, was ihm noch immer ungewohnt und sonderbar vorkam, und erklärte, dass er nach Carvahall gehen würde. Der Drache schnaubte nervös. Eragon versuchte, ihm ein beschwichtigendes Bild zu übermitteln, aber der Drache peitschte nur mit dem Schwanz. Eragon legte ihm eine Hand auf die Schulter und versuchte, Ruhe und Gelassenheit auszustrahlen. Die Schuppen bebten unter seinen Fingern, während er ihn zärtlich streichelte.

Ein einzelnes Wort hallte in seinem Kopf, tief und deutlich.

Eragon.

Es klang ernst und feierlich, so als würde ein unauflöslicher Pakt geschlossen. Er starrte den Drachen an und ein kühles Prickeln durchströmte seinen Arm.

Eragon.

Sein Bauch zog sich zu einem harten Klumpen zusammen, während die unergründlichen saphirblauen Augen seinen Blick erwiderten. Zum ersten Mal empfand er den Drachen nicht als Tier. Er war etwas anderes, etwas – Unbeschreibliches. Da rannte er fluchtartig nach Hause, als müsse er die Verbindung mit Gewalt abschütteln. *Mein Drache.*

Eragon.

TEESTUNDE

Roran und Eragon trennten sich am Ortsrand von Carvahall. Eragon trottete gedankenversunken zu Broms Haus. Vor der Türschwelle blieb er stehen und hob die Hand, um anzuklopfen.

Da krächzte hinter ihm eine Stimme: »Was willst du, Junge?«

Er wirbelte herum. Brom stützte sich auf einen gewundenen, mit seltsamen Schnitzereien verzierten Stab. Er trug ein braunes Kapuzengewand, wie ein Mönch. Ein Beutel hing an dem abgewetzten Ledergürtel, der um seine Taille geschlungen war. Über seinem weißen Bart ragte eine stolze, hakenförmige Adlernase zu seinem Mund hinab, die das ganze Gesicht dominierte. Er musterte Eragon aus tief liegenden Augen, die von buschigen Brauen beschattet wurden, und wartete auf eine Antwort.

»Einige Auskünfte«, sagte Eragon. »Roran lässt einen Meißel reparieren, und in der Zwischenzeit wollte ich sehen, ob du mir ein paar Fragen beantworten kannst.«

Der alte Mann grunzte und griff nach der Tür. Eragon bemerkte einen Goldring an seiner rechten Hand. Das Licht fiel auf einen glitzernden Saphir und hob ein sonderbares

Symbol hervor, das in die Oberfläche eingraviert war. »Dann komm rein; wir werden uns ein bisschen unterhalten. Deine Fragen scheinen sich ja nie zu erschöpfen.« Das Innere des Hauses war dunkler als Holzkohle und ein stechender Geruch hing in der Luft. »So, nun brauchen wir erst einmal Licht.« Eragon hörte den Mann herumfuhrwerken, dann einen leisen Fluch, als etwas zu Boden fiel. »Ah, na endlich.« Ein weißer Funke blitzte auf und eine Flamme erwachte zum Leben.

Brom stand mit einer Kerze vor einem steinernen Kamin. Stapel von Büchern umgaben einen hochlehnigen, mit Schnitzereien verzierten Holzstuhl, der vor dem Kamin stand. Die vier Stuhlbeine hatten die Form von Adlerklauen, und Sitzfläche und Rückenlehne waren mit Leder gepolstert, in das ein geschwungenes Rosenmuster eingeprägt war. Auf einigen kleineren Stühlen lagen Berge von Schriftrollen. Tintenfässer und Schreibfedern waren auf einem Schreibtisch verstreut. »Schaff dir Platz, aber, um der verlorenen Könige willen, sei *vorsichtig*. Diese Dinge sind wertvoll.«

Eragon stieg über Pergamentbögen hinweg, die mit eckigen Runen beschrieben waren. Behutsam nahm er knisternde Schriftrollen von einem Stuhl und legte sie auf den Boden. Als er sich hinsetzte, stieg eine Staubwolke in die Luft, und er musste ein Niesen unterdrücken.

Brom beugte sich herab und entzündete mit seiner Kerze das Feuer. »Gut! Es gibt nichts Besseres, als vor einem knisternden Feuer miteinander zu plaudern.« Er streifte die Kapuze zurück und entblößte sein Haupthaar, das nicht weiß, sondern silbrig war, dann hängte er einen Kessel über die Flammen und nahm auf dem hochlehnigen Stuhl Platz.

»So, was willst du wissen?«, fragte er Eragon barsch, aber nicht unfreundlich.

»Ja, also«, begann der Junge, der sich fragte, wie er das Thema am besten angehen sollte. »Immer wieder höre ich von den Drachenreitern und ihren großartigen Errungenschaften. Die meisten Menschen scheinen ihre Rückkehr herbeizusehnen, aber ich habe niemals etwas darüber gehört, wie alles begann, woher die Drachen stammen oder was die Reiter so besonders macht – abgesehen von den Drachen, meine ich.«

»Das ist eine lange Geschichte«, murmelte Brom. Er starrte Eragon aufmerksam an. »Wenn ich dir alles erzählen wollte, säßen wir im nächsten Winter immer noch hier. Man muss das Ganze auf ein überschaubares Maß verkürzen. Aber bevor wir anfangen, brauche ich meine Pfeife.«

Eragon wartete geduldig, während Brom den Tabak in den Pfeifenkopf stopfte. Er mochte Brom. Der alte Mann war zuweilen etwas aufbrausend, aber es schien ihm nie etwas auszumachen, sich für Eragon Zeit zu nehmen. Einmal hatte Eragon ihn gefragt, wo er herkomme, und Brom hatte gelacht und gesagt: »Aus einem Dorf fast wie Carvahall, nur nicht ganz so interessant.« Neugierig geworden hatte Eragon seinen Onkel gefragt. Aber Garrow konnte ihm auch nur berichten, dass Brom vor beinahe fünfzehn Jahren ein Haus in Carvahall gekauft hatte und seitdem zurückgezogen dort lebte.

Mit der Zunderbüchse steckte Brom sich die Pfeife an. Er paffte einige Male und sagte dann: »So, fertig… Jetzt gibt es keine Unterbrechung mehr bis zum Tee. Nun also zu den Reitern oder den *Shur'tugal*, wie die Elfen sie nennen. Womit soll ich anfangen? Ihr Wirken erstreckte sich über viele, viele Jahre, und auf dem Höhepunkt ihrer Macht umspannte ihr Einflussbereich ein Gebiet, doppelt so groß wie die Länder des Imperiums. Zahllose Geschichten wurden über sie verbreitet und die meisten davon sind Unsinn. Wenn man alles glauben wollte, was schon über sie erzählt worden ist, müsste man meinen, sie besäßen gottähnliche Kräfte. Gelehrte haben ihr ganzes Leben mit dem Versuch verbracht, die Märchen von den Tatsachen zu trennen, aber ich bezweifle, dass es je einer von ihnen schaffen wird. Es ist jedoch keine unmögliche Aufgabe, wenn wir uns auf die drei von dir genannten Bereiche beschränken: Wie es mit den Reitern anfing, warum sie so hoch geachtet waren und woher die Drachen kamen. Ich werde mit dem letzten Punkt beginnen.« Eragon lehnte sich zurück und lauschte der hypnotischen Stimme des alten Mannes.

»Die Drachen haben keinen Anfang, es sei denn, er fällt mit der Schöpfung Alagaësias zusammen. Und wenn sie ein Ende haben, so wird das sein, wenn diese Welt untergeht, denn sie sind eins mit dem Land. Sie, die Zwerge und noch ein paar andere sind die wirklichen Besitzer dieses Landes. Sie lebten hier vor allen anderen, stark und stolz in ihrem elementaren Ruhm. Ihre Welt wandelte sich erst, als die ersten Elfen mit ihren silbernen Schiffen über das große Meer segelten.«

»Woher kamen die Elfen?«, unterbrach ihn Eragon. »Und warum nennt man sie das Schöne Volk? Gibt es sie wirklich?«

Brom schaute mürrisch auf. »Möchtest du nun Antworten auf deine ursprünglichen Fragen oder nicht? Du wirst keine erhalten, wenn du bei jedem Punkt abschweifst, der dein Interesse weckt.«

»Tut mir Leid«, sagte Eragon. Er schlug die Augen nieder und versuchte, reumütig auszusehen.

»Tut es gar nicht«, sagte Brom leicht amüsiert. Er blickte ins Feuer und beobachtete, wie die Flammen am Boden des Kessels leckten. »Aber wenn du es unbedingt wissen willst: Elfen gibt es wirklich, und man nennt sie das Schöne Volk, weil sie anmutiger sind als alle anderen Völker. Sie behaupten, sie kommen aus Alalea, wenngleich niemand außer ihnen selbst weiß, was oder wo das ist.

Also«, er warf Eragon unter seinen buschigen Augenbrauen hervor einen strengen Blick zu, um sicherzugehen, dass es keine weiteren Unterbrechungen geben würde, »die Elfen waren ein stolzes Volk und der Magie kundig. Anfangs betrachteten sie die Drachen als bloße Tiere. Diese Annahme erwies sich als tödlicher Irrtum. Ein übermütiger Elfenknabe jagte einmal einen Drachen, als wäre es ein Hirsch, und erlegte ihn schließlich. Empört lauerten die Drachen dem Elf auf und töteten ihn. Unglücklicherweise hatte das Blutvergießen damit noch kein Ende. Die Drachen schlossen sich zusammen und griffen das gesamte Elfenvolk an. Bestürzt über das fatale Missverständnis, versuchten die Elfen, die Feindseligkeiten zu beenden, fanden aber keine Möglichkeit, sich mit den Drachen zu verständigen.

Im Anschluss kam es, um eine komplizierte Reihe von Ereignissen zusammenzufassen, zu einem sehr langen und sehr blutigen Krieg, den beide Seiten später zutiefst bedauerten. Am Anfang kämpften die Elfen nur, um sich zur Wehr zu setzen, denn sie wollten die Kämpfe nicht eskalieren lassen, aber das Ungestüm der Drachen zwang sie, um ihres Überlebens willen selbst anzugreifen. So ging es fünf bittere Jahre lang und hätte noch lange kein Ende gefunden, wenn nicht eines Tages ein Elf namens Eragon ein Drachenei entdeckt hätte.« Eragon blinzelte überrascht. »Ah, ich verstehe«, sagte Brom. »Du wusstest also noch gar nichts von deinem Namensvetter.«

»Nein.« Der Teekessel pfiff schrill. *Warum hat man mich nach einem Elf benannt?*, fragte er sich.

»Dann sollte dies alles umso interessanter für dich sein«, sagte Brom. Er nahm den Kessel vom Feuer und goss das kochende Wasser in zwei Tassen. Eine davon reichte er Eragon mit dem Hinweis: »Diese Blätter müssen nicht lange ziehen, trink also zügig, bevor der Tee zu stark wird.« Eragon versuchte, einen Schluck zu nehmen, verbrühte sich aber die Zunge. Brom stellte seine eigene Tasse beiseite und rauchte weiter seine Pfeife.

»Niemand weiß, warum das Ei zurückgelassen worden war. Einige sagen, die Eltern wären bei einem Elfen-Angriff getötet worden. Andere glauben, die Drachen hätten es absichtlich dort liegen lassen. So oder so, Eragon erkannte jedenfalls, wie hilfreich es sein konnte, einen freundlich gesonnenen Drachen aufzuziehen. Er kümmerte sich heimlich um ihn und nannte ihn, dem Brauch der alten Sprache folgend, Bid'Daum. Als Bid'Daum zu stattlicher Größe herangewachsen war, reisten die beiden gemeinsam zu den Drachen und überzeugten sie davon, mit den Elfen Frieden zu schließen. Zwischen den beiden Völkern wurde ein Abkommen geschlossen. Um zu gewährleisten, dass der Krieg niemals wieder aufflammen würde, beschlossen sie, die Drachenreiter ins Leben zu rufen.

Anfangs waren die Reiter nur als Mittel zur Verständigung zwischen den Elfen und Drachen gedacht. Mit der Zeit jedoch erkannte man ihren Wert und verlieh ihnen größere Befugnisse. Schließlich erkoren sie sich die Insel Vroengard zur Heimat und erbauten darauf eine Stadt – Dorú Areaba. Bevor Galbatorix sie stürzte, besaßen die Reiter mehr Macht als alle Könige in Alagaësia. Damit habe ich, glaube ich, schon zwei deiner Fragen beantwortet.«

»Ja«, sagte Eragon zerstreut. Es schien ihm ein unglaublicher Zufall, dass er ausgerechnet nach dem ersten Reiter benannt worden war. Aus irgendeinem Grunde hatte sein Name für ihn plötzlich einen ganz anderen Klang. »Was bedeutet *Eragon*?«

»Ich weiß es nicht«, sagte Brom. »Der Name ist sehr, sehr alt. Ich bezweifle, dass irgendwer außer den Elfen es weiß, und das Glück müsste schon gewaltig auf dich herablächeln, wenn du je einen von ihnen zu Gesicht bekämst. Aber es ist gut, so zu heißen; du solltest stolz darauf sein. Nur wenige tragen einen so ehrenvollen Namen.«

Eragon verbannte das Thema aus seinen Gedanken und konzentrierte sich auf das, was er von Brom erfahren hatte; etwas fehlte. »Das verstehe ich nicht. Wo waren wir denn, als die Reiter geschaffen wurden?«

»Wir?«, fragte Brom mit hochgezogener Augenbraue.

»Du weißt schon, wir alle.« Eragon machte eine unbestimmte Handbewegung. »Die Menschen allgemein.«

Brom lachte. »Wir sind in diesem Lande genauso wenig beheimatet wie die Elfen. Unsere Vorfahren benötigten drei weitere Jahrhunderte, um hierher zu gelangen und den ersten menschlichen Reiter hervorzubringen.«

»Das kann nicht sein«, protestierte Eragon. »Wir haben doch immer im Palancar-Tal gelebt.«

»Das mag auf einige wenige Generationen zutreffen, aber davor, nein. Selbst für dich gilt das nicht, Eragon«, sagte Brom gutmütig. »Du betrachtest dich zwar als Teil von Garrows Familie, und das mit Recht, aber deine Ahnen stammen nicht von hier. Wenn du herumfragst, wirst du herausfinden, dass viele Leute noch gar nicht so lange hier leben. Dieses Tal ist alt und hat nicht immer uns gehört.«

Eragon runzelte die Stirn und nippte an seinem Tee. Er war noch so heiß, dass ihm die Kehle brannte. Dies war seine Heimat, ganz gleich wer sein Vater war! »Was geschah mit den Zwergen, nachdem die Reiter vernichtet wurden?«

»Das weiß niemand so recht. In den ersten Schlachten kämpften sie an der Seite der Reiter, aber als offenkundig wurde, dass Galbatorix gewinnen würde, schütteten sie alle bekannten Eingänge zu ihren Tunneln zu und verschwanden unter der Erde. Auf Nimmerwiedersehen, soweit ich weiß.«

»Und die Drachen?«, fragte Eragon. »Was wurde aus denen? Sie wurden doch bestimmt nicht alle getötet.«

Brom antwortete betrübt: »Das ist das größte Geheimnis, das es heute in Alagaësia gibt: Wie viele Drachen haben Galbatorix' mörderisches Abschlachten überlebt? Er verschonte diejenigen, die ihm ihre Dienste antrugen, aber nur die verwirrten Drachen der Abtrünnigen unterstützten seinen Wahnsinn. Wenn außer Shruikan noch andere Drachen am Leben sind, dann haben sie sich gut versteckt, damit unser Monarch sie niemals entdeckt.«

Woher ist dann mein Drache gekommen?, fragte sich Eragon. »Waren die Urgals schon hier, als die Elfen nach Alagaësia kamen?«, fragte er.

»Nein, sie folgten den Elfen übers Meer wie blutrünstige Zecken. Sie waren einer der Gründe dafür, dass die Reiter so geschätzt waren. Sie besaßen kämpferisches Geschick und die Fähigkeit, den Frieden zu wahren. Aus dieser Vergangenheit kann man viel lernen. Es ist schade, dass der König sie totschweigen lässt«, sagte Brom.

»Ja, ich habe deine Geschichte gehört, als ich das letzte Mal im Dorf war.«

»Geschichte!«, blaffte Brom, und Funken blitzten in seinen Augen. »Wenn es nur eine Geschichte ist, dann sind die Gerüchte über meinen Tod wahr, und du redest mit einem Geist! Respektiere die Vergangenheit – man weiß nie, wie sie sich auf die Gegenwart auswirkt.«

Eragon wartete, bis Broms Züge wieder weicher wurden, bevor er es wagte zu fragen: »Wie groß waren die Drachen eigentlich?«

Eine dunkle Rauchwolke brodelte wie ein Miniaturgewitter über Broms Kopf herum. »Größer als ein Haus. Selbst die kleinen hatten eine Flügelspanne von mehr als hundert Fuß und sie hörten nie auf zu wachsen. Bevor das Imperium sie tötete, hätten einige der ganz alten als große Hügel durchgehen können.«

Bestürzung überkam Eragon. *Wie soll ich meinen Drachen bloß in Zukunft verstecken?*, dachte er. Insgeheim fluchte er, hielt seine Stimme aber ruhig. »Wann waren sie ausgewachsen?«

»Nun ja«, sagte Brom und kratzte sich am Kinn, »sie konnten kein Feuer speien, bis sie fünf oder sechs Monate alt waren, und erst dann konnten sie sich auch paaren. Je älter ein Drache war, desto länger konnte er Feuer speien. Einige konnten es minutenlang. Ohne Unterbrechung.« Brom stieß einen Rauchkringel aus und sah zu, wie er zur Zimmerdecke aufstieg.

»Ich habe gehört, ihre Schuppen glänzten wie Edelsteine.«

Brom beugte sich vor und sagte in knurrigem Ton: »Du hast Recht. Es gab sie in allen Farben und Schattierungen. Es heißt, dass eine Sorte von ihnen aussah wie ein lebendiger, schimmernder Regenbogen, der sich fortwährend verschiebt. Aber wer hat dir das erzählt?«

Eragon erstarrte einen Moment lang, dann flunkerte er: »Ein Händler.«

»Wie heißt denn dieser Mann?«, fragte Brom. Seine dichten Augenbrauen verbanden sich zu einer dicken weißen Linie; die Furchen auf seiner Stirn wurden tiefer. Unbemerkt erlosch die Pfeife.

Eragon gab vor nachzudenken. »Ich weiß es nicht. Er saß in Morns Schankhaus, aber ich habe seinen Namen nicht erfahren.«

»Ich wünschte, du wüsstest ihn«, murmelte Brom.

»Außerdem hat er behauptet, so ein Reiter konnte die Gedanken seines Drachen hören«, sagte Eragon rasch und hoffte, der erfundene Händler würde ihn vor Broms Argwohn bewahren.

Broms Augen wurden schmal. Langsam nahm er einen Flintstein und schlug ihn gegen die Zunderbüchse. Qualm stieg auf und er nahm einen tiefen Zug aus der Pfeife und ließ gemächlich den Rauch ausströmen. Mit tonloser Stimme sagte er: »Der Händler hat sich getäuscht. Davon ist in keiner Geschichte die Rede und ich kenne sie alle. Hat er sonst noch etwas gesagt?«

Eragon zuckte mit den Schultern. »Nein.« Brom war zu interessiert an dem Händler, als dass er die Täuschung weiter ausbauen wollte. Beiläufig fragte er: »Wurden die Drachen alt?«

Brom antwortete nicht sofort. Sein Kinn sank auf die Brust, während er mit den Fingern nachdenklich auf der Pfeife herumtrommelte; sein Ring reflektierte das Licht. »Verzeih, meine Gedanken waren anderswo. Ja, ein Drache lebte ziemlich lange, genau genommen so lange, wie ihn niemand tötete und sein Reiter nicht starb.«

»Wie kann das irgendwer wissen?«, warf Eragon ein. »Wenn Drachen mit ihren Reitern starben, konnten sie doch höchstens sechzig oder siebzig Jahre alt werden. Als du neulich in deiner Erzählung von den Drachen berichtet hast, sagtest du, die Reiter seien praktisch unsterblich gewesen, aber das ist ja unmöglich.« Er fand den Gedanken, seine Familie und Freunde zu überleben, ziemlich beunruhigend.

Ein leises Lächeln umspielte Broms Lippen. »Was möglich ist, liegt immer im Auge des Betrachters«, sagte er verschmitzt. »Einige behaupten, man könne nicht durch den Buckel wandern und am Leben bleiben, und doch tust du es. Es ist eine Frage des Blickwinkels. Man muss schon sehr weise sein, um in deinem Alter bereits so viel zu wissen.« Eragon errötete und der alte Mann lachte. »Ärgere dich nicht; du kannst nicht erwarten, über derartige Dinge Bescheid zu wissen. Du vergisst, dass die Drachen magische Wesen waren – sie hatten eine sonderbare Wirkung auf alles, was sie umgab. Die Reiter waren ihnen am nächsten und deshalb bekamen sie diese Wirkung am stärksten zu spüren. Der häufigste Nebeneffekt war eine deutlich verlängerte Lebensspanne. Unser König ist der lebende Beweis dafür, wenngleich die meisten Leute es seinen magischen Fähigkeiten zuschreiben. Es gab auch andere, weniger auffällige Veränderungen. Alle Reiter besaßen einen stärkeren Körper, einen wacheren Geist und einen schärferen Blick als gewöhnliche Menschen. Außerdem bekam ein menschlicher Reiter mit der Zeit spitze Ohren, wenn auch nicht so spitz wie bei einem Elf.«

Eragon musste den Impuls unterdrücken, sich an die Ohren zu fassen. *Wie wird dieser Drache mein Leben noch beeinflussen? Er ist also nicht nur in meinen Geist eingedrungen, sondern verändert auch meinen Körper!* »Waren diese Drachen sehr klug?«

»Hast du nicht zugehört, was ich vorhin gesagt habe?«, wollte Brom wissen. »Wie hätten die Elfen mit dummen Bestien ein Friedensabkommen schließen können? Sie waren genauso intelligent wie du und ich.«

»Aber sie waren doch Tiere«, beharrte Eragon.

Brom schnaufte. »Sie waren genauso wenig Tiere, wie wir es sind. Aus irgendeinem Grund lobpreisen die Menschen alles, was die Reiter taten, und vergessen dabei immer die Drachen, weil sie glauben, Drachen wären nichts weiter als exotische Transportmittel gewesen. Das waren sie aber nicht. Die großen Taten der Reiter waren nur möglich mithilfe ihrer Drachen. Wie viele Männer würden wohl zum Schwert greifen, wenn sie wüssten, dass daraufhin eine gewaltige, Feuer speiende Echse – die obendrein listiger und klüger ist als jeder König – erscheinen würde, um ihren Angriff zu zerschlagen? Hmm?« Er blies einen weiteren Rauchkringel in die Luft und sah zu, wie er davonschwebte.

»Hast du jemals einen gesehen?«

»Nein«, sagte Brom, »das war lange vor meiner Zeit.«

Und nun brauche ich einen Namen. »Ich versuche, mich an den Namen eines bestimmten Drachen zu erinnern, er will mir aber einfach nicht mehr einfallen. Ich glaube, ich habe ihn gehört, als die Händler in Carvahall waren, aber ich bin mir nicht sicher. Könntest du mir helfen?«

Brom zuckte mit den Schultern und zählte rasch eine Reihe von Namen auf. »Es gab Jura, Hírador und Fundor – der gegen die riesige Seeschlange kämpfte. Außerdem Galzra, Briam, Ohen der Starke, Gretiem, Beroan, Roslarb…« Er nannte noch viele andere. Ganz am Ende sprach er so leise, dass Eragon ihn kaum noch verstand: »…und Saphira.« Brom klopfte seine Pfeife aus. »War es einer von denen?«

»Ich fürchte, nein«, sagte Eragon. Brom hatte ihm viel Stoff zum Nachdenken gegeben und es wurde langsam spät. »So, Roran ist wahrscheinlich längst bei Horst fertig. Ich sollte aufbrechen, obwohl ich lieber hier bleiben würde.«

Brom hob eine Augenbraue. »Wie, das war alles? Ich hatte erwartet, dass du mir so lange Löcher in den Bauch fragst, bis Roran an die Tür klopft und dich an den Haaren nach Hause schleift. Keine Fragen nach der Angriffstaktik der Drachen oder Bitten um Schilderungen atemberaubender Luftkämpfe? Sind wir wirklich schon fertig?«

»Fürs Erste ja«, lachte Eragon. »Ich habe alles erfahren, was ich wissen wollte, und obendrein noch vieles mehr.« Er stand auf und Brom tat es ihm nach.

»Na schön.« Er brachte Eragon zur Tür. »Leb wohl. Pass auf dich auf. Und vergiss nicht, wenn dir wieder einfällt, wer der Händler war, dann sag mir Bescheid.«

»Mach ich. Vielen Dank.« Eragon trat blinzelnd hinaus in die gleißende Wintersonne. Er schlenderte langsam davon und dachte darüber nach, was er alles erfahren hatte.

EIN MACHTVOLLER NAME

Auf dem Heimweg sagte Roran: »Ein Fremder aus Therinsford war heute bei Horst.«

»Wie heißt er?«, fragte Eragon. Er wich einem Eisstück aus und ging in zügigem Tempo weiter. Seine Wangen und Augen brannten vor Kälte.

»Dempton. Er kam her, um sich von Horst ein paar Scharniere schmieden zu lassen«, sagte Roran. Seine stämmigen Beine pflügten durch eine Schneewehe und ebneten Eragon den Weg.

»Hat Therinsford denn keinen eigenen Schmied?«

»Doch«, erwiderte Roran, »aber der ist nicht geschickt genug.« Er warf Eragon einen Seitenblick zu. Dann fügte er achselzuckend hinzu: »Er braucht die Scharniere für seine Mühle. Er vergrößert sie und hat mir Arbeit angeboten. Falls ich annehme, soll ich ihn begleiten, wenn er die Scharniere abholt.«

Müller arbeiteten das ganze Jahr über. Im Winter zermahlten sie, was immer die Leute ihnen brachten, aber zur Erntezeit kauften sie das Getreide und verkauften es als Mehl. Es war harte, gefährliche Arbeit; oft verloren die Arbeiter an den gewaltigen Mühlsteinen einen Finger oder gar eine Hand. »Wirst du Garrow davon erzählen?«, fragte Eragon.

»Ja.« Ein sarkastisches Lächeln überzog Rorans Gesicht.

»Wozu? Du weißt doch, was er davon halten würde, wenn einer von uns fortginge. Es wird nur Ärger geben, wenn du ihm davon erzählst. Vergiss es einfach, dann können wir in Frieden zu Abend essen.«

»Das geht nicht. Ich werde das Angebot annehmen.«

Eragon blieb stehen. »Warum?« Sie standen sich gegenüber, ihre Atemwolken deutlich sichtbar in der eisigen Luft. »Ich weiß, es ist nicht leicht, an Geld zu kommen, aber wir haben immer überlebt. Du musst uns nicht verlassen.«

»Nein, das muss ich nicht. Aber das Geld ist für mich selbst.« Roran wollte weitergehen, aber Eragon blieb stehen.

»Wofür brauchst du es denn?«, wollte er wissen.

Rorans Schultern strafften sich ein wenig. »Ich möchte heiraten.«

Verwirrung und Erstaunen breiteten sich in Eragon aus. Ihm fiel wieder ein, wie Roran und Katrina sich während des Besuchs der Händler geküsst hatten, aber musste er sie deswegen gleich heiraten? »Katrina?«, fragte er schwach, nur um ganz sicher zu sein. Roran nickte. »Hast du sie denn schon gefragt?«

»Noch nicht, aber ich werde es im Frühling tun, wenn ich es mir leisten kann, ein Haus zu bauen.«

»Es gibt zu viel Arbeit auf dem Hof, als dass du uns jetzt verlassen könntest«, protestierte Eragon. »Warte bis zur nächsten Aussaat.«

»Nein«, sagte Roran mit einem leisen Lachen. »Im Frühling braucht man mich hier am meisten. Der Boden muss gepflügt werden, dann müssen wir säen und die Beete jäten – ganz zu schweigen von all den anderen Arbeiten. Nein, jetzt ist die beste Zeit zu gehen, solange wir eigentlich bloß herumsitzen und auf den Frühling warten. Du und Garrow, ihr werdet auch ohne mich zurechtkommen. Wenn alles gut geht, bin ich im Frühling zurück und werde wieder auf dem Hof arbeiten. Aber dann habe ich eine Frau.«

Widerwillig musste Eragon sich eingestehen, dass Roran Recht hatte. Er schüttelte den Kopf, doch ob aus Verblüffung oder vor Ärger, war ihm nicht ganz klar. »Ich schätze, dann kann ich dir nur Glück wünschen. Aber Garrow wird das bestimmt nicht gefallen.«

»Das werden wir ja sehen.«

Sie setzten ihren Weg fort, aber das Schweigen stand jetzt wie eine Barriere zwischen ihnen. Eragons Herz war in Aufruhr. Es würde eine Weile dauern, bis er diese Entwicklung mit Wohlwollen betrachten konnte. Als sie zu Hause ankamen, erzählte Roran Garrow nichts von seinen Plänen, aber Eragon war sich sicher, dass er es bald tun würde.

Es war das erste Mal, dass Eragon den Drachen wieder besuchte, seit der zu ihm gesprochen hatte. Er näherte sich ihm mit einem mulmigen Gefühl, denn er wusste jetzt, dass der Drache ihm ebenbürtig war.

Eragon.

»Ist das alles, was du sagen kannst?«, fuhr er ihn an.

Ja.

Seine Augen weiteten sich ob der unerwarteten Antwort und vor lauter Überraschung setzte er sich erst einmal auf den Hosenboden. *Jetzt hat er sogar schon Humor. Was kommt wohl als Nächstes?* Ungestüm zertrat er mit dem Fuß einen Zweig. Rorans Ankündigung über seine Heiratsabsichten hatte ihm die Laune verdorben. Als er den fragenden Gedanken des Drachen empfing, berichtete er ihm, was geschehen war. Dabei wurde seine Stimme immer lauter, bis er sinnlos in die Gegend brüllte. Er schimpfte, bis sich seine Emotionen erschöpft hatten, dann hieb er überflüssigerweise auf den Boden.

»Ich will nicht, dass er geht, das ist alles«, sagte Eragon hilflos. Der Drache betrachtete ihn unbeeindruckt und hörte ihm zu. Eragon murmelte einige erlesene Flüche und rieb sich die Augen. Nachdenklich schaute er den Drachen an. »Du brauchst einen Namen. Ich habe heute ein paar interessante gehört; vielleicht gefällt dir einer davon.« Im Geiste ging er die Liste durch, die Brom ihm vorgebetet hatte, bis er zwei Namen fand, die ihm besonders heldenhaft, edel und wohlklingend erschienen. »Was hältst du von Vanilor oder seinem Nachfolger Eridor? Beide waren prachtvolle Drachen.«

Nein, gab der Drache zurück. Er schien sich über Eragons Bemühungen zu amüsieren. *Eragon.*

»Das ist *mein* Name; den kannst du nicht haben«, sagte dieser und rieb sich das Kinn. »Also, wenn dir keiner der beiden gefällt, gibt es noch andere.« Er ging weiter die Liste durch, doch der Drache lehnte jeden Namen ab, den er ihm vorschlug. Irgendetwas, das Eragon nicht verstand, schien ihn zu erheitern, aber er ignorierte dessen Belustigung und schlug ihm immer neue Namen vor. »Es gab Ingothold, er tötete …« Plötzlich dämmerte ihm etwas. *Da liegt das Problem! Ich habe bis jetzt nur männliche Namen genannt. Du bist eine Sie!*

Ja. Das Drachenmädchen legte kokett die Flügel an.

Da er nun wusste, wonach er suchte, fielen ihm noch ein halbes Dutzend weiterer Namen ein. Er erwog Miemel, aber das passte nicht – schließlich war es der Name eines braunen Drachen gewesen. Opheila und Lenora wurden ebenfalls verworfen. Er wollte schon aufgeben, als ihm auch noch der letzte Name einfiel, den Brom gemurmelt hatte. Er gefiel Eragon, aber würde er auch dem Drachenmädchen gefallen?

Er stellte die Frage.

»Bist du Saphira?« Sie schaute ihn mit ihren klugen Augen an. Tief in seinem Geist spürte er ihre Zufriedenheit.

Ja. Etwas klickte in seinem Kopf und ihre Stimme hallte wie aus großer Ferne wider. Als Antwort grinste er sie an. Saphira begann, behaglich zu summen.

DER ZUKÜNFTIGE
MÜLLER

Die Sonne war bereits untergegangen, als das Abendessen auf den Tisch kam. Draußen heulte ein stürmischer Wind und rüttelte am Haus. Eragon beobachtete Roran aufmerksam und wartete auf das Unvermeidliche. Schließlich sagte dieser: »Man hat mir Arbeit angeboten. In der Mühle von Therinsford. Ich habe vor, das Angebot anzunehmen.«

Garrow schluckte den Bissen, den er gerade im Mund hatte, absichtlich langsam hinunter und legte dann die Gabel nieder. Er lehnte sich zurück, dann verschränkte er die Finger hinterm Kopf und sagte nur ein einziges Wort: »Warum?«

Roran erklärte es ihm, während Eragon geistesabwesend in seinem Essen herumstocherte.

»Ich verstehe«, war Garrows einziger Kommentar. Er verfiel in Schweigen und starrte an die Decke. Keiner regte sich, während sie auf seine Erwiderung warteten. »Wann wirst du gehen?«

»Wie bitte?«, fragte Roran.

Garrow beugte sich vor, ein verschmitztes Glitzern in seinen Augen. »Hast du geglaubt, ich würde dich aufhalten? Ich habe gehofft, dass du bald heiraten würdest. Es ist gut, diese Familie wieder wachsen zu sehen. Katrina kann sich glücklich schätzen, dich an ihrer Seite zu haben.« Erstaunen huschte über Rorans Gesicht, dann breitete sich darauf ein erleichtertes Grinsen aus. »Also, wann wirst du gehen?«, fragte Garrow noch einmal.

Roran hatte seine Stimme wiedergefunden. »Wenn Dempton nach Carvahall kommt, um die Scharniere für die Mühle abzuholen.«

Garrow nickte. »Und wann ist das?«

»In zwei Wochen.«

»Gut. Das gibt uns etwas Zeit, uns darauf vorzubereiten. Es ist etwas anderes, wenn wir nur zu zweit sind. Aber wenn nichts schief läuft, ist es ja nicht für lange.« Er schaute über den Tisch und fragte: »Eragon, hast du davon gewusst?«

Dieser zuckte hilflos mit den Schultern. »Erst seit heute … Es macht mich traurig.«

Garrow fuhr sich mit der Hand übers Gesicht. »Das ist der Lauf des Lebens.« Er erhob sich von seinem Stuhl. »Es wird schon werden; die Zeit wird die Dinge richten. So, und jetzt lasst uns das Geschirr spülen.« Eragon und Roran halfen ihm schweigend.

Die nächsten Tage waren äußerst schwierig. Eragon war ständig gereizt. Außer knappen Antworten auf direkte Fragen zu geben, sprach er kaum. Auf Schritt und Tritt wurde er daran erinnert, dass Roran sie verlassen würde: Garrow stellte einen Rucksack für ihn her, an den Wänden fehlten plötzlich Dinge und im Haus breitete sich eine seltsame Leere aus. Es dauerte fast eine Woche, bis Eragon bewusst wurde, dass Roran und er einander merkwürdig fremd geworden waren. Wenn sie miteinander redeten, kamen ihnen die Worte nur schwer über die Lippen, und ihre Gespräche waren immer etwas verkrampft.

Saphira war jetzt Balsam für Eragons enttäuschte Seele. Mit ihr konnte er freimütig reden; seine Gefühle waren für ihren Geist ein offenes Buch und sie verstand ihn besser als jeder andere. In den Tagen vor Rorans Abschied erlebte sie einen erneuten Wachstumsschub. Sie legte zwölf Zoll zu und ihre Schultern überragten jetzt die von Eragon. Irgendwann fiel ihm auf, dass die kleine Kuhle, wo ihr Hals in die Schultern überging, einen perfekten Sitzplatz bot. Abends setzte er sich oft dort hinein und kraulte ihren Hals, während er ihr die Bedeutung verschiedener Worte erklärte. Bald verstand sie alles, was er sagte, und gab dazu kluge Kommentare ab.

Dieser Teil seines Lebens war wunderbar für Eragon. Saphira war so lebhaft und facettenreich wie ein Mensch. Ihre Persönlichkeit war vielschichtig und zuweilen völlig fremdartig und doch verstanden sie sich in der Tiefe ihrer Herzen. Ständig offenbarten ihm ihr Denken und Verhalten neue Aspekte ihres Charakters. Einmal fing sie einen Adler, aber statt ihn zu fressen, ließ sie ihn wieder frei und sagte: *Kein Jäger des Himmels sollte sein Dasein als Beute beenden. Es ist besser, im Flug zu sterben als gefangen am Boden.*

Eragons Vorhaben, Saphira seiner Familie vorzustellen, war von Rorans Ankündigung und Saphiras mahnenden Worten durchkreuzt worden. Sie wollte sich niemandem zeigen, und er billigte ihre Entscheidung, teilweise aus purem Egoismus. Er wusste, dass er sich allen möglichen Vorwürfen ausgesetzt sehen würde, sobald die anderen von ihrer Existenz erfuhren. Deshalb wollte er den Augenblick der Wahrheit lieber noch eine Weile aufschieben. Er sagte sich, dass es besser wäre zu warten, bis ein Zeichen den richtigen Zeitpunkt bestimmen würde.

Am Abend bevor Roran aufbrechen wollte, ging Eragon zu ihm, um mit ihm zu reden. Auf leisen Sohlen schlich er durch den Flur zu Rorans offener Tür. Auf dem Nachttisch stand eine Öllampe, deren Widerschein flackernd an den Wänden tanzte. Die Bettpfosten warfen längliche Schatten auf das leere Regal, das bis unter die Decke reichte. Roran wickelte mit düsterem Blick und angespanntem Nacken seine Kleider und Habseligkeiten in eine Decke ein. Er hielt inne, dann nahm er etwas vom Kissen und wog es in der Hand. Es war ein polierter Stein, den Eragon ihm vor Jahren geschenkt hatte. Er wollte ihn in das Bündel stopfen, dann überlegte er es sich anders und legte ihn in das ansonsten leere Regal zurück. Eragon, einen Kloß im Hals, machte leise kehrt.

FREMDE IN CARVAHALL

Das Frühstück war kalt, aber der Tee war heiß. Das morgendliche Feuer hatte das Eis an den Innenseiten der Fensterscheiben schmelzen lassen; das Wasser sickerte in den Holzboden ein und bildete dort dunkle Flecken. Eragon beobachtete Garrow und Roran, die am Küchenofen standen, und überlegte, dass dies für viele Monate das letzte Mal sein würde, dass er sie zusammen sah.

Roran setzte sich auf einen Stuhl und schnürte seine Stiefel, den voll gepackten Rucksack neben sich am Boden. Garrow stand zwischen ihnen, die Hände tief in den Hosentaschen vergraben. Das Hemd hing ihm aus der Hose und er sah abgespannt aus. Trotz der drängenden Bitten der beiden jungen Männer weigerte er sich, sie zu begleiten. Nach dem Grund dafür gefragt, sagte er nur, dass es so am besten sei.

»Hast du alles?«, fragte Garrow Roran.

»Ja.«

Er nickte und zog einen kleinen Beutel aus der Hosentasche. Münzen klimperten, als er ihn Roran hinhielt. »Das habe ich für dich gespart. Es ist nicht viel, aber für ein bisschen Flitterkram oder andere Kleinigkeiten wird es reichen.«

»Vielen Dank, aber ich werde mein Geld nicht für unnützes Zeug ausgeben«, sagte Roran.

»Tu damit, was du willst; es gehört dir«, sagte Garrow. »Mehr kann ich dir nicht geben, außer meinem väterlichen Segen. Nimm ihn mit, wenn du möchtest, aber dafür kannst du dir nichts kaufen.«

Rorans Stimme war belegt vor Rührung. »Ich fühle mich geehrt, deinen Segen zu haben.«

»Dann geh jetzt und geh in Frieden«, sagte Garrow und küsste ihn auf die Stirn. Er wandte sich um und sagte mit lauter Stimme: »Glaub ja nicht, ich hätte dich vergessen, Eragon. Ich habe euch beiden etwas zu sagen. Es ist an der Zeit, dass ich euch einige Worte mit auf den Weg gebe, da ihr euch nun in die Welt der Erwachsenen begebt. Beherzigt meine Worte, dann werden sie euch sicher durchs Leben geleiten.« Er richtete seinen ernsten Blick auf sie. »Erstens, lasst nie jemanden euren Geist oder Körper beherrschen. Gebt besonders Acht darauf, dass eure Gedanken eigenständig bleiben. Man kann ein freier Mensch sein und dennoch angekettet wie ein Sklave. Schenkt den Menschen Gehör, aber nicht euer Herz. Zollt den Machthabern Respekt, aber folgt ihnen nicht blind. Urteilt mit Logik und Vernunft, aber enthaltet euch jeglichen Kommentars.

Betrachtet niemanden als euch überlegen, ganz gleich welchen Rang er bekleidet oder was er im Leben erreicht hat. Seid gerecht zu den Menschen, sonst werden sie nach Vergeltung trachten. Geht vorsichtig mit eurem Geld um. Haltet an eurem Glauben fest, sodass andere euren Worten Gewicht beimessen.« Er sprach etwas langsamer weiter. »Und was die Liebe betrifft… Mein einziger Rat ist: Seid ehrlich. Das ist euer mächtigstes Werkzeug, um ein Herz zu öffnen oder Vergebung zu erlangen. Das ist alles, was ich euch zu sagen habe.« Er schien etwas verlegen ob seiner Ansprache.

Dann hob er den Rucksack hoch. »Ihr müsst jetzt aufbrechen. Der Sonnenaufgang naht und Dempton wird schon warten.«

Roran schulterte den Rucksack und umarmte seinen Vater. »Ich komme zurück, sobald ich kann«, sagte er.

»Gut!«, entgegnete Garrow. »Aber nun geh und sorge dich nicht um uns.«

Widerwillig lösten sie die Umarmung. Eragon und Roran gingen nach draußen, dann drehten sie sich um und winkten. Garrow hob eine knochige Hand und schaute ihnen mit ernstem Blick hinterher, während sie zur Straße trotteten. Nach einer Weile schloss er die Tür. Als das Geräusch durch die Morgenluft zu ihnen herangetragen wurde, blieb Roran stehen.

Eragon schaute zurück über die Landschaft. Sein Blick blieb auf den einsamen Gebäuden haften. Sie sahen erschreckend klein und zerbrechlich aus. Der dünne Rauchfaden, der vom Haus aufstieg, war das einzige Zeichen, dass der eingeschneite Hof bewohnt war.

»Das ist nun unsere ganze Welt«, stellte Roran mit rauer Stimme fest.

Eragon bibberte ungeduldig und brummte: »Und sie ist nicht schlecht.« Roran nickte, dann schritt er hoch aufgerichtet seiner neuen Zukunft entgegen. Allmählich verschwand das Haus aus ihrem Blickfeld, während sie den Hügel hinabstapften.

Es war noch früh, als sie Carvahall erreichten, aber die Schmiede hatte bereits geöffnet. Drinnen war es mollig warm. Baldor bearbeitete zwei große Blasebalge, die an der Seite eines mit glühenden Kohlen gefüllten steinernen Schmiedeofens angebracht waren. Vor dem Ofen standen ein schwarzer Amboss und ein Fass mit Salzwasser. An einer Reihe in Kopfhöhe angebrachter Stangen, die aus der Wand ragten, hingen die Werkzeuge: riesige Feuerzangen, Hämmer in allen erdenklichen Größen und Formen, Meißel, Winkel, Lochstanzen, Feilen, Raspeln, Eisen- und Stahlstücke, die darauf warteten, geformt zu werden, Schraubstöcke, Metallscheren, Spitzhacken und Schaufeln. Horst und Dempton standen neben einer langen Werkbank.

Dempton trat mit einem Lächeln unter seinem auffälligen roten Schnurrbart auf sie zu. »Roran! Ich bin froh, dass du gekommen bist. Es wird mit meinen neuen Mühlsteinen mehr Arbeit geben, als ich bewältigen kann. Bist du bereit?«

»Ja. Wann brechen wir auf?«

»Ich muss noch ein paar Dinge erledigen, aber in spätestens einer Stunde machen wir uns auf den Weg.« Eragon trat unruhig von einem Fuß auf den anderen. Dempton richtete den Blick auf ihn und zupfte an seinem Schnurrbart. »Du musst Eragon sein. Ich würde dir auch gerne Arbeit anbieten, aber Roran bekommt die einzige freie Stelle. Vielleicht in einem oder zwei Jahren, was?«

Eragon lächelte unbehaglich und schüttelte den Kopf. Der Mann war freundlich. Unter anderen Umständen hätte Eragon ihn gemocht, aber so wünschte er sich nur, dass der Müller niemals nach Carvahall gekommen wäre. Dempton sagte nur: »Wie du meinst.« Dann richtete er seine Aufmerksamkeit wieder auf Roran und begann, ihm zu erklären, wie eine Mühle funktionierte.

»Die Teile sind fertig«, unterbrach sie Horst nach einer Weile und deutete auf den Tisch, auf dem mehrere Bündel lagen. »Sie sind jederzeit bereit, wann immer du aufbrechen willst.« Sie schüttelten sich die Hände, dann verließ Horst die Schmiede und winkte Eragon an der Tür zu sich.

Neugierig folgte Eragon ihm nach draußen. Der Schmied stand mit verschränkten Armen auf der Straße. Eragon deutete mit dem Daumen auf den Müller in der Schmiede und fragte: »Was hältst du von ihm?«

Horst brummte: »Er ist ein anständiger Kerl. Roran wird es gut bei ihm haben.« Zerstreut wischte er ein paar Metallspäne von seiner Schürze, dann legte er Eragon seine riesige Hand auf die Schulter. »Mein Freund, erinnerst du dich an deinen Streit mit Sloan?«

»Wenn du die Bezahlung für das Fleisch meinst, das habe ich nicht vergessen.«

»Nein, ich vertraue dir, Eragon. Was ich wissen will, ist, ob du den blauen Stein noch hast.«

Eragons Herz flatterte. *Warum fragt er danach? Vielleicht hat jemand Saphira gesehen!* Gegen seine aufsteigende Panik ankämpfend, sagte er: »Ich habe ihn noch, aber warum fragst du?«

»Sobald du wieder zu Hause bist, wirf ihn weg.« Horst überging Eragons Ausruf. »Gestern trafen zwei Männer hier ein. Seltsame Kerle, die schwarze Kleidung und Schwerter trugen. Allein ihr Anblick machte mir eine Gänsehaut. Gestern Abend fingen sie an, die Leute auszuhorchen, ob irgendwer einen Stein wie deinen gefunden hätte. Und heute fragen sie weiter herum.« Eragon erblasste. »Niemand, der bei Verstand ist, hat etwas gesagt. Die meisten Menschen merken, wenn ihnen Ärger bevorsteht, aber mir fallen trotzdem einige Leute ein, die reden werden.«

Furcht ergriff Eragons Herz. Wer immer den Stein in den Buckel geschickt hatte, war ihm schließlich doch auf die Spur gekommen. Oder vielleicht hatte der König von Saphira erfahren. Er wusste nicht, welche der beiden Möglichkeiten schlimmer war. *Denk nach! Denk nach! Das Ei ist verschwunden. Sie können es nicht mehr finden. Aber wenn sie wissen, worum es sich dabei handelte, wissen sie auch, wonach sie jetzt suchen müssen... Saphira könnte in großer Gefahr sein!* Es bedurfte all seiner Selbstbeherrschung, sich gelassen zu geben. »Danke, dass du mir Bescheid gesagt hast. Weißt du, wo die Männer jetzt sind?« Er war stolz darauf, dass seine Stimme kaum zitterte.

»Ich habe dich nicht gewarnt, weil ich der Meinung bin, dass du dich mit diesen Kerlen treffen solltest! Verlass Carvahall. Geh nach Hause.«

»In Ordnung«, sagte Eragon, um den Schmied zu beruhigen, »wenn du meinst, dass es das Richtige ist.«

»Ja, das meine ich.« Horsts Züge wurden weicher. »Vielleicht ist meine Sorge ja unbegründet, aber diese beiden Fremden haben mir richtig Angst gemacht. Es ist besser, wenn du zu Hause bleibst, bis sie verschwunden sind. Ich werde versuchen, sie von eurem Hof fern zu halten, obwohl ich nicht weiß, ob es etwas nützt.« Eragon schaute ihn dankbar an. Er wünschte, er hätte ihm von Saphira erzählen können. »Dann gehe ich jetzt«, sagte er und eilte zu Roran zurück. Eragon klopfte seinem Cousin auf den Arm und sagte ihm Lebewohl.

»Willst du nicht noch ein bisschen bleiben?«, fragte Roran überrascht.

Fast hätte Eragon aufgelacht. Aus irgendeinem Grund fand er die Frage lustig. »Es gibt hier nichts für mich zu tun, und ich will nicht nutzlos im Weg herumstehen, bis du gehst.«

»Na gut«, erwiderte Roran zweifelnd, »wie es aussieht, werden wir uns erst in einigen Monaten wiedersehen.«

»Ich bin sicher, dass die Zeit schnell vorübergeht«, sagte Eragon hastig. »Pass auf dich auf und komm bald zurück.« Er umarmte Roran und ging. Horst stand noch auf der Straße. Im Bewusstsein, dass der Schmied ihm nachschaute, ging Eragon bis zur Dorfgrenze. Sobald er außer Sichtweite war, versteckte er sich hinter einem Haus und schlich nach Carvahall zurück.

Eragon hielt sich im Schatten der Häuser, während er die Straßen absuchte und auf jedes noch so leise Geräusch achtete. Er musste an seinen Bogen denken, der daheim in seinem Zimmer lag; jetzt wünschte er sich, er hätte ihn mitgenommen. Er schlich durch das Dorf und versteckte sich vor jedem, der ihm entgegenkam, bis er hinter einem Haus eine schneidende Stimme vernahm. Obwohl seine Ohren gespitzt waren, musste er sich anstrengen, um zu verstehen, was gesprochen wurde.

»Wann ist das passiert?« Die Worte klangen glatt wie geöltes Glas und schienen förmlich durch die Luft zu schneiden. In ihnen verborgen lag ein sonderbarer Zischlaut, der Eragons Kopfhaut kribbeln ließ.

»Ungefähr vor drei Monaten«, antwortete jemand. Eragon erkannte Sloans Stimme.

Beim Blut eines Schattens, er verrät es ihnen… Er schwor sich, Sloan bei nächster Gelegenheit eine Tracht Prügel zu verpassen.

Jetzt redete eine dritte Person. Die Stimme war tief und schleimig. Sie beschwor Bilder von schleichender Fäulnis herauf, von Schimmel und anderen Dingen, über die man besser nicht genauer nachdachte. »Bist du dir sicher? Es würde uns sehr missfallen, wenn du dich getäuscht hättest. Wenn es so wäre, könnte es für dich äußerst… unangenehm werden.« Eragon konnte sich lebhaft vorstellen, was sie mit Sloan anstellen würden. Würde irgendjemand außer den Schergen des Königs es wagen, einen Mann derart zu bedrohen? Wahrscheinlich nicht, aber wer immer das Ei geschickt hatte, war vermutlich mächtig genug, um ungestraft Gewalt ausüben zu können.

»Ja, ich bin mir ganz sicher. Er hatte diesen Stein. Ich lüge nicht. Viele Leute wissen davon. Fragt sie doch.« Sloan klang eingeschüchtert. Er sagte noch etwas anderes, das Eragon nicht verstand.

»Die waren alle ziemlich… wortkarg.« Es klang verächtlich. Dann folgte eine Pause. »Deine Information war sehr hilfreich. Wir werden dich nicht vergessen.« Eragon glaubte ihm aufs Wort.

Sloan murmelte noch etwas, dann hörte Eragon jemanden davoneilen. Er spähte um die Ecke, um zu sehen, was nun geschah. Zwei groß gewachsene Männer standen auf der Straße. Beide trugen schwarze Umhänge, die ausgebeult waren von den langen Schwertscheiden an ihrer Seite. Auf ihren Hemden prangten mit silbernem Garn kunstvoll eingewebte Insignien. Kapuzen beschatteten ihre Gesichter und ihre Hände steckten in Handschuhen. Ihre Rücken wirkten seltsam bucklig, als wären ihre Kleider ausgestopft.

Eragon trat einen Schritt auf die Straße hinaus, um bessere Sicht zu haben. Einer der Fremden erstarrte und grunzte seinem Begleiter etwas zu. Beide wirbelten herum und duckten sich. Dem Jungen blieb die Luft weg. Todesangst stieg in ihm auf. Sein Blick klebte an ihren verhüllten Gesichtern, und eine lähmende Kraft senkte sich über seinen Geist, die ihn dort, wo er stand, wie angewurzelt festhielt. Er kämpfte verzweifelt dagegen an und schrie sich lautlos zu: *Beweg dich!* Seine Beine schwankten, gehorchten ihm aber nicht. Die Fremden richteten sich wieder auf und glitten lautlos und geschmeidig auf ihn zu. Er wusste, dass sie jetzt sein Gesicht sehen konnten. Sie waren schon fast an der Ecke, ihre Hände griffen nach den Schwertern…

»Eragon!« Er fuhr zusammen, als er seinen Namen hörte. Die beiden Gestalten blieben abrupt stehen und stießen ein wütendes Zischen aus. Brom eilte aus der Gasse auf ihn zu, barhäuptig und den Stab in der Hand. Die Fremden befanden sich nicht im Blickfeld des alten Mannes. Eragon wollte ihn warnen, aber er konnte weder Zunge noch Arme bewegen. »Eragon!«, rief Brom erneut. Mit einem letzten Blick auf Eragon verschwanden die Fremden zwischen den Häusern.

Zitternd brach der Junge zusammen. Schweiß bedeckte seine Stirn und seine Handflächen. Der alte Mann reichte ihm die Hand und zog ihn mit einem starken Arm auf die Beine. »Du siehst krank aus. Ist alles in Ordnung?«

Eragon schluckte und nickte stumm. Sein Blick irrte umher, auf der Suche nach etwas Ungewöhnlichem. »Mir war nur auf einmal schwindlig... Aber es ist schon wieder vorbei. Es war seltsam – ich weiß nicht, warum das passiert ist.«

»Du wirst dich wieder erholen«, sagte Brom, »aber vielleicht ist es besser, wenn du jetzt nach Hause gehst.«

Ja, ich muss nach Hause! Ich muss vor ihnen dort sein. »Ich schätze, du hast Recht. Vielleicht werde ich krank.«

»Dann bist du daheim am besten aufgehoben. Es ist ein langer Weg, aber ich bin sicher, dass es dir besser gehen wird, wenn du dort ankommst. Ich bringe dich zur Straße.« Eragon protestierte nicht, als Brom seinen Arm nahm und ihn mit schnellen Schritten fortführte. Broms Stab knirschte im Schnee, während sie an den Häusern vorbeigingen.

»Warum hast du mich gesucht?«

Brom zuckte mit den Schultern. »Aus reiner Neugierde. Ich hörte, dass du im Dorf bist, und fragte mich, ob dir vielleicht inzwischen der Name des Händlers eingefallen ist.«

Händler? Wovon redet er denn? Eragon starrte verwirrt ins Leere und zog Broms prüfenden Blick auf sich. »Nein«, sagte er und fügte rasch hinzu: »Ich fürchte, ich weiß seinen Namen nicht mehr.«

Brom seufzte unwirsch und rieb sich die Adlernase, als hätte sich soeben eine Ahnung bestätigt. »Nun ja... Falls er dir noch einfallen sollte, gib mir Bescheid. Ich bin überaus neugierig auf diesen Händler, der vorgibt, so viel über Drachen zu wissen.« Eragon nickte geistesabwesend. Sie gingen schweigend zur Straße, dann sagte Brom: »So, und nun sieh zu, dass du nach Hause kommst. Ich halte es für ratsam, unterwegs nicht herumzutrödeln.« Er reichte ihm die knochige Hand.

Eragon schüttelte sie, aber als er wieder losließ, blieb sein

Fäustling an Broms Saphirring hängen und rutschte ihm von der Hand. Der alte Mann hob ihn auf. »Wie ungeschickt von mir«, entschuldigte er sich und gab dem Jungen den Handschuh zurück. Als Eragon danach griff, schlossen sich Broms kräftige Finger um sein Handgelenk und drehten es mit einem Ruck herum. Seine offene Handfläche zeigte für einen kurzen Augenblick nach oben und offenbarte das silberne Mal. Broms Augen blitzten schelmisch, doch er gab die Hand wieder frei, und Eragon ließ sie hastig in dem Fäustling verschwinden.

»Auf Wiedersehen«, presste er beklommen hervor und stürmte davon. Hinter sich hörte er Brom fröhlich vor sich hin pfeifen.

Ein schicksalhafter Flug

Eragons Gedanken überschlugen sich. Er rannte, so schnell er konnte, und blieb nicht einmal stehen, als er nur noch keuchend nach Luft schnappen konnte. Während er die verschneite Straße entlanglief, versuchte er, mit seinem Geist Saphira zu erreichen, aber sie war zu weit entfernt. Er überlegte, was er Garrow sagen sollte. Jetzt blieb ihm nichts anderes mehr übrig; er musste ihm von dem Drachen erzählen.

Als er das Haus erreichte, war er völlig außer Atem, und sein Herz raste. Garrow stand gerade mit den Pferden vor der Scheune. Eragon zögerte. *Soll ich jetzt gleich mit ihm reden? Er wird mir nicht glauben, solange er Saphira nicht mit eigenen Augen sieht – es ist wohl besser, wenn ich sie zuerst hole.* Er rannte um den Hof herum und in den Wald. *Saphira!*, rief er im Geiste.

Ich komme, war die schwache Antwort. Er wartete ungeduldig, doch es dauerte nicht lange, bis über der Lichtung das Geräusch ihrer Flügelschläge ertönte. Sie landete inmitten einer aufwirbelnden Schneewolke. *Was ist passiert?*, wollte sie wissen.

Er legte ihr die Hand auf die Schulter, schloss die Augen

und zwang sich zur Ruhe, dann schilderte er ihr rasch die Geschehnisse. Als er die beiden Fremden erwähnte, schrak Saphira zusammen. Sie bäumte sich auf und stieß ein ohrenbetäubendes Gebrüll aus, dann ließ sie ihren Schwanz über seinen Kopf hinwegsausen. Er sprang überrascht zurück und duckte sich, als der Schwanz in einen Schneehügel schlug. Panik und wilder Blutdurst lagen in der Geste. *Feuer! Feinde! Tod! Mörder!*

Was ist los? Er legte seine ganze Kraft in diese Worte, aber eine eiserne Mauer um ihren Geist schirmte ihre Gedanken ab. Sie brüllte erneut auf und hieb die Klauen in die Erde, sodass der gefrorene Boden aufriss. *Sei still!*, warnte er. *Garrow kann dich hören!*

Schwüre gebrochen, Seelen getötet, Eier zerschlagen! Überall Blut. Mörder!

Angstvoll wehrte er Saphiras überkochende Wut ab und beobachtete argwöhnisch ihren Schwanz. Als er erneut auf ihn zusauste, sprang er mit einem schnellen Satz an ihre Seite und packte einen der Zacken auf ihrem Rücken. Er zog sich hinauf in die kleine Kuhle unter ihrem Nacken und schlang die Arme um ihren Hals, als sie sich erneut aufbäumte. »Das reicht, Saphira!«, rief er. Augenblicklich versiegte der Strom ihrer aufgewühlten Gedanken. Er strich ihr über die Schuppen. »Alles wird gut.« Plötzlich kauerte sie sich zu Boden und klappte die Flügel aus. Unbewegt hingen sie dort einen Moment, dann schnellten sie herunter und Saphira stieß sich ab und stieg in die Lüfte.

Eragon brüllte vor Schreck, als der Boden unter ihm wich und sie sich über die Bäume erhoben. Tosende Luftwirbel schüttelten ihn durch und pressten den Atem aus seinen Lungen. Saphira ignorierte sein Entsetzen und flog in einer scharfen Linkskurve auf den Buckel zu. Unter ihnen erhaschte er einen Blick auf den Hof und den Anora. Sein Magen rebellierte. Er umklammerte Saphiras Hals, konzentrierte sich auf die Schuppen vor seiner Nase und versuchte, die aufsteigende Übelkeit zu unterdrücken, während sie immer höher in den Himmel emporstieg. Als sie sich schließlich waagerecht legte, fand er den Mut, sich umzuschauen.

Die Luft war so eisig, dass sich Reif auf seinen Wimpern bildete. Sie hatten die Berge schneller erreicht, als er für möglich gehalten hätte. Aus der Luft sahen die Gipfel aus wie gigantische, rasiermesserscharfe Reißzähne, die nur darauf warteten, sie aufzuschlitzen. Plötzlich trudelte Saphira und Eragon rutschte zur Seite. Er leckte sich über die Lippen, schmeckte Galle und vergrub sein Gesicht wieder an ihrem Hals.

Wir müssen zurück, flehte er sie an. *Die Fremden sind auf dem Weg zum Hof. Wir müssen Garrow warnen. Kehr um!* Sie gab keine Antwort. Er drang in ihren Geist vor, stieß aber auf eine undurchdringliche Mauer aus Angst und Zorn. Fest entschlossen, sie zur Umkehr zu bewegen, rannte er verbissen gegen ihren geistigen Schutzwall an. Er drückte an den schwächeren Stellen, unterwanderte die stärkeren und kämpfte darum, sich Gehör zu verschaffen, aber es war vergebens.

Bald waren sie von Bergen umgeben, die gewaltige weiße Wände bildeten, durchbrochen von schroffen Granitklippen. Die blauen Gletscher zwischen den Gipfeln sahen aus wie gefrorene Flüsse. Lange Täler und Schluchten öffneten sich unter ihnen. Er hörte das aufgeregte Kreischen von Vögeln, als diese Saphira erblickten. An einem Steilhang sah er eine Herde wolliger Bergziegen von einem Felsvorsprung zum nächsten springen.

Eragon wurde von den wirbelnden Windstößen, die Saphiras Flügelschläge erzeugten, durchgeschüttelt, und immer wenn sie ihren Hals bewegte, kippte er von einer Seite auf die andere. Sie schien unermüdlich zu sein. Er hatte schon Angst, dass sie die ganze Nacht weiterfliegen würde, aber als das Tageslicht zu schwinden begann, legte sie sich endlich in einen flachen Sinkflug.

Er schaute voraus und sah, dass sie auf eine kleine Lichtung zuhielten. Saphira kreiste tiefer und ging hinter den Baumwipfeln zur Erde nieder. Sie bremste ab, als der Boden näher kam, fing die Luft mit ihren Flügeln auf und landete auf den Hinterbeinen. Ein Ruck ging durch ihre gewaltigen Muskeln, als sie die Wucht der Landung auffingen. Sie fiel auf die Vorderbeine und machte einen Ausfallschritt, um das Gleichgewicht zu halten. Eragon rutschte von ihr herunter, ohne zu warten, bis sie die Flügel angelegt hatte.

Als er unten aufkam, knickten seine Knie ein, und er fiel kopfüber in den Schnee. Er stöhnte auf, als ein brennender Schmerz in seine Beine schoss und ihm die Tränen in die Augen trieb. Seine vom langen Anspannen verkrampften Glieder zitterten wie Espenlaub. Schlotternd rollte er sich auf den Rücken und streckte sich, so gut es ging. Dann zwang er sich, nach unten zu schauen. An den Innenseiten seiner Oberschenkel verdunkelten zwei große Flecken seine Wollhose. Er berührte den Stoff. Er war feucht. Erschrocken zog er die Hose ein Stück herunter und schnitt eine Grimasse. Die Innenseiten seiner Beine waren aufgescheuert und blutig.

Die Haut war verschwunden, abgerieben von Saphiras harten Schuppen. Vorsichtig betastete er die Abschürfungen und zuckte vor Schmerz zusammen. Die Kälte schnitt ihm ins Fleisch, als er die Hose wieder hochzog, und er schrie auf, als der Stoff die empfindlichen Wunden streifte. Er versuchte aufzustehen, aber seine Beine trugen ihn nicht mehr.

Der fortschreitende Abend verdunkelte die Umgebung. Die schattenhaften Berge waren ihm nicht vertraut. *Ich bin im Buckel, ich weiß nicht, wo, mitten im tiefsten Winter, mit einem verrückten Drachen, ich kann nicht laufen und also auch keinen Unterschlupf finden. Bald ist es Nacht. Ich kann erst morgen wieder nach Hause. Und die einzige Möglichkeit zurückzukommen, ist, wieder zu fliegen. Das halte ich nicht noch einmal aus!* Er atmete tief durch. *Ach, ich wünschte, Saphira könnte schon Feuer speien.* Er wandte den Kopf und sah sie neben sich auf dem Boden kauern. Er legte ihr eine Hand auf die Seite und merkte, dass Saphira zitterte. Die Mauer um ihren Geist war verschwunden. Jetzt spürte er ganz deutlich ihre Angst. Er schmiegte sich an sie und beruhigte sie allmählich mit sanften Bildern. *Warum ängstigen dich diese Fremden so sehr?*

Mörder, fauchte sie.

Garrow ist in Gefahr und du verschleppst mich einfach! Bist du nicht imstande, mich zu beschützen? Sie ließ ein tiefes Knurren hören und klappte das Maul zu. *Ah, aber wenn du doch glaubst, dass du dazu in der Lage bist, warum fliehst du dann?*

Der Tod ist ein Gift.

Er stützte sich auf einen Ellbogen und verdrängte seine Niedergeschlagenheit. *Saphira, schau mal, wo wir sind! Die*

Sonne ist untergegangen, die Schuppen auf deinem Rücken haben mir die Haut vom Fleisch gerissen, einfach so, wie ich einem Kaninchen das Fell abziehen würde. War das deine Absicht?

Nein.

Warum hast du es dann getan?, wollte er wissen. Durch die Verbindung mit Saphira spürte er, dass sie zwar seine Schmerzen, aber nicht ihr Handeln bedauerte. Sie schaute weg und wollte seine Frage nicht beantworten. Die eisigen Temperaturen betäubten seine Beine. Obwohl die Kälte die Schmerzen linderte, wusste er, dass er sich in keinem guten Zustand befand. Er versuchte, Saphira seine Misere klar zu machen. *Ich werde erfrieren, wenn du mir keinen Unterschlupf baust, in dem ich mich wärmen kann. Selbst ein Haufen aus Tannennadeln und Ästen würde reichen.*

Sie schien erleichtert, dass er sie nicht länger tadelte. *Das ist nicht nötig. Ich werde mich an dich kuscheln und mit meinen Flügeln zudecken – das Feuer in mir wird die Kälte fern halten.*

Eragon ließ den Kopf auf den Boden zurücksinken. *Gut, aber schaufle zuerst den Schnee vom Boden. Dann ist es gemütlicher.* Als Antwort zerschlug Saphira mit ihrem Schwanz einen Schneehügel und machte ihn mit einem einzigen kräftigen Hieb dem Erdboden gleich. Sie wischte noch einmal über die Stelle, um die letzten Reste des gehärteten Schnees zu entfernen. Eragon schaute missmutig zu dem freigelegten Fleck hinüber. *Ich kann nicht allein dorthin laufen. Du musst mir helfen.* Ihr Kopf, so groß wie sein Oberkörper, schwenkte über ihn. Er starrte in ihre großen saphirfarbenen Augen und umfasste einen ihrer elfenbeinartigen Zacken. Sie hob den

Kopf und zog ihn langsam zu der freigeräumten Stelle. *Sachte, sachte.* Er sah Sterne, als er gegen einen Felsbrocken stieß, hielt sich aber an ihr fest. Als er schließlich losließ, legte Saphira sich auf die Seite und bot ihm ihren warmen Bauch dar. Er schmiegte sich an die glatten Schuppen ihrer Unterseite. Ihr rechter Flügel faltete sich über ihm auf und schloss ihn in völliger Dunkelheit ein, wie ein lebendiges Zelt. Fast augenblicklich begann die Kälte zu weichen.

Er zog die Arme ins Innere seines Wamses und band sich die leeren Ärmel um den Hals. Erst jetzt merkte er, wie hungrig er war. Aber das lenkte ihn nicht von seiner größten Sorge ab. Konnte er noch vor den Fremden den Hof erreichen? Und wenn nicht, was würde dann geschehen? *Selbst wenn ich mich noch einmal überwinde, Saphira zu reiten, werden wir frühestens am Nachmittag zurück sein. Dann sind die Kerle längst dort gewesen.* Er schloss die Augen und spürte, wie eine einzelne Träne über sein Gesicht kullerte. *Was habe ich bloß angerichtet?*

Der Fluch
der Unschuld

Als Eragon am Morgen die Augen aufschlug, glaubte er zuerst, der Himmel sei herabgefallen. Über seinem Kopf wölbte sich eine durchgehende blaue Fläche, die sich bis zum Boden neigte. Noch im Halbschlaf hob er vorsichtig die Hand und seine Fingerspitzen ertasteten eine dünne Membran. Es dauerte eine geschlagene Minute, bis ihm klar wurde, was er da anstarrte. Als er ein wenig den Hals drehte, sah er die schuppige Hüfte, auf der sein Kopf lag. Behutsam löste er seine zusammengerollte Position und streckte die Beine aus; an einigen Stellen platzte der Schorf auf. Der Schmerz vom Vorabend hatte nachgelassen, aber der Gedanke ans Laufen ließ ihn zusammenzucken. Ein bohrender Hunger erinnerte ihn an die versäumten Mahlzeiten. Er nahm all seine Kraft zusammen und klopfte leicht gegen Saphiras Flanke. »He! Wach auf!«, rief er.

Sie regte sich ein wenig und hob den Flügel, worauf ihm grelles Sonnenlicht entgegenschlug. Er blinzelte, als der gleißend helle Schnee ihn einen Moment lang blind machte. Neben ihm streckte sich Saphira wie eine Katze und gähnte, wobei sie zwei Reihen weißer Zähne entblößte. Als sich Eragons Augen an die Helligkeit gewöhnt hatten, warf er einen prüfenden Blick auf ihre Umgebung. Ehrfurcht gebietende Berge, deren Anblick ihm fremd erschien, umgaben sie und warfen lange Schatten auf die Lichtung. Auf einer Seite entdeckte er einen Pfad, der durch den Schnee in den Wald hineinführte, von wo das gedämpfte Rauschen eines Baches an sein Ohr drang.

Stöhnend stand er auf, taumelte und hüpfte steifbeinig zu einem nahen Baum. Er packte einen der Äste und drückte sich mit seinem ganzen Gewicht dagegen. Zuerst hielt der Ast, aber dann brach er mit lautem Knacken. Eragon riss die Zweige ab, klemmte sich das eine Ende unter die Achselhöhle und stellte das andere auf den Boden. Mithilfe dieser behelfsmäßigen Krücke humpelte er zu dem Bach. Er durchbrach die vereiste Oberfläche und schöpfte mit der hohlen Hand das klare, eiskalte Wasser. Nachdem er seinen Durst gestillt hatte, kehrte er zu Saphira zurück. Als er zwischen den Bäumen hervortrat, erkannte er schließlich die Berge und die Lichtung wieder und merkte, wo sie sich befanden.

Dies war der Ort, wo unter ohrenbetäubendem Getöse Saphiras Ei aufgetaucht war. Er sackte gegen einen Baumstamm. Ein Irrtum war ausgeschlossen, denn jetzt bemerkte er auch die grauen Bäume, die bei der Explosion ihre Nadeln verloren hatten. *Woher wusste Saphira von diesem Ort? Sie hat doch damals noch in ihrem Ei gelegen. Meine Erinnerungen müssen ihr die Richtung gewiesen haben.* Er schüttelte den Kopf in stummem Erstaunen.

Saphira wartete geduldig auf ihn. *Wirst du mich nach Hause bringen?*, fragte er sie. Sie legte den Kopf schräg. *Ich weiß, dass du nicht zurückmöchtest, aber du musst. Wir beide sind Garrow verpflichtet. Er hat sich immer um mich geküm-*

mert und durch mich auch um dich. Kannst du diese Schuld ignorieren? Was wird man in den folgenden Jahren über uns sagen, wenn wir nicht zurückkehren – dass wir uns wie Feiglinge versteckt haben, während mein Onkel in Gefahr war? Ich höre sie schon jetzt, die Geschichten über den Reiter und seinen feigen Drachen! Falls es einen Kampf geben sollte, dann stell dich ihm und kneif nicht den Schwanz ein. Du bist ein Drache! Selbst ein Schatten würde vor dir fliehen! Und doch versteckst du dich wie ein verängstigtes Karnickel in den Bergen!

Eragon wollte sie wütend machen und das gelang ihm. Ein Knurren rumorte in ihrer Kehle, als sie den Kopf bis auf wenige Zoll vor sein Gesicht schob. Sie bleckte die Zähne und funkelte ihn an und Rauch stieg aus ihren Nasenlöchern auf. Als er ihre zornigen Gedanken auffing, hoffte er, dass er nicht zu weit gegangen war. *Blut wird mit Blut vergolten werden. Ich werde kämpfen. Unsere Schicksale binden uns aneinander, aber treibe es nicht zu weit. Ich werde dich nach Hause bringen, um eine Schuld einzulösen, obwohl es zweifellos eine Dummheit ist, zurückzufliegen.*

»Dummheit oder nicht«, sagte er, »wir haben keine andere Wahl – wir müssen zurück.« Er riss sein Unterhemd entzwei und stopfte jeweils eine Hälfte in seine Hosenbeine, dann streifte er wieder das Wams über. Vorsichtig zog er sich auf Saphiras Rücken und schlang die Arme um ihren Hals. *Diesmal*, bat er sie, *flieg tiefer und schneller. Die Zeit ist entscheidend.*

Halt dich fest, warnte sie ihn, dann schoss sie zum Himmel empor. Sie stiegen bis über den Wald auf und legten sich sofort in die Waagerechte, nur wenige Fuß über den Wipfeln.

Eragons Magen zog sich zusammen; er war froh, noch nichts gegessen zu haben.

Schneller, schneller, drängte er. Sie sagte nichts, aber der Rhythmus ihrer Flügelschläge wurde kürzer. Er kniff die Augen zu und zog die Schultern ein. Er hatte gehofft, die zusätzliche Polsterung würde etwas nützen, aber bei jeder Bewegung fuhr ihm ein brennender Schmerz durch die Beine. Bald sickerte warmes Blut an seinen Waden hinab. Saphiras Gedanken strahlten Besorgnis aus. Sie flog nun noch schneller, legte ihre ganze Kraft in die Flügelschläge. Die Landschaft raste unter ihnen vorbei, als zöge jemand sie fort. Eragon stellte sich vor, dass sie vom Boden aus betrachtet nichts weiter als ein verschwommener Schemen waren.

Am frühen Nachmittag lag das Palancar-Tal vor ihnen. Nach Süden versperrten Wolken ihm den Blick; im Norden befand sich Carvahall. Saphira sauste im Gleitflug dahin, während Eragon nach dem Hof Ausschau hielt. Als er ihn entdeckte, durchfuhr ihn ein eisiger Angstschauder. Eine schwarze Rauchwolke, an der Unterseite genährt von orangefarbenen Flammen, stieg von den Gebäuden auf.

Saphira! Er deutete auf den Hof. *Setz mich dort unten ab. Sofort!*

Sie legte die Flügel an und setzte zu einem steilen Sturzflug an, sodass sie in erschreckendem Tempo abwärts schossen. Dann korrigierte sie ihre Richtung ein wenig und raste direkt auf den Wald zu. Eragon rief ihr über den tosenden Wind hinweg zu: »Lande auf den Feldern!« Er klammerte sich noch fester an sie, während sie der Erde entgegenstürzten. Saphira wartete, bis sie nur noch hundert Fuß vom Boden entfernt waren, bevor sie mit ein paar mächtigen, abwärts geführten Flügelschlägen abbremste. Sie landete hart und Eragon verlor den Halt. Er fiel von ihrem Rücken, rappelte sich aber sogleich atemlos wieder auf.

Das Haus war völlig in seine Einzelteile zerlegt worden. Spanten und Bretter, die einst Wände und Dach gewesen waren, lagen über einen weiten Bereich verstreut. Das Holz war pulverisiert, als hätte ein gigantischer Hammer darauf geschlagen. Überall lagen rußige Dachschindeln. Ein paar verbogene Metallplatten waren das Einzige, was noch vom Ofen übrig war. Im Schnee steckten Scherben des zersplitterten Küchengeschirrs und zerbrochene Ziegelsteine vom Schornstein. Dichter, öliger Rauch stieg von der lichterloh brennenden Scheune auf. Die Tiere waren verschwunden, entweder getötet oder vor Angst davongelaufen.

»Onkel!« Eragon rannte in die Trümmer des Hauses, suchte in den zerstörten Räumen nach Garrow. Doch er fand nirgendwo eine Spur von ihm. »Onkel!«, rief Eragon erneut. Saphira lief um das Haus herum und trat neben ihn.

Dies ist ein Ort des Kummers, sagte sie.

»Das wäre nicht passiert, wenn du nicht mit mir fortgeflogen wärst!«

Wären wir geblieben, wärst du nicht mehr am Leben.

»Sieh dir das an!«, brüllte er. »Wir hätten Garrow warnen können! Es ist deine Schuld, dass er nicht mehr rechtzeitig fliehen konnte!« Verzweifelt hieb er mit der Faust gegen einen Holzpfosten und riss sich die Haut an den Knöcheln auf. Blut lief an seinen Fingern herab, als er wieder ins Freie taumelte. Er stolperte den Pfad entlang, der zur Straße hinunterführte, und bückte sich, um den Schnee zu untersuchen. Mehrere Fußspuren waren auszumachen, aber sein

Blick war verschleiert und er konnte kaum etwas erkennen. *Werde ich etwa blind?*, fragte er sich. Kopfschüttelnd griff er sich an die Wangen und spürte, dass sie feucht waren.

Ein Schatten fiel über ihn, als Saphira hinter ihn trat und die Flügel um ihn legte. *Beruhige dich; vielleicht ist noch nicht alles verloren.* Er schaute zu ihr auf, suchte in ihrem Gesicht nach Hoffnung. *Schau dir die Spuren an. Meine Augen sehen nur Abdrücke von zwei Personen. Sie können Garrow nicht mitgenommen haben.*

Er betrachtete den zertrampelten Schnee. Die schwachen Abdrücke von zwei Paar Lederstiefeln führten zum Haus. Darüber lagen Abdrücke derselben Stiefelpaare, die vom Haus fortführten. Und diese hatten dasselbe Gewicht getragen wie bei ihrer Ankunft. *Du hast Recht, Garrow muss hier sein!* Er sprang auf und eilte zurück zum Haus.

Ich suche das Gelände um die Gebäude herum ab und halte im Wald nach ihm Ausschau, sagte Saphira.

Eragon ging in die Überreste der Küche und wühlte sich durch einen Schutthaufen. Trümmerteile, die normalerweise viel zu schwer für ihn gewesen wären, schienen sich nun unter seinen Händen wie von selbst zu bewegen. Ein fast unbeschädigter Vorratsschrank überforderte beinahe seine Kräfte, aber dann hob er ihn mühevoll an und kippte ihn zur Seite. Als er an einem Brett zog, knackte es hinter ihm. In Erwartung eines Angreifers fuhr er herum.

Eine Hand ragte unter einem Stück des eingestürzten Dachs hervor. Sie bewegte sich schwach und er packte sie mit einem Aufschrei. »Onkel, kannst du mich hören?« Es kam keine Antwort. Eragon schleuderte Holzstücke beiseite, ohne die Splitter zu bemerken, die sich in seine Hände bohrten.

Schnell legte er einen Arm und eine Schulter frei, aber ein heruntergebrochener Dachbalken versperrte ihm den Weg. Er warf sich mit der Schulter dagegen und drückte so stark er konnte, aber der Balken ließ sich nicht bewegen. »Saphira! Ich brauche dich!«

Sie kam sofort. Holz knackte unter ihren Füßen, als sie über die eingestürzten Wände kletterte. Ohne ein Wort trat sie vorsichtig an ihm vorbei und lehnte sich seitlich gegen den Balken. Ihre Klauen bohrten sich in die Überreste des Fußbodens; ihre Muskeln spannten sich. Mit einem Ächzlaut hob sich der Balken und Eragon schlüpfte darunter hindurch. Garrow lag auf dem Bauch; seine Kleider waren ihm fast vollständig vom Leib gerissen. Eragon zog ihn aus den Trümmern. Sobald sie herausgekrochen waren, ließ Saphira den Balken los, der mit einem dumpfen Knall zu Boden krachte.

Eragon zerrte Garrow aus dem zerstörten Haus und legte ihn behutsam auf den Boden. Bestürzt betastete er das Gesicht seines Onkels. Die Haut war grau, leblos und ausgedörrt, als hätte ein Fieber allen Schweiß verbrannt. Seine Lippen waren aufgesprungen und über die Wange zog sich eine tiefe Kratzspur. Aber das war nicht das Schlimmste. Sein ganzer Körper war bedeckt mit offenen Brandwunden. Sie waren kalkweiß und sonderten eine farblose Flüssigkeit ab, die einen widerlich süßlichen Geruch verströmte – den Gestank von faulem Obst. Garrows Atemzüge kamen in kurzen Stößen, von denen jeder einzelne wie ein Todesröcheln klang.

Mörder, fauchte Saphira.

Sag das nicht. Wir können ihn noch retten. Wir müssen

ihn zu Gertrude bringen. Aber wie soll ich ihn nach Carva-
hall schaffen?

Saphira zeigte ihm ein Bild, wie sie Garrow fliegend in den Klauen hielt.

Kannst du uns beide tragen?

Ich werde es müssen.

Eragon durchwühlte die Trümmer, bis er ein unversehrtes Brett und einige Lederriemen fand. Er ließ Saphira mit ihrer Klaue ein Loch in die vier Ecken des Brettes bohren, dann zog er jeweils einen Riemen durch ein Loch und band sie an ihren Beinen fest. Nachdem er geprüft hatte, dass die Knoten hielten, wälzte er Garrow auf das Brett und schnallte ihn fest. Dabei fiel seinem Onkel ein schwarzer Stofffetzen aus der Hand. Er sah aus wie das Material, aus dem die Umhänge der Fremden gefertigt waren. Wütend stopfte er den Fetzen in die Tasche, bestieg Saphira und schloss die Augen, als sich in seinen Beinen ein pochender Schmerz ausbreitete. *Los!*

Sie richtete sich auf, die Hinterbeine bohrten sich in den Boden. Ihre Flügel krallten sich in die Luft, während sie langsam einige Fuß in die Höhe stieg. Mit zum Zerreißen gespannten Sehnen kämpfte sie gegen die Schwerkraft an. Einen Moment lang tat sich nichts, aber dann schnellte sie vorwärts und stieg endlich zum Himmel auf. Als sie über dem Wald waren, wies Eragon sie an, der Straße zu folgen. *Dann hast du nachher genug Platz zum Landen.*

Man könnte mich sehen.

Das spielt jetzt keine Rolle mehr! Sie widersprach nicht länger, während sie zur Straße abdrehte und in Richtung Carvahall flog. Unter ihnen schwang Garrow heftig hin und her; nur die Lederriemen verhinderten, dass er herunterfiel.

Die zusätzliche Last war zu viel für Saphira. Nach kurzer Zeit ließ sie den Kopf hängen und an ihrem Maul sammelte sich Schaum. Sie versuchte weiterzufliegen, aber sie waren immer noch fast drei Meilen von Carvahall entfernt, als sie die Flügel durchdrückte und zur Straße hinabsank.

Ihre Hinterbeine entfachten ein Schneegestöber. Eragon ließ sich von ihr herabgleiten und landete auf der Seite im Schnee, um seine schmerzenden Beine zu schonen. Er sprang auf und löste eilig die Riemen von Saphiras Beinen. Ihr Schnaufen erfüllte die Stille. *Ruh dich an einem sicheren Ort aus*, sagte er. *Ich weiß nicht, wie lange ich fort sein werde. Du wirst eine Weile allein zurechtkommen müssen.*

Ich warte auf dich, sagte sie.

Er biss die Zähne zusammen und begann, Garrow die Straße entlang zu zerren. Doch schon nach wenigen Augenblicken flammte ein heftiger Schmerz in ihm auf. »Das schaffe ich nicht!«, rief er in den Himmel und schleppte sich trotzdem Schritt um Schritt weiter. Sein Mund verzerrte sich vor Anstrengung. Er starrte auf den Boden zwischen seinen Füßen, während er sich zwang, ein gleichmäßiges Tempo zu halten. Es war ein Kampf gegen seine geschundenen Beine – ein Kampf, den er nicht zu verlieren gedachte. Die Minuten krochen im Schneckentempo dahin. Jeder Schritt erschien ihm doppelt und dreifach so lang wie der vorhergegangene. Verzweifelt fragte er sich, ob Carvahall überhaupt noch existierte oder ob die Fremden auch das Dorf niedergebrannt hatten. Völlig erschöpft hörte er nach einer Weile laute Rufe und schaute auf.

Brom kam ihm entgegengestürzt – die Augen weit aufgerissen, das Haar wirr und eine Seite seines Kopfes mit trockenem Blut überkrustet. Er fuchtelte wild mit den Armen herum, dann ließ er seinen Stab fallen, packte Eragons Schultern und sagte etwas mit lauter Stimme. Eragon blinzelte verständnislos. Ohne Vorwarnung kam ihm plötzlich der Erdboden entgegen. Er schmeckte Blut, dann verlor er das Bewusstsein.

TOTENWACHE

Wirre Träume überschlugen sich in Eragons Geist. Geboren aus sich selbst, entwickelten sie ein merkwürdiges Eigenleben. *Er beobachtete, wie eine Gruppe von Leuten auf stolzen Pferden auf einen einsamen Fluss zuritt. Viele hatten silbriges Haar und trugen lange Lanzen. Ein fremdartiges, stolzes Schiff, das unter einem hellen Mond schimmerte, erwartete sie. Die Gestalten gingen langsam an Bord. Zwei von ihnen, größer als die anderen, gingen Arm in Arm. Kapuzen verdeckten ihre Gesichter, aber er erkannte, dass einer von beiden eine Frau war. Sie standen auf dem Schiffsdeck und schauten zum Ufer. Ein Mann, der Einzige, der nicht an Bord gegangen war, stand allein auf dem Kiesstrand. Er warf den Kopf zurück und stieß einen lang gezogenen Klagelaut aus. Als dieser verklungen war, glitt das Schiff, ohne vom Wind oder von Ruderstößen getrieben zu werden, den Fluss hinab, hinaus ins flache, verlassene Land. Die Vision verdunkelte sich, aber kurz bevor sie vollends verschwand, sah Eragon zwei Drachen am Himmel.*

Als Erstes hörte er das Knarren: hin und her, hin und her. Das durchdringende Geräusch ließ ihn die Augen aufschlagen;

er starrte gegen die Unterseite eines Strohdachs. Eine grobe Wolldecke war über ihn gebreitet und verbarg seine Blöße. Jemand hatte seine Beine bandagiert und ein sauberes Tuch um seine Fingerknöchel gebunden.

Er lag in einer kleinen Hütte, die nur aus einem einzigen Raum bestand. Ein Mörser mit Stößel stand auf einem Tisch neben Schüsseln und Pflanzen. Getrocknete Kräuter hingen an den Wänden und verliehen der Luft ein starkes erdiges Aroma. Flammen flackerten in einem Kamin, vor dem eine beleibte Frau in einem Schaukelstuhl aus Korbgeflecht saß – die Dorfheilerin Gertrude. Ihr Kopf schwankte hin und her, die Augen hatte sie geschlossen. Auf ihrem Schoß lagen Stricknadeln und ein Wollknäuel.

Obwohl Eragon sich aller Willenskraft beraubt fühlte, schaffte er es irgendwie, sich aufzusetzen. Langsam klärte sich sein Kopf. Er forschte in seinen Erinnerungen an die letzten zwei Tage. Sein erster Gedanke galt Garrow, sein zweiter Saphira. *Hoffentlich hat sie ein sicheres Versteck gefunden.* Er versuchte, Kontakt mit ihr aufzunehmen, doch es klappte nicht. Wo immer sie war, sie befand sich nicht in der Nähe des Dorfes. *Wenigstens hat Brom mich nach Carvahall gebracht. Was ihm wohl passiert ist? Er hatte so viel Blut am Kopf.*

Gertrude regte sich und öffnete ihre schimmernden Augen. »Oh«, sagte sie. »Du bist aufgewacht. Gut!« Ihre Stimme klang voll und warm. »Wie fühlst du dich?«

»Es geht so. Wo ist Garrow?«

Gertrude zog den Stuhl dicht ans Bett. »Drüben bei Horst. Hier ist nicht genug Platz für euch beide. Und ich kann dir sagen, es hat mich ziemlich in Atem gehalten, ständig hin und her zu rennen, um abwechselnd nach euch zu schauen.«

Eragon fragte besorgt: »Und wie geht es ihm?«

Eine lange Pause trat ein, in der Gertrude auf ihre Hände starrte. »Nicht gut. Er hat hohes Fieber, das einfach nicht sinken will, und seine Brandwunden verheilen nicht.«

»Ich muss zu ihm.« Er versuchte aufzustehen.

»Erst wenn du etwas gegessen hast«, sagte sie streng und drückte ihn zurück aufs Bett. »Ich habe nicht die ganze Zeit über dich gewacht, damit du bei der erstbesten Gelegenheit aufspringst und dir wehtust. Die Hälfte deiner Beine ist rohes Fleisch und das Fieber ist erst letzte Nacht abgeklungen. Sorge dich nicht um Garrow. Es wird schon wieder mit ihm. Er ist ein zäher Bursche.« Gertrude hängte einen Kessel übers Feuer und begann, Karotten für eine Suppe zu schneiden.

»Wie lange habe ich hier gelegen?«

»Zwei volle Tage.«

Zwei Tage! Das bedeutete, dass seine letzte Mahlzeit vier Tage zurücklag! Bei dem bloßen Gedanken wurde Eragon ganz flau. *Saphira war die ganze Zeit auf sich allein gestellt; hoffentlich geht es ihr gut,* dachte er bekümmert.

»Das ganze Dorf möchte wissen, was geschehen ist. Sie haben Männer zu euch hinaufgeschickt, die euren Hof völlig verwüstet vorfanden.« Eragon nickte; das hatte er erwartet. »Eure Scheune ist niedergebrannt ... Hat Garrow sich dabei die Verbrennungen geholt?«

»Ich ... ich weiß nicht«, sagte Eragon. »Ich war nicht dort, als es geschah.«

»Na ja, ist auch nicht so wichtig. Ich bin sicher, dass sich alles aufklären wird.« Gertrude fuhr fort zu stricken, während die Suppe vor sich hin köchelte. »Das ist eine ziemlich große Narbe auf deiner Handfläche.«

Instinktiv ballte er die Hand zur Faust. »Ja.«

»Woher stammt sie?«

Ihm fielen mehrere mögliche Erklärungen ein. Er wählte die einfachste. »Die habe ich schon, seit ich ganz klein war. Ich habe Garrow nie gefragt, wie es passiert ist.«

»Hmm.« Die Stille blieb ungestört, bis die Suppe aufkochte. Gertrude schöpfte sie in eine Schale, nahm einen Löffel und reichte Eragon beides. Er nahm die Mahlzeit dankbar entgegen und nippte vorsichtig. Es schmeckte köstlich.

Als er aufgegessen hatte, fragte er: »Kann ich jetzt Garrow besuchen?«

Gertrude seufzte. »Du bist ein unbeirrbarer Dickschädel, was? Also, wenn du es unbedingt willst, werde ich dich nicht aufhalten. Zieh dich an, dann gehen wir gemeinsam hinüber.«

Sie kehrte ihm den Rücken zu, während er vorsichtig in seine Hose stieg und zusammenzuckte, als er der Stoff über seine bandagierten Oberschenkel schrammte. Danach streifte er sein Wams über. Gertrude half ihm beim Aufstehen. Er hatte weiche Knie, aber die Schmerzen in seinen Beinen waren nicht mehr so stark wie zuvor.

»Mach ein paar vorsichtige Schritte«, befahl sie, dann stellte sie trocken fest: »Wenigstens musst du nicht kriechen.«

Draußen blies ihnen ein stürmischer Wind den Rauch der benachbarten Häuser ins Gesicht. Schwere Wolken hingen über dem Tal und versperrten die Sicht auf den Buckel, während auf das Dorf dichter Schnee zutrieb und die Ausläufer der Berge verschleierte. Eragon stützte sich auf Gertrude, während sie durch Carvahall gingen.

Horst hatte sein zweistöckiges Haus auf einem Hügel erbaut, um einen besseren Blick auf die Berge zu haben. Er hatte dabei seine ganze Geschicklichkeit aufgewendet. Das Schieferdach beschattete einen umfriedeten Balkon, der einem großen Fenster im zweiten Stock vorgebaut war. Jede Regenrinne mündete in einen zierlichen Wasserspeier, und alle Fenster und Türen hatten Rahmen, in die kunstvolle Darstellungen von Schlangen, Hirschen, Raben und verschlungenen Weinreben eingeschnitzt waren.

Horsts Gattin Elain öffnete ihnen die Tür, eine kleine, gertenschlanke Frau mit feinen Zügen und seidigem blondem Haar, das zu einem Knoten an ihrem Hinterkopf aufgesteckt war. Ihr Kleid war hübsch und schlicht und ihre Bewegungen anmutig. »Bitte, kommt herein«, sagte sie sanft. Sie traten über die Türschwelle in einen großen, hell erleuchteten Raum. Eine Wendeltreppe mit einem glatt polierten Holzgeländer führte ins obere Stockwerk. Die Wände waren honigfarben. Elain lächelte Eragon traurig an, sprach aber zu Gertrude. »Ich wollte dich gerade holen lassen. Es geht ihm nicht gut. Du solltest sofort zu ihm gehen.«

»Elain, du musst Eragon die Treppe hinaufhelfen«, sagte Gertrude und eilte, zwei Stufen auf einmal nehmend, nach oben.

»Ist schon gut, ich schaffe es allein.«

»Bist du sicher?«, fragte Elain und blickte ihn zweifelnd an. Er nickte. »Wie du meinst«, sagte sie. »Wenn du fertig bist, komm runter in die Küche. Ich habe einen frisch gebackenen Kuchen, der dir bestimmt schmecken wird.« Sobald sie gegangen war, lehnte er sich an die Wand, froh über den Halt, den sie ihm bot. Dann begann er, die Stufen zu erklimmen, einen schmerzvollen Schritt nach dem anderen. Als er den oberen Treppenabsatz erreichte, blickte er einen langen Flur mit vielen Türen entlang. Die letzte stand einen Spaltbreit offen. Nach einem tiefen Atemzug humpelte er darauf zu.

Katrina stand vor dem Kamin und kochte Stofftücher aus. Sie schaute auf und bekundete ihm ihr Mitgefühl, dann widmete sie sich wieder ihrer Arbeit. Gertrude stand neben ihr und mahlte Kräuter für einen Breiumschlag. In einem Eimer zu ihren Füßen lag Schnee, der zu Eiswasser schmolz.

Garrow lag in einem Bett unter einem Stapel Wolldecken. Schweiß tränkte seine Augenbrauen und sein leerer Blick flackerte unter den schweren Lidern. Seine Gesichtshaut war eingefallen wie bei einem Leichnam. Er lag reglos da, bis auf ein kaum erkennbares Heben und Senken seines Brustkorbs. Mit einem Gefühl, dass dies alles nicht wirklich war, legte Eragon seinem Onkel die Hand auf die Stirn. Sie war kochend heiß. Behutsam hob er den Rand der Decken an und sah, dass Garrows zahllose Wunden mit Tüchern verbunden waren. Wo die Verbände gerade gewechselt wurden, lagen die Brandwunden offen da. Sie hatten noch nicht begonnen zu verheilen. Eragon schaute Gertrude mit hoffnungslosen Augen an. »Kannst du denn gar nichts dagegen tun?«

Sie drückte einen Lappen in den Eimer mit Eiswasser, dann legte sie den kühlen Stoff um Garrows Kopf. »Ich habe alles versucht: Salben, Breiumschläge, Tinkturen, aber nichts hilft. Wenn sich die Wunden schließen würden, hätte er eine größere Chance. Trotzdem, noch ist nichts verloren. Er ist zäh und stark.«

Eragon sank in einer Zimmerecke in sich zusammen. *Das*

darf einfach nicht sein! Die Stille verschluckte seine Gedanken. Er starrte mit leerem Blick zum Bett hinüber. Nach einer Weile merkte er, dass Katrina neben ihm kniete. Sie legte den Arm um ihn. Als er nicht reagierte, zog sie sich zaghaft zurück.

Nach einer Weile ging die Tür auf und Horst kam herein. Er redete leise mit Gertrude und kam dann zu Eragon. »Komm. Du musst hier raus.« Bevor Eragon etwas einwenden konnte, zog Horst ihn auf die Beine und führte ihn aus dem Zimmer.

»Ich möchte aber hier bleiben«, protestierte Eragon.

»Du brauchst eine Pause und frische Luft. Keine Sorge, du kannst ja bald wiederkommen«, tröstete ihn Horst.

Widerwillig ließ sich Eragon von dem Schmied die Treppe hinunter helfen. Horst brachte ihn in die Küche, wo es nach einem halben Dutzend Gerichten – mit vielen Gewürzen und Kräutern – duftete. Albriech und Baldor waren dort und unterhielten sich mit ihrer Mutter, die Brotteig knetete. Die Brüder verstummten, als sie Eragon sahen, aber er hatte genug gehört, um zu wissen, dass sie über Garrow redeten. »Hier, setz dich«, sagte Horst und bot ihm einen Stuhl an.

Dankbar setzte sich Eragon. »Dank dir.« Ihm zitterten die Hände, deshalb verschränkte er sie im Schoß. Ein mit Speisen beladener Teller wurde vor ihn hingeschoben.

»Du musst nichts essen«, sagte Elain, »aber wenn du möchtest, greif einfach zu.« Sie kehrte zu ihrem Brotteig zurück, während er eine Gabel nahm. Er bekam nur ein paar Bissen herunter.

»Wie fühlst du dich?«, fragte Horst.

»Schrecklich.«

Der Schmied wartete einen Augenblick. »Ich weiß, das ist nicht der beste Zeitpunkt, aber wir müssen es wissen … Was ist passiert?«

»Ich kann mich an nichts erinnern.«

»Eragon«, sagte Horst und beugte sich vor, »ich war mit ein paar Leuten auf eurem Hof. Euer Haus ist nicht einfach zusammengefallen – irgendetwas oder irgendjemand hat es in Stücke gerissen. Im Schnee waren überall Fußspuren eines riesigen Tieres, Spuren, die ich noch nie zuvor gesehen habe. Die anderen haben sie auch bemerkt. Wenn ein Schatten oder ein Ungeheuer sich in unserer Gegend herumtreibt, dann müssen wir es wissen. Du bist der Einzige, der es uns sagen kann.«

Eragon wusste, dass er jetzt lügen musste. »Als ich Carvahall verließ …«, er zählte die Tage ab, »vor vier Tagen, da waren … Fremde im Dorf und fragten nach einem Stein wie dem, den ich gefunden hatte.« Er zuckte mit den Schultern. »Du hast mir von ihnen erzählt und deswegen bin ich sofort nach Hause gerannt.« Alle Blicke ruhten auf ihm. Er leckte sich über die Lippen. »In der darauf folgenden Nacht ist … nichts weiter geschehen. Am nächsten Morgen habe ich meine Arbeit erledigt und bin danach in den Wald gegangen. Kurz darauf hörte ich eine Explosion und sah Rauchwolken über den Bäumen. Ich rannte so schnell ich konnte wieder nach Hause, aber wer immer es gewesen ist, war schon verschwunden. Ich wühlte in den Trümmern und … fand Garrow.«

»Und dann hast du ihn auf das Holzbrett gelegt und nach Carvahall gezogen?«, fragte Albriech.

»Ja«, sagte Eragon, »aber erst habe ich mir den Weg zur

Straße angesehen. Ich fand zwei Fußspurenpaare im Schnee und sie sahen nicht nach den Abdrücken von Tieren aus.« Er griff in seine Tasche und holte den schwarzen Stofffetzen heraus. »Das hielt Garrow in der Hand. Ich glaube, es passt zu den Umhängen, die die Fremden trugen.« Er legte den Fetzen auf den Tisch.

»Ja, das stimmt«, sagte Horst. Er sah nachdenklich und gleichzeitig wütend aus. »Und was ist mit deinen Beinen? Woher stammen die Verletzungen?«

»Ich bin mir nicht sicher«, sagte Eragon kopfschüttelnd. »Ich glaube, es ist passiert, als ich Garrow aus den Trümmern zog, aber ich weiß es nicht genau. Ich habe es erst bemerkt, als mir das Blut die Beine hinablief.«

»Wie schrecklich!«, rief Elain aus.

»Wir sollten diese Kerle verfolgen«, sagte Albriech hitzig. »Sie dürfen damit nicht davonkommen! Auf Pferden könnten wir sie morgen eingeholt haben und zurückbringen.«

»Schlag dir diesen Unsinn aus dem Kopf«, sagte Horst. »Wahrscheinlich könnten sie dich hochheben wie ein Baby und auf einen Baum setzen. Du weißt doch, was mit dem Haus passiert ist. Mit solchen Leuten legt man sich nicht an. Außerdem haben sie jetzt, was sie wollten.« Er sah Eragon an. »Sie haben den Stein doch mitgenommen, oder?«

»Er war nicht im Haus.«

»Dann haben sie keinen Grund mehr zurückzukehren, denn sie haben jetzt den Stein.« Er musterte Eragon mit einem durchdringenden Blick. »Du hast nichts über die sonderbaren Tierspuren im Schnee gesagt. Weißt du, woher sie stammen?«

Eragon schüttelte den Kopf. »Ich habe sie nicht gesehen.«

Plötzlich ergriff Baldor das Wort. »Mir gefällt das alles nicht. Es klingt mir zu sehr nach dunkler Magie. Wer sind diese Männer? Sind sie Schatten? Weshalb wollten sie den Stein, und wie hätten sie das Haus zerstören können, wenn nicht mit finsteren Kräften? Vielleicht hast du Recht, Vater, und sie wollten tatsächlich nur den Stein, aber ich habe das Gefühl, dass wir sie wiedersehen werden.«

Stille folgte seinen Worten.

Irgendetwas hatten sie übersehen, doch Eragon kam nicht darauf, was es war. Dann fiel es ihm ein. Mit bekümmertem Herzen äußerte er seinen Verdacht. »Roran weiß noch nichts, oder?« *Wie konnte ich ihn nur vergessen?*

Horst schüttelte den Kopf. »Er und Dempton verließen das Dorf kurz nach dir. Wenn sie unterwegs keine Schwierigkeiten hatten, sind sie jetzt seit zwei Tagen in Therinsford. Wir wollten schon einen Boten zu Roran schicken, aber gestern und vorgestern war es dafür zu kalt.«

»Baldor und ich wollten gerade aufbrechen, als du aufgewacht bist«, sagte Albriech.

Horst fuhr sich mit der Hand durch den Bart. »Dann macht euch jetzt auf den Weg. Ich helfe euch beim Satteln der Pferde.«

Baldor wandte sich zu Eragon. »Ich werde es ihm so schonend wie möglich beibringen«, versprach er, dann folgte er Horst und Albriech aus der Küche.

Eragon blieb am Tisch sitzen, den Blick auf einen knorrigen Punkt im Holz gerichtet. Jedes winzige Detail sprang ihm überdeutlich ins Auge: die verschlungene Maserung, eine asymmetrische Unebenheit, drei kleine Furchen mit einem Farbfleck. Die Stelle wies endlos viele Details auf; je länger er hinsah, desto mehr wurden es. Er suchte in ihnen nach Antworten, aber falls sich dort welche befanden, dann verbargen sie sich vor ihm.

Ein leiser Ruf durchbrach seine pochenden Gedanken. Es klang, als hätte draußen jemand geschrien. Er achtete nicht darauf. *Sollen sich andere darum kümmern.* Nach einigen Minuten hörte er es erneut, diesmal lauter als zuvor. Verärgert fuhr er mit der Hand durch die Luft, als wollte er eine Fliege verscheuchen. *Warum können sie nicht still sein? Garrow schläft.* Er schaute zu Elain, aber der Lärm schien sie nicht zu stören.

ERAGON! Das Brüllen war so laut, dass er fast vom Stuhl gefallen wäre. Er blickte erschrocken um sich, aber nichts hatte sich verändert. Plötzlich begriff er, dass die Rufe nur in seinen Gedanken zu hören waren.

Saphira?, fragte er besorgt.

Eine Pause folgte. *Ja, Stein-Ohr.*

Erleichterung durchströmte ihn. *Wo steckst du?*

Sie schickte ihm ein Bild einer kleinen Baumgruppe. *Unzählige Male habe ich versucht, dich zu erreichen, aber dein Geist war zu weit weg.*

Ich war krank… Aber jetzt geht es mir besser. Ich habe mich vorhin auch bemüht, dich zu spüren, aber es ist mir nicht gelungen. Wo warst du?

Nach zwei Nächten des Wartens überwältigte mich der Hunger. Ich musste jagen.

Hast du etwas erlegt?

Einen jungen Bock. Er war klug genug, sich vor den Räubern zur Erde zu schützen, doch nicht vor denen des Himmels. Als ich ihn im Maul hatte, trat er um sich und versuchte zu entkommen. Aber ich war stärker, und als seine Niederlage unvermeidlich wurde, gab er auf und starb. Kämpft Garrow auch den Kampf gegen das Unvermeidliche?

Ich weiß es nicht. Eragon schilderte Saphira die Einzelheiten und sagte dann: *Es wird eine Weile dauern, wenn überhaupt, bis wir wieder nach Hause gehen können. Ich kann dich frühestens in ein paar Tagen wiedersehen. Du kannst es dir also irgendwo gemütlich machen.*

Traurig sagte sie: *Ich tue, was du willst. Aber lass mich bitte nicht zu lange warten.*

Sie verabschiedeten sich widerwillig. Er schaute aus dem Fenster und stellte überrascht fest, dass die Sonne bereits untergegangen war. Erschöpft humpelte er zu Elain, die Fleischpasteten in Wachstuch wickelte. »Ich gehe zu Gertrude und lege mich hin«, sagte er.

Sie unterbrach ihre Arbeit und fragte ihn: »Warum bleibst du nicht bei uns? Hier bist du näher bei deinem Onkel und Gertrude kann wieder in ihrem Bett schlafen.«

»Habt ihr denn genug Platz?«, fragte er zögernd.

»Natürlich.« Sie wischte sich die Hände ab. »Komm mit.« Sie führte ihn nach oben in ein leeres Zimmer. Er setzte sich auf die Bettkante. »Brauchst du noch irgendetwas?«, fragte sie. Er schüttelte den Kopf. »Falls doch, ich bin unten. Ruf mich, wenn ich dir helfen kann.« Er lauschte ihren Schritten, bis sie die Treppe hinabgestiegen war. Dann schlüpfte er wieder hinaus und humpelte durch den Flur in Garrows Zimmer. Gertrude warf ihm ein leises Lächeln zu, während sie ihre Stricknadeln hin und her sausen ließ.

»Wie geht es ihm?«, flüsterte Eragon.

Ihre Stimme war heiser vor Müdigkeit. »Er ist schwach,

aber das Fieber ist etwas gefallen und einige der Verbrennungen sehen besser aus. Wir müssen abwarten, aber es könnte bedeuten, dass er gesund wird.«

Das gab Eragon neue Hoffnung und er kehrte in sein Zimmer zurück. Die Dunkelheit kam ihm feindselig vor, während er sich unter den Decken zusammenrollte. Er schlief sofort ein, und die Wunden, die sein Körper und seine Seele davongetragen hatten, konnten weiter verheilen.

DER WAHNSINN
DES LEBENS

Es war dunkel, als Eragon schwer atmend in seinem Bett hochfuhr. Im Zimmer war es kalt; eine Gänsehaut überzog seine Arme und Schultern. Es würde noch einige Stunden dauern, bis der Tag anbrach – dies war die Zeit, wenn nichts sich bewegt und das Leben auf die ersten wärmenden Berührungen der Sonne wartet.

Sein Herz begann zu rasen, als ihn eine entsetzliche Vorahnung überfiel. Es war, als läge ein Leichentuch über der Welt, und die dunkelste Stelle befand sich direkt über seinem Zimmer. Er stand rasch auf und kleidete sich an. Voller Furcht eilte er durch den Flur. Ein eisiger Schrecken packte ihn, als er die offene Tür und die Menschen sah, die sich in Garrows Zimmer versammelt hatten.

Garrow lag friedlich auf dem Bett. Er trug saubere Kleidung, sein Haar war zurückgekämmt und sein Gesicht wirkte entspannt. Er machte den Eindruck, als würde er schlafen, wären da nicht das silberne Amulett um seinen Hals und der getrocknete Schierlingszweig auf seiner Brust gewesen, die letzten Geschenke der Lebenden an die Toten.

Katrina stand bleich und mit niedergeschlagenen Augen neben dem Bett. Eragon hörte sie flüstern: »Ich hatte gehofft, ihn eines Tages Vater nennen zu können.« Er fühlte sich wie ein Geist, aller Lebenskraft beraubt. Alles war so unwirklich, alles – außer Garrows Gesicht. Tränen liefen dem Jungen über die Wangen. Er stand mit bebenden Schultern da, schrie aber nicht auf. Mutter, Tante, Onkel – alle hatte er verloren. Die Last seines Kummers war erdrückend, eine monströse Wucht, die ihn ins Schwanken brachte. Jemand führte ihn zurück in sein Zimmer und sprach ihm sein Beileid aus.

Er sank aufs Bett, vergrub den Kopf in den Armen und schluchzte krampfartig. Er spürte, dass Saphira mit ihm reden wollte, aber er schob sie beiseite und überließ sich ganz seiner Trauer. Er konnte einfach nicht akzeptieren, dass Garrow gestorben war. Wenn er es täte, was blieb ihm dann noch, woran er glauben konnte? Nur eine gnadenlose, gleichgültige Welt, die ein Leben auslöschte wie der Wind eine Kerze. Verzweifelt und verängstigt hob er sein tränenfeuchtes Gesicht zum Himmel und rief: »Welcher Gott tut so etwas? Zeige dich!« Er hörte, wie Leute herbeigelaufen kamen, aber von oben kam keine Antwort. »Das hat er nicht verdient!«

Tröstende Hände berührten ihn, und dann merkte er, dass Elain neben ihm saß. Sie hielt ihn in den Armen, während er weinte, bis er schließlich vor Erschöpfung einschlief.

DES REITERS KLINGE

Ein quälender Seelenschmerz umfing Eragon, als er aufwachte. Obwohl er die Lider geschlossen hielt, konnten sie einen erneuten Tränenstrom nicht zurückhalten. Verzweifelt suchte er nach einem hoffnungsvollen Gedanken, um nicht dem Wahnsinn anheim zu fallen. *Damit kann ich nicht leben,* stöhnte er innerlich.

Dann tu es nicht. Saphiras Worte hallten in seinem Kopf wider.

Wie denn? Garrow ist für immer von uns gegangen! Und irgendwann wird mich dasselbe Schicksal ereilen. Liebe, Familie, Errungenschaften, alles wird einem genommen und nichts bleibt übrig. Welchen Wert hat denn das, was wir tun?

Der Wert liegt in der Handlung selbst. Er schwindet, wenn man den Willen verliert, Dinge zu verändern und das Leben zu erfahren. Aber dir stehen viele Möglichkeiten offen; entscheide dich für eine davon und widme dich ihr. Deine Taten werden dir neue Hoffnung und ein Ziel geben.

Aber was kann ich denn tun?

Der einzig wahre Ratgeber ist dein Herz. Nichts Geringeres als sein heißestes Begehren kann dir helfen.

Sie ließ ihn über ihre Worte nachdenken. Eragon horchte

in sich hinein. Es überraschte ihn, dass er, stärker noch als die Trauer, einen glühenden Zorn in sich entdeckte. *Was soll ich deiner Meinung nach tun ... die Fremden verfolgen?*

Ja.

Ihre unmissverständliche Antwort verblüffte ihn. Er nahm einen tiefen und zitternden Atemzug. *Warum?*

Weißt du noch, was du im Buckel gesagt hast? Wie du mich an meine Pflicht erinnert hast und ich mit dir zurückgeflogen bin, obwohl mich mein Instinkt davor warnte? Auch du musst dich überwinden. Ich habe in den letzten Tagen viel nachgedacht, und mir wurde klar, was es für uns beide heißt, Drache und Reiter zu sein: Es ist uns bestimmt, das Unmögliche zu versuchen und ungeachtet unserer Angst große Taten zu vollbringen. Es ist unsere Verantwortung für die Zukunft.

Mir ist egal, was du sagst. Das sind alles keine Gründe, um Carvahall zu verlassen!, rief Eragon.

Es gibt noch andere. Die Leute haben meine Spuren gesehen und sind jetzt besonders wachsam. Irgendwann wird man mich entdecken. Außerdem hält dich hier nichts mehr. Kein Hof, keine Familie und ...

Roran ist nicht tot!, widersprach er.

Aber wenn du hier bleibst, musst du ihm erklären, was wirklich geschehen ist. Er hat ein Recht darauf zu wissen, wie und warum sein Vater starb. Was wird er tun, wenn er von mir erfährt?

Saphiras Argumente schwirrten in Eragons Kopf herum, aber er schreckte vor dem Gedanken zurück, das Palancar-Tal zu verlassen. Hier war sein Zuhause. Und doch war der Gedanke, an den Fremden Vergeltung zu üben, ausgesprochen tröstlich. *Bin ich denn überhaupt stark genug dafür?*

Du hast ja mich.

Zweifel befielen ihn. Ein derartiges Wagnis wäre eine so waghalsige, verzweifelte Sache. Dann stieg Verachtung über seine Unschlüssigkeit in ihm auf und seine Lippen verzogen sich zu einem harten Lächeln. Saphira hatte Recht. Nichts zählte mehr als die Handlung selbst. *Wichtig ist, was man tut, nicht was man sagt.* Und was würde ihn stärker befriedigen, als die Fremden zur Strecke zu bringen? Eine Furcht erregende Kraft erwuchs in ihm. Sie packte seine Gefühle und verwandelte sie in einen massiven Balken des Zorns, auf den ein einzelnes Wort eingebrannt war: Rache. In seinem Schädel pochte es, als er entschlossen sagte: *Ich werde es tun.*

Er löste sich von Saphiras Geist und stieg aus dem Bett. Sein Körper war gespannt wie eine Sprungfeder. Es war noch früh am Morgen; er hatte nur wenige Stunden geschlafen. *Nichts ist gefährlicher als ein Gegner, der nichts mehr zu verlieren hat*, sagte er sich. *Und genau das ist aus mir geworden.*

Gestern war es ihm noch schwer gefallen, sich auf den Beinen zu halten, nun aber bewegte er sich mit frischer Entschlossenheit, angetrieben von seinem eisernen Willen. Den Schmerz, den ihm sein Körper signalisierte, beachtete er gar nicht.

Als er durch das Haus schlich, hörte er das Gemurmel zweier Menschen, die sich unterhielten. Neugierig blieb er stehen und lauschte. Elain sagte mit ihrer sanften Stimme: »…genug Platz. Er kann ruhig bei uns wohnen.« Mit seiner tiefen Stimme entgegnete Horst etwas, das Eragon nicht verstand. »Ja, der arme Junge«, erwiderte Elain.

Diesmal verstand Eragon Horsts Antwort. »Möglicherweise…« Es folgte eine lange Pause. »Ich habe darüber nachgedacht, was Eragon gesagt hat, und ich bin mir nicht sicher, ob er uns wirklich alles erzählt hat.«

»Wie meinst du das?«, fragte Elain. Besorgnis lag in ihrer Stimme.

»Als wir zu ihrem Hof gingen, war der Weg platt gedrückt von dem Brett, auf dem er Garrow zog. Dann kamen wir an eine Stelle, wo der Schnee völlig aufgewühlt war. Seine Stiefelspuren und die Spuren des Brettes endeten dort, aber da waren dieselben riesigen Fußspuren wie auf dem Hof. Und was ist mit seinen Beinen? Ich kann einfach nicht glauben, dass er sich, ohne es zu merken, die ganze Haut abgeschürft hat. Ich wollte ihn gestern nicht bedrängen, aber nachher werde ich ihn mir noch einmal vornehmen.«

»Vielleicht hat das, was er gesehen hat, ihm so große Angst eingejagt, dass er nicht darüber reden möchte«, meinte Elain. »Du hast doch gesehen, wie durcheinander er war.«

»Das erklärt trotzdem nicht, wie er Garrow fast den ganzen Weg nach Carvahall geschleppt hat, ohne Spuren zu hinterlassen.«

Saphira hat Recht, dachte Eragon. *Es ist Zeit zu gehen. Die Leute werden mir langsam zu misstrauisch. Früher oder später werden sie auf die Wahrheit stoßen.* Er schlich weiter zur Haustür und zuckte jedes Mal zusammen, wenn der Fußboden knarrte.

Die Straßen waren menschenleer. Zu dieser frühen Stunde war noch niemand unterwegs. Er blieb einen Moment lang stehen und zwang sich nachzudenken. *Ein Pferd werde ich nicht benötigen. Saphira wird mich tragen, aber sie braucht einen Sattel. Sie kann für uns beide jagen, also muss ich mir übers Essen keine Gedanken machen – doch ich sollte mir trotzdem etwas Proviant besorgen. Was ich sonst noch brauche, finde ich unter den Trümmern unseres Hauses.*

Er ging zu Gedrics Gerberei am Rande von Carvahall. Es wurde ihm fast übel von dem scheußlichen Gestank, der ihm dort entgegenschlug, aber er marschierte tapfer weiter auf den seitlich in einen Hügel gebauten Verschlag zu, in dem die getrockneten Häute aufbewahrt wurden. Er schnitt drei große, von der Decke herabhängende Rinderhäute ab. Dabei überkam ihn ein schlechtes Gewissen, aber er sagte sich: *Eigentlich ist es ja kein Diebstahl. Eines Tages werde ich Gedric bezahlen und Horst auch.* Er rollte die dicken Lederhäute zusammen und brachte sie in einen kleinen Hain außerhalb des Dorfes. Dort versteckte er sie im Geäst eines Baums und kehrte anschließend nach Carvahall zurück.

Und jetzt noch der Proviant. Er nahm Kurs auf Morns Schankhaus, um sich dort etwas zu besorgen, aber dann verzog er die Lippen zu einem schmalen Lächeln, machte kehrt und ging in die entgegengesetzte Richtung. Wenn er schon stehlen musste, dann lieber von Sloan. Er schlich sich zum Haus des Metzgers. Die Vordertür war fest verriegelt, wenn Sloan nicht da war, aber den Seiteneingang sicherte nur eine dünne Kette, die sich leicht öffnen ließ. Drinnen war es stockfinster. Er tastete blind herum, bis seine Hände gegen einen Stapel mit eingepacktem Fleisch stießen. Er stopfte so viel wie möglich in sein Wams, dann lief er zurück auf die Straße und schloss verstohlen die Tür hinter sich.

In der Nähe rief eine Frau seinen Namen. Er schlang die Arme um den unteren Rand seines Wamses, damit das Fleisch nicht herausfiel, und duckte sich hinter einer Hausecke. Zit-

ternd sah er keine zehn Fuß von ihm entfernt Horst vorbei-
stiefeln.

Eragon rannte los, sobald Horst außer Sichtweite war.
Seine Beine brannten, während er eine Gasse entlangstürm-
te und den Weg zurück zum Hain einschlug. Er verschwand
zwischen den Bäumen, dann drehte er sich um und schaute,
ob ihm jemand folgte. Niemand war zu sehen. Er atmete
erleichtert auf und griff ins Geäst, um die gegerbten Häute
herauszuziehen. Sie waren verschwunden.

»Willst du irgendwohin?«

Eragon fuhr herum. Brom funkelte ihn wütend an, eine
hässliche Wunde seitlich am Kopf. Ein Kurzschwert hing in
einer braunen Scheide an seinem Gürtel. Die Häute hatte er
in der Hand.

Eragon kniff verwirrt die Augen zusammen. Wie hatte der
alte Mann es geschafft, sich unbemerkt an ihn heranzuschlei-
chen? Alles war so ruhig gewesen, dass er hätte schwören
können, er wäre allein. »Gib sie mir wieder«, sagte er barsch.

»Warum? Damit du fortrennen kannst, noch bevor Garrow unter der Erde ist?«, hielt Brom ihm in scharfem Tonfall
vor.

»Das geht dich nichts an!«, gab er zornig zurück. »Warum
bist du mir gefolgt?«

»Ich bin dir nicht gefolgt«, brummte der Alte. »Ich habe
hier auf dich gewartet. Wo willst du eigentlich hin?«

»Ich will nirgendwohin.« Eragon griff nach den Häuten und
riss sie Brom aus den Händen. Der ließ es geschehen.

»Ich hoffe, du hast genug Fleisch, um deinen Drachen zu
füttern.«

Eragon erstarrte. »Wovon redest du?«

Brom verschränkte die Arme. »Halt mich nicht zum Narren. Ich weiß, woher das Mal auf deiner Hand, die *Gedwëy Ignasia*, ›die schimmernde Handfläche‹, stammt: Du hast einen Jungdrachen berührt. Ich weiß, warum du mit all den Fragen zu mir gekommen bist, und ich weiß auch, dass die Reiter wieder zum Leben erwacht sind.«

Eragon ließ Leder und Fleisch fallen. *Jetzt ist es passiert… Die Wahrheit ist heraus… Ich muss fliehen! Mit meinen verletzten Beinen kann ich nicht schneller rennen als er, aber wenn… Saphira!*, rief er.

Einige qualvolle Sekunden lang antwortete sie nicht, aber dann sagte sie: *Ja.*

Wir wurden entdeckt! Ich brauche dich! Er schickte ihr ein Bild von seinem Aufenthaltsort und sie flog augenblicklich los. Jetzt musste er nur noch Brom hinhalten. »Wie hast du es herausgefunden?«, fragte er ihn mit schwacher Stimme.

Brom starrte in die Ferne und bewegte lautlos die Lippen, als spräche er mit jemand anderem. Dann sagte er: »Die Hinweise waren offenkundig. Ich musste nur wachsam sein. Jeder mit dem nötigen Wissen hätte dasselbe getan. Und nun sag, wie geht es ihm – deinem Drachen, meine ich?«

»Es ist eine Sie«, sagte Eragon, »und es geht ihr gut. Wir waren nicht zu Hause, als die Fremden kamen.«

»Ah, deine Beine. Du bist also schon geflogen?«

Wie ist er bloß darauf gekommen? Was, wenn die Fremden ihn auf mich angesetzt haben? Vielleicht soll er für sie herausfinden, wohin ich gehe, damit sie uns auflauern können. Und wo bleibt Saphira? Er nahm Kontakt auf und erfuhr, dass sie hoch über ihnen am Himmel kreiste. *Komm endlich!*

Nein, ich schaue euch noch ein bisschen zu.

Warum?

Wegen des Gemetzels in Dorú Areaba.

Was?

Brom lehnte sich lächelnd an einen Baum. »Ich habe mit ihr gesprochen, und sie hat eingewilligt, so lange oben zu bleiben, bis wir unseren Streit beigelegt haben. Du siehst, dir bleibt nichts anderes übrig, als meine Fragen zu beantworten. Und jetzt verrate mir, wo du hinwillst.«

Verdutzt legte Eragon eine Hand an die Schläfe. *Wieso kann Brom mit Saphira sprechen?* In seinem Schädel hämmerte es, während sich die Gedanken überschlugen, doch er gelangte immer wieder zu der gleichen Schlussfolgerung: Er musste dem Alten irgendetwas erzählen. Also sagte er: »Ich wollte mich verstecken, bis meine Wunden verheilt sind.«

»Und dann?«

Was sollte er antworten? Das Hämmern nahm zu. Er konnte nicht mehr richtig denken; in seinem Kopf herrschte ein einziges Durcheinander. Alles, was er wollte, war, irgendjemandem von den Ereignissen der letzten Monate zu erzählen. Es zerriss ihn förmlich, dass sein Geheimnis Garrows Tod herbeigeführt hatte. Schließlich gab er auf. »Ich werde die Fremden suchen, und wenn ich sie gefunden habe, werde ich sie töten.«

»Eine gewaltige Aufgabe für einen jungen Burschen wie dich«, sagte Brom sachlich, als wäre Eragons Plan ein ganz logisches, selbstverständliches Vorhaben. »Es ist gewiss ein ehrenhaftes Unterfangen, dem du sicherlich gewachsen bist, und doch scheint mir, dass du ein bisschen Unterstützung gut gebrauchen kannst.« Er griff hinter einen Busch und zog einen großen Rucksack hervor. Sein Tonfall wurde schroff. »Ich werde jedenfalls nicht zurückbleiben, während so ein Bürschchen mit einem Drachen durch die Gegend zieht.«

Bietet er mir wirklich seine Hilfe an oder ist das eine Falle? Eragon hatte keine Ahnung, wozu seine geheimnisvollen Gegner in der Lage waren. Er fürchtete sich. *Aber Brom hat Saphira überzeugt, ihm zu vertrauen, und sie haben durch die Geistesverbindung miteinander geredet. Wenn sie nicht misstrauisch ist…* Er beschloss, seinen Argwohn fürs Erste beizulegen. »Ich brauche keine Hilfe«, sagte Eragon und fügte mürrisch hinzu: »Aber du kannst trotzdem mitkommen.«

»Dann machen wir uns besser auf den Weg«, sagte Brom. Sein Gesicht wurde einen Moment lang ausdruckslos. »So, jetzt wird dein Drache wieder auf dich hören.«

Saphira?, fragte Eragon.

Ja.

Er widerstand dem Drang, ihr Fragen zu stellen. *Treffen wir uns auf dem Hof?*

Ja. Also habt ihr euch geeinigt?

Ich denke schon.

Sie löste die Verbindung und flog davon. Er blickte nach Carvahall und sah Leute von Haus zu Haus eilen. »Ich glaube, sie suchen nach mir.«

Brom hob eine Augenbraue. »Wahrscheinlich. Wollen wir aufbrechen?«

Eragon zögerte. »Ich würde Roran gern einen Brief hinterlassen. Es erscheint mir nicht richtig, einfach fortzulaufen, ohne ihm die Gründe zu erklären.«

»Das habe ich bereits erledigt«, versicherte ihm Brom. »Ich habe Gertrude einen Brief für ihn gegeben, in dem ich ihm die Situation darlege. Ich habe ihn auch vor Gefahren gewarnt und ihn gebeten, wachsam zu sein. Genügt dir das?«

Eragon nickte. Er wickelte das Fleisch in die Lederhäute ein und ging los. Sie gaben Acht, dass niemand sie bemerkte, bis sie die Straße erreichten. Dann beeilten sie sich, Carvahall möglichst schnell hinter sich zu lassen. Trotz seiner schmerzenden Beine stapfte Eragon entschlossen voran. Der eintönige Rhythmus seiner Schritte befreite seinen Geist, sodass er wieder in Ruhe nachdenken konnte. *Sobald wir den Hof erreicht haben, werde ich Brom ein paar Fragen stellen und erst dann gemeinsam mit ihm weiterziehen, wenn ich einige Antworten erhalten habe. Ich möchte mehr über die Drachenreiter erfahren und will wissen, gegen wen ich eigentlich kämpfe.*

Als die Trümmer des Hofs in Sicht kamen, runzelte Brom wütend die Stirn. Eragon sah mit Bestürzung, wie schnell die Natur das Areal zurückeroberte. Schnee und Erde sammelten sich im Haus und verwischten die Spuren der rohen Gewalt, mit der die Fremden es dem Erdboden gleichgemacht hatten. Von der Scheune war nur noch ein rußgeschwärztes Rechteck übrig, das zusehends verfiel.

Broms Kopf fuhr hoch, als er über den Baumwipfeln das Geräusch von Saphiras Flügelschlägen vernahm. Sie rauschte von hinten über sie hinweg und streifte dabei beinahe ihre Köpfe. Die beiden gerieten ins Taumeln, als sie ein heftiger Luftstoß schüttelte. Saphiras Schuppen glitzerten, als sie über dem Hof eine Kurve flog und anmutig landete.

Brom trat auf sie zu und blickte ernst und freudig zugleich. Seine Augen glänzten, und auf seiner Wange schimmerte eine einzelne Träne, die in seinem Bart versickerte. Er stand eine Weile einfach nur schwer atmend da und betrachtete Saphira, die ihn ihrerseits neugierig musterte. Eragon hörte ihn etwas murmeln und trat näher heran, um zuzuhören.

»Es beginnt also von neuem. Aber wie und wo wird es enden? Meine Sicht ist verschleiert; ich kann nicht erkennen, ob es eine Tragödie wird oder ein Lustspiel, denn sowohl für das eine als auch für das andere sind die nötigen Elemente vorhanden... Was auch kommen mag, mein Standpunkt bleibt unverändert, und ich...«

Seine nächsten Worte verklangen, als Saphira stolz zu ihnen herüberkam. Eragon tat so, als hätte er nichts gehört, ging an Brom vorbei und begrüßte sie. Etwas hatte sich zwischen ihnen verändert, als wären sie einander jetzt vertrauter, obwohl sie sich irgendwie noch immer fremd waren. Er strich über ihren Hals, und seine Handfläche kribbelte, als ihr Geist den seinen berührte. Sie strahlte große Neugier aus.

Ich habe noch nie Menschen gesehen, nur dich und Garrow, und der war schwer verletzt, erklärte sie.

Ich habe dir doch durch meine Augen andere Menschen gezeigt.

Das ist nicht dasselbe. Sie kam näher und wandte ihren langen Kopf ein wenig zur Seite, um Brom mit einem großen blauen Auge zu mustern. *Ihr seid wirklich seltsame Geschöpfe*, meinte sie kritisch und starrte ihn unverwandt an. Brom hielt still, während sie in die Luft schnüffelte, und dann streckte er eine Hand nach ihr aus. Saphira senkte langsam den Kopf und erlaubte ihm, dass er sie über der Augenbraue berührte. Dann zog sie schnaubend den Kopf zurück und stellte sich hinter Eragon. Ihr Schwanz peitschte über den Boden.

Was ist los?, fragte er. Sie antwortete nicht.

Brom wandte sich zu ihm um und fragte in einem sonderbaren Ton: »Wie heißt sie?«

»Saphira.« Ein eigenartiger Ausdruck legte sich über Broms Züge. Er bohrte das Ende seines Stabs mit solcher Kraft in den Schnee, dass seine Knöchel weiß hervortraten. »Von allen Namen, die du mir genannt hast, war es der einzige, der ihr gefiel. Ich finde, er passt zu ihr«, fügte Eragon rasch hinzu.

»Das tut er«, sagte Brom. Etwas lag in seiner Stimme, das Eragon nicht deuten konnte. War es ein Gefühl des Verlustes? War es Staunen, Angst oder Neid? Er wusste es nicht. Es konnte alles zusammen oder nichts von alledem sein. Brom hob die Stimme und sagte: »Sei gegrüßt, Saphira. Es ist mir eine Ehre, dich kennen zu lernen.« Er machte eine merkwürdige Handbewegung und verneigte sich.

Ich mag ihn, sagte Saphira leise.

Natürlich magst du ihn; schließlich gefällt es jedem, wenn man ihm schmeichelt. Eragon klopfte ihr auf die Schulter und ging zu der Ruine des Hauses. Saphira und Brom folgten ihm. Der alte Mann wirkte rege und lebendig.

Eragon stieg über die Trümmer und kletterte unter einer Tür hindurch in die Überreste seines Zimmers. Er erkannte es kaum wieder unter den Haufen zerborstenen Holzes. Geleitet von seiner Erinnerung, suchte er nach der Stelle, wo die Innenwand gewesen war. Dort fand er seinen leeren Rucksack. Ein Teil des Rahmens war entzwei, aber der Schaden ließ sich leicht reparieren. Er suchte weiter und entdeckte schließlich das Ende seines Bogens, der noch immer in dem Wildlederfutteral steckte.

Obwohl das Leder abgewetzt und zerschrammt war, sah er mit Freude, dass das geölte Holz keinen Schaden genommen hatte. *Endlich habe ich mal Glück*, dachte er. Vorsichtig spannte er die Bogensehne. Sie ließ sich mit einer fließenden Bewegung zurückziehen, ohne dass das Holz geknackt hätte. Zufrieden suchte er nach dem Köcher, den er ganz in der Nähe fand. Die meisten Pfeile waren zerbrochen.

Er drückte Brom Bogen und Köcher in die Hand, und der alte Mann sagte: »Es bedarf eines kräftigen Armes, um diese Sehne zu spannen.« Eragon nahm das Kompliment schweigend an. Er durchstöberte den Rest des Hauses nach weiteren nützlichen Gegenständen und legte die Sammlung neben Brom auf den Boden. Es war nur ein kleiner Haufen. »Was nun?«, fragte Brom. Sein Blick war scharf und durchdringend. Eragon schaute weg.

»Wir suchen uns ein Versteck.«

»Weißt du schon, wo?«

»Ja.« Bis auf den Bogen wickelte er alle Gegenstände zu einem Bündel zusammen, verschnürte es und band es an seinem Rucksack fest. »Wir müssen dort entlang«, sagte er und machte sich in Richtung Wald auf. *Saphira, folge uns in der Luft. Deine Fußabdrücke sind zu leicht zu erkennen.*

Einverstanden. Sie stieg hinter ihnen in den Himmel.

Ihr Ziel war nicht weit entfernt, doch Eragon wählte eine verschlungene Route, um eventuelle Verfolger abzuschütteln. Es dauerte mehr als eine Stunde, bis er schließlich mitten im Wald vor einem gut verborgenen Dornengestrüpp stehen blieb.

Die Lichtung im Zentrum der Büsche war gerade groß genug für ein Lagerfeuer, zwei Menschen und einen Drachen.

Rote Eichhörnchen flohen unter aufgeregtem Geschnatter in die Bäume, als sie die Eindringlinge erblickten. Brom befreite sich von einer mit Dornen besetzten Ranke und schaute sich interessiert um. »Weiß noch jemand von diesem Ort?«, fragte er.

»Nein. Ich habe ihn entdeckt, als wir hierher gezogen sind. Es dauerte eine Woche, bis ich mich in die Mitte durchgekämpft hatte, und noch eine, um das ganze Bruchholz fortzuschaffen.« Saphira landete neben ihnen und legte die Flügel an, sorgsam darauf bedacht, sich nicht an den Dornen zu verletzen. Sie rollte sich zusammen, wobei unter ihren harten Schuppen einige Zweige knackend zerbrachen, und legte den Kopf flach auf den Boden. Ihre unergründlichen Augen folgten jeder Bewegung der beiden Menschen.

Brom stützte sich auf seinen Stab und starrte sie abschätzend an. Sein prüfender Blick machte Eragon nervös.

Eragon beobachtete die beiden, bis sein Hunger ihn zum Handeln zwang. Er entzündete ein Lagerfeuer, füllte einen Topf mit Schnee und stellte ihn zum Schmelzen über die Flammen. Als das Wasser heiß war, riss er einige Fleischbrocken ab und warf sie zusammen mit etwas Salz in den Topf. *Keine großartige Mahlzeit*, dachte er, *aber es reicht. Wahrscheinlich werde ich in der nächsten Zeit kaum etwas anderes zu essen bekommen, also kann ich mich auch gleich dran gewöhnen.*

Der Eintopf köchelte leise vor sich hin und verströmte sein volles Aroma über die Lichtung. Saphiras Zungenspitze schlängelte sich aus dem Maul und kostete die Luft. Als das Fleisch zart war, kam Brom herüber, und Eragon servierte die Mahlzeit. Sie aßen schweigend und mieden währenddessen den Blick des anderen. Hinterher holte Brom seine Pfeife heraus und zündete sie gemächlich an.

»Warum willst du mich begleiten?«, fragte Eragon.

Ein Rauchwölkchen quoll über Broms Lippen und stieg in die Höhe, bis es zwischen den Bäumen verschwand. »Ich habe ein berechtigtes Interesse daran, dass du am Leben bleibst«, sagte er.

»Wie meinst du das?«, wollte Eragon wissen.

»Wie du weißt, bin ich ein Geschichtenerzähler, und offen gestanden denke ich, dass sich aus dir eine wunderbare Geschichte dichten lässt. Seit über hundert Jahren bist du der erste Drachenreiter, der sich nicht unter der Knute des Königs befindet. Was wird geschehen? Wirst du als Märtyrer sterben? Wirst du dich den Varden anschließen? Oder wirst du König Galbatorix töten? Faszinierende Fragen, nicht wahr? Und ich werde dabei sein, ganz gleich was ich dafür tun muss.«

Ein Klumpen ballte sich in Eragons Magen zusammen. Er konnte sich beim besten Willen nicht vorstellen, irgendeinem von Broms vorgeschlagenen Wegen zu folgen, am allerwenigsten dem eines Märtyrers! *Ich will nur meine Rache, aber der Rest … Darauf habe ich keine Lust.* »Mag sein, aber jetzt verrate mir, wie du mit Saphira reden kannst.«

Brom stopfte gemächlich neuen Tabak in die Pfeife. Nachdem er sie abermals angezündet und sich fest in den Mund gesteckt hatte, sagte er: »Schön, wenn du Antworten hören willst, sollst du welche bekommen, aber möglicherweise werden sie dir nicht gefallen.« Er stand auf, holte seinen Rucksack ans Feuer und zog einen langen, in Stoff gehüllten Gegenstand heraus. Er maß etwa fünf Fuß und war, wenn man sah, wie Brom damit umging, außerordentlich schwer.

Der alte Mann wickelte ihn aus, Lage um Lage, so wie man eine Mumie enthüllt. Eragon schaute gebannt, als ein Schwert zum Vorschein kam. Der goldene Knauf hatte die Form einer Träne und war mit einem Rubin besetzt, der etwa so groß war wie ein kleines Ei. Das mit Silberdraht umwickelte Heft war blank poliert, sodass es schimmerte wie Sternenlicht. Die Scheide war weinrot und glatt wie Glas, verziert mit der Gravur eines sonderbaren schwarzen Emblems. Neben dem Schwert lag ein Ledergürtel mit einer schweren Schnalle. Der letzte Stoffstreifen fiel ab und Brom reichte Eragon die Waffe.

Der Griff schmiegte sich in Eragons Hand, als hätte man ihn eigens für ihn angefertigt. Er zog das Schwert langsam blank; lautlos glitt es aus der Scheide. Die flache Klinge war blutrot und schimmerte im Feuerschein. Die scharfen Ränder verjüngten sich anmutig zu einer ebenso scharfen Spitze. Ein Duplikat des schwarzen Emblems war in das Metall eingraviert. Das Schwert lag perfekt ausbalanciert in seiner Hand und fühlte sich an wie eine Verlängerung seines Arms, ganz anders als die groben Werkzeuge, die er von der Arbeit auf dem Hof gewohnt war. Eine Aura von Macht ging davon aus, als würde ihm eine unbändige Kraft innewohnen. Es war geschaffen worden für die gewalttätigen Scharmützel in der Schlacht, um Menschen ihres Lebens zu berauben, und doch war es von erschreckender Schönheit.

»Dies war einst die Klinge eines Drachenreiters«, sagte Brom ernst. »Am Ende ihrer Lehrzeit bekamen die Reiter von den Elfen ein Schwert geschenkt. Das Geheimnis ihrer Schmiedekunst haben sie stets eifersüchtig gehütet. Jedenfalls bleiben ihre Schwerter für immer scharf und das Metall wird niemals blind oder rostig. Es war so Sitte, dass die Farbe der Klinge der des Drachen entsprach, den der Reiter besaß, aber ich finde, in diesem Falle können wir ruhig eine Ausnahme machen. Dieses Schwert heißt Zar'roc. Ich weiß nicht, was das bedeutet, wahrscheinlich war es etwas Persönliches, das den Reiter betraf, dem es gehörte.« Er beobachtete, wie Eragon das Schwert schwang.

»Wo hast du es her?«, fragte Eragon. Er schob die Klinge widerwillig in die Scheide zurück und wollte ihm das Schwert zurückgeben, aber Brom machte keine Anstalten, es entgegenzunehmen.

»Das spielt keine Rolle«, erwiderte Brom. »Ich sage nur, dass ich viele haarsträubende und gefährliche Abenteuer bestehen musste, um es zu bekommen. Es gehört jetzt dir. Du hast ein größeres Recht darauf als ich, und ich glaube, dass du es noch brauchen wirst, bevor dies alles zu Ende ist.«

Eragon war völlig verdutzt. »Das ist ein kostbares Geschenk, danke.« Unsicher, was er als Nächstes sagen sollte, strich er mit der Hand über die Scheide. »Was ist das für ein Symbol?«, fragte er.

»Das war das persönliche Wappen des Reiters.« Eragon wollte ihn schon unterbrechen, aber Brom funkelte ihn an, sodass er seinen Mund wieder zuklappte. »Wenn du es unbedingt wissen musst: Jeder, der die rechte Unterweisung erhält, kann lernen, mit einem Drachen zu reden. Und«, er hob einen Finger, um das Folgende zu unterstreichen, »es hat nicht das Geringste zu bedeuten, wenn man dazu in der Lage ist. Ich weiß mehr über Drachen und ihre Fähigkeiten als die meisten anderen lebenden Menschen. Es dauert Jahre, wenn du auf eigene Faust lernen willst, was ich dir bei-

bringen kann. Ich biete dir mein Wissen als eine Art Abkür-
zung an. Aber *woher* ich dieses Wissen habe, werde ich für
mich behalten.«

Saphira rappelte sich auf und trottete zu Eragon hinüber.
Er zog das Schwert heraus und zeigte es ihr. *Es hat Kraft*,
sagte sie und berührte die Klingenspitze mit der Nase. Die
schillernde Farbe des Metalls kräuselte sich wie Wasser, als
es auf ihre Schuppen traf. Mit einem zufriedenen Schnaufer
hob sie den Kopf und die Klinge nahm wieder ihr ursprüngliches Aussehen an. Irritiert schob Eragon sie in die Scheide.

Brom zog eine Augenbraue hoch. »Das sind die Dinge,
von denen ich spreche. Drachen versetzen einen fortwährend in Erstaunen. Dinge … geschehen um sie herum, geheimnisvolle Dinge, die ansonsten unmöglich sind. Und obwohl die Reiter Jahrhunderte lang mit den Drachen arbeiteten, haben sie deren Fähigkeiten nie völlig verstanden. Sie
sind in einer Weise mit dem Land verbunden, die sie große
Hindernisse überwinden lässt. Was Saphira gerade getan hat,
veranschaulicht meinen ersten Standpunkt: Es gibt vieles,
was du nicht weißt.«

Es entstand eine lange Pause. »Das mag so sein«, sagte
Eragon, »aber ich kann lernen. Und gegenwärtig ist es für
mich am wichtigsten, alles über diese Fremden zu erfahren.
Hast du eine Ahnung, wer sie sind?«

Brom holte tief Luft. »Sie heißen Ra'zac. Niemand weiß,
ob dies der Name ihrer Art ist oder ob sie sich einfach so nennen. Wie auch immer, wenn sie individuelle Namen haben,
so halten sie diese geheim. Die Ra'zac traten erst in Erscheinung, als Galbatorix an die Macht kam. Er muss ihnen während seiner Irrfahrten begegnet sein und sie sich zu Diensten

gemacht haben. Es ist fast nichts über sie bekannt. Aber eins kann ich dir sagen: Es sind keine Menschen. Als ich den Kopf des einen sah, glaubte ich, so etwas wie einen Schnabel ausmachen zu können, und seine schwarzen Augen sind so groß wie meine Faust – doch wie es ihnen gelingt, unsere Sprache zu sprechen, ist mir ein Rätsel. Der Rest ihres Körpers ist zweifellos ebenso absonderlich. Deshalb hüllen sie sich immer in schwarze Umhänge, ungeachtet des Wetters.

Was ihre Kräfte betrifft, sind sie stärker als Menschen und können unfassbar hoch springen, aber sie beherrschen keine Magie. Sei dankbar dafür, denn sonst hätten sie dich längst gefunden. Auch weiß ich, dass sie eine starke Abneigung gegen Sonnenlicht haben, obwohl es sie nicht aufhält, wenn sie ein Ziel vor Augen haben. Begehe nie den Fehler, einen Ra'zac zu unterschätzen, denn sie sind gerissen und heimtückisch.«

»Wie viele von ihnen gibt es denn?«, wollte Eragon wissen, verblüfft über Broms Kenntnisse.

»Ich kenne nur die, die du gesehen hast. Es mag mehr von ihnen geben, aber davon weiß ich nichts. Vielleicht sind sie die Letzten einer aussterbenden Art. Du musst wissen, sie sind die persönlichen Drachenjäger des Regenten. Wann immer Galbatorix Gerüchte über einen Drachen im Land erreichen, schickt er die Ra'zac los, um die Sache zu überprüfen. Meistens hinterlassen sie eine Spur des Todes.« Brom blies eine Serie von Rauchkringeln in die Luft und sah zu, wie sie zwischen den Büschen aufstiegen. Eragon beachtete die Ringe nicht, bis ihm auffiel, dass sie die Farbe änderten und fröhlich hin und her sausten. Brom zwinkerte schelmisch.

Eragon war sich sicher, dass niemand Saphira gesehen

hatte. Woher sollte Galbatorix also von ihrer Existenz wissen? Als er seinen Einwand vortrug, erwiderte Brom: »Du hast Recht, es ist unwahrscheinlich, dass jemand aus Carvahall den König informiert hat. Warum erzählst du mir nicht, wie du das Ei gefunden und wie du Saphira aufgezogen hast – das könnte Klarheit schaffen.«

Eragon zögerte, aber dann schilderte er in aller Ausführlichkeit die Ereignisse, seit er im Buckel das Ei gefunden hatte. Es tat gut, sich endlich jemandem anzuvertrauen. Brom stellte einige Zwischenfragen, aber die meiste Zeit hörte er gespannt zu. Die Sonne war kurz davor unterzugehen, als Eragon mit seiner Geschichte fertig war. Sie schwiegen beide, während die Wolken sich röteten. Nach einer Weile brach Eragon die Stille: »Ich wünschte nur, ich wüsste, woher das Ei kam. Saphira erinnert sich nicht.«

Brom neigte den Kopf zur Seite. »Mmm, da kann ich dir nicht helfen… Dein Bericht hat mir jedenfalls vieles erklärt. Ich bin mir sicher, dass niemand außer uns Saphira gesehen hat. Die Ra'zac müssen eine Informationsquelle außerhalb des Tals gehabt haben, eine, die inzwischen wahrscheinlich tot ist… Du hast schon ziemlich viel durchgemacht und hast alle Herausforderungen gemeistert. Ich bin beeindruckt.«

Eragon starrte ins Leere und fragte dann: »Was ist mit deinem Kopf passiert? Er sieht aus, als wärst du gegen einen Felsen gerannt.«

»Das nicht, aber gut geraten.« Er nahm einen tiefen Zug aus seiner Pfeife. »Ich erfuhr am Morgen von der Ankunft der Ra'zac und schlich mich nach Einbruch der Dunkelheit an ihr Lager heran, um herauszufinden, was sie im Schilde führten. Sie haben mich überrumpelt. Es war eine gute Falle, aber sie haben mich unterschätzt, und es gelang mir, sie in die Flucht zu schlagen. Aber nicht«, sagte er trocken, »ohne mir vorher diesen Beweis meiner Torheit einzuhandeln. Ich fiel ohnmächtig zu Boden und erwachte erst am nächsten Tag. Zu diesem Zeitpunkt waren sie längst auf eurem Hof. Es war zu spät, um sie aufzuhalten, aber ich bin ihnen trotzdem gefolgt. Dann sind wir beide uns auf der Straße begegnet.«

Wie kommt es, dass er es wagt, sich allein den Ra'zac in den Weg zu stellen? Sie haben ihn im Dunkeln angegriffen und er wurde bloß ohnmächtig? Verwirrt und aufgewühlt fragte Eragon: »Als du das Mal auf meiner Handfläche gesehen hast, die *Gedwëy Ignasia*, da wusstest du also schon von den Ra'zac. Warum hast du mir nicht damals schon gesagt, wer sie sind? Ich hätte Garrow sofort gewarnt, anstatt erst Saphira zu holen, und dann hätten wir alle drei fliehen können.«

»Ich war mir nicht sicher, was ich tun sollte. Ich dachte, ich könnte die Kerle von dir fern halten; nachdem sie verschwunden wären, hätte ich dich auf Saphira angesprochen. Aber sie haben mich überlistet. Es war ein Fehler, den ich bitter bereue und für den du teuer bezahlt hast.«

»Wer bist du?«, wollte Eragon, plötzlich verbittert, wissen. »Wie kann es sein, dass ein einfacher Geschichtenerzähler das Schwert eines Reiters besitzt? Woher weißt du so gut über die Ra'zac Bescheid?«

Brom trommelte auf seine Pfeife. »Ich dachte, ich hätte klargestellt, dass ich nicht darüber sprechen werde.«

»Weil du geschwiegen hast, ist mein Onkel tot. *Tot!*«, rief Eragon aus und hieb mit der Hand durch die Luft. »Ich habe dir bis jetzt vertraut, weil Saphira dich respektiert, aber damit ist jetzt Schluss! Du bist nicht die Person, die ich in Carvahall all die Jahre gekannt habe! Erkläre dich!«

Eine ganze Zeit lang starrte Brom auf den zwischen ihnen schwebenden Rauch. Seine Stirn trug tiefe Furchen. Wenn er sich bewegte, dann nur, um einen weiteren Zug aus seiner Pfeife zu nehmen. Schließlich sagte er: »Du hast wahrscheinlich nie darüber nachgedacht, aber die meiste Zeit meines Lebens habe ich außerhalb des Palancar-Tals verbracht. Ich wurde erst in Carvahall ein Geschichtenerzähler. Ich habe den Menschen viele Rollen vorgespielt – meine Vergangenheit ist äußerst kompliziert. Es war teilweise der Wunsch, alledem zu entfliehen, weswegen ich herkam. Also, nein, ich bin nicht der Mann, für den du mich gehalten hast.«

»Ha!«, schnaubte Eragon. »Wer bist du dann?«

Brom lächelte gutmütig. »Ich bin jemand, der hier ist, um dir zu helfen. Unterschätze diese Worte nicht – sie sind das Wahrhaftigste, was ich je gesagt habe. Aber ich werde deine Fragen nicht beantworten. Im Moment besteht kein Anlass dafür, dass du meine Geschichte erfährst, zumal du dir dieses Recht noch nicht verdient hast. Ja, ich besitze Kenntnisse, über die Brom der Geschichtenerzähler nicht verfügen würde, aber ich bin mehr als der Mann, der ich vorgab zu sein. Du wirst lernen müssen, mit diesem Umstand zu leben und damit, dass ich nicht jedem, der danach fragt, meine Lebensgeschichte erzähle.«

Eragon sah ihn verdrossen an. »Ich gehe schlafen«, sagte er und verließ das Feuer. Brom schien nicht überrascht, aber in seinen Augen lag ein trauriger Glanz. Er rollte seine Decke am Feuer aus, während Eragon sich neben Saphira legte. Eisiges Schweigen breitete sich über dem Lager aus.

Ein Sattel für Saphira

Als Eragon die Augen aufschlug, brach die Erinnerung an Garrows Tod über ihn herein. Er zog sich die Decke über den Kopf und weinte in der warmen Dunkelheit leise vor sich hin. Es tat gut, einfach dazuliegen und sich vor der Welt zu verstecken. Irgendwann versiegten seine Tränen. Er verfluchte Brom. Dann wischte er sich widerwillig über die Wangen und stand auf.

Brom bereitete gerade das Frühstück zu. »Guten Morgen«, sagte er. Eragon gab nur ein Grunzen zur Antwort. Er klemmte seine kalten Finger in die Achselhöhlen und hockte sich ans Feuer, bis das Essen kam. Sie verzehrten es rasch, bevor es kalt werden konnte. Als er fertig war, wusch Eragon seine Schale mit Schnee sauber und breitete anschließend das gestohlene Leder auf dem Boden aus.

»Was willst du damit anstellen?«, fragte Brom. »Wir können es nicht die ganze Zeit mit uns herumschleppen.«

»Daraus mache ich einen Sattel für Saphira.«

»Hmm«, sagte Brom und trat heran. »Nun, die Drachen trugen zwei Arten von Sätteln. Einer davon war hart und schwer und geformt wie ein Pferdesattel. Aber um so etwas herzustellen, braucht man Zeit und Werkzeug, was wir beides nicht haben. Der andere war dünn und leicht gepolstert, kaum mehr als eine zusätzliche Schicht zwischen Reiter und Drache. Diese Sättel wurden benutzt, wenn Schnelligkeit und Beweglichkeit vonnöten waren, wenngleich sie nicht annähernd so bequem waren wie die schweren.«

»Weißt du, wie sie aussahen?«, fragte Eragon.

»Noch besser: Ich kann einen anfertigen.«

»Dann tu das doch bitte«, sagte Eragon und trat zur Seite.

»Gern, aber schau gut zu. Eines Tages musst du es vielleicht ohne Hilfe können.« Mit Saphiras Erlaubnis vermaß Brom ihren Hals und Brustkorb. Danach schnitt er fünf breite Streifen vom Leder und zeichnete die Umrisse von rund einem Dutzend Formen auf die Häute. Nachdem die Stücke herausgeschnitten waren, machte er aus den Resten lange Schnüre.

Diese benutzte er, um alles zusammenzunähen, aber für jeden Stich mussten zuvor zwei Löcher in das Leder gebohrt werden. Eragon half ihm dabei. Anstelle von Schnallen verwendete Brom komplizierte Knoten, und jeden Riemen beließ er länger als nötig, damit Saphira der Sattel auch noch passen würde, wenn sie größer geworden war.

Der Hauptteil des Sattels bestand aus drei identischen Stücken, die, mit einer Polsterung aus trockenem Gras und Stoffresten versehen, zusammengenäht wurden. An der Vorderseite befand sich eine dicke Schlaufe, die um einen von Saphiras Halszacken gelegt werden würde, während die an den Seiten angenähten breiten Riemen unter ihrem Bauch zu verknoten waren. Anstelle von Steigbügeln befanden sich an den Riemen mehrere Schlaufen. Festgezurrt würden sie Eragons Beinen Halt geben. Ein langer Riemen sollte später zwischen Saphiras Vorderbeinen hindurchgezogen und dann in zwei Stränge geteilt rechts und links zum Sattel hinaufgeführt werden.

Während Brom mit dem Leder beschäftigt war, reparierte Eragon den Rucksack und verpackte ihren Proviant neu. Der Tag war vorüber, als sie beide mit ihrer Arbeit fertig waren. Erschöpft legte Brom Saphira den Sattel auf und prüfte, ob die Riemen passten. Er führte einige kleine Änderungen durch, dann nahm er ihn zufrieden wieder ab.

»Gute Arbeit«, stellte Eragon mürrisch fest.

Brom neigte den Kopf. »Ich habe mein Bestes gegeben. Er wird dir gute Dienste leisten; das Leder ist sehr robust.«

Möchtest du ihn nicht ausprobieren?, fragte Saphira.

Vielleicht morgen, sagte Eragon und legte den Sattel neben seine Decken. *Jetzt ist es zu spät dafür*. In Wahrheit war er nicht gerade darauf versessen, erneut zu fliegen – nicht nach dem katastrophalen Ergebnis seines letzten Versuchs.

Das Abendessen war schnell zubereitet. Es schmeckte gut, obwohl es eine einfache Mahlzeit war. Während sie aßen, sah Brom Eragon über das Feuer hinweg an und fragte: »Werden wir morgen aufbrechen?«

»Es gibt keinen Grund, noch länger hier zu bleiben.«

»Das stimmt wohl…« Er rutschte unbehaglich hin und her. »Eragon, ich möchte mich dafür entschuldigen, wie sich die Dinge entwickelt haben. Das habe ich nicht gewollt. Deine Familie hat eine solche Tragödie nicht verdient. Ich wünschte, ich könnte es irgendwie ungeschehen machen. Dies ist eine schwierige Situation für uns beide.« Eragon saß schweigend da und wich Broms Blick aus, dann sagte dieser: »Wir brauchen Pferde.«

»Vielleicht brauchst du eins, ich habe ja Saphira.«

Brom schüttelte den Kopf. »Es gibt kein Pferd, das mit einem fliegenden Drachen mithalten könnte, und Saphira ist noch zu jung, um uns beide zu tragen. Außerdem ist es sicherer, wenn wir zusammenbleiben, und Reiten geht schneller als Laufen.«

»Aber das macht es schwieriger, die Ra'zac zu finden«, widersprach Eragon. »Mit Saphira könnte ich sie wahrscheinlich in ein, zwei Tagen aufspüren. Auf Pferden würde es viel länger dauern – falls wir sie auf diese Weise überhaupt einholen können!«

»Dieses Risiko wirst du wohl eingehen müssen, wenn ich dich begleiten soll.«

Eragon überlegte eine Weile. »Na schön«, brummte er, »wir besorgen uns Pferde. Aber kaufen musst du sie. Ich habe kein Geld und ich möchte nicht schon wieder stehlen. Es gehört sich nicht.«

»Das hängt vom Standpunkt ab«, sagte Brom lächelnd. »Bevor du dich auf dieses Unterfangen einlässt, bedenke bitte, dass die Ra'zac Schergen des Königs sind. Sie stehen überall unter seinem Schutz. Gesetze können sie nicht aufhalten. In Städten haben sie Zugang zu unerschöpflichen Ressourcen und bereitwilligen Helfern. Und denk auch daran, dass für Galbatorix nichts wichtiger ist, als dich auf seine Seite zu ziehen oder zu töten – auch wenn ihn die Kunde von deiner Existenz vermutlich noch nicht erreicht hat. Aber das wird bald geschehen. Je länger du dich dem Zugriff der Ra'zac entziehst, desto unruhiger wird er werden. Er weiß, dass du mit jedem Tag stärker wirst und dass jeder verstrichene Augenblick dir eine neue Gelegenheit gibt, dich seinen Feinden anzuschließen. Du musst sehr vorsichtig sein, denn du kannst schnell vom Jäger zum Gejagten werden.«

Eragon war beeindruckt von der Intensität von Broms Worten. Nachdenklich rollte er einen Zweig zwischen den Fingern. »Genug mit dem Gerede«, sagte Brom. »Es ist spät und meine Knochen schmerzen. Wir unterhalten uns morgen weiter.« Eragon nickte und ging um das Feuer herum zu seinem Schlafplatz.

THERINSFORD

Der Morgen war grau und bewölkt und ein schneidender Wind fegte über die Lichtung. Der Wald war still. Nach einem leichten Frühstück löschten Brom und Eragon das Feuer und schulterten ihre Rucksäcke. Eragon hängte Bogen und Köcher seitlich an den Rucksack, wo er beides schnell greifen konnte. Er legte Saphira den neuen Sattel auf, den sie würde tragen müssen, bis sie sich Pferde besorgt hatten. Eragon band ihr auch Zar'roc auf den Rücken, da er sich nicht mit dem zusätzlichen Gewicht belasten wollte. Außerdem war das Schwert in seinen Händen nicht mehr als eine Keule.

Auf der geschützten Lichtung hatte sich Eragon sicher gefühlt, draußen hingegen gemahnte er sich zur Vorsicht. Saphira flog los und kreiste über ihnen. Die Bäume wurden nach und nach spärlicher, während sie zum Hof zurückkehrten.

Ich werde diesen Ort wiedersehen, schwor sich Eragon, während er auf die Ruinen der Gebäude schaute. *Dieses Exil wird nicht für immer sein. Eines Tages werde ich zurückkehren...* Er straffte die Schultern und wandte sich entschlossen nach Süden, hin zu den fremdartigen, barbarischen Landen, die ihn dort erwarteten.

Unterwegs drehte Saphira nach Westen zu den Bergen ab und verschwand aus ihrem Blickfeld. Es bereitete Eragon Unbehagen, sie fortfliegen zu sehen. Selbst jetzt, wo keine Menschenseele in der Nähe war, konnten sie ihre Tage nicht miteinander verbringen. Sie musste sich weiterhin verstecken, für den Fall dass ihnen ein anderer Reisender begegnete.

Die Spuren der Ra'zac waren im schwindenden Schnee kaum zu erkennen, doch das bereitete Eragon keine Sorge. Es war unwahrscheinlich, dass sie die Straße – den schnellsten Weg aus dem Tal – verlassen und sich stattdessen in die Wildnis geschlagen hatten. Jenseits des Tals jedoch teilte sich die Straße an mehreren Stellen. Es würde schwierig werden festzustellen, welche Abzweigung die Ra'zac genommen hatten.

Sie marschierten schweigend vor sich hin und versuchten, schnell voranzukommen. Nach wie vor bluteten Eragons Beine an den Stellen, wo der Schorf aufgeplatzt war. Um sich von den Schmerzen abzulenken, fragte er: »Wozu genau sind Drachen eigentlich in der Lage? Du hast doch gesagt, du wüsstest einiges über ihre Fähigkeiten.«

Brom lachte, und der Saphirring an seiner Hand blitzte auf, als er gestikulierte. »Leider weiß ich nur einen Bruchteil von dem, was ich gern wissen würde. Du stellst mir da eine Frage, welche sich die Menschen seit Jahrhunderten zu beantworten versuchen, und du musst dir darüber im Klaren sein, dass das, was ich dir erzählen kann, in jedem Falle unvollständig ist. Drachen waren schon immer geheimnisvolle Wesen, wenn auch vermutlich nicht absichtlich.

Bevor ich deine Frage richtig beantworten kann, benötigst du ein paar grundsätzliche Kenntnisse über diese Spezies. Es wäre zu verwirrend, mitten in einem so komplexen Thema zu beginnen, ohne die Grundlagen zu verstehen, auf denen es beruht. Fangen wir mit dem Lebenszyklus der Drachen an, und falls dich das nicht zu sehr ermüdet, kommen wir anschließend zum nächsten Punkt.«

Brom erklärte ihm, wie Drachen sich fortpflanzten und was erforderlich war, damit das Junge schlüpfte. »Wenn ein Drache ein Ei legt«, sagte er, »kann das Neugeborene sofort schlüpfen. Aber es wartet auf die richtigen äußeren Umstände, manchmal viele Jahre lang. Als Drachen noch in der Wildnis lebten, wurden diese Umstände für gewöhnlich von der Verfügbarkeit an Nahrung diktiert. Nachdem sie sich jedoch mit den Elfen verbündet hatten, wurde jedes Jahr eine bestimmte Zahl ihrer Eier, normalerweise nicht mehr als eins oder zwei, den Reitern übergeben. Diese Eier, oder vielmehr die Jungdrachen in ihrem Innern, schlüpften erst dann, wenn die Person, die dazu bestimmt war, ihr Drachenreiter zu werden, vor ihnen stand. Wie sie dies spürten, weiß allerdings niemand. Die Menschen pflegten sich damals in langen Reihen anzustellen, um die Eier zu berühren, in der Hoffnung, dass einer von ihnen der Auserwählte war.«

»Du meinst, Saphira hätte gar nicht unbedingt ausschlüpfen müssen?«, fragte Eragon.

»Nein, wenn sie dich nicht gemocht hätte, wäre sie in ihrem Ei geblieben.«

Es machte Eragon ungeheuer stolz, dass Saphira von allen Menschen in Alagaësia gerade ihn auserkoren hatte. Er fragte sich, wie lange sie wohl vorher schon gewartet hatte, und erschauerte dann bei der Vorstellung, in völliger Dunkelheit in einem Ei eingezwängt zu sein.

Brom setzte seinen Vortrag fort. Er erklärte ihm, was und wann Drachen fraßen. Ein voll ausgewachsener Drache konnte mehrere Monate ohne Nahrung auskommen, aber in der Paarungszeit mussten sie jede Woche etwas zu sich nehmen. Einige Pflanzen konnten ihre Gebrechen heilen, andere machten sie krank. Es gab verschiedene Möglichkeiten, ihre Klauen zu pflegen und ihre Schuppen zu reinigen.

Er beschrieb diverse Techniken, die man einsetzte, wenn man auf einem Drachen saß und angreifen wollte, und was zu tun war, wenn man gegen einen Drachen kämpfte, sei es von ebener Erde aus, auf dem Rücken eines Pferdes oder im Sattel eines anderen Drachen. Ihre Bäuche waren geschützt, ihre Achselhöhlen nicht. Eragon stellte ständig Fragen und seine Wissbegierde schien Brom zu gefallen. Die Stunden flogen unbemerkt dahin, während sie miteinander redeten.

Als der Abend nahte, waren sie nicht mehr weit von Therinsford entfernt. Während sich der Himmel verdunkelte und sie nach einem geeigneten Schlafplatz Ausschau hielten, fragte Eragon: »Wer war der Reiter, dem Zar'roc gehört hat?«

»Ein großer Krieger«, sagte Brom, »der zu seiner Zeit sehr gefürchtet war und außerordentliche Kräfte besaß.«

»Wie hieß er?«

»Das werde ich dir nicht verraten.« Eragon protestierte, aber Brom war unnachgiebig. »Ich möchte dich nicht unwissend lassen, aber bestimmte Informationen könnten dich in Gefahr bringen und würden dich zu sehr ablenken. Ich sehe keinen Anlass, dich mit diesen Dingen zu belasten, bevor du die Zeit und die Kraft hast, dich mit ihnen auseinander zu setzen. Mein einziger Wunsch ist, dich vor denen zu beschützen, die dich für ihre bösen Ziele missbrauchen würden.«

Eragon warf ihm einen wütenden Blick zu. »Weißt du, was? Ich glaube, es macht dir einfach Spaß, in Rätseln zu sprechen. Ich bin kurz davor, dich einfach stehen zu lassen, damit ich mich nicht mehr über dich ärgern muss. Wenn du etwas zu sagen hast, dann sag es, anstatt nur vage Andeutungen zu machen!«

»Friede! Zur rechten Zeit wirst du alles erfahren«, sagte Brom sanft. Eragon grunzte. Er war nicht sonderlich überzeugt.

Sie fanden einen geeigneten Schlafplatz und schlugen ihr Lager auf. Saphira gesellte sich zu ihnen, als das Abendessen heiß wurde. *Hattest du Zeit, auf die Jagd zu gehen?*, fragte Eragon.

Sie schnaubte amüsiert. *Wärt ihr beiden noch langsamer, hätte ich sogar Zeit gehabt, einmal quer übers Meer zu fliegen, ohne hinter euch zurückzubleiben.*

Du musst nicht gleich beleidigend werden. Außerdem werden wir schneller vorankommen, sobald wir Pferde haben.

Sie stieß eine kleine Rauchwolke aus. *Vielleicht, aber wird das schnell genug sein, um die Ra'zac aufzuspüren? Sie haben mehrere Tage und viele Meilen Vorsprung. Und ich fürchte, sie vermuten, dass wir ihnen folgen. Warum hätten sie euren Hof sonst auf so spektakuläre Weise zerstören sollen, wenn nicht, um dich herauszufordern, sie zu verfolgen?*

Ich weiß es nicht, sagte Eragon beunruhigt. Saphira rollte sich neben ihm zusammen und er lehnte sich an ihren Bauch und genoss ihre Wärme. Brom saß auf der anderen Seite des Lagerfeuers und schnitzte an zwei langen Stecken. Plötzlich warf er Eragon einen davon zu und der Junge fing ihn mit einem schnellen Reflex auf.

»Verteidige dich!«, bellte Brom und sprang auf.

Eragon betrachtete den Stecken in seiner Hand und sah, dass er etwa die Form eines Schwertes hatte. Brom wollte gegen ihn kämpfen? Welche Chance hatte denn der alte Mann? *Wenn er dieses Spiel spielen will, bitte schön, aber wenn er glaubt, mich besiegen zu können, wird er eine Überraschung erleben.*

Er erhob sich, als Brom um das Feuer herumkam. Sie standen sich einen Augenblick lang gegenüber und dann griff Brom an. Sein Stock sauste durch die Luft. Eragon versuchte, den Angriff zu parieren, war aber zu langsam. Er jaulte auf, als Brom ihn in die Rippen traf, und taumelte rückwärts.

Ohne nachzudenken, sprang er wieder nach vorn, doch Brom parierte seinen Hieb mit Leichtigkeit. Eragon ließ den Stab auf Broms Kopf zuschnellen, änderte im letzten Moment die Richtung und versuchte, ihn in die Seite zu treffen. Der hohle Aufprall der beiden Hölzer schallte durchs Lager. »Improvisation – gut!«, rief Brom mit glänzenden Augen aus. Sein Arm schoss blitzschnell vor und seitlich an Eragons Kopf explodierte ein greller Schmerz. Benommen brach dieser wie ein leerer Sack zusammen.

Ein Schwall kalten Wassers riss ihn aus der Ohnmacht und er setzte sich schwankend auf. In seinem Kopf klingelte es und an seinem Gesicht fühlte er getrocknetes Blut. Brom stand über ihm, mit einer Pfanne geschmolzenen Schneewassers in der Hand. »Das war nicht nötig«, sagte Eragon verärgert und stemmte sich hoch. Er hatte weiche Knie.

Brom hob eine Augenbraue. »Ach ja? Ein echter Gegner schlägt nicht sanft zu, also tue ich das auch nicht. Soll ich vielleicht auf deine… Unfähigkeit Rücksicht nehmen, damit du dich besser fühlst? Ich glaube nicht.« Er hob den Stock auf, den Eragon fallen gelassen hatte, und hielt ihn ihm unter die Nase. »So, und jetzt verteidige dich.«

Eragon starrte mit leerem Blick auf das Stück Holz und schüttelte dann den Kopf. »Vergiss es. Mir reicht's.« Er machte auf dem Absatz kehrt und geriet ins Stolpern, als ihn ein grober Stoß in den Rücken traf. Knurrend wirbelte er herum.

»Kehr deinem Gegner niemals den Rücken zu!«, schimpfte Brom, dann warf er ihm den Stecken zu und ging wieder auf ihn los. Eragon wich vor dem Angriff zurück, umkreiste das Feuer. »Zieh die Arme ein! Die Knie bleiben leicht gebeugt«, rief Brom. Er erteilte ihm noch weitere Anweisungen und blieb schließlich stehen, um Eragon in allen Einzelheiten zu zeigen, wie man eine bestimmte Bewegung ausführt. »Und jetzt noch einmal. Aber diesmal ganz *langsam*!« Mit übertrieben ausholenden Bewegungen arbeiteten sie sich durch verschiedene Stellungen, bis sie sich schließlich wieder in einem hitzigen Gefecht verbissen. Eragon lernte schnell, aber was er auch versuchte, er konnte Brom nicht mehr als ein paar Schläge lang parieren.

Als sie fertig waren, ließ Eragon sich stöhnend auf seine Decken fallen. Sein ganzer Körper schmerzte – Brom war mit seinem Stock nicht gerade sanft umgegangen. Saphira gab ein langes, heiseres Knurren von sich und schürzte die Lippen, bis dahinter eine Furcht erregende Reihe spitzer Zähne zum Vorschein kam.

Was ist los?, fragte Eragon irritiert.

Nichts, gab sie zurück. *Es ist nur lustig mit anzusehen, wie ein Grünschnabel wie du von dem Alten besiegt wird.* Sie wiederholte das Geräusch, und Eragon stieg die Schamesröte ins Gesicht, als er begriff, dass sie lachte. In dem Versuch, sich wenigstens einen letzten Rest von Würde zu bewahren, rollte er sich auf die Seite und schlief ein.

Am nächsten Morgen fühlte er sich noch schlimmer. Seine Arme waren mit blauen Flecken übersät, und die Muskeln taten ihm so weh, dass er sich kaum rühren konnte. Brom schaute von dem Brei auf, den er gerade zubereitete, und grinste. »Wie fühlst du dich?« Eragon brummte etwas Unverständliches und schlang das Frühstück hinunter.

Wieder auf der Straße, schlugen sie ein zügiges Tempo an, um vor der Mittagsstunde in Therinsford zu sein. Nach drei Meilen wurde die Straße breiter und in der Ferne sahen sie Rauch. »Sag Saphira, sie soll vorausfliegen und auf der anderen Seite von Therinsford auf uns warten«, sagte Brom. »Aber sie muss aufpassen, dass die Leute sie nicht entdecken.«

»Warum sagst du es ihr nicht selber?«, entgegnete Eragon schnippisch.

»Es gilt als unschicklich, den Drachen eines anderen anzusprechen.«

»In Carvahall hattest du kein Problem damit.«

Brom lächelte verkniffen. »Ich tat nur, was ich tun musste.«

Eragon warf ihm einen düsteren Blick zu und gab die Anweisung weiter. Saphira ermahnte ihn noch: *Sei vorsichtig; die Schergen des Königs können überall versteckt sein.*

Als sich die Furchen in der Straße vertieften, sah Eragon immer mehr Fußspuren. Bauernhöfe kündeten von ihrer baldigen Ankunft in Therinsford. Das Dorf war größer als Carvahall, doch es war völlig planlos entstanden. Die Häuser waren ohne jede Ordnung aneinander gereiht worden.

»Was für ein Durcheinander«, sagte Eragon. Er konnte nirgends Demptons Mühle entdecken. *Baldor und Albriech haben Roran bestimmt längst abgeholt.* Wie auch immer, Eragon stand jetzt sowieso nicht der Sinn danach, seinem Cousin gegenüberzutreten.

»Es ist hässlich, das kann man wohl behaupten«, pflichtete Brom ihm bei.

Zwischen ihnen und dem Dorf floss der Anora, überspannt von einer stabilen Holzbrücke. Als sie darauf zugingen, trat hinter einem Gebüsch ein schmieriger Kerl hervor und versperrte ihnen den Weg. Sein Hemd war zu kurz und über dem Gürtelstrick quoll sein schmutziger Wanst hervor. Die Zähne hinter seinen aufgesprungenen Lippen sahen aus wie zerfallene Grabsteine. »Ihr könnt schön stehn bleiben, jawoll. Is meine Brücke, das da. Rübergehn kostet was.«

»Wie viel?«, fragte Brom ergeben seufzend. Er zog einen Geldbeutel heraus und die Miene des Brückenwärters hellte sich auf.

»Fünf Kronen«, sagte er, die Lippen zu einem breiten Grinsen verzogen. In Eragon wallte der Zorn auf ob des unverschämten Preises, und er wollte schon zu einer hitzigen Schimpftirade ansetzen, aber Brom brachte ihn mit einem raschen Blick zum Schweigen. Wortlos wechselten die Münzen den Besitzer. Der Mann steckte sie in einen Beutel an seinem Gürtel. »Schönen Dank auch«, sagte er höhnisch und gab den Weg frei.

Als Brom losging, geriet er ins Stolpern und griff nach dem Arm des Brückenwärters, um nicht hinzufallen. »Pass doch auf, wo du hintrittst, Alter«, schimpfte der Mann und verdrückte sich.

»Verzeihung«, entschuldigte sich Brom und überquerte mit Eragon die Brücke.

»Warum hast du nicht mit ihm gehandelt? Er hat dich schamlos betrogen!«, rief Eragon, als sie außer Hörweite waren. »Wahrscheinlich gehört ihm die Brücke nicht einmal. Wir hätten einfach an ihm vorbeigehen sollen.«

»Wahrscheinlich«, stimmte Brom ihm zu.

»Warum hast du ihn dann bezahlt?«

»Weil man nicht mit jedem Narren, den es auf der Welt gibt, streiten kann. Es ist leichter, ihnen ihren Willen zu lassen und sie anschließend, sobald sie nicht Acht geben, zu übertölpeln.« Brom öffnete die Hand und ein Häuflein Münzen glitzerte im Sonnenlicht.

»Du hast seinen Geldbeutel aufgeschlitzt!«, sagte Eragon ungläubig.

Augenzwinkernd steckte Brom das Geld ein. »Ja, und er enthielt einen überraschend hohen Betrag. Der Bursche sollte es besser wissen, als all diese Münzen an einem einzigen Ort zu verwahren.« Plötzlich erscholl auf der anderen Flussseite ein wütender Aufschrei. »Ich würde sagen, unser Freund hat gerade seinen Verlust entdeckt. Wenn du Wachmänner siehst, sag Bescheid.« Er packte einen kleinen Jungen, der zwischen zwei Häusern hervorgerannt kam, an der Schulter und fragte ihn: »Weißt du, wo wir Pferde kaufen können?« Das Kind schaute aus ernsten Augen zu ihnen auf und deutete dann auf eine große Scheune am Rande von Therinsford. »Danke, mein Junge«, sagte Brom und warf ihm eine kleine Münze zu.

Hinter den großen, offen stehenden Doppeltüren der Scheune waren zwei lange Stallreihen zu erkennen. An der rückwärtigen Wand hingen Sättel, Zaumzeug und andere Gerätschaften. Am Ende des Gangs stand ein Mann mit kräftigen Armen und striegelte einen weißen Hengst. Er hob die Hand und winkte sie herein.

Als sie auf ihn zutraten, sagte Brom: »Das ist ja ein wunderschönes Tier.«

»Ja, in der Tat. Sein Name ist Schneefeuer. Ich bin Haberth.« Er reichte ihnen eine schwielige Pranke und begrüßte Eragon und Brom mit einem kräftigen Händedruck. Es folgte eine kurze Pause, in der er darauf wartete, dass sie sich ebenfalls vorstellten. Als nichts dergleichen geschah, fragte er: »Was kann ich für euch tun?«

Brom nickte. »Wir brauchen zwei Pferde samt Sätteln und Zaumzeug. Die Pferde müssen schnell und ausdauernd sein, denn wir haben eine weite Reise vor uns.«

Haberth überlegte einen Moment lang. »Ich besitze nicht viele Tiere, die infrage kommen, und die, die ich habe, sind nicht billig.« Der Hengst tänzelte unruhig herum. Sein Herr klopfte ihm beruhigend auf die Seite.

»Der Preis ist unerheblich. Ich nehme die besten, die du hast«, sagte Brom. Haberth nickte und band den Hengst vor dessen Box fest. Er ging zur Wand und begann, Sättel und andere Gegenstände herunterzunehmen. Wenig später lagen zwei identische Haufen auf dem Boden. Als Nächstes ging er den Gang zwischen den Boxen entlang und holte zwei Pferde heraus. Eines war ein Fuchs mit einer hellen Mähne, das andere ein Rotschimmel.

»Er ist ein bisschen hitzig, aber mit einer starken Hand wirst du keine Probleme mit ihm haben«, sagte Haberth und gab Brom die Zügel des Braunen.

Brom ließ das Pferd an seiner Hand schnuppern; es duldete, dass er ihm den Hals streichelte. »Wir nehmen ihn«, sagte er, dann betrachtete er den Rotschimmel. »Bei dem anderen bin ich mir nicht sicher.«

»Er ist aber ein schneller Läufer.«

»Hmm... Was verlangst du für Schneefeuer?«

Haberth betrachtete den Hengst liebevoll. »Eigentlich wollte ich ihn gar nicht verkaufen. Er ist das edelste Ross aus meiner Zucht – ich habe vor, ihn als Deckhengst zu verwenden.«

»Falls du gewillt wärst, dich von ihm zu trennen, wie viel würde es mich alles in allem kosten?«, fragte Brom.

Eragon versuchte, den Fuchs am Hals zu streicheln, wie Brom es getan hatte, aber das Tier wich vor ihm zurück. Unwillkürlich tastete Eragon nach dessen Gedanken, um das Pferd zu besänftigen, und erstarrte überrascht, als er tatsächlich den Geist des Tiers spürte. Der Kontakt war nicht so klar oder scharf wie der zu Saphira, aber in begrenztem Maße konnte er sich mit dem Fuchsbraunen verständigen. Behutsam machte er ihm klar, dass er ein Freund war. Das Pferd beruhigte sich und schaute ihn aus feuchten braunen Augen an.

Haberth addierte mit den Fingern den Gesamtpreis des Handels. »Zweihundert Kronen und keine weniger«, sagte er grinsend, offensichtlich davon überzeugt, dass niemand so viel bezahlen würde. Brom öffnete schweigend seinen Beutel und zählte die Münzen ab.

»Hier. Ich denke, das ist genug«, sagte er.

Stille trat ein, während Haberth zwischen Schneefeuer und den Münzen hin und her schaute. Schließlich sagte er seufzend: »Er gehört dir, obwohl ich gegen mein Herz entscheide.«

»Ich werde ihn so behandeln, als wäre der legendäre Zuchthengst Gildintor sein Vater«, sagte Brom.

»Deine Worte erfreuen mich«, entgegnete der Pferdehändler und neigte den Kopf. Dann half er ihnen, die Pferde zu satteln. Als sie fertig waren, sagte er: »Lebt wohl. Um Schneefeuers willen hoffe ich, dass ihr von Unheil verschont bleibt.«

»Keine Angst, ich werde gut auf ihn aufpassen«, versprach Brom, als sie fortgingen. »Hier«, sagte er und gab Eragon Schneefeuers Zügel, »geh ans andere Ende von Therinsford und warte dort auf mich.«

»Warum?«, fragte Eragon, aber Brom war schon zwischen den Häusern verschwunden. Verärgert verließ Eragon Therinsford mit den beiden Pferden und stellte sich an den Straßenrand. Im Süden sah er die verschwommenen Umrisse des Utgard, der wie ein gigantischer Monolith am Ende des Tales stand. Sein Gipfel, der die kleineren Berge, die ihn umgaben, deutlich überragte, stieß in die tief hängenden Wolken hinein. Bei dem düsteren, unheilvollen Anblick kribbelte Eragon die Kopfhaut.

Kurz darauf erschien Brom und bedeutete Eragon, ihm zu folgen. Sie gingen zu Fuß, bis das Dorf hinter den Bäumen verschwunden war. Dann sagte Brom: »Die Ra'zac sind hier vorbeigekommen. Wie wir haben auch sie Pferde gekauft. Ich habe einen Mann getroffen, der sie gesehen hat. Er beschrieb sie unter ständigem Schaudern und sagte, sie seien davongaloppiert wie Dämonen auf der Flucht vor einem Heiligen.«

»Dann haben sie ja wohl einen bleibenden Eindruck hinterlassen.«

»So könnte man es ausdrücken.«

Eragon gab den Pferden einen Klaps. »Als wir in der Scheune waren, berührte ich versehentlich den Geist des Braunen. Ich wusste gar nicht, dass das möglich ist.«

Brom runzelte die Stirn. »Es ist ungewöhnlich für jemanden in deinem Alter, diese Fähigkeit zu besitzen. Die meisten Drachenreiter mussten jahrelang üben, bis sie stark genug waren, um außer ihren Drachen auch andere Tiere erreichen zu können.« Nachdenklich betrachtete er Schneefeuer und sagte schließlich: »Pack alles aus deinem Rucksack in die Satteltaschen und binde den Rucksack oben am Sattel fest.« Eragon tat, wie ihm geheißen, während Brom Schneefeuer bestieg.

Eragon musterte den Fuchs skeptisch. Das Pferd war so viel kleiner als Saphira, dass er sich einen absurden Moment lang fragte, ob es überhaupt sein Gewicht tragen konnte. Seufzend kletterte er umständlich in den Sattel. Er war bisher nur auf ungesattelten Pferden geritten und hatte niemals größere Entfernungen zurückgelegt. »Werde ich mir hier auch die Beine wund scheuern?«, fragte er.

»Wie fühlen sie sich jetzt an?«

»Nicht allzu schlimm, aber ich glaube, wenn wir schnell reiten, wird der Schorf wieder aufreißen.«

»Wir werden es behutsam angehen«, versprach Brom. Er gab Eragon einige Ratschläge und dann ritten sie in gemäßigtem Tempo los. Wenig später begann sich die Landschaft zu verändern, als die Äcker einer raueren Umgebung Platz machten. Dorniges Gestrüpp und hüfthohes Unkraut säumten die Straße und aus dem Boden erhoben sich schroffe Felsblöcke wie graue Zeugen ihrer Anwesenheit. Ein unfreundliches, ja geradezu abweisendes Zittern lag in der Luft, wie um Eindringlinge fern zu halten.

Über ihnen ragte, mit jedem Schritt an Größe zunehmend, der Utgard empor, seine zerklüfteten Steilhänge durchfurcht von verschneiten Schluchten. Der schwarze Fels saugte wie ein Schwamm das Licht auf und verdunkelte die gesamte Umgebung. Zwischen dem Utgard und der Bergkette, die die Ostseite des Palancar-Tals bildete, befand sich ein tiefer Einschnitt. Es war der einzige Weg aus dem Tal hinaus. Die Straße führte direkt darauf zu.

Die Pferdehufe klapperten scharf auf dem Schotter, und die Straße verengte sich zu einem schmalen Pfad, der am Fuße des Utgard um den Berg herumführte. Eragon blickte empor und stellte erstaunt fest, dass auf dem Gipfel ein gewaltiger Spitzturm stand. Die Mauern waren halb eingestürzt, aber der Turm wirkte noch immer wie ein stummer Wächter über das Tal. »Was hat es damit auf sich?«, fragte er.

Brom schaute nicht auf, sagte aber mit trauriger, bitter klingender Stimme: »Das war ein Außenposten der Drachenreiter – einer, der seit ihrer Gründung dort steht. Dies ist der Ort, an dem Vrael Zuflucht suchte und an dem er durch Verrat von Galbatorix aufgespürt und getötet wurde. Seit Vrael fiel, liegt eine Aura der Schande über dieser Gegend. Der Name der Bastion lautete Edoc'sil – ›Die uneinnehmbare Festung‹ –, weil der Berg so steil ist, dass man den Gipfel nur erreicht, wenn man fliegen kann. Seit Vraels Tod nennen die Menschen ihn Utgard, aber er hat noch einen anderen Namen, Ristvak'baen – ›Ort des Kummers‹. So nannten ihn die letzten Reiter, bevor auch sie vom König hingerichtet wurden.«

Eragon starrte fasziniert nach oben. Dort standen die wahrhaftigen Überreste eines Bauwerks, das, obwohl die Zeit sichtbare Spuren hinterlassen hatte, noch immer vom verblassten Ruhm der Reiter kündete. In dem Moment wurde ihm zum ersten Mal richtig bewusst, wie alt die Drachenreiter waren. Ihm war das Vermächtnis einer heldenhaften Tradition zugefallen, die bis in die Anfänge der Zeit zurückreichte.

Sie ritten stundenlang um den Utgard herum. Zu ihrer Rechten bildete er eine massive Wand, nachdem sie in den Einschnitt zwischen den Bergen hineingetrabt waren. Eragon stand in seinen Steigbügeln. Er konnte es nicht abwarten zu sehen, wie es jenseits des Palancar-Tals aussah, aber sie waren noch zu weit von dessen Ende entfernt. Eine Weile befanden sie sich auf einem abschüssigen Pass, der sich über Hügel und durch Schluchten wand und dabei immer dem Lauf des Anora folgte. Dann, mit der tief stehenden Sonne im Rücken, erklommen sie eine Anhöhe und blickten über die Bäume hinweg.

Eragon hielt die Luft an. Links und rechts von ihnen waren Berge, aber unter ihnen lag eine riesige Tiefebene, die sich bis zum Horizont erstreckte und dort mit dem Himmel verschmolz. Sie war gleichmäßig hellbraun, wie die Farbe verdorrten Grases. Längliche, von scharfen Winden zerrissene Wolkenfetzen trieben darüber hinweg.

Jetzt begriff er, warum Brom auf Pferden bestanden hatte. Es hätte Wochen oder Monate gedauert, dieses gewaltige Gebiet zu Fuß zu durchqueren. Weit oben sah er Saphira kreisen. Sie flog so hoch, dass ungeübte Augen sie für einen Vogel gehalten hätten.

»Wir warten mit dem Abstieg bis morgen. Er wird fast einen halben Tag dauern, daher sollten wir jetzt unser Lager aufschlagen.«

»Wie lange geht es denn über die Ebene?«, fragte Eragon, noch immer beeindruckt.

»Zwei, drei Tage oder mehr als zwei Wochen, je nachdem, welche Richtung wir einschlagen. Abgesehen von den Nomadenstämmen, die hier umherziehen, ist dieses Gebiet fast so menschenleer wie die Wüste Hadarac im Osten. Wir werden also nur wenige Dörfer vorfinden. Der Süden hingegen ist nicht so trocken und dichter besiedelt.« Sie verließen den Pfad und stiegen am Ufer des Anora ab. Als sie ihren Pferden die Sättel abnahmen, deutete Brom auf den Fuchs. »Du solltest ihm einen Namen geben.«

Eragon überlegte, während er sein Pferd festband. »Etwas so Edles wie Schneefeuer fällt mir nicht ein, aber meiner ist auch gut.« Er legte dem Braunen die Hand auf die Stirn. »Ich gebe dir den Namen Cadoc. So hieß mein Großvater, also halte ihn in Ehren.« Brom nickte beifällig, doch Eragon kam sich ein bisschen albern vor.

Als Saphira landete, fragte er sie: *Wie sieht die Ebene aus?*
Langweilig. Überall nur Hasen und Gestrüpp.

Nach dem Abendessen stand Brom auf und rief: »Fang!« Eragon blieb kaum Zeit, den Arm zu heben und das auf seinen Kopf zusausende Holzstück zu fangen. Er seufzte, als er sah, dass es erneut das nachgebildete Schwert war.

»Nicht schon wieder«, beschwerte er sich. Brom lächelte bloß und bedeutete ihm aufzustehen. Widerwillig stemmte

Eragon sich auf die Beine. Sie entfachten einen Wirbelsturm aus aneinander prallenden Hölzern und er wich mit stechendem Arm zurück.

Diesmal war das Training kürzer als beim ersten Mal, dauerte jedoch lange genug, damit Eragon sich eine neue Sammlung blauer Flecken einhandeln konnte. Als der Übungskampf vorbei war, warf er seinen Stecken wütend zu Boden und verließ das Feuer, um seine Wunden zu lecken.

Donner und Blitz

A m nächsten Morgen vermied es Eragon, sich die jüngsten Ereignisse erneut ins Gedächtnis zu rufen; es war zu schmerzhaft, daran zu denken. Stattdessen widmete er sich mit aller Kraft der Frage, wie er die Ra'zac töten sollte, wenn er sie erst einmal gefunden hatte. *Ich werde meinen Bogen benutzen*, beschloss er und stellte sich vor, wie die verhüllten Gestalten aussehen würden, wenn sie mit Pfeilen gespickt wären.

Schon das Aufstehen bereitete ihm Schwierigkeiten. Seine Muskeln verkrampften sich bei der geringsten Bewegung und einer seiner Finger war heiß und angeschwollen. Als sie zum Aufbruch bereit waren, bestieg er Cadoc und sagte verkniffen zu Brom: »Wenn das so weitergeht, wirst du mich noch in Stücke schlagen.«

»Ich würde nicht so hart mit dir umspringen, wenn ich dich nicht für stark genug hielte.«

»Zur Abwechslung hätte ich nichts dagegen, mal für schwach gehalten zu werden«, murmelte Eragon.

Cadoc tänzelte unruhig, als Saphira auf sie zukam. Sie beäugte das Pferd mit einem Blick, der so etwas wie Verachtung ausdrückte, und sagte: *In der Ebene gibt es keine Verstecke,*

daher werde ich mir nicht mehr die Mühe machen, außer
Sichtweite zu bleiben. Ab jetzt fliege ich direkt über euch.

Sie stieg in die Lüfte, während Eragon und Brom sich an
den steilen Abstieg machten. Vielerorts verschwand der Pfad
einfach, worauf sie sich einen eigenen Weg nach unten bahnen mussten. Zuweilen stiegen sie ab und führten die Pferde
neben sich her, wobei sie sich an Baumstämmen festhielten,
um nicht den Hang hinabzustürzen. Der Boden war voller
Geröll, was den Halt trügerisch machte. Die Anstrengung
trieb ihnen trotz der Kälte den Schweiß auf die Stirn und
stimmte sie gereizt.

Als sie gegen Mittag unten ankamen, legten sie eine Rast
ein. Der Anora bog jetzt nach links ab und floss in Richtung
Norden weiter. Ein beißender Wind fegte über die Landschaft und peitschte ihnen gnadenlos entgegen. Die Erde
war ausgetrocknet und Sand blies ihnen in die Augen.

Es verunsicherte Eragon, dass hier alles so flach war. Auf
der ganzen Ebene gab es keinen einzigen Hügel, nicht einmal die kleinste Erhebung. Ohne die Berge fühlte er sich
ausgeliefert und verletzlich wie eine Maus unter dem wachsamen Blick eines Adlers.

Der Pfad teilte sich in drei Wege, sobald er die Ebene erreichte. Der erste bog nach Norden ab, in Richtung Ceunon,
eine der größten Städte im Norden; der zweite führte geradeaus über die Ebene hinweg und der letzte nach Süden. Sie
suchten alle drei Wege nach Spuren der Ra'zac ab und fanden sie schließlich auf dem, der ins Grasland führte.

»Sie scheinen nach Yazuac gezogen zu sein«, sagte Brom
mit einem Anflug von Verblüffung.

»Wo ist das?«

»Im Osten, vier Tage entfernt, wenn alles gut geht. Es ist ein kleines Dorf am Ninor-Strom.« Er deutete auf den Anora, der sich nach Norden von ihnen entfernte. »Der Fluss ist unsere einzige Wasserquelle. Wir müssen unsere Schläuche auffüllen, bevor wir die Ebene durchqueren. Zwischen hier und Yazuac gibt es keine andere Wasserstelle.«

Eragon wurde allmählich vom Jagdfieber gepackt. In ein paar Tagen, vielleicht in weniger als einer Woche, würde er seine Pfeile abschießen, um Garrows Tod zu rächen. *Und dann...* Er weigerte sich, darüber nachzudenken, was danach geschehen würde.

Sie füllten die Wasserschläuche im Fluss, ließen die Pferde trinken und tranken selbst, so viel sie konnten. Saphira gesellte sich zu ihnen und nahm mehrere große Schlucke Wasser. Gestärkt wandten sie sich nach Osten und zogen los.

Eragon merkte, dass es der Wind war, der ihm am meisten zu schaffen machte. Er war schuld an allem, was ihm Unbehagen bereitete – die aufgesprungenen Lippen, die trockene Zunge und die brennenden Augen. Das unablässige Stürmen verfolgte sie den ganzen Tag, und am Abend nahm der Wind sogar noch zu, anstatt sich zu legen.

Da es nirgends einen Unterschlupf gab, mussten sie ihr Lager in offenem Gelände aufschlagen. Eragon fand einen struppigen Busch, eine gedrungene, kräftige Pflanze, die selbst unter diesen rauen Bedingungen gedieh, und riss ihn heraus. Er legte ihn sorgsam zurecht und versuchte, ihn anzuzünden, aber die hölzernen Stängel qualmten nur und verströmten einen beißenden Gestank. Wütend warf er Brom die Zunderbüchse zu. »Ich kann damit kein Feuer anzünden, schon gar nicht bei dem Wind. Versuch du es mal, ansonsten gibt es ein kaltes Abendessen.«

Brom kniete sich vor den Busch und betrachtete ihn skeptisch. Er zupfte ein paar Zweige zurecht und schlug Funken. Es qualmte, sonst tat sich nichts. Er blickte mürrisch und versuchte es von neuem, aber er hatte auch nicht mehr Glück als Eragon. »*Brisingr!*«, schimpfte er verärgert und schlug den Flintstein erneut gegen die Zunderbüchse. Plötzlich loderten Flammen auf und er trat mit zufriedener Miene zurück. »Geschafft. Wahrscheinlich hat es irgendwo im Innern schon geschwelt.«

Sie kämpften mit den Holzschwertern, während das Essen kochte. Da sie beide todmüde waren, blieb es bei einem kurzen Gefecht. Nach dem Essen legten sie sich neben Saphira schlafen, dankbar für den Windschutz, den sie ihnen bot.

Am Morgen begrüßte sie derselbe kalte Wind, der wie am Vortag über die furchtbare Einöde peitschte. Eragons Lippen waren über Nacht aufgerissen. Jedes Mal wenn er lächelte oder sprach, begannen sie zu bluten. Sie abzulecken verschlimmerte alles nur. Brom ging es genauso. Sie gaben den Pferden etwas Wasser aus ihren Schläuchen, dann stiegen sie auf und ritten los. Der Tag war eine einzige, endlose Mühsal.

Am dritten Tag erwachte Eragon gut ausgeruht. Dies und der Umstand, dass der Wind abgeflaut war, versetzten ihn in geradezu euphorische Stimmung. Doch sein Hochgefühl wurde gleich wieder getrübt, als er vor ihnen am Himmel die dunklen Gewitterwolken sah.

Brom blickte zu den Wolken empor und verzog das Gesicht. »Normalerweise würde ich nicht in einen solchen Sturm hineinreiten, aber wir werden ohnehin etwas abbekommen, also können wir ebenso gut weiterziehen.«

Es war noch ruhig, als sie die Sturmfront erreichten. Als sie in deren Schatten traten, schaute Eragon auf. Der Wolkenberg hatte eine bizarre Form, die aussah wie eine Kathedrale mit einem massiven Dachgewölbe. Mit etwas Vorstellungsvermögen konnte er Säulen, Fenster, Kanzel und Empore und ein Gewirr von Wasserspeiern erkennen. Es war ein Anblick voll wilder Schönheit.

Als Eragon den Blick wieder senkte, sah er, wie eine riesige Welle das Gras niederwalzte. Es dauerte einen Moment, bis er begriff, dass es ein gewaltiger Windstoß war. Brom sah es auch und sie zogen beide die Schultern hoch und wappneten sich gegen den Sturm.

Als das Unwetter fast über ihnen war, kam Eragon ein schrecklicher Gedanke: Er drehte sich im Sattel um und rief gleichzeitig mit seiner Stimme und seinem Geist: »*Saphira! Du musst landen!*« Broms Gesicht wurde aschfahl. Die beiden sahen, wie der Drache zur Erde hinabstieß. *Sie wird es nicht schaffen!*

Um Zeit zu gewinnen, drehte Saphira in die Richtung ab, aus der sie gekommen waren. Während die beiden zu ihr hochschauten, traf sie die Wucht des Sturms wie ein Hammerschlag. Eragon schnappte nach Luft und hielt sich am Sattel fest, während ihm ein ohrenbetäubendes Heulen in den Ohren gellte. Cadoc schwankte und grub die Hufe in den Boden. Seine Mähne flatterte im Wind. Der Sturm zerrte mit unsichtbaren Fingern an ihren Kleidern und herumwirbelnde Staubwolken verfinsterten die Luft.

Eragon kniff die Augen zusammen und hielt nach Saphira Ausschau. Er sah sie hart am Boden aufsetzen, dann duckte sie sich und krallte sich mit den Klauen in der Erde fest. Der Windstoß erreichte sie in dem Moment, als sie ihre Flügel anlegte. Mit einem zornigen Ruck riss er sie wieder auseinander und zerrte sie in die Luft empor. Einen Moment lang hing sie dort, getragen von der Wucht des Sturmes. Dann wurde sie herumgeschleudert und krachte mit dem Rücken zu Boden.

Eragon riss Cadoc herum und galoppierte zurück, wobei er das Pferd sowohl mit den Fersen als auch mit seinem Geist antrieb. *Saphira!*, rief er. *Halt dich fest. Ich komme!* Er spürte ihre grimmige Entschlossenheit. Als er sich Saphira näherte, scheute Cadoc, daher sprang Eragon ab und rannte zu ihr hin.

Sein Bogen schlug ihm gegen den Kopf. Ein heftiger Windstoß brachte ihn aus dem Gleichgewicht und er flog vorwärts und landete auf dem Bauch. Er rutschte ein Stück über den Boden, dann sprang er auf und ignorierte die tiefen Schürfwunden in seiner Haut.

Saphira war nur noch drei Schritte von ihm entfernt, aber wegen ihrer um sich schlagenden Flügel kam er nicht näher an sie heran. Die Gewalt des Sturms hinderte sie daran, ihre Schwingen an den Körper anzulegen. Eragon rannte zum rechten Flügel und wollte ihn herabdrücken, aber jetzt packte der Wind Saphira erneut, und sie flog, einen Purzelbaum schlagend, über ihn hinweg. Die Zacken auf ihrem Rücken verfehlten seinen Kopf nur um Haaresbreite. Saphira krallte sich verzweifelt in den Boden.

Ihre Flügel begannen, sich von neuem zu heben, aber bevor Saphira herumgerissen wurde, warf Eragon sich auf den linken. Der Flügel knickte an den Gelenken ein und Saphira presste ihn fest an die Seite. Nun stieg Eragon über ihren Rücken und purzelte auf den anderen Flügel. Plötzlich wurde dieser emporgehoben, sodass Eragon zu Boden fiel. Er fing den Sturz mit einer kurzen Rolle ab, sprang auf und packte den Flügel erneut. Saphira begann, ihn an sich zu ziehen, und Eragon schob mit aller Kraft. Einen Moment lang sah es aus, als würde der Wind den Sieg davontragen, aber mit einer letzten gemeinsamen Kraftanstrengung überwanden sie ihn.

Eragon lehnte sich keuchend an Saphira. *Alles in Ordnung?* Er spürte, wie sie zitterte.

Saphira ließ sich einen Moment Zeit, bevor sie antwortete. *Ich ... ich glaube, ja.* Sie klang benommen. *Es ist nichts gebrochen. Ich konnte nichts tun – der Wind ließ mich nicht los. Ich war hilflos.* Schaudernd verstummte sie.

Er sah sie liebevoll an. *Keine Sorge, du hast es überstanden.* In einiger Entfernung erblickte er Cadoc, den Rücken zum Wind gekehrt. Im Geiste trug Eragon dem Pferd auf, zu Brom zurückzukehren. Danach stieg er auf Saphira. Sie kroch durch den Staub, stemmte sich gegen den Sturm, während er sich mit eingezogenem Kopf an ihren Rücken klammerte.

Als sie Brom erreichten, rief er ihm über den Sturm hinweg zu: »Ist sie verletzt?«

Eragon schüttelte den Kopf und stieg ab. Cadoc kam wiehernd zu ihm getrabt. Während er dem Pferd den Kopf tätschelte, deutete Brom auf einen dunklen Regenvorhang, der, in grauen Strömen herniederprasselnd, auf sie zukam. »Was denn noch alles?«, rief Eragon aus und zog seinen Mantel eng um seinen Körper. Er zuckte zusammen, als die Sturzflut sie erreichte. Der stechende Regen war eiskalt und wenig später waren sie bis auf die Haut durchnässt und zitterten.

Blitze durchbohrten den Himmel, flackerten auf, um im selben Augenblick wieder zu verlöschen. Gewaltige blaue Pfeile zuckten über den Horizont, gefolgt von Donnerschlägen, die den Erdboden erschütterten. Es war wunderschön, doch diese Schönheit war lebensgefährlich. Da und dort entzündeten sich Grasfeuer, nur um sogleich wieder vom Regen gelöscht zu werden.

Das Toben der Elemente flaute nur langsam ab, aber als der Tag zur Neige ging, klarte es endlich auf. Der Himmel kam wieder zum Vorschein und die untergehende Sonne verströmte einen leuchtenden Glanz. Die Sonnenstrahlen warfen buntes Licht auf die Wolken und zauberten scharfe Kontraste auf die Landschaft: Von einer Seite her wurde alles hell erleuchtet, während die andere Seite im Dunkel lag. Gegenstände wirkten sonderbar massiv; Grashalme sahen so robust aus wie Marmorsäulen. Gewöhnliche Dinge waren überirdisch schön, und Eragon kam sich vor, als säße er in einem Gemälde.

Der würzige Geruch der wiederbelebten Erde erfrischte ihren Geist und hob ihre Stimmung. Saphira räkelte sich am Boden, verdrehte ihren Hals und brüllte wohlig. Die Pferde wichen vor ihr zurück, doch Eragon und Brom lächelten über ihre Ausgelassenheit.

Bevor das Licht schwand, schlugen sie in einer Senke ihr Nachtlager auf. Zu erschöpft für einen Übungskampf, legten sie sich sofort schlafen.

OFFENBARUNG IN YAZUAC

Obwohl es ihnen gelungen war, während des Unwetters ihre Schläuche teilweise nachzufüllen, tranken sie an diesem Morgen ihr letztes Wasser. »Hoffentlich gehen wir in die richtige Richtung«, sagte Eragon, »denn wenn wir Yazuac heute nicht erreichen, sitzen wir in der Patsche.«

Brom schien nicht besonders beunruhigt. »Ich kenne den Weg. Yazuac wird noch vor der Abenddämmerung in Sicht sein.«

Eragon lächelte skeptisch. »Vielleicht siehst du ja etwas, was ich nicht sehe. Wie kannst du dir so sicher sein, wenn meilenweit alles gleich aussieht?«

»Weil ich mich nicht vom Land leiten lasse, sondern von den Sternen und der Sonne. Sie werden uns nicht in die Irre führen. Komm! Lass uns aufbrechen. Es ist töricht, Unglück heraufzubeschwören, wo keines ist. Wir werden Yazuac erreichen.«

Seine Worte erwiesen sich als wahr. Saphira erspähte das Dorf als Erste, doch erst später am Tag nahm auch der Rest von ihnen die Siedlung als schwarzen Punkt am Horizont wahr. Yazuac war noch immer weit entfernt; man sah es nur, weil die Landschaft so flach war. Als sie näher kamen, erkannten sie auf beiden Seiten des Dorfes eine dunkle, gewundene Linie, die in der Ferne verschwand.

»Der Ninor«, sagte Brom und deutete auf den Fluss.

Eragon hielt Cadoc an. »Man wird Saphira sehen, wenn sie noch länger bei uns bleibt. Soll sie sich verstecken, solange wir in Yazuac sind?«

Brom rieb sich das Kinn und blickte auf das Dorf. »Siehst du die Flussbiegung? Sie soll dort warten. Es ist weit genug von Yazuac entfernt, dass sie dort vor neugierigen Blicken sicher ist, und doch nah genug, damit du mit ihr in Verbindung bleiben kannst. Wir gehen ins Dorf, besorgen alles Nötige und treffen sie anschließend wieder.«

Das gefällt mir nicht, sagte Saphira, nachdem Eragon ihr den Plan erklärt hatte. *Es macht keinen Spaß, sich die ganze Zeit wie ein Verbrecher zu verstecken.*

Du weißt doch, was geschehen würde, wenn dich jemand sähe.

Sie knurrte mürrisch, gab aber nach und flog dicht über dem Boden davon.

Sie behielten ihr zügiges Tempo bei und freuten sich auf die Speisen und Getränke, die sie sich gönnen würden. Als sie sich den kleinen Häusern näherten, sahen sie aus einem Dutzend Schornsteinen Rauch aufsteigen, aber die Straßen waren menschenleer. Eine ungewöhnliche Stille lag über dem Dorf. In schweigender Übereinkunft hielten sie ein gutes Stück vor dem ersten Haus an. Eragon sagte unvermittelt: »Kein einziger bellender Hund.«

»Nein.«

»Das muss aber nichts heißen.«

»Nein…«

Eragon hielt inne. »Irgendjemand müsste uns doch inzwischen gesehen haben.«

»Ja.«

»Warum ist dann noch niemand herausgekommen?«

Brom schaute blinzelnd in die Sonne. »Vielleicht haben sie Angst.«

»Könnte sein«, sagte Eragon. Er schwieg einen Moment. »Und wenn es eine Falle ist? Vielleicht erwarten uns die Ra'zac schon.«

»Wir brauchen Proviant und Wasser.«

»Wasser können wir aus dem Ninor schöpfen.«

»Trotzdem brauchen wir Proviant.«

»Stimmt.« Eragon schaute sich um. »Also reiten wir hinein?«

Brom straffte die Zügel. »Ja, aber nicht wie blinde Narren. Dies ist die Hauptzugangsstraße nach Yazuac. Falls es einen Hinterhalt gibt, dann entlang dieses Weges. Niemand wird erwarten, dass wir aus einer anderen Richtung kommen.«

»Also reiten wir von der Seite her ins Dorf?«, fragte Eragon. Brom nickte, zog sein Schwert aus der Scheide und legte die nackte Klinge quer über den Sattel. Eragon nahm seinen Bogen und legte einen Pfeil an die Sehne.

Leise trabten sie um das Dorf herum und ritten vorsichtig hinein. Die Straße war leer bis auf einen kleinen Fuchs, der davonhuschte, als er sie sah. Die Häuser wirkten düster und unheilschwanger. Die Fensterscheiben waren zersplittert. Viele Türen schwangen an zerbrochenen Angeln hin und her. Die Pferde verdrehten unruhig die Augen, und Eragons Handfläche kribbelte, aber er widerstand dem Drang, sich zu kratzen. Als sie ins Dorfzentrum ritten, verstärkte er den Griff um seinen Bogen und wurde kreidebleich. »Allmächtiger«, flüsterte er.

Vor ihnen lag ein Berg von Leichen, starr und mit verzerrten Gesichtern. Die Kleider waren blutgetränkt und auf dem aufgewühlten Boden schwammen Blutlachen. Männer lagen über den Frauen, die sie hatten beschützen wollen, Mütter hielten ihre Kinder in stiller Umklammerung, und Liebende, die einander hatten abschirmen wollen, lagen nun in der kalten Umarmung des Todes beisammen. Aus allen Körpern ragten schwarze Pfeile hervor. Weder Kinder noch Alte hatte man verschont. Am schlimmsten aber war der mit einem Widerhaken versehene Speer, der oben aus dem Leichenberg ragte und den weißen Leib eines Säuglings aufspießte.

Tränen verwischten Eragons Sicht, und er versuchte, nicht hinzuschauen, aber er konnte den Blick nicht von den toten Gesichtern lösen. Er starrte in ihre offenen Augen und fragte sich, wie ihnen das Leben so einfach hatte entweichen können. *Was bedeutet unsere Existenz, wenn sie auf so grauenvolle Weise enden kann?* Eine Welle der Hoffnungslosigkeit schwappte über ihn hinweg.

Eine Krähe sank wie ein schwarzer Schatten vom Himmel und setzte sich auf den Speer. Sie neigte den Kopf und musterte gierig den Körper des kleinen Kindes. »Oh nein, das lässt du bleiben«, knurrte Eragon, während er die Bogensehne spannte und den Pfeil abschoss. Unter einer aufstiebenden Federwolke fiel die Krähe nach hinten, der Pfeil ragte aus ihrer Brust. Eragon legte einen neuen Pfeil an die Sehne, aber dann wurde ihm speiübel, und er erbrach sich über Cadocs Seite.

Brom klopfte ihm auf den Rücken. Als Eragon fertig war, fragte er ihn sanft: »Möchtest du bei Saphira auf mich warten?«

»Nein... ich bleibe hier«, stammelte Eragon und wischte sich über den Mund. Er mied den grausigen Anblick, der sich ihnen bot. »Wer in aller Welt... « Er schaffte es nicht, den Satz zu beenden.

Brom senkte das Haupt. »Jene, die sich am Schmerz und Leid anderer laben. Sie haben viele Gesichter und erscheinen in vielerlei Gestalt, aber es gibt für sie nur einen Namen: das Böse. Es ist unbegreiflich. Das Einzige, was wir tun können, ist, mit den Opfern zu fühlen und sie zu ehren.«

Er stieg von Schneefeuer ab und lief umher, inspizierte den zertrampelten Boden. »Die Ra'zac waren hier«, sagte er langsam, »aber sie sind es nicht gewesen. Dies ist das Werk von Urgals; der Speer stammt von ihnen. Es war eine ganze Horde, bis zu hundert Mann. Das ist merkwürdig. Ich weiß nur von ganz wenigen Fällen, wo sie in so großer Zahl...« Er ging in die Hocke und betrachtete einen Fußabdruck. Fluchend rannte er zu Schneefeuer zurück und sprang in den Sattel.

»Los!«, zischte er gepresst und gab Schneefeuer die Sporen. »Die Urgals sind noch hier!« Eragon stieß Cadoc die Fersen in die Flanken. Das Pferd schnellte vorwärts und stürmte Schneefeuer hinterher. Sie galoppierten an den Häusern vorbei und hatten fast den Dorfrand erreicht, als Eragons Hand erneut kribbelte. Zu seiner Rechten sah er eine verschwommene Bewegung – und dann stieß ihn eine gigantische Faust aus dem Sattel. Er flog von Cadoc herab und prallte gegen eine Hauswand, hielt aber instinktiv seinen Bogen fest. Keuchend und benommen, rappelte er sich auf und hielt sich die Seite.

Ein Urgal stand über ihm, das Gesicht erstarrt zu einem hässlichen Grinsen. Das Ungeheuer war hoch gewachsen, dick und breiter als ein Türrahmen, hatte graue Haut und gelbe Schweinsaugen. Muskelberge wölbten sich an seinen Armen und seinem Oberkörper, der von einem viel zu kleinen Brustpanzer bedeckt wurde. Eine Eisenkappe saß zwischen den dicken Hörnern, die aus seinen Schläfen ragten, und an einen Arm war ein Rundschild gebunden. Seine mächtige Hand hielt ein kurzes, grausam wirkendes Schwert.

Hinter ihm sah Eragon, wie Brom Schneefeuer herumriss und zurückritt, nur um von einem zweiten Urgal aufgehalten zu werden, der mit einer Axt bewaffnet war. »Lauf weg, du Narr!«, rief Brom Eragon zu. Der vor Eragon stehende Urgal schwang mit lautem Gebrüll das Schwert durch die Luft. Eragon riss im letzten Moment den Kopf zurück und die Klinge sauste haarscharf an seiner Wange vorbei. Er wirbelte herum und floh mit wild pochendem Herzen ins Zentrum von Yazuac.

Der Urgal stürmte ihm nach. Seine schweren Stiefel polterten dumpf über den Boden. Eragon schickte Saphira einen verzweifelten Hilferuf, dann zwang er sich, noch schneller zu rennen. Trotz Eragons Bemühungen holte der Urgal schnell auf. Als er ihn fast erreicht hatte, legte Eragon einen Pfeil an die Bogensehne, wirbelte herum, zielte und schoss. Der Urgal riss den Arm hoch und fing den Pfeil mit seinem Schild ab, wo er bebend stecken blieb. Das Ungeheuer krachte gegen Eragon, bevor dieser erneut schießen konnte, und sie stürzten in einem wirren Durcheinander zu Boden.

Eragon sprang auf die Beine und lief zu Brom zurück, der von Schneefeuers Rücken aus mit seinem Gegner einen heftigen Schlagabtausch austrug. *Wo sind die übrigen Urgals?*, fragte sich Eragon verzweifelt. *Sind diese beiden als Einzige in Yazuac geblieben?* Es gab einen lauten Knall und Schneefeuer bäumte sich wiehernd auf. Brom sank im Sattel zusammen. Blut floss an seinem Arm herab. Der Urgal neben ihm stieß ein Triumphgeheul aus und hob die Axt zum tödlichen Schlag.

Ein ohrenbetäubendes Brüllen zerriss Eragons Kehle, als er mit gesenktem Kopf auf den Urgal zustürmte. Der hielt erstaunt inne, dann wandte er sich mit verächtlichem Blick zu ihm um und schwang die Axt. Eragon tauchte unter dem beidhändig geführten Schlag weg, krallte sich an der Seite des Ungeheuers fest und fügte ihm blutige Kratzwunden zu. Der Urgal verzog wütend das Gesicht. Er schlug erneut zu, aber Eragon sprang zur Seite und lief in eine Gasse.

Eragon versuchte, die Urgals von Brom fortzulocken. Er huschte in einen schmalen Durchgang zwischen zwei Häusern, sah, dass es eine Sackgasse war, und kam schlitternd zum Stehen. Er wollte umkehren, aber die Urgals hatten bereits den Ausgang versperrt. Sie kamen auf ihn zu, verfluchten ihn mit ihren rauen Stimmen. Eragon sah sich fieberhaft nach einem Fluchtweg um, aber es gab keinen.

Während er die näher kommenden Urgals ansah, blitzten in seinem Geist Bilder auf: tote Dorfbewohner, aufgehäuft zu einem Leichenberg, ganz oben ein unschuldiges Kind, das niemals erwachsen werden würde. Bei dem Gedanken an das Schicksal dieser Menschen strömte aus jedem Teil seines Körpers eine brennende, unbändige Kraft und versammelte sich in seinem Herzen. Es war mehr als der Wunsch nach Gerechtigkeit. Es war sein gesamtes Wesen, das sich gegen die Endgültigkeit des Todes aufbäumte – dagegen, dass auch er aufhören sollte zu existieren. Die Kraft wurde stärker und immer stärker, bis er sich bereit fühlte, die in ihm aufgestaute Energie herausbrechen zu lassen.

Er stand kerzengerade da, ohne jede Furcht, und hob den Bogen. Die Urgals lachten und packten ihre Schilde fester. Eragon blickte den Pfeilschaft entlang, so wie er es viele hundert Mal getan hatte, und richtete die Spitze auf sein Ziel. Die in ihm lodernde Kraft drohte ihn zu verbrennen. Er musste sie freisetzen oder sie würde ihn verzehren. Unwillkürlich sprang plötzlich ein Wort auf seine Lippen. Er schoss und rief: »*Brisingr!*«

Der Pfeil zischte durch die Luft, in seinem Innern ein blau glühendes Licht. Er traf den vorderen Urgal in die Stirn. Eine ohrenbetäubende Explosion folgte und eine blaue Druckwelle schoss aus dem Kopf des Ungeheuers und tötete den anderen Urgal auf der Stelle. Die blaue Welle erreichte Eragon, bevor er ausweichen konnte, fuhr aber durch ihn hindurch, ohne Schaden anzurichten, und löste sich an der Hauswand auf.

Eine Weile stand Eragon schwer atmend da, dann schaute er auf seine eisige Handfläche. Die *Gedwëy Ignasia* leuchtete wie glühendes Metall, aber noch während er sie betrachtete, nahm sie wieder ihr ursprüngliches Aussehen an. Er ballte die Hand zusammen, dann spülte eine Welle der Erschöpfung über ihn hinweg. Er fühlte sich seltsam entkräftet, als ob er tagelang nichts gegessen hätte. Seine Knie gaben nach und er sank an die Wand.

WARNUNGEN

Sobald er wieder halbwegs bei Kräften war, taumelte
Eragon aus der Gasse hinaus und machte dabei beklommen einen Bogen um die toten Ungeheuer.
Er war noch nicht weit gekommen, als Cadoc zu ihm heran-
trabte. »Gut, du bist nicht verletzt«, murmelte Eragon. Er
bemerkte, dass seine Hände heftig zitterten und seine Bewegungen seltsam ungelenk waren. Aber es kümmerte ihn
nicht. Er fühlte sich entrückt, als würde alles um ihn herum
einem anderen widerfahren.

Jetzt sah er Schneefeuer mit geblähten Nüstern und flach
angelegten Ohren unruhig vor einer Hausecke herumtän-
zeln, bereit, jeden Augenblick loszurennen. Brom saß noch
immer zusammengesunken im Sattel. Eragon nahm im Geist
Kontakt auf und besänftigte das Pferd. Sobald Schneefeuer
sich beruhigte, ging Eragon zu Brom.

Der alte Mann hatte eine lange Schnittwunde am rechten
Arm. Sie blutete stark, war aber weder tief noch breit. Aber
Eragon wusste, dass er sie verbinden musste, bevor Brom
zu viel Blut verlor. Er streichelte Schneefeuer einen Moment
lang und zog danach Brom aus dem Sattel. Das Gewicht des
alten Mannes erwies sich jedoch als zu schwer für Eragon

und Brom fiel mit einem dumpfen Schlag zu Boden. Eragon war erschrocken über seine plötzliche Schwäche.

In seinem Kopf erklang ein zorniger Aufschrei. Saphira schoss vom Himmel herab und landete direkt vor seinen Füßen, die Flügel halb ausgebreitet. Sie fauchte wütend und ihre Augen funkelten. Ihr Schwanz peitschte durch die Luft, und Eragon zuckte zusammen, als er plötzlich zischend über seinen Kopf hinwegfuhr. *Bist du verletzt?*, fragte sie mit brodelnder Wut in der Stimme.

»Nein«, versicherte er ihr, während er Brom behutsam auf den Rücken drehte.

Sie knurrte und rief aus: *Wo sind die, die das getan haben? Ich werde sie in Stücke reißen!*

Müde deutete Eragon in die Gasse. »Das ist unnötig. Sie sind bereits tot.«

Hast du sie umgebracht? Saphira klang überrascht.

Er nickte. »Irgendwie.« Mit knappen Worten schilderte er ihr, was geschehen war, während er in den Satteltaschen nach den Stofftüchern suchte, in die Zar'roc eingewickelt war.

Saphira sagte mit feierlicher Stimme: *Du bist gewachsen.*

Eragon brummte etwas Unverständliches. Er fand ein langes Stück Stoff und rollte vorsichtig Broms Ärmel auf. Mit einigen geschickten Handgriffen reinigte er die Wunde und legte einen festen Verband an. *Ich wünschte, wir wären noch im Palancar-Tal,* sagte er zu Saphira. *Dort wüsste ich wenigstens, welche Pflanzen eine heilende Wirkung haben. Hier weiß ich nicht, was ihm helfen könnte.* Er hob Broms Schwert auf und schob es in die Scheide an Broms Gürtel.

Wir sollten weiterziehen, sagte Saphira. *Vielleicht sind noch mehr Urgals in der Nähe.*

Kannst du Brom tragen? Dein Sattel wird ihn festhalten und du kannst ihn beschützen.

Ja, aber ich lasse dich nicht mehr allein.

Gut, dann folge mir in der Luft. Und jetzt sollten wir schleunigst von hier verschwinden. Er schnallte Saphira den Sattel auf den Rücken, dann legte er die Arme um Brom und versuchte, ihn anzuheben, aber erneut ließen ihn seine geschwundenen Kräfte im Stich. *Saphira – hilf mir.*

Sie schob ihren Kopf an ihm vorbei und griff mit den Zähnen die Rückseite von Broms Umhang. Mit gekrümmtem Hals hob sie den alten Mann vom Boden, wie eine Katze ein Junges aufheben würde, und setzte ihn auf ihrem Rücken ab. Dann schob Eragon Broms Beine in die Halteschlaufen und zog sie fest. Er hob den Blick, als der alte Mann aufstöhnte und sich regte.

Brom blinzelte müde und fasste sich an den Kopf. Er schaute besorgt zu Eragon hinab. »Ist Saphira noch rechtzeitig gekommen?«

Eragon schüttelte den Kopf. »Das erkläre ich dir später. Dein Arm ist verletzt. Ich habe ihn verbunden, aber du musst dich eine Weile an einem sicheren Ort ausruhen.«

»Ja«, sagte Brom und betastete vorsichtig den Verband. »Weißt du, wo mein Schwert… Ah, ich sehe, du hast es gefunden.«

Eragon zog die letzte Schlaufe fest. »Du und Saphira werdet mir in der Luft folgen.«

»Bist du sicher, dass sie mich tragen soll?«, fragte Brom. »Ich kann auch Schneefeuer reiten.«

»Nicht mit dem verletzten Arm. So fällst du wenigstens nicht herunter, selbst wenn du ohnmächtig wirst.«

Brom nickte. »Ich fühle mich geehrt.« Er schlang den gesunden Arm um Saphiras Hals und sie hob geschwind ab und stieg zum Himmel empor. Eragon wich zurück, durchgeschüttelt von den Luftstößen ihrer Flügel, und ging zu den Pferden.

Er band Schneefeuer an Cadoc fest, ritt aus Yazuac heraus und folgte dem Weg nach Süden. Die Straße führte durch ein felsiges Gebiet, bog nach links ab und folgte dem Lauf des Ninor. Der Boden war übersät mit Farnen, Moos und kleinen Büschen. Es war erfrischend kühl unter den Bäumen, aber trotz der friedlichen Atmosphäre blieb Eragon weiter auf der Hut. Nur kurz hielt er an, um die Wasserschläuche zu füllen und die Pferde zu tränken. Als er den Boden untersuchte, entdeckte er die Fährte der Ra'zac. *Wenigstens ziehen wir in die richtige Richtung,* dachte er. Über ihm kreiste Saphira, den wachsamen Blick auf ihn gerichtet.

Es beunruhigte ihn, dass sie nur zwei Urgals gesehen hatten. Eine gewaltige Horde hatte die Dorfbewohner niedergemetzelt und Yazuac verwüstet, aber wo war diese Horde geblieben? *Vielleicht waren die beiden, denen wir begegneten, eine Nachhut, um der eigentlichen Streitmacht den Rücken freizuhalten.*

Seine Gedanken wandten sich jetzt der Art und Weise zu, wie er die Urgals getötet hatte. Eine Erkenntnis, eine Offenbarung schob sich langsam, aber unaufhaltsam an die Oberfläche seines Bewusstseins. Er, Eragon – ein Bauernjunge aus dem Palancar-Tal – hatte Magie vollbracht. *Magie!* Anders ließ sich das, was geschehen war, nicht erklären. Es schien unmöglich, aber er konnte nicht leugnen, was er gesehen hatte. *Irgendwie ist aus mir ein Zauberer oder Magier geworden!* Aber er wusste nicht, wie er diese neue Kraft abermals einsetzen konnte oder welche Grenzen und Gefahren sie beinhaltete. *Woher habe ich diese Fähigkeit? Können alle Drachenreiter zaubern? Und falls Brom davon wusste, warum hat er es mir nicht gesagt?* Verwundert schüttelte er den Kopf.

Dann redete er mit Saphira, um sich nach Broms Zustand zu erkundigen und um ihr seine Gedanken zu offenbaren. Was seine neu entdeckten Zauberkünste betraf, so war sie genauso ratlos wie er. *Saphira, kannst du uns einen Lagerplatz suchen? Ich kann hier unten nicht viel sehen.* Während sie sich umschaute, zog er weiter am Ninor entlang.

Ihr Ruf erreichte ihn, als das Licht zu schwinden begann. *Komm.* Saphira schickte ihm das Bild einer abgeschiedenen Lichtung in einem Waldstück am Fluss. Eragon lenkte die Pferde in die neue Richtung und trieb sie schneller voran. Mit Saphiras Hilfe war die Lichtung zwar leicht zu finden, aber sie lag so versteckt, dass er sich vor Entdeckung sicher fühlte.

Ein kleines, rauchloses Feuer brannte bereits, als er dort ankam. Brom saß davor und kümmerte sich um seinen Arm, den er verkrampft in einem Winkel an den Körper gepresst hielt. Saphira lag neben ihm, alle Muskeln angespannt. Sie sah Eragon forschend an und fragte: *Hast du dich auch bestimmt nicht verletzt?*

Äußerlich ist alles in Ordnung… Aber was den Rest betrifft, bin ich mir nicht so sicher.

Ich hätte früher da sein sollen.

Mach dir keine Vorwürfe. Wir haben heute alle Fehler begangen. Meiner war, dich zu weit fortzuschicken. Ihre Dankbarkeit für diese Bemerkung war Balsam für Eragons Seele. Er sah Brom an. »Wie geht es dir?«

Der alte Mann betrachtete seinen Arm. »Die Wunde ist groß und schmerzt entsetzlich, aber sie sollte schnell verheilen. Ich brauche einen neuen Verband; dieser hat nicht so lange gehalten, wie ich gehofft hatte.« Sie kochten Wasser ab, um die Wunde auszuwaschen. Dann band Brom sich ein sauberes Tuch um den Arm und sagte: »Ich muss etwas essen und du siehst auch hungrig aus. Nach dem Essen reden wir.«

Als ihre Bäuche voll und warm waren, zündete Brom seine Pfeife an. »So, nun ist es wohl an der Zeit, dass du mir erzählst, was sich zugetragen hat, während ich bewusstlos war. Ich bin gespannt.« Der flackernde Feuerschein auf seinem Gesicht hob die buschigen Augenbrauen überdeutlich hervor.

Eragon knetete nervös seine Finger und trug die Geschichte ohne jede Beschönigung vor. Brom schwieg die ganze Zeit über mit undurchschaubarer Miene. Als Eragon endete, schaute er zu Boden. Eine Weile war nur das Knistern des Feuers zu hören. Schließlich rührte sich Brom. »Hast du diese Kraft vorher schon einmal eingesetzt?«

»Nein. Weißt du etwas darüber?«

»Ein wenig.« Brom wirkte nachdenklich. »Mir scheint, ich stehe in deiner Schuld, denn du hast mir das Leben gerettet. Ich hoffe, ich kann dir diesen Gefallen eines Tages vergelten. Du kannst stolz auf dich sein, denn nur wenige Menschen überstehen ihren ersten Kampf mit einem Urgal unverletzt. Aber was du getan hast, war sehr gefährlich. Du hättest dich und das ganze Dorf zerstören können.«

»Ich hatte keine andere Wahl«, verteidigte sich Eragon.

»Die Urgals waren schon fast über mir. Hätte ich abgewartet, hätten sie mich in Stücke gerissen!«

Brom biss in das Mundstück der Pfeife. »Du hattest keine Ahnung, was du tatest.«

»Dann sag es mir«, forderte Eragon ihn auf. »Ich versuche schon die ganze Zeit, dieses Rätsel zu lösen, aber ich verstehe es einfach nicht. Was ist geschehen? Warum hatte ich plötzlich magische Kräfte? Niemand hat mich darin unterwiesen oder mir irgendwelche Zaubersprüche beigebracht.«

Broms Augen blitzten. »So etwas sollte man auch keinem beibringen – und einsetzen sollte man es erst recht nicht!«

»Ich *habe* es aber eingesetzt und beim nächsten Kampf werde ich es vielleicht wieder tun müssen. Aber das kann ich nur, wenn du mir dabei hilfst. Was ist los? Gibt es ein Geheimnis, das ich nicht erfahren darf, bis ich alt und grau bin? Aber vielleicht weißt du ja auch gar nichts über Magie!«

»Junge!«, donnerte Brom. »Du verlangst Antworten mit einer selten da gewesenen Dreistigkeit. Wenn du wüsstest, wonach du da fragst, würdest du mich nicht so bedrängen. Treibe es nicht zu weit.« Er hielt inne und dann entspannten sich seine Gesichtszüge ein wenig. »Das Wissen, das du verlangst, ist umfassender, als du glaubst.«

Eragon sprang ungestüm auf. »Ich komme mir vor, als wäre ich in eine fremde Welt voller seltsamer Regeln hineingeworfen worden, die mir niemand erklärt.«

»Ich verstehe«, sagte Brom. Er spielte mit einem Grasbüschel. »Es ist spät, und wir sollten schlafen, aber ich werde dir ein paar Dinge erklären, damit du endlich mit der Fragerei aufhörst. In der Magie – und darum handelt es sich hier tatsächlich – gibt es Regeln wie überall auf der Welt. Bricht man diese Regeln, ist die Strafe ausnahmslos der Tod. Deine magischen Fähigkeiten hängen von der in dir steckenden Kraft ab, von den dir bekannten Worten und von deiner Vorstellungskraft.«

»Was meinst du mit ›Worten‹?«, wollte Eragon wissen.

»Schon wieder eine Frage!«, rief Brom aus. »Für einen Augenblick hatte ich gehofft, sie wären dir ausgegangen. Aber du stellst sie zu Recht. Als du die Urgals erschossen hast, hast du da nicht irgendetwas gesagt?«

»Ja. *Brisingr.*« Das Feuer loderte auf und ein Schauder durchfuhr Eragon. Etwas an dem Wort erfüllte ihn mit einer unglaublichen Lebendigkeit.

»Das dachte ich mir. *Brisingr* entstammt einer uralten Sprache, die einst alle lebenden Wesen gesprochen haben. Allerdings geriet sie im Laufe der Zeit in Vergessenheit und wurde in Alagaësia äonenlang nicht mehr benutzt, bis die Elfen sie übers Meer zurückbrachten. Sie brachten sie den anderen Völkern bei, und diese benutzten sie, um damit machtvolle Dinge herzustellen und große Taten zu vollbringen. Diese Sprache hat für alles einen Namen – man muss ihn nur *kennen.*«

»Aber was hat das mit Magie zu tun?«, unterbrach ihn Eragon.

»Alles! Diese Sprache ist die Grundlage aller Macht. Sie beschreibt die wahre Natur der Dinge, nicht den oberflächlichen Schein, den jedermann sieht. *Brisingr* zum Beispiel heißt *Feuer.* Es ist nicht nur irgendein Ausdruck dafür, sondern der wahre Name des Feuers. Wenn man stark genug ist, kann man *Brisingr* benutzen, um mit einem Feuer zu tun, was immer man wünscht. Und genau das ist heute geschehen.«

Eragon dachte einen Moment lang darüber nach. »Warum war das Feuer eigentlich blau? Warum hat es genau das getan, was ich wollte, obwohl ich nur *Feuer* gesagt habe?«

»Die Farbe ist von Person zu Person unterschiedlich. Sie hängt davon ab, wer das Wort ausspricht. Und warum das Feuer getan hat, was du wolltest – nun, das ist eine Frage der Übung. Die meisten Anfänger müssen genau beschreiben, was sie wollen. Wenn sie erfahrener geworden sind, ist das nicht mehr nötig. Ein wahrer Meister könnte einfach *Wasser* sagen und etwas erschaffen, das nichts mit Wasser zu tun hat, zum Beispiel einen Edelstein. Du würdest wahrscheinlich nicht begreifen, was er getan hat, aber ein Meister kann die Verbindung zwischen *Wasser* und dem Edelstein erkennen und diese als Brennpunkt für seine Zauberkraft benutzen. Diese Fähigkeit ist die größte Kunst von allen. Was du getan hast, war extrem schwierig.«

Saphira unterbrach Eragons Gedanken. *Brom ist ein Zauberer! Darum konnte er den Strauch entzünden. Er weiß nicht nur über Magie Bescheid, er beherrscht sie auch!*

Eragons Augen wurden groß. *Du hast Recht!*

Frag ihn danach, aber pass auf, was du sagst. Es ist unklug, jemanden zu verärgern, der solche Fähigkeiten besitzt. Wenn er ein Zauberer oder Magier ist, wer weiß, aus welchem Grund er sich in Carvahall niedergelassen hat.

Eragon dachte daran, als er zaghaft sagte: »Saphira und mir ist soeben etwas klar geworden. Du beherrschst diese Magie, nicht wahr? Auf diese Weise hast du an unserem ersten Tag in der Tiefebene das Feuer entzündet.«

Brom neigte leicht das Haupt. »Ich beherrsche sie bis zu einem gewissen Grad.«

»Warum hast du sie dann nicht gegen die Urgals eingesetzt? Genau genommen fallen mir viele Gelegenheiten ein,
bei denen uns Magie von Nutzen gewesen wäre – du hättest
uns vor dem Unwetter schützen und den Sand von unseren
Augen fern halten können.«

Nachdem er ein zweites Mal seine Pfeife gestopft hatte,
sagte Brom: »Dafür gibt es simple Gründe. Ich bin kein Drachenreiter, was bedeutet, dass du selbst in deinen schwächsten Momenten mächtiger bist als ich. Und meine Jugend liegt
lange zurück; ich bin nicht mehr so stark wie früher. Jedes
Mal wenn ich zur Magie greife, fällt es mir schwerer.«

Eragon schlug beschämt die Augen nieder. »Bitte ent-
schuldige.«

»Du brauchst dich nicht zu entschuldigen«, sagte Brom
und bewegte behutsam seinen verletzten Arm. »Jeder wird
einmal alt.«

»Wo hast du die Magie erlernt?«

»Das behalte ich für mich … Es genügt zu sagen, dass es an
einem sehr fernen Ort war und dass ich einen sehr guten Lehrer hatte. Und dass ich imstande bin, seine Lektionen wei-
terzugeben.« Brom zog an der Pfeife. »Ich weiß, dass du noch
viele Fragen hast, und ich werde sie dir beantworten, aber darauf wirst du bis morgen früh warten müssen.«

Er beugte sich mit glänzenden Augen vor. »Und um dich
bis dahin von jedweden Experimenten abzuhalten, möchte
ich noch Folgendes sagen: Magie verbraucht genauso viel
Kraft wie körperliche Anstrengung. Deshalb warst du so erschöpft, nachdem du die Urgals vernichtet hattest. Und darum war ich auch so erbost. Du bist ein furchtbares Risiko
eingegangen. Hätte die Magie mehr Kraft verbraucht, als in

deinem Körper steckte, hätte sie dich getötet. Man darf diese Kräfte nur für Aufgaben verwenden, die man nicht auf herkömmliche Weise bewältigen kann.«

»Woher weiß man denn, ob ein Zauber alle Kraft aufbrauchen wird, die man besitzt?«, fragte Eragon erschrocken.

Brom hob die Hände. »Meistens weiß man es nicht. Aus diesem Grunde müssen Magier ihre Grenzen kennen und selbst dann sind sie noch äußerst vorsichtig. Sobald man den Entschluss gefasst und die magischen Kräfte entfesselt hat, gibt es kein Zurück mehr, selbst wenn es einen das Leben kostet. Ich meine das als Warnung: Keine waghalsigen Experimente, bis du mehr gelernt hast. So, und jetzt Schluss damit für heute.«

Als sie ihre Decken ausbreiteten, bemerkte Saphira zufrieden: *Wir werden immer stärker, Eragon, wir beide. Bald kann sich uns niemand mehr in den Weg stellen.*

Ja, bloß – welchen Weg sollen wir wählen?

Welchen wir auch immer beschreiten wollen, sagte sie kühn und legte sich schlafen.

Magie – die einfachste Sache der Welt

Warum, glaubst du, waren die beiden Urgals noch in Yazuac?«, fragte Eragon, als sie schon eine Weile unterwegs waren. »Sie hatten doch gar keinen Grund, dort zu bleiben.«

»Ich vermute, sie sind desertiert, um das Dorf zu plündern. Merkwürdig ist, dass sich, soweit ich weiß, die Urgals in der Vergangenheit nur zwei- oder dreimal zu einer größeren Gruppe zusammengeschlossen haben. Es ist beunruhigend, dass sie es nun wieder tun.«

»Glaubst du, die Ra'zac haben den Überfall angezettelt?«

»Ich weiß es nicht. Am besten entfernen wir uns weiterhin so schnell wie möglich von Yazuac. Außerdem ist dies die Richtung, in die auch die Ra'zac zogen: nach Süden.«

Eragon pflichtete ihm bei. »Wir brauchen aber immer noch Proviant. Gibt es hier in der Nähe noch ein anderes Dorf?«

Brom schüttelte den Kopf. »Nein, aber Saphira kann für uns jagen, dann müssten wir uns nur eine Weile ausschließlich von Fleisch ernähren. Es sieht zwar nicht so aus, aber in den vereinzelten Büschen und Baumgruppen leben etliche Tiere. Der Fluss ist im Umkreis vieler Meilen die einzige

Wasserquelle, daher müssen die Tiere zum Trinken ans Ufer kommen. Wir werden also nicht verhungern.«

Eragon schwieg, zufrieden mit dieser Antwort. Während sie am Ufer entlangritten, flatterten Vögel mit gellendem Gezwitscher umher, und der Fluss rauschte friedlich an ihnen vorbei. Es war eine laute Gegend, voller Leben und Kraft. Eragon fragte: »Wie hat der Urgal dich eigentlich erwischt? Alles ging so schnell, ich habe es gar nicht mitbekommen.«

»Ich hatte einfach Pech«, brummte Brom. »Ich war ihm mehr als ebenbürtig, deshalb versetzte er Schneefeuer einen Tritt. Dieses dumme Pferd bäumte sich auf und brachte mich aus dem Gleichgewicht. Da hat der Urgal zugeschlagen.« Er rieb sich das Kinn. »Ich nehme an, du denkst noch immer über Magie nach. Der Umstand, dass du darauf gestoßen bist, stellt ein verzwicktes Problem dar. Nur wenige wissen es, aber alle Drachenreiter besaßen magische Kräfte, wenngleich in unterschiedlicher Stärke. Sie hielten diese Fähigkeit geheim, selbst auf dem Höhepunkt ihrer Macht, weil sie dadurch ihren Feinden gegenüber im Vorteil waren. Hätte jeder davon gewusst, wäre der Umgang mit gewöhnlichen Menschen schwierig gewesen. Viele glauben, die magischen Kräfte des Königs rühren von dem Umstand her, dass er ein Magier oder Zauberer ist. Das stimmt aber nicht; er besitzt sie, weil er ein Drachenreiter ist.«

»Wo liegt der Unterschied? Macht mich die Tatsache, dass ich magische Kräfte entfesselt habe, nicht automatisch zu einem Magier oder Zauberer?«

»Ganz und gar nicht! Ein Zauberer, zum Beispiel ein Schatten, bedient sich der Geister, um seinen Willen zu bekommen. Das ist etwas ganz anderes als deine Befähigung.

Und ein Magier, der ohne die Hilfe der Geister oder eines Drachen auskommt, bist du auch nicht. Und gewiss auch kein Hexenmeister, dessen Kräfte durch verschiedene Tränke und Zaubersprüche zustande kommen.

Und das bringt mich zu meinem ersten Punkt zurück: das Problem, das du aufgebracht hast. Junge Drachenreiter wie du mussten früher eine strenge Lehrzeit absolvieren, die dazu diente, den Körper zu stählen und Selbstbeherrschung zu üben. Der Unterricht zog sich über viele Monate, manchmal über Jahre hin, bis man den Zöglingen genügend Verantwortungsbewusstsein zutraute, um mit ihrer Gabe angemessen umzugehen. Und bis dahin erfuhr keiner von ihnen, welche Kräfte in ihm schlummern. Stieß jemand zufällig schon vorher darauf, so wurde er oder sie augenblicklich von den anderen getrennt und fortan einzeln unterwiesen. Es geschah allerdings äußerst selten, dass einer von selbst dahinter kam.« Er beugte sich zu Eragon hinüber. »Allerdings standen sie auch niemals unter solchem Druck wie du.«

»Und wie haben sie dann gelernt, mit Magie umzugehen?«, fragte Eragon. »Ich verstehe nicht, wie man jemandem so etwas beibringen kann. Hättest du vor zwei Tagen versucht, es mir zu erklären, ich hätte kein Wort verstanden.«

»Den Schülern wurde eine Reihe sinnloser Übungen aufgegeben, die lediglich dem Zweck dienten, sie zu verdrießen. Zum Beispiel trug man ihnen auf, riesige Steinbrocken nur mit den Füßen von einem Punkt zum anderen zu schieben oder löchrige Wannen mit Wasser randvoll zu füllen und zahlreiche andere Unmöglichkeiten. Nach einiger Zeit wurden sie darüber so wütend, dass sie unbewusst auf ihre magischen Kräfte zurückgriffen. Meist mit Erfolg.

Das bedeutet«, fuhr Brom fort, »dass du im Nachteil bist, wenn du jemals auf einen Gegner triffst, der eine solche Lehrzeit bestanden hat. Einige haben ein sehr hohes Alter erreicht und sind noch am Leben, zum Beispiel der König und natürlich die Elfenkrieger. Von denen könnte dich jeder mit Leichtigkeit besiegen.«

»Was soll ich also tun?«

»Für einen traditionellen Unterricht haben wir keine Zeit, aber wir können eine Menge tun, während wir auf Reisen sind«, sagte Brom. »Ich kann dir viele Techniken beibringen, die deine Kraft und Körperbeherrschung steigern werden, aber die Disziplin, welche die Drachenreiter besaßen, kann man sich nicht über Nacht aneignen. Du wirst viel lernen müssen«, sagte er und sah Eragon gutmütig an, »während wir durch die Lande ziehen. Am Anfang wird es schwer sein, aber hinterher ist die Belohnung umso größer. Es wird dich freuen zu hören, dass noch kein Reiter in deinem Alter seine Gabe in der Weise gebraucht hat wie du gestern bei den beiden Urgals.«

Eragon lächelte über das unerwartete Lob. »Vielen Dank. Hat diese magische Sprache einen Namen?«

Brom lachte. »Ja, aber niemand kennt ihn. Es muss ein Wort von unglaublicher Macht sein, eines, mit dem man die gesamte Sprache und diejenigen, die sie verwenden, beherrschen kann. Die Menschen haben lange nach dem Namen gesucht, aber niemand hat ihn je entdeckt.«

»Ich verstehe noch immer nicht, wie diese Magie funktioniert«, sagte Eragon. »Wie genau gebrauche ich sie?«

Brom sah verwundert aus. »Habe ich dir das noch nicht erklärt?«

»Nein.«

Der alte Mann atmete tief durch und sagte: »Um mit Magie zu arbeiten, muss man eine bestimmte angeborene Kraft besitzen, die heutzutage bei den Menschen nur noch selten vorkommt. Und man muss in der Lage sein, diese Kraft in sich heraufzubeschwören. Wurde sie einmal gerufen, dann muss man sie entweder benutzen oder wieder vergehen lassen. Verstanden? Wenn man nun wünscht, diese Kraft einzusetzen, so muss man den Ausdruck oder den Satz, der das beabsichtigte Vorhaben beschreibt, in der alten Sprache aussprechen. Hättest du gestern zum Beispiel nicht *Brisingr* gesagt, wäre nichts geschehen.«

»Also hängt alles von der Kenntnis dieser Sprache ab?«

»Genau«, rief Brom begeistert. »Und während man sie spricht, ist man unfähig zu lügen.«

Eragon schüttelte den Kopf. »Das kann nicht sein. Menschen lügen immer. Daran können auch ein paar uralte Worte nichts ändern.«

Brom zog eine Augenbraue hoch und sagte: »*Fethrblaka, eka weohnata néiat haina ono. Blaka eom iet Lam.*« Plötzlich flatterte ein Vogel von einem Ast herab und landete auf seiner Hand. Leise zwitschernd schaute er sie aus wachsamen Augen an. Nach einem Weilchen sagte Brom: »*Eitha*«, und der Vogel flog wieder davon.

»Wie hast du das gemacht?«, fragte Eragon verblüfft.

»Ich versprach, ihm nichts zu tun. Er mag nicht genau verstanden haben, was ich meinte, aber in der Sprache der Macht war die Bedeutung meiner Worte offenkundig. Er weiß, was alle Tiere wissen – dass alle, die diese Sprache gebrauchen, an ihr Wort gebunden sind.«

»Und die Elfen sprechen sie auch?«

»Ja.«

»Also lügen sie nie?«

»Nicht ganz«, musste Brom zugeben. »Sie geben vor, es nicht zu tun, und in gewisser Weise stimmt das auch, aber sie haben es in der Kunst, etwas zu sagen und etwas anderes zu meinen, zur Meisterschaft gebracht. Man weiß nie genau, welche Absichten sie hegen oder ob man sie richtig verstanden hat. Oft enthüllen sie nur einen Teil der Wahrheit und behalten den Rest für sich. Es bedarf eines hoch entwickelten und feinsinnigen Geistes, um mit ihrer Kultur umzugehen.«

Eragon dachte darüber nach. »Welche Bedeutung haben denn persönliche Namen in dieser Sprache? Geben sie einem Macht über andere?«

Broms Augen leuchteten anerkennend auf. »Ja, das tun sie. Diejenigen, die diese Sprache beherrschen, haben zwei Namen. Der erste ist für den Alltagsgebrauch und besitzt wenig Autorität. Aber der zweite ist der wahre Name, den man nur wenigen Vertrauten verrät. Es gab eine Zeit, in der niemand seinen wahren Namen für sich behielt, aber heutzutage kann man leider nicht mehr so vertrauensselig sein. Wer immer den wahren Namen eines anderen erfährt, erlangt große Macht über ihn. Es ist so, als legte man sein Leben in die Hände eines anderen. Jeder hat einen verborgenen Namen, doch nur wenige kennen ihn.«

»Und wie findet man seinen wahren Namen heraus?«, fragte Eragon.

»Die Elfen kennen den ihren instinktiv. Niemand sonst besitzt diese Gabe. Die menschlichen Drachenreiter begaben sich auf die Suche, um ihn herauszufinden – oder sie fanden einen Elf, der ihnen den Namen verriet, doch das geschah nur selten, denn das Elfenvolk gibt sein Wissen nicht sehr großzügig preis«, antwortete Brom.

»Ich wüsste gern meinen wahren Namen«, sagte Eragon sehnsüchtig.

Broms Züge verdüsterten sich. »Sei vorsichtig. Dieses Wissen kann furchtbar sein. Sein wahres Ich kennen zu lernen, ohne die Verkleidung der Einbildung oder des Mitgefühls anderer, ist ein Moment der Offenbarung, der an niemandem spurlos vorübergeht. Einige wurden von dieser harten Realität in den Wahnsinn getrieben. Die meisten versuchen, es zu vergessen. Aber genauso wie dein Name anderen Menschen Macht verleiht, kann er dir auch Macht über dich selbst geben, wenn du nicht an der Wahrheit zerbrichst.«

Du würdest bestimmt nicht daran zerbrechen, meinte Saphira.

»Ich möchte ihn trotzdem wissen«, sagte Eragon beharrlich.

»Du lässt dich nicht leicht von einem Ziel abbringen. Das ist gut, denn nur wer hartnäckig ist, entdeckt seine wahre Identität, aber dabei kann ich dir nicht helfen. Auf diese Suche musst du dich allein begeben.« Brom bewegte seinen verletzten Arm und verzog vor Schmerz das Gesicht.

»Warum heilst du ihn nicht mit Zauberkraft?«, fragte Eragon.

Brom blinzelte. »Das habe ich nie in Betracht gezogen, weil es meine Möglichkeiten übersteigt. Dir würde es wahrscheinlich mit dem richtigen Wort gelingen, aber ich möchte nicht, dass du dich so überanstrengst.«

»Ich könnte dir eine Menge Ärger und Schmerzen ersparen«, protestierte Eragon.

»Ich kann damit leben«, sagte Brom tonlos. »Eine Verletzung auf magische Weise zu heilen, kostet genauso viel Kraft, wie nötig ist, damit sie von selbst heilt. Ich möchte nicht, dass du in den nächsten Tagen todmüde bist. An eine so schwierige Aufgabe solltest du dich vorläufig noch nicht heranwagen.«

»Trotzdem: Wenn es möglich ist, deinen Arm zu heilen, könnte ich dann auch jemanden von den Toten auferstehen lassen?«

Die Frage überraschte Brom, doch er antwortete schnell: »Erinnerst du dich, was ich dir über jene Beschwörungen erzählt habe, die dich umbringen können? Dies ist eine davon. Den Drachenreitern war es – zu ihrer eigenen Sicherheit – untersagt, Derartiges zu versuchen. Es gibt einen Abgrund jenseits des Lebens, in dem Magie bedeutungslos ist. Wenn man in ihn eindringt, verfliegt die Lebenskraft und die Seele löst sich in Dunkelheit auf. Magier, Zauberer und Reiter – alle sind schon an dieser Schwelle gescheitert und haben dabei ihr Leben verloren. Bleib immer bei dem Möglichen – Schnittwunden, Verstauchungen, vielleicht auch mal Knochenbrüche – aber hüte dich vor den Toten.«

Eragon fröstelte. »Das ist alles komplizierter, als ich dachte.«

»Genau!«, sagte Brom. »Und wenn man nicht versteht, was man tut, übernimmt man sich leicht und stirbt daran.« Er drehte sich im Sattel um, beugte sich hinab und hob eine Hand voll Kieselsteine auf. Mit einiger Mühe richtete er sich wieder auf und warf alle Steine bis auf einen weg. »Siehst du diesen Kiesel?«

»Ja.«

»Nimm ihn.« Der Junge griff danach und betrachtete den unscheinbaren Brocken in seiner Hand. Es war mattschwarz, glatt und so groß wie seine Daumenkuppe. Es gab noch zahllose solcher Steine am Wegesrand. »Das ist deine erste Lektion.«

Eragon sah ihn verwirrt an. »Ich verstehe gar nichts.«

»Natürlich nicht«, sagte Brom ungeduldig. »Deshalb bin ich ja der Lehrer und du der Schüler und nicht umgekehrt. Jetzt hör auf mit dem Gerede, sonst kommen wir nicht weiter. Ich möchte, dass du den Stein mit geistiger Kraft anhebst und so lange wie möglich in der Schwebe hältst. Die Worte, die du gebrauchen wirst, sind *Stenr reisa*. Sag es.«

»*Stenr reisa*.«

»Gut. Dann versuch's mal.«

Eragon blickte konzentriert auf den Stein und suchte in seinem Geist nach einer Spur der Kraft, die am Vortag in ihm gelodert hatte. Der Stein rührte sich nicht, während der Junge ihn schwitzend und mit wachsendem Unmut anstarrte. *Wie soll ich das anfangen?*, fragte er sich. Schließlich verschränkte er trotzig die Arme vor der Brust und schimpfte: »Das ist unmöglich!«

»Nein«, sagte Brom stirnrunzelnd. »*Ich* bestimme, was unmöglich ist und was nicht. Erkämpfe es dir! Gib nicht so schnell auf. Versuch's noch mal.«

Stirnrunzelnd schloss Eragon die Augen und verdrängte alle störenden Gedanken. Er holte tief Luft und drang in die entlegensten Winkel seines Bewusstseins vor, auf der Suche nach dem Ort, an dem die Kraft sich verbarg. Er suchte und suchte, fand aber nur Gedanken und Erinnerungen, bis er plötzlich etwas Neues entdeckte – eine kleine Erhebung, die ein Teil von ihm war und gleichzeitig doch nicht zu ihm gehörte. Er spürte einen Widerstand, eine geistige Barriere, aber er wusste genau, dass dahinter die Kraft lag. Er versuchte, die Barriere zu durchbrechen, doch sie hielt seinen Bemühungen stand. Mit wachsendem Zorn rannte Eragon gegen sie an, stieß mit aller Macht zu, bis sie zerbarst wie eine dünne Glasscheibe und ein gleißendes Licht seinen Geist durchflutete.

»*Stenr reisa*«, sagte er schnell. Der Stein erhob sich schwankend von seiner schwach glühenden Handfläche. Eragon versuchte, ihn dort festzuhalten, aber die Kraft entschlüpfte ihm und verschwand wieder hinter der Barriere. Der Kieselstein fiel ihm mit einem leisen Plumps wieder in seine Hand und das Glühen erlosch. Er fühlte sich ein bisschen müde, grinste aber über seinen Erfolg.

»Nicht schlecht für den Anfang«, sagte Brom.

»Warum fängt meine Hand an zu glühen? Sie sieht aus wie eine Laterne.«

»Das weiß niemand so genau«, gestand Brom. »Die Reiter pflegten ihre Kraft durch die Hand zu leiten, welche die *Gedwëy Ignasia* trug. Man kann auch die andere benutzen, aber dann fällt es schwerer.« Er schaute Eragon nachdenklich an. »Im nächsten Dorf werde ich dir Handschuhe kaufen, falls es nicht auch gebrandschatzt wurde. Du verbirgst das Mal recht gut, aber wir dürfen nicht riskieren, dass jemand es zufällig bemerkt. Außerdem wird es Gelegenheiten geben, da könnte das Glühen den Gegner alarmieren.«

»Trägst du auch ein solches Mal?«

»Nein. Nur Reiter besitzen es«, sagte Brom. »Du musst

auch wissen, dass die Wirkung der Magie von der Entfernung abhängt, wie bei einem Pfeil oder einem Speer. Wenn man etwas anheben oder bewegen möchte, das eine Meile entfernt ist, bedarf es größerer Kraft als aus der Nähe. Wenn du also drei Meilen vor dir Feinde erblickst, dann lass sie erst näher kommen, bevor du deine magischen Kräfte freisetzt. So, jetzt aber wieder an die Arbeit! Versuch's noch mal mit dem Stein.«

»Noch mal?«, fragte Eragon erschöpft und dachte daran, wie viel Kraft ihn schon der eine Versuch gekostet hatte.

»Ja. Und diesmal etwas zügiger.«

Sie setzten die Übung fast den ganzen Tag lang fort. Als Eragon endlich aufhören durfte, war er ausgepumpt und schlecht gelaunt. In jenen Stunden hatte er den Kieselstein und alles, was damit zusammenhing, hassen gelernt. Er wollte ihn schon wegwerfen, aber Brom sagte: »Nein. Behalt ihn.« Eragon warf ihm einen erbosten Blick zu, dann steckte er den Stein widerwillig in die Tasche.

»Wir sind noch nicht fertig«, sagte Brom, »mach es dir also nicht zu gemütlich.« Dann deutete er auf eine kleine Pflanze. »Das ist eine *Delois*.« Von da an brachte er Eragon die alte Sprache bei, nannte ihm Worte zum Einprägen, von *Vöndir*, einem dünnen, geraden Stock, bis zum Morgenstern, der *Aiedail* genannt wurde.

Am Abend kämpften sie beim Schein des Feuers. Obwohl Brom den linken Arm gebrauchte, war seine Geschicklichkeit unvermindert.

Die Tage verliefen stets nach demselben Muster. Zuerst bemühte sich Eragon, die uralten Worte zu erlernen und den Kieselstein emporzuheben. Am Abend kämpften er und Brom mit Holzschwertern. Eragon war fortwährend erschöpft, aber er begann, sich allmählich zu verändern, fast ohne es zu bemerken. Schon bald wackelte der Kieselstein nicht mehr, wenn er ihn in die Luft hob. Er meisterte die erste Aufgabe, die Brom ihm gestellt hatte, und wagte sich an schwierigere Übungen. Auch seine Kenntnis der alten Sprache wurde immer umfangreicher.

Bei ihren Scheingefechten gewann Eragon zunehmend an Selbstbewusstsein und Schnelligkeit und bald stieß er so schnell zu wie eine Schlange. Seine Hiebe wurden wuchtiger, und sein Arm erbebte nicht mehr, wenn er Schläge parierte. Die Schwertkämpfe dauerten zusehends länger, denn schon bald hatte er gelernt, Broms Attacken abzuwehren. Wenn sie schlafen gingen, war Eragon jetzt nicht mehr der Einzige, der blaue Flecken davongetragen hatte.

Auch Saphira entwickelte sich weiter, nur langsamer als am Anfang. Ihre ausgedehnten Flüge und die regelmäßigen Jagdzüge hielten sie in Form und gesund. Sie war jetzt größer als die Pferde und bedeutend länger. Aufgrund ihrer Größe und der funkelnden Schuppen war sie viel zu auffällig geworden, was Brom und Eragon Sorgen bereitete. Doch sie ließ sich nicht dazu überreden, sich eine Schmutztarnung auf die schillernde Haut schmieren zu lassen.

Sie ritten weiter nach Süden, immer auf den Spuren der Ra'zac. Es verdross Eragon, dass ihnen die Ra'zac immer um einige Tage voraus waren, sosehr sie sich auch mühten, sie einzuholen. Zuweilen war er kurz davor aufzugeben, aber dann fanden sie wieder eine frische Fährte, die für neue Zuversicht sorgte.

Es gab keinerlei Hinweise auf eine Siedlung entlang des Ninor oder in der Ebene, sodass ihnen niemand begegnete, während die Tage verstrichen. Schließlich näherten sie sich Daret, dem ersten Dorf seit Yazuac.

In der Nacht, bevor sie das Dorf erreichten, waren Eragons Träume besonders lebhaft.

Er sah Garrow und Roran zu Hause in der zerstörten Küche sitzen. Sie baten ihn um Hilfe beim Wiederaufbau des Hofs, aber er schüttelte mit Sehnsucht im Herzen den Kopf. »Ich jage deine Mörder«, flüsterte er seinem Onkel zu.

Garrow sah ihn schief an und fragte: »Sehe ich so aus, als sei ich tot?«

»Ich kann dir nicht helfen«, sagte Eragon leise und spürte, wie ihm die Tränen in die Augen stiegen.

Plötzlich ertönte ein Gebrüll und Garrow verwandelte sich in die Ra'zac. »Dann stirb«, zischten sie und fielen über Eragon her.

Er erwachte mit einem Gefühl von Bitterkeit und beobachtete den gemächlichen Lauf der Sterne am Himmel.

Alles wird gut, mein Kleiner, sagte Saphira zärtlich.

DARET

Daret lag am Ufer des Ninor – das musste es auch, um zu überleben. Das Dorf war klein und sah abenteuerlich aus. Nichts deutete darauf hin, dass es bewohnt war. Eragon und Brom näherten sich mit größter Vorsicht. Diesmal versteckte sich Saphira direkt am Dorfrand. Sollte es Ärger geben, konnte sie sofort zur Stelle sein.

Sie ritten in den Ort hinein und versuchten, dabei so wenig Lärm zu machen wie möglich. Brom hielt das Schwert mit dem gesunden Arm. Seine Blicke schossen wachsam umher. Eragon hielt den Bogen halb gespannt, während sie an den stillen Häusern vorbeizogen. *Das sieht gar nicht gut aus*, sagte Eragon zu Saphira. Sie antwortete nicht, doch er spürte, dass sie bereit war, ihnen jederzeit zu Hilfe zu eilen. Er schaute prüfend zu Boden und entdeckte frische Fußspuren von Kindern. *Aber wo sind sie?*

Brom erstarrte, als sie in den Ortskern ritten und alles verlassen vorfanden. Der Wind pfiff durch die menschenleeren Straßen und trieb vereinzelte Staubwirbel vor sich her. Brom riss Schneefeuer herum. »Das gefällt mir nicht. Wir verschwinden.« Er gab dem Pferd die Sporen. Eragon trieb Cadoc vorwärts und folgte ihm.

Sie waren noch nicht weit gekommen, als hinter den Häusern Fuhrwerke hervorgeschoben wurden und ihnen den Weg versperrten. Ein dunkelhäutiger Mann stieg über einen der Wagen und baute sich vor ihnen auf, ein Breitschwert am Gürtel und einen gespannten Bogen in den Händen. Eragon hob ebenfalls seinen Bogen und nahm den Unbekannten ins Visier, der nun befahl: »Stehen bleiben! Die Waffen nieder. Ihr seid von sechzig Bogenschützen umstellt. Sie erschießen euch, wenn ihr euch bewegt.« Wie aufs Stichwort erhoben sich auf den Dächern der umliegenden Häuser dutzende von Männern.

Bleib weg, Saphira!, rief Eragon. *Es sind zu viele. Wenn du kommst, werden sie dich vom Himmel schießen. Bleib weg!* Sie hatte ihn verstanden, aber er war sich nicht sicher, ob sie auch gehorchen würde. Er bereitete sich darauf vor, seine magischen Kräfte einzusetzen. *Ich muss die Pfeile aufhalten, bevor sie Brom oder mich treffen.*

»Was soll das?«, fragte Brom gelassen.

»Was wollt ihr hier?«, gab der Mann zurück.

»Vorräte einkaufen und Neuigkeiten erfahren. Nichts weiter. Wir sind auf dem Weg zum Haus meines Cousins in Dras-Leona.«

»Ihr seid ziemlich schwer bewaffnet.«

»Ihr auch«, entgegnete Brom. »Wir leben in gefährlichen Zeiten.«

»Das ist wahr.« Der Mann musterte sie eingehend. »Ich glaube nicht, dass ihr etwas gegen uns im Schilde führt, aber wir hatten hier zu viele Zusammenstöße mit Urgals und Banditen, als dass ich so einfach eurem Wort trauen werde.«

»Wenn es keine Rolle spielt, was wir sagen, was soll dann

als Nächstes geschehen?«, konterte Brom. Die Männer auf den Hausdächern hatten sich nicht bewegt. Aus ihrer völligen Regungslosigkeit schloss Eragon, dass sie entweder äußerst diszipliniert waren oder um ihr Leben fürchteten. Er hoffte Letzteres.

»Du sagst, ihr wollt Vorräte kaufen. Wärt ihr einverstanden, hier zu warten, während wir euch bringen, was ihr braucht, zu bezahlen und dann gleich wieder zu verschwinden?«

»Ja.«

»Gut«, sagte der Mann und ließ den Bogen sinken, hielt ihn aber weiter schussbereit. Er winkte einem der Bogenschützen zu, der vom Haus kletterte und herübergerannt kam. »Sag ihm, was ihr haben wollt.«

Brom zählte ein paar Dinge auf und fügte schließlich noch hinzu: »Und wenn ihr noch ein Paar Handschuhe übrig habt, die meinem Neffen passen könnten, würde ich auch die gerne kaufen.« Der Bogenschütze nickte und eilte davon.

»Ich bin Trevor«, sagte der vor ihnen stehende Mann. »Normalerweise würde ich euch die Hand geben, aber in der gegenwärtigen Lage halte ich lieber Abstand. Sagt, woher seid ihr.«

»Aus dem Norden«, sagte Brom, »aber wir haben nirgendwo lange genug gewohnt, um es Heimat nennen zu können. Haben die Urgals euch zu diesen Vorsichtsmaßnahmen gezwungen?«

»Ja«, sagte Trevor, »die Urgals – und noch schlimmere Scheusale. Habt ihr Nachrichten aus anderen Dörfern? Wir hören nur selten etwas von ihnen, aber es heißt, dass auch sie belagert werden.«

Brom wurde ernst. »Ich wünschte, dass nicht gerade wir euch diese Kunde überbringen müssten. Vor beinahe zwei Wochen kamen wir durch Yazuac und fanden es ausgeplündert vor. Sie haben alle Einwohner ermordet und zu einem Leichenberg aufgetürmt. Wir hätten sie gern anständig begraben, wurden aber von zwei Urgals angegriffen.«

Erschüttert trat Trevor einen Schritt zurück und sah mit Tränen in den Augen zu Boden. »Oh weh, dies ist in der Tat ein dunkler Tag. Trotzdem verstehe ich nicht, wie zwei Urgals ganz Yazuac besiegen konnten. Die Leute dort waren gute Kämpfer – mit einigen von ihnen war ich befreundet.«

»Es gab Anzeichen, dass eine ganze Horde von Urgals das Dorf überfallen hat«, erklärte Brom. »Ich glaube, die beiden, denen wir begegnet sind, waren Deserteure.«

»Wie groß war denn die Horde?«

Brom hantierte einen Moment an seinen Satteltaschen herum. »Groß genug, um ganz Yazuac auszulöschen, aber klein genug, um unbemerkt über Land zu ziehen. Nicht mehr als hundert und nicht weniger als fünfzig. Falls ich mich nicht täusche, wäre wohl eine solche Anzahl tödlich für euch.« Trevor stimmte ihm niedergeschlagen zu. »Ihr solltet Daret verlassen«, fuhr Brom fort. »Es ist in dieser Gegend zu gefährlich geworden, als dass man hier noch in Frieden leben könnte.«

»Ich weiß, aber die Leute wollen nicht fort. Das hier ist ihr Zuhause – meins auch, obwohl ich erst seit einigen Jahren hier lebe – und es zu verteidigen, ist ihnen wichtiger, als ihre Haut zu retten.« Trevor schaute Brom ernst an. »Wir haben einzelne Urgals zurückgeschlagen und das erfüllt die Dorfbewohner mit einer trügerischen Zuversicht. Ich fürchte, eines Morgens werden wir mit aufgeschlitzten Kehlen aufwachen.«

Der Bogenschütze kam jetzt mit einem Stapel Waren auf dem Arm zurück. Er legte die Sachen neben den Pferden ab und Brom bezahlte alles. Als der Mann gegangen war, fragte Brom: »Warum haben die Leute gerade dich zu ihrem Anführer bestimmt?«

Trevor zuckte mit den Schultern. »Ich habe einige Jahre in der Armee des Königs gedient.«

Brom sah die Waren durch, reichte Eragon die Handschuhe und verstaute den Proviant in den Satteltaschen. Eragon zog die Handschuhe an, sorgsam darauf bedacht, seine Handfläche nach unten zu richten. Das Leder fühlte sich gut und robust an, wenngleich es vom Tragen schon etwas abgewetzt war. »So«, sagte Brom, »und jetzt ziehen wir wie versprochen weiter.«

Trevor nickte. »Wenn ihr in Dras-Leona seid, könntet ihr uns dann einen Gefallen tun? Verbreitet im Königreich die Kunde von der Notlage, in der sich Daret und die anderen Dörfer befinden. Sollte der König davon noch nichts erfahren haben, wäre das ein Grund zur Sorge. Und wenn er davon weiß und es vorzieht, nicht einzuschreiten, dann erst recht.«

»Wir werden eure Botschaft verkünden. Mögen eure Klingen scharf bleiben«, sagte Brom.

»Die euren ebenfalls.«

Die Fuhrwerke wurden aus dem Weg gezogen und Eragon und Brom ritten aus Daret hinaus und in das Waldstück am Ufer des Ninor. Eragon teilte Saphira seine Gedanken mit. *Wir sind unterwegs. Alles ist gut gegangen.* Ihre einzige Antwort war brodelnde Wut.

Brom zupfte an seinem Bart. »Es steht schlimmer um das Reich, als ich dachte. Als die fahrenden Händler nach Carvahall kamen, berichteten sie von Unruhen, aber ich hätte nie gedacht, dass sich die Sache schon so ausgebreitet hat. Die vielen Urgals überall lassen ja darauf schließen, dass sie es auf den Sturz des Imperiums abgesehen haben, und doch wurden keine Truppen oder Soldaten ausgesandt. Es scheint fast, als habe der König gar nicht die Absicht, sein Reich zu verteidigen.«

»Das ist wirklich seltsam«, stimmte Eragon ihm zu.

Brom wich einem tief hängenden Ast aus. »Hast du deine magischen Kräfte eingesetzt, während wir in Daret waren?«

»Dazu bestand kein Grund.«

»Falsch«, widersprach ihm Brom. »Du hättest Trevors Absichten spüren können. Selbst meine begrenzten Fähigkeiten haben dazu ausgereicht. Hätten die Dorfbewohner uns unbedingt töten wollen, wäre ich nicht so ruhig sitzen geblieben. Ich spürte jedoch, dass die Möglichkeit bestand, vernünftig miteinander zu reden, und genau das habe ich ja dann auch getan.«

»Wie hätte ich wissen können, was Trevor dachte?«, fragte Eragon. »Soll ich etwa in der Lage sein, anderen Leuten in den Kopf zu schauen?«

»Also bitte!«, sagte Brom tadelnd. »Die Antwort darauf solltest du kennen. Du hättest Trevors Absichten auf dieselbe Art und Weise erspüren können, in der du dich mit Cadoc und Saphira verständigst. Der Geist der Menschen unterscheidet sich nicht so sehr von dem eines Drachen oder Pferdes. Es ist leicht zu bewerkstelligen, aber man setzt diese Fähigkeit nur äußerst sparsam und mit größter Vorsicht ein. Der Geist eines

Menschen ist seine letzte Zuflucht. Man darf niemals leichtfertig in ihn eindringen, es sei denn, die Umstände zwingen einen dazu. Die Drachenreiter hatten dafür sehr strenge Regeln. Und wer sie missachtete, wurde schwer bestraft.«

»Du kannst also auch in den Geist eines anderen Menschen eindringen, obwohl du kein Drachenreiter bist?«, fragte Eragon.

»Wie ich schon sagte, mit der rechten Unterweisung kann jeder die Gedanken eines anderen erspüren, wenn auch mit unterschiedlichem Erfolg. Ob es sich dabei jedoch um Magie handelt, ist schwer zu sagen. Eine magische Begabung – oder die Verbindung mit einem Drachen – fördert natürlich diese Fähigkeit, aber ich habe viele Menschen gekannt, die es auch so gelernt haben. Du musst begreifen, dass man sich mit jedem fühlenden Wesen verständigen kann, auch wenn die Verbindung oftmals nicht sehr deutlich ist. Man kann den ganzen Tag den Gedanken eines Vogels lauschen oder nachempfinden, wie sich ein Erdwurm während eines starken Regengusses fühlt. Aber ich fand Vögel nie besonders interessant. Ich schlage vor, wir fangen bei nächster Gelegenheit mit einer Katze an. Katzen besitzen eine äußerst ungewöhnliche Persönlichkeit.«

Eragon drehte Cadocs Zügel in der Hand und dachte über die Konsequenz dessen nach, was Brom gerade gesagt hatte. »Aber wenn ich in die Gedanken eines anderen eindringen kann, heißt das nicht auch, dass andere dasselbe bei mir tun können? Woher weiß ich überhaupt, ob nicht gerade jemand in meinem Geist herumstöbert? Gibt es eine Möglichkeit, das zu verhindern?« *Wie kann ich denn sicher sein, dass Brom nicht genau weiß, was ich gerade denke?*

»Natürlich gibt es die. Hat Saphira sich noch nie vor dir verschlossen?«

»Doch«, gab Eragon zu, »als sie mich in den Buckel mitnahm, konnte ich nicht mit ihr sprechen. Nicht dass sie mich einfach ignoriert hätte – ich glaube, sie konnte mich überhaupt nicht hören. Ihr Geist war von einer Mauer umgeben, die ich nicht durchdringen konnte.«

Brom kümmerte sich kurz um seinen Verband und zog ihn ein Stück hoch. »Nur wenige Menschen merken es, wenn jemand in ihren Geist eindringt, und von denen können es wiederum nur eine Hand voll verhindern. Es ist eine Frage der Übung und der Denkweise. Aufgrund deiner magischen Gabe wirst du immer wissen, ob jemand deine Gedanken erforschen will. Und wenn es jemand versucht, wehrt man ihn ab, indem man sich mit aller Kraft auf eine bestimmte Sache konzentriert. Stellst du dir zum Beispiel die ganze Zeit über eine Steinmauer vor, dann wird der andere auch in deinem Geist an einer solchen abprallen. Es kostet jedoch viel Kraft und bedarf außerordentlicher Disziplin, jemanden über einen längeren Zeitraum zu blockieren. Schon bei der geringsten Ablenkung gerät deine Mauer nämlich ins Schwanken und der Gegner kann durch die Schwachstelle schlüpfen.«

»Wie lernt man so etwas?«, fragte Eragon.

»Nur auf eine Weise: Üben, üben und nochmals üben. Stell dir etwas vor und halte das Bild so lange du kannst im Geiste fest. Denk an nichts anderes. Es ist eine sehr komplizierte Angelegenheit und nur eine Hand voll haben es darin je zur Meisterschaft gebracht«, sagte Brom.

»Ich brauche keine Meisterschaft, nur Sicherheit«, sagte Eragon. *Ob man wohl auch die Gedanken eines anderen verändern kann,* fragte er sich, *wenn man es schafft, in seinen Geist einzudringen? Je mehr ich über Magie lerne, desto mehr Angst bekomme ich davor.*

Als sie Saphira erreichten und diese ihnen ruckartig den Kopf entgegenstreckte, zuckten sie erschrocken zusammen. Die Pferde wichen nervös zurück. Saphira starrte Eragon eindringlich an und fauchte leise. Ihre Augen waren wie aus Stein. Eragon sah Brom besorgt an – er hatte Saphira noch nie so wütend erlebt – und fragte sie: *Gibt es ein Problem?*

Ja, knurrte sie. *Du bist das Problem.*

Eragon stieg stirnrunzelnd vom Pferd. Sobald seine Füße den Boden berührten, schlug Saphira ihm mit dem Schwanz die Beine weg und drückte ihn mit ihren Klauen in den Sand. »Was machst du denn da?«, rief er und versuchte, sich zu befreien, aber sie war zu stark für ihn. Brom saß noch auf Schneefeuer und sah aufmerksam zu.

Saphira schwang den Kopf über Eragon, bis sie sich Auge in Auge einander gegenüber befanden. Er zuckte unter ihrem unbarmherzigen Blick zusammen. *Du! Jedes Mal wenn ich dich aus den Augen lasse, gerätst du in Schwierigkeiten. Du bist wie ein Neugeborenes, das überall seine Nase reinsteckt. Und was ist, wenn du sie in etwas steckst, das zurückbeißt? Was willst du dann tun? Ich kann dir nicht helfen, wenn du meilenweit weg bist. Ich habe mich versteckt, damit mich niemand sieht, aber damit ist jetzt Schluss! Das nächste Mal könnte es dich dein Leben kosten.*

Ich verstehe deinen Ärger, sagte Eragon, *aber ich bin viel älter als du und kann gut auf mich selbst aufpassen. Wenn überhaupt, dann bist du diejenige, die Schutz braucht.*

Sie knurrte und schnappte dicht neben seinem Ohr zu.

Glaubst du das wirklich?, fragte sie. *Morgen wirst du* mich *reiten und nicht dieses lächerliche Ding, das ihr Pferd nennt – sonst werde ich dich in meinen Klauen durch die Luft schleppen. Bist du nun ein Drachenreiter oder nicht? Bin ich dir denn völlig gleichgültig?*

Die Frage beschämte Eragon und er schlug die Augen nieder. Er wusste, dass sie Recht hatte, aber er fürchtete sich einfach davor, auf ihrem Rücken zu reiten. Ihre gemeinsamen Flüge waren die schlimmsten Torturen gewesen, die er jemals erlebt hatte.

»Und?«, wollte Brom wissen.

»Sie will, dass ich sie morgen reite«, sagte Eragon schwach.

Brom dachte nach. Seine Augen blitzten. »Nun, du hast den Sattel. Ich glaube, wenn ihr beiden weit oben fliegt, sollte es keine Probleme geben.« Saphira schaute zu Brom herüber, dann wieder hinab auf Eragon.

»Aber was ist, wenn du angegriffen wirst oder verunglückst? Ich könnte nicht rechtzeitig bei dir sein und...«

Saphira unterbrach seinen Wortschwall. *Genau das meine ich, Kleiner.*

Brom schien verstohlen zu lächeln. »Es ist das Risiko wert. Du musst ohnehin lernen, sie zu reiten. Sieh es einfach so: Wenn du vorausfliegst und aufmerksam Ausschau hältst, wirst du Fallen, Hinterhalte oder andere unliebsame Überraschungen rechtzeitig erspähen.«

Eragon schaute Saphira wieder an. *Na schön, einverstanden. Aber lass mich los.*

Gib mir dein Wort.

Ist das wirklich nötig?, fragte er. Sie blinzelte. *Meinetwegen. Ich werde morgen mit dir fliegen. Zufrieden?*

Ja.

Saphira ließ ihn aufstehen, dann stieß sie sich vom Boden ab und stieg in die Höhe. Ein Schauder durchfuhr Eragon, als er ihr zuschaute, wie sie zum Himmel emporschoss. Mürrisch kehrte er zu Cadoc zurück und folgte Brom.

Die Sonne war fast untergegangen, als sie ihr Lager aufschlugen. Wie üblich duellierten sie sich vor dem Abendessen. Mitten im Kampf schlug Eragon so heftig zu, dass die beiden Holzstecken, die ihre Schwerter darstellten, zerbrachen wie dünne Zweige. Die zersplitterten Teile flogen in hohem Bogen in die Dunkelheit. Brom warf den Überrest seines Stabs ins Feuer und sagte: »Mit denen sind wir fertig; du kannst deinen auch fortwerfen. Du hast viel gelernt und mit den Ästen kommen wir ab jetzt nicht mehr weiter. Es ist an der Zeit, dass du das Schwert benutzt.« Er zog Zar'roc aus Eragons Bündel und reichte ihm die Waffe.

»Wir werden uns in Stücke hauen«, protestierte Eragon.

»Keineswegs. Du vergisst wieder einmal die Magie«, sagte Brom. Er hob sein Schwert und drehte es so, dass die Schneide den Feuerschein reflektierte. Dann legte er einen Finger an jede Klingenseite und konzentrierte sich, bis tiefe Furchen seine Stirn durchzogen. Einen Moment lang geschah nichts, dann murmelte er: »*Geuloth du Knífr!*«, und zwischen seinen Fingern blitzte ein kleiner roter Funke auf. Während dieser hin und her sprang, strich er mit den Fingern über die gesamte Schneide bis hinab zur Klingenspitze. Dann drehte er das Schwert um und tat dasselbe auf der anderen Seite. Der Funke verlosch in dem Moment, als seine Finger sich von dem Metall lösten.

Brom streckte die Hand aus und drückte sich die Schneide

in die geöffnete Handfläche. Eragon sprang auf ihn zu, war aber zu langsam, um ihn aufzuhalten. Er staunte, als Brom lächelnd die unverletzte Hand hob. »Was hast du getan?«, fragte Eragon.

»Prüfe die Schneide«, sagte Brom. Eragon berührte sie und spürte eine unsichtbare Schutzschicht unter seinen Fingerspitzen. Sie war ungefähr einen Viertelzoll dick und schlüpfrig wie Seife. »Tu jetzt dasselbe mit Zar'rocs Schneide«, wies Brom ihn an. »Deine Schicht wird etwas anders sein als meine, aber sie wird dasselbe bewirken.«

Er erklärte Eragon, wie man die Worte aussprach, und zeigte ihm noch einmal, was er tun musste. Eragon benötigte einige Versuche, aber wenig später hatte er Zar'rocs Klinge mit einer schützenden Schicht umhüllt. Zufrieden nahm er Kampfhaltung ein. Bevor sie anfingen, sagte Brom noch warnend: »Diese Schwerter können uns nicht schneiden, aber sie können noch immer Knochen brechen. Das würde ich gern vermeiden, also fuchtele lieber nicht so wild herum, wie du es sonst tust. Ein Schlag an den Hals kann tödlich sein.«

Eragon nickte und dann schlug er ohne Vorwarnung zu. Funken sprangen von seiner Klinge, und das Klirren aneinander prallenden Metalls schallte durch das Lager, als Brom den Schlag parierte. Eragon kam das Schwert langsam und schwer vor, nachdem er wochenlang mit einem Holzstock gekämpft hatte. Er konnte Zar'roc nicht schnell genug herumreißen und erhielt einen kräftigen Hieb gegen das Knie.

Sie hatten beide lange Striemen am ganzen Leibe, als sie aufhörten, besonders Eragon. Es verblüffte ihn, dass Zar'roc weder Kratzer noch Beulen aufwies, nachdem es derart heftige Stöße abgefangen hatte.

MIT DEN AUGEN EINES DRACHEN

Am nächsten Morgen erwachte Eragon mit steifen Gliedern und zahllosen blauen Flecken. Er sah, wie Brom den Sattel zu Saphira trug, und versuchte, seine Beklommenheit zu unterdrücken. Als das Frühstück fertig war, hatte Brom ihr bereits den Sattel umgeschnallt und Eragons Taschen daran befestigt.

Nachdem er seine Schale geleert hatte, nahm der Junge schweigend den Bogen und ging zu Saphira hinüber. Brom sagte: »Vergiss nicht, press die Knie fest an ihren Leib. Lenke Saphira mit deinen Gedanken und schmieg dich so eng wie möglich an ihren Rücken. Alles wird gut gehen, solange du nicht in Panik gerätst.« Eragon nickte, schob seinen unbespannten Bogen in das Lederfutteral und ließ sich von Brom in den Sattel helfen.

Saphira wartete ungeduldig, während Eragon die Sattelschlaufen um seine Beine festzog. *Bist du bereit?*, fragte sie.

Er sog die frische Morgenluft ein. *Nein, aber flieg ruhig los!* Freudig spannte sie die Muskeln an. Er hielt sich fest, als sie sich niederkauerte. Ihre kräftigen Beine stießen sich von der Erde ab und die Luft peitschte an ihm vorbei und entriss ihm den Atem. Nach drei geschmeidigen Flügelschlägen hatte sie den Boden schon weit hinter sich gelassen und stieg immer weiter empor.

Als Eragon Saphira das letzte Mal geritten hatte, waren ihre Flügelschläge ruckartig und angestrengt gewesen. Jetzt flog sie gleichmäßig und mühelos. Er schlang die Arme um ihren Hals, als sie den Oberkörper hob und steil in noch luftigere Höhen emporschnellte. Der Fluss unter ihnen schrumpfte zu einer schmalen grauen Linie. Um sie herum schwebten Wolken.

Als sie sich hoch über der Ebene flach in den Wind legte, waren die Bäume nur noch winzige Punkte. Die Luft war dünn, eiskalt und kristallklar. »Das ist ja wunderv…« Er verschluckte die letzte Silbe, als Saphira zur Seite wegkippte und sich einmal um die eigene Längsachse drehte. Der Boden beschrieb eine Schwindel erregende Drehung und plötzlich bekam Eragon Höhenangst. »Hör auf mit dem Blödsinn!«, rief er erschrocken. »Ich glaube, ich falle gleich runter!«

Daran musst du dich gewöhnen. Wenn ich im Flug angegriffen werde, ist das eins meiner einfachsten Ausweichmanöver, entgegnete sie. Ihm fiel keine passende Erwiderung ein, also konzentrierte er sich darauf, sich nicht zu übergeben. Saphira neigte sich in einen flachen Sinkflug und näherte sich langsam wieder dem Boden.

Obwohl es in Eragons Magen bei jeder Bewegung rumorte, begann ihm die Sache allmählich Spaß zu machen. Er entspannte die Arme ein wenig und schaute zur Seite, um die Landschaft zu betrachten. Saphira ließ ihn eine Weile die Aussicht genießen und sagte dann: *So, und jetzt zeige ich dir, was Fliegen wirklich bedeutet.*

Wie denn?, fragte er.

Bleib ganz ruhig und hab keine Angst, sagte sie.

Ihr Geist zupfte an seinem und zog ihn aus seinem Körper hinaus. Eragon wehrte sich einen Moment lang dagegen, dann ließ er es geschehen. Sein Blick verschwamm und plötzlich sah er mit Saphiras Augen. Alles war verzerrt: Die Farben hatten merkwürdige, bizarre Schattierungen; Blautöne herrschten vor, während Rot und Grün gedämpft waren. Eragon versuchte, sich zu bewegen, doch es gelang ihm nicht. Er kam sich vor wie ein Geist, der aus dem Äther gepurzelt ist.

Reine Freude ging von Saphira aus, als sie abermals in den Himmel stieg. Sie liebte diese Freiheit, die völlig grenzenlos war. Als sie sich wieder hoch im Himmel befanden, schaute sie sich zu Eragon um. Jetzt sah er sich so, wie sie ihn sah, mit leerem Blick an sie geklammert. Er spürte, wie sich ihr Körper gegen die Luft stemmte, wie sie Aufwinde für den Steigflug benutzte. All ihre Muskeln fühlten sich an, als wären es seine eigenen. Er spürte, wie ihr Schwanz einem gewaltigen Ruder gleich durch die Luft pendelte, um den Kurs zu korrigieren. Es überraschte ihn, wie sehr sie davon abhängig war.

Die Verschmelzung wurde immer intensiver, bis es zwischen ihren Persönlichkeiten keinen Unterschied mehr gab. Sie legten gemeinsam die Flügel an und schossen senkrecht in die Tiefe, wie ein vom Himmel herabstoßender Speer. Eingehüllt in Saphiras überschwängliche Freude, verspürte Eragon nicht die geringste Furcht ob des freien Falls. Der Wind rauschte an ihrem Gesicht vorbei. Ihr Schwanz peitschte durch die Luft und ihr vereinigter Geist jubilierte vor Vergnügen über das aufregende Erlebnis.

Selbst als sie schon knapp über dem Boden waren, hatte er keine Angst vor einem Aufprall. Sie spannten genau im richtigen Moment die Flügel wieder auf und fingen mit vereinten Kräften den Sturzflug ab. Steil aufgerichtet schossen sie erneut zum Himmel empor und vollführten einen riesigen Salto.

Als sie sich wieder in der Waagerechten ausbalancierten, begannen sich ihre Persönlichkeiten voneinander zu lösen, und sie wurden wieder zu zwei verschiedenen Wesen. Einen Moment lang spürte Eragon seinen und Saphiras Körper. Dann verschwamm seine Wahrnehmung und er saß wieder auf Saphiras Rücken. Es dauerte einige Minuten, bis sein Herzschlag und seine Atmung sich beruhigt hatten. Als er wieder bei Kräften war, rief er begeistert aus: *Das war ja unglaublich! Wie hältst du es bloß am Boden aus, wenn dir die Fliegerei so viel Spaß macht?*

Ich muss auch ab und zu etwas fressen, erklärte sie amüsiert. *Aber ich freue mich, dass es dir gefallen hat.*

Das sind schwache Worte für ein solches Erlebnis. Es tut mir Leid, dass ich nicht schon längst mit dir geflogen bin; ich hätte nie gedacht, dass es so schön sein kann. Siehst du eigentlich immer so viel Blau?

Ja, das liegt in meiner Natur. Fliegen wir von jetzt an öfter miteinander?

Ganz bestimmt! Bei jeder Gelegenheit!

Gut, meinte sie zufrieden.

Im Flug tauschten sie eine Menge Gedanken aus und redeten so viel miteinander wie schon seit Wochen nicht mehr. Saphira zeigte Eragon, wie sie Hügel und Bäume zum Verstecken benutzte und wie sie sich im Schatten einer Wolke verbergen konnte. Sie erkundeten für Brom den Weg, der sich als mühseliger erwies, als Eragon angenommen hatte.

Gegen Mittag vernahm Eragon ein lästiges Summen in den Ohren und er bemerkte einen seltsamen Druck auf seinen Geist. Er schüttelte den Kopf, um das Gefühl loszuwerden, aber die Spannung nahm immer mehr zu. Da fielen ihm Broms Worte darüber ein, wie Leute in den Geist anderer eindringen konnten, und er versuchte fieberhaft, seine Gedanken zu beherrschen. Er konzentrierte sich auf eine von Saphiras Schuppen und zwang sich, alles andere von sich fern zu halten. Einen Moment lang ließ der Druck nach, kehrte aber gleich darauf stärker denn je zurück. Ein plötzlicher Windstoß beutelte Saphira und Eragons Konzentration riss ab. Bevor er eine Schutzmaßnahme ergreifen konnte, drang die Kraft in ihn ein. Aber statt der bedrängenden Gegenwart eines anderen Geistes vernahm er nur die Worte: *Was fällt dir eigentlich ein? Komm runter. Ich habe etwas Interessantes entdeckt.*

Brom?, fragte Eragon.

Ganz recht, brummte der alte Mann gereizt. *Und jetzt sag deiner Rieseneidechse, sie soll landen. Ich bin hier…* Er schickte ihm ein Bild von seinem Standort. Eragon machte Saphira rasch klar, wo es hingehen sollte, und sie flog auf den unter ihnen liegenden Fluss zu. Währenddessen nahm er den Bogen und zog mehrere Pfeile aus dem Köcher.

Ich bin bereit, falls es Ärger geben sollte.

Ich auch, sagte Saphira.

Als sie Brom erreichten, sah Eragon ihn winkend auf einer Lichtung stehen. Saphira landete und Eragon sprang von ihr herab und hielt nach der vermeintlichen Gefahr Ausschau.

Die Pferde waren an einem Baum am Rande der Lichtung festgebunden, aber davon abgesehen war Brom allein. Der Junge ging zu ihm hinüber und fragte: »Was ist los?«

Brom kratzte sich am Kinn und stieß eine Reihe von Flüchen aus. »Blockiere mich ja nicht noch einmal so wie eben. Es ist sowieso schwer genug für mich, dich in Gedanken zu erreichen. Ich habe keine Lust, auch noch gegen deine Abwehr anzukämpfen.«

»Entschuldigung.«

Der Alte schnaubte. »Ich war schon ein Stück weiter flussabwärts, als mir auffiel, dass die Spuren der Ra'zac verschwunden waren. Da ging ich zu der Stelle zurück, wo ich sie zuletzt gesehen hatte. Sieh dir das an und sag mir, was du davon hältst.«

Eragon kniete nieder, betrachtete den Erdboden und entdeckte ein wirres Durcheinander von schwer zu deutenden Vertiefungen. Mehrere Ra'zac-Fußabdrücke überkreuzten einander. Eragon schätzte, dass die Spuren erst wenige Tage alt waren. Sie wurden überlagert von langen, tief in den Boden eingekerbten Furchen, die ihm irgendwie vertraut schienen, ohne dass Eragon wusste, warum.

Kopfschüttelnd erhob er sich wieder. »Ich habe keine Ahnung, was ...« Dann fiel sein Blick auf Saphira, und ihm wurde klar, warum ihm die Furchen so bekannt vorkamen. Jedes Mal wenn sie vom Boden abhob, gruben sich ihre hinteren Klauen in die Erde und hinterließen solche Spuren. »Es ergibt keinen Sinn, aber die einzige Erklärung, die mir dazu einfällt, ist die, dass die Ra'zac auf Drachen oder riesigen Vögeln davongeflogen sind. Hast du eine andere Idee?«

Brom zuckte mit den Schultern. »Ich habe Gerüchte

gehört, dass sich manche der Ra'zac mit unglaublicher Geschwindigkeit fortbewegen, aber dies ist der erste Beweis, den ich dafür finde. Falls sie Flugrösser besitzen, wird es nahezu unmöglich sein, sie aufzuspüren. Es sind keine Drachen – so viel weiß ich. Ein Drache würde sich niemals von einem Ra'zac reiten lassen.«

»Was sollen wir jetzt tun? Saphira kann sie nicht durch die Luft verfolgen. Und selbst wenn sie es könnte, müssten wir dich weit hinter uns zurücklassen.«

»Es gibt keine einfache Lösung für dieses Problem«, sagte Brom. »Wir essen jetzt erst einmal zu Mittag und denken währenddessen darüber nach. Vielleicht kommt uns zwischen zwei Bissen eine zündende Idee.« Grübelnd ging Eragon zu den Satteltaschen und holte etwas Proviant heraus. Sie aßen schweigend und starrten zum leeren Himmel hinauf.

Wieder einmal dachte Eragon an zu Hause und fragte sich, was Roran wohl gerade tat. Vor seinem geistigen Auge erschien das Bild des zerstörten Hofs und die Traurigkeit drohte ihn zu überwältigen. *Was mache ich, wenn wir die Ra'zac nicht finden können? Welche Aufgabe habe ich dann? Ich könnte nach Carvahall zurückkehren* – er hob einen Zweig auf und zerbrach ihn – *oder mit Brom weiterziehen und noch mehr lernen.* Er starrte in die Ferne und versuchte, Ruhe in seine Gedanken zu bringen.

Als Brom mit dem Essen fertig war, stand er auf und schlug seine Kapuze zurück. »Ich habe schon jeden mir bekannten Kniff in Erwägung gezogen, jedes Wort der Macht, das ich kenne, und alle Fertigkeiten bedacht, die wir besitzen, aber trotzdem fällt mir nichts ein, wie wir die Ra'zac aufspüren könnten.« Eragon lehnte sich niedergeschlagen an Saphira. »Saphira könnte sich in einem Dorf zeigen. Das würde die Ra'zac anlocken wie Honig die Fliegen. Aber es wäre ein äußerst riskanter Versuch. Die Ra'zac würden Soldaten mitbringen, und der König könnte sich interessiert genug zeigen, um persönlich zu erscheinen, was unseren sicheren Tod bedeuten würde.«

»Und was nun?«, fragte Eragon und warf ratlos die Hände nach oben. *Hast du eine Idee, Saphira?*

Nein.

»Das musst du entscheiden«, sagte Brom. »Es ist dein Feldzug.«

Eragon knirschte wütend mit den Zähnen und stapfte davon. Als er gerade zwischen den Bäumen verschwinden wollte, stieß sein Fuß an etwas Hartes. Es war eine kleine Metallflasche mit einem Lederriemen, der gerade lang genug war, um die Flasche über die Schulter zu hängen. In das Metall war ein silbernes Zeichen eingraviert, in dem Eragon die Insignien der Ra'zac erkannte.

Aufgeregt hob er das Fläschchen auf und öffnete den Verschluss. Ein süßlicher Geruch stieg ihm in die Nase – derselbe, der ihm aufgefallen war, als er Garrow in den Trümmern seines Hauses entdeckt hatte. Er neigte das Fläschchen, und ein Tropfen einer klaren, glänzenden Flüssigkeit fiel auf seinen Finger, der augenblicklich anfing zu brennen, als stünde er in Flammen. Eragon schrie auf und wischte sich die Hand am Boden ab. Kurz darauf ließ der Schmerz nach und wurde zu einem dumpfen Pochen. Ein Stück Haut war verätzt.

Er eilte zu Brom zurück. »Sieh mal, was ich gefunden habe.« Brom nahm das Fläschchen und betrachtete es einge-

hend, dann schüttete er etwas Flüssigkeit in die Verschluss-
kappe. Eragon wollte ihn warnen: »Pass auf, sie wird deine…«

»Haut verbrennen, ich weiß«, sagte Brom. »Und wahrscheinlich hast du sie dir über die ganze Hand geschüttet.
Nur über den Finger? Na ja, wenigstens warst du schlau
genug, sie nicht zu trinken. Sonst wäre nur eine Pfütze von
dir übrig geblieben.«

»Was ist das für ein Zeug?«, fragte Eragon.

»Öl aus den Blüten der Seithr-Pflanze, die auf einer kleinen Insel im eisigen Nordmeer wächst. In seinem ursprünglichen Zustand verwendet man das Öl, um Perlen darin
einzulegen – es härtet sie und verleiht ihnen einen strahlenden Glanz. Aber wenn man über dem Öl bestimmte Worte
spricht und ein Blutopfer darbringt, nimmt es die Eigen-
schaft an, Fleisch zu zerfressen. Das allein macht es noch
nicht zu etwas Besonderem – es gibt viele Säuren, die Sehnen und Knochen auflösen können –, aber im Gegensatz zu
anderen Substanzen lässt das Seithr-Öl alles andere unbe-
schädigt. Man kann alles darin eintauchen, und wenn man
es wieder herauszieht, ist es völlig intakt, es sei denn, es war
einst Teil eines Tiers oder eines Menschen. Das macht es zur
bevorzugten Waffe bei Folterungen und Anschlägen. Man
kann es in Holzgefäßen aufbewahren, eine Pfeilspitze damit einreiben oder es auf ein Bettlaken schütten, sodass die
nächste Person, die sich darauf legt, tödliche Verbrennungen
erleidet. Es gibt unzählige Möglichkeiten, es zu nutzen, und
Verletzungen, die durch dieses Öl verursacht werden, heilen
extrem langsam. Es ist sehr selten und teuer, besonders in
dieser veränderten Form.«

Eragon erinnerte sich an die entsetzlichen Verbrennungen an Garrows Körper. *Sie haben dieses Öl über ihn geschüttet*, wurde ihm nun mit Grausen klar. »Ich frage mich, warum die Ra'zac es zurückließen, wenn es so wertvoll ist.«

»Sie müssen es verloren haben, als sie fortflogen.«

»Aber warum sind sie nicht zurückgekommen und haben es geholt? Es wird den König bestimmt nicht erfreuen, dass sie es verloren haben.«

»Nein, ganz sicher nicht«, sagte Brom, »aber er wäre noch erzürnter, wenn sie ihren Bericht über dich verspätet abliefern würden. Falls die Ra'zac inzwischen bei ihm eingetroffen sind, kannst du davon ausgehen, dass der König nun deinen Namen kennt. Das bedeutet, dass wir noch viel vorsichtiger sein müssen, wenn wir uns in den Dörfern und Städten blicken lassen. Vermutlich wird der König bald Boten aussenden, die im ganzen Reich verkünden, dass du vom Imperium gesucht wirst.«

Eragon hielt inne, um nachzudenken. »Dieses Öl – wie selten ist es?«

»So selten wie Diamanten in einem Schweinetrog«, sagte Brom. »Genau genommen wird das gewöhnliche Öl hauptsächlich von Juwelieren verwendet, aber nur von denen, die es sich leisten können.«

»Also gibt es Leute, die damit handeln?«

»Ja, den einen oder anderen gewiss.«

»Gut«, sagte Eragon. »Und in den Städten entlang der Küste gibt es doch sicher Einfuhrlisten über die gelieferten Güter, nicht wahr?«

Broms Augen leuchteten auf. »Natürlich. Wenn wir an diese Listen gelangen könnten, würden sie uns verraten, wer das Öl in den Süden verschifft hat und wohin es von dort aus gebracht wurde.«

»Und die Einträge über die Käufe des Imperiums werden uns verraten, wo die Ra'zac leben!«, schlussfolgerte Eragon. »Ich weiß nicht, wie viele Leute sich dieses Öl leisten können, aber es sollte nicht schwer sein, diejenigen herauszufinden, die nicht im Dienste des Königs stehen.«

»Hervorragend!«, rief Brom lächelnd aus. »Ich wünschte, ich wäre vor Jahren selbst darauf gekommen; es hätte mir viel Kopfzerbrechen erspart. An der Küste gibt es zahllose Städte und Dörfer, wo Schiffe anlegen können. Ich denke, wir fangen am besten in Teirm an, denn es ist die wichtigste Handelsstadt in der Gegend.« Brom hielt inne. »Mein alter Freund Jeod lebt dort. Wir haben uns seit vielen Jahren nicht gesehen, aber er wird uns bestimmt helfen. Und da er Kaufmann ist, hat er vielleicht Zugang zu diesen Listen.«

»Wie kommen wir nach Teirm?«

»Wir müssen nach Südwesten, bis wir einen bestimmten Bergpass erreichen, der über den Buckel führt. Auf der anderen Seite geht es entlang der Küste hinauf nach Teirm«, sagte Brom. Eine leichte Brise zupfte an seinem Haar.

»Können wir den Pass innerhalb einer Woche erreichen?«

»Allemal. Wenn wir vom Ninor aus scharf rechts nach Westen abbiegen, könnten wir schon morgen die Berge sehen.«

Eragon ging zu Saphira und stieg auf. »Dann sehen wir uns zum Abendessen.« Als sie ihre Flughöhe erreicht hatten, sagte er: *Morgen werde ich Cadoc reiten. Bevor du widersprichst, lass dir sagen, dass ich es nur tue, um mit Brom zu reden.*

Du solltest jeden zweiten Tag mit ihm reiten. Auf diese Weise erhältst du weiter deine Lektionen und ich habe Zeit zum Jagen.

Es macht dir also nichts aus?

Es ist notwendig.

Als sie am Ende des Tages wieder landeten, stellte er zufrieden fest, dass seine Beine nicht schmerzten. Der Sattel hatte ihn gut vor Saphiras Schuppen geschützt.

Eragon und Brom trugen ihren abendlichen Schwertkampf aus, aber es mangelte ihnen an Enthusiasmus, da jeder von ihnen in Gedanken noch mit den Ereignissen des Tages beschäftigt war. Als sie fertig waren, brannten die Muskeln in Eragons Arm vom ungewohnten Gewicht des Schwertes.

Das Lied des Wanderers

Als sie am nächsten Tag wieder unterwegs waren, fragte Eragon Brom: »Wie ist eigentlich das Meer?«

»Man hat es dir doch sicherlich schon einmal beschrieben, oder nicht«, sagte Brom.

»Ja, schon, aber wie ist es wirklich?«

Broms Blick verschleierte sich, als schaute er auf ein verborgenes Bild. »Das Meer ist lebendig gewordenes Gefühl. Es liebt, hasst und weint. Es entzieht sich jedem Versuch, es in Worte zu fassen. Egal wie man es beschreibt, es gibt immer etwas, das sich nicht beschreiben lässt. Weißt du noch, was ich dir darüber erzählt habe, wie die Elfen übers Meer kamen?«

»Ja.«

»Obwohl sie fernab der Küste leben, hegen sie eine tiefe Faszination und Leidenschaft für den Ozean. Der Klang der heranbrandenden Wellen und die salzig duftende Luft ziehen sie magisch an und haben sie zu einigen ihrer schönsten Lieder inspiriert. Eins handelt von dieser Liebe zum Meer, falls es dich interessiert.«

»Und ob«, sagte Eragon gespannt.

Brom räusperte sich und sagte: »Ich werde es, so gut ich kann, aus der alten Sprache übersetzen. Auch wenn es nicht perfekt klingt, bekommst du vielleicht eine Ahnung davon, wie es sich im Original anhört.« Er hielt Schneefeuer an und schloss die Augen. Nachdem er einige Augenblicke so verharrt hatte, begann er, leise zu singen:

> *O wogende Verführerin unterm Himmelsblau,*
> *Deine goldenen Weiten rufen mich, sie rufen mich.*
> *Auf ewig möcht ich dir gehören,*
> *Wär da nicht die Elfen-Maid,*
> *Die mich ruft herbei, mich ruft herbei.*
> *Sie fesselt mein Herz mit einem Bande, lilienweiß,*
> *Das nichts zerreißt außer der See.*
> *So sehnt sich mein Herz nach Baum und Gischt.*

Die Melodie setzte sich in Eragons Ohr fest. »Dieses Lied heißt *Du Silbena Datia* und ist eigentlich viel länger. Das war nur eine Strophe. Es erzählt die traurige Geschichte zweier Liebender, Acallamh und Nuada, die getrennt wurden durch die Sehnsucht nach dem Meer. Die Elfen finden diese Geschichte sehr bedeutungsvoll.«

»Es ist wunderschön«, sagte Eragon.

Als sie an diesem Abend von den Pferden stiegen, erhob sich am Horizont die blasse Silhouette des Buckels.

Als sie seine Ausläufer erreichten, änderten sie die Richtung und zogen an den Bergen vorbei nach Süden. Eragon war froh, wieder von Bergen umgeben zu sein; sie fassten seine Welt in beruhigende Grenzen. Drei Tage später kamen sie an eine breite, von Wagenrädern zerfurchte Straße. »Das ist die Straße zwischen Teirm und der Hauptstadt Urû'baen«, sagte Brom. »Sie wird viel benutzt und ist die bevorzugte Route der Händler. Wir müssen jetzt vorsichtiger sein. Dies ist zwar nicht die geschäftigste Zeit des Jahres, aber trotzdem werden mit Sicherheit einige Leute unterwegs sein.«

Die Tage vergingen schnell, während sie am Buckel entlangzogen und nach dem Bergpass Ausschau hielten. Eragon konnte sich nicht über Langeweile beklagen. Wenn er sich nicht gerade mit der alten Sprache beschäftigte, ließ er sich von Brom erklären, wie er Saphira pflegen musste, oder übte sich in Magie. Außerdem lernte er, wie man mit Magie Wild erlegte, was ihnen die Zeit raubende Jagd ersparte. Dazu nahm er einen kleinen Steinbrocken in die Hand und schoss damit auf seine Beute. Man konnte das Ziel gar nicht verfehlen. Die Ergebnisse seiner Bemühungen brieten jeden Abend über dem Feuer. Und nach dem Essen kämpften Brom und Eragon mit den Schwertern und gelegentlich auch mit nackten Fäusten.

Die langen Tage und kräftezehrenden Anstrengungen raubten Eragons Körper alles überflüssige Fett. Seine Arme wurden sehnig und seine gebräunte Haut wölbte sich über straffen Muskeln. *Alles an mir wird hart*, dachte er trocken.

Als sie den Pass schließlich erreichten, sah Eragon, dass ein Fluss daraus hervortrat, der die Straße durchschnitt. »Das ist der Toark«, sagte Brom. »Wir folgen ihm den ganzen Weg entlang bis zum Meer.«

»Wie soll das denn möglich sein«, lachte Eragon, »wenn er in *dieser* Richtung aus dem Buckel herauskommt? Er kann den Ozean doch gar nicht erreichen, es sei denn, er fließt durch sich selbst wieder zurück.«

»Mitten in den Bergen liegt der Woadark-See. Auf beiden Seiten fließt jeweils ein Fluss aus ihm heraus und beide heißen Toark. Vor uns sehen wir den ostwärts fließenden Strom. Etwas später biegt er nach Süden ab und mündet in den Leona-See. Der andere fließt zum Meer.«

Nach zwei Tagen im Buckel kamen sie zu einem Felsplateau, von dem aus sie freie Sicht über das Gelände hatten. Eragon fiel auf, wie die Landschaft in der Ferne abflachte, und er stöhnte innerlich auf angesichts der enormen Entfernung, die sie noch überwinden mussten. »Dort unten im Norden liegt Teirm«, sagte Brom. »Es ist eine alte Stadt. Manche behaupten, es sei der Ort, an dem die Elfen ursprünglich in Alagaësia an Land gingen. Ihre Zitadelle ist nie gefallen und ihre Krieger wurden niemals besiegt.« Er gab Schneefeuer die Sporen und ritt von dem Plateau herab.

Sie brauchten bis zum folgenden Mittag, um durch die Ausläufer der Berge hinabzusteigen und die andere Seite des Buckels zu erreichen, wo das bewaldete Land rasch in eine Ebene überging. Der schützenden Berge beraubt, flog Saphira jetzt dicht über dem Boden und nutzte jede Senke und Vertiefung, um dahinter Deckung zu suchen.

Als der Wald hinter ihnen lag, bemerkten sie eine Veränderung. Die Landschaft war hier mit weichem Gras und Heidekraut bedeckt, in das ihre Füße einsanken. Moos haftete an jedem Stein, hing von den Ästen herunter und säumte die Bäche. Die Straße war voller morastiger Pfützen, in denen Pferde herumgetrampelt waren. Nach kürzester Zeit waren Brom und Eragon von Kopf bis Fuß mit Schlamm bedeckt.

»Warum ist denn auf einmal alles so grün?«, fragte Eragon. »Gibt es hier keinen Winter?«

»Doch, aber er ist sehr mild. Die vom Meer herantreibenden Nebelschwaden erhalten alles am Leben. Manchen gefällt es so, aber ich für meinen Teil finde es befremdlich.«

Als der Abend hereinbrach, schlugen sie ihr Lager an der trockensten Stelle auf, die sie finden konnten. Beim Essen sagte Brom: »Du solltest weiterhin Cadoc reiten, bis wir Teirm erreichen. Es ist anzunehmen, dass wir anderen Reisenden begegnen, jetzt wo wir aus dem Buckel heraus sind, und es ist besser, wenn du bei mir bleibst. Ein allein reisender alter Mann erregt leicht Argwohn. Mit dir an meiner Seite stellt niemand Fragen. Außerdem will ich in Teirm keinem begegnen, der mich womöglich auf dem Weg in die Stadt allein gesehen hat und sich nun wundert, woher du so plötzlich aufgetaucht bist.«

»Sollen wir unsere richtigen Namen benutzen?«, fragte Eragon.

Brom dachte darüber nach. »Jeod können wir nicht täuschen. Er kennt meinen Namen, und ich denke, wir können ihm auch deinen anvertrauen. Aber für alle anderen bin ich Neal und du bist mein Neffe Evan. Falls wir uns aus Versehen versprechen, ist das wahrscheinlich nicht weiter schlimm, aber ich möchte nicht, dass jeder unsere Namen kennt. Die Leute haben die ärgerliche Angewohnheit, sich immer am besten an jene Dinge zu erinnern, die sie lieber vergessen sollten.«

Ankunft in Teirm

Nach zweitägigem Ritt in nördliche Richtung zum Ozean entdeckte Saphira Teirm. Der dichte Nebel, der über der Landschaft hing, nahm Brom und Eragon die Sicht, bis eine von Westen kommende Brise den Dunst davonblies. Eragon riss die Augen auf, als plötzlich am Rande des schimmernden Ozeans, auf dem stolze Schiffe mit eingerollten Segeln ankerten, Teirm zum Vorschein kam. In der Ferne war das dumpfe Tosen der Brandung zu hören.

Die Stadt lag hinter einer weißen Mauer – hundert Fuß hoch und dreißig Fuß dick –, die rundum schmale, rechteckige Schießscharten und oben einen Wehrgang für Soldaten und Wachmänner aufwies. Die glatte Oberfläche der Mauer wurde von zwei eisernen Fallgittern durchbrochen. Eins war nach Westen zum Meer hin ausgerichtet, das andere nach Süden zur Straße. Im nordöstlichen Teil der Stadt wurde die Mauer von einer mächtigen Zitadelle mit mehreren Türmen überragt. Im höchsten Turm strahlte eine hell scheinende Laterne, die als Leuchtfeuer diente. Die Burg war der einzige Bau, der hinter den Befestigungsanlagen zu sehen war.

Soldaten bewachten das südliche Tor, aber sie stützten sich sorglos auf ihre Lanzen. »Das ist unsere erste Prüfung«, sagte Brom. »Hoffentlich haben sie noch nicht von uns gehört und nehmen uns nicht sofort fest. Was auch geschieht, bleib ruhig und verhalte dich nicht verdächtig.«

Eragon sagte zu Saphira: *Du solltest jetzt irgendwo landen und dich verstecken. Wir betreten jetzt die Stadt.*

Damit du deine Nase wieder in Dinge stecken kannst, die dich nichts angehen, sagte sie ärgerlich.

Ich weiß. Aber Brom und ich haben möglichen Feinden gegenüber einige Vorteile, von denen niemand etwas ahnt. Wir kommen schon zurecht.

Wenn etwas passiert, binde ich dich auf meinem Rücken fest und lasse dich nie wieder herunter.

Ich hab dich auch lieb.

Und dann binde ich dich noch fester an.

Brom und Eragon ritten auf das Tor zu und bemühten sich um ein harmloses Auftreten. Ein gelber Wimpel mit den Umrissen eines brüllenden Löwen und einer Hand, die eine Seerose hielt, flatterte über dem Eingang. Als sie sich der Mauer näherten, fragte Eragon ehrfürchtig: »Wie groß ist dieser Ort eigentlich?«

»Größer als irgendeine Stadt, die du je gesehen hast«, sagte Brom.

Am Eingang nach Teirm standen die Wachen schon strammer und versperrten ihnen mit ihren gekreuzten Lanzen den Weg. »Name?«, fragte einer der beiden gelangweilt.

»Ich bin Neal«, sagte Brom mit leicht keuchender Stimme, während er eine Schulter schlaff herunterhängen ließ und dümmlich dreinschaute.

»Und der da?«

»Dazu wollt ich grad kommen. Das is mein Neffe Evan. Er is der Sohn meiner Schwester, kein …«

Der Soldat nickte ungeduldig. »Ja, ja. Und was wollt ihr hier?«

»Er besucht einen alten Freund«, meldete Eragon sich zu Wort, einen breiten Akzent in der Stimme. »Ich begleit ihn, damit er sich nich verirrt, wenn du verstehst, was ich meine. Is schließlich nich mehr der Jüngste – und hat zu viel Sonne abgekriegt, als er noch jünger war. Hat 'nen leichten Dachschaden …« Brom wackelte eifrig mit dem Kopf.

»Verstehe. Na, dann los«, sagte der Soldat und zog die Lanze an sich. »Pass auf, dass er keinen Ärger veranstaltet.«

»Oh, das wird er nich«, versprach Eragon. Er trieb Cadoc vorwärts und dann ritten sie in Teirm ein. Die Pferdehufe klapperten auf den Pflastersteinen.

Als sie sich ein Stück von den Wachen entfernt hatten, richtete Brom sich wieder auf und brummte: »Von wegen Dachschaden.«

»Ich konnte dir doch nicht den ganzen Spaß überlassen«, kicherte Eragon.

Brom räusperte sich und sah weg.

Die Häuser wirkten düster und unheilvoll. Kleine, tief liegende Fenster ließen nur wenig Licht herein. Die schmalen Türen waren tief ins Gemäuer gesetzt. Die Dächer waren flach und mit Schindeln gedeckt. Eragon fiel auf, dass die Häuser entlang der Stadtmauer nur ein Stockwerk hatten, während die Gebäude zur Stadtmitte hin stetig höher wurden. Die neben der Zitadelle stehenden Gebäude waren am höchsten, obwohl sie verglichen mit der Festung noch immer klein wirkten.

»Es sieht so aus, als wäre die Stadt eigens für Kriegszeiten gebaut worden«, sagte Eragon.

Brom nickte. »Teirm wurde in der Vergangenheit immer wieder von Piraten, Urgals und anderen Feinden angegriffen. Die Stadt ist seit langem ein wichtiges Handelszentrum. An Orten, wo viele Reichtümer angehäuft werden, kommt es unweigerlich zu Konflikten. Die Menschen hier waren gezwungen, besondere Vorkehrungen zu treffen, damit sie nicht überrannt wurden. Hilfreich ist auch, dass Galbatorix ihnen Soldaten zur Verteidigung der Stadt zur Verfügung gestellt hat.«

»Warum sind einige Häuser höher als andere?«, fragte Eragon.

»Du siehst doch die Zitadelle.« Brom deutete auf die gewaltige Festung. »Von dort aus hat man einen ungehinderten Blick über ganz Teirm. Sollte die Stadtmauer durchbrochen werden, würde man auf den Hausdächern Bogenschützen postieren. Da die vorderen Häuser niedriger sind, könnten die weiter hinten stehenden Männer über sie hinwegschießen, ohne ihre Kameraden zu treffen. Und falls der Feind diese Häuser einnehmen und auf ihnen seine eigenen Bogenschützen postieren sollte, könnte man sie mühelos abschießen.«

»Ich habe noch nie eine Stadt gesehen, die mit so viel Überlegung geplant wurde«, sagte Eragon erstaunt.

»Ja, aber das geschah erst, nachdem Teirm von Piraten beinahe vollständig niedergebrannt worden war«, sagte Brom. Während sie weiter die Straße hinaufritten, warfen die Leute ihnen neugierige Blicke zu, doch das Interesse war nicht übermäßig groß.

Verglichen mit unserer Begrüßung in Daret werden wir hier mit offenen Armen empfangen. Vielleicht sind die Urgals ja gar nicht an Teirm interessiert, dachte Eragon. Doch er änderte sofort seine Meinung, als sich ein hoch gewachsener Mann mit einem Breitschwert an der Hüfte unfreundlich an ihnen vorbeidrängelte. Und es gab noch andere Hinweise darauf, dass schwere Zeiten herrschten: Auf den Straßen spielten keine Kinder, die Menschen hatten harte Gesichtszüge und vor vielen offensichtlich verlassenen Häusern begann zwischen den Pflastersteinen Unkraut zu sprießen. »Sieht aus, als hätte es hier Schwierigkeiten gegeben«, sagte Eragon.

»So wie überall sonst auch«, sagte Brom grimmig. »Wir müssen Jeod finden.« Sie stiegen ab, führten ihre Pferde auf die andere Straßenseite zu einem Schankhaus und banden sie an den Pfosten. »*Zur Grünen Kastanie* – wundervoll«, las Brom auf dem Schild über ihren Köpfen, bevor er und Eragon hineingingen.

Der schäbige Raum verströmte eine unangenehme Atmosphäre. In einem Kamin glomm ein armseliges Feuer vor sich hin, doch niemand machte sich die Mühe, neues Holz nachzulegen. In den Ecken brüteten einige wenige Gäste mit finsteren Mienen über ihren Getränken. An einem abseits stehenden Tisch starrte ein Mann, dem zwei Finger fehlten, auf die eiternden Stummel. Der Wirt, dessen Lippen ein zynischer Zug umspielte, polierte ein Glas, das bereits mehrere Sprünge hatte.

Brom lehnte sich an den Tresen und fragte: »Weißt du, wo wir einen Mann namens Jeod finden können?« Eragon stand neben ihm und fummelte an seiner Hüfte mit der Spitze seines Bogens herum, den er auf dem Rücken trug. In diesem Augenblick hätte er ihn lieber in der Hand gehabt.

Der Wirt antwortete mit viel zu lauter Stimme: »Woher soll ich das wissen? Glaubst du, ich führe Buch über die räudigen Trunkenbolde, die sich in dieses Dreckloch verirren?« Eragon zuckte zusammen, als sich alle Blicke auf sie richteten.

Brom indessen blieb gelassen. »Lässt sich dein Erinnerungsvermögen damit vielleicht ein bisschen wachrütteln?« Er legte ein paar Münzen auf den Tresen.

Die Miene des Wirtes hellte sich auf und er stellte das Glas ab. »Kann sein«, sagte er mit gesenkter Stimme, »aber dazu braucht mein Gedächtnis noch einen weiteren Anstoß.« Brom blickte säuerlich, legte aber noch einige Münzen nach. Der Wirt blies unentschlossen die Backen auf. »Na schön«, sagte er schließlich und griff nach dem Geld.

Bevor seine Hand es erreichte, rief der Mann mit den fehlenden Fingern von seinem Tisch aus: »Potzblitz, Gareth, was machst du da? Auf der Straße kann ihnen jeder sagen, wo Jeod wohnt. Warum verlangst du Geld dafür?«

Brom schob die Münzen geschwind in seinen Geldbeutel zurück. Gareth warf dem Störenfried einen giftigen Blick zu, dann wandte er sich um und griff wieder nach dem zersprungenen Glas. Brom ging zu dem Fremden und sagte: »Danke. Ich heiße Neal. Das ist Evan.«

Der Mann hob sein Glas. »Martin, und Gareth habt ihr ja schon kennen gelernt.« Seine Stimme war tief und rau. Martin wies auf die leeren Stühle neben sich. »Setzt euch doch.« Eragon nahm sich einen Stuhl und stellte ihn so, dass er mit dem Rücken zur Wand saß und die Tür im Blick hatte. Martin zog eine Augenbraue hoch, sagte aber nichts.

»Dank dir habe ich ein paar Kronen gespart«, sagte Brom.

»Gern geschehen. Aber man kann es Gareth auch nicht übel nehmen – das Geschäft läuft in letzter Zeit nicht sonderlich gut.« Martin kratzte sich am Kinn. »Jeod wohnt auf der Westseite der Stadt, neben der Kräuterheilerin Angela. Macht ihr Geschäfte mit ihm?«

»In gewisser Weise schon, ja.«

»Im Augenblick ist er bestimmt nicht daran interessiert, etwas zu kaufen. Er hat erst kürzlich ein weiteres Schiff verloren.«

Brom wurde hellhörig. »Was ist denn passiert? Waren es etwa die Urgals?«

»Nein, die nicht«, sagte Martin. »Die haben sich längst aus dieser Gegend verzogen. Seit fast einem Jahr hat sie niemand mehr gesehen. Sind anscheinend nach Süden und Osten weitergezogen. Die sind nicht das Problem. Schau, der Großteil unseres Handels läuft auf dem Seeweg ab, wie du sicherlich weißt und…«, er unterbrach sich, um einen Schluck zu trinken, »seit einigen Monaten werden unsere Schiffe ständig überfallen. Aber es sind nicht die üblichen Piraten, denn es werden nur Schiffe angegriffen, die Waren von bestimmten Händlern transportieren. Und Jeod ist einer davon. Es ist so schlimm geworden, dass kein Kapitän mehr die Güter dieser Händler an Bord nehmen will, was das Leben hierzulande sehr schwer macht. Insbesondere weil einige von ihnen zu den wichtigsten Kaufleuten des Reichs gehören. Die Händler sind gezwungen, ihre Waren auf dem Landweg zu verschicken. Das hat die Kosten in die Höhe getrieben und die Karawanen erreichen nicht immer ihr Ziel.«

»Hat man denn keine Ahnung, wer dafür verantwortlich ist? Es muss doch Zeugen geben«, sagte Brom.

Martin schüttelte den Kopf. »Keiner überlebt diese Angriffe. Die Schiffe fahren raus und dann verschwinden sie einfach auf Nimmerwiedersehen.« Er beugte sich vor und sagte in vertraulichem Ton: »Die Seeleute meinen, es geht dabei nicht mit rechten Dingen zu.« Er nickte augenzwinkernd, dann lehnte er sich wieder zurück.

Brom schienen seine Worte zu beunruhigen. »Und was denkst du?«

Martin zuckte mit den Schultern. »Keine Ahnung. Und ich glaube auch nicht, dass ich es jemals erfahren werde, es sei denn, ich habe das Pech, auf einem der gekaperten Schiffe anzuheuern.«

»Bist du auch ein Seemann?«, fragte Eragon.

»Nein«, entrüstete sich Martin. »Sehe ich etwa so aus? Die Kapitäne nehmen mich in ihre Dienste, um ihre Schiffe gegen Piraten zu verteidigen. Und dieser diebische Abschaum war in letzter Zeit nicht sonderlich aktiv. Trotzdem, es ist eine gute Arbeit.«

»Aber auch eine gefährliche«, entgegnete Brom. Martin zuckte erneut mit den Schultern und trank sein Bier aus. Brom und Eragon standen auf und machten sich auf den Weg zur Westseite der Stadt, dem hübscheren Teil von Teirm. Die Häuser waren groß, sauber und prunkvoll verziert. Die Leute auf den Straßen trugen prächtige Kleider und hatten einen selbstbewussten Gang. Eragon kam sich fehl am Platz vor. Er hatte das unangenehme Gefühl aufzufallen.

EIN ALTER FREUND

Angelas Kräuterladen hatte ein buntes Schild und war leicht zu finden. An der Tür saß eine kleine Frau mit lockigem Haar. In einer Hand hielt sie einen Frosch, mit der anderen schrieb sie. Zu beiden Seiten des Ladens stand ein Haus. »Welches, glaubst du, ist Jeods?«, fragte er.

Brom überlegte kurz und sagte dann: »Das finden wir gleich heraus.« Er ging auf die Frau zu und fragte sie höflich: »Könntest du uns sagen, in welchem Haus Jeod wohnt?«

»Das könnte ich wohl.« Sie schrieb weiter.

»Wirst du es uns auch sagen?«

»Ja.« Sie verfiel in Schweigen, doch ihr Stift huschte schneller denn je über das Papier. Der Frosch quakte und schaute aus ernsten Augen zu ihnen auf. Die beiden warteten beklommen, aber sie sagte nichts weiter. Eragon wollte schon losschimpfen, als Angela aufblickte. »Natürlich sage ich es euch. Ihr müsst mich nur richtig fragen! Eure erste Frage war, ob ich es euch sagen *könnte*, die zweite, ob ich es euch sagen *werde*. Aber die eigentliche Frage habt ihr mir noch gar nicht gestellt.«

»Dann frage ich dich jetzt noch einmal richtig«, sagte

Brom schmunzelnd. »In welchem Haus wohnt Jeod? Und warum sitzt der Frosch auf deiner Hand?«

»So ist's schon besser«, sagte sie lächelnd. »Jeod wohnt rechts von mir. Und was den Frosch betrifft, er ist eigentlich eine Kröte. Ich versuche zu beweisen, dass es eigentlich gar keine Kröten gibt – sondern nur Frösche.«

»Wie kann es keine Kröten geben, wenn gerade eine auf deiner Hand sitzt?«, fragte Eragon. »Und was nutzt es zu beweisen, dass es nur Frösche gibt?«

Die Frau schüttelte heftig den Kopf, sodass ihre dunklen Locken hin und her flogen. »Nein, nein, du verstehst nicht. Wenn ich beweise, dass es keine Kröten gibt, dann ist das hier ein Frosch und ist nie eine Kröte gewesen. Also gibt es die Kröte, die du siehst, gar nicht. Und«, sie hob den kleinen Finger, »wenn ich beweisen kann, dass es nur Frösche gibt, dann können Kröten nicht mehr all diese bösen Dinge tun – wie Zähne ausfallen lassen, Warzen hervorrufen und Menschen vergiften oder sogar töten. Außerdem wirken dann die bösen Zaubersprüche der Hexen auch nicht mehr, weil es natürlich keine Kröten mehr gibt.«

»Ich verstehe«, sagte Brom höflich. »Das hört sich sehr interessant an, und ich würde gern mehr darüber erfahren, aber wir müssen zu Jeod.«

»Natürlich«, sagte sie und fing wieder an zu schreiben.

Sobald sie außer Hörweite der Kräuterheilerin waren, sagte Eragon: »Sie ist verrückt!«

»Schon möglich«, sagte Brom, »aber man kann nie wissen. Womöglich stößt sie auf etwas Nützliches, also sei nicht zu kritisch. Wer weiß, vielleicht sind Kröten ja wirklich Frösche!«

»Und meine Schuhe sind aus Gold!«, gab Eragon zurück.

Sie blieben vor einer Tür mit einem eisernen Klopfer und Marmorstufen stehen. Brom hämmerte dreimal gegen die Tür. Keiner antwortete. Eragon kam sich ein bisschen töricht vor. »Vielleicht ist es das falsche Haus. Komm, wir versuchen es bei dem anderen«, sagte er. Brom ignorierte ihn und klopfte erneut, diesmal lauter.

Wieder tat sich nichts. Eragon machte verärgert kehrt, aber dann hörte er plötzlich etwas. Eine junge Frau mit blassem Gesicht und hellblondem Haar öffnete die Tür einen Spalt breit. Ihre Augen waren gerötet. Sie sah aus, als hätte sie geweint, aber ihre Stimme klang ruhig. »Ja, bitte?«

»Hier wohnt doch Jeod, oder?«, fragte Brom freundlich.

Die Frau steckte den Kopf ein Stück heraus. »Ja, er ist mein Mann. Erwartet er euch?« Sie zog die Tür nicht weiter auf.

»Nein, aber wir müssen unbedingt mit ihm sprechen«, sagte Brom.

»Er ist sehr beschäftigt.«

»Wir sind weit gereist. Es ist sehr wichtig, dass wir mit ihm sprechen.«

Ihr Gesicht wurde hart. »Er hat keine Zeit.«

Brom ärgerte sich, blieb aber freundlich. »Da er uns nicht empfangen kann, könntet Ihr ihm vielleicht etwas ausrichten?« Sie verzog den Mund, erklärte sich aber einverstanden. »Sagt ihm, draußen wartet ein Freund aus Gil'ead.«

Die Frau wirkte misstrauisch. »Also gut«, meinte sie schließlich. Dann schlug sie abrupt die Tür zu. Eragon hörte, wie sie im Haus verschwand.

»Das war nicht gerade freundlich«, meinte Eragon.

»Behalte deine Meinung für dich«, fuhr Brom ihn an. »Und sag nichts. Überlass mir das Reden.« Er verschränkte die Arme und trommelte mit den Fingern. Eragon klappte den Mund zu und schaute weg.

Plötzlich flog die Tür auf und ein groß gewachsener Mann stürzte aus dem Haus. Seine teuren Kleider waren zerknittert, sein schütteres graues Haar zerzaust und sein Gesicht hatte einen traurigen Zug. Eine lange Narbe zog sich quer über seinen Kopf bis zur linken Schläfe.

Als er sie erblickte, weiteten sich seine Augen, und er sackte sprachlos gegen den Türpfosten. Sein Mund öffnete und schloss sich mehrere Male wie bei einem gestrandeten Fisch, der nach Luft schnappt. Leise und ungläubig fragte er: »Brom …?«

Der legte einen Finger an die Lippen und packte den Mann am Arm. »Schön, dass ich dich endlich wiedersehe, Jeod! Ich bin froh, dass dein Gedächtnis dich nicht im Stich gelassen hat, aber gebrauche nicht diesen Namen. Es wäre gefährlich, wenn irgendjemand erführe, dass ich hier bin.«

Jeod schaute sich rasch um, der Schock stand ihm ins Gesicht geschrieben. »Ich dachte, du bist tot«, flüsterte er. »Was ist passiert? Warum hast du mich nicht früher aufgesucht?«

»Das werde ich dir alles erklären. Können wir irgendwo reden, ohne belauscht zu werden?«

Jeod zögerte, sein Blick wanderte zwischen Eragon und Brom hin und her, seine Miene war unergründlich. Schließlich sagte er: »Hier nicht, aber wenn du kurz wartest, bringe ich dich an einen Ort, an dem wir ungestört sind.«

»Gewiss«, sagte Brom. Jeod nickte und verschwand hinter der Tür.

Hoffentlich erfahre ich jetzt endlich etwas über Broms Vergangenheit, dachte Eragon.

Als Jeod wieder herauskam, trug er einen Degen. Eine reich bestickte Samtjacke hing ihm locker über den Schultern und auf dem Kopf saß ein passender Hut mit einer Feder. Brom musterte die Aufmachung mit skeptischem Blick und Jeod zuckte verunsichert mit den Schultern.

Er führte sie durch Teirm in Richtung der Zitadelle. Eragon lief mit den Pferden hinter den beiden Männern her. Jeod deutete auf die Festung, die ihr Ziel war. »Risthart, der Herr von Teirm, hat verfügt, dass alle Kaufleute ihren Handelssitz in seiner Burg haben. Obwohl die meisten von uns ihre Geschäfte anderswo abschließen, müssen wir dort Räume mieten. Es ist unsinnig, aber wir gehorchen, um ihn ruhig zu halten. Dort wird uns niemand belauschen; die Wände sind dick.«

Sie traten durch das Haupttor der Festung in den Innenhof. Jeod führte sie zu einer Seitentür und deutete auf einen Eisenring. »Da könnt ihr die Pferde festbinden. Niemand wird sie beachten.« Nachdem Schneefeuer und Cadoc sorgsam angebunden waren, öffnete er die Tür mit einem eisernen Schlüssel und führte sie hinein.

Drinnen lag ein langer, von Wandfackeln erhellter Gang. Eragon war überrascht, wie kalt und feucht es dort war. Als er prüfend die Wand berührte, glitten seine Fingerspitzen über eine Schleimschicht. Er schauderte.

Jeod nahm eine Fackel aus dem Halter und führte sie den Gang hinab. Vor einer schweren Holztür blieben sie stehen. Er schloss auf und geleitete sie in einen kleinen Raum, der von einem flauschigen Bärenfellteppich dominiert wurde, auf dem mehrere Polsterstühle standen. Bücherregale, die mit ledergebundenen Wälzern voll gestopft waren, verdeckten die Wände.

Jeod legte Holz in den kleinen Kamin, dann hielt er die Fackel hinein. Kurz darauf loderte das Feuer auf. »Du bist mir eine Erklärung schuldig, alter Knabe.«

Ein Lächeln zerknitterte Broms Gesicht. »Wer ist hier alt, he? Als ich dich zum letzten Mal sah, hattest du noch kein einziges graues Haar. Und jetzt sieh dir den kläglichen Rest an, der von deiner einstigen Mähne noch übrig ist.«

»Und du siehst noch genauso aus wie vor zwanzig Jahren. Die Zeit scheint dich alten Nörgler vergessen zu haben, nur damit du jeder neuen Generation wieder von vorn mit deinen Weisheiten in den Ohren liegen kannst. So, jetzt aber Schluss damit! Erzähle mir deine Geschichte. Das hast du ja immer am besten gekonnt«, sagte Jeod ungeduldig. Eragon spitzte die Ohren und wartete gespannt, was Brom berichten würde.

Der setzte sich auf einen Stuhl und zog seine Pfeife heraus. Langsam stieß er einen Rauchkringel hervor, der grün wurde, in den Kamin hineinsauste und dann den Schornstein hinaufschoss. »Erinnerst du dich noch an unser … Abenteuer in Gil'ead?«

»Natürlich erinnere ich mich«, sagte Jeod. »So etwas vergisst man nicht so leicht.«

»Das ist eine Untertreibung, aber nichtsdestotrotz wahr«, sagte Brom trocken. »Als wir … getrennt wurden, konnte ich dich nicht mehr finden. In dem ganzen Aufruhr stolperte ich in einen kleinen Raum. Es war nichts Besonderes darin – nur Kisten und Truhen –, aber aus reiner Neugier stöberte ich trotzdem ein bisschen herum. In dieser Stunde lächelte mir das Glück zu, denn ich fand, wonach wir die ganze Zeit gesucht hatten.« Ein Ausdruck der Verblüffung huschte über Jeods Gesicht. »Sobald ich es in Händen hielt, konnte ich nicht mehr auf dich warten. Man hätte mich jeden Augenblick entdecken können und alles wäre verloren gewesen. Ich verkleidete mich, so gut es ging, floh aus der Stadt und begab mich zu …« Brom hielt inne und schaute auf Eragon, »zu unseren Freunden. Sie hoben es in einer Gruft auf und nahmen mir das Versprechen ab, mich um denjenigen, der es einmal bekommen würde, zu kümmern. Anschließend musste ich untertauchen, bis zu dem Zeitpunkt, da meine Fähigkeiten gefragt sein würden. Niemand durfte wissen, dass ich am Leben bin – selbst du nicht –, obwohl es mir natürlich wehtat, dir unnötigen Kummer zu bereiten. Daher ging ich nach Norden und versteckte mich in Carvahall.«

Eragon knirschte mit den Zähnen, wütend darüber, dass Brom ihn absichtlich im Unklaren ließ.

Jeod runzelte die Stirn und fragte: »Dann wussten unsere … Freunde also die ganze Zeit über, dass du lebst?«

»Ja.«

Er seufzte. »Nun, die List war wohl unvermeidlich, aber ich wünschte, sie hätten es mir gesagt. Liegt Carvahall nicht im Norden, auf der anderen Seite des Buckels?« Brom nickte leicht und neigte den Kopf zur Seite. Zum ersten Mal sah Jeod Eragon richtig an. Seine grauen Augen musterten ihn aufmerksam. Er zog eine Augenbraue hoch und sagte: »Nun, dann nehme ich an, dass du jetzt dein Versprechen erfüllst.«

Brom schüttelte den Kopf. »Nein, ganz so einfach ist es nicht. Der Gegenstand wurde vor einer Weile gestohlen –

das nehme ich zumindest an, da ich von unseren Freunden lange nichts mehr gehört habe und glaube, dass ihre Kuriere irgendwo abgefangen wurden. Deshalb möchte ich herausfinden, was geschehen ist. Eragon reiste zufällig in dieselbe Richtung. Wir sind schon eine ganze Weile zusammen unterwegs.«

Jeod schien verwirrt. »Aber wenn du keine Nachricht von ihnen erhalten hast, woher willst du dann wissen, ob es wirklich…«

Brom wischte den Einwand zur Seite und sagte rasch: »Eragons Onkel wurde auf brutale Weise von den Ra'zac umgebracht. Sie haben seinen Hof niedergebrannt und hätten um ein Haar auch ihn getötet. Nun möchte er – berechtigterweise – Vergeltung üben, aber wir haben ihre Spur verloren und brauchen Hilfe, um sie zu finden.«

Jeods Miene glättete sich. »Ich verstehe – aber warum seid ihr hergekommen? Ich weiß nicht, wo sich die Ra'zac verstecken könnten, und diejenigen, die es wissen, werden es euch nicht verraten.«

Brom erhob sich, griff in die Tasche seines Gewandes und holte das Fläschchen heraus. Er warf es Jeod zu. »Es enthält Seithr-Öl – und zwar in seiner gefährlichsten Form. Die Ra'zac haben es unterwegs verloren und wir haben es zufällig gefunden. Wir brauchen Einblick in Teirms Einfuhrlisten, die uns Auskunft darüber geben können, wann und wie viel Öl vom Imperium erworben wurde. Das sollte uns verraten, wo sich die Ra'zac verkriechen.«

Jeod legte die Stirn in Falten und überlegte. Er deutete auf die Bücher in den Regalen. »Siehst du die dicken Wälzer da? Das sind alles Auflistungen meiner Geschäfte. Nur meiner eigenen! Du bist im Begriff, dich an eine Aufgabe zu machen, die zu bewältigen Monate dauern könnte. Und es gibt noch ein anderes, viel größeres Problem. Die Aufzeichnungen, die du durchsehen möchtest, werden in dieser Burg aufbewahrt, aber nur Brand, Ristharts Verwalter, darf sie einsehen. Kaufleute wie meine Wenigkeit bekommen sie nicht zu Gesicht. Risthart befürchtet, wir könnten sie fälschen und damit den König um seine kostbaren Steuern bringen.«

»Mit dem Problem beschäftige ich mich, wenn es so weit ist«, sagte Brom. »Wir brauchen erst ein paar Tage Ruhe, bevor wir über unsere Vorgehensweise nachdenken.«

Jeod lächelte. »Dabei helfe ich euch doch gern. Mein Haus steht euch offen. Habt ihr euch für euren Aufenthalt in Teirm andere Namen zugelegt?«

»Ja«, sagte Brom. »Ich bin Neal und der Junge heißt Evan.«

»Eragon«, sagte Jeod nachdenklich. »Du trägst einen sehr seltenen Namen. Nur wenige wurden nach dem ersten Reiter benannt. Im Laufe meines Lebens habe ich nur von drei Männern gelesen, die so hießen.« Eragon war überrascht, dass Jeod den Ursprung seines Namens kannte.

Brom sah Eragon an. »Könntest du mal kurz nach den Pferden schauen? Ich bin mir nicht sicher, ob ich Schneefeuer richtig angebunden habe.«

Die beiden wollen mir etwas verheimlichen. Sobald ich verschwunden bin, werden sie darüber reden. Eragon stemmte sich aus dem Stuhl und verließ den Raum. Schneefeuer stand noch an derselben Stelle wie zuvor. Die Zügel waren fest an den Eisenring geknotet. Eragon strich den Pferden über die Hälse und lehnte sich mürrisch an die Burgmauer.

Das ist gemein, dachte er verärgert. *Könnte ich doch nur hören, was sie zu bereden haben!* Plötzlich fuhr er aufgeregt zusammen. Brom hatte ihm bestimmte Worte beigebracht, die das Hörvermögen steigerten. *Das sollte funktionieren! Mit* Brisingr *hat es schließlich auch geklappt, und wie!*

Er konzentrierte sich und beschwor die Kraft herauf. Sobald sie erwacht war, sagte er: »*Thverr Stenr un atra eka hórna!*« und legte all seinen Willen in die Worte. Als die Kraft aus ihm herausströmte, vernahm er ein fernes Flüstern in den Ohren, aber nicht mehr. Enttäuscht lehnte er sich wieder an die Mauer, dann schreckte er erneut zusammen, als er Jeod sagen hörte: »… und das tue ich jetzt seit fast acht Jahren.«

Eragon schaute sich um. Niemand war in seiner Nähe. Nur ein paar Wachen standen auf der anderen Seite des Innenhofs. Grinsend hockte er sich hin und schloss die Augen.

»Ich hätte nie gedacht, dass aus dir mal ein Händler wird«, sagte Brom. »Nach all der Zeit, die du über den Büchern gesessen hast – bis du in einem davon das geheime Tor fandest! Was hat dich eigentlich dazu bewogen, Kaufmann zu werden statt Gelehrter?«

»Nach Gil'ead stand mir nicht mehr der Sinn danach, mich mit staubigen Schriftrollen in muffigen Räumen zu vergraben. Ich wollte Ajihad nach besten Kräften helfen, aber ich bin kein Krieger. Mein Vater war auch Kaufmann – vielleicht erinnerst du dich daran. Er half mir am Anfang. Allerdings ist der überwiegende Teil meiner Geschäfte nur eine Tarnung, die es mir ermöglicht, Waren nach Surda zu liefern.«

»Aber wie ich höre, laufen die Dinge nicht besonders gut«, sagte Brom.

»Das stimmt. In letzter Zeit ist keine Warenladung durchgekommen und in Tronjheim gehen langsam die Vorräte zur Neige. Irgendwie hat das Imperium – zumindest glaube ich, dass das Imperium dafür verantwortlich ist – herausgefunden, wer von uns Händlern Tronjheim heimlich unterstützt. Aber ich bin mir nicht ganz sicher, ob wirklich der König dahinter steckt. Niemand sieht irgendwelche Soldaten. Vielleicht lässt Galbatorix uns von eigens angeheuerten Söldnern überfallen.«

»Wie ich höre, hast du kürzlich ein Schiff verloren?«

»Ja, das letzte, das mir gehörte«, sagte Jeod bitter. »Jeder einzelne Mann darauf war loyal und tapfer. Ich weiß nicht, ob ich meine Leute jemals wiedersehe… Mir bleibt jetzt nur noch entweder die Möglichkeit, Karawanen nach Surda oder Gil'ead zu entsenden – die allerdings nie dort ankommen, ganz gleich wie viele Wachen ich mitschicke – oder ich muss meine Ware von anderen Schiffen transportieren lassen. Aber natürlich nimmt sie keiner mehr an Bord.«

»Wie viele Händler stecken mit dir unter einer Decke?«, fragte Brom.

»Oh, so einige. Und alle haben jetzt dieselben Schwierigkeiten. Ich weiß, was du denkst, ich habe mir darüber selbst nächtelang den Kopf zerbrochen, aber ich kann den Gedanken nicht ertragen, dass es unter ihnen einen Verräter gibt – sie alle verfügen über so viel Wissen und Macht. Sollte es tatsächlich einen geben, dann sind wir alle in großer Gefahr. Du musst nach Tronjheim zurückkehren.«

»Und Eragon mitnehmen?«, fragte Brom. »Sie würden ihn in Stücke reißen. Es ist der übelste Ort, an dem er sich im Moment aufhalten könnte. Vielleicht in ein paar Monaten, oder besser noch in einem Jahr. Kannst du dir vorstellen, wie die

Zwerge reagieren würden? Jeder würde versuchen, ihn zu beeinflussen, besonders Islanzadi. Eragon und Saphira sind in Tronjheim nicht sicher, bis ich sie wenigstens auf die *Tuatha du Orothrim* gebracht habe.«

Zwerge!, dachte Eragon aufgeregt. *Wo ist dieses Tronjheim? Und warum hat er Jeod von Saphira erzählt? Das hätte er nicht tun sollen, ohne mich vorher zu fragen!*

»Trotzdem, ich habe das Gefühl, dass sie eure Stärke und Weisheit brauchen.«

»Weisheit«, schnaubte Brom. »Ich bin doch bloß – was hast du vorhin gesagt? – ein alter Nörgler.«

»Das sehen viele aber ganz anders.«

»Das ist mir gleich. Nein, Ajihad wird ohne mich zurechtkommen müssen. Was ich im Moment tue, ist wichtiger. Aber die Möglichkeit eines Verräters in den eigenen Reihen wirft beunruhigende Fragen auf. Ob Galbatorix dadurch weiß, wo er seine Handlanger hinschicken muss?« Seine Stimme wurde immer leiser.

»Und ich frage mich, warum mir niemand etwas gesagt hat«, sagte Jeod.

»Vielleicht haben sie es versucht. Aber wenn es einen Verräter gibt...« Brom hielt inne. »Ich muss Ajihad benachrichtigen. Hast du einen vertrauenswürdigen Boten?«

»Ich denke schon«, sagte Jeod, »aber ihn quer durchs Land zu schicken, ist sehr riskant.«

»Was ist denn heutzutage nicht riskant? Wann kann er aufbrechen?«

»Morgen früh. Wie soll er Ajihad beweisen, dass die Botschaft von dir stammt?«

»Hier, gib deinem Mann meinen Ring. Und sag ihm, wenn

er ihn verliert, reiße ich ihm persönlich die Leber aus dem Leib. Diesen Ring gab mir die Königin.«

»Das wird ihn sicherlich beflügeln«, versetzte Jeod trocken.

Brom grunzte. Nach langem Schweigen sagte er: »Wir gehen besser hinaus zu Eragon. Ich mache mir Sorgen, wenn er allein ist. Der Junge besitzt die unnatürliche Gabe, immer dort zu sein, wo es Ärger gibt.«

»Überrascht dich das?«

»Nicht im Mindesten.«

Eragon hörte Stühle rücken. Er zog rasch seinen Geist zurück und öffnete die Augen. »Was geht hier vor?«, murmelte er vor sich hin. *Jeod und andere Händler stecken in Schwierigkeiten, weil sie Leute unterstützen, die dem König missfallen. Brom hat in Gil'ead etwas gefunden und sich in Carvahall versteckt. Was kann so wichtig sein, dass er zwanzig Jahre lang seine Freunde glauben lässt, er wäre tot? Und er sprach von einer Königin, obwohl es in den bekannten Königreichen gar keine Königinnen gibt – und von Zwergen, die doch, wie er selbst sagte, schon vor langer Zeit verschwunden sind.*

Er wollte Antworten! Aber er würde Brom nicht sofort zur Rede stellen und so ihre Mission gefährden. Nein, damit würde er warten, bis sie Teirm verlassen hatten, und dann würde er so lange keine Ruhe geben, bis der Alte seine Geheimnisse preisgab.

Eragons Gedanken rasten, als sich die Tür öffnete.

»Ist mit den Pferden alles in Ordnung?«, fragte Brom.

»Ja«, sagte Eragon. Sie banden die Tiere los und verließen die Burg. Als sie in das Zentrum der Stadt zurückkamen, sagte Brom: »Du hast also doch noch geheiratet, Jeod, und zwar«, er zwinkerte verschmitzt, »eine hübsche junge Frau. Meinen Glückwunsch.«

Jeod schien das Kompliment nicht zu freuen. Er straffte die Schultern und starrte die Straße hinab. »Ob Gratulationen hier angebracht sind, ist fraglich. Helen ist nicht sehr glücklich.«

»Warum? Was möchte sie denn?«, fragte Brom.

»Das Übliche«, sagte Jeod achselzuckend. »Ein schönes Zuhause, glückliche Kinder, gutes Essen auf dem Tisch, angenehme Gesellschaft. Das Problem ist, dass sie aus einer reichen Familie kommt. Ihr Vater hat viel Geld in meine Geschäfte investiert. Wenn ich weiterhin solche Verluste erleide, habe ich bald nicht mehr die Mittel, um ihr das Leben zu ermöglichen, das sie gewöhnt ist.«

Jeod fuhr fort: »Aber bitte, das sind meine Probleme und nicht deine. Ein guter Gastgeber sollte seine Gäste nicht mit seinen Sorgen behelligen. Solange du in meinem Haus bist, soll dich nur dein übervoller Bauch plagen.«

»Ich danke dir«, sagte Brom. »Wir wissen deine Gastfreundschaft zu schätzen. Unsere Reise war ziemlich beschwerlich. Weißt du vielleicht, wo wir einen billigen Laden finden? Vom vielen Reiten sind unsere Kleider ganz zerschlissen.«

»Sicherlich. Das ist ja mein Beruf.« Jeods Miene hellte sich auf. Er redete angeregt über Preise und Geschäfte, bis sein Haus in Sicht kam. Dann fragte er: »Habt ihr etwas dagegen, woanders zu essen? Es könnte unangenehm werden, wenn ihr jetzt mit ins Haus kommt.«

»Wie du willst«, sagte Brom.

Jeod schaute erleichtert. »Danke. Aber lasst eure Pferde ruhig in meinem Stall.«

Sie taten wie geheißen und folgten ihm in ein großes Wirtshaus. Anders als in der *Grünen Kastanie* war es hier laut und sauber und an den Tischen saßen viele muntere Gäste. Als der Hauptgang kam – gefülltes Spanferkel –, machte Eragon sich mit Heißhunger über das Fleisch her, am besten aber schmeckten ihm die Kartoffeln, Karotten, Steckrüben und süßen Äpfel, die das Ganze abrundeten. Es war schon lange her, dass er etwas anderes gegessen hatte als selbst gejagtes Wild. Das Mahl zog sich über mehrere Stunden hin, während derer Brom und Jeod Geschichten austauschten. Eragon hatte nichts dagegen. Ihm war warm, im Hintergrund wurde gesungen und der Tisch war reich gedeckt. Das heitere Geplauder von allen Seiten klang ihm angenehm in den Ohren.

Als sie schließlich das Wirtshaus wieder verließen, näherte sich die Sonne bereits dem Horizont. »Geht ruhig vor. Ich habe noch etwas zu erledigen«, sagte Eragon. Er wollte zu Saphira und sich vergewissern, dass sie ein sicheres Versteck gefunden hatte.

Brom nickte beiläufig. »Aber pass auf. Und lass dir nicht zu lange Zeit.«

»Moment mal«, sagte Jeod. »Verlässt du Teirm?« Eragon zögerte, dann nickte er zaghaft. »Sieh zu, dass du vor Anbruch der Dunkelheit wieder innerhalb der Stadtmauern bist, denn dann schließen sie die Tore, und die Wächter lassen dich erst am Morgen wieder herein.«

»Ich bin rechtzeitig zurück«, versprach Eragon. Er wandte sich um und eilte mit großen Schritten eine Seitenstraße hinab in Richtung Stadtmauer. Sobald er die Stadt verlassen hatte, atmete er tief durch und genoss die frische Luft. *Saphira!*, rief er. *Wo steckst du?* Sie lotste ihn von der Straße weg zum Fuße einer hohen, moosbewachsenen Felsklippe, die von Ahornbäumen umgeben war. Als er nach oben schaute, sah er sie den Kopf zwischen den Bäumen oben auf der Klippe herausstecken. Er winkte ihr zu. *Wie soll ich da raufkommen?*

Wenn du eine Lichtung findest, komme ich runter und hol dich.

Nein, sagte er. *Das ist nicht nötig. Ich komme zu dir hinauf.*

Das ist zu gefährlich.

Du machst dir zu viele Sorgen. Lass mir doch ein bisschen Spaß.

Eragon zog die Handschuhe aus und fing an zu klettern. Er genoss die körperliche Herausforderung. Da seine Hände an vielen Stellen Halt fanden, war der Aufstieg nicht allzu schwer. Bald war er hoch über den Bäumen angelangt, die rund um die Klippe wuchsen. Auf halbem Wege machte er eine Pause und schöpfte Atem.

Als er sich nach dem nächsten Felsspalt streckte, war sein Arm nicht lang genug. Er tastete nach einer anderen Mulde oder Vertiefung im Fels. Es gab keine. Er versuchte, wieder hinabzusteigen, aber jetzt erreichte sein Fuß nicht mehr den Felsvorsprung, auf dem er zuletzt gestanden hatte. Er saß fest. Saphira schaute ihm interessiert zu. Er gab auf und sagte: *Ich könnte Hilfe gebrauchen.*

Das ist deine Schuld.

Ja, ich weiß! Hilfst du mir jetzt runter oder nicht?

Ohne mich würdest du jetzt ziemlich in der Klemme stecken.

Eragon rollte die Augen. *Das musst du mir nicht sagen.*

Du hast Recht. Wie kann ein einfacher Drache einem Mann wie dir sagen, was er tun soll? Genau genommen sollte alle Welt dich dafür bewundern, dass du die einzige Sackgasse an der Felswand gefunden hast. Wärst du ein Stück nach links oder rechts gegangen, wäre dir der Aufstieg gelungen. Sie schaute über den Klippenrand zu ihm hinab, ein schelmisches Glitzern in den Augen.

Ist ja gut! Ich habe einen Fehler gemacht! Kannst du mich jetzt bitte hier herunterholen?, flehte er. Sie zog den Kopf zurück über die Klippe. Nach einem Moment rief er: »Saphira?« Über ihm waren nur noch die Bäume, die sich im Wind wiegten. »Saphira! Komm zurück!«

Mit einem lauten Plumps ließ Saphira sich von der Klippe fallen und hielt sich flügelschlagend in der Luft. Sie schwebte wie eine riesige Fledermaus zu Eragon herab und packte mit den Klauen sein Wams, wobei sie ihn in den Rücken pikte. Er ließ die Felswand los, als sie ihn in die Lüfte hob. Nach kurzem Flug setzte sie ihn behutsam oben auf der Klippe ab und zog die Klauen aus dem Stoff.

Dummkopf, sagte Saphira sanft.

Eragon überhörte die Bemerkung und schaute sich um. Die Klippe bot einen herrlichen Ausblick auf die Umgebung, besonders auf die schäumende See, und zugleich schützte sie vor unerwünschten Blicken. Hier oben konnten nur die Vögel Saphira sehen. Es war ein ideales Versteck.

Ist Broms Freund vertrauenswürdig?, fragte sie ihn.

Ich weiß nicht. Eragon berichtete ihr, was sich im Laufe des Tages zugetragen hatte. *Wir sind umgeben von Mächten, derer wir uns nicht bewusst sind. Manchmal frage ich mich, ob wir jemals die wahren Motive der Leute kennen werden. Alle scheinen Geheimnisse zu haben.*

So ist die Welt eben. Lass Zweifel und Misstrauen beiseite und schau den Leuten ins Herz. Brom ist ein guter Mensch. Er will uns nichts Böses. Von ihm haben wir nichts zu befürchten.

Hoffentlich, sagte er und starrte auf seine Hände.

Die Ra'zac mithilfe des geschriebenen Wortes zu suchen, ist eine seltsame Art, die Fährte der Feinde zu verfolgen, bemerkte sie. *Wäre es nicht möglich, diese Schriften mithilfe magischer Kräfte einzusehen, ohne dass man sich in die Festung begeben müsste?*

Ich bin mir nicht sicher. Man müsste das Wort für sehen *mit* Ferne *kombinieren – oder vielleicht* Licht *und* Ferne. *Wie auch immer, es scheint schwer zu sein. Ich werde Brom fragen.*

Das wäre klug. Sie verfielen in behagliches Schweigen.

Weißt du, wir werden wohl noch eine Weile in der Stadt bleiben.

Saphiras Antwort hatte einen scharfen Klang. *Und wie üblich muss ich draußen warten.*

Mir gefällt das auch nicht. Aber bald sind wir wieder unterwegs und werden fliegen.

Möge dieser Tag rasch kommen.

Eragon lächelte und umarmte sie. Dann fiel ihm auf, wie schnell es dunkel wurde. *Ich muss los, sonst lassen sie mich nicht mehr durch das Stadttor. Geh morgen auf die Jagd. Ich werde dich am Abend besuchen.*

Sie breitete die Flügel aus. *Komm, ich bringe dich nach unten.* Er stieg auf ihren geschuppten Rücken und hielt sich fest, als sie von der Klippe abhob, über die Bäume hinweg-schwebte und auf einer Anhöhe landete. Eragon bedankte sich und rannte nach Teirm zurück.

Als er in Sichtweite des Fallgitters kam, fingen die Wachen gerade an, es herunterzulassen. Er rief ihnen zu, dass sie war-ten sollten, stürzte auf das Tor zu und schlüpfte, Sekunden bevor das Gitter zufiel, hindurch. »Nächstes Mal brichst du dir den Hals, Junge«, schimpfte einer der Wachmänner.

»Kommt nicht wieder vor«, versicherte Eragon und schnappte gekrümmt nach Luft. Er bahnte sich seinen Weg durch die verdunkelte Stadt zu Jeods Haus. Eine Laterne hing davor wie ein Leuchtfeuer.

Ein untersetzter Diener öffnete auf sein Anklopfen und führte ihn wortlos ins Haus. Gobelins hingen an den Stein-wänden, und auf den Holzdielen, die warm im Licht dreier goldener, von der Decke herabhängender Kandelaber schim-merten, lagen prächtige Teppiche.

»Hier entlang. Euer Freund ist in der Bibliothek.«

Sie kamen an unzähligen Türen vorbei, bis der Diener schließlich die zum Arbeitszimmer öffnete. Die Wände wur-den von oben bis unten von Büchern verdeckt. Aber im Ge-gensatz zu denen, die Jeod in seinem Arbeitszimmer in der Burg aufbewahrte, waren diese Bücher von ganz unterschied-licher Größe und Gestalt. Brom und Jeod saßen an einem ova-len Tisch und redeten miteinander. Ein Kamin voller bren-nender Holzscheite erwärmte das Zimmer. Brom hob die Pfeife und sagte gut gelaunt: »Ah, da bist du ja. Wir haben uns schon Sorgen gemacht. Wie war dein Spaziergang?«

Warum ist er bloß in so prächtiger Stimmung? Und warum fragt er nicht einfach, wie es Saphira geht? »Schön, aber die

288

Männer am Tor hätten mich fast ausgesperrt. Und Teirm ist groß. Es war gar nicht so leicht, das Haus wiederzufinden.«

Jeod lachte. »Wenn man Dras-Leona, Gil'ead oder selbst Kuasta gesehen hat, kommt einem diese kleine Küstenstadt lange nicht mehr so beeindruckend vor. Aber mir gefällt es hier. Wenn es nicht regnet, ist Teirm sogar recht schön.«

Eragon wandte sich an Brom. »Hast du eine Ahnung, wie lange wir hier bleiben werden?«

Brom zuckte mit den Schultern. »Schwer zu sagen. Das hängt davon ab, ob wir an die Aufzeichnungen herankommen und ob wir finden, wonach wir suchen. Wir alle müssen unseren Teil dazu beitragen; es ist eine gewaltige Aufgabe. Morgen suche ich Brand auf und versuche, ihn zu überreden, dass er uns Einsicht in die Listen gewährt.«

»Ich fürchte, ich kann dabei nicht helfen«, sagte Eragon verlegen.

»Warum nicht?«, fragte Brom. »Auf dich wartet viel Arbeit.«

Eragon senkte den Kopf. »Ich kann nicht lesen.«

Brom setzte sich ungläubig auf. »Du meinst, Garrow hat es dir nie beigebracht?«

»Was? Er konnte lesen?«, fragte Eragon verwirrt. Jeod hörte aufmerksam zu.

»Natürlich konnte er das«, schnaubte Brom. »Dieser stolze Narr – was hat er sich bloß dabei gedacht? Ich hätte wissen müssen, dass er es dich nicht gelehrt hat. Wahrscheinlich hielt er es für überflüssigen Luxus.« Brom schaute wütend drein und zupfte verärgert an seinem Bart. »Das beeinträchtigt meine Pläne erheblich, aber das Problem lässt sich beheben. Dann bringe ich es dir eben bei. Es dauert nicht lange, wenn du dich anstrengst.«

Eragon zuckte zusammen. Broms Unterweisungen waren für gewöhnlich intensiv und schonungslos. *Wie viel auf einmal soll ich denn noch lernen?* »Ich schätze, mir bleibt nichts anderes übrig«, sagte er hilflos.

»Es macht dir bestimmt Spaß. Man kann so vieles aus Büchern und Schriftrollen lernen«, lächelte Jeod. Er deutete auf die Wände. »Diese Bücher sind meine Freunde, meine Gefährten. Sie bringen mich zum Lachen und Weinen und geben meinem Leben Erfüllung.«

»Das klingt spannend«, gestand Eragon.

»Noch immer der Gelehrte, was?«, sagte Brom.

Jeod zuckte mit den Schultern. »Nein, nein, heute nicht mehr. Ich fürchte, ich bin zu einem Bibliophilen degeneriert.«

»Zu einem was?«, fragte Eragon.

»Zu einem Büchernarren«, erklärte Jeod und setzte das Gespräch mit Brom fort. Gelangweilt überflog Eragon die Regale. Ein eleganter Einband mit goldenem Aufdruck weckte seine Aufmerksamkeit. Er zog ihn heraus und betrachtete ihn neugierig.

Er war in schwarzes Leder gebunden und mit geheimnisvollen Runen bedruckt. Eragon strich mit den Fingern über den Buchdeckel und genoss die kühle Glätte. Die Buchstaben im Innern waren mit rötlich schimmernder Tinte geschrieben. Er strich mit den Fingerspitzen über die Seiten. Ein Absatz, der vom regulären Schriftbild abwich, fiel ihm ins Auge. Die Worte waren lang und fließend, zusammengesetzt aus anmutig geschwungenen Linien und scharfen Punkten.

Eragon zeigte Brom das Buch. »Was ist das?«, fragte er und zeigte auf die merkwürdige Schrift.

Dieser sah sich die Seite genau an und hob überrascht die Augenbrauen. »Jeod, du hast deine Sammlung erweitert. Woher hast du das? So eins habe ich schon seit Ewigkeiten nicht mehr gesehen.«

Jeod reckte den Hals, um zu sehen, welches Buch es war. »Ach ja, die *Domia abr Wyrda*. Vor einigen Jahren kam hier ein Mann durch und versuchte, es unten am Hafen an einen Trödler zu verscherbeln. Glücklicherweise kam ich gerade vorbei und konnte das Buch – und den Hals seines Vorbesitzers – retten. Er hatte keinen Schimmer, worum es sich handelte.«

»Sonderbar, Eragon, dass du gerade dieses Buch, ›Die Macht des Schicksals‹, herausgezogen hast«, sagte Brom. »Von allen Gegenständen im Haus ist es wahrscheinlich der wertvollste. Es beschreibt die gesamte Geschichte Alagaësias – angefangen bei der Zeit, lange bevor die Elfen hier landeten, bis vor wenigen Jahrzehnten. Das Buch ist sehr selten und das beste seiner Art. Als es geschrieben wurde, verdammte es der König als blasphemisch und ließ den Autor, den Mönch Heslant, auf dem Scheiterhaufen hinrichten. Ich wusste nicht, dass noch eine Ausgabe existiert. Die Schrift, nach der du fragst, stammt aus der alten Sprache.«

»Und was steht da?«, fragte Eragon.

Es dauerte einen Moment, bis Brom die Passage entziffert hatte. »Es ist Teil eines Elfen-Gedichts und erzählt von den Jahren, als sie gegen die Drachen kämpften. Dieser Auszug beschreibt, wie einer ihrer Könige, Ceranthor, in die Schlacht zieht. Die Elfen verehren dieses Gedicht und tragen es regelmäßig vor, um nicht die Fehler der Vergangenheit zu wiederholen. Allerdings dauert es drei Tage, bis man alle Verse aufgesagt hat. Manchmal singen sie es so schön, dass selbst die Steine zu weinen anfangen.«

Eragon kehrte zu seinem Stuhl zurück, das Buch vorsichtig in den Händen. *Es ist faszinierend, dass ein Toter durch diese Seiten zu den Lebenden sprechen kann. Solange dieses Buch existiert, bleiben auch seine Gedanken lebendig. Ob es wohl Informationen über die Ra'zac enthält?*

Er blätterte in dem Buch, während sich Brom und Jeod unterhielten. Die Stunden vergingen und irgendwann begann Eragon einzunicken. Aus Rücksicht auf seine Erschöpfung sagte ihnen Jeod nun Gute Nacht. »Der Diener zeigt euch eure Zimmer.«

Auf dem Weg in den ersten Stock sagte der Mann: »Solltet Ihr etwas benötigen, so läutet den Glockenzug am Bett.« Er blieb vor drei Türen stehen, verneigte sich und verschwand.

Als Brom den rechten Raum betrat, fragte Eragon: »Kann ich mit dir reden?«

»Das hast du gerade getan, aber komm ruhig herein.«

Eragon schloss die Tür hinter sich. »Saphira und ich haben eine Idee. Ist es…«

Brom schnitt ihm mit einer raschen Handbewegung das Wort ab und zog die Vorhänge zu. »Wenn man über solche Dinge redet, vergewissert man sich erst, dass man keine unerwünschten Zuhörer hat.«

»Entschuldigung«, sagte Eragon und schalt sich innerlich für seine Gedankenlosigkeit. »Ich wollte dich fragen, ob es möglich ist, ein Bild von etwas heraufzubeschwören, das man im Moment nicht sieht?«

Brom saß auf der Bettkante. »Du sprichst von der so genannten ›Traumsicht‹. Ja, es ist möglich und in manchen Situationen sehr hilfreich, aber es gibt einen großen Nachteil. Man kann nur Bilder von Menschen, Orten und Dingen heraufbeschwören, die man schon einmal gesehen hat. Wolltest du die Ra'zac erspähen, würdest du zwar sie, nicht aber ihren Aufenthaltsort sehen. Und es gibt noch andere Probleme. Sagen wir, du möchtest eine Buchseite sehen, die du schon einmal gelesen hast. Du hättest sie vor Augen, wenn das Buch aufgeschlagen wäre. Wäre das Buch geschlossen, während du es versuchst, würde die Seite schwarz erscheinen.«

»Warum kann man keine Gegenstände betrachten, die man noch nicht gesehen hat?«, fragte Eragon. Doch ihm wurde klar, dass die Traumsicht trotz ihrer Einschränkungen sehr nützlich sein konnte. *Ob ich wohl etwas sehen könnte, das meilenweit entfernt ist, und magisch beeinflussen kann, was dort geschieht?*

»Weil man wissen muss, was man betrachtet und worauf man seinen Geist lenken muss«, sagte Brom geduldig. »Selbst wenn man dir einen Fremden genau beschreibt, wäre es dir so gut wie unmöglich, mithilfe der Traumsicht sein Bild heraufzubeschwören, geschweige denn ein Bild von seiner Umgebung oder seinem Aufenthaltsort. Man muss mit *eigenen Augen* gesehen haben, was einem die Traumsicht zeigen soll. Beantwortet das deine Frage?«

Eragon überlegte einen Moment. »Aber wie macht man es? Beschwört man das Bild vor dem inneren Auge herauf?«

»Für gewöhnlich nicht«, sagte Brom und schüttelte sein weißes Haupt. »Das kostet zu viel Kraft. Normalerweise lässt man es auf einer reflektierenden Oberfläche wie einem Teich oder einen Spiegel erscheinen. Einige Drachenreiter sind ständig durch die Lande gereist und haben versucht, sich so viel wie möglich anzuschauen. Dann waren sie in Kriegszeiten oder in anderen Krisensituationen imstande, Ereignisse in ganz Alagaësia mit anzusehen.«

»Darf ich es versuchen?«, fragte Eragon.

Brom sah ihn aufmerksam an. »Nein, nicht jetzt. Du bist erschöpft und die Traumsicht kostet viel Kraft. Ich nenne dir die Worte, aber du musst mir versprechen, es heute Abend nicht mehr zu versuchen. Am liebsten wäre es mir, wenn du damit wartest, bis wir Teirm verlassen haben.«

Eragon lächelte. »Ich verspreche es.«

»Gut.« Brom beugte sich vor und flüsterte Eragon ganz leise »*Draumr kópa*« ins Ohr.

Eragon prägte sich die Worte genau ein. »Wenn wir Teirm verlassen haben, werde ich Rorans Bild heraufbeschwören. Ich möchte wissen, wie es ihm geht. Ich habe Angst, dass die Ra'zac hinter ihm her sind.«

»Ich möchte dich nicht erschrecken, aber das ist gut möglich«, sagte Brom. »Obwohl Roran die meiste Zeit nicht da war, als sich die Ra'zac in Carvahall aufhielten, haben sie sicher nach ihm gefragt. Wer weiß, vielleicht sind sie ihm schon in Therinsford begegnet. So oder so, ihre Neugier ist gewiss nicht gestillt. Schließlich bist du auf der Flucht, und der König hat ihnen bestimmt eine grausame Strafe angedroht, falls sie dich nicht finden. Wenn es ihnen nicht bald gelingt, werden sie vermutlich zurückkehren und sich Roran vorknöpfen.«

»Wenn das stimmt, kann ich Roran nur schützen, indem ich die Ra'zac wissen lasse, wo ich bin, damit sie mich verfolgen und ihn in Ruhe lassen.«

»Nein, das wird nicht funktionieren. Du denkst nicht richtig nach«, ermahnte Brom ihn freundlich. »Wenn man seinen

294

Feind nicht versteht, wie kann man dann vorhersehen, was er tun wird? Selbst wenn du ihnen verrätst, wo du steckst, würden die Ra'zac Roran trotzdem jagen. Kannst du dir denken, warum?«

Eragon straffte sich und ging in Gedanken jede Möglichkeit durch. »Nun, wenn ich ihnen verrate, wo ich bin, könnten sie Roran gefangen nehmen, damit ich mich kampflos ergebe. Sollte das nicht funktionieren, würden sie ihn töten, nur um mir eins auszuwischen. Und wenn man mich zum Feind des Imperiums erklärt, könnten sie ihn als Köder benutzen, um mich zu schnappen. Und wenn ich mich mit Roran treffe und sie hinterher davon erfahren, würden sie ihn foltern, um herauszufinden, wo ich bin.«

»Sehr gut. Das hast du ausgezeichnet kombiniert«, sagte Brom.

»Aber wo liegt die Lösung? Ich kann doch nicht zulassen, dass man ihn umbringt!«

Brom klatschte leicht in die Hände. »Die Lösung ist offensichtlich. Roran wird lernen müssen, sich selbst zu verteidigen. Das mag hartherzig klingen, aber wie du richtig erkannt hast, darfst du nicht riskieren, dich mit ihm zu treffen. Vielleicht erinnerst du dich nicht – du warst damals völlig von Sinnen –, aber als wir Carvahall verließen, sagte ich dir, dass ich Roran einen Brief geschrieben und ihn zur Vorsicht ermahnt habe, daher steht er einer eventuellen Bedrohung nicht völlig unvorbereitet gegenüber. Wenn er auch nur einigermaßen bei Verstand ist, wird er meinen Rat befolgen und fliehen, falls die Ra'zac erneut in Carvahall auftauchen.«

»Das gefällt mir nicht«, sagte Eragon unglücklich.

»Ah, aber du vergisst etwas.«

»Was denn?«

»All das hat auch etwas Gutes. Der König kann es sich nicht leisten, einen Drachenreiter umherziehen zu lassen, den er nicht beherrscht. Außer dir ist Galbatorix der einzige lebende Reiter, der mir bekannt ist, und er hätte gern noch einen zweiten in seiner Armee. Bevor er versucht, dich oder Roran umzubringen, wird er dir anbieten, dich ihm anzuschließen. Leider wäre es, sollte er dir nahe genug kommen, um dir diesen Vorschlag unterbreiten zu können, viel zu spät, um noch ablehnen und überleben zu können.«

»Und das soll etwas Gutes sein!«

»Das ist das Einzige, was Roran schützt. Solange der König nicht weiß, welche Seite du wählst, wird er nicht riskieren, sich dich zum Feind zu machen, indem er deinem Cousin etwas antut. Vergiss das nicht. Die Ra'zac haben zwar Garrow umgebracht, aber ich glaube, sie haben eigenmächtig gehandelt und einen Fehler begangen. Wie ich Galbatorix kenne, hätte er dem nicht zugestimmt, da es ihm nichts genützt, sondern vielmehr geschadet hat.«

»Und wie soll ich das Angebot des Königs ausschlagen, wenn er mir mit dem Tode droht?«, fragte Eragon scharf.

Brom seufzte. Er ging zum Nachttisch und tauchte die Finger in eine Schüssel mit Rosenwasser. »Galbatorix wünscht, dass du dich ihm freiwillig anschließt. Tust du das nicht, bist du für ihn nicht nur nutzlos, sondern sogar eine Bedrohung. Daher stellt sich die Frage: Falls du vor dieser Wahl stehst, wärst du dann gewillt, für das, woran du glaubst, zu sterben? Denn das ist die einzige Möglichkeit, sein Angebot abzulehnen.«

Die Frage stand unbeantwortet im Raum.

Schließlich sagte Brom: »Das ist eine schwierige Entscheidung, die du erst treffen kannst, wenn die Zeit dafür gekommen ist. Aber vergiss nicht: Viele Menschen sind für ihren Glauben gestorben; das geschieht sogar recht oft. Der wahre Mut besteht darin, weiterzuleben und zu leiden für das, woran man glaubt.«

DIE HEXE UND DIE WERKATZE

E s war schon spät am Morgen, als Eragon erwachte. Er zog sich an und wusch sich über der Schüssel das Gesicht, dann nahm er den Spiegel und kämmte sich das Haar. Irgendetwas an seinem Spiegelbild ließ ihn innehalten und genauer hinsehen. Sein Gesicht hatte sich seit der Flucht aus Carvahall verändert. Der Babyspeck war verschwunden, auf der Wanderschaft dahingeschmolzen durch die Anstrengungen der Kämpfe und der magischen Übungen. Seine Wangenknochen zeichneten sich deutlicher ab und sein Kinn wirkte energischer. In seinen Augen lag ein schimmernder Glanz, der ihm ein verwegenes, fremdartiges Aussehen verlieh. Er hielt den Spiegel auf Armeslänge von sich gestreckt, worauf ihm sein Gesicht wieder etwas vertrauter vorkam – und doch schien es nicht mehr so recht zu ihm zu gehören.

Leicht verwirrt hängte er sich Bogen und Köcher um und verließ das Zimmer. Bevor er das Flurende erreicht hatte, holte der Diener ihn ein und sagte: »Euer Freund ist mit meinem Herrn zur Burg hinaufgegangen. Er lässt ausrichten, Ihr könntet heute tun, was Euch beliebt, da er erst am Abend zurückkehrt.«

Eragon dankte ihm für die Botschaft und begann, Teirm zu erkunden. Stundenlang wanderte er durch die Straßen, ging in jedes Geschäft, das seine Neugier erregte, und unterhielt sich mit verschiedenen Leuten. Schließlich zwangen ihn sein leerer Magen und seine ebenso leeren Taschen, zu Jeods Haus zurückzukehren.

Als er in die Straße gelangte, in der der Händler wohnte, blieb er vor dem Laden der Kräuterheilerin stehen. Es war ungewöhnlich, dass sich das Geschäft hier auf der Anhöhe zwischen den teuren Wohnhäusern befand und nicht wie die meisten anderen Läden unten nahe der Stadtmauer. Er versuchte, durch das Fenster zu schauen, aber der Blick wurde innen von einer dicken Schicht Kletterpflanzen versperrt. Neugierig geworden ging er hinein.

Zuerst sah er gar nichts, weil es drinnen so dunkel war, aber dann gewöhnten sich seine Augen an das schwache grünliche Licht, das durch die Scheiben fiel. Ein bunter Vogel mit breiten Schwanzfedern und einem scharfen, kräftigen Schnabel beäugte Eragon aus einem Käfig am Fenster. Die Wände waren von Pflanzen überwuchert, und sogar an der Decke rankte sich allerlei Grünzeug entlang, sodass man nur noch einen alten Kronleuchter sah, und auf dem Fußboden stand ein großer Topf mit einer gelben Blume. Auf einer langen Ladentheke lagen Mörser und Stößel, verschiedene Blechschüsseln und eine durchsichtige Kristallkugel, die so groß war wie Eragons Kopf.

Auf dem Weg dorthin wich er kompliziert aussehenden Apparaturen, Kästen voller Steine, Stapeln von Schriftrollen und anderen Gegenständen aus, die ihm unbekannt waren. An der Wand hinter der Theke stand ein hoher Schrank mit unzähligen Schubladen in allen Größen. Einige waren schmal wie sein kleiner Finger, andere breit genug für ein Holzfass. Ganz oben befand sich eine fußbreite Lücke zwischen den Fächern.

Plötzlich blitzte dort ein rotes Augenpaar auf und eine große Katze sprang mit einem Satz auf die Theke hinab. Sie hatte einen schlanken Körper, einen kräftigen Nacken und übergroße Pfoten. Eine struppige Mähne umrahmte ihr kantiges Gesicht. An den Ohren saßen schwarze Haarbüschel und aus dem Maul ragten gekrümmte weiße Reißzähne. Alles in allem sah sie ganz anders aus als die Katzen, die Eragon bisher gesehen hatte. Sie blickte ihn aus klugen Augen an, dann fauchte sie und wedelte angriffslustig mit dem Schwanz.

Einer plötzlichen Eingebung folgend, ließ Eragon seinen Geist hinausgleiten und berührte das Bewusstsein der Katze. Behutsam versuchte er, ihr begreiflich zu machen, dass er ein Freund war.

Das kannst du dir sparen.

Eragon schaute sich erschrocken um. Die Katze putzte sich und beachtete ihn gar nicht. *Saphira? Wo bist du?,* fragte er. Niemand antwortete. Verwirrt lehnte er sich an den Tresen und griff nach einer Holzrute, die dort lag.

Das wäre nicht klug.

Hör auf damit, Saphira, schimpfte er und nahm die Rute in die Hand. Da fuhr ihm ein derartig gewaltiger Energiestoß in den Leib, dass er sich krümmte und zu Boden sank. Der Schmerz verging nur langsam, während er keuchend dalag. Die Katze sprang hinunter und sah ihn seltsam an.

Für einen Drachenreiter bist du nicht besonders klug. Ich habe dich gewarnt.

Bist du das?, rief Eragon aus. Die Katze gähnte, dann streckte sie sich und begann, zwischen den Gegenständen herumzustolzieren.

Wer denn sonst?

Aber du bist doch bloß eine Katze!, widersprach er.

Die Katze jaulte auf und stiefelte zu ihm zurück. Sie sprang ihm auf die Brust, legte sich hin und schaute aus blitzenden Augen auf ihn herab. Eragon versuchte, sich aufzusetzen, aber sie knurrte ihn an und bleckte die Zähne. *Sehe ich etwa wie eine gewöhnliche Katze aus?*

Nein.

Warum denkst du dann, dass ich eine bin? Eragon setzte zu einer Entgegnung an, aber die Kreatur bohrte ihm die Krallen in die Brust. *Offensichtlich mangelt es dir an Bildung. Um dich aufzuklären – ich bin eine Werkatze. Es gibt nicht mehr viele von uns, aber ich finde, selbst ein Bauernjunge sollte schon einmal von uns gehört haben.*

Ich wusste nicht, dass es euch wirklich gibt, sagte Eragon fasziniert. Eine Werkatze! Er hatte in der Tat großes Glück. Sie tauchten immer irgendwo am Rande der Geschichten auf, blieben für sich und gaben Ratschläge. Wenn die Legenden stimmten, besaßen sie magische Kräfte, lebten länger als Menschen und wussten für gewöhnlich mehr, als sie preisgaben.

Das Tier blinzelte träge. *Wissen hat mit Sein nichts zu tun. Ich wusste auch nicht, dass es dich gibt, bevor du hier hereingeplatzt bist und mein Nickerchen gestört hast. Aber das heißt ja nicht, dass du nicht vorhanden warst, bevor du mich geweckt hast.*

Eragon konnte ihren Gedankengängen nicht ganz folgen. *Tut mir Leid, dass ich dich gestört habe.*

Ich wollte sowieso aufstehen. Sie sprang auf die Theke zurück und leckte sich die Pfoten. *Wenn ich du wäre, würde ich die Rute nicht mehr lange festhalten. Sie wird dir in wenigen Augenblicken den nächsten Energiestoß versetzen.*

Hastig legte er die Rute dorthin zurück, wo er sie hergenommen hatte. *Was ist das für ein Ding?*

Ein gewöhnliches, langweiliges Artefakt – im Gegensatz zu mir.

Aber wozu ist es gut?

Hast du das nicht gemerkt? Die Katze war mit dem Säubern ihrer Pfoten fertig und streckte sich noch einmal, dann sprang sie wieder hinauf zu ihrem Schlafplatz. Sie legte sich hin, klappte die Pfoten unter die Brust und schloss schnurrend die Augen.

Warte, sagte Eragon, *wie heißt du eigentlich?*

Die Werkatze öffnete eines ihrer schön geschwungenen Augen. *Ich habe viele Namen. Wenn du meinen richtigen erfahren willst, musst du anderswo auf die Suche gehen.* Das Auge fiel wieder zu. Eragon gab auf; er wandte sich um und wollte gehen. *Aber du kannst mich ruhig Solembum nennen.*

Danke, sagte Eragon ernst. Das Schnurren wurde lauter.

Die Ladentür ging auf und ließ helles Sonnenlicht hereinfallen. Angela kam mit einer Stofftasche voller Pflanzen herein. Ihr erschrockener Blick wanderte nach oben zu Solembum. »Er sagt, du hättest mit ihm gesprochen.«

»Du kannst auch mit ihm reden?«

Sie warf den Kopf zurück. »Natürlich, aber das heißt noch lange nicht, dass er auch antwortet.« Sie stellte die Pflanzen auf die Theke, umrundete sie und sah Eragon an. »Er mag dich. Das ist ungewöhnlich. Meist lässt er sich nicht blicken, wenn Kunden da sind. Genau genommen sagt er, du seist viel versprechend – vorausgesetzt du arbeitest ein paar Jahre an dir.«

»Danke.«

»Wenn es von ihm kommt, ist das ein Kompliment. Du bist erst der Dritte, der in den Laden kommt und mit ihm reden kann. Der Erste war eine Frau, vor vielen Jahren; der Zweite war ein blinder Bettler, und jetzt du. Aber mein Laden ist nicht dazu da, Schwätzchen zu halten. Kann ich etwas für dich tun? Oder möchtest du dich nur ein bisschen umschauen?«

»Nur umschauen«, sagte Eragon, der in Gedanken noch immer bei der Werkatze war. »Aber eigentlich brauche ich gar keine Kräuter.«

»Mein Geschäft beschränkt sich nicht nur darauf«, sagte Angela grinsend. »Die närrischen reichen Herren zahlen mir viele Kronen für Liebestränke und dergleichen. Ich behaupte nie, dass sie wirken, doch aus irgendeinem Grund kommen die Herren immer wieder. Aber ich glaube nicht, dass du diese Mittelchen nötig hast. Soll ich dir deine Zukunft vorhersagen? Das mache ich für die dummen reichen Damen.«

Eragon lachte. »Nein danke, ich fürchte, meine Zukunft ist ziemlich ungewiss. Außerdem habe ich kein Geld.«

Angela blickte mit einem seltsamen Gesichtsausdruck zu Solembum hinauf. »Ich glaube…« Sie deutete auf die Kristallkugel neben sich. »Die ist nur zur Dekoration – sie bewirkt nichts. Aber ich habe… Warte hier; ich bin gleich wieder da.« Sie lief eilig in einen Raum im hinteren Teil des Ladens.

Als sie atemlos zurückkehrte, hatte sie einen Lederbeutel

in der Hand, den sie auf die Theke legte. »Ich habe sie schon so lange nicht mehr benutzt, dass ich gar nicht mehr wusste, wo sie lagen. So, und jetzt setz dich vor mich hin, dann zeige ich dir, warum ich mir die Mühe gemacht habe.« Eragon nahm einen Stuhl und setzte sich. In der Lücke zwischen den Schubfächern leuchteten die Katzenaugen.

Angela legte ein dickes Stofftuch auf die Theke, dann schüttete sie eine Hand voll glatter Knochen, jeder etwas länger als ein Finger, darauf aus. Seitlich waren Runen und Symbole eingraviert. »Das sind die Fußknochen eines Drachen«, sagte sie mit gedämpfter Stimme. »Frag mich nicht, woher ich sie habe; das werde ich dir nicht verraten. Aber im Gegensatz zu Teeblättern, Kristallkugeln oder Spielkarten wohnt diesen Knochen tatsächlich eine Kraft inne. Sie lügen nicht, wenngleich es sehr schwer ist, sie zu deuten. Wenn du willst, befrage ich sie für dich. Aber sei dir darüber klar, dass es schrecklich sein kann, sein Schicksal zu kennen. Du musst dir wirklich sicher sein.«

Eragon betrachtete die Knochen mit einem beklommenen Gefühl in der Magengrube. *Dort liegt, was einst ein Verwandter von Saphira war. Mein Schicksal erfahren … Wie kann ich diese Entscheidung treffen, wenn ich nicht weiß, was mich erwartet und ob es mir gefällt? Selig sind in der Tat die Unwissenden!* »Warum bietest du mir das an?«, fragte er.

»Wegen Solembum. Er mag unhöflich gewesen sein, aber der Umstand, dass er überhaupt mit dir geredet hat, macht dich zu etwas Besonderem. Er ist immerhin eine *Werkatze*. Ich habe es auch den beiden anderen angeboten, mit denen er redete. Nur die Frau hat zugestimmt. Selena hieß sie. Oh, wie hat sie es bereut. Ihre Zukunft war traurig und schmerzvoll. Sie hat mir nicht geglaubt – zuerst nicht. Später schon.«

Die Gefühle überwältigten Eragon; Tränen schossen ihm in die Augen. »Selena«, flüsterte er. Der Name seiner Mutter. *Könnte sie es gewesen sein? War ihr Schicksal so grauenvoll, dass sie mich weggeben musste?* »Erinnerst du dich an irgendetwas, das du ihr gesagt hast?«, fragte er mit erstickter Stimme.

Angela schüttelte den Kopf und seufzte: »Es ist schon so lange her, dass die meisten Einzelheiten mit den anderen Erinnerungen in meinem Gedächtnis verschmolzen sind. Mein Kopf ist längst nicht mehr so rege wie früher. Und was ich noch weiß, erzähle ich dir nicht. Das war für sie allein bestimmt. Aber es war sehr traurig; ich habe niemals ihren Gesichtsausdruck vergessen.«

Eragon schloss die Augen und versuchte, seine Gefühle zu beherrschen. »Warum beklagst du dich über dein Gedächtnis?«, fragte er, um sich abzulenken. »Du bist doch noch gar nicht so alt.«

Angelas Lächeln zauberte kleine Grübchen in ihre Wangen. »Sehr schmeichelhaft, aber lass dich nicht täuschen; ich bin viel älter, als ich aussehe. Mein junges Erscheinungsbild kommt wahrscheinlich daher, dass ich in mageren Zeiten immer meine eigenen Pflanzen und Kräuter essen muss.«

Eragon lächelte ebenfalls und atmete tief durch. *Wenn meine Mutter wirklich hier war, und wenn sie es ertrug, ihr Schicksal zu erfahren, dann schaffe ich das auch.* »Befrage die Knochen für mich«, bat er ehrfürchtig.

Angelas Gesicht wurde ernst, als sie die Knochen in beide Hände nahm. Ihre Augen schlossen sich und ihre Lippen bewegten sich in lautlosem Gemurmel. Dann sprach sie mit fester Stimme: »*Manin! Wyrda! Hugin!*«, und warf die Knochen auf das Stofftuch. Sie fielen wahllos übereinander und schimmerten im schwachen Licht.

Die Worte klangen Eragon in den Ohren. Er erkannte die alte Sprache, und ihm wurde schlagartig bewusst, dass Angela eine Hexe sein musste, da sie die magischen Worte gebrauchte. Ihm war mulmig zumute. Sie hatte nicht gelogen – dies hier war echte Wahrsagerei. Die Minuten verstrichen, während sie die Knochen studierte.

Schließlich lehnte sich Angela zurück und stieß einen lang gezogenen Seufzer aus. Sie fuhr sich über die Stirn und holte einen Weinschlauch unter der Theke hervor. »Möchtest du auch etwas?«, fragte sie. Eragon schüttelte den Kopf. Sie zuckte mit den Schultern und nahm einen großen Schluck. »Das ist«, begann sie und wischte sich den Mund ab, »die schwierigste Deutung, die ich je gemacht habe. Du hattest Recht. Deine Zukunft ist fast unvorhersehbar. Ich bin noch nie jemandem begegnet, dessen Schicksal so verworren ist wie deins. Einige Antworten konnte ich allerdings finden.«

Solembum sprang auf die Theke, machte es sich dort bequem und beobachtete die beiden aufmerksam. Eragon knetete nervös seine Finger, als Angela auf einen der Knochen deutete. »Ich fange mit dem da an«, sagte sie langsam, »weil es am einfachsten zu verstehen ist.«

Das Symbol auf dem Knochen war eine lange horizontale Linie mit einem darauf ruhenden Kreis. »Unsterblichkeit oder langes Leben«, sagte Angela leise. »Das ist das erste Mal, dass ich diesen Knochen in eines Menschen Zukunft sehe. Meist ist es die Espe oder die Ulme, beides Zeichen dafür, dass jemand eine normale Lebenserwartung hat. Ob dies bedeutet, dass du ewig lebst oder nur außergewöhnlich lange, vermag ich nicht zu beurteilen. Was immer es heißen mag, du kannst dir sicher sein, dass noch viele Jahre vor dir liegen.«

Das ist keine Überraschung – ich bin ein Drachenreiter, dachte Eragon.

»Die übrigen Knochen sind schwerer zu lesen, da sie recht durcheinander liegen.« Angela berührte drei von ihnen. »Hier liegen die Wanderschaft, der Blitzschlag und das Segelschiff direkt beieinander – von diesem Muster habe ich bislang nur gehört. Die Wanderschaft zeigt, dass sich in deiner Zukunft viele Wege offenbaren, zwischen denen du wählen musst. Einige davon bieten sich dir schon heute. Ich sehe große Schlachten um dich herum toben, einige davon zu deinem Wohl. Ich sehe die gewaltigen Mächte dieses Landes darum ringen, deinen Willen und dein Schicksal zu beherrschen. Zahllose Möglichkeiten erwarten dich – und jede mögliche Zukunft bringt dir blutige Auseinandersetzungen. Aber nur eine schenkt dir Glück und Zufriedenheit. Komm nicht von deinem Weg ab, denn du bist einer der wenigen, die wirklich die Freiheit besitzen, ihr Schicksal zu wählen. Diese Freiheit ist ein Geschenk, aber sie birgt auch eine Verantwortung, die bindender ist als eiserne Ketten.«

Dann wurde ihr Gesicht hart. »Und hier, wie zum Ausgleich, ist der Blitzschlag. Er ist ein schreckliches Omen. Ein grauenvolles Unheil schwebt über dir, doch welcher Art es ist, weiß ich nicht. Ein Teil davon hängt mit einem Todesfall zusammen, der sich bald ereignen und dir großen Kummer bereiten wird. Der Rest hingegen erwartet dich auf einer weiten Reise. Schau dir den Knochen an. Man sieht, wie sein Ende auf dem des Segelschiffs liegt. Das kann man unmöglich falsch verstehen. Dein Schicksal wird sein, dieses Land für immer zu verlassen. Wohin es dich verschlägt, weiß ich nicht, aber du wirst nie wieder nach Alagaësia zurückkehren. Das ist unumstößlich. So wird es kommen, selbst wenn du es zu verhindern suchst.«

Ihre Worte erschreckten Eragon. *Noch ein Todesfall… Wen werde ich als Nächstes verlieren?* Er dachte augenblicklich an Brom, danach an seine Heimat. *Was könnte mich jemals veranlassen fortzugehen? Und wohin würde ich mich wenden? Falls es Länder jenseits des Meeres oder im Osten gibt, wissen nur die Elfen davon.*

Angela rieb sich die Schläfen und atmete ein paarmal tief durch. »Der nächste Knochen ist leichter zu verstehen und vielleicht etwas angenehmer.« Eragon betrachtete ihn und entdeckte darauf eine zwischen den Hörnern einer Mondsichel eingravierte Rosenblüte.

Lächelnd sagte Angela: »Du wirst eine außergewöhnliche, großartige Liebe erleben, die stark genug ist, um Königreiche zu überdauern. Dies hier ist der Mond, das magische Zeichen dafür. Ich kann nicht sagen, ob diese Liebe glücklich ausgeht, aber deine Auserwählte ist von adeliger Herkunft. Sie ist mächtig, klug und unvergleichlich schön.«

Eine Adelige, überlegte Eragon überrascht. *Wie soll es je dazu kommen? Ich bin doch nur ein armer Bauernjunge.*

»Jetzt zu den letzten beiden Knochen, dem Baum und der Weißdornwurzel, die sich quer überschneiden. Mir wäre lieber, sie lägen anders, denn es kann nur Verrat bedeuten. Und der Verräter kommt aus deiner eigenen Familie.«

»So was würde Roran nie tun!«, rief Eragon aufgeregt.

»Das mag so scheinen«, sagte Angela vorsichtig. »Aber die Knochen haben noch nie gelogen, und das ist es, was sie vorhersagen.«

Leise Zweifel beschlichen Eragon, doch er versuchte, sie zu verdrängen. Aus welchem Grund sollte Roran sich jemals gegen ihn wenden? Angela legte ihm tröstend die Hand auf die Schulter und reichte ihm erneut den Weinschlauch. Diesmal nahm Eragon das Angebot an und fühlte sich hinterher besser.

»Nach alledem könnte mir der Tod sogar recht willkommen sein«, scherzte er nervös. *Roran ein Verräter? Das kann nicht sein! Niemals!*

»Möglicherweise«, sagte Angela und lachte leise. »Aber du solltest dir nicht den Kopf zerbrechen über Dinge, die erst noch geschehen müssen. Die Zukunft kann uns nur dann etwas anhaben, wenn wir uns zu große Sorgen machen. Ich garantiere dir, dass du dich besser fühlen wirst, sobald du draußen in der Sonne bist.«

»Vielleicht.« *Leider ergibt nichts, was sie gesagt hat, einen Sinn*, überlegte er trocken, *bevor es passiert ist. Wenn es überhaupt passiert.* »Du hast in der alten Sprache gesprochen«, stellte er leise fest.

Angelas Augen funkelten. »Was würde ich dafür geben, mit anzuschauen, wie dein Leben weitergeht! Du kannst mit Werkatzen reden, kennst die alte Sprache und hast eine hochinteressante Zukunft. Außerdem können nur wenige junge Männer mit leeren Taschen und zerschlissenen Reisekleidern erwarten, von einer wunderschönen Adeligen geliebt zu werden. Wer bist du?«

Eragon wurde klar, dass die Werkatze Angela nicht erzählt hatte, dass er ein Drachenreiter war. Fast hätte er »Evan« gesagt, aber dann änderte er seine Meinung und sagte: »Ich bin Eragon.«

Angela zog die Augenbrauen hoch. »Bist du es oder heißt du nur so?«, fragte sie.

»Beides«, sagte Eragon und dachte lächelnd an seinen Namensvetter, den ersten Drachenreiter.

»Jetzt bin ich ja noch gespannter, was dir dein Leben bringen wird. Wer war der alte Mann, mit dem du gestern hier warst?«

Eragon fand, dass es keinen Schaden anrichten würde, auch dessen wahren Namen zu nennen. »Das war Brom.«

Plötzlich brach Angela in schallendes Gelächter aus und wäre beinahe prustend hintenübergekippt. Sie fuhr sich über die Augen und trank einen Schluck Wein, dann kämpfte sie gegen einen weiteren Lachanfall. Schließlich stieß sie japsend hervor: »Ach, der ...! Ich hatte ja keine Ahnung!«

»Was ist daran so komisch?«, wollte Eragon wissen.

»Nichts, nichts, sei mir nicht böse«, sagte Angela und verkniff sich ein Lächeln. »Es ist nur, dass – nun, er ist bekannt bei meinen Berufskollegen. Wir haben immer Scherze gemacht über das merkwürdige Schicksal des armen Kerls.«

»Beleidige ihn nicht! Er ist der beste Mensch im ganzen Land!«, schimpfte Eragon.

»Schon gut, schon gut«, sagte Angela amüsiert. »Das weiß ich. Wenn wir uns das nächste Mal sehen, erzähle ich dir, was es mit den Scherzen auf sich hat. Aber in der Zwischenzeit solltest du ...« Angela verstummte, als Solembum sich zwischen sie setzte. Die Katze sah Eragon starr an.

Ja?, fragte Eragon irritiert.

Hör mir genau zu, ich erzähle dir zwei Dinge. Wenn die Zeit kommt und du eine Waffe benötigst, schau unter den Wurzeln des Menoa-Baums nach. Und wenn alles verloren scheint und deine Kräfte nicht mehr ausreichen, geh zum Felsen von Kuthian und sprich laut deinen Namen, um das Verlies der Seelen zu öffnen.

Ehe er fragen konnte, was das bedeuten sollte, schlenderte die Katze weiter, anmutig den Schwanz hin und her schwingend. Angela beugte sich zu ihm vor, wobei ihr dichte Locken in die Stirn fielen. »Ich weiß nicht, was er gesagt hat, und ich will es auch gar nicht wissen. Er hat mit dir geredet, und nur mit dir. Behalte es also für dich.«

»Ich glaube, ich muss gehen«, sagte Eragon aufgewühlt.

»Wenn du das möchtest«, sagte Angela, die jetzt wieder lächelte. »Du kannst so lange hier bleiben, wie du willst, besonders wenn du etwas von meinen Sachen kaufst. Aber tu, was dir beliebt; ich bin mir sicher, dass wir dir für die nächste Zeit genug Stoff zum Grübeln gegeben haben.«

»Ja.« Eragon ging mit schnellen Schritten zur Tür. »Vielen Dank für die Wahrsagung.«

»Keine Ursache«, sagte Angela, noch immer lächelnd.

Eragon verließ das Geschäft und stand blinzelnd auf der Straße, bis seine Augen sich an die Helligkeit gewöhnt hatten. Es dauerte einige Minuten, bevor er ruhig über das soeben Erfahrene nachdenken konnte. Er ging los, und seine Schritte wurden unbewusst schneller, bis er schließlich aus Teirm hinausrannte, um zu Saphiras Versteck zu eilen.

Er rief ihr vom Fuß der Klippe aus einen Gruß zu. Im nächsten Moment kam sie zu ihm herunter und brachte ihn nach oben. Sobald sie sicheren Boden unter den Füßen hatten, berichtete Eragon ihr, was er erlebt hatte. *Und deshalb glaube ich, dass Brom Recht hat*, schloss er seinen Bericht. *Ich bin immer dort, wo es Schwierigkeiten gibt.*

Du solltest dir gut einprägen, was die Werkatze gesagt hat. Es ist wichtig.

Woher weißt du das?, fragte er gespannt.

Ich bin mir nicht sicher, aber die Namen klingen kraftvoll – Verlies der Seelen; Kuthian. Sie ließ sich das Wort über die Zunge rollen. *Nein, wir dürfen nicht vergessen, was Solembum gesagt hat.*

Meinst du, ich soll es Brom erzählen?

Das bleibt dir überlassen, aber bedenke dies: Er hat kein Recht, deine Zukunft zu kennen. Ihm von Solembum und seinen Worten zu erzählen, wird nur Fragen aufwerfen, die du vielleicht nicht beantworten möchtest. Und wenn du ihn bloß fragst, was diese Worte bedeuten, will er wissen, woher du sie kennst. Glaubst du, du kannst überzeugend genug lügen?

Nein, sagte Eragon. *Vielleicht sag ich einfach gar nichts. Aber es könnte zu wichtig sein, um es zu verbergen.* Sie redeten, bis es nichts mehr zu bereden gab. Danach saßen sie einträchtig nebeneinander und betrachteten das Meer und die Bäume.

Kurz vor Sonnenuntergang eilte Eragon nach Teirm zurück und klopfte an Jeods Tür. »Ist Neal zurück?«, fragte er den Diener.

»Ja. Ich glaube, er ist in der Bibliothek.«

»Danke«, sagte Eragon. Er ging zu dem Raum und schaute hinein. Brom saß rauchend am Kaminfeuer. »Wie ist es gelaufen?«, fragte Eragon.

»Schlecht«, grummelte Brom in seine Pfeife hinein.

»Also hast du mit Brand gesprochen?«

»Ja, aber es hat nichts gebracht. Dieser *Verwalter* ist die schlimmste Art Bürokrat, die es gibt. Er hält sich penibel an die Regeln und denkt sich neue aus, wann immer er jemandem das Leben schwer machen kann, und gleichzeitig glaubt er, das Richtige zu tun.«

»Also gewährt er uns keinen Einblick in diese Listen?«, fragte Eragon.

»Nein«, schimpfte Brom erregt. »Nichts, was ich sagte, konnte ihn umstimmen. Er lehnte sogar Bestechung ab! Und ich habe ihm eine ansehnliche Summe geboten! Ich hätte nie gedacht, jemals einem Edelmann zu begegnen, der nicht bestechlich ist. Nachdem ich nun doch einen kennen gelernt habe, muss ich sagen, dass sie mir als gierige Blutsauger lieber sind.« Er paffte heftig an seiner Pfeife und murmelte fluchend vor sich hin. Als er sich etwas beruhigt zu haben schien, fragte Eragon vorsichtig: »Und was jetzt?«

»Nächste Woche bringe ich dir das Lesen bei.«

»Und dann?«

Ein Lächeln trat in Broms Gesicht. »Dann bescheren wir Brand eine böse Überraschung.« Eragon bedrängte ihn nach Einzelheiten, aber Brom ließ sich keine entlocken.

Das Abendessen fand in einem luxuriös eingerichteten Speisezimmer statt. Jeod saß am einen Ende des Tisches, Helen, mit eisigem Blick, am anderen. Brom und Eragon saßen dazwischen, was Eragon als äußerst unangenehm empfand. Neben ihm standen auf beiden Seiten leere Stühle, aber der relativ große Abstand zu ihrer Gastgeberin schützte ihn zumindest ein bisschen vor den Blitzen aus ihren Augen.

Das Mahl wurde serviert und Jeod und Helen begannen wortlos zu essen. Eragon tat es ihnen nach und dachte: *Ich habe bei einem Leichenschmaus schon fröhlicher gespeist.* Und das hatte er tatsächlich, in Carvahall. Er erinnerte sich an viele Beerdigungen, die zwar traurig gewesen waren, aber eben nicht übermäßig traurig. Das hier war etwas anderes; er spürte deutlich den brodelnden Groll, der den ganzen Abend lang von Helen ausging.

Vom Lesen und Pläneschmieden

Brom malte mit einem Stück Holzkohle ein Schriftzeichen auf einen Pergamentbogen und zeigte es Eragon. »Das ist der Buchstabe A«, sagte er. »Merk ihn dir.«

Damit begann Eragons Unterricht im Lesen und Schreiben. Es war schwierig und sonderbar und forderte seinen ganzen Verstand, aber es machte ihm Spaß. Da er nichts anderes zu tun und einen guten – wenngleich manchmal ungeduldigen – Lehrer hatte, machte er schnell Fortschritte.

Bald schon hatte sich eine beständige Routine eingespielt. Eragon stand früh am Morgen auf, frühstückte in der Küche und ging anschließend zum Unterricht in die Bibliothek, wo er sich bemühte, die Klänge der Buchstaben und die Regeln des Schreibens zu erlernen. Er widmete sich seinem Studium mit solchem Feuereifer, dass er mit der Zeit, wenn er die Augen schloss, im Geiste nur Buchstaben und Worte sah. Er konnte kaum noch an etwas anderes denken.

Vor dem Abendessen ging er zum Schwertkampf mit Brom hinters Haus. Die Dienerschaft und eine Schar Dorfkinder kamen dann herbeigelaufen und sahen ihnen mit großen Augen zu. Wenn danach noch Zeit war, übte er in seinem

Zimmer hinter sorgfältig zugezogenen Vorhängen magische Rituale.

Seine einzige Sorge galt Saphira. Er besuchte sie jeden Abend, aber beide empfanden die gemeinsame Zeit als viel zu knapp. Am Tag war Saphira meilenweit entfernt und suchte nach Nahrung, denn in der Nähe von Teirm auf die Jagd zu gehen, wäre zu gefährlich gewesen. Eragon versuchte, ihr gut zuzureden, aber er wusste, dass die einzige Lösung für ihren Hunger und ihre Einsamkeit darin bestand, die Stadt endlich hinter sich zu lassen.

Jeden Tag gelangten neue Schreckensmeldungen nach Teirm. Eintreffende Händler berichteten von schlimmen Angriffen entlang der Küste. Es gab Berichte, denen zufolge bedeutende Personen in der Nacht aus ihren Häusern verschleppt und am Morgen irgendwo ermordet aufgefunden wurden. Oft hörte Eragon, wie Brom und Jeod sich leise über die Ereignisse unterhielten, aber sie verstummten immer sofort, wenn er in der Nähe war.

Die Tage verstrichen wie im Flug und bald war eine Woche vergangen. Eragons Fähigkeiten beschränkten sich zwar noch auf die Grundkenntnisse, aber er konnte schon ganze Seiten lesen, ohne Brom um Hilfe bitten zu müssen. Er las langsam, wusste aber, dass er mit der Zeit schneller werden würde. Brom sprach ihm Mut zu: »Jedenfalls wird dir gelingen, was ich geplant habe.«

Es war Nachmittag, als Brom Jeod und Eragon eines Tages in die Bibliothek rief. Er deutete auf den Jungen. »Da du nun in der Lage bist, uns zu helfen, können wir zur Tat schreiten.«

»Was hast du dir denn ausgedacht?«, fragte Eragon.

Ein grimmiges Lächeln breitete sich auf Broms Gesicht aus. Jeod stöhnte auf. »Ich kenne diesen Blick – der hat uns schon damals in Schwierigkeiten gebracht.«

»Das ist zwar etwas übertrieben«, sagte Brom, »aber nicht völlig falsch. Also, wir gehen folgendermaßen vor...«

Wir verlassen die Stadt heute Nacht oder morgen, berichtete Eragon Saphira von seinem Zimmer aus.

Das kommt unerwartet. Ist euer Vorhaben gefährlich?

Eragon zuckte mit den Schultern. *Ich weiß nicht. Vielleicht müssen wir aus Teirm fliehen und werden von Soldaten verfolgt.* Er spürte ihre Sorge und versuchte, sie zu beruhigen. *Es wird schon gut gehen. Brom und ich können uns ja mithilfe der Magie verteidigen. Außerdem sind wir gute Kämpfer.*

Er lag auf dem Bett und starrte an die Decke. Seine Hände zitterten leicht und er hatte einen Kloß im Hals. Während er allmählich vom Schlaf überwältigt wurde, verspürte er eine eigenartige Verwirrung. *Eigentlich will ich Teirm gar nicht verlassen,* wurde ihm auf einmal bewusst. *Die Zeit, die ich hier verbracht habe, war... fast normal. Was würde ich dafür geben, nicht mehr ständig herumziehen zu müssen. Hier zu bleiben und wie alle anderen zu sein, wäre wunderbar.* Dann durchfuhr ihn ein anderer Gedanke. *Aber das werde ich niemals können, solange es Saphira gibt. Niemals.*

Er träumte von eigenartigen Dingen. Manchmal schrie er dabei vor Angst auf, manchmal lachte er vergnügt. Dann veränderte sich etwas – es war, als wären ihm zum ersten Mal die Augen geöffnet worden –, und er hatte einen Traum, der klarer war als alle anderen.

317

Er sah eine junge, vom Leid gebeugte Frau, die in einer kalten Zelle angekettet war. Durch das vergitterte Fenster hoch oben in der Wand fiel ein schmaler Streifen Mondlicht auf ihr Gesicht. Eine einzelne Träne lief ihr über die Wange wie ein flüssiger Diamant.

Eragon schreckte hoch und merkte, dass ihn ein heftiger Weinkrampf schüttelte. Kurz darauf versank er wieder in einen unruhigen Schlaf.

DIEBE IN DER BURG

Eragon erwachte in einem goldenen Sonnenuntergang aus seinem Nickerchen. Rote und orangefarbene Lichtstrahlen fielen aufs Bett. Sie wärmten seinen Rücken so wohlig, dass er am liebsten liegen geblieben wäre. Er döste vor sich hin, aber das Sonnenlicht wanderte weiter und allmählich wurde ihm kalt. Die Sonne versank hinter dem Horizont und tauchte Meer und Himmel in buntes Leuchten. *Es ist bald so weit!*

Er hängte sich Bogen und Köcher um, ließ Zar'roc aber im Zimmer liegen. Das Schwert würde ihn bloß behindern und er gebrauchte es ohnehin nicht gern. Falls er jemanden außer Gefecht setzen musste, würde er sich eines Pfeils oder der Magie bedienen. Er schlüpfte in sein Wams und knöpfte es sorgfältig zu.

Dann wartete er nervös, bis das Tageslicht vollends verschwunden war. Schließlich trat er in den Flur hinaus und ruckte ein wenig mit den Schultern, bis der Köcher bequem an seinem Rücken lag. Brom kam mit Schwert und Stab aus seinem Zimmer.

Jeod, der ein schwarzes Wams und ein gleichfarbiges Beinkleid trug, wartete draußen auf sie. An seinem Gürtel hingen ein eleganter Degen und ein Lederbeutel. Als Brom die Waffe sah, sagte er spöttisch: »Der Zahnstocher da ist viel zu dünn für einen richtigen Kampf. Was machst du, wenn dich jemand mit einem Breitschwert oder einer Streitaxt angreift?«

»Keiner der Wachen hat eine Streitaxt«, entgegnete Jeod. »Und dieser *Zahnstocher* ist viel schneller als ein Breitschwert.«

Brom zuckte mit den Schultern. »Es ist dein Hals.«

Sie gingen hinaus auf die Straße und hielten nach Wachmännern und Soldaten Ausschau. Eragon war angespannt; das Herz schlug ihm bis zum Hals. Als sie an Angelas Laden vorbeikamen, erregte eine huschende Bewegung auf dem Dach seine Aufmerksamkeit, aber er sah niemanden. Seine Handfläche kribbelte. Er schaute erneut zum Dach hinauf, aber es war leer.

Brom führte sie an der Stadtmauer entlang. Als sie die Burg erreichten, war der Himmel schwarz. Das dicke Gemäuer der Festung jagte Eragon einen Schauer über den Rücken. Um nichts in der Welt wollte er dort gefangen sein. Jeod übernahm die Führung, marschierte auf das Tor zu, klopfte an und wartete.

Ein schmales Sprechgitter wurde aufgezogen und ein unwirscher Wächter lugte hinaus. »Was wollt ihr?«, brummte er kurz angebunden. Sein Atem roch nach Rum.

»Wir müssen hinein«, sagte Jeod.

Der Wächter betrachtete ihn nun genauer. »Wieso?«

»Der Junge hier hat auf meinem Schreibtisch etwas Wertvolles vergessen. Wir wollen es rasch holen.« Eragon ließ betreten den Kopf hängen.

Der Wachmann verzog das Gesicht. Es war offensichtlich,

dass er so schnell wie möglich zu seiner Flasche zurück-wollte. »Meinetwegen«, brummte er. »Aber verpass ihm eine ordentliche Tracht Prügel von mir.«

»Das werde ich«, versicherte Jeod, während der Mann eine kleine, in das Tor eingelassene Tür entriegelte. Sie betraten den Burghof, dann gab Brom dem Wächter ein paar Münzen.

»Danke«, murmelte der Mann und schlurfte von dannen. Sobald er verschwunden war, zog Eragon den Bogen aus dem Futteral und hakte die Sehne ein. Jeod führte sie in den Hauptteil der Burg. Sie beeilten sich, ihr Ziel zu erreichen, während sie nach patrouillierenden Soldaten Ausschau hielten. Vor dem Schriftenarchiv angelangt, versuchte Brom, die Tür zu öffnen. Sie war verschlossen. Er legte die Hand an die Tür und murmelte ein Wort, das Eragon nicht kannte. Das Schloss klickte und die Tür sprang auf. Brom nahm eine Fackel von der Wand, dann schlüpften sie hinein und schlossen die Tür leise hinter sich.

Der enge Raum war mit Holzregalen voll gestopft, in denen sich unzählige Schriftrollen stapelten. In die hintere Wand war ein vergittertes Fenster eingelassen. Jeod ging zwischen den Regalen umher und ließ den Blick über die Schriftrollen wandern. Im hinteren Teil des Raumes blieb er stehen. »Hier«, sagte er. »Das sind die Aufzeichnungen der Waren, die in den letzten fünf Jahren per Schiff geliefert wurden. Die Daten stehen auf den Wachssiegeln in der Ecke.«

»Und was machen wir jetzt?«, fragte Eragon, zufrieden, dass sie es bis hierhin geschafft hatten, ohne entdeckt worden zu sein.

»Wir fangen oben an und arbeiten uns nach unten durch«, sagte Jeod. »In einigen Schriften geht es bloß um Steuern. Die interessieren uns nicht. Halte Ausschau nach Einträgen über Seithr-Öl.« Er zog einen Pergamentbogen aus seinem Lederbeutel und rollte ihn auf dem Boden aus, dann legte er ein Tintenfässchen und eine Schreibfeder daneben. »Wir schreiben alle Einträge auf, die wir finden«, erklärte er.

Brom nahm von oben einen Stapel Schriftrollen aus dem Regal und legte sie auf den Boden. Er hockte sich hin und rollte die erste auf. Eragon setzte sich so neben ihn, dass er die Tür im Blick hatte. Die mühselige Arbeit war für ihn besonders schwer, weil die verschnörkelte Handschrift anders aussah als die Blockbuchstaben, die Brom ihm beigebracht hatte.

Indem sie nur nach den Namen der Schiffe suchten, die in die nördlichen Gewässer segelten, konnten sie viele Schriftrollen rasch zur Seite legen. Aber trotzdem ging die Arbeit nur langsam voran. Sie notierten jede Lieferung von Seithr-Öl, die sie fanden.

Bis auf den gelegentlich vorbeikommenden Wachmann war es vor dem Raum still. Plötzlich kribbelte es Eragon im Nacken. Er versuchte weiterzuarbeiten, aber das unangenehme Gefühl hielt an. Verärgert schaute er auf und zuckte überrascht zusammen – auf dem Fensterbrett saß ein kleiner Junge. Er hatte schräge Augen und in sein wuscheliges schwarzes Haar war ein Stechpalmenzweig eingeflochten.

Braucht ihr Hilfe?, fragte eine Stimme in Eragons Kopf. Seine Augen weiteten sich. Es hörte sich an wie Solembum.

Bist du das?, fragte er ungläubig.

Bin ich jemand anders?

Eragon schluckte und starrte auf seine Schriftrolle. *Wenn meine Augen mich nicht trügen, dann bist du es nicht.*

Der Junge lächelte ein wenig und entblößte dabei spitze Zähne. *Mein Aussehen spielt keine Rolle. Glaubst du etwa, dass man mich umsonst eine Werkatze nennt?*

Was machst du hier?, wollte Eragon wissen.

Der Junge neigte den Kopf zur Seite, als überlege er, ob die Frage eine Antwort wert war. *Das hängt davon ab, was du hier tust. Wenn ihr diese Schriften nur zum Spaß lest, ist mein Besuch überflüssig. Aber wenn das, was ihr tut, ungesetzlich ist und ihr nicht entdeckt werden wollt, dann könnte ich euch sagen, dass der Wächter, der euch hereingelassen hat, seiner Ablösung von euch erzählt hat, und dass dieser zweite königliche Offizier Soldaten ausgeschickt hat, die euch suchen.*

Danke für die Warnung.

War das eine Warnung? Ja, ich denke schon. Und ich schlage vor, dass du dementsprechend handelst.

Der Junge erhob sich und warf sein buschiges Haar zurück. Eragon fragte rasch: *Was hast du neulich mit dem Baum und dem Verlies gemeint?*

Genau das, was ich gesagt habe.

Eragon wollte weitere Fragen stellen, aber die Werkatze schlüpfte bereits aus dem Fenster. Unvermittelt verkündete er: »Soldaten suchen nach uns.«

»Woher weißt du das?«, fragte Brom scharf.

»Ich habe den Wächter belauscht. Seine Ablösung hat gerade Soldaten losgeschickt. Wir müssen verschwinden. Wahrscheinlich haben sie schon entdeckt, dass Jeods Zimmer leer ist.«

»Bist du sicher?«, fragte Jeod.

»Ja!«, sagte Eragon ungeduldig. »Sie sind unterwegs.«

Brom zog die nächste Schriftrolle aus dem Regal. »Das ist egal. Wir müssen fertig werden!« Sie lasen so schnell sie konnten, überflogen die Einträge nur noch. Als sie mit der letzten Rolle fertig waren, schob Brom sie rasch ins Regal, und Jeod steckte das beschriebene Pergament, das Tintenfässchen und die Schreibfeder in seinen Beutel. Eragon nahm die Fackel.

Sie gingen eilig hinaus und schlossen die Tür, aber als sie zufiel, hörten sie am Ende des Ganges den schweren Tritt von Soldatenstiefeln. Sie wollten losrennen, aber plötzlich schimpfte Brom: »Verdammt! Sie ist nicht verriegelt.« Er legte die Hand an die Tür. Das Schloss klickte und im gleichen Moment kamen drei Soldaten um die Ecke.

»He! Weg da von der Tür!«, rief einer der Männer. Brom trat zurück und setzte eine überraschte Miene auf. Die drei Soldaten kamen näher. Der größte wollte wissen: »Warum wollt ihr ins Archiv?« Eragon packte seinen Bogen fester und rüstete sich zur Flucht.

»Ich fürchte, wir haben uns verlaufen.« Die Nervosität in Jeods Stimme war deutlich zu hören. Ein Schweißtropfen lief ihm den Nacken hinunter.

Der Soldat musterte sie argwöhnisch. »Sieh drinnen nach«, befal er einem seiner Männer.

Eragon hielt den Atem an, als der Soldat zur Tür ging, sie zu öffnen versuchte und dann mit der Faust dagegenschlug. »Sie ist verriegelt, Sir.«

Der Anführer kratzte sich am Kinn. »Na schön. Ich weiß zwar nicht, was ihr da gewollt habt, aber da die Tür zuge-

sperrt ist, könnt ihr wohl gehen. Kommt schon.« Die Soldaten nahmen sie in die Mitte und führten sie zum Innenhof.

Unfassbar, dachte Eragon. *Sie helfen uns zu fliehen!*

Der Soldat blieb am Haupttor stehen und sagte: »So, und
jetzt geht ihr hier raus und macht keine Schwierigkeiten. Wir
beobachten euch. Wenn ihr noch mal kommen müsst, dann
wartet gefälligst bis morgen früh.«

»Natürlich«, versprach Jeod.

Eragon spürte die bohrenden Blicke der Soldaten im Rü-
cken, als sie die Burg verließen. In dem Moment, als sich das
Tor hinter ihnen schloss, breitete sich ein Grinsen auf seinem
Gesicht aus, und er machte einen Luftsprung. Brom warf
ihm einen strengen Blick zu und knurrte: »Hör auf damit.
Feiern kannst du, wenn wir bei Jeod sind.«

Derart gemaßregelt hielt Eragon sich zurück, aber innerlich brodelte er vor Energie. Sobald sie wieder im Haus
waren und die Bibliothek betraten, rief er aus: »Wir haben es
geschafft!«

»Ja, aber jetzt müssen wir herausfinden, ob sich die Mühe
gelohnt hat«, sagte Brom. Jeod nahm eine Karte von Alagaësia aus dem Regal und rollte sie auf dem Schreibtisch aus.

Links auf der Karte erstreckte sich der Ozean bis in den
unbekannten Westen. Entlang der Küste lag der Buckel, ein
gewaltiger Höhenzug. Die Wüste Hadarac füllte die Mitte
der Karte aus – der Osten war nur ein weißer Fleck. Und
irgendwo in dieser Leere versteckten sich die Varden. Im
Süden befand sich Surda, ein kleines Land, das sich nach
dem Sturz der Drachenreiter vom Königreich gelöst hatte.
Eragon hatte gehört, dass Surda heimlich die Varden unter-
stützte.

An Surdas Ostgrenze erhob sich eine gewaltige Berglandschaft, das Beor-Gebirge. Eragon hatte schon viele Geschichten darüber gehört – angeblich waren die Berge zehnmal so hoch wie der Buckel, was er allerdings insgeheim für eine Übertreibung hielt. Östlich des Beor-Gebirges war die Karte leer.

Vor Surdas Küste lagen fünf Inseln: Nía, Parlim, Uden, Illium und Beirland. Nía war nicht mehr als ein Felsbrocken, der aus dem Meer ragte, doch auf Beirland, der größten der Inseln, gab es eine kleine Stadt. Weiter oben, in der Nähe von Teirm, lag die zerklüftete Insel Haizahn. Und hoch oben im Norden gab es noch eine weitere Insel, riesengroß und geformt wie eine knorrige Hand. Eragon musste den Namen nicht ablesen, er kannte ihn nur zu gut: Vroengard, die angestammte Heimat der Drachenreiter – einst ein prächtiger, ehrwürdiger Ort, heute hingegen eine geplünderte, leere Einöde, auf der absonderliche Geschöpfe ihr Unwesen trieben. In der Mitte von Vroengard lag die verlassene Stadt Dorú Areaba.

Carvahall war ein kleiner Punkt am oberen Ende des Palancar-Tals. Auf gleicher Höhe, aber jenseits der Tiefebene, breitete sich der Wald Du Weldenvarden aus. Wie beim Beor-Gebirge waren auch hier die östlichen Regionen nicht kartografiert. Auf der Westseite von Du Weldenvarden gab es Siedlungen, aber der größte Teil des Gebietes war geheimnisvolles, unerforschtes Territorium. Der Wald dort war wilder als der Buckel. Die wenigen, die ihn zu erkunden versuchten, kehrten wahnsinnig oder überhaupt nicht zurück.

Eragon schauderte, als er Urû'baen erblickte, das im Zentrum des Königreichs thronte. Von dort aus regierte König

Galbatorix, mit dem schwarzen Drachen Shruikan an seiner Seite. Eragon legte den Finger auf Urû'baen. »Die Ra'zac verstecken sich bestimmt irgendwo dort.«

»Wünsch dir lieber, dass ihr Versteck woanders liegt«, sagte Brom tonlos. »Sonst kommst du nicht einmal in ihre Nähe.« Mit seinen verschrumpelten Händen strich er die Karte glatt.

Jeod zog den Pergamentbogen aus seinem Lederbeutel und faltete ihn auseinander. »In den letzten fünf Jahren wurde Seithr-Öl in jede größere Stadt des Königreichs geliefert. Soweit ich sagen kann, handelt es sich bei allen Bestellungen um reiche Juweliere. Ich weiß nicht, wie wir die Liste ohne zusätzliche Informationen eingrenzen können.«

Brom fuhr mit der Hand über die Karte. »Ich glaube, einige Städte können wir ausschließen. Die Ra'zac müssen dorthin ziehen, wo sie der König hinschickt, und er hält sic bestimmt in Trab. Wenn man von ihnen verlangt, jederzeit so schnell wie möglich jeden beliebigen Ort zu erreichen, wäre es für sie am klügsten, sich an einem Knotenpunkt aufzuhalten, von dem aus sie mühelos in jeden Landesteil gelangen können.« Er ging aufgeregt auf und ab. »Dieser Knotenpunkt muss so groß sein, dass die Ra'zac dort nicht auffallen. Und es muss genug Handel geben, damit ungewöhnliche Bestellungen – zum Beispiel das Futter für ihre Flugrösser – keine Aufmerksamkeit erregen.«

»Das klingt logisch«, nickte Jeod. »Unter diesen Voraussetzungen können wir die meisten Städte im Norden streichen, bis auf Teirm, Gil'ead und Ceunon. Das sind die größten. Ich weiß, dass sie nicht in Teirm sind, und ich bezweifle, dass das Öl weiter in den Norden nach Narda geliefert wurde – der Ort ist zu klein. Ceunon liegt zu abgelegen ... Bleibt also nur Gil'ead übrig.«

»Dort könnten die Ra'zac tatsächlich sein«, stimmte Brom ihm zu. »Das besäße schon eine gewisse Ironie.«

»Das kann man wohl sagen«, bestätigte Jeod leise.

»Was ist mit den Städten im Süden?«, fragte Eragon.

»Nun«, sagte Jeod, »da wäre als Erstes natürlich Urû'baen, aber es ist eher unwahrscheinlich, dass das Seithr-Öl, dem wir auf der Spur sind, dorthin geliefert wurde. Würde jemand an Galbatorix' Hof daran sterben, würden die Grafen und anderen Edelleute schnell herausfinden, dass der König größere Mengen Seithr-Öl erwerben ließ. Es bleiben trotzdem noch genügend andere Städte übrig, von der jede diejenige sein könnte, die wir suchen.«

»Ja«, sagte Eragon, »aber das Öl wurde nicht in jede dieser Städte geschickt. Du hast nur Kuasta, Dras-Leona, Aroughs und Belatona aufgeschrieben. Kuasta ist nichts für die Ra'zac; es liegt an der Küste und ist von Bergen umgeben. Aroughs ist genauso abgelegen wie Ceunon, obwohl es dort viel Handel gibt. Also kommen nur Belatona und Dras-Leona infrage. Von den beiden halte ich Dras-Leona für den wahrscheinlicheren Aufenthaltsort der Ra'zac. Die Stadt ist größer und günstiger gelegen als Belatona.«

»Und fast alle Waren des Landes kommen früher oder später dort durch, einschließlich derer aus Teirm«, sagte Jeod. »Es wäre ein gutes Versteck für die Ra'zac.«

»Gut – also Dras-Leona«, sagte Brom, setzte sich und zündete seine Pfeife an. »Was sagen die Aufzeichnungen?«

Jeod schaute auf das Pergament. »Hier ist es. Anfang des Jahres gingen drei Lieferungen Seithr-Öl nach Dras-Leona.

Sie lagen nur jeweils zwei Wochen auseinander und den Aufzeichnungen nach erfolgten alle Lieferungen durch denselben Händler. Im letzten Jahr geschah dasselbe und in dem davor auch. Ich bezweifle, dass ein Juwelier oder sogar eine Gruppe von Juwelieren das Geld für so viel Öl hat.«

»Was ist mit Gil'ead?«, fragte Brom mit hochgezogenen Augenbrauen.

»Gil'ead bekam das Öl in den letzten Jahren nur zweimal geliefert«, sagte Jeod und blickte von dem Bogen auf. »Außerdem glaube ich, wir haben etwas vergessen – den Helgrind.«

Brom nickte. »Genau, das Tor zur Finsternis. Ich habe schon ewig nicht mehr daran gedacht. Du hast Recht, es macht Dras-Leona zum perfekten Versteck für die Ra'zac. Ich schätze, damit ist entschieden, wohin wir gehen.«

Eragon setzte sich ruckartig auf. Alle Anspannung, jedes Gefühl waren von ihm gewichen. Er fragte nicht einmal, was der Helgrind eigentlich war. *Ich dachte, ich wäre froh, wenn die Jagd weitergeht. Stattdessen kommt es mir so vor, als habe sich ein Abgrund vor mir aufgetan. Dras-Leona! Das ist so weit weg …*

Das Pergament knisterte, als Jeod die Karte wieder zusammenrollte. Er reichte sie Brom und sagte: »Du wirst sie brauchen, fürchte ich. Deine Wanderungen führen dich ja meistens in die entlegensten Regionen.« Mit einem Nicken nahm Brom die Karte entgegen. Jeod klopfte ihm auf die Schulter. »Es mutet mich sonderbar an, dich allein weiterziehen zu sehen. Mein Herz sagt, dass ich dich begleiten sollte, aber der Rest von mir erinnert mich an mein Alter und meine Verantwortung.«

»Ich weiß«, sagte Brom. »Du hast dir in Teirm ein Leben aufgebaut. Es ist an der Zeit, dass die nächste Generation die Standarte trägt. Du hast deinen Teil geleistet; sei zufrieden.«

»Was ist mit dir?«, fragte Jeod. »Hat die Wanderschaft für dich nie ein Ende?«

Ein hohles Lachen kam über Broms Lippen. »Doch, ich sehe es bereits näher kommen, aber eine Weile lässt es noch auf sich warten.« Er löschte seine Pfeife und jeder von ihnen ging erschöpft in sein Zimmer. Vor dem Einschlafen nahm Eragon Kontakt mit Saphira auf, um ihr von dem nächtlichen Abenteuer zu berichten.

EIN VERHÄNGNISVOLLER FEHLER

Am nächsten Morgen holten Eragon und Brom die Satteltaschen aus dem Stall und bereiteten ihre Abreise vor. Jeod verabschiedete Brom, während Helen von der Tür aus zusah. Mit ernsten Blicken gaben sich die Männer die Hand. »Ich werde dich vermissen, alter Knabe«, sagte Jeod.

»Ich dich auch«, erwiderte Brom mit belegter Stimme. Er neigte sein weißhaariges Haupt und wandte sich anschließend zu Helen um. »Vielen Dank für Eure Gastfreundschaft; Ihr wart sehr großzügig.« Die Röte stieg ihr ins Gesicht. Eragon glaubte, sie würde ihn ohrfeigen. Brom fuhr ungerührt fort: »Ihr habt einen guten Mann; kümmert Euch um ihn. Es gibt wenige Menschen, die so tapfer und entschlossen sind wie er. Aber selbst er kann schwierige Zeiten nicht ohne die Unterstützung derer meistern, die er liebt.« Er verneigte sich erneut und sagte sanft: »Das soll nur ein freundlicher Rat sein, verehrte Helen.«

Eragon sah, wie ein beleidigter, gekränkter Ausdruck über ihr Gesicht huschte. Ihre Augen funkelten zornig, als sie brüsk die Tür schloss. Seufzend fuhr sich Jeod mit den Fingern durch das schüttere Haar. Eragon dankte ihm für seine

Hilfe, dann bestieg er Cadoc. Nach einem letzten Abschiedsgruß machte er sich mit Brom auf den Weg.

Am südlichen Stadttor ließen die Wachen sie passieren, ohne ihnen einen zweiten Blick zu schenken. Als sie unter der dicken Stadtmauer hindurchritten, sah Eragon im Schatten eine Bewegung. Solembum erwartete sie mit wedelndem Schwanz. Die Katze folgte ihnen ein Stück weit und verschwand schließlich. Als sie die Stadt hinter sich gelassen hatten, fragte Eragon: »Was sind Werkatzen?«

Brom schaute überrascht. »Wie kommst du denn plötzlich darauf?«

»Ich habe in Teirm jemanden über sie reden gehört. Es gibt sie doch nicht wirklich, oder?«, meinte Eragon unschuldig.

»Natürlich gibt es sie wirklich. In der Blütezeit der Drachenreiter wurden sie genauso verehrt wie die Drachen. Könige und Elfen hielten sie als Gefährten – und doch durften Werkatzen tun, was immer sie wollten. Nur wenig ist über sie bekannt. Ich fürchte, heutzutage sind sie sehr selten geworden.«

»Beherrschten sie die Magie?«, fragte Eragon.

»Das weiß niemand so genau, aber sie konnten auf jeden Fall ungewöhnliche Dinge tun. Sie schienen immer zu wissen, was gerade vor sich ging, und irgendwie gelang es ihnen, sich in die Dinge einzumischen und sie nach ihrem Gutdünken zu beeinflussen.« Brom zog sich die Kapuze über den Kopf, um den kühlen Wind abzuhalten.

»Was ist der Helgrind überhaupt?«, fragte Eragon nach kurzem Nachdenken.

»Das erfährst du, wenn wir in Dras-Leona sind.«

Als Teirm außer Sicht war, rief Eragon: *Saphira!* Die Kraft seines geistigen Rufes war so stark, dass Cadoc verärgert die Ohren anlegte.

Saphira antwortete und machte sich augenblicklich auf den Weg zu ihnen. Eragon und Brom sahen, wie aus einer Wolke ein dunkler Punkt herausschoss, dann hörten sie ein dumpfes Dröhnen, als Saphira ihre Schwingen ausbreitete. Die Sonne schien durch die dünnen Flügelhäute hindurch und ließ sie fast durchsichtig erscheinen. Sie landete mit einem kräftigen Luftstoß.

Eragon warf Brom Cadocs Zügel zu. »Ich bin zum Mittagessen zurück.«

Brom nickte, schien aber an etwas ganz anderes zu denken. »Viel Spaß«, sagte er, dann sah er Saphira an und lächelte. »Schön, dich wiederzusehen.«

Ich freue mich auch.

Eragon stieg auf Saphiras Schultern und klammerte sich an sie, als sie mit einem kräftigen Satz vom Boden abhob. *Festhalten*, warnte sie Eragon, drehte sich auf den Rücken und flog kopfüber weiter. Eragon brüllte vor Vergnügen, breitete die Arme aus und hielt sich nur mit den Beinen an ihr fest.

Ich wusste gar nicht, dass ich mich, ohne im Sattel festgeschnallt zu sein, auf dir halten kann, wenn du auf dem Rücken fliegst. Er grinste breit.

Ich auch nicht, gab Saphira mit dem ihr eigenen Lachen zu. Eragon umarmte sie liebevoll, und dann glitten sie, die Herren des Himmels, waagerecht durch die Lüfte.

Gegen Mittag waren seine Beine vom Fliegen ohne Sattel wund gescheuert und seine Hände taub vor Kälte. Saphiras Schuppen waren zwar immer warm, aber sie konnte trotzdem nicht verhindern, dass ihm kalt wurde. Nachdem sie gelandet waren, vergrub er die Hände in den Taschen und setzte sich an eine warme, sonnenbeschienene Stelle. Während er und Brom aßen, fragte Eragon Saphira: *Hast du etwas dagegen, wenn ich heute auf Cadoc weiterreite?* Er hatte vor, Brom nach seiner Vergangenheit zu fragen.

Nein, aber erzähl mir, was er sagt. Eragon war nicht überrascht, dass Saphira sein Vorhaben kannte. Es war fast unmöglich, etwas vor ihr zu verbergen, wenn sie miteinander in geistiger Verbindung standen. Als sie mit dem Essen fertig waren, flog sie los, während er und Brom auf den Pferden weiterzogen. Nach einer Weile sagte Eragon zu Brom: »Ich muss mit dir reden. Das wollte ich eigentlich schon in Teirm, aber ich beschloss, damit zu warten, bis wir die Stadt verlassen haben.«

»Worüber?«, fragte Brom.

Eragon zögerte. »Es gibt vieles, was ich nicht verstehe. Zum Beispiel, wer deine ›Freunde‹ sind und warum du dich in Carvahall versteckt hast. Ich vertraue dir voll und ganz – sonst wäre ich nicht mehr mit dir unterwegs –, aber ich muss mehr über dich erfahren und wissen, was du tust. Was hast du in Gil'ead gefunden, und was ist die *Tuatha du Orothrim*, auf die du mich zu bringen gedenkst? Ich finde, nach allem, was geschehen ist, habe ich eine Erklärung verdient.«

»Du hast uns belauscht.«

»Nur einmal«, sagte Eragon.

»Wie ich sehe, muss ich dir noch anständige Manieren beibringen«, sagte Brom und zupfte mürrisch an seinem Bart. »Wie kommst du darauf, dass dich diese Dinge etwas angehen?«

»Ich weiß nicht«, sagte Eragon achselzuckend. »Ich finde es eben sonderbar, dass du dich in Carvahall versteckt hast, ich Saphiras Ei fand und du so ungeheuer viel über Drachen weißt. Je länger ich darüber nachdenke, desto weniger kann ich an einen Zufall glauben. Es gab noch andere Hinweise, die ich ignoriert habe, aber rückblickend sind sie sehr offensichtlich. Zum Beispiel, dass du überhaupt von den Ra'zac gewusst hast und dass sie vor dir geflohen sind. Und allmählich beginne ich, mich zu fragen, ob du nicht auch etwas mit dem Auftauchen von Saphiras Ei zu tun gehabt hattest. Es gibt vieles, was du uns nicht erzählt hast, und Saphira und ich können es uns nicht leisten, etwas unbeachtet zu lassen, das gefährlich sein könnte.«

Dunkle Furchen erschienen auf Broms Stirn, als er Schneefeuer anhielt. »Du willst nicht länger warten?«, fragte er. Eragon schüttelte den Kopf. Brom seufzte. »Das wäre alles kein Problem, wenn du nicht so argwöhnisch wärst, aber ich schätze, wenn du anders wärst, würde ich meine Zeit mit dir vergeuden.« Eragon war sich nicht sicher, ob er das als Kompliment auffassen sollte. Brom zündete seine Pfeife an und blies eine Rauchwolke in die Luft. »Ich werde es dir erzählen«, sagte er, »aber du musst verstehen, dass ich dir nicht alles offenbaren kann.« Eragon begann zu protestieren, aber Brom schnitt ihm das Wort ab. »Gewisse Dinge halte ich nicht zurück, weil ich etwas zu verbergen habe, sondern weil ich keine Geheimnisse preisgeben kann, die nicht die meinen sind. Es gibt andere Geschichten, die mit meiner verbunden sind. Wenn du den Rest erfahren möchtest, musst du mit den anderen Beteiligten reden.«

»Gut, dann erzähl mir, was du kannst«, sagte Eragon.

»Bist du sicher?«, fragte Brom. »Es gibt gute Gründe für meine Geheimniskrämerei. Ich habe versucht, dich zu schützen, indem ich Mächte von dir fern halte, die dich zerreißen würden. Wenn du einmal von ihnen und ihren Absichten erfahren hast, kannst du nie wieder ein ruhiges Leben führen. Du wirst dich entscheiden müssen, auf welcher Seite du stehst, und du wirst für deine Entscheidung kämpfen müssen. Möchtest du es wirklich wissen?«

»Ich kann mein Leben nicht in Unwissenheit verbringen«, sagte Eragon leise.

»Na schön … also: In Alagaësia herrscht Krieg zwischen den Varden und dem Imperium. Die Auseinandersetzung ist viel weitreichender, als es die gelegentlichen bewaffneten Zusammenstöße ahnen lassen. In Wahrheit geht es um einen Machtkampf von titanischen Ausmaßen … in dessen Zentrum du stehst.«

»Ich?«, sagte Eragon ungläubig. »Das ist unmöglich. Ich habe mit keiner der beiden Seiten etwas zu tun.«

»Noch nicht«, sagte Brom, »aber deine bloße Existenz ist der Grund für ihre Schlachten. Die Varden und das Imperium kämpfen nicht darum, das Land oder seine Einwohner zu beherrschen. Ihr Ziel ist es vielmehr, die Kontrolle über die nächste Generation der Drachenreiter zu erlangen, deren erster Vertreter du bist. Wer diese Reiter in seiner Gewalt hat, wird der unumstrittene Herrscher über Alagaësia sein.«

Eragon versuchte, Broms Erklärungen zu verstehen. Es schien ihm unbegreiflich, dass so viele Leute an ihm und Saphira interessiert sein sollten. Niemand außer Brom hatte ihn bisher für so wichtig gehalten. Die Vorstellung, dass das

Imperium und die Varden um ihn kämpfen sollten, erschien ihm zu weit hergeholt, als dass er sie hätte vollständig begreifen können. Sofort kamen ihm verschiedene Einwände in den Sinn. »Aber alle Reiter sind tot, bis auf die Abtrünnigen, die sich Galbatorix anschlossen. Und soweit ich weiß, sind selbst die inzwischen gestorben. Und in Carvahall hast du gesagt, dass niemand wisse, ob es in Alagaësia noch Drachen gibt.«

»Das war gelogen«, sagte Brom tonlos. »Die Reiter sind zwar tot, aber es gibt noch drei Dracheneier – und alle drei befinden sich in Galbatorix' Besitz. Eigentlich sind es nur noch zwei, denn Saphira ist ja geschlüpft. Der König brachte die drei Eier während der letzten Schlacht gegen die Drachenreiter an sich.«

»Also gibt es bald zwei neue Reiter, die dem König treu ergeben sind?«, fragte Eragon verzagt.

»Genau«, sagte Brom. »Ein tödlicher Wettlauf ist im Gange. Galbatorix versucht, die beiden Menschen zu finden, bei denen die Drachen schlüpfen, während die Varden alles daransetzen, seine Kandidaten umzubringen oder die Eier zu stehlen.«

»Aber wo kam Saphiras Ei her? Wie konnte es dem König abhanden kommen? Und woher weißt du das alles?«, fragte Eragon verwirrt.

»So viele Fragen auf einmal«, lachte Brom bitter. »Zu alledem gibt es ein weiteres Kapitel, und zwar eins, das lange vor deiner Geburt stattfand. Damals war ich jünger, aber noch nicht so klug wie heute. Ich hasste das Imperium – aus Gründen, die ich für mich behalte – und versuchte, ihm auf jede mir mögliche Art zu schaden. Mein Tatendrang führte mich zu einem Gelehrten, Jeod, der behauptete, ein Buch entdeckt zu haben, in dem von einem geheimen Eingang in Galbatorix' Schloss die Rede war. Daher brachte ich Jeod zu den Varden – die meine ›Freunde‹ sind –, und sie schmiedeten einen Plan, wie man die Eier stehlen konnte.«

Die Varden!

»Leider ging etwas schief und unser Dieb brachte nur ein Ei an sich. Aus irgendeinem Grunde floh er damit und kehrte nicht zu den Varden zurück. Als man ihn nirgendwo finden konnte, wurden Jeod und ich losgeschickt, um ihn aufzuspüren und das Ei zurückzubringen.« Broms Blick schweifte in die Ferne und er sprach mit seltsam klingender Stimme weiter. »Und so begann die vielleicht größte Suche in der Geschichte Alagaësias. Wir wetteiferten gegen die Ra'zac und gegen Morzan, den letzten der Abtrünnigen und ergebensten Handlanger des Königs.«

»Morzan!«, rief Eragon aus. »Das war doch der, der die Reiter an Galbatorix verraten hat!« *Und das geschah vor so langer Zeit. Morzan muss uralt gewesen sein.* Es beunruhigte ihn, daran erinnert zu werden, wie lange Drachenreiter lebten.

»Na und?«, fragte Brom mit erhobenen Augenbrauen. »Ja, er war alt, aber er war stark und grausam. Er war der treuste und loyalste Anhänger des Königs. Da es zwischen uns schon einmal böses Blut gegeben hatte, wurde die Jagd nach dem Drachenei zu einem persönlichen Wettstreit zwischen uns beiden. Als man es in Gil'ead fand, eilte ich dorthin und kämpfte mit Morzan darum. Es war ein grausamer Kampf, aber am Ende habe ich ihn besiegt. Während der Auseinandersetzung wurde ich von Jeod getrennt. Ich hatte keine Zeit, nach ihm zu suchen, daher nahm ich das Ei und brachte es zu den Varden, die mich baten, denjenigen auszubilden, der zum neuen Drachenreiter bestimmt war. Ich willigte ein und beschloss, mich in Carvahall zu verstecken, bis die Varden Kontakt zu mir aufnehmen würden. Aber das ist nie geschehen.«

»Wie ist dann Saphiras Ei in den Buckel gelangt? Wurde dem König ein zweites Ei gestohlen?«, fragte Eragon.

Brom grunzte. »Das ist ziemlich unwahrscheinlich. Er lässt die beiden verbliebenen Eier so schwer bewachen, dass der Versuch, sie zu stehlen, Selbstmord wäre. Nein, Saphiras Ei stammt von den Varden, und ich glaube zu wissen, warum es im Buckel auftauchte. Um das Ei zu schützen, muss jemand versucht haben, es auf magischem Wege zu mir zu schicken.

Die Varden haben mich nicht darüber unterrichtet, was sich zugetragen hat, daher nehme ich an, dass ihre Kuriere von königlichen Soldaten abgefangen und an ihrer Stelle die Ra'zac geschickt wurden. Bestimmt waren sie versessen darauf, mich zu finden, denn ich habe schon unzählige Male ihre Pläne durchkreuzt.«

»Dann wussten die Ra'zac noch gar nichts von mir, als sie in Carvahall eintrafen«, stellte Eragon verwundert fest.

»Das stimmt«, sagte Brom. »Hätte der widerliche Sloan den Mund gehalten, hätten sie vermutlich nie von dir erfahren. Alles wäre ganz anders gekommen. In gewisser Weise muss ich mich bei dir bedanken, dass ich noch am Leben bin. Wären die Ra'zac nicht so sehr mit dir beschäftigt gewesen, hätten sie mich völlig unerwartet überrascht, und das wäre das Ende des Geschichtenerzählers Brom gewesen. Der einzige Grund, warum sie vor mir geflohen sind, ist der, dass ich stärker bin als sie, besonders am Tag. Wahrscheinlich hatten sie geplant, mir eine Droge zu verabreichen und mich nach dem Verbleib des Eis zu befragen.«

»Du hast den Varden eine Botschaft geschickt und ihnen von mir berichtet?«

»Ja. Sie werden bestimmt wollen, dass ich dich so schnell wie möglich zu ihnen bringe.«

»Aber das wirst du nicht tun, oder?«

Brom schüttelte den Kopf. »Nein.«

»Warum nicht? Bei den Varden zu sein, ist bestimmt sicherer, als die Ra'zac zu jagen, besonders für einen so jungen Reiter wie mich.«

Brom schnaubte und sah Eragon fürsorglich an. »Die Varden sind gefährliche Leute. Wenn wir zu ihnen gehen, wird man dich in ihre politischen Machenschaften und Intrigen hineinziehen. Um ihre Stellung zu festigen oder die Gunst des Volkes zu gewinnen, könnten ihre Anführer dich auf Missionen schicken, für die deine Kräfte noch nicht reichen. Ich möchte, dass du gut vorbereitet bist, bevor du dich auch nur in die Nähe der Varden begibst. Solange wir die Ra'zac verfolgen, muss ich mir keine Sorgen machen, dass jemand dein Wasser vergiftet. Es ist das kleinere von zwei Übeln. Außerdem«, sagte er schmunzelnd, »macht es mir einfach zu viel Spaß, dich zu unterrichten … *Tuatha du Orothri*m ist bloß eine Stufe in deiner Ausbildung. Ich werde dir helfen, die Ra'zac zu finden – und vielleicht sogar, sie zu töten, denn es sind ebenso sehr meine Feinde wie deine. Aber danach musst du eine Entscheidung treffen.«

»Und die wäre …?«, fragte Eragon argwöhnisch.

»Ob du dich den Varden anschließt«, sagte Brom. »Falls du die Ra'zac tötest, kannst du Galbatorix' Zorn nur entgehen, indem du dich unter den Schutz der Varden begibst, nach Surda fliehst oder den König um Gnade bittest und dich auf seine Seite schlägst. Selbst wenn du die Ra'zac nicht tötest, stehst du früher oder später vor dieser Entscheidung.«

Eragon wusste, dass es am besten wäre, bei den Varden Zuflucht zu suchen, aber er wollte nicht wie sie sein ganzes Leben lang gegen das Imperium kämpfen. Er wog Broms Vorschläge gegeneinander ab und versuchte, sie aus allen Blickwinkeln zu betrachten. »Du hast mir noch gar nicht erklärt, woher du so viel über Drachen weißt.«

»Stimmt, darüber habe ich noch nicht gesprochen, was?«, sagte Brom mit verschmitztem Lächeln. »Damit warten wir noch ein bisschen.«

Warum gerade ich?, fragte sich Eragon. Was war so Besonderes an ihm, dass ausgerechnet er ein Drachenreiter werden sollte? »Hast du meine Mutter gekannt?«, platzte er auf einmal heraus.

Brom blickte ernst. »Ja, das habe ich.«

»Wie war sie?«

Der alte Mann seufzte. »Sie war stolz und würdevoll wie Garrow. Letztlich ist sie daran zugrunde gegangen, aber es waren dennoch zwei ihrer besten Eigenschaften ... Sie half den Armen und weniger Glücklichen, auch wenn es ihr selbst nicht gut ging.«

»Kanntest du sie gut?«, fragte Eragon aufgewühlt.

»Gut genug, um sie zu vermissen, nachdem sie von uns gegangen war.«

Während Cadoc vor sich hin trabte, versuchte Eragon,

sich an die Zeit zu erinnern, als er Brom nur für einen verschrobenen alten Geschichtenerzähler gehalten hatte. Zum ersten Mal wurde ihm richtig bewusst, wie ahnungslos er gewesen war.

Er ließ Saphira wissen, was er erfahren hatte. Sie war verblüfft über Broms Offenbarungen, erschrak aber bei der Vorstellung, sich einmal in Galbatorix' Gewalt befunden zu haben. Am Ende sagte sie: *Bist du nicht froh, Carvahall verlassen zu haben? Denk an all die interessanten Erlebnisse, die dir sonst entgangen wären.* Eragon stöhnte in gespielter Erschöpfung auf.

Nachdem sie einen geeigneten Platz für ihr Nachtlager gefunden hatten, suchte Eragon nach Wasser. Brom bereitete unterdessen das Abendessen zu. Eragon rieb sich die kalten Hände, während er in weitem Bogen um das Lager herumlief und nach dem Plätschern eines Bachs oder Flusses horchte. Es war düster und feucht zwischen den Bäumen.

Nach einer Weile fand er einen Bach, hockte sich ans Ufer und sah zu, wie das Bergwasser über die Felsen sprudelte. Er tauchte die Finger in das eisige Nass. *Dem Wasser ist es egal, was uns oder irgendeinem anderen widerfährt,* dachte Eragon. Schaudernd erhob er sich wieder.

Ein ungewöhnlicher Fußabdruck am anderen Ufer erregte seine Aufmerksamkeit. Er hatte eine merkwürdige Form und war sehr groß. Neugierig geworden sprang er über den Bach hinweg auf einen flachen Stein. Beim Landen streifte sein Fuß ein Stück feuchtes Moos und er verlor das Gleichgewicht. Er versuchte, sich an einem Ast festzuhalten, doch der brach ab. Unwillkürlich riss Eragon den Arm zur Seite, um den Sturz abzufangen. Sein rechtes Handgelenk knackte, als es mit voller Wucht aufprallte. Der Schmerz schoss in seinen Arm hinauf.

Durch seine zusammengebissenen Zähne drang ein dumpfer Schwall von Flüchen, während er einen Aufschrei unterdrückte. Halb blind vor Schmerz, krümmte er sich am Boden und hielt sich den Arm. *Eragon!*, hörte er Saphiras besorgten Ruf. *Was ist passiert?*

Mein Handgelenk ist gebrochen... Ich habe mich dumm angestellt... bin ausgerutscht.

Ich komme, sagte Saphira.

Nein, ich schaffe es schon. Komm nicht. Die Bäume stehen zu dicht beieinander für deine Flügel.

Sie schickte ihm ein kurzes Bild, wie sie den Wald zu Kleinholz verarbeiten würde, nur um zu ihm zu gelangen, dann sagte sie: *Beeil dich.*

Stöhnend stemmte er sich auf die Beine. Der tief in den Boden eingetretene Abdruck war nur wenige Schritte von ihm entfernt. Er stammte von einem schweren, mit Nägeln besetzten Stiefel. Sofort erinnerte sich Eragon an die Spuren vor dem Leichenberg in Yazuac. »Urgals«, keuchte er angewidert und wünschte sich, er hätte Zar'roc mitgenommen. Mit einer Hand konnte er den Bogen nicht gebrauchen. Er warf den Kopf zurück und brüllte in Gedanken: *Saphira! Urgals! Bring Brom in Sicherheit.*

Dann sprang er wieder über den Bach und stürmte, das Jagdmesser in der Hand, zum Lager zurück, wobei er darauf gefasst war, dass hinter jedem Baum und Busch Feinde lauern konnten. *Hoffentlich ist es nur ein einzelner Urgal.* Im Lager angekommen, duckte er sich erschrocken, als Saphiras

Schwanz über ihn hinwegpeitschte. »Hör auf! Ich bin's!«, rief er.

Hups, sagte Saphira. Ihre Flügel waren vor der Brust gefaltet wie eine Mauer.

»Hups?«, murrte Eragon und rannte auf sie zu. »Du hättest mich fast umgebracht! Wo ist Brom?«

»Hier«, schimpfte eine Stimme hinter Saphiras Flügeln. »Sag deiner verrückten Drachendame, sie soll mich loslassen; auf mich hört sie nicht.«

»Lass ihn los!«, sagte Eragon aufgebracht. »Hast du ihm nichts gesagt?«

Nein, antwortete sie betreten. *Du hast nur gesagt, ich soll ihn in Sicherheit bringen.* Sie hob die Flügel und Brom kam missgelaunt zum Vorschein.

»Ich habe eine frische Urgal-Spur gefunden.«

Brom wurde augenblicklich ernst. »Sattel die Pferde. Wir brechen auf.« Er trat das Feuer aus, doch Eragon rührte sich nicht. »Was ist denn mit deinem Arm?«

»Das Handgelenk ist gebrochen«, sagte er mit schmerzverzerrter Stimme.

Fluchend sattelte Brom Cadoc für ihn. Er half Eragon aufs Pferd und sagte: »Wir müssen den Arm so bald wie möglich schienen. Versuch bis dahin, das Handgelenk nicht zu bewegen.« Eragon hielt die Zügel mit der linken Hand. Brom sagte zu Saphira: »Es ist fast dunkel. Du kannst ruhig direkt über uns fliegen. Falls Urgals auftauchen, werden sie es sich zweimal überlegen, ob sie uns angreifen sollen, wenn du in der Nähe bist.« *Sie täten gut daran, es bleiben zu lassen, denn sonst werden sie nie mehr in der Lage sein, sich irgendetwas zu überlegen,* gab Saphira zurück, bevor sie in die Luft stieg.

Das Licht schwand schnell, und die Pferde waren müde, aber die beiden Männer trieben sie ohne Unterlass an. Eragons angeschwollenes Handgelenk pochte immer stärker. Eine Meile vom Lager entfernt hielt Brom plötzlich an: »Hör mal!«

Eragon vernahm hinter sich den leisen Ton eines Jagdhorns. Als es verklang, wallte Panik in ihm auf. »Sie müssen das Lager entdeckt haben«, sagte Brom, »und wahrscheinlich auch Saphiras Spuren. Jetzt werden sie uns jagen. Es ist nicht ihre Art, die Beute entkommen zu lassen.« Dann erschallten zwei Jagdhörner, diesmal deutlich näher. Ein eisiger Schauer durchfuhr Eragon. »Unsere einzige Möglichkeit ist die Flucht«, sagte Brom. Er schaute gen Himmel, und seine Gesichtszüge wurden leer, als er Saphira rief.

Sie stürzte vom Nachthimmel herab und landete. »Lass Cadoc zurück. Flieg mit ihr. Das ist sicherer«, befahl Brom.

»Was ist mit dir?«, protestierte Eragon.

»Ich komme schon zurecht. Geh jetzt!« Zu entkräftet, um zu widersprechen, bestieg Eragon Saphira, während Brom Schneefeuer die Sporen gab und mit Cadoc im Schlepptau davonstob. Saphira folgte ihm und brauste über den galoppierenden Pferden durch die Luft.

Eragon hielt sich, so gut er konnte, an Saphira fest. Jedes Mal wenn sie bei einer Bewegung versehentlich sein Handgelenk streifte, sog er zischend die Luft ein. In der Nähe plärrten die Jagdhörner und weckten neuerliches Entsetzen. Brom preschte über Stock und Stein, trieb die Pferde an ihre Grenzen. Dicht hinter ihnen trompeteten die Hörner im Gleichklang, dann verstummten sie.

Minuten vergingen. *Wo sind sie geblieben?*, fragte sich

Eragon. Wieder erklang ein Horn, diesmal in weiter Ferne. Er seufzte erleichtert und schmiegte sich an Saphiras Hals, während Brom unten die Pferde zügelte. *Das war knapp*, sagte Eragon.

Ja, aber wir dürfen nicht stehen bleiben, bis... Saphira brach mitten im Satz ab, als direkt unter ihnen ein Horn erschallte. Eragon zuckte erschrocken zusammen und Brom gab Schneefeuer erneut die Sporen. Gehörnte Ungeheuer auf Pferden preschten mit heiserem Geschrei den Pfad entlang und holten schnell auf. Sie waren fast schon in Sichtweite mit Brom; der alte Mann konnte ihnen nicht entkommen. *Wir müssen etwas tun!*, rief Eragon.

Was denn?

Lande vor den Urgals!

Bist du verrückt?, fragte Saphira.

Mach schon! Ich weiß, was ich tue, sagte Eragon. *Für etwas anderes ist keine Zeit mehr. Sie haben Brom gleich eingeholt!*

Also schön. Saphira flog ein Stück voraus, dann machte sie kehrt und hielt sich für einen Sinkflug bereit. Eragon beschwor seine Kraft herauf und spürte in seinem Geist den vertrauten Widerstand, der ihn von der Magie trennte. Noch unternahm er keinen Versuch, ihn zu durchbrechen. Ein Muskel zuckte in seinem Nacken.

Als die Urgals den Pfad hinaufgeritten kamen, rief er: »Jetzt!« Saphira legte die Flügel an, ließ sich geradewegs zwischen den Bäumen hinabfallen und landete in einer Staubwolke mitten auf dem Pfad.

Die Urgals brüllten panisch auf und rissen die Zügel an sich. Ihre Pferde rammten die Hufe in den Boden, bremsten ab und prallten aufeinander, aber die Ungeheuer hatten schnell wieder ihre Fassung gefunden und bauten sich mit erhobenen Waffen vor Saphira auf. Hass breitete sich auf ihren Fratzen aus, während sie den Drachen düster anfunkelten. Es waren zwölf, alles hässliche, grobschlächtige Rohlinge. Eragon fragte sich, weshalb sie nicht flohen. Er hatte gedacht, Saphiras Anblick würde sie verjagen. *Worauf warten sie denn? Wollen sie nun angreifen oder nicht?*

Entsetzt sah er, wie der größte Urgal einen Schritt vortrat und ausspuckte: »Unser Herr will mit dir reden, Mensch!« Das Ungeheuer sprach mit tiefen, rollenden Kehllauten.

Das ist eine Falle, warnte Saphira, bevor Eragon etwas sagen konnte. *Glaub ihm nicht.*

Dann lass mich wenigstens herausfinden, was er zu sagen hat, gab Eragon zurück. »Wer ist dein Herr?«, fragte er den Urgal

Das Ungeheuer zog eine Grimasse. »Ein Unwürdiger wie du verdient es nicht, sich an dem Klang seines Namens zu erfreuen. Er ist der Beherrscher des Himmels und weiter Teile der Welt. Du bist für ihn nicht mehr als eine umherirrende Ameise. Und doch hat er befohlen, dass man dich zu ihm bringen soll, und zwar *lebendig.* Du kannst froh sein, dass man dir so viel Aufmerksamkeit entgegenbringt!«

»Ich werde niemals mit euch oder einem anderen meiner Feinde gehen!«, erklärte Eragon und dachte an Yazuac. »Ob ihr einem Schatten dient, einem Urgal oder einem anderen verworrenen Scheusal, von dem ich noch nie etwas gehört habe, ich hege keinerlei Wunsch, mit ihm zu reden.«

»Das ist ein schwerer Fehler«, brummte der Urgal und fletschte die Zähne. »Du kannst ihm nicht entkommen. Früher oder später wirst du vor unserem Herrn stehen. Wenn du dich widersetzt, wird er dir ein Dasein voller Qualen bereiten.«

Eragon fragte sich, wer wohl so viel Macht besaß, dass er die blutrünstigen Urgals in seinen Dienst zwingen konnte. Gab es etwa noch eine dritte Kraft im Reich – neben dem König und den Varden? »Behalte dein Angebot für dich und richte deinem Herrn aus, dass ihm von mir aus die Krähen die Augen aushacken können!«

Jetzt wurden die Ungeheuer wütend. Der Anführer brüllte etwas und entblößte dabei die Zähne. »Dann schleifen wir dich eben zu ihm!« Er machte eine Armbewegung und die anderen stürmten auf Saphira zu. Mit erhobener rechter Hand rief Eragon: »*Jierda!*«

Nein!, rief Saphira, aber es war zu spät.

Die Ungeheuer blieben zögernd stehen, als Eragons Handfläche zu glühen begann. Lichtpfeile schossen aus seiner Hand und trafen jeden einzelnen Urgal in den Bauch. Ihre Körper flogen in hohem Bogen durch die Luft, fielen in Baumkronen und krachten besinnungslos zu Boden.

Plötzlich fühlte sich Eragon völlig entkräftet und er glitt schlaff von Saphira herab. Sein Geist war umnebelt und getrübt. Als Saphira sich über ihn beugte, wurde ihm klar, dass er womöglich zu weit gegangen war. Zwölf Urgals durch die Luft zu schleudern, kostete gewaltig viel Kraft. Ihn packte Todesangst, während er versuchte, nicht das Bewusstsein zu verlieren.

Aus dem Augenwinkel sah er, wie sich einer der Urgals schwankend aufrappelte, ein Schwert in der Hand. Eragon versuchte, Saphira zu warnen, war aber zu kraftlos. *Nein …,* dachte er schwach. Das Scheusal schlich auf Saphira zu, bis es hinter ihrem Schwanz stand, dann hob es das Schwert und wollte ihr die Klinge in den Hals rammen. *Nein!...* Saphira wirbelte mit lautem Gebrüll herum. Ihre Klauen schnellten blitzartig in die Höhe. Das Blut spritzte in alle Richtungen, als sie den Urgal in Stücke riss.

Dann klappte sie energisch das Maul zu und wandte sich wieder zu Eragon um. Behutsam legte sie die blutverschmierten Klauen um seinen Leib und stieg dann mit einem mächtigen Satz in die Luft. Die Nacht versank in pechschwarzem Schmerz. Der hypnotische Klang von Saphiras Schwingen versetzte Eragon in eine schläfrige Trance: auf und ab und auf und ab...

Als sie irgendwann landeten, registrierte Eragon verschwommen, dass Brom mit Saphira redete. Er verstand nicht, worum es ging, aber es musste eine Entscheidung gefallen sein, denn gleich darauf flog Saphira noch einmal los.

Aus seiner Benommenheit wurde Schlaf, der ihn wie ein weiches Tuch umhüllte.

DER TRAUM VOM HELDENTUM

Eragon drehte sich noch einmal unter seinen Decken um, ohne die Augen zu öffnen. Er döste eine Weile vor sich hin, dann kam ihm verschwommen ein Gedanke... *Wie bin ich hierher gekommen?* Verwirrt zog er die Decken fester um sich und spürte etwas Hartes am rechten Arm. Er versuchte, das Handgelenk zu bewegen. Es sirrte vor Schmerz. *Die Urgals!* Ruckartig setzte er sich auf.

Er befand sich auf einer kleinen Lichtung, auf der es nichts gab außer einem Lagerfeuer, das einen Kessel mit Eintopf erhitzte. Auf einem Ast saß schnatternd ein Eichhörnchen. Sein Bogen und Köcher lagen neben ihm. Als er aufzustehen versuchte, verzog er vor Schmerz das Gesicht, denn seine Muskeln waren verkrampft und wund. An seinen verletzten Arm war eine schwere Holzschiene gebunden.

Wo sind die anderen?, fragte er sich mit einem Gefühl von Verlassenheit. Er versuchte, Saphira zu rufen, konnte sie aber zu seiner Beunruhigung nicht spüren. Er hatte einen Bärenhunger, daher aß er den Eintopf auf. Noch immer hungrig, wollte er in den Satteltaschen nach Brot suchen, aber weder die Taschen noch die Pferde waren irgendwo zu sehen. *Bestimmt gibt es dafür einen guten Grund*, dachte er und unterdrückte die aufsteigende Panik.

Er wanderte auf der Lichtung umher, dann ging er zum Lager zurück und rollte die Decken zusammen. Da es nichts Besseres zu tun gab, setzte er sich mit dem Rücken an einen Baum gelehnt hin und betrachtete die Wolken über sich. Stunden vergingen, aber Brom und Saphira kehrten nicht zurück. *Hoffentlich ist ihnen nichts zugestoßen*, dachte er besorgt.

Als der Nachmittag sich länger und länger hinzog, begann er, sich zu langweilen, und so machte er sich auf, den umliegenden Wald zu erkunden. Als er müde wurde, setzte er sich unter eine Tanne, die an einem Felsen lehnte, in dessen schüsselartiger Vertiefung klares Tauwasser stand. Eragon starrte aufs Wasser und dachte an Broms Anweisungen für die Traumsicht. *Vielleicht kann ich so erkennen, wo Saphira ist. Brom hat zwar gesagt, das kostet viel Kraft, aber ich bin stärker als er...* Er atmete tief ein und schloss die Augen. Sein Geist erschuf ein Bild von Saphira, und er gab sich alle Mühe, es so lebensecht wie möglich ausfallen zu lassen. Dann sagte er: »*Draumr kópa!*« und blickte gespannt in die Mulde.

Die Wasseroberfläche erstarrte, von einer unsichtbaren Kraft eingefroren. Die Spiegelungen verschwanden, und das Wasser wurde zu einer glatten Fläche, auf der ein Bild von Saphira schimmerte. Ihre Umgebung war schneeweiß, doch Eragon konnte erkennen, dass sie flog. Brom saß mit wehendem Bart auf ihrem Rücken, das Schwert über die Knie gelegt.

Erschöpft ließ Eragon das Bild verblassen. *Wenigstens*

weiß ich jetzt, dass sie in Sicherheit sind. Er gönnte sich eine kurze Erholungspause und beugte sich dann erneut über den kleinen Felsenteich. *Roran, wie geht es dir?* Im Geist sah er seinen Cousin ganz deutlich vor sich. Sofort beschwor er die magische Kraft herauf und sprach die beiden Worte.

Abermals gefror das Wasser, und auf seiner Oberfläche erschien ein Bild: Roran, der auf einem unsichtbaren Stuhl saß. Wie bei Saphira war auch seine Umgebung weiß. Viele neue Falten durchzogen Rorans Gesicht – er ähnelte Garrow mehr denn je. Eragon hielt das Bild so lange er konnte fest. *Ist Roran in Therinsford? Gewiss ist er nirgends, wo ich schon einmal gewesen bin.*

Die Anstrengung hatte ihm den Schweiß auf die Stirn getrieben. Er seufzte und saß eine Weile einfach nur da. Dann kam ihm ein seltsamer Gedanke. *Was mag wohl geschehen, wenn ich versuche, etwas heraufzubeschwören, das ich mir nur ausgedacht oder im Traum gesehen habe?* Er musste lächeln. *Vielleicht würde ich dann mein eigenes Bewusstsein erblicken.*

Die Gelegenheit war zu gut, um sie ungenutzt verstreichen zu lassen. Er hockte sich noch einmal an den Felsenteich. *Womit soll ich es versuchen?* Ihm fielen etliche Möglichkeiten ein, die er jedoch sofort verwarf, als er sich an den Traum mit der Frau in der Zelle erinnerte.

Nachdem er sich die Szene genau vergegenwärtigt hatte, sprach er die Worte und schaute gespannt auf die Wasseroberfläche. Er wartete, aber nichts geschah. Enttäuscht wollte er den Versuch schon abbrechen, als eine tintenartige Schwärze im Wasser aufstieg und sich an der Oberfläche ausbreitete. Das Bild einer Kerze flackerte in der Dunkelheit auf und wurde immer heller, bis ein steinernes Verlies erkennbar wurde. Die Frau aus seinem Traum lag zusammengerollt in einer Ecke. Sie hob den Kopf, ihr dunkles Haar fiel zurück, und dann schaute sie Eragon direkt in die Augen. Er erstarrte, gefesselt von der Kraft ihres Blicks. Eisige Schauer jagten ihm über den Rücken, während sie sich intensiv ansahen. Dann zitterte die Frau und sank schlaff zu Boden.

Das Wasser wurde wieder klar. Eragon richtete schwankend den Oberkörper auf. »Das gibt es doch nicht«, entfuhr es ihm. *Sie kann doch nicht wirklich da sein, ich habe doch bloß von ihr geträumt! Woher wusste sie denn, dass ich sie ansah? Wie konnte ich in ein Kerkerverlies schauen, das ich noch nie zuvor gesehen habe?* Er schüttelte den Kopf und fragte sich, ob seine anderen Träume wohl auch derartige Visionen gewesen waren.

Das Geräusch von Saphiras rhythmischen Flügelschlägen riss ihn aus seinen Gedanken. Rasch lief er zur Lichtung zurück und erreichte sie gerade, als Saphira landete. Brom saß auf ihrem Rücken, so wie Eragon es gesehen hatte, aber sein Schwert war nun voller roter Flecken. »Was ist passiert?«, fragte Eragon. Er hatte Angst, Brom könnte verletzt sein.

»Was passiert ist?«, grollte der alte Mann. »Ich habe deine Schweinerei aufgeräumt!« Er schwenkte das bluttriefende Schwert durch die Luft. »Weißt du eigentlich, was du mit deinem kleinen Trick angerichtet hast? Weißt du das?«

»Ich habe verhindert, dass die Urgals dich einholen«, sagte Eragon, in dessen Bauch sich langsam ein Abgrund öffnete.

»Ja«, brummte Brom, »aber das kleine Kunststück hat dich fast umgebracht. Du hast zwei volle Tage geschlafen. Es waren zwölf Urgals. Zwölf! Aber du wolltest sie ja unbedingt gleich bis nach Teirm katapultieren. Was hast du dir eigentlich dabei gedacht? Jedem einen Stein in den Schädel zu jagen, wäre die richtige Vorgehensweise gewesen. Aber nein, du musstest sie ja nur bewusstlos schlagen, damit sie dann später flüchten konnten. Ich habe die letzten beiden Tage damit zugebracht, sie aufzuspüren. Und trotz Saphiras Hilfe sind mir drei von ihnen entkommen!«

»Ich wollte sie nicht gleich umbringen«, sagte Eragon und kam sich ganz klein vor.

»In Yazuac hattest du damit kein Problem.«

»Da blieb mir nichts anderes übrig und ich konnte meine Kräfte auch noch nicht kontrollieren. Diesmal kam es mir so … übertrieben vor.«

»Übertrieben!«, rief Brom aus. »Es ist nicht übertrieben, denn sie würden umgekehrt auch keine Gnade walten lassen. Und außerdem, warum hast du dich ihnen überhaupt gezeigt?«

»Du hast doch gesagt, sie hätten Saphiras Spuren entdeckt. Da machte es ja nichts mehr aus, wenn sie auch mich zu sehen bekommen würden«, verteidigte sich Eragon.

Brom rammte das Schwert in den Boden und schimpfte: »Ich sagte, sie haben *wahrscheinlich* ihre Spuren entdeckt. Wir wussten es nicht mit Gewissheit. Sie hätten uns auch für normale Reisende halten können. Was jetzt wohl ausgeschlossen sein dürfte! Schließlich bist du *direkt vor ihnen gelandet!* Und da du sie am Leben gelassen hast, ziehen sie jetzt durch die Lande und verbreiten die seltsamsten Geschichten. Vielleicht spricht es sich sogar bis zum König herum!« Er fuhr aufgebracht mit den Händen durch die Luft. »Nach diesem Vorfall verdienst du es nicht mehr, Drachenreiter genannt zu werden, *Junge.*« Brom riss das Schwert aus dem Boden und stapfte zum Feuer. Er zog einen Stofflappen aus seinem Gewand und säuberte verdrossen die Klinge.

Eragon war wie vor den Kopf gestoßen. Er bat Saphira um Rat, aber sie sagte nur: *Rede mit Brom.*

Zaghaft trat er ans Feuer und fragte den alten Mann: »Würde es etwas nützen, wenn ich sagte, dass es mir Leid tut?«

Seufzend schob Brom das Schwert in die Scheide. »Nein, das würde es nicht. Deine Reue ändert nicht, was geschehen ist.« Er stieß Eragon den Finger gegen die Brust. »Du hast einen schweren Fehler gemacht, der weit reichende Folgen haben könnte. Abgesehen davon wärst du um ein Haar tot gewesen. Tot, Eragon! Ab sofort musst du nachdenken. Es gibt nämlich einen Grund dafür, dass wir ein Hirn im Kopf haben und keinen Stein.«

Eragon nickte beschämt. »Es ist aber nicht so schlimm, wie du denkst. Die Urgals wussten bereits von mir. Sie hatten den Befehl, mich zu fangen.«

Broms Augen weiteten sich vor Erstaunen. Er steckte die kalte Pfeife in den Mund. »Nein, es ist nicht so schlimm, wie ich denke – es ist noch viel schlimmer! Saphira sagte mir, dass du mit den Urgals gesprochen hast, aber dass sie dich kannten, hat sie nicht erwähnt.« Die Worte sprudelten nur so aus Eragon heraus, während er rasch die Auseinandersetzung schilderte. »Also haben sie jetzt so etwas wie einen Anführer?«, fragte Brom.

Eragon nickte.

»Und du hast seinen Wunsch abgelehnt, ihn beleidigt und seine Männer angegriffen?« Brom schüttelte fassungslos den

Kopf. »Ich dachte, schlimmer könnte es nicht mehr kommen. Wären alle Urgals tot, würde niemand etwas von deiner Unhöflichkeit erfahren, aber so lässt sich die Sache unmöglich vertuschen. Gratuliere, du hast dir soeben eines der mächtigsten Geschöpfe Alagaësias zum Feind gemacht.«

»Also gut, es war ein Fehler«, sagte Eragon zerknirscht.

»Richtig!«, stimmte Brom ihm mit funkelnden Augen zu. »Sorge bereitet mir allerdings, wer dieser Anführer der Urgals ist.«

Eragon fragte mit leiser, leicht zitternder Stimme: »Was machen wir jetzt?«

Es folgte eine beklommene Pause. »Es dauert mindestens zwei Wochen, bis dein Handgelenk verheilt ist. Diese Zeit lässt sich gut nutzen, um dir den nötigen Verstand einzubläuen. Ich schätze, es ist zum Teil meine Schuld. Ich habe dir beigebracht, *wie* man bestimmte Dinge tut, aber nicht, *ob* man sie auch tun sollte. Das zu entscheiden, bedarf einer gewissen Zurückhaltung, etwas, an dem es dir offenbar mangelt. Alle Magie der Welt wird dir nicht helfen, wenn du nicht weißt, wann man sie gebraucht und wann nicht.«

»Aber wir reiten trotzdem nach Dras-Leona, oder?«, fragte Eragon.

Brom rollte die Augen. »Ja, wir werden weiter die Ra'zac suchen, aber selbst wenn wir sie fänden, würde es nichts nützen, solange du nicht gesund bist.«

Er nahm Saphira den Sattel ab. »Bist du imstande zu reiten?«

»Ich glaube schon.«

»Gut, dann schaffen wir heute noch ein paar Meilen.«

»Wo sind Cadoc und Schneefeuer?«

Brom deutete zur Seite. »Dort drüben. Ich habe sie an einer Stelle angebunden, wo Gras wächst.« Eragon packte seine Habseligkeiten zusammen und folgte Brom zu den Pferden.

Saphira begrüßte ihn mit einer spitzen Bemerkung: *Hättest du mir gesagt, was du vorhast, wäre nichts von alledem passiert. Ich hätte dir klar gemacht, dass es keine gute Idee ist, die Urgals leben zu lassen. Ich habe mich nur auf dein Spiel eingelassen, weil ich dachte, du wüsstest, was du tust.*

Ich möchte nicht mehr darüber reden.

Wie du willst, sagte sie naserümpfend.

Beim Reiten musste Eragon bei jeder Bodenwelle und jedem kleinen Stolperer seines Pferdes vor Schmerz die Zähne zusammenbeißen. Wäre er allein gewesen, hätte er angehalten. Mit Brom an seiner Seite, wagte er es jedoch nicht, sich zu beklagen. Außerdem fing Brom an, ihm komplizierte Gefahrensituationen zu schildern, in denen Urgals, Magie und Saphira eine Rolle spielten. Die imaginären Schlachten waren mannigfaltiger Art. Manchmal kamen auch ein Schatten oder andere Drachen darin vor. Eragon entdeckte dabei, dass es möglich war, gleichzeitig Geist und Körper zu foltern. Die meisten Fragen beantwortete er falsch und das machte ihn immer niedergeschlagener.

Als sie ihr Nachtlager aufschlugen, grummelte Brom kurz angebunden: »Das war immerhin ein Anfang.« Eragon aber wusste, dass er von ihm enttäuscht war.

ÜBUNG MACHT
DEN MEISTER

Am nächsten Tag gingen sie etwas gelassener ans Werk. Eragon fühlte sich wohler und konnte die meisten von Broms Fragen richtig beantworten. Nach einer besonders schweren Übung erzählte Eragon ihm von der Frau in der Zelle. Der alte Mann zupfte an seinem Bart. »Sie wurde gefangen gehalten, sagst du?«

»Ja.«

»Hast du ihr Gesicht gesehen?«, fragte Brom erwartungsvoll.

»Nur undeutlich. Es war sehr dunkel, aber ich konnte sehen, dass sie schön war. Es ist seltsam – ihre Augen konnte ich genau erkennen. Und sie hat mich angesehen.«

Brom schüttelte den Kopf. »Soweit ich weiß, ist es unmöglich, dass jemand bemerkt, wenn man ihn mit der Traumsicht beobachtet.«

»Weißt du, wer sie sein könnte?«, fragte Eragon und war überrascht von der Wissbegierde in seiner Stimme.

»Nein«, gestand Brom. »Wenn es unbedingt sein müsste, könnte ich wohl einige Vermutungen anstellen, aber keine davon wäre sehr wahrscheinlich. Dieser Traum ist eigenartig. Irgendwie ist es dir gelungen, im Schlaf etwas zu erblicken, was dir bis dahin völlig unbekannt war – ohne auch nur die magischen Worte auszusprechen. Zuweilen streifen Träume das Reich des Geistes, aber was du erlebt hast, ist etwas anderes.«

»Um es zu begreifen, sollten wir vielleicht jedes Gefängnis und jeden Kerker durchsuchen, bis wir diese Frau finden«, meinte Eragon scherzhaft. Tatsächlich hielt er das für gar keine so üble Idee. Brom lachte und ritt weiter.

Der strenge Unterricht füllte fast jede einzelne Stunde aus, während aus den Tagen langsam Wochen wurden. Wegen der Armschiene musste Eragon beim Schwertkampf die linke Hand benutzen. Und so dauerte es nicht lange, bis er die Waffe mit der Linken ebenso gut führen konnte wie mit der Rechten.

Als sie den Buckel überquert hatten und schließlich die Tiefebene erreichten, hatte in Alagaësia der Frühling Einzug gehalten; überall blühten prächtige Blumen. Die Laubbäume trieben neue Knospen und zwischen den verdorrten Stängeln des letzten Jahres begannen neue Grashalme zu sprießen. Die Vögel kehrten aus ihren Winterquartieren zurück, um sich zu paaren und Nester zu bauen.

Die Reisenden folgten dem Lauf des Toark, immer am Buckel entlang. Der Fluss schwoll jetzt mächtig an, denn von allen Seiten führten ihm Nebenarme ihr Wasser zu. Als er mehr als eine Meile breit war, deutete Brom auf die kleinen Inseln aus Schlick, die auf der Wasseroberfläche trieben. »Wir haben schon fast den Leona-See erreicht«, sagte er. »Es sind nur noch wenige Meilen.«

»Glaubst du, wir könnten noch vor Einbruch der Dunkelheit dort sein?«, fragte Eragon.

»Wir können es versuchen.«

In der einsetzenden Dämmerung war der Weg kaum noch zu erkennen, aber das Rauschen des Flusses neben ihnen wies ihnen die Richtung. Als der Mond aufging, spendete die hell leuchtende Scheibe genügend Licht, um zu erkennen, was vor ihnen lag.

Der Leona-See sah aus wie ein dünner silberner Teller, den jemand mitten in die Landschaft gelegt hatte. Das Wasser war so ruhig und glatt, dass es nicht mehr flüssig erschien. Bis auf einen schmalen, mondbeschienenen Streifen konnte man die Oberfläche nicht von der Umgebung unterscheiden. Saphira stand am felsigen Ufer und fächelte mit den Schwingen, um sie zu trocknen. Eragon begrüßte sie, und sie erwiderte: *Das Wasser ist herrlich – so tief, kühl und klar.*

Vielleicht gehe ich morgen schwimmen, meinte er. Sie schlugen ihr Lager unter einer kleinen Baumgruppe auf und schliefen sofort ein.

Im Morgengrauen sprang Eragon neugierig auf, um den See bei Tageslicht zu sehen. Ein sanfter Wind kräuselte die Wasseroberfläche. Die enorme Größe des Sees entzückte ihn. Jauchzend rannte er ans Ufer. *Saphira, wo steckst du? Wie wär's mit ein bisschen Bewegung?*

Sobald Eragon aufgestiegen war, schoss sie über das Wasser hinaus. Sie schnellten zum Himmel empor und kreisten über dem See, aber selbst aus dieser Höhe war das gegenüberliegende Ufer nicht zu erkennen. *Hast du vielleicht Lust auf ein Bad?*, fragte Eragon Saphira beiläufig.

Sie grinste breit. *Halt dich fest!* Dann versteifte sie die Flügel und stürzte sich auf die Wellen hinab, bis sie mit den

Klauen durch die Dünung pflügte. Das Wasser glitzerte in der Morgensonne, während sie in rasendem Tempo darüber hinwegschossen. Eragon jauchzte vor Freude. Dann legte Saphira die Flügel an und stach, Kopf und Hals voran, wie eine Lanze in die Fluten.

Das Wasser traf Eragon wie eine Eiswand. Ihm stockte der Atem und beinahe wäre er von Saphira heruntergerutscht. Er klammerte sich fest an sie, während sie wieder an die Oberfläche schwamm. Nach drei kräftigen Beinstößen tauchte sie auf und ließ eine Wasserfontäne gen Himmel schießen. Eragon holte keuchend Luft und schüttelte sein nasses Haar, während Saphira geschmeidig durch die Fluten glitt, wobei sie ihren Schwanz als Ruder gebrauchte.

Bist du bereit?

Eragon nickte, holte tief Luft und schlang die Arme um ihren Hals. Diesmal sanken sie ganz sanft hinab. In dem kristallklaren Wasser konnten sie meterweit sehen. Saphira drehte sich behände auf den Rücken und schlängelte sich wie ein Aal durch das kühle Nass. Eragon kam sich vor, als ritte er auf einer der sagenumwobenen Seeschlangen.

Gerade als seine Lungen nach Luft schnappen wollten, krümmte Saphira den Rücken und richtete den Kopf nach oben. Das Wasser spritzte in alle Richtungen davon, als sie in die Lüfte emporschoss und die Schwingen aufschnappen ließ. Mit zwei kraftvollen Flügelschlägen gewann sie rasch an Höhe.

Toll! Das war fantastisch!, rief Eragon aus.

Ja, sagte Saphira glücklich. *Schade nur, dass du nicht länger die Luft anhalten kannst.*

Daran kann ich nichts ändern, sagte er und strich sich das

Wasser aus dem Haar. Seine Kleider waren klatschnass und der brausende Flugwind ließ ihn frösteln. Er zupfte an der Armschiene, denn sein Handgelenk juckte.

Nachdem Eragon sich gründlich abgetrocknet hatte, sattelten er und Brom die Pferde und ritten gut gelaunt um den Leona-See herum, während Saphira sich immer wieder übermütig ins Wasser stürzte, um anschließend wieder in die Lüfte emporzuschnellen.

Vor dem Abendessen versiegelte Eragon, in Vorbereitung auf ihren üblichen Schwertkampf, Zar'rocs Schneiden. Keiner der beiden machte den ersten Schritt, da jeder auf den Angriff des anderen wartete. Eragon schaute sich verstohlen nach etwas um, womit sich ein Vorteil erzielen ließe. Ein Stecken in der Nähe des Feuers zog seinen Blick auf sich.

Eragon schnellte nieder, packte den Stock und schleuderte ihn in Broms Richtung. Allerdings behinderte ihn dabei die Armschiene und Brom wich dem Wurfgeschoss geschickt aus. Der Alte stürmte mit hoch erhobenem Schwert auf ihn zu. Eragon duckte sich, während die Klinge haarscharf über seinen Kopf hinwegsauste. Mit Gebrüll rammte er Brom die Schulter in die Seite.

Sie gingen zu Boden, und jeder versuchte, die Oberhand zu gewinnen. Dann rollte Eragon sich plötzlich auf die Seite und schwenkte Zar'roc über den Boden auf Broms Schienbeine zu. Dieser parierte den Schlag mit dem Heft und sprang auf. Eragon tat es ihm nach und griff erneut an, diesmal mit einer komplizierten Stoßfolge. Der anhaltende Schlagabtausch ließ die Funken stieben. Brom fing jeden Hieb ab, seine Miene starr vor konzentrierter Wachsamkeit.

Aber Eragon sah, dass er langsam müde wurde. Das unablässige Klirren ging weiter, während jeder eine Lücke in der Verteidigung des anderen suchte.

Dann spürte Eragon, dass sich das Blatt wendete. Jeder Hieb brachte ihm einen Vorteil; Broms Paraden wurden langsamer und er verlor an Boden. Mühelos parierte Eragon den Angriff des andern. Auf der Stirn des alten Mannes pulsierten die Adern und die Muskelstränge an seinem Hals traten vor Anstrengung hervor.

In plötzlicher Siegesgewissheit schwang Eragon Zar'roc schneller denn je und legte so ein stählernes Netz um Broms Schwert. Mit einem unvermittelten Aushebemanöver schlug er Brom die Waffe aus der Hand. Bevor der reagieren konnte, hielt Eragon ihm die Klinge an die Kehle.

Sie standen keuchend da, die rote Schwertspitze an Broms Schlüsselbein. Eragon ließ langsam den Arm sinken und trat einen Schritt zurück. Er hatte Brom zum ersten Mal besiegt. Der Alte hob sein Schwert auf und steckte es in die Scheide. Noch immer schwer atmend, stieß er hervor: »Schluss für heute.«

»Aber wir haben doch gerade erst angefangen«, sagte Eragon aufgeregt.

Brom schüttelte den Kopf. »Im Schwertkampf kann ich dir nichts mehr beibringen. Von allen Kämpfern, denen ich je begegnet bin, hätten mich nur drei auf diese Weise besiegen können, und ich bezweifle, dass einer von ihnen es mit der linken Hand geschafft hätte.« Er lächelte hilflos. »Ich mag nicht mehr so jung sein wie früher, aber ich merke doch, dass du ein Schwertkämpfer bist, wie es ihn nur selten gibt.«

»Heißt das, wir üben jetzt nicht mehr jeden Abend?«, fragte Eragon.

»Oh, keine Sorge, davor kannst du dich trotzdem nicht drücken«, lachte Brom. »Aber fortan gehen wir dabei etwas entspannter vor. Es ist nicht weiter schlimm, wenn wir hin und wieder einen Abend auslassen.« Er fuhr sich über die Stirn. »Aber merk dir eines: Solltest du jemals das Pech haben, gegen einen Elf anzutreten – egal ob Mann oder Frau, kampfgestählt oder nicht –, dann geh davon aus, dass du verlierst. All diese magischen Wesen sind um ein Vielfaches stärker, als die Natur es gewollt hat. Selbst der schwächste Elf kann dich mühelos überwältigen. Dasselbe gilt für die Ra'zac – sie sind keine Menschen und ermüden viel langsamer als wir.«

»Ist es irgendwie möglich, ihnen ebenbürtig zu werden?«, fragte Eragon. Er saß im Schneidersitz vor Saphira.

Du hast ausgezeichnet gekämpft, sagte sie. Er lächelte.

Brom setzte sich achselzuckend daneben. »Es gibt die eine oder andere Möglichkeit, aber sie stehen dir momentan noch nicht zur Verfügung. Mit deinen magischen Kräften wirst du jeden besiegen, nur nicht deine allerstärksten Feinde. Für die brauchst du Saphiras Hilfe und eine große Portion Glück. Vergiss nicht: Wenn magische Wesen tatsächlich ihre Zauberkräfte einsetzen, können sie wegen ihrer überentwickelten Kräfte einen Menschen mit Leichtigkeit töten.«

»Wie kämpft man gegen Magie?«, fragte Eragon.

»Wie meinst du das?«

»Nun«, sagte er und stützte sich auf einen Ellbogen. »Angenommen ich werde von einem Schatten angegriffen. Wie kann ich seine Magie abwehren? Die meisten Beschwörungen wirken augenblicklich, was es einem unmöglich macht, rechtzeitig zu reagieren. Und selbst wenn es mir gelänge, wie soll ich den magischen Angriff eines Feindes zunichte machen? Offenbar muss man die Absicht seines Gegners kennen, *bevor* er handelt.« Er hielt inne. »Mir will einfach nicht in den Kopf, wie das gehen soll. Wer zuerst angreift, gewinnt.«

Brom seufzte. »Das, wovon du sprichst – ein ›Duell der Magier‹, wenn man so will –, ist äußerst gefährlich. Hast du dich nie gefragt, wie es Galbatorix gelingen konnte, mithilfe von nur dreizehn Getreuen alle anderen Drachenreiter zu besiegen?«

»Darüber habe ich nie nachgedacht«, gab Eragon zu.

»Es gibt verschiedene Möglichkeiten. Einige erkläre ich dir später, aber das Wichtigste ist, dass Galbatorix es meisterhaft beherrscht – damals wie heute –, in den Geist anderer Menschen einzudringen. Bei einem Duell der Magier gibt es strenge Regeln, an die sich beide Seiten halten müssen, da sonst beide Kontrahenten sterben. Die wichtigste Regel ist, dass niemand magische Kräfte gebraucht, bis einer der beiden in den Geist des anderen eingedrungen ist.«

Saphira legte sanft den Schwanz um Eragon und fragte: *Warum abwarten? Wenn ein Feind merkt, dass er angegriffen wird, ist es zu spät für ihn.* Eragon wiederholte die Frage laut.

Brom schüttelte den Kopf. »Nein, ist es nicht. Wenn ich dich plötzlich mit magischen Kräften angreifen würde, Eragon, dann wäre das mit Gewissheit dein Tod, aber in dem kurzen Moment vor deiner Zerstörung hättest du Zeit für einen Gegenangriff. Keiner der beiden Kontrahenten greift an, bevor er die Verteidigung im Geist des anderen durchbrochen hat, es sei denn, er wünscht sich den Tod.«

»Und was geschieht dann?«, wollte Eragon wissen.

Brom zuckte mit den Schultern und sagte: »Ist man erst einmal in den Geist des Feindes eingedrungen, kann man mit Leichtigkeit voraussehen, was er tun wird, und es verhindern. Aber selbst mit diesem Vorteil ist es immer noch möglich zu verlieren, wenn man nicht die Gegenformel zu einem Zauber kennt.«

Er stopfte seine Pfeife und zündete sie an. »Und das erfordert außerordentlich schnelles Denken. Bevor man sich verteidigen kann, muss man das Wesen der Kraft, mit der man attackiert wird, genau kennen. Erfolgt der Angriff mit Hitze, muss man wissen, ob sie mittels Luft, Feuer, Licht oder durch ein anderes Element transportiert wird. Nur wenn man das weiß, kann man diesen magischen Angriff abwehren, indem man beispielsweise das erhitzte Element gefrieren lässt.«

»Das klingt sehr kompliziert.«

»Ist es auch«, bestätigte Brom. Rauch stieg von seiner Pfeife auf. »Menschen überleben ein solches Duell selten länger als einige Sekunden. Da die für einen solchen Kampf nötigen Fertigkeiten so schwer zu erlernen sind, ist jeder, der keine gründliche Unterweisung erhalten hat, zu einem raschen Tod verurteilt. Wenn deine Ausbildung etwas weiter gediehen ist, bringe ich dir die nötigen Kniffe bei. Solltest du in der Zwischenzeit jemals in ein magisches Duell hineingeraten, dann nimm schleunigst die Beine in die Hand.«

Im Sumpf von Dras-Leona

Das Mittagessen nahmen sie in Fasaloft ein, einem belebten Dorf am Rande des Secs. Es war ein reizender, auf einer Anhöhe gelegener Ort mit herrlicher Aussicht aufs Wasser. Während sie in der Gaststube einer Herberge speisten, lauschte Eragon den Gesprächen der anderen Gäste und war erleichtert, keine Gerüchte über sich und Saphira zu hören.

Der Pfad, der sich inzwischen zu einer Straße verbreitert hatte, war in den letzten beiden Tagen stetig unwegsamer geworden. Wagenräder und eisenbeschlagene Pferdehufe hatten gemeinsam den Boden aufgewühlt, sodass viele Stellen nahezu unpassierbar waren. Die zunehmende Anzahl von Reisenden zwang Saphira, sich tagsüber zu verstecken und erst nachts zu Brom und Eragon aufzuschließen.

Sie zogen mehrere Tage am endlosen Ufer des Leona-Sees entlang gen Süden. Eragon begann, sich schon zu fragen, ob der Weg je ein Ende nehmen würde, und war hocherfreut, als sie einem Mann begegneten, der ihnen sagte, Dras-Leona sei nur noch einen guten Tagesritt entfernt.

Eragon erwachte früh am nächsten Morgen. Bei dem Gedanken, endlich die Ra'zac aufzuspüren, juckte es ihm in den Fingern. *Ihr müsst euch beide vorsehen,* sagte Saphira. *Vielleicht halten ja Späher der Ra'zac bereits Ausschau.*

Wir werden uns so unauffällig wie möglich verhalten, versicherte er ihr.

Sie senkte den Kopf, bis sich ihre Blicke trafen. *Mag sein, aber sei dir darüber klar, dass ich dir im Notfall nicht zu Hilfe kommen kann. Ich bin zu weit weg, um rechtzeitig einzugreifen, und auf den engen Straßen, die ihr Menschen so gern baut, würde ich ohnehin nicht lange überleben. Also, hör bitte auf Brom; er ist vernünftig.*

Ich weiß, sagte Eragon ernst.

Wirst du mit Brom zu den Varden gehen? Nachdem die Ra'zac tot sind, wird er dich zu ihnen bringen wollen. Und da Galbatorix außer sich sein wird, wenn er vom Tod der Ra'zac erfährt, könnte es für uns am sichersten sein, uns bei den Varden zu verstecken.

Eragon rieb sich die Arme. *Ich möchte nicht wie die Varden ständig gegen das Imperium kämpfen müssen. Es gibt noch mehr im Leben als immer nur Krieg. Aber darüber denke ich nach, wenn wir die Ra'zac erledigt haben.*

Sei lieber nicht zu siegessicher, meinte sie warnend und zog sich anschließend in ihr Versteck zurück, das sie erst am späten Abend wieder verlassen würde.

Die Straße wimmelte von Bauern, die ihre Waren zum Markt nach Dras-Leona brachten. Brom und Eragon kamen oft nur im Schritttempo voran, weil sie immer wieder warten mussten, bis ein Karren den Weg frei machte.

Obwohl sie noch vor der Mittagsstunde in der Ferne

Rauch sahen, kam die Stadt erst nach weiteren drei Meilen vollständig in Sicht. Im Gegensatz zu Teirm, einer von A bis Z durchgeplanten Festungsstadt, war Dras-Leona ein völliges Durcheinander, das sich am Seeufer entlang ausbreitete. Windschiefe Gebäude standen in verwinkelten Gassen und das Herz der Stadt war umgeben von einer schmutzigen blassgelben Lehmmauer.

Mehrere Meilen südostwärts strebte ein Berg aus blankem Fels mit Säulen und Pfeilern zum Himmel empor, einem finsteren Albtraumschiff gleich. Nahezu senkrechte Steilhänge erhoben sich aus dem Boden wie das Gerippe der Erde.

Brom deutete darauf. »*Das* ist der Helgrind. Er ist die Ursache, deretwegen Dras-Leona einst gegründet wurde. Die Menschen sind von ihm fasziniert, obwohl er gefährlich und niederträchtig ist.« Er deutete auf die Gebäude innerhalb der Stadtmauern. »Aber jetzt gehen wir erst einmal in die Stadt.«

Während sie auf Dras-Leona zuritten, sah Eragon, dass das höchste Gebäude der Stadt eine mächtige Kathedrale war, die sich drohend hinter der Stadtmauer erhob. Sie hatte erstaunliche Ähnlichkeit mit dem Helgrind, besonders wenn sich an den Rundbögen und den mit Zinnen umkränzten Türmen das Licht fing. »Wen beten sie denn an?«, fragte er.

Brom schnitt eine verächtliche Grimasse. »Ihre Gebete richten sie an den Helgrind. Es ist eine grausame Religion, die ihre Anhänger ausüben. Sie trinken Menschenblut und bringen Fleischopfer dar. Den Priestern fehlen häufig Körperteile, denn sie glauben, je mehr man von seinem Körper aufgibt, desto weniger bliebe man mit der sterblichen Welt verhaftet. Die meiste Zeit verbringen sie damit, sich darüber zu streiten, welcher der drei Gipfel des Helgrind der höchste und wichtigste ist und ob der vierte – und niedrigste – in ihren Glauben eingeschlossen werden sollte.«

»Das ist ja entsetzlich«, sagte Eragon schaudernd.

»Ja«, nickte Brom wütend, »aber erzähl das keinem Gläubigen, sonst verlierst du zur Strafe schnell mal eine Hand.«

Vor den gewaltigen Toren von Dras-Leona stiegen sie ab und führten die Pferde zu Fuß durch das Menschengetümmel. Auf jeder Torseite waren zehn Soldaten postiert, die die Leute teilnahmslos vorbeiwinkten. Brom und Eragon gelangten vollkommen unbehelligt in die Stadt.

Die Häuser innerhalb der Stadtmauer waren aus Platzmangel hoch und schmal gebaut. Die meisten kauerten sich dicht gedrängt in engen, verwinkelten Gassen aneinander, sodass man keinen Himmel mehr sah und kaum erkannte, ob es gerade Tag oder Nacht war. Fast alle Gebäude waren aus demselben rohen braunen Holz gezimmert, was die Stadt noch düsterer machte. Es stank nach Abwässern und die Straßen waren verdreckt.

Eine Schar zerlumpter Kinder sprang zwischen den Häusern herum und prügelte sich um ein paar Brotkanten. Unweit der Eingangstore hockten verkrüppelte Gestalten und bettelten um Almosen. Ihr Flehen klang wie ein Chor der Verdammten. *Bei uns behandeln sie ja selbst die Tiere besser*, dachte Eragon mit vor Entsetzen weit aufgerissenen Augen. »Hier bleibe ich nicht«, sagte er bestimmt.

»Weiter drinnen wird es besser«, erklärte Brom. »Als Erstes müssen wir uns ein Gasthaus suchen und eine Strategie überlegen. Dras-Leona ist ein gefährliches Pflaster, ganz gleich wie sehr man sich vorsieht. Ich möchte nicht länger als nötig auf der Straße bleiben.«

Sie verließen den Bezirk um die Stadtmauer und gingen weit ins Stadtzentrum hinein. Als sie in die wohlhabenderen Stadtteile gelangten, fragte sich Eragon: *Wie können die Leute hier leben, wenn ringsum so viel Leid herrscht?*

Im *Goldenen Globus* fanden sie eine Unterkunft, die billig, aber nicht völlig heruntergekommen war. An der Wand stand ein schmales Bett, daneben ein wackeliger Tisch mit einer Waschschüssel darauf. Eragon warf einen kurzen Blick auf die durchgelegene Matratze und sagte: »Ich schlafe lieber auf dem Boden. Das Ungeziefer im Bett würde mich wahrscheinlich bei lebendigem Leibe auffressen.«

»Nun, ich möchte ihnen die kleine Mahlzeit nicht vorenthalten«, sagte Brom und legte sein Bündel auf die Matratze. Eragon stellte seine Sachen auf den Fußboden und nahm den Bogen von der Schulter.

»Und was jetzt?«, fragte er.

»Jetzt essen wir etwas und gehen anschließend schlafen. Morgen machen wir uns dann auf die Suche nach den Ra'zac.« Bevor sie das Zimmer verließen, schärfte Brom ihm ein: »Was auch geschieht, hüte deine Zunge. Wenn wir uns verraten, müssen wir sofort verschwinden.«

Das Essen im Gasthaus war kaum genießbar, das Bier hingegen schmeckte vorzüglich. Als sie nach einiger Zeit auf ihr Zimmer wankten, fühlte Eragon sich angenehm berauscht. Er rollte sein Bettzeug auf dem Boden aus und schlüpfte unter die Decken, während Brom sich aufs Bett fallen ließ.

Kurz bevor er einschlief, rief er noch Saphira. *Wir bleiben ein paar Tage hier, aber es wird nicht so lange dauern wie in Teirm. Wenn wir herausgefunden haben, wo die Ra'zac sich verkriechen, kannst du uns helfen, sie zu schnappen. Ich melde mich morgen früh. Im Augenblick kann ich nicht mehr richtig denken.*

Du bist betrunken, kam die vorwurfsvolle Antwort. Eragon überlegte einen Moment und musste zugeben, dass sie Recht hatte. Ihre Missbilligung war deutlich zu spüren, doch sie sagte nur: *Morgen früh werde ich dich bestimmt nicht beneiden.*

Du nicht, stöhnte Eragon, *aber Brom vielleicht. Er hat doppelt so viel getrunken wie ich.*

DIE SPUR DES ÖLS

Was habe ich mir nur dabei gedacht?, fragte sich Eragon am nächsten Morgen. Sein Kopf pochte und seine Zunge fühlte sich dick und pelzig an. Als eine Ratte über den Fußboden huschte, zuckte er erschrocken zusammen. *Wie geht's uns denn?*, fragte Saphira ihn schadenfroh.

Er beachtete sie gar nicht.

Kurz darauf stieg Brom grummelnd aus dem Bett. Er tauchte den Kopf in das kalte Wasser der Waschschüssel und verließ anschließend das Zimmer. Eragon folgte ihm auf den Flur. »Wo willst du hin?«, fragte er ihn.

»Mich kurieren.«

»Ich komme mit.« In der Schankstube stellte Eragon fest, dass Broms Heilmethode darin bestand, Unmengen von heißem Tee und Eiswasser zu schlürfen und dann alles mit Brandy herunterzuspülen. Als sie wieder aufs Zimmer gingen, war Eragons Kopf tatsächlich wieder einigermaßen klar.

Brom gürtete sein Schwert um und strich die Falten in seinem Gewand glatt. »Als Erstes müssen wir ein paar diskrete Fragen stellen. Ich möchte herausfinden, wohin das Seithr-Öl in Dras-Leona geliefert und wohin es anschließend gebracht wurde. Wahrscheinlich waren Soldaten oder Arbeiter an diesem Transport beteiligt. Wir müssen einen davon finden und ihn zum Reden bringen.«

Sie verließen den *Goldenen Globus* und suchten nach Warenlagern, an die das Seithr-Öl geliefert worden sein konnte. In der Nähe des Stadtkerns stiegen die Straßen allmählich an und mündeten an einem Palast aus poliertem Granit. Er war auf einem Hügel erbaut und mit Ausnahme der Kathedrale überragte er jedes andere Gebäude.

Der Vorplatz bestand aus einem Perlmutt-Mosaik und Teile der Palastmauern waren mit Blattgold belegt. In Nischen standen schwarze Statuen mit qualmendem Räucherwerk in den kalten Händen. Soldaten, die sich im Abstand von vier Schritten aufgebaut hatten, beobachteten argwöhnisch die Vorbeigehenden.

»Wer wohnt da?«, fragte Eragon ehrfürchtig.

»Marcus Tábor, der Herrscher der Stadt. Er untersteht nur dem König und seinem eigenen Gewissen, was in letzter Zeit nicht sehr aktiv war«, sagte Brom. Sie umrundeten den Palast und schauten sich die reich verzierten Häuser an, die in seiner Nähe standen.

Gegen Mittag hatten sie noch nichts Nützliches erfahren, daher kehrten sie zum Essen ein. »Die Stadt ist zu groß, um sie gemeinsam zu durchkämmen«, sagte Brom. »Geh allein auf die Suche. Wir treffen uns bei Sonnenuntergang im *Goldenen Globus*.« Seine Augen unter den buschigen Brauen funkelten. »Ich verlasse mich darauf, dass du keinen Unfug anrichtest.«

»Ich verspreche es dir«, sagte Eragon. Brom gab ihm ein paar Münzen und schlenderte dann in die entgegengesetzte Richtung davon.

Den Rest des Tages sprach Eragon mit Ladenbesitzern und Arbeitern und versuchte, so freundlich und höflich zu sein, wie er nur konnte. Seine Fragen führten ihn von einem Ende der Stadt zum anderen. Aber niemand schien etwas von dem Öl zu wissen. Und wo er auch war, stets starrte die Kathedrale auf ihn herab. Es war unmöglich, dem Schatten ihrer hohen Türme zu entrinnen.

Irgendwann fand er schließlich doch einen Mann, der den Transport des Öls begleitet hatte und sich erinnerte, an welches Warenlager die Lieferung gegangen war. Aufgeregt sah Eragon sich das Gebäude an und kehrte danach zum *Goldenen Globus* zurück. Es dauerte über eine Stunde, bis Brom völlig ermattet auftauchte. »Hast du etwas in Erfahrung gebracht?«, fragte Eragon.

Brom strich sein weißes Haupthaar zurück. »Ich habe viele interessante Neuigkeiten gehört. Eine davon ist, dass Galbatorix nächste Woche Dras-Leona besucht.«

»Was?«, rief Eragon aus.

Brom sank gegen die Wand und die Falten auf seiner Stirn wurden tiefer. »Offenbar hat Tábor sich zu viele Freiheiten herausgenommen, sodass Galbatorix sich hierher begibt, um ihm eine Lektion in Demut zu erteilen. Es ist das erste Mal seit über zehn Jahren, dass der König Urû'baen verlässt.«

»Glaubst du, er weiß von uns?«, fragte Eragon.

»Natürlich *weiß* er von uns, aber er kennt mit Sicherheit nicht unseren Aufenthaltsort. Täte er es, so hätten wir längst die Ra'zac am Hals. In jedem Falle heißt das, dass wir unsere kleine Auseinandersetzung mit den Kerlen erledigt haben müssen, bevor Galbatorix eintrifft. Wir wollen mindestens fünfzig Meilen weit weg sein, wenn er hier ist. Unser Vorteil ist, dass die Ra'zac vor Ort sein müssen, um seinen Besuch vorzubereiten.«

»Ich will die Ra'zac finden«, sagte Eragon mit geballten Fäusten, »aber nicht, wenn das bedeutet, gegen den König zu kämpfen. Wahrscheinlich würde er mich sofort in Stücke reißen.«

Seine Worte schienen Brom zu amüsieren. »Sehr gut: Vorsicht. Und du hast Recht; du hättest keine Chance gegen Galbatorix. Und jetzt erzähl mir, was du in Erfahrung gebracht hast. Vielleicht bestätigt es meine Informationen.«

Eragon zuckte mit den Schultern. »Das meiste war nichts wert, aber ich habe mit einem Mann geredet, der wusste, wohin sie das Öl gebracht haben. Es ist bloß ein altes Lagerhaus. Davon abgesehen habe ich nichts Interessantes gehört.«

»Dann war mein Tag ergiebiger als deiner. Ich habe dasselbe gehört wie du, also ging ich zu dem Warenlager und redete mit den Arbeitern. Es bedurfte keiner großen Überredungskünste, bis sie mir verrieten, dass die Kisten mit dem Seithr-Öl immer in den Palast gebracht werden.«

»Und dann bist du zurückgekommen«, sagte Eragon.

»Weit gefehlt! Unterbrich mich nicht. Danach ging ich zum Palast und ließ mich als Barde in die Unterkünfte der Dienerschaft einladen. Ich wanderte mehrere Stunden umher und unterhielt die Mägde und die anderen Dienstboten mit Liedern und Versen – und nebenbei fragte ich sie die ganze Zeit über aus.« Brom stopfte gemächlich Tabak in die Pfeife. »Es ist verblüffend, was Diener alles mitbekommen. Wusstest du, dass einer der Grafen *drei* Mätressen hat, die alle im selben Palastflügel wohnen?« Kopfschüttelnd zündete er sich die Pfeife an. »Neben dem Klatsch erfuhr ich noch ganz am Rande, wohin das Öl vom Palast aus gebracht wird.«

»Und zwar…?«, fragte Eragon ungeduldig.

Brom paffte an seiner Pfeife und blies Rauchkringel in die Luft. »Natürlich aus der Stadt. Jeden Vollmond bringen zwei Sklaven einen Monatsvorrat an Verpflegung zum Fuße des Helgrind. Wenn das Seithr-Öl in Dras-Leona eintrifft, wird es mit den Vorräten mitgeschickt. Die Sklaven sieht man niemals wieder. Und als ihnen einmal jemand folgte, verschwand auch der auf Nimmerwiedersehen.«

»Ich dachte, die Drachenreiter hätten die Sklaverei abgeschafft«, sagte Eragon.

»Leider ist sie unter der Regentschaft des Königs wieder aufgeblüht.«

»Dann sind die Ra'zac also am Helgrind«, folgerte Eragon und dachte an den schroffen Felsberg.

»Dort oder irgendwo in der Nähe.«

»Falls sie am Helgrind sind, halten sie sich entweder unten versteckt – hinter einer dicken Steintür – oder weiter oben, wo nur ihre geflügelten Rösser und Saphira hingelangen. Ob oben oder unten, ihr Versteck ist bestimmt gut getarnt.« Eragon überlegte einen Moment. »Wenn Saphira und ich am Helgrind herumflögen, würden die Ra'zac uns sofort sehen – und ganz Dras-Leona auch.«

»Das ist ein Problem«, stimmte Brom ihm zu.

Eragon runzelte die Stirn. »Könnten wir nicht die Stelle der beiden Sklaven einnehmen? Es ist nicht mehr lange bis Vollmond. Es wäre die beste Gelegenheit, dicht an die Ra'zac heranzukommen.«

Brom zupfte nachdenklich an seinem Bart. »Das ist bestenfalls riskant. Wenn die Sklaven von weitem umgebracht werden, sitzen wir in der Klemme. Wir können den Ra'zac nichts anhaben, solange sie nicht in Sicht sind.«

»Wir wissen ja gar nicht, ob sie alle Sklaven umbringen«, gab Eragon zu bedenken.

»Da bin ich mir ziemlich sicher«, sagte Brom ernst. Dann blitzten seine Augen auf und er blies einen weiteren Rauchkringel. »Trotzdem, es ist eine faszinierende Idee. Wenn Saphira sich in der Nähe versteckt halten könnte und ein…« Seine Stimme erstarb. »Es könnte funktionieren, aber wir müssen schnell handeln. Der König kommt bald, daher bleibt uns nicht viel Zeit.«

»Sollen wir uns am Helgrind mal ein bisschen umschauen? Es wäre gut, die Gegend im Tageslicht zu sehen, damit wir keine bösen Überraschungen erleben«, sagte Eragon.

Brom umfasste seinen Stab. »Das machen wir später. Morgen gehe ich noch einmal in den Palast und finde heraus, wie wir die beiden Sklaven ersetzen können. Ich muss jedoch vorsichtig sein, um keinen Verdacht zu erregen – ein Spion oder ein übereifriger Höfling, der von den Ra'zac weiß, könnte mich auffliegen lassen.«

»Ich kann es noch gar nicht so recht glauben – wir haben sie tatsächlich gefunden«, sagte Eragon leise. Bilder seines toten Onkels und des niedergebrannten Hofs spukten ihm durch den Kopf. Seine Kiefermuskeln traten hervor.

»Der härteste Teil kommt erst noch, aber trotzdem, wir machen uns recht gut«, sagte Brom. »Wenn uns das Glück hold bleibt, ist der Augenblick deiner Vergeltung bald gekommen, und die Varden haben einen gefährlichen Feind weniger. Was dann geschieht, liegt ganz bei dir.«

Eragon öffnete seinen Geist und berichtete Saphira aufgeregt: *Wir haben das Versteck der Ra'zac gefunden!*

Wo ist es?

Er schilderte ihr rasch, was sie in Erfahrung gebracht hatten.

Der Helgrind, sinnierte sie. *Ein passender Ort für diese Finsterlinge.*

Eragon stimmte ihr zu. *Wenn wir die Sache hinter uns gebracht haben, könnten wir vielleicht Carvahall besuchen und uns eine Weile von den Strapazen erholen.*

Was willst du eigentlich?, fragte sie, plötzlich verärgert. *In dein altes Leben zurückkehren? Du weißt, dass das nicht geht, also hör auf, herumzujammern! An einem bestimmten Punkt muss man sich entscheiden, welchen Weg man beschreitet. Hast du die Absicht, dich dein Leben lang zu verstecken, oder willst du den Varden helfen? Das sind die beiden einzigen Möglichkeiten, die dir noch bleiben, es sei denn, du schließt dich Galbatorix an. Und das würde ich nie und nimmer akzeptieren.*

Leise gab er zurück: *Wenn ich mich entscheiden muss, dann liegt meine Zukunft bei den Varden, wie du sehr wohl weißt.*

Ja, schon, aber manchmal muss man es sich selbst sagen hören. Sie zog sich zurück, damit er über ihre Worte nachgrübeln konnte.

DIE JÜNGER DES
HELGRIND

Eragon war allein im Zimmer, als er erwachte. An die Wand war mit Holzkohle eine Nachricht geschrieben worden:

Eragon,
ich komme erst am späten Abend zurück. Münzen fürs Essen
liegen unter der Matratze. Erkunde die Stadt, genieße deine
freie Zeit, aber bleib <u>unauffällig</u>!

Brom

P.S: Meide den Palast. Geh nirgendwo ohne deinen Bogen
hin! Halte ihn immer schussbereit.

Eragon wischte die Wand sauber und holte das Geld unter der Matratze hervor. Er hängte sich den Bogen um und dachte dabei: *Ich wünschte, ich müsste nicht ständig bewaffnet herumlaufen.*

Dann verließ er den *Goldenen Globus*, wanderte durch die Straßen und blieb stehen, wann immer er etwas Interessantes sah. Es gab viele Geschäfte, aber keins war so faszinierend wie Angelas Kräuterladen in Teirm. Ab und zu starrte er auf die dunklen, eng beieinander stehenden Häuser und wünschte sich hinaus aus diesen Mauern. Als er Hunger bekam, kaufte er sich ein Stück Käse und einen Laib Brot, setzte sich auf einen Bordstein und aß.

Später hörte er in einem der hintersten Winkel von Dras-Leona einen Auktionator eine Preisliste herunterrattern. Neugierig folgte er der Stimme und gelangte auf einen geräumigen Platz zwischen zwei Häusern. Zehn Männer standen auf einem hüfthohen Podest. Vor ihnen hatte sich eine teuer gekleidete Menschenmenge versammelt. *Wo sind denn die Waren, die hier verkauft werden sollen?*, fragte sich Eragon.

Als der Auktionator mit der Liste fertig war, gab er einem jungen Mann hinter dem Podest ein Zeichen. Der Bursche kletterte ungelenk hinauf; seine Hände und Füße waren in Ketten gelegt. »Und hier ist unser erstes Angebot«, rief der Sklavenhändler aus. »Ein kerngesunder Mann aus der Hadarac-Wüste. Er wurde erst letzten Monat gefangen und befindet sich in ausgezeichnetem Zustand. Seht euch bloß seine Arme und Beine an; er ist stark wie ein Bulle! Bestens geeignet als Schildträger oder, falls ihr ihm nicht traut, für schwere Körperarbeit. Aber lasst euch sagen, werte Herrschaften, dass dies die reinste Verschwendung wäre. Er ist nämlich auch noch über alle Maßen klug, wenn man ihn in einer zivilisierten Sprache zum Reden bringen kann!«

Die Menge lachte und Eragon biss sich vor Wut auf die Unterlippe. Sein Mund wollte schon das Wort bilden, das den Sklaven befreien würde, und sein inzwischen von der Schiene befreiter Arm fuhr in die Höhe. Das Mal auf seiner

Handfläche schimmerte. Er war bereit, seine magische Kraft zu entfesseln, als ihm plötzlich etwas klar wurde. *Er kann ja gar nicht entkommen!* Sie würden ihn wieder einfangen, noch ehe er die Stadtmauern erreicht hätte. Eragon würde die Lage des Mannes nur verschlimmern, wenn er versuchte, ihm zu helfen. Er ließ den Arm wieder sinken und fluchte leise vor sich hin. *Denk gefälligst nach! Genau so hast du dir den Ärger mit den Urgals eingebrockt.*

Hilflos sah er zu, wie der Sklave an einen bulligen Mann mit einer Hakennase verkauft wurde. Als Nächstes kam ein kleines, höchstens sechs Jahre altes Mädchen an die Reihe, das seiner weinenden Mutter aus den Armen gerissen wurde. Als der Sklavenhändler die ersten Gebote entgegennahm, wendete Eragon sich angewidert ab und ging fort.

Erst nach mehreren Straßenzügen war das Weinen nicht mehr zu hören. *Ich würde jetzt liebend gern einen Dieb verprügeln, der versucht, mir den Geldbeutel zu stehlen*, dachte er grimmig und hoffte beinahe, dass es der Zufall so wollte. Zornig hieb er die Faust so fest gegen die nächstbeste Hauswand, dass ihm die Knöchel aufplatzten.

Derartigen Dingen könnte ich ein Ende machen, wenn ich gegen das Imperium kämpfen würde. Mit Saphira zusammen könnte ich die Sklaven befreien. Schließlich wurden mir besondere Fähigkeiten geschenkt, und es wäre egoistisch, sie nicht zum Wohle anderer einzusetzen. Wenn ich dazu nicht bereit bin, dürfte ich mich nicht Drachenreiter nennen.

Es dauerte eine Weile, bis er überrascht merkte, dass er vor der Kathedrale stand. Ihre mächtigen Türme waren mit Statuen, Schnörkeln und Symbolen verziert. An den Dachvorsprüngen klebten gewundene Regenrinnen. Fabeltiere zierten das Gemäuer, an dessen Fundament in kaltem Marmor eingefrorene Helden und Könige entlangmarschierten. Rippengewölbe und hohe Buntglasfenster schmückten die Seiten der Kathedrale, zusammen mit Säulen in verschiedenen Größen. Ein einsamer Mauerturm ragte wie ein Schiffsmast aus dem Dach empor.

An der im Schatten liegenden Vorderfront der Kathedrale befand sich ein eisernes Portal, das mit einer silbernen Schrifttafel beschlagen war. Eragon erkannte die Worte der alten Sprache. Er übersetzte, so gut es ging: *Wer hier eintritt, möge begreifen, dass alles vergänglich ist, und möge die Fesseln der Lust und des Leibes abwerfen.*

Der gewaltige Bau jagte Eragon einen Schauer über den Rücken. Er strahlte etwas Unheilvolles aus, so als lauere im Innern ein Raubtier auf sein nächstes Opfer.

Breite Stufen führten zum Eingang der Kathedrale empor. Eragon blieb beklommen vor dem Portal stehen. *Ob ich wohl hineingehen darf?* Beinahe schuldbewusst drückte er gegen die Tür. Sie schwang überraschend leicht auf und er trat ein.

Die Stille einer vergessenen Gruft erfüllte den menschenleeren Bau. Die Luft war kühl und trocken. Kahle Wände reichten bis zur gewölbten Decke empor, die so hoch war, dass Eragon sich so winzig wie eine Ameise vorkam. In den Mauern befanden sich bunte Bleiglasfenster mit Darstellungen von Wut, Hass und Blutdurst. Das einfallende Licht überzog Teile der steinernen Kirchenbänke mit durchscheinenden Farbflecken, während der Rest der Kathedrale im Dunkeln lag. Eragons Hände schimmerten bläulich.

Zwischen den bunten Fenstern standen Statuen mit starren, blassen Augen. Er betrachtete eine Weile ihre ernsten Blicke und ging dann langsam das Mittelschiff entlang. Seine Schritte hallten laut durch den Innenraum.

Der Altar bestand aus einer riesigen Steinplatte ohne jede Verzierung. Ein schmaler Lichtstreifen fiel darauf und beleuchtete den in der Luft schwebenden Staub. Hinter dem Altar bohrten sich die Pfeifen einer Windorgel durch die Decke und öffneten sich den Elementen. Das Instrument erklang nur, wenn ein Sturm über Dras-Leona hinwegfegte.

Aus Respekt kniete Eragon vor dem Altar nieder und senkte das Haupt. Er betete nicht, erwies aber der Kathedrale selbst seine Ehrerbietung. Der Kummer all der Menschen, die hier gesessen hatten, umgeben von kühlem, unangenehmem Prunk, strömte ihm aus dem Stein entgegen. Es war ein kalter, abschreckender Ort und doch verspürte Eragon hier einen Hauch der Ewigkeit und der ihr innewohnenden Mächte.

Schließlich erhob er sich wieder. Ruhig und ernst murmelte er einige Worte in der alten Sprache, dann wandte er sich um und wollte gehen. Er erstarrte. Sein Herz machte einen Satz und schlug ihm plötzlich bis zum Hals.

Am Eingang der Kathedrale standen zwei Ra'zac und beobachteten ihn. Sie hatten die Schwerter gezückt, und die scharfen Schneiden leuchteten im roten Licht, als wären sie blutig. Der kleinere von ihnen stieß einen Zischlaut aus. Keiner der beiden bewegte sich.

Zorn stieg in Eragon auf. Er hatte die Ra'zac inzwischen so viele Wochen lang verfolgt, dass er den Schmerz über ihre mörderische Tat schon fast vergessen hatte. Nun kam die Erinnerung mit einem Schlag zurück, und der Zorn brach

aus ihm hervor wie Lava aus einem Vulkan, zusätzlich ange-
facht von der unterdrückten Wut über den Sklavenhandel.
Ein markerschütternder Schrei entfuhr seiner Kehle, don-
nernd wie ein Gewittersturm, während er nach dem Bogen
auf seinem Rücken griff. Geschickt legte er einen Pfeil an
und schoss ihn ab. Zwei weitere folgten gleich darauf.

Die Ra'zac wichen den Pfeilen mit übermenschlicher
Schnelligkeit aus. Sie stürmten fauchend durch den Gang
zwischen den Kirchenbänken; ihre Umhänge flatterten wie
Rabenflügel. Eragon nahm einen weiteren Pfeil, aber plötzlich kam ihm ein Gedanke. *Wenn sie wussten, wo ich bin,
ist auch Brom in Gefahr! Ich muss ihn warnen!* Da stürmte
zu Eragons Entsetzen ein Soldatentrupp in die Kathedrale
und hinter dem offenen Portal erhaschte er einen kurzen
Blick auf weitere Uniformen.

Er bedachte die beiden Ra'zac mit einem rachsüchti-
gen Blick, dann wirbelte er herum und suchte nach einem
Fluchtweg. Rechts vom Altar entdeckte er einen Vorraum.
Er schlüpfte durch den Türbogen und stürmte einen Korridor entlang, der zu einer kleinen Seitenkapelle mit einem
Glockenturm führte. Das leichtfüßige Getrippel der Ra'zac
im Ohr, beschleunigte er seine Schritte, als der Korridor plötzlich an einer verschlossenen Tür endete.

Er schlug dagegen, versuchte, sie einzutreten, aber das
Holz war zu stark. Die Ra'zac hatten ihn jetzt fast erreicht.
Hastig holte er Luft und rief: »*Jierda!*« Unter einem grellen Blitzschlag zersplitterte die Tür und stürzte ein. Eragon
sprang mit einem Satz in den kleinen Raum und rannte weiter.

Er stürmte durch mehrere Kammern und schreckte unterwegs eine Schar von Priestern auf. Verärgerte Ausrufe und Flüche folgten ihm. Die Glocke der Kapelle schlug Alarm. Eragon hetzte durch eine Küche, rannte an zwei Mönchen vorbei und schlüpfte dann durch eine Seitentür ins Freie. Schlitternd bremste er ab, als er sich in einem Garten wiederfand, der von einer hohen, keinerlei Halt bietenden Steinmauer umgeben war. Einen anderen Ausgang gab es nicht. Eragon drehte sich um und wollte zurücklaufen. In dem Moment erklang ein gedämpftes Zischen, als die Ra'zac sich gegen die Tür warfen, die nun vollends aus den Angeln brach. Verzweifelt rannte er auf die Mauer zu. Sein Atem kam in keuchenden Stößen. Die Magie konnte ihm hier nichts nützen, denn wenn er mit ihrer Hilfe die Mauer durchbrochen hätte, wäre er danach zu erschöpft gewesen, um fortzulaufen.

Er sprang. Selbst mit ausgestreckten Armen erreichten seine Fingerspitzen gerade eben die Oberkante der Mauer. Sein restlicher Körper prallte mit voller Wucht gegen die Steinwand, was die Luft aus ihm herauspresste. Er hing keuchend da und versuchte, nicht herunterzufallen. Jetzt kamen die Ra'zac in den Garten und schwenkten die Köpfe von einer Seite zur anderen wie Wölfe, die nach Beute schnüffeln.

Eragon spürte, wie sie näher kamen, und zog sich an der Mauer hoch. Seine Schultern brüllten vor Schmerz auf, als er sich über die Kante stemmte und auf der anderen Seite herabfallen ließ. Er stolperte, dann gewann er sein Gleichgewicht zurück und verschwand in einer dunklen Gasse, während die Ra'zac mühelos über die Mauer sprangen. Angestachelt durch die gelungene Flucht, legte Eragon noch einmal an Tempo zu.

Er rannte mehr als eine Meile weit, bevor er stehen bleiben musste, um Atem zu holen. Da er nicht wusste, ob er die Ra'zac wirklich abgeschüttelt hatte, begab er sich auf einen belebten Marktplatz und versteckte sich unter einem abgestellten Karren. *Wie haben sie mich gefunden?*, fragte er sich keuchend. *Sie konnten doch gar nicht wissen, wo ich war – es sei denn, Brom ist etwas zugestoßen!* Er rief Saphira und sagte: *Die Ra'zac haben mich gefunden. Wir sind in Gefahr! Frag Brom, ob es ihm gut geht. Wenn ja, warne ihn und sag ihm, wir treffen uns im Gasthaus. Und halte dich bereit, so schnell du kannst herzukommen. Vielleicht brauchen wir deine Hilfe, um zu fliehen.*

Sie schwieg einen Moment, dann antwortete sie: *Er kommt zum Gasthaus. Lauf weiter – du bist in großer Gefahr!*

»Was du nicht sagst«, murmelte Eragon und rollte sich unter dem Wagen hervor. Er eilte zum *Goldenen Globus* zurück, packte rasch ihre Habseligkeiten, sattelte die Pferde und führte sie hinaus auf die Straße. Wenig später kam Brom, den Stab in der Hand, und funkelte ihn gefährlich an. Er schwang sich auf Schneefeuer und fragte: »Was ist passiert?«

»Ich war in der Kathedrale und plötzlich standen die Ra'zac hinter mir«, sagte Eragon und bestieg Cadoc. »Ich bin so schnell ich konnte weggerannt, aber sie könnten jeden Moment hier sein. Saphira stößt zu uns, wenn wir Dras-Leona verlassen haben.«

»Wir müssen aus der Stadt sein, bevor sie die Tore schließen lassen, wenn sie das nicht schon getan haben«, sagte Brom. »Wenn sie erst einmal geschlossen sind, ist eine Flucht nahezu unmöglich. Was auch geschieht, bleib immer dicht bei mir.« Ein Ruck durchfuhr Eragon, als am einen Ende der Straße Soldaten aufmarschierten.

Brom fluchte, peitschte mit den Zügeln auf Schneefeuer ein und galoppierte davon. Dicht über Cadoc gebeugt, folgte ihm Eragon. Während des wilden, riskanten Ritts durch die Menschenmassen, die die Straßen auf dem Weg zur Stadtmauer verstopften, wären sie mehrere Male beinahe gestürzt. Als schließlich die Tore in Sicht kamen, zog Eragon entgeistert die Zügel an. Die Tore waren schon halb geschlossen und eine Doppelreihe von Lanzenträgern versperrte den Weg.

»Die werden uns aufspießen!«, rief Eragon.

»Wir müssen eben an ihnen vorbeikommen«, sagte Brom mit unerbittlicher Stimme. »Ich kümmere mich um die Männer, aber du musst die Tore offen halten.« Eragon nickte, biss die Zähne zusammen und gab Cadoc die Sporen.

Sie ritten auf die Soldaten zu, die ihre Lanzen nun auf Brusthöhe der Pferde senkten. Obwohl die Tiere vor Angst schnaubten, trieben Eragon und Brom sie weiter. Eragon hörte die Rufe der Soldaten, konzentrierte sich aber voll auf die sich langsam schließenden Tore.

Als sie sich den scharfen Lanzenspitzen näherten, hob Brom die Hand und sagte etwas. Die Worte schlugen zielsicher ein, und die Soldaten kippten nach beiden Seiten um, als hätte man ihnen die Beine weggezogen. Die Öffnung zwischen den Toren wurde mit jeder Sekunde schmaler. In der Hoffnung, sich nicht zu übernehmen, beschwor Eragon seine magischen Kräfte und rief: *»Du Grind huildr!«*

Mit einem tiefen knirschenden Geräusch standen die Tore zitternd still. Die Menschenmenge und die Soldaten verstummten und glotzten verblüfft. Mit donnernden Hufen preschten Brom und Eragon aus der Stadt hinaus. Sobald sie in Sicherheit waren, ließ Eragon die Tore wieder los. Sie erzitterten, dann schlossen sie sich mit einem Knall.

Wie erwartet überkam ihn Erschöpfung. Er schwankte im Sattel hin und her, konnte aber weiterreiten. Brom behielt ihn besorgt im Auge. Ihre Flucht setzte sich durch die Außenbezirke von Dras-Leona fort, während auf der Stadtmauer die Trompeter Alarm bliesen. Saphira erwartete sie am Stadtrand, hinter Bäumen versteckt. Ihre Augen brannten; ihr Schwanz peitschte hin und her. »Du reitest sie«, sagte Brom. »Und diesmal bleibst du in der Luft, ganz gleich was mir widerfährt. Ich reite nach Süden. Bleib in der Nähe. Es ist egal, ob man Saphira sieht.« Eragon kletterte eilig auf Saphiras Rücken. Als der Boden unter ihnen wegsank, sah er, wie Brom davongaloppierte.

Bist du wohlauf?, fragte Saphira.

Ja, sagte Eragon. *Aber nur, weil wir großes Glück hatten.*

Eine Rauchwolke stieg aus ihren Nasenlöchern. *Jetzt war die ganze lange Suche nach den Ra'zac umsonst.*

Ich weiß, meinte er und schmiegte den Kopf an ihren Hals. *Hätten die Ra'zac sich mir allein gestellt, wäre ich geblieben und hätte gekämpft, aber gegen die vielen Soldaten konnte ich nichts ausrichten.*

Dir ist hoffentlich klar, dass wir jetzt in aller Munde sind. Das war nicht gerade eine unauffällige Flucht. Dem Zugriff des Königs zu entgehen, wird schwieriger denn je. In ihrer Stimme lag ein harter Klang, den er nicht kannte.

Ich weiß.

Sie flogen tief und schnell über die Straße hinweg. Der

389

Leona-See verschwand hinter ihnen. Die Landschaft wurde trocken und felsig und war voller harter, dorniger Büsche und hoher Kakteen. Wolken verdunkelten den Himmel. In der Ferne flammten Blitze auf. Als der Wind zu heulen begann, glitt Saphira zu Brom hinab. Er hielt die Pferde an und fragte: »Was ist los?«

»Der Wind ist zu stark.«

»So schlimm ist es doch gar nicht.«

»Dort oben schon«, sagte Eragon mit Blick zum Himmel.

Fluchend gab Brom ihm Cadocs Zügel. Sie ritten weiter, und Saphira folgte ihnen zu Fuß, obwohl es ihr auf dem Boden schwer fiel, mit den Pferden Schritt zu halten.

Der Wind wurde stärker, wirbelte Staub auf und toste schließlich als Sturm über sie hinweg. Sie wickelten sich Schals um die Köpfe, um die Augen zu schützen. Broms Gewand flatterte im Wind und sein Bart wehte herum wie ein lebendiges Wesen. Eragon hoffte auf Regen. Dann wäre ihr Ritt zwar zur Qual geworden, gleichzeitig hätte ein kräftiger Guss aber auch ihre Spuren verwischt.

Wenig später zwang die Dunkelheit sie zum Anhalten. Nur von den Sternen geleitet, verließen sie die Straße und schlugen hinter zwei großen Felsen ihr Lager auf. Da ein Feuer zu gefährlich gewesen wäre, aßen sie kalte Speisen, während Saphira sie vor dem Wind schützte.

Nach der kargen Mahlzeit platzte Eragon offen heraus: »Wie haben sie uns bloß entdeckt?«

Brom war gerade im Begriff, seine Pfeife anzuzünden, ließ es aber bleiben und legte sie wieder weg. »Einer der Palastdiener warnte mich, dass es unter ihnen Spione gäbe. Irgendwie muss Tábor von mir und meinen Fragen erfahren haben … und durch ihn die Ra'zac.«

»Nach Dras-Leona können wir nicht mehr zurück, oder?«, fragte Eragon.

Brom schüttelte den Kopf. »Jedenfalls nicht in den nächsten Jahren.«

Eragon stützte den Kopf in die Hände. »Sollen wir die Ra'zac dann herauslocken? Wenn Saphira sich sehen lässt, werden sie sofort angerannt kommen.«

»Und fünfzig Soldaten mitbringen«, sagte Brom. »So oder so, jetzt ist nicht der richtige Zeitpunkt, um darüber zu reden. Im Moment müssen wir uns darauf konzentrieren, am Leben zu bleiben. Heute Nacht wird es am gefährlichsten, denn die Ra'zac werden uns im Dunkeln jagen, wenn sie am stärksten sind. Wir müssen bis morgen früh abwechselnd Wache halten.«

»Du hast Recht«, nickte Eragon und stand auf. Mit zusammengekniffenen Augen spähte er in die Ferne. Da fiel ihm eine huschende Bewegung auf, ein kleiner Farbtupfer, der sich von der nächtlichen Landschaft abhob. Er ging zum Rande des Lagers, um eine bessere Sicht zu haben.

»Hast du etwas gesehen?«, fragte Brom, während er seine Decken ausbreitete.

Eragon starrte in die Dunkelheit, dann wandte er sich um. »Ich bin mir nicht sicher. Ich dachte, da wäre etwas. Vermutlich war es nur ein Vogel.« Im selben Moment explodierte in seinem Hinterkopf ein greller Schmerz und Saphira schrie auf. Dann sank Eragon bewusstlos zu Boden.

Die Rache der Ra'zac

Ein dumpfes Hämmern riss Eragon aus der Bewusstlosigkeit. Jedes Mal wenn das Blut durch seinen Kopf pulsierte, brandete eine neue Schmerzwelle über ihn hinweg. Er hob die schweren Lider und zuckte zusammen. Tränen schossen ihm in die Augen, als er in eine helle Laterne blickte. Er schaute blinzelnd weg. Als er versuchte, sich aufzusetzen, merkte er, dass seine Hände auf dem Rücken gefesselt waren.

Er drehte sich schwerfällig um und sah Broms Arme. Erleichtert registrierte Eragon, dass auch sie gefesselt waren. Warum aber freute ihn das? Er zerbrach sich den Kopf darüber, bis es ihm plötzlich einfiel. *Einen Toten würden sie nicht fesseln!* Aber wer waren »sie«? Er drehte den Kopf, bis plötzlich ein schwarzes Stiefelpaar in sein Blickfeld rückte.

Als er aufschaute, blickte er mitten in das Gesicht eines Ra'zac. Ihn packte die Angst. Er wollte seine magischen Kräfte wecken und das Wort formen, das die Ra'zac töten würde, aber er hielt verwirrt inne. Das Wort fiel ihm nicht ein. Er versuchte es erneut, aber es wollte ihm einfach nicht in den Sinn kommen.

Über ihm lachte der Ra'zac eisig. »Die Droge wirkt, nicht

wahr? Ich glaube, du wirst uns so bald keinen Ärger mehr machen.«

Von links hörte er jetzt ein scharrendes Geräusch und sah entsetzt, wie der zweite Ra'zac Saphira einen Maulkorb anlegte. Schwarze Ketten hielten die Flügel dicht an ihren Leib gepresst und an ihren Beinen hingen eiserne Fußfesseln. Eragon versuchte, sie zu rufen, spürte aber nichts.

»Sie war zahm wie ein Kätzchen, nachdem wir ihr drohten, dich umzubringen«, zischte der Unhold. Er kauerte sich neben die Laterne und durchwühlte Eragons Taschen, musterte verschiedene Gegenstände und warf sie achtlos beiseite, bis er Zar'roc fand. »Was für eine hübsche Waffe für einen… Bauernlümmel. Vielleicht behalte ich sie ja.« Er beugte sich zu ihm herab und sagte mit einem spöttischen Zischen: »Wenn du brav bist, lässt unser Herr dich das Schwert vielleicht sogar polieren.« Sein feuchter Atem roch nach rohem Fleisch.

Dann wendete er Zar'roc in den Händen und jaulte auf, als er das Wappen auf der Scheide sah. Sein Kumpan eilte herbei. Zu zweit beugten sie sich über das Schwert und schnatterten leise miteinander. Dann wandten sie sich zu Eragon um. »Du wirst unserem Herrn gute Dienste leisten, oh ja.«

Eragon zwang seine belegte Zunge, Worte zu formen: »Ein guter Dienst wäre es, euch umzubringen.«

Sie lächelten kalt. »Oh nein, das wird unser Herr nicht zulassen, wir sind viel zu… *wertvoll*.« Ein tiefes Knurren kam von Saphira und Rauch wallte aus ihren Nüstern. Es schien die Ra'zac nicht zu kümmern.

Ihr Augenmerk richtete sich auf Brom, der jetzt stöhnend erwachte und sich auf die Seite drehte. Einer der beiden packte ihn am Hemd und schleuderte ihn mühelos in die Luft. »Die Wirkung lässt nach.«

»Dann gib ihm mehr.«

»Warum töten wir ihn nicht einfach?«, schlug der kleinere Ra'zac vor. »Er hat uns sowieso nur Ärger gemacht.«

Der größere strich mit dem Finger über die Schwertklinge. »Gute Idee. Aber die Anweisung des Königs lautet, die beiden am Leben zu lassen.«

»Wir könnten sagen, er wäre bei der Gefangennahme umgekommen.«

»Und was ist mit dem da?«, fragte der andere und zeigte mit dem Schwert auf Eragon. »Er könnte uns verraten.«

Lachend zückte sein Gefährte einen spitzen Dolch. »Das würde er nicht wagen.«

Eine lange Pause entstand, dann sagte der andere: »Abgemacht.«

Sie schleiften Brom in die Mitte des Lagers und zogen ihn auf die Knie. Brom sackte zur Seite. Eragon sah mit wachsender Angst zu. *Ich muss mich befreien!,* dachte er und zerrte an den Fesseln, aber die Stricke waren zu dick. »Hör auf damit«, sagte der größere Ra'zac mit drohend erhobenem Schwert. Er legte den Kopf in den Nacken und schnüffelte; irgendetwas schien ihn zu beunruhigen.

Der andere Ra'zac riss Broms Kopf zurück und hielt ihm den Dolch an die entblößte Kehle. Im selben Augenblick hörte man ein tiefes Surren, gefolgt vom Aufschrei des Unholds. Ein Pfeil ragte aus seiner Schulter. Der andere ließ sich auf den Boden fallen und entging um Haaresbreite einem zweiten Pfeil. Er kroch zu seinem verwundeten Gefährten und gemeinsam spähten sie unter wütendem Zischen in die Dunkelheit. Sie machten keine Anstalten, Brom aufzuhalten, als dieser sich mit weichen Knien aufrappelte. »Duck dich!«, rief Eragon ihm zu.

Brom taumelte, dann wankte er unsicher auf Eragon zu. Als weitere Pfeile der unsichtbaren Angreifer in das Lager flogen, wälzten sich die Ra'zac hinter einen Felsen. Es folgte eine kurze Pause, dann kamen die Pfeile plötzlich aus der entgegengesetzten Richtung. Überrumpelt reagierten die Ra'zac viel zu langsam. Ihre Umhänge wurden an mehreren Stellen durchlöchert und ein Pfeil traf einen der beiden in den Arm.

Mit einem wüsten Aufschrei stürmte der kleinere Ra'zac auf die Straße zu und versetzte Eragon im Vorbeirennen noch einen hinterhältigen Tritt in die Rippen. Sein Kumpan zögerte erst, dann hob er den am Boden liegenden Dolch auf und folgte ihm. Aus vollem Lauf schleuderte er das Messer in Eragons Richtung.

Plötzlich leuchtete in Broms Augen ein sonderbares Licht auf. Er warf sich über Eragon, den Mund zu einem lautlosen Knurren verzogen. Der Dolch traf ihn mit einem leisen Aufprall im Rücken und Brom stürzte schwerfällig auf die Schulter. Dann fiel sein Kopf schlaff zur Seite.

»Nein!«, schrie Eragon, obwohl er sich vor Schmerz krümmte. Er hörte noch Schritte, dann schlossen sich seine Augen, und er wusste nicht mehr, wie ihm geschah.

MURTAGH

Eine Zeit lang spürte Eragon nur das Brennen in seiner Seite. Jeder Atemzug schmerzte. Es kam ihm vor, als hätte das Messer ihn und nicht Brom getroffen. Sein Zeitgefühl war völlig aus dem Lot; es war schwer zu sagen, ob Wochen vergangen waren oder nur wenige Minuten. Als er wieder ganz bei Bewusstsein war, schlug er die Augen auf und blickte erstaunt auf ein wenige Schritte entferntes Lagerfeuer. Seine Hände waren noch gefesselt, doch die Wirkung der Droge musste verflogen sein, denn er konnte wieder klar denken. *Saphira, bist du verletzt?*

Nein, aber du und Brom. Sie saß über Eragon gebeugt da, die Schwingen schützend um seine Seiten gelegt.

Saphira, das Feuer hast du doch nicht gemacht, oder? Und der Ketten konntest du dich auch nicht allein entledigen.

Nein.

Eragon stemmte sich mühsam auf die Knie hoch und sah einen jungen Mann auf der anderen Seite des Lagerfeuers sitzen.

Der Fremde, der zerschlissene Kleidung trug, strahlte Ruhe und Selbstsicherheit aus. Er hielt einen Bogen in den Händen und an seiner Seite hing ein langes Breitschwert.

Auf seinem Schoß lag ein weißes, mit Silber beschlagenes Horn und aus seinem Stiefel ragte der Griff eines Dolches hervor. Dunkelbraune Locken umrahmten sein ernstes Gesicht und die verwegen blickenden Augen. Er schien etwas älter als Eragon und vielleicht einen Zoll größer zu sein. Hinter ihm war ein graues Streitross angebunden. Der Fremde schaute misstrauisch auf Saphira.

»Wer bist du?«, fragte Eragon heiser.

Die Hände des Mannes schlossen sich fester um den Bogen. »Murtagh.« Seine Stimme war tief und beherrscht, aber merkwürdig sanft.

Eragon zog die Arme unter den Beinen hervor, sodass er die Hände vor dem Körper hatte. Er biss die Zähne zusammen, als ein greller Schmerz seine Seite durchzuckte. »Warum hast du uns geholfen?«

»Ihr seid nicht die einzigen Feinde der Ra'zac. Ich war ihnen auf den Fersen.«

»Du weißt, wer sie sind?«

»Ja.«

Eragon konzentrierte sich auf die Stricke an seinen Handgelenken und aktivierte seine magischen Kräfte. Als er Murtaghs Blick spürte, zögerte er, beschloss dann aber, sich nicht darum zu kümmern. »*Jierda!*«, brummte er, und die Stricke fielen ihm von den Handgelenken. Er rieb sich die Hände, um die Durchblutung anzuregen.

Murtagh holte zischend Luft. Eragon nahm all seine Kraft zusammen und versuchte aufzustehen, aber seine Rippen brannten vor Schmerz. Stöhnend sackte er wieder in sich zusammen. Murtagh wollte ihm zu Hilfe kommen, aber Saphiras Knurren hielt ihn zurück. »Ich hätte dir schon früher geholfen, aber dein Drache ließ mich nicht an dich heran.«

»Sie heißt Saphira«, sagte Eragon knapp. *Lass ihn durch, ich komme nicht allein hoch. Außerdem hat er uns das Leben gerettet.* Saphira knurrte erneut, faltete aber die Flügel zusammen und wich zurück. Murtagh beobachtete sie argwöhnisch, während er auf Eragon zuging.

Er nahm seinen Arm und half ihm behutsam auf die Beine. Eragon jaulte vor Schmerz auf und wäre ohne Hilfe wieder hingefallen. Sie gingen zum Lagerfeuer, wo Brom auf dem Rücken dalag. »Wie geht es ihm?«, fragte Eragon.

»Schlecht«, sagte Murtagh und half ihm beim Hinsetzen. »Das Messer ist genau zwischen zwei Rippen eingedrungen. Du kannst ihn dir gleich ansehen, aber zuerst müssen wir feststellen, was die Ra'zac mit dir angestellt haben.« Er half Eragon, das Wams auszuziehen, dann stieß er einen leisen Pfiff aus. »Au weh!«

»Au weh«, stimmte Eragon ihm schwach zu. Seine ganze linke Körperhälfte war ein einziger Bluterguss. Die geschwollene Haut war an mehreren Stellen aufgeplatzt. Murtagh legte die Hand darauf und drückte leicht. Eragon schrie auf und Saphira stieß wieder ein drohendes Knurren aus.

Murtagh ließ sie nicht aus den Augen, während er nach einer Decke griff. »Ich glaube, du hast dir ein paar Rippen angebrochen. Es ist schwer zu sagen, wie viele, aber mindestens zwei, vielleicht mehr. Du hast Glück, dass du kein Blut spuckst.« Er riss die Decke in Streifen und bandagierte damit Eragons Brustkorb.

Dann zog sich Eragon das Wams wieder an. »Ja… Glück gehabt.« Er atmete vorsichtig ein und aus, rutschte zu Brom hinüber und sah, dass Murtagh ihm die Kleider aufgeschnitten hatte, um die Stichwunde zu verbinden. Mit zitternden Händen begann er, den Verband zu lösen.

»Das würde ich nicht machen«, sagte Murtagh. »Ohne den Verband verblutet er.«

Doch Eragon ignorierte die Warnung und schälte den Stoff von Broms Haut. Die Wunde war klein und schmal, dafür aber umso tiefer. Blut quoll heraus. Wie er seit Garrows Verbrennungen wusste, verheilten von den Ra'zac zugefügte Verletzungen besonders langsam.

Er zog die Handschuhe aus und versuchte, sich fieberhaft an die heilenden Worte zu erinnern, die Brom ihm beigebracht hatte. *Hilf mir, Saphira. Ich bin zu schwach, um es allein zu schaffen.*

Saphira kroch zu ihm herüber und heftete ihren Blick fest auf Brom. *Ich bin hier, Eragon.* Als ihr Geist mit seinem verschmolz, strömte neue Kraft in seinen Körper. Eragon schöpfte aus dem Brunnen ihrer vereinten Kräfte und lenkte die Energie auf die Worte. Seine Hand zitterte, als er sie über die Wunde hielt. »*Waíse heill!*«, sagte er. Seine Handfläche glühte, und Broms Haut floss zusammen, als hätte die Wunde nie existiert. Murtagh sah fasziniert zu.

Es war schnell vorbei. Als das Glühen verblasst war, sank Eragon erschöpft in sich zusammen. *So etwas haben wir bisher noch nie gemacht,* sagte er.

Saphira nickte. *Mit vereinten Kräften können wir Zauber wirken, die uns allein nicht gelingen.*

Murtagh betrachtete Brom und fragte: »Ist er jetzt wieder völlig gesund?«

»Ich kann nur heilen, was an der Oberfläche ist. Ich weiß

nicht genug, um den in seinem Körper angerichteten Schaden zu beheben. Es ist jetzt an ihm. Ich habe getan, was ich konnte.« Völlig erschöpft schloss Eragon einen Moment lang die Augen. »Mein Kopf scheint in den Wolken zu schweben.«

»Wahrscheinlich musst du etwas essen«, sagte Murtagh. »Ich koche uns eine Suppe.«

Während Murtagh die Mahlzeit zubereitete, fragte sich Eragon, wer dieser Fremde wohl sein mochte. Sein Schwert und Bogen waren von feinster Machart, ebenso das Horn. Entweder war er ein Dieb oder er besaß Geld – und zwar nicht zu knapp. *Warum hat er die Ra'zac gejagt? Was haben sie getan, um ihn sich zum Feind zu machen? Ob er wohl zu den Varden gehört?*

Der Fremde reichte ihm eine Schale mit heißer Suppe. Eragon kostete die Mahlzeit und fragte: »Wie lange ist es her, seit die Ra'zac geflohen sind?«

»Ein paar Stunden.«

»Wir müssen verschwinden, bevor sie mit Verstärkung zurückkehren.«

»*Du* kannst vermutlich reiten«, sagte Murtagh, dann deutete er auf Brom, »er aber nicht. Man steht nicht einfach auf und reitet weiter, nachdem man ein Messer in den Rücken bekommen hat.«

Wenn wir eine Trage bauen, könntest du Brom dann mit den Klauen transportieren wie damals Garrow?, fragte Eragon Saphira.

Ja, aber das Landen wird schwierig.

Solange es nur irgendwie geht. Eragon sagte zu Murtagh: »Saphira kann ihn mitnehmen, aber wir brauchen eine Trage.

Kannst du eine bauen? Ich bin im Moment zu schwach dafür.«

»Warte hier.« Murtagh verließ mit gezücktem Schwert das Lager. Eragon humpelte zu seinen Taschen und hob den Bogen auf, wo die Ra'zac ihn hingeworfen hatten. Dann fand er den Köcher und entdeckte Zar'roc, das hinter einem kleinen Felsen lag. Zuletzt suchte er eine Decke für die Trage aus.

Murtagh kehrte mit zwei jungen Bäumen zurück. Er legte sie nebeneinander auf den Boden und band die Decke an den Stämmen fest. Nachdem er Brom sorgfältig darauf festgeschnallt hatte, packte Saphira die Stämme und stieg mühsam in die Luft. »Ich hätte nie gedacht, dass ich jemals so etwas zu sehen bekommen würde«, sagte Murtagh mit einem merkwürdigen Klang in der Stimme.

Als Saphira in den dunklen Himmel verschwand, humpelte Eragon zu Cadoc und zog sich unter Schmerzen in den Sattel. »Danke für deine Hilfe. Du solltest uns jetzt verlassen. Du wärst in großer Gefahr, wenn man dich bei uns fände. Wir können dich nicht beschützen, und ich möchte nicht, dass dir unseretwegen etwas zustößt.«

»Eine schöne Rede«, meinte Murtagh, während er das Feuer austrat, »aber wo wollt ihr hin? Habt ihr irgendwo in der Nähe einen sicheren Unterschlupf?«

»Nein«, gestand Eragon.

Murtaghs Augen glitzerten, während seine Finger mit dem Schwertgriff spielten. »In diesem Fall werde ich euch wohl begleiten, bis ihr außer Gefahr seid. Ich habe ohnehin nichts Besseres zu tun. Außerdem treffe ich, wenn ich bei euch bleibe, vielleicht früher auf die Ra'zac, als wenn ich auf mich selbst gestellt bin. Und einem Drachenreiter widerfahren immer höchst interessante Dinge.«

Eragon war unschlüssig, ob er die Hilfe eines völlig Fremden annehmen sollte. Doch ihm war schmerzlich bewusst, dass ihm die Kraft fehlte, Murtagh mit der nötigen Entschiedenheit abzuweisen. *Falls Murtagh sich als nicht vertrauenswürdig erweist, kann Saphira ihn immer noch verjagen.* »Begleite uns ruhig, wenn du willst.« Er zuckte mit den Schultern.

Murtagh nickte und stieg auf sein Streitross. Eragon nahm Schneefeuers Zügel und ritt in die Wildnis. Der Halbmond spendete fahles Licht, doch Eragon wusste, dass es den Ra'zac nur helfen würde, ihre Spur zu finden.

Obwohl Eragon Murtagh gern einige Fragen gestellt hätte, blieb er still und sparte sich alle Kraft fürs Reiten auf. Kurz vor Sonnenaufgang sagte Saphira: *Ich muss landen. Meine Schwingen sind müde und Brom braucht Ruhe. Ich habe zwei Meilen von eurem jetzigen Standort entfernt einen geeigneten Unterschlupf gefunden.*

Als Eragon und Murtagh sie eingeholt hatten, saß Saphira am Fuße einer breiten Sandsteinformation, die wie ein gewaltiger Hügel aus dem Boden emporragte. In den Seiten befanden sich zahlreiche Höhlen verschiedener Größe. Saphira war offenbar über ihre Entdeckung sehr zufrieden. *Ich habe eine Höhle gefunden, die man von unten nicht sieht. Sie ist groß genug für uns alle, einschließlich der Pferde. Kommt mit.* Sie wandte sich um und stieg den Abhang hinauf, indem sie ihre scharfen Klauen in den Felsboden schlug. Die Pferde hatten Mühe, da ihre Hufe auf dem Sandstein keinen Halt fanden. Eragon und Murtagh mussten sie

402

mehr als eine Stunde lang ziehen und schieben, bis sie endlich die Höhle erreicht hatten.

Sie war gut hundert Fuß tief und mehr als zwanzig Fuß breit, hatte aber einen schmalen Eingang, der ihnen Schutz vor schlechtem Wetter und unliebsamen Blicken bot. Tiefe Dunkelheit verschluckte den hinteren Teil, hing an den Wänden wie Decken aus schwarzer Wolle.

»Beeindruckend«, sagte Murtagh. »Ich gehe Brennholz sammeln.« Eragon eilte zu Brom. Saphira hatte ihn etwas weiter hinten auf einer niedrigen Felsplatte abgelegt. Eragon nahm Broms schlaffe Hand und schaute bange auf sein zerfurchtes Gesicht. Nach einer Weile wandte er sich seufzend ab und trat ans Feuer, das Murtagh inzwischen entfacht hatte.

Sie aßen schweigend und versuchten anschließend, Brom etwas Wasser einzuflößen, aber der alte Mann wollte nicht trinken. So zur Untätigkeit verdammt, breiteten sie ihre Decken aus und legten sich schlafen.

Das Vermächtnis
des Drachenreiters

Wach auf, Eragon. Er regte sich stöhnend. *Ich brauche deine Hilfe! Irgendetwas stimmt nicht!* Eragon versuchte, die Stimme zu ignorieren und weiterzuschlafen.

Steh auf!

Lass mich zufrieden, grummelte er.

ERAGON! Ein lautes Brüllen erschallte in der Höhle. Er fuhr ruckartig hoch und tastete nach seinem Bogen. Saphira beugte sich über Brom, der von der Felsplatte gefallen war und sich wie von Sinnen auf dem Höhlenboden hin und her wälzte. Sein Gesicht war verzerrt; die Hände waren zu Fäusten geballt. Eragon stürzte zu ihm, das Schlimmste befürchtend.

»Hilf mir, ihn festzuhalten. Er wird sich noch verletzen!«, rief er Murtagh zu und packte Broms Arme. Seine Rippen brannten schmerzhaft, während der alte Mann sich weiter hin und her warf. Gemeinsam hielten sie Brom fest, bis seine krampfartigen Zuckungen aufhörten. Dann hoben sie ihn behutsam zurück auf die Felsplatte.

Eragon fühlte Broms Stirn. Die Haut war so heiß, dass die Hitze schon aus einigen Zoll Entfernung zu spüren war.

»Bring mir Wasser und ein Tuch«, sagte er besorgt. Murtagh tat wie geheißen, und Eragon wischte sanft Broms Gesicht ab, um ihn abzukühlen. Als es in der Höhle wieder still wurde, bemerkte er, dass draußen die Sonne schien. *Wie lange haben wir geschlafen?*, fragte er Saphira.

Ziemlich lange. Ich habe Brom die ganze Zeit im Auge behalten. Alles war in Ordnung, bis vor einigen Minuten die Krämpfe begannen. Ich habe dich geweckt, als er auf den Boden fiel.

Eragon streckte sich und zuckte zusammen, als seine Rippen schmerzhaft stachen. Plötzlich packte eine Hand seine Schulter. Brom öffnete die Augen und starrte Eragon mit glasigem Blick an. »Du!«, keuchte er. »Bring mir den Weinschlauch!«

»Brom?«, rief Eragon aus, froh, ihn reden zu hören. »Du solltest jetzt keinen Wein trinken; das würde deinen Zustand nur verschlechtern.«

»Bring mir den Wein, Junge – mach schon…«, stöhnte Brom. Seine Hand rutschte von Eragons Schulter.

»Warte, ich bin gleich zurück.« Eragon stürzte zu den Satteltaschen und durchsuchte sie fieberhaft. »Ich finde ihn nicht!«, rief er und sah sich verzweifelt um.

»Hier, nimm meinen«, sagte Murtagh und reichte ihm seinen Weinschlauch.

Eragon nahm ihn und eilte zu Brom zurück. »Hier ist der Wein«, sagte er und kniete nieder. Murtagh verschwand zum Höhlenausgang, um sie allein zu lassen.

Broms nächste Worte waren leise und kaum zu verstehen. »Gut…« Er hob schwach den Arm. »So… jetzt wasch damit meine rechte Hand.«

»Was…?«, wunderte Eragon sich.

»Keine Fragen – ich habe keine Zeit mehr.« Verdutzt öffnete Eragon den Weinschlauch und schüttete die Flüssigkeit auf Broms Handfläche. Er rieb damit die Haut des alten Mannes ein, die Finger, den Handrücken. »Mehr«, krächzte Brom. Eragon schüttete ihm abermals Wein in die Hand. Er rubbelte kräftig und plötzlich begann sich eine braune Farbschicht von Broms Hand zu lösen. Er hielt verblüfft inne und starrte sie mit offenem Mund an. Auf Broms Handfläche prangte die *Gedwëy Ignasia*.

»Du bist ein Drachenreiter?«, fragte er ungläubig.

Ein schmerzliches Lächeln huschte über Broms Gesicht. »Einstmals bin ich einer gewesen… heute nicht mehr. Als ich jung war… jünger als du heute… haben die Drachenreiter mich zu sich geholt, haben mich auserwählt. Während meiner Lehrzeit freundete ich mich mit einem anderen Schüler an… mit Morzan, bevor er ein Abtrünniger wurde.« Eragon stockte der Atem – das war mehr als hundert Jahre her. »Aber dann verriet er uns an Galbatorix… und bei der Schlacht in Dorú Areaba – die Stadt auf Vroengard – wurde mein junger Drache getötet. Ihr Name war… Saphira.«

»Warum hast du mir das nicht schon früher erzählt?«, fragte Eragon leise.

Brom lachte heiser. »Weil dazu kein Grund bestand.« Er verstummte. Sein Atem ging mühsam; seine Hände waren zu Fäusten geballt. »Ich bin alt, Eragon… so alt. Obwohl sie meinen Drachen getötet haben, lebte ich länger als die meisten anderen. Du weißt nicht, wie es ist, mein Alter zu erreichen und zu merken, dass man sich an vieles nicht mehr erinnert – und dann schaut man nach vorn und weiß, dass noch viele Jahre vor einem liegen … Nach all der Zeit trauere ich immer noch um meine Saphira … und ich hasse Galbatorix dafür, dass er sie mir genommen hat.« Sein fiebriger Blick durchbohrte Eragon, als er leidenschaftlich sagte: »Lass nicht zu, dass dir dasselbe widerfährt! Beschütze Saphira mit deinem Leben, denn ohne sie ist es nicht mehr lebenswert.«

»Sag so etwas nicht. Ihr wird nichts geschehen«, entgegnete Eragon besorgt.

Brom drehte den Kopf zur Seite. »Vielleicht schwatze ich wirres Zeug.« Sein flackernder Blick wanderte kurz zu Murtagh hinüber, dann kehrte er wieder zu Eragon zurück. Broms Stimme wurde kräftiger. »Eragon! Mir bleibt nicht mehr viel Zeit. Die Wunde ist … tief; sie saugt meine Lebenskraft aus. Ich habe keine Energie, um dagegen anzukämpfen. Nimmst du … meinen Segen an, bevor ich sterbe?«

»Alles wird gut werden«, sagte Eragon mit Tränen in den Augen. »Das ist nicht nötig.«

»So ist nun mal der Lauf der Dinge … Doch, es ist nötig. Nimmst du meinen Segen an?« Eragon senkte den Kopf und nickte beklommen. Brom legte ihm eine zitternde Hand auf die Stirn. »Dann gebe ich ihn dir. Mögen die nächsten Jahre dir großes Glück bringen.« Er bedeutete Eragon, näher heranzurücken. Ganz leise flüsterte er ihm sieben Worte aus der alten Sprache zu, dann erklärte er ihm noch leiser, was sie bedeuteten. »Das ist alles, was ich dir mitgeben kann. Benutze sie nur in größter Not.«

Broms Blick wanderte zur Decke hinauf. »Und jetzt«, murmelte er schwach, »beginnt das größte aller Abenteuer …«

Weinend hielt Eragon seine Hand und tröstete ihn, so gut er konnte. Geduldig saß er am Sterbebett des alten Mannes. Während die Stunden verstrichen, legte sich eine graue Blässe über Broms Gesicht, und seine Augen wurden allmählich trübe, seine Hände eiskalt. Eragon musste hilflos mit ansehen, wie die Stichwunde, die der Ra'zac Brom zugefügt hatte, ihren Tribut forderte.

Als in den frühen Abendstunden die Schatten länger wurden, wurde Brom plötzlich steif. Eragon rief seinen Namen und bat Murtagh um Hilfe, aber sie konnten nichts mehr für ihn tun. In der bleiernen Stille, die sich über sie legte, trafen sich die Blicke der beiden Weggefährten ein letztes Mal. Dann legte sich ein zufriedener Ausdruck über das Gesicht des alten Mannes und ein sanfter Atemhauch entströmte seinen Lippen. Und so geschah es, dass Brom, der Geschichtenerzähler, starb.

Mit zitternden Fingern schloss Eragon Brom die Augen und stand auf. Hinter ihm hob Saphira den Kopf und brüllte wehklagend zum Himmel empor. Tränen liefen über Eragons Wangen, als ihm bewusst wurde, welch schrecklichen Verlust er erlitten hatte. Mit stockender Stimme sagte er: »Wir müssen ihn begraben.«

»Man könnte uns sehen«, warnte ihn Murtagh.

»Das ist mir egal!«

Murtagh zögerte einen Augenblick, dann trug er Broms Leichnam zusammen mit seinem Schwert und seinem Stab aus der Höhle. Saphira folgte ihnen. »Ganz nach oben«, sagte Eragon mit brüchiger Stimme und deutete zum Gipfel des Sandsteinhügels.

»Man kann in dem Gestein kein Grab ausheben«, widersprach Murtagh.

»Ich schon.«

Eragon kämpfte sich mühsam zum Gipfel empor, behindert durch seine angebrochenen Rippen. Murtagh legte Brom behutsam nieder.

Eragon rieb sich die Augen und bohrte seinen Blick in den Sandstein. Mit einer kurzen Handbewegung sagte er: »*Moi Stenr!*« Der Stein kräuselte sich. Er zerfloss wie Wasser und bildete im Boden eine Vertiefung, die so lang wie Broms Leichnam war. Den Sandstein wie feuchten Lehm formend, ließ Eragon hüfthohe Mauern aus dem Boden wachsen.

Sie legten Brom mit Stab und Schwert in das unfertige Sandstein-Mausoleum. Eragon trat einen Schritt zurück und gab dem Gestein mit Zauberkraft seine endgültige Form. Die Mauern schlossen sich über Broms reglosem Gesicht und wuchsen in die Höhe, bis sie ein hoch aufragendes, facettiertes Spitzdach bildeten. Als letzte Ehrerbietung schrieb Eragon in den Stein:

HIER RUHT BROM
Der ein Drachenreiter war
Und für mich
Wie ein Vater
Möge sein Name ruhmvoll weiterleben

Dann neigte er das Haupt und ließ seiner Trauer freien Lauf. Er stand da wie eine lebende Statue, bis gegen Abend das Licht vom Lande schwand.

In der Nacht träumte er wieder von der gefangenen Frau. *Er konnte erkennen, dass ihr etwas fehlte. Ihr Atem ging unregelmäßig und sie zitterte am ganzen Leib – ob vor Kälte* oder vor Schmerz, wusste er nicht. Im Halbdunkel des Verlieses war nur ihre Hand, die über den Rand des Strohbetts hinausragte, deutlich zu erkennen. Eine dunkle Flüssigkeit tropfte von den Fingerspitzen. Eragon wusste, dass es Blut war.

DIE DIAMANTGRUFT

Als Eragon erwachte, waren seine Augen verquollen, und sein Körper fühlte sich an wie ein morsches Stück Holz. Bis auf die Pferde war die Höhle leer. Die Trage war verschwunden; nichts erinnerte mehr an Broms Tod. Er ging zum Höhlenausgang und setzte sich auf den zerfurchten Sandstein. *Also hat Angela Recht behalten mit ihrer Prophezeiung über den Verlust, den ich erleiden würde,* dachte er und starrte mit ausdruckslosem Blick auf die karge Landschaft. Trotz der frühen Stunde erzeugte die topasfarbene Sonne schon eine wüstenartige Hitze.

Eine Träne rann über sein regloses Gesicht, verdunstete im Sonnenlicht und hinterließ eine salzige Kruste auf seiner Haut. Er schloss die Augen, sog die Wärme in sich auf und leerte seinen Geist. Mit dem Fingernagel kritzelte er unwillkürlich auf dem Sandstein herum. Als er hinsah, merkte er, dass er die Worte *Warum ich?* geschrieben hatte.

Er saß noch immer da, als Murtagh mit zwei Hasen zur Höhle zurückkehrte. Wortlos setzte er sich zu Eragon. »Wie geht es dir?«, fragte er ihn.

»Sehr schlecht.«

Murtagh sah ihn nachdenklich an. »Wirst du dich wieder

erholen?« Eragon zuckte mit den Schultern. Nach einigen schweigsamen Minuten hob Murtagh erneut an: »Gerade jetzt frage ich dich nicht gern, aber ich muss es wissen… War dein Brom *der* Brom? Der einst dabei half, dem König ein Drachenei zu stehlen, dann damit quer durchs ganze Land floh und im Zweikampf Morzan tötete? Ich habe dich seinen Namen sagen hören und die Inschrift an seinem Grab gelesen, aber ich brauche Gewissheit: War er es wirklich?«

»Ja«, sagte Eragon leise. Ein Ausdruck der Beunruhigung legte sich über Murtaghs Gesichtszüge. »Woher weißt du das alles? Du sprichst über Dinge, von denen die meisten Leute nichts wissen, und du hast die Ra'zac angegriffen, gerade als wir Hilfe brauchten. Gehörst du zu den Varden?«

In Murtaghs Augen öffnete sich eine unergründliche Tiefe. »Ich bin auf der Flucht, genau wie du.« Heimlicher Kummer schwang in seinen Worten mit. »Ich gehöre weder zu den Varden noch zum Imperium. Ich bin niemand anderem untertan als mir selbst. Was meine Rettungsaktion anbelangt, so gebe ich zu, dass ich geflüsterte Geschichten über einen neuen Drachenreiter gehört hatte und herausfinden wollte, ob sie wahr sind, indem ich den Ra'zac folgte.«

»Ich dachte, du wolltest die Ra'zac umbringen«, wunderte sich Eragon.

Murtagh lächelte grimmig. »Das will ich auch, aber hätte ich es schon früher getan, dann wäre ich euch nie begegnet.«

Aber dafür wäre Brom noch am Leben, dachte Eragon. *Ich wünschte, er wäre hier. Er wüsste, ob Murtagh vertrauenswürdig ist oder nicht.* Eragon fiel wieder ein, wie Brom in Daret Trevors Absichten gespürt hatte, und er fragte sich, ob ihm selbst das wohl jetzt bei Murtagh gelingen würde. Er versuchte, in dessen Bewusstsein einzudringen, stieß aber an eine undurchdringliche Mauer, die er zu umgehen versuchte. Doch Murtaghs gesamter Geist war eine uneinnehmbare Festung. *Wo hat er das wohl gelernt? Brom hat gesagt, nur wenige Menschen, wenn überhaupt, können ohne Übung andere daran hindern, in ihren Geist einzudringen. Woher hat Murtagh diese Fähigkeit?* Er fühlte sich einsam und fragte betrübt: »Wo ist Saphira?«

»Ich weiß nicht«, sagte Murtagh. »Sie folgte mir eine Weile, als ich jagen ging, dann flog sie auf eigene Faust davon. Seit heute Vormittag habe ich sie nicht mehr gesehen.« Eragon erhob sich und ging in die Höhle zurück. Murtagh folgte ihm. »Was willst du jetzt tun?«

»Ich bin mir nicht sicher.« *Und ich möchte auch nicht darüber nachdenken.* Er rollte seine Decken zusammen und band sie an die Satteltaschen. Die Rippen taten ihm weh. Murtagh machte sich daran, die Hasen zuzubereiten. Als Eragon den Inhalt seiner Taschen ordnete, kam Zar'roc zum Vorschein. Die rote Scheide schimmerte hell. Er zog das Schwert heraus ... und wog es in den Händen.

Er hatte die Waffe noch nie getragen oder benutzt – außer bei den Kämpfen mit Brom –, weil er sich nicht in der Öffentlichkeit damit hatte sehen lassen wollen. Nun kümmerte ihn das nicht mehr. Das Schwert schien die Ra'zac überrascht und erschreckt zu haben – Grund genug, es fortan zu tragen. Er nahm den Bogen vom Rücken und hängte sich Zar'roc an den Gürtel. *Ab sofort bin ich ein Mann des Schwertes. Alle Welt soll das sehen. Meine Ausbildung ist beendet. Ich bin jetzt ein Drachenreiter.*

Er sah Broms Taschen durch, fand aber nur Kleidung,

einige persönliche Gegenstände und einen kleinen Geldbeutel. Eragon nahm die Landkarte von Alagaësia und stellte die Taschen an die Höhlenwand. Dann setzte er sich ans Feuer. Murtaghs Augen wurden schmal, als er von seiner Arbeit aufschaute. »Das Schwert – darf ich es mir ansehen?«, fragte er und wischte sich die Hände ab.

Eragon zögerte. Es widerstrebte ihm, die Waffe auch nur einen Augenblick lang aus der Hand zu geben, aber dann nickte er. Murtagh sah sich das Wappen auf der Klinge genau an. Sein Gesicht verdüsterte sich. »Wo hast du das her?«

»Brom hat es mir gegeben. Warum?«

Murtagh schob das Schwert zurück und verschränkte wütend die Arme vor der Brust. Er atmete schwer. »Dieses Schwert«, sagte er erregt, »war einst so bekannt wie sein Besitzer. Der letzte Reiter, der es trug, war Morzan – ein brutaler, grausamer Mann. Ich dachte, du wärst ein Gegner des Königs, doch auf einmal stelle ich fest, dass du die Klinge eines Abtrünnigen führst!«

Eragon starrte Zar'roc erschrocken an. Ihm wurde klar, dass Brom es Morzan nach dem Kampf in Gil'ead abgenommen haben musste. »Brom hat mir nie gesagt, woher es stammt«, sagte er wahrheitsgemäß. »Ich habe nicht gewusst, dass es Morzan gehörte.«

»Er hat es dir nie gesagt?«, wiederholte Murtagh ungläubig. Eragon schüttelte den Kopf. »Seltsam. Ich wüsste nicht, warum er es hätte für sich behalten sollen.«

»Ich auch nicht. Aber Brom hatte viele Geheimnisse«, sagte Eragon. Es war unangenehm, das Schwert des Mannes in der Hand zu halten, der die Drachenreiter an Galbatorix verraten hatte. *Diese Klinge hat wahrscheinlich unzählige*

Drachenreiter umgebracht, dachte er voller Abscheu. *Und schlimmer noch, Drachen!* »Ich werde es trotzdem tragen. Ich habe kein eigenes Schwert. Und bis ich eins habe, werde ich Zar'roc benutzen.«

Murtagh zuckte zusammen, als Eragon den Namen aussprach. »Wie du meinst«, sagte er. Dann fuhr er mit gesenktem Blick fort, den Hasen zu häuten.

Als das Mahl fertig war, aß Eragon absichtlich langsam, obwohl er einen Bärenhunger hatte. Das heiße Essen tat ihm gut. Mit jedem Bissen fühlte er sich besser. Als sie ihre Schalen auskratzten, verkündete er: »Ich muss mein Pferd verkaufen.«

»Warum verkaufst du nicht Broms?«, fragte Murtagh. Sein Ärger schien verflogen zu sein.

»Schneefeuer? Weil Brom versprochen hat, gut auf ihn aufzupassen. Da er… nicht mehr da ist, übernehme ich das für ihn.«

Murtagh stellte seine Schale auf dem Schoß ab. »Wenn das dein Wunsch ist, finden wir in irgendeinem Dorf bestimmt einen Käufer.«

»Wir?«, fragte Eragon.

Murtagh sah ihn von der Seite abschätzend an. »Viel länger kannst du nicht mehr hier bleiben. Falls die Ra'zac in der Nähe sind, ist das Grab wie ein Leuchtfeuer für sie.« Daran hatte Eragon nicht gedacht. »Und es dauert noch eine Weile, bis deine Rippen verheilt sind. Ich weiß, du kannst dich mit deinen magischen Kräften verteidigen, aber du brauchst einen Gefährten, der Dinge heben und ein Schwert benutzen kann. Ich möchte mich dir anschließen, zumindest für die nächste Zeit. Aber ich muss dich warnen – ich werde vom

Imperium gejagt. Früher oder später wird deswegen Blut fließen.«

Eragon lachte leicht und merkte plötzlich, dass ihm Tränen in die Augen schossen, weil es so wehtat. Als er sich wieder gefasst hatte, sagte er: »Ist mir egal, selbst wenn dir die gesamte königliche Armee auf den Fersen ist. Du hast Recht. Ich brauche Hilfe. Ich wäre froh, dich bei mir zu haben, obwohl ich es erst mit Saphira besprechen muss. Aber ich muss *dich* warnen, Galbatorix schickt vielleicht wirklich das ganze Heer aus, und zwar nach mir. Bei mir und Saphira bist du nicht sicherer, als wenn du allein wärst.«

»Ich weiß«, lachte Murtagh. »Aber mir ist es auch egal.«

»Gut.« Eragon lächelte dankbar.

Sie unterhielten sich bereits eine Weile, als Saphira in die Höhle kroch und Eragon begrüßte. Sie freute sich, ihn zu sehen, aber in ihren Worten und Gedanken lag eine tiefe Traurigkeit. Sie legte den großen blauen Kopf flach auf den Boden und fragte: *Geht es dir wieder gut?*

Noch nicht so richtig.

Der alte Brom fehlt mir.

Mir auch … Ich hätte nie gedacht, dass er ein Drachenreiter war. Brom! Er war wirklich alt – so alt wie die Abtrünnigen. Alles, was er mir über Magie beibrachte, muss er von den Reitern selbst gelernt haben.

Saphira rutschte verlegen hin und her. *Ich wusste es, seit er mich auf eurem Hof berührt hat.*

Und du hast es mir nicht gesagt? Warum?

Weil er mich darum gebeten hat.

Eragon beschloss, nicht darüber zu streiten. Saphira hatte nie vorgehabt, ihn zu verletzen. *Brom hielt mehr als nur das vor uns geheim,* sagte er und erzählte ihr dann von Zar'roc und Murtaghs Reaktion darauf. *Jetzt verstehe ich, warum Brom mir nicht verraten hat, woher er es hatte. Hätte er es getan, wäre ich ihm wahrscheinlich bei der erstbesten Gelegenheit weggerannt.*

Du tätest gut daran, dich dieses Schwertes schleunigst zu entledigen, sagte sie angewidert. *Ich weiß, es ist eine einzigartige Waffe, aber du brauchst eine andere Klinge, nicht Morzans Schlachtwerkzeug.*

Vielleicht. Saphira, wohin führt uns unser Weg von hier aus? Murtagh hat sich erboten, uns zu begleiten. Ich weiß nichts über ihn, aber er scheint mir ein braver Kerl zu sein. Sollen wir jetzt zu den Varden gehen? Ich weiß nur nicht, wo man sie findet. Brom hat es mir nie gesagt.

Mir schon, gestand Saphira.

Eragon wurde wütend. *Warum hat er dir all diese Dinge anvertraut und mir nicht?*

Ihre Schuppen raschelten über den trockenen Felsboden, als sie sich vor ihm erhob. *Nachdem wir Teirm verließen und von den Urgals angegriffen wurden, erzählte er mir viele Dinge, und über einige davon werde ich nicht reden, solange es nicht nötig ist. Er befürchtete seinen baldigen Tod und machte sich Sorgen, was danach aus dir werden würde. Er nannte mir den Namen eines Mannes, Dormnad, der in Gil'ead lebt. Er kann uns helfen, die Varden zu finden. Außerdem wollte Brom, dass du weißt, dass er dich von allen Menschen in Alagaësia für den fähigsten Burschen hielt, dem das Vermächtnis der Drachenreiter hätte zufallen können.*

Eragon standen die Tränen in den Augen. Dies war das

größte Lob, das er je von Brom empfangen hatte. *Ich werde diese Verantwortung in Ehren tragen.*

Gut.

Also auf nach Gil'ead, sagte Eragon und spürte, wie neue Kräfte in ihm erwachten. *Und was ist mit Murtagh? Findest du, er soll mitkommen?*

Er hat uns das Leben gerettet, sagte Saphira. *Und selbst wenn das nicht geschehen wäre, so hat er uns doch gesehen. Wir sollten ihn bei uns behalten, damit er dem Imperium nicht verraten kann – absichtlich oder unfreiwillig –, wie wir aussehen und wo wir sind.*

Er stimmte ihr zu und erzählte ihr anschließend von seinem Traum. *Was ich da gesehen habe, beunruhigt mich. Ich spüre, dass ihre Zeit abläuft; bald wird etwas Furchtbares geschehen. Sie ist in Lebensgefahr – da bin ich mir ganz sicher –, aber ich weiß ja nicht, wo sie ist! Sie könnte überall sein.*

Was sagt dir dein Herz?, fragte Saphira.

Mein Herz ist kürzlich gestorben, meinte er mit einem Anflug von Galgenhumor. *Aber ich finde, wir sollten nach Norden in Richtung Gil'ead ziehen. Mit ein bisschen Glück wird die Frau in einem der Dörfer oder einer der Städte an unserem Weg festgehalten. Ich habe Angst, dass ich im nächsten Traum ihr Grab sehe. Das könnte ich nicht ertragen.*

Warum nicht?

Ich bin mir nicht sicher, sagte er achselzuckend. *Wenn ich sie sehe, habe ich das Gefühl, dass sie so kostbar ist und ihr Tod ein schrecklicher Verlust wäre … Es ist eigenartig.* Saphira klappte ihr langes Maul auf und lachte leise; ihre Reißzähne schimmerten. *Was ist los?*, fragte Eragon gereizt. Sie schüttelte nur den Kopf und trottete davon.

Eragon brütete einige Augenblicke vor sich hin und teilte Murtagh dann mit, wie sie entschieden hatten. Murtagh sagte: »Sobald ihr diesen Dormnad gefunden habt und zu den Varden geht, werde ich euch verlassen. Den Varden über den Weg zu laufen, wäre für mich genauso gefährlich, wie von einer Fanfare begleitet in Urû'baen einzumarschieren.«

»Es wird noch eine Weile dauern, bis wir uns trennen müssen«, sagte Eragon. »Es ist ein ziemlich weiter Weg nach Gil'ead.« Seine Stimme bebte leicht, und er blinzelte in die Sonne, um die erneut aufsteigenden Tränen zu unterdrücken. »Wir sollten sofort aufbrechen.«

»Bist du kräftig genug, um zu reisen?«, fragte Murtagh stirnrunzelnd.

»Ich muss etwas tun, sonst werde ich verrückt«, erklärte Eragon brüsk. »Magische Übungen oder den ganzen Tag herumsitzen und Däumchen drehen würden mir jetzt auch nicht weiterhelfen. Da ziehe ich es vor zu reiten.«

Sie löschten das Feuer und führten die Pferde aus der Höhle. Eragon gab Murtagh die Zügel von Cadoc und Schneefeuer und sagte: »Geh ruhig schon vor, ich komme gleich nach.« Da machte sich Murtagh an den mühseligen Abstieg.

Eragon kämpfte sich die Felswand hinauf und blieb von Zeit zu Zeit stehen, wenn ihm wegen seiner angebrochenen Rippen der Atem stockte. Oben auf dem Gipfel wartete Saphira bereits auf ihn. Gemeinsam standen sie vor Broms Grab und erwiesen ihm die letzte Ehre. *Ich fasse es nicht, dass er von uns gegangen ist... für immer.* Als Eragon sich umwenden und gehen wollte, reckte Saphira ihren langen

Hals nach vorn und berührte mit der Nasenspitze das Mausoleum. Ihre Flanken vibrierten, während ein tiefer Summton die Luft in Schwingungen versetzte.

Da begann der Sandstein um ihre Nase herum wie vergoldeter Tau zu schimmern und wurde dann durchscheinend, durchzogen von silbrig glitzernden Lichtreflexen. Fassungslos sah Eragon zu, wie sich ein fein verästeltes Geflecht aus weißen Diamantkristallen über die Oberfläche der Grabkammer hinweg ausbreitete. Auf den Boden fielen funkelnde Schatten, in denen sich rasend schnell wechselnde Farben spiegelten, während der Sandstein sich weiterhin verwandelte. Mit einem zufriedenen Schnaufer trat Saphira zurück und betrachtete ihr Kunstwerk.

Wo eben noch das Sandstein-Mausoleum gestanden hatte, glitzerte nun eine diamantene Gruft – unter der Broms unberührtes Gesicht zu sehen war. Eragon blickte sehnsüchtig auf den alten Mann herab, der nur zu schlafen schien. »Was hast du da gemacht?«, fragte Eragon Saphira ehrfürchtig.

Ihm das einzige Geschenk gegeben, das ich hatte. Jetzt kann die Zeit ihm nichts mehr anhaben. Er wird auf ewig in Frieden ruhen.

Ich danke dir. Eragon strich ihr zärtlich über die Seite, dann stiegen sie vom Gipfel herab.

GEFANGEN IN GIL'EAD

Das Reiten war für Eragon äußerst qualvoll – wegen seiner angebrochenen Rippen kamen sie kaum schneller voran als zu Fuß und er konnte nur unter heftigen Schmerzen tief einatmen. Trotzdem weigerte er sich beharrlich, Halt zu machen. Saphira blieb in der Nähe und hatte ihren Geist mit ihm verbunden, um ihm Trost und Kraft zu spenden.

Murtagh ritt neben Cadoc her, seine Bewegungen geschmeidig denen seines Pferdes angepasst. Eragon betrachtete das graue Streitross eine ganze Weile. »Du hast ein wunderschönes Pferd. Wie heißt es?«

»Tornac, nach dem Mann, der mir das Kämpfen beigebracht hat.« Murtagh klopfte dem Pferd auf den Hals. »Ich bekam ihn als ganz junges Fohlen. Man müsste schon lange suchen, um in Alagaësia ein mutigeres und klügeres Tier zu finden, abgesehen von Saphira natürlich.«

»Er ist ein prachtvoller Bursche«, sagte Eragon bewundernd.

Murtagh lachte. »Ja, aber von allen Pferden, die ich bisher gesehen habe, kommt ihm Schneefeuer am nächsten.«

An diesem Tag legten sie nur eine kurze Wegstrecke zurück, doch Eragon war froh, wieder unterwegs zu sein. Die Bewegung verscheuchte die düsteren Gedanken aus seinem Gemüt. Sie ritten durch unbesiedeltes Land. Die Straße nach Dras-Leona lag mehrere Meilen zu ihrer Linken. Sie hatten vor, die Stadt in großem Bogen zu umgehen und anschließend Kurs auf Gil'ead zu nehmen, das fast so hoch im Norden lag wie Carvahall.

In einem kleinen Dorf verkauften sie Cadoc. Als der neue Besitzer das Pferd wegführte, steckte Eragon wehmütig die wenigen Münzen ein, die ihm das Geschäft eingebracht hatte. Es fiel ihm schwer, das Tier fortzugeben, nachdem er halb Alagaësia auf ihm durchquert und mit seiner Hilfe die Urgals abgehängt hatte.

Die Tage reihten sich ohne besondere Begebenheiten aneinander, während der kleine Trupp über Land zog, ohne anderen Reisenden zu begegnen. Eragon freute sich, dass er und Murtagh viele gemeinsame Interessen hatten. Oft unterhielten sie sich stundenlang über die Kunst des Bogenschießens und der Jagd.

Es gab jedoch ein Thema, das sie in stillschweigender Übereinkunft ausklammerten: ihre Vergangenheit. Eragon erzählte nicht, wie er Saphira gefunden und Brom kennen gelernt hatte oder woher er kam. Und Murtagh schwieg gleichermaßen darüber, warum das Imperium ihn jagte. Es war eine simple Abmachung, doch sie funktionierte.

Durch die ständige Nähe war es jedoch unvermeidlich, dass sie einiges voneinander erfuhren. Eragon war fasziniert von Murtaghs Einblick in die Machtkämpfe und Intrigen am Königshof. Er schien genau zu wissen, was jeder einzelne

Edelmann und Höfling tat und wie es sich auf die anderen auswirkte. Eragon lauschte gespannt und bald schwirrte ihm der Kopf von so viel Niedertracht und Ränkespiel.

Die erste Woche verging ohne ein Zeichen von den Ra'zac, was Eragons Nervosität etwas dämpfte. Trotzdem hielten sie nachts abwechselnd Wache. Eragon hatte erwartet, auf dem Weg nach Gil'ead Urgals zu begegnen, doch alles blieb ruhig. *Ich dachte eigentlich, in dieser entlegenen Gegend würde es von Ungeheuern nur so wimmeln,* überlegte er. *Trotzdem, ich beschwere mich nicht, wenn sie woanders hingegangen sind.*

Er träumte nicht mehr von der Frau. Und wenn er versuchte, sie vor seinem inneren Auge zu sehen, erblickte er nur das leere Verlies. Jedes Mal wenn sie durch ein Dorf oder eine Stadt kamen, vergewisserte er sich, ob es dort ein Gefängnis gab. Wenn dem so war, verkleidete er sich, ging hin und erkundigte sich nach den Insassen, aber die Frau war nie dabei. Seine Verkleidungen wurden immer aufwändiger, als er in den Ortschaften Steckbriefe mit seinem Namen und seiner Beschreibung entdeckte.

Auf dem Weg nach Norden kamen sie in die Nähe der Hauptstadt Urû'baen. Es war ein dicht besiedeltes Gebiet, in dem es schwierig war, unbemerkt zu bleiben. Soldaten patrouillierten auf den Landstraßen und bewachten die Brücken. Die beiden Reisenden verbrachten mehrere Tage voller Anspannung, bis sie die Stadt hinter sich gelassen hatten.

Als Urû'baen endlich in der Ferne verschwand, fanden sie sich am Rande einer riesigen Tiefebene wieder, derselben, die Eragon durchquert hatte, nachdem er das Palancar-Tal verlassen hatte, nur dass er sich jetzt auf der gegenüberliegenden Seite befand. Sie hielten sich am Rande der Ebene und folgten dem Lauf des Flusses Ramr nach Norden.

In diese Zeit fiel Eragons sechzehnter Geburtstag. Zu Hause in Carvahall wäre sein Eintritt ins Mannesalter mit einem großen Fest gefeiert worden, aber hier in der Wildnis erzählte er Murtagh nicht einmal davon.

Nach nunmehr knapp sechs Monaten war Saphira fast ausgewachsen. Ihre Schwingen waren riesig; sie brauchte jeden Zoll davon, um ihren muskulösen Körper und die starken Knochen in die Lüfte zu heben. Ihre Fänge waren fast so dick wie Eragons Fäuste und die Spitzen so scharf wie Zar'roc.

Schließlich kam der Tag, an dem Eragon zum letzten Mal den Verband von seinem Brustkorb abnahm. Die Rippen waren wieder vollständig zusammengewachsen, und zurückgeblieben war nur eine kleine Narbe, wo der Stiefel des Ra'zac ihn getroffen hatte. Saphira schaute zu, während er sich erst vorsichtig und dann, als der Schmerz ausblieb, mit zunehmendem Genuss streckte.

Er spannte zufrieden die Muskeln an. In früheren Zeiten hätte er voller Wohlbehagen gelächelt, aber nach Broms Tod fielen ihm solche Freudenbezeugungen schwer.

Er zog sein Wams über und ging zu dem kleinen Lagerfeuer, das sie entfacht hatten. Murtagh saß davor und schnitzte an einem Stück Holz herum. Als Eragon das Schwert zückte, spannte sich der Körper des andern unmerklich an, doch seine Miene blieb gleichmütig. »Da ich wieder gesund bin, hätte ich Lust auf einen kleinen Kampf. Wie wär's?«, fragte Eragon.

Murtagh warf das Holz zur Seite. »Mit scharfen Klingen? Wir könnten uns gegenseitig umbringen.«

»Gib mir dein Schwert«, sagte Eragon. Murtagh zögerte einen Augenblick, dann reichte er ihm das lange Breitschwert. Eragon ließ auf magische Weise die Klingen stumpf werden, so wie Brom es ihm beigebracht hatte. Als Murtagh skeptisch auf die Schneide schaute, sagte Eragon: »Wenn wir fertig sind, mache ich es wieder rückgängig.«

Murtagh prüfte, wie das Schwert in der Hand lag. Zufrieden sagte er: »Na dann los.« Eragon versiegelte Zar'roc ebenfalls, nahm eine gebückte Körperhaltung ein und ließ unvermittelt die Klinge auf Murtaghs Schulter niedersausen. Ihre Schwerter prallten klirrend aufeinander. Eragon drehte sich blitzartig um die eigene Achse und schlug erneut zu, doch Murtagh parierte wieder und wich tänzelnd zurück.

Er ist schnell!, dachte Eragon.

Sie sprangen auf und ab und versuchten, sich gegenseitig zu überrumpeln. Nach einem besonders erbitterten Schlagabtausch fing Murtagh an zu lachen. Es war nicht nur keinem von beiden möglich, sich einen Vorteil zu verschaffen, sie waren einander so ebenbürtig, dass sie sogar gleichzeitig ermüdeten. Beifällig über die Geschicklichkeit des anderen grinsend, kämpften sie weiter, bis ihnen die Arme bleischwer wurden und sie beide schweißgebadet waren.

Schließlich rief Eragon: »Halt, das reicht!« Murtagh ließ das Schwert sinken und setzte sich keuchend nieder. Eragon ließ sich mit bebender Brust zu Boden fallen. Keiner seiner Kämpfe mit Brom war so anstrengend gewesen.

Während er nach Atem rang, sagte Murtagh: »Du bist unglaublich! Ich habe mein ganzes Leben lang den Schwertkampf studiert, aber gegen jemanden wie dich habe ich noch nie gekämpft. Wenn du wolltest, könntest du der Waffenmeister des Königs werden.«

»Du bist genauso gut wie ich«, stellte Eragon keuchend fest. »Der Mann, der dich unterrichtet hat, Tornac, könnte mit einer Kampfschule ein Vermögen verdienen. Die Leute würden aus ganz Alagaësia zu ihm kommen, um bei ihm zu lernen.«

»Er ist tot«, sagte Murtagh knapp.

»Das tut mir Leid.«

So wurde es ihnen zur Gewohnheit, jeden Abend miteinander zu kämpfen, was sie beide gelenkig und kraftvoll hielt. Nachdem er seine Gesundheit zurückerlangt hatte, nahm Eragon nun auch seine magischen Übungen wieder auf. Murtagh zeigte sich sehr interessiert und offenbarte ihm bald, dass er überraschend viel darüber wusste, wenngleich er selbst keine magischen Kräfte besaß. Wann immer sich Eragon in der alten Sprache übte, hörte Murtagh still zu und fragte ihn hin und wieder, was ein bestimmtes Wort bedeutete.

Am Stadtrand von Gil'ead hielten sie ihre Pferde an. Es hatte fast einen Monat gedauert, die Stadt zu erreichen, und in dieser Zeit hatte der Frühling die letzten Überbleibsel des Winters verdrängt. Eragon war sich bewusst geworden, wie er sich während der Reise veränderte, wie er immer stärker und gelassener wurde. Er dachte noch oft an Brom und unterhielt sich manchmal mit Saphira über ihn, aber meist versuchte er, keine schmerzlichen Erinnerungen zu wecken.

Schon von weitem konnten sie erkennen, dass diese Stadt

ein unzivilisierter, barbarischer Flecken war, mit lang gestreckten Häusern aus grob behauenen Holzstämmen und voller kläffender Hunde. In der Mitte befand sich eine weitläufige steinerne Festung. Bläulicher Rauch vernebelte die Luft. Alles in allem wirkte dieser Ort eher wie ein provisorischer Marktplatz und nicht wie eine solide Stadt. Fünf Meilen dahinter lag der See Isenstar.

Aus Sicherheitsgründen beschlossen sie, ihr Lager zwei Meilen vor der Stadt aufzuschlagen. Während ihr Abendessen köchelte, sagte Murtagh: »Ich bin mir nicht sicher, ob ausgerechnet *du* nach Gil'ead gehen sollst.«

»Warum nicht? Ich kann mich gut verkleiden«, sagte Eragon. »Und Dormnad möchte bestimmt die *Gedwëy Ignasia* sehen, zum Beweis, dass ich wirklich ein Drachenreiter bin.«

»Mag sein«, sagte Murtagh, »aber die königlichen Häscher haben es mehr auf dich abgesehen als auf mich. Wenn sie mich erwischen, kann ich irgendwann wieder fliehen. Aber wenn sie *dich* schnappen, werden sie dich gleich vor den König zerren, und dann erwartet dich ein langsamer Foltertod – außer du schließt dich ihm an. Zudem ist Gil'ead einer der Hauptstützpunkte der Armee. Das sind keine Häuser da hinten, sondern Baracken. Dort hineinzugehen ist, als würdest du dich dem König auf dem Silbertablett präsentieren.«

Eragon fragte Saphira, was sie davon hielt. Sie schlang den Schwanz um seine Beine und legte sich neben ihm nieder. *Eigentlich brauchst du mich gar nicht zu fragen; was er sagt, klingt vernünftig. Ich kann ihm bestimmte Worte mitgeben, die Dormnad von der Richtigkeit seiner Behauptung überzeugen werden. Und Murtagh hat Recht. Wenn schon jemand riskieren muss, erwischt zu werden, dann besser er, denn er würde es überleben.*

Eragon schnitt eine Grimasse. *Es gefällt mir nicht, dass er sich unseretwegen in Gefahr begibt, aber es geht wohl nicht anders.* »Na schön, dann geh du an meiner Stelle«, sagte er widerwillig. »Aber wenn etwas schief geht, komme ich und hol dich raus.«

Murtagh lachte. »Das wäre der Stoff für eine hübsche Legende: Wie ein einzelner Drachenreiter es mit der gesamten Armee des Königs aufnimmt.« Er lachte erneut und stand auf. »Muss ich noch irgendetwas wissen, bevor ich losreite?«

»Sollten wir uns nicht lieber ausruhen und bis morgen warten?«, fragte Eragon unsicher.

»Warum? Je länger wir warten, desto größer ist das Risiko, entdeckt zu werden. Wenn dieser Dormnad dich zu den Varden bringen kann, dann müssen wir ihn so schnell wie möglich finden. Keiner von uns beiden sollte sich länger als ein paar Tage in der Nähe von Gil'ead aufhalten.«

Dieser Mann ist ein Quell der Weisheit und Vernunft, kommentierte Saphira den Einwand. Sie erklärte Eragon, was Murtagh zu Dormnad sagen sollte, und der gab die Information an seinen Gefährten weiter.

»Auf geht's«, sagte der junge Recke und rückte sein Schwert zurecht. »Wenn es keinen Ärger gibt, bin ich in ein paar Stunden wieder da. Und lass mir ja etwas zu essen übrig.« Er winkte kurz, schwang sich in den Sattel und sprengte davon. Eragon saß am Feuer und trommelte nervös auf seinem Schwertknauf herum.

Es vergingen etliche Stunden, doch Murtagh kehrte nicht

zurück. Eragon stapfte unruhig um das Feuer herum, Zar'roc in der Hand, während Saphira aufmerksam die Stadt beobachtete. Nur ihre Augen bewegten sich. Keiner der beiden sprach seine Befürchtungen aus, wenngleich Eragon sich innerlich auf eine überstürzte Flucht einstellte – falls ein Soldatentrupp die Stadt verlassen und auf ihr Lager zureiten sollte.

Sieh mal, sagte Saphira.

Eragon wirbelte in Richtung Gil'ead herum. In der Ferne sah er einen einzelnen Reiter aus der Stadt kommen und in vollem Galopp auf das Lager zujagen. *Das gefällt mir nicht,* sagte er, während er Saphira bestieg. *Bereite dich auf den Abflug vor.*

Ich bin auf mehr als das vorbereitet.

Als der Reiter näher kam, sah Eragon, dass es Murtagh war, tief über Tornac gebeugt. Niemand schien ihn zu verfolgen, aber er behielt sein halsbrecherisches Tempo bei. Er galoppierte ins Lager, sprang vom Pferd und zückte das Schwert. »Was ist los?«, fragte Eragon.

Murtagh runzelte die Stirn. »Ist mir jemand aus Gil'ead gefolgt?«

»Wir haben niemanden gesehen.«

»Gut, dann lass mich erst etwas essen, bevor ich zu erzählen anfange. Ich sterbe vor Hunger.« Er füllte eine Schale und machte sich gierig darüber her. Nachdem er ein paar Bissen hinuntergeschlungen hatte, sagte er mit vollem Mund: »Dormnad ist einverstanden, sich morgen früh bei Sonnenaufgang mit uns zu treffen. Wenn er sich davon überzeugt hat, dass du wirklich ein Drachenreiter bist und dass es keine Falle ist, wird er dich zu den Varden bringen.«

»Wo treffen wir uns mit ihm?«, fragte Eragon.

Murtagh zeigte nach Westen. »Auf einem kleinen Hügel hinter der Straße.«

»Und was genau ist geschehen?«

Murtagh schöpfte einen Nachschlag in seine Schale. »Es kam, wie es kommen musste: Jemand, der mich kennt, sah mich auf der Straße. Ich tat das einzig Mögliche und rannte weg. Aber es war zu spät; er hat mich erkannt.«

Das war ein unglücklicher Zufall, doch Eragon konnte schwer einschätzen, wie groß die Gefahr wirklich war. »Da ich deinen Bekannten nicht kenne, muss ich fragen: Wird er es jemandem erzählen?«

Murtagh lachte gezwungen. »Würdest du ihn kennen, hätte sich die Frage erübrigt. Er ist das übelste Klatschmaul weit und breit und tratscht alles herum, was er irgendwo sieht oder aufschnappt. Die Frage ist nicht, ob, sondern *wem* er es erzählt. Wenn sein Geschwätz in die falschen Ohren gelangt, kriegen wir Ärger.«

»Ich bezweifle, dass man dir im Dunkeln Soldaten hinterherschickt«, erklärte Eragon. »Wir können also davon ausgehen, dass wir bis zum Morgen in Sicherheit sind, und dann brechen wir, wenn alles gut geht, sofort mit Dormnad auf.«

Murtagh schüttelte den Kopf. »Nein, nur du wirst ihn begleiten. Wie gesagt, ich gehe nicht zu den Varden.«

Eragon sah ihn traurig an. Er wollte Murtagh gern bei sich behalten. Sie waren im Laufe ihrer Reise Freunde geworden und er trennte sich nur ungern von einem Freund. Er wollte protestieren, doch Saphira fiel ihm ins Wort und sagte sanft: *Warte damit bis morgen. Jetzt ist der falsche Zeitpunkt.*

Na gut, sagte er düster. Sie unterhielten sich noch, bis die

Sterne am Himmel hell funkelten, und legten sich dann schlafen, während Saphira die erste Wache übernahm.

Zwei Stunden vor Sonnenaufgang erwachte Eragon; seine Hand kribbelte. Alles war still, doch irgendetwas machte ihn hellhörig, wie ein Jucken in seinem Unterbewusstsein. Er schnallte sich Zar'roc um und achtete darauf, ganz leise zu sein. Saphira musterte ihn neugierig, ihre großen Augen leuchteten hell. *Was ist los?*, fragte sie.

Ich weiß nicht, sagte Eragon. Ihm fiel nichts Ungewöhnliches auf.

Saphira schnüffelte prüfend in die Luft. Sie fauchte leise und hob den Kopf. *Ich rieche Pferde in der Nähe, aber sie bewegen sich nicht. Sie verströmen einen eigenartigen Gestank.*

Eragon kroch zu Murtagh hinüber und rüttelte an seiner Schulter. Murtagh wachte erschrocken auf und riss einen Dolch unter seinen Decken hervor, dann sah er Eragon fragend an. Eragon bedeutete ihm, still zu sein, und flüsterte: »Es sind Pferde ganz in der Nähe.«

Wortlos zückte Murtagh sein Schwert. Sie stellten sich leise zu beiden Seiten neben Saphira auf, für einen Angriff gewappnet. Während sie warteten, ging im Osten der Morgenstern auf. Ein Eichhörnchen schnatterte.

Ein wütendes Knurren hinter ihnen ließ Eragon mit hoch erhobenem Schwert herumfahren. Ein stämmiger Urgal stand am Rande des Lagers, in der Hand eine Breithacke mit einem grausigen Zacken. *Wo kommt er so plötzlich her? Wir haben doch nirgends Spuren gesehen!*, schoss es Eragon durch den Kopf. Der Urgal brüllte und schwenkte seine Waffe, stürmte aber nicht los.

»*Brisingr!*«, rief Eragon und richtete seine magischen

Kräfte auf das Scheusal. Der Urgal verzerrte vor Entsetzen das Gesicht, als ihn ein blauer Lichtblitz traf und in tausend Stücke zerfetzte. Blut spritzte Eragon entgegen und eine braune Masse flog durch die Luft. Hinter ihm fauchte Saphira warnend und bäumte sich auf. Während er mit dem ersten Urgal beschäftigt gewesen war, hatte sich eine ganze Horde der Ungeheuer von hinten angeschlichen. *Der älteste Trick der Welt und ich falle prompt darauf rein!*, dachte er wütend.

Metall prallte klirrend aufeinander, als Murtagh auf die Urgals losging. Eragon wollte ihm zu Hilfe eilen, aber vier der Ungeheuer versperrten ihm den Weg. Der erste Urgal hieb mit dem Schwert nach seiner Schulter. Eragon duckte sich und tötete das Ungeheuer mit einem magischen Gegenschlag. Dem zweiten schlitzte Zar'roc die Kehle auf und dem dritten stieß er das Schwert ins Herz. Währenddessen stürmte der vierte Urgal, eine schwere Keule schwingend, auf ihn zu.

Eragon sah ihn kommen und wollte das Schwert hochreißen, um die Keule abzufangen, aber er war einen Augenblick zu langsam. Als ihn der Schlag mitten auf den Kopf traf, schrie er: »Flieg weg, Saphira!« Dann explodierte sein Blickfeld in gleißendem Licht und er verlor das Bewusstsein.

Du Súndavar Freohr

Als Erstes merkte Eragon, dass es um ihn herum warm und trocken war, dann, dass seine Wange auf einem rauen Stoff lag und seine Hände nicht gefesselt waren. Er regte sich vorsichtig, aber es dauerte einige Minuten, bis er sich aufsetzen und seine Umgebung in Augenschein nehmen konnte.

Er saß in einer Gefängniszelle auf einem schmalen, unebenen Feldbett. Hoch oben in der Wand befand sich ein vergittertes Fenster. Die eisenbeschlagene, ebenfalls vergitterte Tür hatte in der oberen Hälfte einen Sehschlitz und war fest verriegelt.

Dann bemerkte er das getrocknete Blut in seinem Gesicht. Er brauchte eine Weile, bis ihm wieder einfiel, dass es nicht sein eigenes war. Der Kopf tat ihm entsetzlich weh – was zu erwarten war nach dem Schlag, den er abbekommen hatte –, und sein Geist war sonderbar getrübt. Er versuchte, seine magischen Kräfte heraufzubeschwören, aber er konnte sich nicht gut genug konzentrieren, um sich an die uralten Worte zu erinnern. *Sie müssen mir eine Droge verabreicht haben*, schlussfolgerte er schließlich.

Stöhnend stand er auf, vermisste dabei das gewohnte Gewicht des Schwertes an seiner Hüfte, und schlurfte zum Fenster in der Wand. Es gelang ihm, hinauszuschauen, indem er sich auf die Zehenspitzen stellte. Es dauerte ein wenig, bis sich seine Augen an die draußen herrschende Helligkeit gewöhnt hatten. Neben seiner Zelle erstreckte sich eine Straße voller geschäftig vorbeilaufender Leute und dahinter standen mehrere Reihen identischer Holzbaracken.

Noch immer unsicher auf den Beinen, wankte Eragon zur Tür und starrte sie mit leerem Blick an. Was er draußen gesehen hatte, verwirrte ihn, ohne dass er gewusst hätte, warum. Er verfluchte sein träges Denkvermögen, legte den Kopf in den Nacken und versuchte, einen klaren Gedanken zu fassen. Da betrat ein Mann die Zelle und stellte ein Tablett mit Essen und einen Wasserkrug aufs Feldbett. *Wie überaus nett von ihm,* dachte Eragon. Er kostete ein wenig von der dünnen Kohlsuppe und dem trockenen Brot, bekam aber kaum etwas davon herunter. *Ich wünschte, sie hätten mir etwas Besseres gebracht,* dachte er und ließ den Löffel sinken.

Plötzlich fiel ihm ein, was ihn so irritierte. *Es waren doch Urgals, die mich überfallen haben, keine Menschen. Wie bin ich dann aber hierher gelangt?* Sein benebeltes Hirn rätselte vergeblich an dieser Ungereimtheit herum. Dann beschloss er resignierend, später noch einmal darüber nachzudenken, wenn er etwas damit anzufangen wusste.

Er setzte sich aufs Bett und starrte ins Leere. Einige Stunden später brachte man ihm erneut etwas zu essen. *Und ich habe gerade Hunger bekommen,* dachte er träge. Diesmal konnte er essen, ohne dass ihm übel wurde. Als er fertig war, beschloss er, ein wenig zu schlafen. Schließlich saß er auf einem Bett; was hätte er auch sonst hier tun sollen?

Sein Geist verlor sich im Nirgendwo. Langsam hüllte der Schlaf ihn ein. Dann klapperte irgendwo ein Tor, und es ertönte der Lärm stahlbeschlagener Stiefel, die über einen Steinfußboden marschierten. Er wurde immer lauter, bis es sich anhörte, als würde jemand in Eragons Kopf auf einen Blechtopf schlagen. *Kann man denn hier nicht mal in Ruhe schlafen?*, dachte er missmutig. Doch auf einmal siegte die Neugier über seine Erschöpfung, und er schleppte sich, wie eine Eule blinzelnd, zur Tür.

Durch den Sehschlitz gewahrte er einen fast zehn Schritt breiten Gang. An der gegenüberliegenden Wand befanden sich Zellen wie die seine. Soldaten in voller Rüstung marschierten mit gezückten Schwertern an ihm vorbei. Ihre Gesichter waren hart, und ihre Tritte hallten mit der rhythmischen Präzision eines Uhrwerks auf dem Boden, ohne einen einzigen Takt auszulassen. Der Klang war hypnotisch. Es war eine beeindruckende Demonstration von Macht.

Eragon beobachtete die Soldaten, bis ihm langweilig wurde. Dann bemerkte er plötzlich eine Lücke in den Doppelreihen. Zwei stämmige Männer schleiften eine bewusstlose Frau den Gang hinab. Ihr langes pechschwarzes Haar verdeckte das Gesicht, trotz des Lederbands um ihren Kopf, das die Locken zurückhalten sollte. Sie trug schwarze Lederhosen und ein Lederhemd. Um ihre Taille war ein glänzender Gürtel gebunden, an dem eine leere Schwertscheide hing. Kniehohe Stiefel bedeckten die Waden und kleinen Füße.

Als ihr Kopf zur Seite kippte, stockte Eragon der Atem; er kam sich vor, als hätte ihm jemand in den Bauch getreten. Es war die Frau aus seinen Träumen. Ihr helles Gesicht war so vollkommen wie ein Gemälde. Das runde Kinn, die hohen

Wangenknochen und die langen Wimpern verliehen ihr ein exotisches Aussehen. Den einzigen Makel in ihrer Schönheit bildete eine lange Schramme an ihrem Unterkiefer. Nichtsdestoweniger war sie die bezauberndste Frau, die er je gesehen hatte.

Ihr Anblick brachte Eragons Blut in Wallung. Es erwachte etwas in ihm – etwas, das er nie zuvor gekannt hatte. Eine Art von Besessenheit, nur viel stärker, fast wie ein Fieberwahn. Dann teilte sich das Haar der Frau und spitze Ohren kamen zum Vorschein. Ein Schauder kroch ihm über den Rücken. Sie war eine Elfe.

Die Soldaten marschierten weiter und schleppten sie aus seinem Blickfeld fort. Dann erschien ein hoch gewachsener, stolzer Mann in einem wallenden Zobelumhang. Sein Gesicht war totenbleich, das Haar rot. So rot wie Blut.

Als er an Eragons Zelle vorbeikam, wandte er den Kopf und sah ihm aus gelb glühenden Augen direkt ins Gesicht. Er verzog die Oberlippe zu einem höhnischen Lächeln und eine Reihe spitzer Zähne kam zum Vorschein. Eragon schreckte zurück. Er wusste genau, worum es sich bei diesem Mann handelte. *Ein Schatten! Der Himmel bewahre mich ... Ein Schatten.* Die Prozession zog weiter und die Gestalt verschwand aus seinem Blickfeld.

Die Arme um den Leib geschlungen, sank Eragon zu Boden. Selbst in seinem verwirrten Zustand wusste er nur zu gut, was die Anwesenheit eines Schattens bedeutete. Das Böse ging im Land um. Jedes Mal wenn die Schatten auftauchten, zogen sie Ströme von Blut nach sich. *Was hat ein Schatten hier zu suchen?*, fragte er sich. *Die Soldaten hätten ihn auf der Stelle töten müssen!* Dann kehrten seine Gedanken zu der Elfenfrau zurück und erneut ergriffen ihn jene sonderbaren Empfindungen.

Ich muss hier raus, war sein erster Gedanke. Aber die Benommenheit ließ seine Willenskraft schnell wieder erschlaffen und er kehrte zu dem Feldbett zurück. Als es im Gang wieder still wurde, schlief er schon tief und fest.

Sobald Eragon die Augen aufschlug, wusste er, dass etwas anders war. Er konnte jetzt bedeutend besser denken. Ihm wurde klar, dass er in Gil'ead war. *Sie haben einen Fehler gemacht; die Wirkung der Droge lässt nach.* Hoffnungsvoll versuchte er, Saphira zu erreichen, aber es wollte ihm noch nicht gelingen. Sein Bauch krampfte sich schmerzhaft zusammen, als er sich fragte, ob ihr und Murtagh wohl die Flucht gelungen war. Er reckte die Arme und schaute aus dem Fenster. Die Stadt erwachte wohl gerade erst. Bis auf zwei Bettler war die Straße menschenleer.

Er griff geistesabwesend nach dem Wasserkrug und grübelte dabei über die Elfe und den Schatten nach. Als er zum Trinken ansetzte, fiel ihm auf, dass das Wasser merkwürdig roch, als enthielte es ein paar Tropfen eines ranzigen Parfüms. Er verzog das Gesicht und stellte den Krug wieder ab. *Die Droge muss im Wasser sein und vielleicht auch im Essen!* Ihm fiel ein, dass die Wirkung der Drogen, die die Ra'zac ihm verabreicht hatten, nach einigen Stunden abgeklungen war. *Wenn ich nichts mehr esse und trinke, kann ich nach einer Weile von meinen magischen Kräften Gebrauch machen und die Elfe retten…* Der Gedanke zauberte ihm ein Lächeln auf das Gesicht. Er setzte sich in eine Ecke und überlegte, wie er es am besten anstellen sollte.

Eine Stunde später brachte der beleibte Aufseher das Frühstück in die Zelle. Als er gegangen war, trug Eragon das Tablett zum Fenster. Die Mahlzeit bestand nur aus Brot, Käse und Zwiebeln, aber der Duft ließ seinen Magen vor Hunger knurren. Notgedrungen machte er sich auf einen mageren Tag gefasst und warf das Essen aus dem Fenster hinaus auf die Straße, in der Hoffnung, dass es niemandem auffallen würde.

Eragon war fest entschlossen, die Wirkung der Droge zu überwinden. Es fiel ihm schwer, sich über einen längeren Zeitraum hinweg zu konzentrieren, aber im Laufe des Tages nahmen seine geistigen Kräfte wieder zu. Es fielen ihm mehrere Worte aus der alten Sprache ein, doch nichts geschah, als er sie leise vor sich hin sprach. Da hätte er am liebsten vor Enttäuschung aufgeschrien.

Als man ihm das Mittagessen brachte, warf er es wieder aus dem Fenster, dem Frühstück hinterher. Der Hunger war lästig, aber wirklich zu schaffen machte ihm der Wassermangel. Seine Kehle war schon ganz trocken. Fantasien von kaltem, frischem Trinkwasser quälten ihn, während jeder Atemzug seinen Mund und Rachen noch etwas mehr austrocknete. Trotzdem zwang er sich, den Wasserkrug nicht zu beachten.

Stimmen auf dem Gang lenkten ihn irgendwann von seiner misslichen Lage ab. Ein Mann sagte barsch: »Ihr dürft dort nicht hinein! Mein Befehl ist eindeutig: Niemand darf zu ihm!«

»Tatsächlich? Willst du etwa derjenige sein, Captain, der bei dem Versuch, mich aufzuhalten, stirbt?«, sagte eine zweite Stimme sanft, aber eisig.

»Nein … Aber der König …«

»Um den König kümmere ich mich selbst«, unterbrach ihn die kalte Stimme. »Und jetzt schließ auf.«

Nach einer kurzen Pause klapperten Schlüssel vor Eragons Zelle. Er versuchte, eine stumpfsinnige Miene aufzusetzen. *Ich muss so tun, als würde ich nicht begreifen, was hier vorgeht,* sagte er sich. *Ich darf keine Überraschung zeigen, ganz gleich was man mir erzählt.*

Die Tür ging auf. Ihm stockte der Atem, als er in das Gesicht des Schattens blickte. Es war, als schaue man auf eine Totenmaske oder einen polierten Schädel, über den jemand Haut gezogen hat, um ihm den Anschein von Leben zu verleihen. »Sei gegrüßt«, sagte der Schatten mit einem kalten Lächeln und entblößte dabei seine Zahnreihen. »Ich habe lange darauf gewartet, dir zu begegnen.«

»Wer – wer bist du?«, murmelte Eragon träge.

»Das ist belanglos«, antwortete der Schatten, und die gelblichen Augen funkelten gefährlich. Er schwang seinen Umhang elegant zur Seite und setzte sich auf das Bett. »Mein Name spielt für jemanden wie dich keine Rolle. Er würde dir sowieso nichts sagen. *Du* bist hier derjenige, um den es geht. Wer bist du?«

Die Frage klang völlig harmlos, doch Eragon wusste, dass sich dahinter eine List oder Falle verbarg, die er aber nicht durchschaute. Er tat so, als müsse er angestrengt über die Frage nachdenken, dann sagte er schleppend: »Ich weiß nicht genau … Ich heiße Eragon, aber das ist nicht alles, oder?«

Die schmalen Lippen des Mannes spannten sich straff über den Zähnen, als er hämisch lachte. »Ja, das ist wahr. Du hast einen interessanten Geist, kleiner Reiter.« Er beugte sich vor. Die Haut auf seiner Stirn war dünn und durchscheinend. »Anscheinend muss ich direkter werden. Wie lautet dein Name?«

»Era...«

»Nein! Nicht der.« Die Hand seines Gegenübers schnitt ihm das Wort ab. »Hast du keinen anderen, einen, den du nur selten benutzt?«

Er will meinen wahren Namen herausfinden, damit er mich beherrschen kann!, erkannte Eragon. *Aber den darf ich ihm nicht verraten. Außerdem kenne ich ihn ja nicht einmal selbst.* Er überlegte rasch und versuchte, sich eine List einfallen zu lassen, die seine Unwissenheit verschleiern würde. *Und wenn ich mir einfach einen Namen ausdenke?* Er zögerte – dadurch konnte er sich nur allzu leicht verraten – und begann dann fieberhaft, nach einem Namen zu suchen, der keinen Argwohn erregen würde. Er wollte ihn schon nennen, beschloss aber im letzten Augenblick, etwas zu riskieren. Er würde versuchen, dem Schatten Angst einzujagen. Er nickte träge, stammelte ein paar unverständliche Silben und sagte dann: »Brom hat ihn mir einmal gesagt. Es war...« Die Pause zog sich einige Sekunden hin, dann hellten sich seine Gesichtszüge auf, als würde es ihm endlich einfallen. »Es war *Du Súndavar Freohr*.« Was wörtlich übersetzt »Tod der Schatten« bedeutete.

Eisige Stille breitete sich in der Zelle aus, während der Schatten reglos dasaß, den Blick verschleiert. Offenbar war er tief in Gedanken versunken und grübelte darüber nach, was er soeben gehört hatte. Eragon fragte sich, ob er wohl zu viel gewagt hatte. Er wartete ab, bis der andere sich rührte, bevor er ganz unschuldig fragte: »Was willst du hier?«

Der Schatten sah ihn mit einem verächtlichen Lächeln in den gelblichen Augen an. »Mich an deinem Anblick weiden. Was nützt einem der Sieg, wenn man ihn nicht genießen kann?« Seine Stimme klang selbstbewusst, und doch schien er beunruhigt, als wären seine Pläne durchkreuzt worden. Plötzlich stand er auf. »Ich muss noch etwas erledigen, aber während ich fort bin, tätest du gut daran, dir zu überlegen, wem du lieber dienen willst: Einem Drachenreiter, der deinen eigenen Orden verraten hat, oder einem Mann wie mir, der ein paar äußerst ungewöhnliche Fähigkeiten besitzt und sie einzusetzen weiß. Wenn der Zeitpunkt der Entscheidung gekommen ist, gibt es keinen Mittelweg mehr.« Er wandte sich um und wollte gehen, als sein Blick auf den Wasserkrug fiel. Sein Gesicht wurde hart. »Captain!«, rief er barsch.

Ein breitschultriger Mann stürzte in die Zelle, das Schwert in der Hand. »Was gibt's, Euer Lordschaft?«, fragte er beflissen.

»Steck das Spielzeug weg«, befahl der Schatten. Er wandte sich zu Eragon und sagte mit eisiger Stimme. »Der Junge hat sein Wasser nicht getrunken. Wie kann das sein?«

»Ich habe vorhin mit dem Aufseher gesprochen. Bisher war jeder Teller und jede Schale leer gegessen.«

»Na gut«, sagte der Schatten besänftigt. »Aber sieh zu, dass er auch das Wasser trinkt.« Er beugte sich zu dem Soldaten hinüber und flüsterte ihm etwas ins Ohr. Eragon schnappte nur die letzten paar Wörter auf: »… eine zusätzliche Dosis, für alle Fälle.« Der Mann nickte. Der Schatten wandte sich wieder zu Eragon um. »Morgen habe ich mehr Zeit, dann reden wir weiter. Du musst wissen, Namen interessieren mich außerordentlich. Ich werde mich mit Vergnügen in *allen* Einzelheiten mit dir über deinen unterhalten.«

Die Art, wie er das sagte, löste bei Eragon ein ungutes Gefühl aus.

Als die beiden gegangen waren, legte er sich aufs Bett und schloss die Augen. Etliche von Broms Lektionen erwiesen sich jetzt als besonders wertvoll; er gebrauchte sie, um sich zu beruhigen und nicht in Panik zu geraten. *Ich kann ganz gelassen bleiben; ich muss nur abwarten und im richtigen Moment handeln.* Der Lärm näher kommender Schritte riss ihn wieder aus seinen Gedanken.

Er eilte zur Tür und sah, wie zwei Soldaten die Elfe durch den Gang schleiften. Als er sie nicht mehr sehen konnte, setzte sich Eragon auf den Boden und versuchte, seine magischen Kräfte heraufzubeschwören. Flüche flogen ihm über die Lippen, als nichts geschah.

Zähneknirschend schaute er auf die Stadt hinaus. Es war erst Nachmittag. Er versuchte, sich mit einigen tiefen Atemzügen zu beruhigen und in Geduld zu üben.

DER KAMPF MIT DEM SCHATTEN

Es war dunkel in Eragons Zelle, als er wie elektrisiert aus dem Schlaf hochschreckte. Der Nebel in seinem Kopf war verflogen! Seit Stunden hatte er die magischen Energien am Rande seines Bewusstseins gespürt, aber immer wenn er versucht hatte, sie zu gebrauchen, war nichts geschehen. Seine Augen glänzten vor Aufregung, als er die Fäuste ballte und sagte: »*Nagz reisa!*« Die Bettdecke flog in die Luft und ballte sich zu einer faustgroßen Kugel zusammen, die mit dumpfem Knall zu Boden fiel.

Eragon sprang aufgeregt von der Pritsche. Das gewaltsame Fasten hatte ihn geschwächt, aber sein Tatendrang war größer als sein Hunger. *Und jetzt kommt der wahre Test.* Er tastete mit seinem Geist nach dem Türschloss. Statt es aufzubrechen oder herauszuschneiden, schob er den Schließmechanismus einfach zur Seite. Mit einem leisen Klicken ging die Tür nach innen auf.

Als er in Yazuac zum ersten Mal magische Kräfte eingesetzt hatte, um die Urgals zu töten, hatte es fast seine gesamte Kraft aufgezehrt, aber seitdem war er viel stärker geworden. Was ihn früher völlig erschöpft hätte, machte ihn jetzt nur ein bisschen müde.

Vorsichtig trat er in den Gang hinaus. *Ich muss Zar'roc und die Elfe finden. Sie muss in einer der Zellen sein, aber ich habe keine Zeit, um in jeder nachzusehen. Und was Zar'roc betrifft – der Schatten könnte es an sich genommen haben.* Er merkte, dass sein Denkvermögen noch nicht völlig frei vom Einfluss der Droge war. *Warum stehe ich hier draußen?*, fragte er sich. *Ich könnte in die Zelle zurückgehen und mit magischen Kräften durchs Fenster fliehen. Aber dann könnte ich die Elfe nicht retten… Saphira, wo bist du? Ich brauche deine Hilfe.* Er schalt sich dafür, sie nicht früher gerufen zu haben. Das hätte er als Allererstes tun müssen, nachdem seine Kräfte zurückgekehrt waren.

Ihre Antwort kam überraschend eilfertig. *Eragon! Ich bin über Gil'ead. Bleib ruhig. Murtagh ist schon auf dem Weg.*

Was ist… Schritte unterbrachen ihn. Er wirbelte geduckt herum, als ein Trupp von sechs Soldaten in den breiten Gang einbog. Sie blieben abrupt stehen, während ihre Blicke zwischen Eragon und der offenen Zellentür hin und her wanderten. Das Blut wich aus ihren Gesichtern. *Gut, sie wissen, wer ich bin. Vielleicht kann ich ihnen Angst machen und sie verjagen, dann müssen wir nicht kämpfen.*

»Auf ihn!«, rief einer der Soldaten und stürmte los. Die übrigen Männer zückten die Schwerter und stapften den Gang hinunter.

Es war Wahnsinn, gegen sechs Männer auf einmal anzutreten, während er unbewaffnet und geschwächt war, doch der Gedanke an die Elfe ließ ihn nicht los. Er brachte es nicht fertig, sie im Stich zu lassen. Unsicher, ob die Anstrengung nicht zu viel für ihn sein würde, konzentrierte er sich und hob die Hand; die *Gedwëy Ignasia* begann zu glühen. Angst flackerte in den Augen der Soldaten auf, aber es waren hartgesottene Krieger, die trotzdem ungerührt auf ihn zustürmten. Als Eragon den Mund öffnete, um die todbringenden Worte auszusprechen, hörte er ein tiefes Surren, und einer der Männer stürzte mit einem Pfeil im Rücken zu Boden. Zwei weitere Soldaten wurden getroffen, bevor irgendwer begriff, was los war.

Am Ende des Gangs, dort wo die Soldaten um die Ecke gebogen waren, stand ein zerlumpter, bärtiger Mann mit einem Bogen in der Hand. Eine Krücke lag auf dem Boden vor seinen Füßen, doch er schien sie nicht zu brauchen, denn er stand aufrecht und kerzengerade da.

Die drei übrig gebliebenen Soldaten wandten sich zu der neuen Bedrohung um. Eragon nutzte die allgemeine Verwirrung. »*Thrysta!*«, rief er. Einer der Männer griff sich an die Brust und sackte zusammen. Eragon wankte hin und her, als die Magie ihren Tribut forderte. Ein weiterer Soldat fiel; ein Pfeil hatte sich in seinen Hals gebohrt. »Töte ihn nicht!«, rief Eragon, als sein Retter den letzten Soldaten ins Visier nahm. Der bärtige Mann ließ den Bogen sinken.

Eragon konzentrierte sich auf den vor ihm stehenden Krieger. Der Mann atmete schwer; das Weiße seiner Augen trat hervor. Er schien zu verstehen, dass sein Leben verschont wurde.

»Du hast gesehen, wozu ich imstande bin«, sagte Eragon barsch. »Wenn du meine Fragen nicht beantwortest, wirst du den Rest deines Lebens unter entsetzlichen Schmerzen verbringen. Also, wo ist mein Schwert – Scheide und Klinge sind rot –, und in welcher Zelle ist die Elfe?«

Der Mann presste die Lippen aufeinander.

Eragons Handfläche glühte unheilvoll, als er erneut die magischen Kräfte heraufbeschwor. »Das war die falsche Antwort«, fuhr er ihn an. »Weißt du eigentlich, wie viel Schmerz es verursacht, ein heißes Sandkorn im Bauch zu haben? Besonders dann, wenn es in den nächsten zwanzig Jahren nicht abkühlt und sich langsam durch deinen Leib frisst, bis es deine Füße erreicht! Wenn es schließlich aus dir herauskommt, bist du ein alter Mann.« Er machte eine dramatische Pause. »Wirst du meine Frage jetzt beantworten?«

Die Augen des Soldaten traten hervor, aber er schwieg weiterhin. Eragon schabte einige Dreckkrümel vom Steinfußboden und betrachtete sie teilnahmslos. »Das ist mehr als ein Sandkorn, aber tröste dich: Der Haufen brennt sich schneller durch deinen Körper. Aber er verursacht auch ein größeres Loch.« Auf ein magisches Wort hin begannen die Krümel, rot zu glühen, ohne jedoch seine Hand zu verbrennen.

»Schon gut. Bitte, steck das Zeug nicht in meinen Körper!«, flehte der Soldat. »Die Elfe ist in der letzten Zelle links! Wo dein Schwert ist, weiß ich nicht, aber wahrscheinlich liegt es oben in der Wachstube. Dort werden die Waffen aufbewahrt.«

Eragon nickte und murmelte: »*Slytha.*« Der Soldat verdrehte die Augen und sackte zusammen.

»Hast du ihn getötet?«

Er sah den Fremden an, der jetzt nur noch wenige Schritte von ihm entfernt stand. Er kniff die Augen zusammen und versuchte, sich das Gesicht ohne den Bart vorzustellen. »Murtagh! Bist du das?«

»Ja«, sagte der und zog kurz den Bart von seinem rasierten

Gesicht. »Ich wollte nicht erkannt werden. Hast du ihn getötet?«

»Nein, er schläft bloß. Wie bist du hier reingekommen?«

»Das erzähle ich dir später. Wir müssen in den ersten Stock hinauf, bevor uns weitere Soldaten entdecken. In ein paar Minuten wird uns jemand zur Flucht verhelfen. Wir dürfen den Zeitpunkt nicht verpassen.«

»Hast du nicht gehört, was ich gesagt habe?«, fragte Eragon und deutete auf den schlafenden Soldaten. »Man hält hier eine Elfe gefangen. Ich habe sie gesehen! Wir müssen sie befreien. Ich brauche deine Hilfe.«

»Eine Elfe …!« Eragon eilte den Gang hinab und Murtagh folgte ihm mit gerunzelter Stirn. »Das ist ein Fehler. Wir sollten fliehen, solange wir noch die Möglichkeit dazu haben.« Vor der Zelle, die der Soldat genannt hatte, blieb Murtagh stehen und zog unter seinem zerschlissenen Umhang einen Schlüsselring hervor. »Den habe ich einer der Wachen abgenommen«, erklärte er.

Eragon deutete auf die Schlüssel und Murtagh gab sie ihm achselzuckend. Er fand den richtigen und stieß die Tür auf. Durch das Fenster fiel ein Streifen silbriges Mondlicht direkt auf das Gesicht der Elfe.

Sie schaute ängstlich auf, in geduckter Haltung, war auf alles gefasst. Sie hielt den Kopf hoch erhoben, anmutig wie eine Königin. Ihre dunkelgrünen, fast schwarzen Katzenaugen trafen Eragons Blick. Ein Schauder durchfuhr ihn.

Sie sahen sich einen Moment lang an, dann zitterte die Elfe und brach lautlos zusammen. Eragon fing sie gerade noch rechtzeitig auf, bevor sie zu Boden sank. Sie war überraschend leicht. Der Duft frischer Tannennadeln umgab sie.

Jetzt trat Murtagh in die Zelle. »Sie ist wunderschön!«

»Aber verletzt.«

»Wir können uns später um sie kümmern. Bist du kräftig genug, um sie zu tragen?« Eragon schüttelte den Kopf. »Dann nehme ich sie«, sagte Murtagh und legte sich die Elfe über die Schulter. »Los, wir müssen nach oben!« Er gab Eragon einen Dolch, dann eilten sie hinaus in den Gang, wo die Leichen der Soldaten lagen.

Mit schweren Schritten führte Murtagh Eragon zu einer Steintreppe am Ende des Gangs. Während sie hinaufstürmten, fragte Eragon: »Wie kommen wir hier unbemerkt raus?«

»Unbemerkt geht es nicht«, brummte Murtagh.

Das klang nicht gerade beruhigend für Eragon. Er lauschte angestrengt nach Soldaten und fragte sich beklommen, was wohl geschehen würde, wenn plötzlich der Schatten auftauchte. Am oberen Treppenabsatz befand sich ein Speisesaal mit breiten Holztischen. Schilde hingen an den Wänden und die Decke wurde von schrägen Holzbalken getragen. Murtagh legte die Elfe auf einen Tisch und schaute besorgt zur Decke hinauf. »Kannst du kurz mit Saphira reden?«

»Ja.«

»Sag ihr, sie soll noch fünf Minuten warten.«

Draußen waren Rufe zu hören, dann marschierten plötzlich Soldaten am Eingang des Speisesaals vorbei. »Was immer du vorhast, ich glaube nicht, dass uns noch viel Zeit bleibt«, stieß Eragon zwischen den Zähnen hervor.

»Sag es ihr einfach und warte hier auf mich«, gab Murtagh barsch zurück und rannte los.

Als Eragon die Botschaft weitergab, hörte er zu seinem Entsetzen erneut Soldaten vor der Tür. Er verdrängte seinen

Hunger und seine Erschöpfung, zog die Elfe vom Tisch und versteckte sie darunter. Mit angehaltenem Atem hockte er sich neben sie, den Dolch fest in der Hand.

Zehn Soldaten stürmten jetzt durch den Saal, sahen unter einigen Tischen nach und verschwanden dann wieder. Eragon lehnte sich seufzend an ein Tischbein. In der plötzlichen Stille wurden ihm sein bohrender Hunger und sein ausgetrockneter Mund bewusst. Auf einem nicht weit entfernten Tisch weckten ein Deckelkrug und ein noch halb gefüllter Teller seine Aufmerksamkeit.

Eragon stürzte aus seinem Versteck heraus, nahm Krug und Teller und eilte zurück unter den Tisch. Im Krug war goldenes Bier, das er mit zwei großen Schlucken hinunterspülte. Erleichterung durchströmte ihn, als die kühle Flüssigkeit seinen Mund durchspülte und seine ausgetrocknete Kehle beruhigte. Er unterdrückte ein Rülpsen, bevor er gierig in einen Brotkanten biss.

Murtagh kehrte mit Zar'roc, einem fremdartigen Bogen und einem eleganten Schwert ohne Scheide zurück. Er drückte Eragon Zar'roc in die Hand. »Das andere Schwert und der Bogen lagen auch in der Wachstube. Solche Waffen habe ich noch nie gesehen, also nahm ich an, dass sie der Elfe gehören.«

»Das finden wir gleich heraus«, sagte Eragon zwischen zwei Brotbissen. Das Schwert – schlank und leicht, mit einem gebogenen Heft, dessen Enden sich zu scharfen Spitzen verjüngten – passte perfekt in die Scheide am Gürtel der Elfenfrau. Es ließ sich nicht sagen, ob der Bogen ihr gehörte, doch er war so anmutig geformt, dass Eragon fest davon überzeugt war. »Und was jetzt?«, fragte er und stopfte sich noch einen Bissen in den Mund. »Wir können hier nicht ewig bleiben. Früher oder später finden uns die Soldaten.«

»Jetzt warten wir einfach«, sagte Murtagh, zog seinen eigenen Bogen heraus und legte einen Pfeil an die Sehne. »Wie gesagt, unsere Flucht ist vorbereitet.«

»Du verstehst nicht – ein Schatten ist hier! Wenn er uns findet, sind wir am Ende.«

»Ein Schatten!«, rief Murtagh aus. »Dann sag Saphira, sie soll sofort kommen. Wir wollten bis zur nächsten Wachablösung warten, aber das dauert jetzt zu lange.« Eragon gab die Botschaft in knappen Worten weiter, um Saphira nicht mit unnötigem Gerede abzulenken. »Du hast meinen Plan durcheinander gebracht, weil du ja unbedingt selber ausbrechen musstest«, nörgelte Murtagh, den Blick auf den Eingang des Speisesaals geheftet.

Eragon lächelte. »In dem Fall hätte ich wohl lieber warten sollen. Na ja, wenigstens bist *du* genau im richtigen Moment gekommen. Ich hätte nicht mal mehr kriechen können, wenn ich mit magischen Kräften gegen all die Soldaten hätte kämpfen müssen.«

»Es freut mich, dass ich dir zu Diensten sein konnte«, bemerkte Murtagh. Er erstarrte, als sie in der Nähe Männer vorbeirennen hörten. »Hoffentlich findet uns der Schatten nicht.«

Ein kaltes Lachen schallte durch den Speisesaal. »Ich fürchte, das ist bereits geschehen.«

Die beiden wirbelten herum. Der Schatten stand allein am hinteren Ende des Saales. In seiner Hand lag ein blankes Schwert mit einer langen Schramme auf der Klinge. Er öffnete die Brosche, die seinen Umhang hielt, und ließ den Stoff zu

Boden gleiten. Sein Körper erinnerte an den eines Läufers, hager und fast schmächtig wirkend, aber Eragon fiel Broms Warnung ein, dass das Erscheinungsbild eines Schattens täuschte; er war um ein Vielfaches stärker als ein Mensch.

»So, kleiner Reiter, möchtest du dich mit mir messen?«, höhnte der Schatten. »Ich hätte dem Captain nicht vertrauen sollen, als er sagte, du hättest alle Mahlzeiten aufgegessen. Dieser Fehler unterläuft mir nicht noch einmal.«

»Ich kümmere mich um ihn«, sagte Murtagh leise, legte den Bogen nieder und zückte das Schwert.

»Nein«, murmelte Eragon. »Mich will er lebendig, dich nicht. Ich kann ihn ein paar Minuten ablenken, aber dann hast du hoffentlich einen Fluchtweg für uns gefunden.«

»Gut, dann los«, sagte Murtagh. »Du wirst ihn nicht lange hinhalten müssen.«

Das will ich hoffen, dachte Eragon grimmig. Er zückte sein Schwert und trat langsam vor. Die rote Klinge schimmerte im Schein der Wandfackeln.

Die gelblichen Augen des Schattens leuchteten wie brennender Bernstein. Er lachte leise. »Glaubst du wirklich, du könntest mich besiegen, *Du Súndavar Freohr*? Was für ein armseliger Name. Ich hätte etwas Feinsinnigeres von dir erwartet, aber dazu bist du offenbar nicht imstande.«

Eragon versuchte, sich nicht provozieren zu lassen. Er starrte auf das Gesicht des Schattens, wartete auf ein Flackern in seinen Augen oder ein Zucken der Mundwinkel, auf irgendetwas, das seinen nächsten Schritt verraten würde. *Ich darf keine magischen Kräfte anwenden, sonst könnte er dasselbe tun. Er soll davon ausgehen, dass er mich auch so besiegen wird – was er wahrscheinlich auch kann.*

Bevor einer der beiden den ersten Schritt tat, erbebte das Dach über ihren Köpfen. Eine dicke graue Staubwolke senkte sich auf sie herab, während um sie herum Holzteile durch die Luft flogen und lautstark zu Boden krachten. Auf dem Dach hörte man Schreie und das Klirren aufeinander prallenden Metalls. Da er befürchtete, von den herunterfallenden Holztrümmern getroffen zu werden, schaute Eragon kurz zur Decke hinauf. Der Schatten aber nutzte diesen Moment der Ablenkung und griff an.

Eragon konnte Zar'roc gerade noch rechtzeitig hochreißen, um einen Hieb gegen seine Rippen abzuwehren. Ihre Klingen trafen sich mit solcher Wucht, dass seine Zähne aufeinander schlugen und sein Arm einen Moment lang ganz taub war. *Großer Gott! Ist der stark!* Er packte Zar'roc mit beiden Händen und schwenkte das Schwert mit aller Kraft auf den Kopf seines Gegners zu. Der Schatten fing den Schlag mühelos ab, indem er sein Schwert so schnell hochriss, wie Eragon es noch nie gesehen hatte.

Über ihnen erhob sich jetzt ein grauenvolles Quietschen, als würde man Metall über Fels schleifen. In der Decke brachen drei lange Risse auf, durch die Dachschindeln herabfielen. Eragon beachtete sie nicht, selbst als eine Schindel direkt neben ihm auf den Boden krachte. Obwohl sein Lehrmeister Brom ein Meister gewesen war und sich auch Murtagh als hervorragender Schwertkämpfer erwiesen hatte, war er noch nie dermaßen deklassiert worden. Der Schatten *spielte* mit ihm.

Eragon wich zu Murtagh zurück. Bei jedem neuerlichen Angriff seines Gegners erzitterten seine Arme. Jeder Hieb schien wuchtiger zu sein als der vorherige. Eragon war nicht mehr stark genug, um seine magischen Kräfte zu nutzen, selbst wenn er es gewollt hätte. Dann, mit einer lockeren Drehung des Handgelenks, schlug ihm der Schatten Zar'roc aus der Hand. Die Wucht des Schlags ließ Eragon keuchend in die Knie gehen. Das Quietschen über ihnen wurde lauter. Was immer da geschah, es kam näher.

Der Schatten starrte verächtlich auf ihn herab. »Du magst ja eine bedeutende Rolle in dieser Komödie spielen, aber ich bin enttäuscht, dass du nichts Besseres zu bieten hast. Wenn die anderen Drachenreiter genauso schwach waren wie du, haben sie Alagaësia nur beherrschen können, weil es so viele von ihnen gab.«

Eragon schaute auf und schüttelte den Kopf. Er hatte Murtaghs Plan begriffen. *Saphira, jetzt wäre ein guter Zeitpunkt.* »Nein, du vergisst etwas.«

»Und was soll das sein?«, fragte der Schatten höhnisch.

Ein ohrenbetäubender Lärm brach los, als ein Teil des Dachs weggerissen wurde und darüber der Nachthimmel zum Vorschein kam. »Die Drachen!«, rief Eragon über den Tumult hinweg und wich mit einem schnellen Sprung vor dem Schatten zurück. Der fauchte wütend und ließ mit teuflischer Schnelligkeit sein Schwert durch die Luft sausen. Er verfehlte Eragon und trat einen Schritt weiter nach vorn. Überraschung breitete sich auf seinem Gesicht aus, als plötzlich einer von Murtaghs Pfeilen aus seiner Schulter ragte.

Lachend zerbrach er den Pfeil mit zwei Fingern. »Ihr müsst euch schon etwas Besseres einfallen lassen, wenn ihr mich aufhalten wollt.« Der nächste Pfeil traf ihn zwischen die Augen. Der Schatten stieß ein jämmerliches Heulen aus, krümmte sich und schlug die Hände vors Gesicht. Seine

Haut wurde grau. Um ihn herum bildete sich eine Dunstwolke, die seine Gestalt verschleierte. Ein markerschütternder Schrei ertönte, dann löste sich die Wolke auf.

Der Schatten war verschwunden; zurückgeblieben waren nur sein Umhang und ein Kleiderhaufen. »Du hast ihn getötet!«, rief Eragon aus. Ihm waren nur zwei legendäre Helden bekannt, denen es gelungen war, einen Schatten zu besiegen.

»Ich bin mir nicht sicher«, sagte Murtagh.

Ein Mann brüllte: »Das reicht. Er hat versagt. Geht rein und schnappt sie euch!« Soldaten mit Fangnetzen und Speeren strömten durch beide Eingänge in den Speisesaal. Eragon und Murtagh wichen bis zur Wand zurück, die Elfe hinter sich herziehend. Die Männer bauten sich im Halbkreis um sie herum auf. Da steckte auf einmal Saphira mit lautem Gebrüll den Kopf durch das Loch in der Decke. Mit ihren mächtigen Klauen packte sie die Kante und riss ein weiteres Stück des Dachs heraus.

Drei Soldaten wirbelten herum und flohen, doch die übrigen Männer hielten die Stellung. Mit ohrenbetäubendem Knacken brach der dickste der Deckenbalken in der Mitte durch und ließ schwere Dachschindeln herabregnen. In heilloser Verwirrung versuchten die Soldaten, den niederprasselnden Trümmern auszuweichen. Eragon und Murtagh pressten sich an die Wand, um nicht getroffen zu werden. Saphira brüllte erneut, worauf auch die restlichen Männer panisch die Flucht ergriffen; einige wurden von den schweren Trümmerstücken erschlagen.

Mit einem letzten gewaltigen Kraftakt riss Saphira den Rest des Dachs heraus, bevor sie sich mit angelegten Flügeln in den Speisesaal herabfallen ließ. Ein Tisch zersplitterte unter ihrem Gewicht. Mit einem erleichterten Aufschrei schlang Eragon die Arme um ihren Hals. Sie summte zufrieden. *Ich habe dich vermisst, mein Kleiner.*

Ich dich auch. Wir haben noch jemanden bei uns. Kannst du drei Leute tragen?

Natürlich, sagte sie und trat Dachschindeln und Tische aus dem Weg, um sich Platz zum Abheben zu schaffen. Murtagh und Eragon zogen die Elfe hinter sich hervor. Saphira fauchte überrascht, als sie die bewusstlose Gestalt sah. *Eine Elfe!*

Ja, und sie ist die Frau aus meinen Träumen, sagte Eragon und hob Zar'roc auf. Er half Murtagh, die Elfe in den Sattel zu heben, dann stiegen sie selbst auf. *Ich habe Gerangel auf dem Dach gehört. Sind Soldaten da oben?*

Jetzt nicht mehr. Seid ihr bereit?

Ja.

Saphira machte einen Satz aus dem Speisesaal auf das halb zerstörte Dach des Gefängnisses, auf dem mehrere Soldatenleichen lagen. »Seht mal, dahinten!«, rief Murtagh und zeigte zur Seite. Bogenschützen stürmten aus einem Turm und bauten sich auf dem intakten Teil des Dachs auf.

»Saphira, du musst sofort losfliegen!«, rief Eragon.

Sie breitete die Flügel aus, rannte auf die Dachkante zu und hob mit einem gewaltigen Satz ihrer kräftigen Beine ab. Die zusätzliche Last auf ihrem Rücken ließ sie gefährlich absinken. Während sie angestrengt versuchte, höher zu steigen, hörte Eragon das melodische Sirren zurückschnellender Bogensehnen.

Pfeile zischten in der Dunkelheit an ihnen vorbei. Saphira schrie schmerzerfüllt auf, als sie getroffen wurde und sich rasch nach links fallen ließ, um dem nächsten Geschosshagel auszuweichen. Weitere Pfeile flogen durch die Nacht, aber die Dunkelheit schützte sie vor neuerlichen Treffern. Beunruhigt beugte Eragon sich über Saphiras Hals. *Wo hat es dich erwischt?*

Meine Flügel sind durchbohrt ... einer der Pfeile ist stecken geblieben. Ihre Atmung klang schwer und angestrengt.

Wie weit schaffst du es noch?

Weit genug. Eragon hielt die bewusstlose Elfe in den Armen, während sie über Gil'ead hinwegflogen, die Stadt hinter sich ließen, nach Osten abdrehten und hoch in den nächtlichen Himmel stiegen.

KRIEGER UND HEILER
ZUGLEICH

Saphira glitt auf eine Lichtung zu, landete auf einer Hügelkuppe und ließ die Flügel ausgebreitet am Boden liegen. Eragon konnte spüren, wie sie unter ihm zitterte. Sie waren höchstens zwei Meilen von Gil'ead entfernt.

Schneefeuer und Tornac waren auf der Lichtung angebunden und schnaubten nervös bei ihrer Ankunft. Eragon ließ sich zu Boden gleiten und kümmerte sich sofort um Saphiras Verletzungen, während Murtagh die Pferde abmarschbereit machte.

Da er in der Dunkelheit kaum etwas erkennen konnte, strich Eragon mit den Händen behutsam über Saphiras Flügel. Er fand drei Stellen, wo Pfeile die dünne Flügelhaut durchbohrt und blutige, daumendicke Löcher hinterlassen hatten. Am hinteren Rand des linken Flügels war sogar ein Stück Haut herausgerissen. Sie schauderte, als seine Finger die Stellen berührten. Er schloss die Wunden mit Formeln aus der alten Sprache und widmete sich anschließend dem Pfeil, der noch in ihrem Flügelmuskel steckte. Die Spitze ragte aus der Unterseite heraus. Warmes Blut tropfte auf den Boden.

Eragon rief Murtagh zu sich und trug ihm auf: »Halt den Flügel fest, ich muss den Pfeil rausziehen.« Er deutete auf die Stelle, wo Murtagh anfassen sollte. *Es wird wehtun,* warnte er Saphira, *aber es dauert nicht lange. Versuch bitte, stillzuhalten – du könntest uns sonst verletzen.* Sie reckte den Hals nach vorn und packte mit ihren scharfen Zähnen einen hohen Baumstamm. Mit einem kräftigen Ruck riss sie ihn aus dem Boden und schob ihn sich quer ins Maul. *Ich bin bereit.*

Gut, sagte Eragon. »Halt fest«, flüsterte er Murtagh zu, dann brach er die Pfeilspitze ab. Um keinen weiteren Schaden anzurichten, zog er den Pfeil sofort heraus. Als der Schaft aus dem Muskel glitt, warf Saphira winselnd den Kopf zurück, den Baumstamm zwischen den Zähnen. Der Flügel zuckte unwillkürlich und verpasste Murtagh dabei einen Kinnhaken, sodass er das Gleichgewicht verlor.

Knurrend schüttelte Saphira den Stamm, bewarf sie alle dabei mit Dreck und schleuderte ihn schließlich fort. Nachdem Eragon die Wunde geschlossen hatte, half er Murtagh auf die Beine. »Sie hat mich überrumpelt«, sagte Murtagh entschuldigend und betastete sein aufgeschürftes Kinn.

Es tut mir Leid.

»Sie hat es nicht absichtlich getan«, versicherte ihm Eragon. Dann ging er zu der bewusstlosen Elfe hinüber. *Du wirst sie noch eine Weile tragen müssen,* sagte er zu Saphira. *Wenn wir sie auf einem der Pferde mitnehmen, können wir nicht schnell genug reiten. Nachdem der Pfeil jetzt draußen ist, müsstest du eigentlich wieder normal fliegen können.*

Saphira ließ den Kopf sinken. *Es wird schon gehen.*

Danke, sagte Eragon. Er umarmte sie ungestüm. *Du warst unglaublich; das werde ich dir nie vergessen.*

Ihr Blick wurde weich. *Ich mache mich auf den Weg.* Er trat zurück, als sie mit einem Luftschwall in die Höhe stieg. Das schwarze Haar der Elfe flatterte im Flugwind. Sekunden später waren sie verschwunden. Eragon eilte zu Schneefeuer, zog sich in den Sattel und galoppierte mit Murtagh davon.

Unterwegs versuchte Eragon, sich zu entsinnen, was er über die Elfen gehört hatte. Sie verfügten über eine lange Lebensspanne – so viel war allgemein bekannt –, aber wie lange so ein Leben dauerte, wusste er nicht. Sie benutzten die alte Sprache und die meisten von ihnen hatten magische Kräfte. Nach dem Fall der Drachenreiter hatte sich das Elfenvolk in die Abgeschiedenheit zurückgezogen. Seither hatte sie im Königreich niemand mehr zu Gesicht bekommen. *Warum ist jetzt eine von ihnen hier aufgetaucht? Und wie ist es den Schergen des Königs gelungen, sie gefangen zu nehmen? Falls sie magische Kräfte besitzt, hat man sie wahrscheinlich genau wie mich unter Drogen gesetzt.*

Sie ritten durch die Nacht und machten selbst dann keine Rast, als ihre Kräfte nachließen und sie langsamer wurden. Hinter ihnen suchten Reiter mit Fackeln die Gegend um Gil'ead nach ihrer Spur ab.

Nach vielen mühseligen Stunden erhellte der Sonnenaufgang den Himmel. In unausgesprochener Übereinkunft hielten Eragon und Murtagh die Pferde an. »Lass uns ein Lager aufschlagen«, sagte Eragon erschöpft. »Ich muss schlafen – selbst wenn es bedeutet, dass sie uns finden.«

»Na gut«, sagte Murtagh und rieb sich die Augen. »Sag Saphira, sie soll irgendwo landen. Wir kommen dorthin.«

Sie folgten Saphiras Wegbeschreibung und fanden sie an einem Bach am Fuße einer niedrigen Klippe. Sie trank durstig, während die Elfe nach wie vor bewusstlos auf ihrem Rücken saß. Als Eragon abstieg, begrüßte sie Saphira mit leisem Tröten.

Murtagh half Eragon, die Elfe aus dem Sattel zu heben und auf den Boden zu legen. Dann setzten sie sich ermattet an die Felswand. Neugierig betrachtete Saphira die Elfenfrau. *Ich frage mich, warum sie immer noch nicht aufgewacht ist. Es ist schon Stunden her, seit wir aus Gil'ead geflohen sind.*

Wer weiß, was sie ihr verabreicht haben, sagte Eragon wütend.

Murtagh folgte ihren Blicken. »Soweit ich weiß, ist sie die erste Elfe, die der König je gefangen genommen hat. Seit sie sich versteckt haben, hat er sie erfolglos gesucht – bis jetzt. Also hat er entweder ihren Zufluchtsort entdeckt oder diese Elfe ist ihm zufällig ins Netz gegangen. Ich glaube eher an einen Zufall. Hätte er das Versteck der Elfen gefunden, dann hätte er ihnen den Krieg erklärt und seine Armee hingeschickt. Da das bisher nicht passiert ist, stellt sich die Frage: Konnten Galbatorix' Folterknechte ihr entlocken, wo sich die Elfen verbergen, ehe wir sie befreit haben?«

»Das erfahren wir erst, wenn sie wieder bei Bewusstsein ist. Erzähl mir lieber, was nach meiner Gefangennahme geschah. Wie bin ich nach Gil'ead gelangt?«

»Die Urgals stehen im Dienst des Königs«, sagte Murtagh knapp und strich sich das Haar zurück. »Und der Schatten anscheinend auch. Saphira und ich sahen, wie die Urgals dich an ihn übergaben – wenngleich ich zu dem Zeitpunkt noch nicht wusste, wer er war. Er brachte dich in Begleitung eines Soldatentrupps nach Gil'ead.«

So war es, sagte Saphira und schmiegte sich eng an ihn.

Eragon dachte an seine Begegnung mit den Urgals außerhalb von Teirm und an den »Herrn«, von dem sie gesprochen hatten. *Sie meinten den König! Ich habe den mächtigsten Mann Alagaësias beleidigt!,* wurde ihm klar. Dann fielen ihm die ermordeten Einwohner von Yazuac ein. Eiskalter Zorn ballte sich in seiner Magengrube zusammen. *Die Urgals standen unter Galbatorix' Befehl! Wie konnte er seinem eigenen Volk solche Gräueltaten antun?*

Weil er böse ist, stellte Saphira tonlos fest.

Wutentbrannt rief Eragon aus: »Dann wird es Krieg geben! Wenn die Leute davon erfahren, werden sie sich erheben und den Varden anschließen.«

Murtagh stützte das Kinn auf die Hand. »Selbst wenn man die Leute davon in Kenntnis setzte, würden es nur wenige bis zu den Varden schaffen. Mit den Urgals unter seinem Befehl, hat der König genügend Krieger, um die Grenzen zu schließen und weiterhin an der Macht zu bleiben, ganz gleich wie viele sich gegen ihn erheben. Mit einer solchen Schreckensherrschaft kann er tun, was immer ihm beliebt. Und obwohl er verhasst ist, könnte sich die Bevölkerung hinter ihn stellen, wenn sie einen gemeinsamen Feind haben.«

»Und wer soll das sein?«, fragte Eragon verwirrt.

»Die Elfen und die Varden. Man bräuchte nur die richtigen Gerüchte auszustreuen und schon bald würden sie als die abscheulichsten Ungeheuer in ganz Alagaësia gelten – als Dämonen, die nur darauf warten, unser Land und unseren Wohlstand an sich zu bringen. Der König könnte sogar behaupten, die Urgals seien all die Jahre missverstanden worden und seien in Wahrheit unsere Freunde und Verbündeten gegen so schreckliche Feinde. Ich frage mich nur, was der König ihnen als Gegenleistung für ihre Dienste versprochen hat.«

»Das würde nicht funktionieren«, sagte Eragon kopfschüttelnd. »So einfach lassen sich die Leute nicht täuschen. Außerdem, warum sollte er das tun? Er ist doch bereits an der Macht.«

»Aber seine Autorität wird von den Varden infrage gestellt und die Menschen sympathisieren mit ihnen. Außerdem gibt es noch Surda, das sich seit seiner Abspaltung vom Königreich gegen Galbatorix stellt. Innerhalb seines Reichs ist der König mächtig, aber darüber hinaus ist sein Einfluss nicht sonderlich groß. Und die Leute werden glauben, was man ihnen sagt. Ich habe das schon erlebt. Wir können also nicht darauf hoffen, dass sie die Täuschung durchschauen würden.« Murtagh verstummte und starrte verdrossen ins Leere.

Seine Worte beunruhigten Eragon erheblich. Saphira berührte seinen Geist *Wo schickt Galbatorix die Urgals hin?*, fragte sie.

Wie bitte?

Sowohl in Carvahall als auch in Teirm erzählte man sich, dass die Urgals die Gegend verlassen und nach Südosten ziehen, gerade so als sei die Wüste Hadarac ihr Ziel. Sollte der König sie wirklich befehligen, warum schickt er sie dann dorthin? Vielleicht stellt er dort eine private Urgal-Armee zusammen oder sie bauen eine Urgal-Stadt.

Eragon schauderte bei dem Gedanken. *Ich bin zu müde, um mir jetzt darüber den Kopf zu zerbrechen. Was immer Galbatorix plant, es wird uns Probleme bereiten. Ich wünschte bloß, wir wüssten, wo die Varden sind. Wir sollten*

zu ihnen gehen, aber ohne Dormnad haben wir keine Chance.
Ganz gleich, was wir jetzt tun – früher oder später wird der
König uns finden.

Nur nicht verzagen, meinte sie aufmunternd, fügte dann
aber trocken hinzu: *Auch wenn du vermutlich Recht hast.*

Danke. Er sah Murtagh an. »Du hast dein Leben riskiert,
um mich zu retten; dafür bin ich dir etwas schuldig. Ohne
deine Hilfe wäre ich da nicht rausgekommen.« Doch es war
mehr als das. Es gab nun eine innere Verbundenheit zwischen den beiden, geschmiedet durch ihren gemeinsamen
Kampf und gehärtet durch die Loyalität, die Murtagh ihm erwiesen hatte.

»Ich bin nur froh, dass es geklappt hat. Es…« Murtagh
verstummte und rieb sich das Gesicht. »Meine größte Sorge
ist jetzt, wie wir weiterziehen sollen, solange so viele hinter uns her sind. Ab morgen werden uns die Soldaten aus
Gil'ead jagen. Sobald sie die Pferdespuren entdeckt haben,
wissen sie, dass du nicht mit Saphira davongeflogen bist.«

Eragon stimmte ihm düster zu. »Wie hast du es geschafft,
in die Festung einzudringen?«

Murtagh lachte leise. »Indem ich jemanden bestach und
durch einen verdreckten Schacht gekrochen bin. Aber ohne
Saphira hätte der Plan nicht funktioniert. Sie…«, er hielt
inne und richtete seine Worte direkt an Saphira. »Nur durch
dich sind wir dort heil herausgekommen.«

Eragon legte eine Hand an ihren geschuppten Hals. Während sie zufrieden vor sich hinsummte, schaute er hingeris-
sen auf das Gesicht der Elfe. »Wir sollten ihr ein bequemes
Lager bereiten.«

Murtagh stand auf und breitete eine Decke für die Elfe

aus. Als sie sie darauf niederlegten, blieb ihr Ärmel an einem Zweig hängen und zerriss. Eragon wollte den Schaden beheben, hielt aber erschrocken inne, als er nach ihrem Arm griff.

Der Arm war voller Schnitte und Blutergüsse. Einige waren fast verheilt, andere waren noch ganz frisch und eitrig. Die Verletzungen zogen sich bis zur Schulter hinauf. Mit zitternden Fingern schnürte er die Rückseite ihres Hemds auf, ängstlich, was darunter zum Vorschein kommen würde.

Als das Leder aufklaffte, fluchte Eragon. Der Rücken der Elfenfrau war kräftig und muskulös, aber mit Schorf überzogen, was die Haut wie getrockneten, rissigen Schlamm aussehen ließ. Man hatte sie brutal ausgepeitscht und mit heißen, klauenförmigen Eisen gebrandmarkt. Wo die Haut nicht verletzt war, trug sie die purpurnen und schwarzen Spuren harter Schläge. An ihrer linken Schulter prangte eine Tätowierung aus indigoblauer Tinte. Es war dasselbe Symbol wie auf dem Saphir an Broms Ring. Eragon schwor sich, denjenigen zu töten, der für die Folterungen der Elfe verantwortlich war.

»Kannst du das heilen?«, fragte Murtagh.

»Ich – ich weiß nicht«, stammelte Eragon. Er schluckte beklommen, denn er hatte plötzlich ein flaues Gefühl im Magen. »Es sind so viele Verletzungen.«

Eragon!, sagte Saphira scharf. *Sie ist eine Elfe. Du darfst nicht zulassen, dass sie stirbt. Ganz gleich wie müde oder hungrig du bist, du musst sie retten. Ich werde meine Kraft mit deiner verschmelzen, aber du bist derjenige, der die magische Energie lenken muss.*

Ja… du hast Recht, murmelte er, unfähig, den Blick von der zarten Gestalt zu lösen. Entschlossen zog er seine Handschuhe aus und sagte zu Murtagh: »Es wird eine Weile dauern. Kannst du mir inzwischen etwas zu essen machen? Und koch bitte ein paar Tücher für die Verbände aus; ich kann nicht alle Wunden heilen.«

»Wenn wir ein Feuer machen, wird man uns sehen«, entgegnete Murtagh. »Du musst ungewaschene Tücher benutzen und das Essen wird kalt sein.« Eragon verzog das Gesicht, nickte aber zustimmend. Als er der Elfe behutsam eine Hand auf den Rücken legte, setzte sich Saphira neben ihn, den sorgenvollen Blick auf die Frau gerichtet. Er holte tief Luft, beschwor seine magischen Kräfte herauf und ging ans Werk.

Er sprach die uralten Worte: *»Waíse heill!«* Eine Brandwunde schimmerte unter seiner Hand auf, und neue, unversehrte Haut breitete sich über das geschundene Fleisch und verschloss die Verletzung, ohne auch nur eine Narbe zurückzulassen. Er ließ die Striemen und Blutergüsse aus, die nicht lebensbedrohlich waren – sie alle zu heilen, würde die Kraft aufzehren, die er für die ernsteren Verletzungen brauchte. Während Eragon sich abmühte, wunderte er sich immer wieder, dass die Elfe überhaupt noch am Leben war. Man hatte sie wiederholt gefoltert und mit einer Präzision, die ihn frösteln ließ, jedes Mal an den Rand des Todes gebracht.

Er bemühte sich, den Anstand zu wahren, kam aber nicht umhin zu bemerken, dass sie trotz der entstellenden Wunden einen wunderschönen Körper hatte. Er war erschöpft und versuchte, nicht zu genau hinzusehen – dennoch stieg ihm ein paarmal die Schamesröte ins Gesicht. Er hoffte inständig, dass Saphira nicht erriet, was er dachte.

Er arbeitete bis zum Morgengrauen und machte nur kurze Pausen, um etwas zu essen und zu trinken. Trotz der kräftezehrenden Krankenpflege versuchte er, die Spuren, die die

unfreiwillige Fastenzeit und die anschließende Flucht hinterlassen hatten, abzuschütteln. Saphira blieb die ganze Zeit neben ihm sitzen und half ihm, so gut sie konnte. Die Sonne war
schon ein gutes Stück in den Himmel gestiegen, als er sich
schließlich erhob und seine steifen Muskeln streckte. Seine
Hände waren grau, seine Augen trocken und rot gerändert. Er
torkelte zu den Satteltaschen und trank einen großen Schluck
aus dem Weinschlauch. »Bist du fertig?«, fragte Murtagh.

Eragon nickte zitternd. Er wagte nicht zu reden, traute
seiner Stimme nicht. Das Lager drehte sich vor seinen Augen
und er wurde fast ohnmächtig. *Das hast du gut gemacht,* lobte
Saphira ihn sanft.

»Wird sie überleben?«, fragte Murtagh.

»Ich weiß nicht«, sagte Eragon mit krächzender Stimme.
»Elfen sind stark, aber selbst sie halten derartige Misshandlungen nicht endlos aus. Wenn ich mehr über die Heilkunst
wüsste, könnte ich sie vielleicht wiederbeleben, aber so…«
Er gestikulierte hilflos. Seine Hand zitterte so stark, dass er
etwas Wein verschüttete. Ein weiterer Schluck half ihm, sich
auf den Beinen zu halten. »Wir reiten jetzt besser los.«

»Nein! Du musst schlafen«, widersprach Murtagh.

»Ich… kann im Sattel schlafen. Wir können es uns nicht
leisten, länger hier zu bleiben. Nicht mit den Soldaten im
Nacken.«

Widerwillig gab Murtagh nach. »Dann werde ich Schneefeuer führen, während du schläfst.« Sie sattelten die Pferde,
schnallten die Elfe wieder auf Saphira fest und brachen auf.
Eragon aß, während er ritt, und versuchte, seine verbrauch-
ten Kraftreserven aufzufüllen, bevor er sich erschöpft an den
Pferdehals schmiegte und die Augen schloss.

WASSER AUS SAND

Als sie am Abend ihr Lager aufschlugen, fühlte Eragon sich keinen Deut besser, und seine Stimmung war schlechter denn je. Die meiste Zeit des Tages hatten sie mit langen Umwegen zugebracht, damit die Jagdhunde der Soldaten sie nicht witterten. Er stieg von Schneefeuer ab und fragte Saphira: *Wie geht es ihr?*

Ich glaube, nicht schlechter als vorhin. Sie hat sich ein paarmal bewegt, aber das war alles. Saphira beugte sich tief hinab, damit er die Elfe aus dem Sattel heben konnte. Einen Moment lang schmiegte sich der weiche Körper an ihn. Dann legte Eragon sie hastig nieder.

Gemeinsam bereiteten Eragon und Murtagh ein kleines Abendmahl zu. Es fiel ihnen schwer, ihr Schlafbedürfnis zu besiegen. Nachdem sie gegessen hatten, sagte Murtagh: »Wir sind zu langsam. Bei dem Tempo gewinnen wir keinen Vorsprung gegenüber den Soldaten. Wenn wir so weitermachen, haben sie uns in ein, zwei Tagen eingeholt.«

»Was sollen wir denn tun?«, knurrte Eragon gereizt.
»Wenn wir nur zu zweit wären und du dich von Tornac trennen würdest, könnte Saphira uns hier rausfliegen. Aber dazu noch die Elfe? Unmöglich.«

Murtagh sah ihn prüfend an. »Wenn du allein weiterziehen willst, halte ich dich nicht auf. Ich kann nicht erwarten, dass ihr hier bleibt und es riskiert, geschnappt zu werden.«

»Beleidige mich nicht«, murmelte Eragon. »Ohne dich wäre ich gar nicht in Freiheit. Ich werde dich doch nicht den Soldaten ausliefern. Das wäre mehr als undankbar!«

Murtagh neigte den Kopf. »Deine Worte erfreuen mich.« Er machte eine Pause. »Aber sie lösen leider unser Problem nicht.«

»Womit könnten wir es denn lösen?«, fragte Eragon. Er deutete auf die Elfe. »Ich wünschte, sie könnte uns sagen, wo die Elfen leben; vielleicht fänden wir bei ihnen Zuflucht.«

»Wenn ich bedenke, wie sie sich all die Jahre im Verborgenen gehalten haben und wie sie sich gegenseitig schützen, glaube ich nicht, dass die Elfe ihr Versteck verraten würde. Und selbst wenn sie es täte, würde uns ihr Volk wahrscheinlich fortschicken. Warum sollten sie uns Unterschlupf gewähren? Die letzten Drachenreiter, mit denen sie Kontakt hatten, waren Galbatorix und die Abtrünnigen. Ich bezweifle, dass sie angenehme Erinnerungen hinterlassen haben. Und ich habe nicht einmal die zweifelhafte Ehre, einer zu sein, so wie du. Nein, mich würden sie bestimmt nicht wollen.«

Ich glaube schon, dass sie uns bei sich aufnehmen würden, sagte Saphira voller Zuversicht, während sie ihre Flügel in eine etwas bequemere Lage brachte.

Eragon zuckte mit den Schultern. »Na schön, aber wir können sie nicht finden, und die Elfe können wir erst fragen, wenn sie das Bewusstsein zurückerlangt hat. Wir müssen fliehen, aber in welche Richtung – nach Norden, Süden, Westen oder Osten?«

Murtagh verschränkte die Finger und presste die Daumen gegen die Schläfen. »Ich glaube, das Einzige, was wir tun können, ist, das Königreich zu verlassen. Die wenigen sicheren Orte innerhalb der Grenzen des Reichs sind zu weit entfernt. Es wäre schwierig, sie zu erreichen, ohne entdeckt oder verfolgt zu werden ... Im Norden gibt es nichts außer dem Wald Du Weldenvarden – in dem wir uns wohl verstecken könnten, aber es behagt mir nicht, wieder an Gil'ead vorbeizukommen. Im Westen sind nur die Berge und das Meer. Im Süden liegt Surda, wo du vielleicht jemanden finden könntest, der dir verrät, wo die Varden leben. Und der Osten ...« Wieder zuckte er mit den Schultern. »Im Osten erstreckt sich die Wüste Hadarac zwischen uns und den dahinter liegenden Gebieten. Irgendwo dort stecken die Varden, aber ohne genaue Anhaltspunkte kann es Jahre dauern, sie zu finden.«

Aber dort wären wir in Sicherheit, bemerkte Saphira. *Solange wir keinen Urgals begegnen.*

Eragon massierte seine Stirn. Pochende Kopfschmerzen drohten seine Gedanken zu zerstückeln. »Nach Surda zu gehen, ist zu gefährlich. Wir müssten fast das gesamte Königreich durchqueren und zahllosen Dörfern und Städten ausweichen. Es gibt zu viele Menschen auf dem Weg nach Surda, um unbemerkt dorthin zu gelangen.«

Murtagh zog eine Augenbraue hoch. »Heißt das, du willst die Wüste durchqueren?«

»Ich sehe keine andere Möglichkeit. Außerdem verlassen wir auf diese Weise das Land, bevor die Ra'zac hier sind. Mit ihren Flugrössern treffen sie wahrscheinlich in wenigen Tagen in Gil'ead ein, also bleibt uns nicht mehr viel Zeit.«

»Sie können uns trotzdem einholen«, sagte Murtagh, »auch

wenn wir die Wüste vor ihnen erreichen. Es wird schwer werden, sie abzuschütteln.«

Eragon kraulte Saphiras Flanke, ihre Schuppen fühlten sich rau an. »Das setzt voraus, dass sie unserer Spur folgen können. Aber um uns zu stellen, müssen sie die Soldaten zurücklassen, was unser Vorteil ist. Ich bin mir sicher, dass wir drei sie besiegen können, falls es zum Kampf kommt – es sei denn, wir geraten in einen Hinterhalt, wie ich damals mit Brom.«

»Wenn wir die andere Seite der Wüste sicher erreichen«, sagte Murtagh bedächtig, »wohin gehen wir dann? Diese Länder liegen weit vom Königreich entfernt. Es wird nur wenige Städte geben, wenn überhaupt. Und dann ist da noch die Wüste selbst. Weißt du irgendetwas über sie?«

»Nur dass sie heiß und trocken und voller Sand ist«, gestand Eragon.

»Das trifft es schon recht gut«, sagte Murtagh. »Außerdem gibt es dort giftige und ungenießbare Pflanzen, tödliche Schlangen, Skorpione und eine sengende Sonne. Du hast doch die weite Ebene auf dem Weg nach Gil'ead gesehen.«

»Ja, und vorher auch schon einmal.«

»Dann weißt du ja, wie groß sie ist. Sie füllt das Herz von Alagaësia aus. Und nun stell dir etwas vor, das dreimal so groß ist, dann hast du einen ungefähren Eindruck davon, wie riesig die Wüste Hadarac ist. Und die willst du durchqueren.«

Eragon versuchte, sich ein so gigantisches Gebiet vorzustellen, konnte sich aber keinen Begriff von den Dimensionen der Ausdehnung machen. Er holte die Landkarte von Alagaësia aus der Satteltasche. Das Pergament roch muffig, als er es auf dem Boden ausrollte. Er betrachtete die Gebiete und schüttelte erstaunt den Kopf. »Kein Wunder, dass das Königreich an der Wüste endet. Alles, was auf der anderen Seite liegt, ist viel zu weit entfernt, um es noch beherrschen zu können.«

Murtagh ließ die Hand über die rechte Seite der Karte hinweggleiten. »Das gesamte Land jenseits der Wüste, das auf dieser Karte weiß ist, stand zu Zeiten der Drachenreiter unter einer einzigen Herrschaft. Sollte es dem König gelingen, sich neue Reiter heranzuziehen, so könnte er damit sein Reich zu nie gekannter Größe ausweiten. Aber das war es nicht, was ich dir sagen wollte. Die Wüste Hadarac ist so groß und hält so viele Gefahren bereit, dass wir sie kaum unversehrt durchqueren werden. Diesen Weg zu gehen, ist ein purer Akt der Verzweiflung.«

»Wir *sind* verzweifelt«, sagte Eragon bestimmt. Er schaute auf die Karte. »Wenn wir durch den Bauch der Wüste reiten, würde es mehr als einen Monat, vielleicht sogar zwei Monate dauern, bis wir sie durchquert hätten. Aber wenn wir nach Südosten auf das Beor-Gebirge zuhalten, können wir viel schneller vorwärts kommen. Danach folgen wir entweder den Bergen nach Osten in die Wildnis oder gehen nach Surda. Wenn diese Karte stimmt, entspricht die Entfernung zwischen hier und dem Beor-Gebirge etwa der Strecke, die wir nach Gil'ead zurückgelegt haben.«

»Aber das hat fast einen Monat gedauert!«

Eragon schüttelte ungeduldig den Kopf. »Aber nur weil ich verletzt war. Wenn wir uns anstrengen, schaffen wir es zum Beor-Gebirge in einem Bruchteil der Zeit.«

»Na schön, wie du meinst«, lenkte Murtagh ein. »Aber bevor ich endgültig einverstanden bin, müssen wir noch einen

Punkt klären. Wie du sicherlich bemerkt hast, habe ich für uns und die Pferde Vorräte gekauft, als ich in Gil'ead war. Aber wo bekommen wir genügend Wasser her? Die Nomadenstämme, die in der Wüste leben, tarnen ihre Brunnen und Oasen, damit ihnen niemand das Wasser stiehlt. Und mehr mitzuschleppen, als man am Tag braucht, ist kaum möglich. Überleg mal, was allein Saphira trinkt! Sie und die Pferde verbrauchen mehr Wasser auf einmal als wir in einer ganzen Woche. Wenn du keinen Regen machen kannst, wann immer es nötig ist, glaube ich nicht, dass wir deinem Vorschlag folgen können.«

Eragon wippte auf den Fersen hin und her. Das Regenmachen lag weit außerhalb seiner Fähigkeiten. Er nahm an, dass dies selbst dem stärksten Reiter nicht gelungen wäre. Solche Luftmassen in Bewegung zu setzen, war, als wollte man versuchen, einen Berg anzuheben. Er brauchte eine Lösung, die ihm nicht alle Kraft aussaugen würde. *Ich frage mich,* dachte er, *ob es möglich ist, Sand in Wasser zu verwandeln? Das würde unser Problem lösen, aber nur, wenn es nicht zu viel Kraft kostet.*

»Ich habe eine Idee«, sagte er. »Lass mich ein bisschen experimentieren, dann gebe ich dir eine Antwort.« Eragon ging aus dem Lager, dicht gefolgt von Saphira.

Was hast du vor?, fragte sie.

»Ich weiß nicht genau«, murmelte er. *Saphira, könntest du unseren gesamten Trinkwasservorrat für die nächste Woche tragen?*

Sie schüttelte ihren großen Kopf. *Nein, eine solche Last könnte ich nicht einmal anheben, geschweige denn damit fliegen.*

Schade. Er kniete sich hin und hob einen Stein mit einer Vertiefung auf, die groß genug für einen Schluck Wasser war. Dann legte er eine Hand voll Erde in die Mulde und betrachtete sie nachdenklich. Jetzt kam der schwierige Teil. Irgendwie musste er die Erde in Wasser verwandeln. *Aber welche Wörter benutzt man dafür?* Er überlegte eine Weile und wählte schließlich zwei aus, von denen er hoffte, dass sie das Erwünschte bewirkten. Die eisigen Energien durchströmten ihn, als er die vertraute Barriere in seinem Geist durchbrach und befahl: »*Moi Deloi!*«

Sofort begann die Erde, rasend schnell seine Kraft aufzusaugen. Eragon fiel Broms Warnung ein, dass gewisse Aufgaben die gesamte Lebenskraft verzehren und einen umbringen konnten. Panik breitete sich in seiner Brust aus. Er versuchte, die magische Energie zurückzunehmen, aber es ging nicht. Sie war mit ihm verbunden, bis die Aufgabe erfüllt oder er tot war. Er konnte nur reglos dasitzen und wurde mit jedem Moment schwächer.

Als er schon glaubte, sterben zu müssen, so wie er da kniete, schimmerte die Erde auf einmal und zerfloss zu einem Fingerhut voll Wasser. Schwer atmend setzte Eragon sich hin. Sein Herz klopfte schmerzhaft und quälender Hunger nagte an seinen Magenwänden.

Was ist passiert?, fragte Saphira.

Eragon schüttelte den Kopf, noch immer erschrocken, wie entkräftet er war. Er war froh, dass er nicht versucht hatte, etwas Größeres zu verwandeln. *Es funktioniert nicht,* sagte er. *Meine Kraft reicht nicht mal für ein einziges Glas Wasser.*

Du hättest vorsichtiger sein sollen, sagte sie vorwurfsvoll. *Solche magischen Experimente können zu unerwarteten*

Resultaten führen, wenn man die alten Wörter neu kombiniert.

Er schaute verärgert drein. *Das weiß ich, aber es war die einzige Möglichkeit, meinen Einfall auszuprobieren. Ich wollte damit nicht warten, bis wir in der Wüste sind!* Dann machte er sich klar, dass sie ihm nur zu helfen versuchte. *Wie konntest du Broms Grabstätte in einen Diamanten verwandeln, ohne dich dabei umzubringen? Ich komme ja kaum mit einer Hand voll Erde zurecht, von so viel Sandstein ganz zu schweigen.*

Ich weiß nicht, wie ich es gemacht habe, sagte sie ruhig. *Es ist einfach passiert.*

Könntest du es noch einmal versuchen, aber diesmal Wasser entstehen lassen?

Eragon, sagte sie und schaute ihm direkt ins Gesicht. *Ich habe nicht mehr Kontrolle über meine Fähigkeiten als eine Spinne. Derartige Dinge geschehen einfach, ob ich es will oder nicht. Brom hat dir doch gesagt, dass sich in Gegenwart eines Drachen ungewöhnliche Dinge zutragen können. Da hatte er Recht. Er hat dir nicht erklärt, warum, und ich kann es dir auch nicht erklären. Manchmal kann ich nur durch mein Gefühl Verwandlungen herbeiführen, fast ohne nachzudenken. Die übrige Zeit – so wie jetzt – bin ich genauso machtlos wie Schneefeuer.*

Du bist niemals machtlos, sagte Eragon und legte ihr eine Hand auf den Hals. Eine Weile saßen sie einträchtig nebeneinander und schwiegen. Eragon dachte an die Grabstätte, die er erschaffen hatte, und an Brom, der darin lag. Er hatte noch deutlich vor Augen, wie der Sandstein sich über dem Leichnam des alten Mannes geschlossen hatte. »Wenigstens haben wir ihm ein anständiges Begräbnis verschafft«, flüsterte er.

Seine Finger fuhr achtlos durch den Sand, schufen in der Erde Furchen und Erhebungen. Zwischen zwei Erhebungen entstand ein Miniatur-Tal, daher häufte er drumherum Berge auf. Mit dem Fingernagel zog er einen Flusslauf durch das Tal und höhlte ihn aus, da er ihm zu flach erschien. Er fügte noch einige Einzelheiten hinzu, bis er sah, dass er eine passable Nachahmung des Palancar-Tals zuwege gebracht hatte. Heimweh stieg in ihm auf und er strich mit der Hand über den Sand und ließ die winzige Landschaft wieder verschwinden.

Ich möchte nicht darüber reden, wehrte er verstimmt Saphiras Fragen ab. Er verschränkte die Arme und starrte zu Boden. Unwillkürlich wanderte sein Blick zu der Stelle, wo er noch eben den Erdboden ausgehöhlt hatte. Er stutzte. Obwohl der Boden trocken war, schimmerte der von ihm gezogene »Flusslauf« vor Nässe. Neugierig geworden, grub er etwas tiefer und stieß einige Zoll unter der Oberfläche auf eine feuchte Erdschicht. »Sieh dir das an!«, rief er aufgeregt.

Saphira senkte die Nase auf seine Entdeckung hinab. *Wie soll uns das weiterhelfen? Das Wasser in der Wüste steckt so tief im Boden, dass wir wochenlang graben müssten, um darauf zu stoßen.*

Ja, sagte Eragon vergnügt, *aber solange es da ist, kann ich es an die Oberfläche holen. Schau her!* Er vertiefte das Erdloch, dann rief er seine magischen Kräfte. Statt den Sand in Wasser zu verwandeln, ließ er einfach die bereits in der Erde vorhandene Feuchtigkeit aufsteigen. Mit leisem Plätschern sprudelte Wasser in das Loch. Er lächelte und trank daraus.

Das Wasser war kalt und sauber und eignete sich ausgezeichnet zum Trinken. *Siehst du! Wir haben alles, was wir brauchen.*

Saphira beschnüffelte den Tümpel. *Ja, hier. Aber in der Wüste? Vielleicht ist dort gar nicht genug Wasser im Boden, das man hervorholen kann.*

Doch, ganz bestimmt, versicherte ihr Eragon. *Ich muss es nur aufsteigen lassen und das ist nicht weiter schwer. Solange ich es ganz langsam mache, reichen meine Kräfte. Selbst wenn ich das Wasser aus extremer Tiefe holen muss, ist es kein Problem. Schon gar nicht, wenn du mir hilfst.*

Saphira sah ihn skeptisch an. *Bist du sicher? Überlege dir deine Antwort genau, denn unser aller Leben hängt davon ab.*

Eragon zögerte kurz, dann sagte er bestimmt: *Ich bin sicher.*

Dann geh zu Murtagh und sag es ihm. Und dann leg dich schlafen. Ich übernehme die Wache.

Aber du warst auch die ganze Nacht auf den Beinen, widersprach er. *Du solltest dich ausruhen.*

Es geht schon – ich bin stärker, als du glaubst, sagte sie sanft. Ihre Schuppen raschelten, als sie sich mit wachsamem Blick nach Norden wandte, in Richtung ihrer Verfolger. Eragon umarmte sie und sie summte zufrieden. *Geh jetzt.*

Er verharrte noch einen Augenblick, dann ließ er sie widerwillig los und kehrte zu Murtagh zurück, der ihn sogleich fragte: »Und? Können wir durch die Wüste ziehen?«

»Ja, können wir«, antwortete Eragon. Er ließ sich auf seine Decken fallen und erklärte ihm, was er herausgefunden hatte. Als er fertig war, wandte Eragon sich zu der Elfe um. Ihr Gesicht war das Letzte, was er sah, bevor er einschlief.

DER RAMR

Am nächsten Morgen zwangen sie sich, bereits in den grauen Stunden vor Sonnenaufgang aufzustehen. Eragon bibberte in der Kälte. »Wie sollen wir die Elfe transportieren? Auf Saphiras Rücken kann sie nicht viel länger reiten, ohne dass sie sich die Haut wund scheuert. In den Klauen kann Saphira sie nicht tragen – es macht sie schneller müde und die Landung ist zu gefährlich. Ein Zugschlitten würde auf dem unebenen Gelände schnell zu Bruch gehen, und ich möchte nicht, dass die Pferde durch die Last einer weiteren Person langsamer werden.«

Murtagh dachte über das Problem nach, während er Tornac sattelte. »Wenn du Saphira reiten würdest, könnten wir die Elfe auf Schneefeuer festbinden, aber sie würde sich auch dort wund scheuern.«

Ich habe die Lösung, sagte Saphira unvermittelt. *Warum bindet ihr mir die Elfe nicht an den Bauch? Ich könnte mich ungehindert bewegen und bei mir ist sie sicherer als irgendwo sonst. Gefährlich wird es nur, wenn die Soldaten mit Pfeilen auf mich schießen, aber dann steige ich eben einfach höher.*

Niemandem fiel etwas Besseres ein, daher folgten sie

Saphiras Vorschlag. Eragon legte eine seiner Decken längs-
seits zusammen und schlang sie um den zierlichen Körper
der Elfenfrau, dann brachte er sie zu Saphira. Decken und
Kleider wurden zerschnitten und dann aneinander geknotet,
damit sie um Saphiras Leib herumreichten. Mit diesen behelfsmäßigen Gurten banden sie die Elfe, mit dem Rücken
gegen Saphiras Bauch gepresst, fest. Ihr Kopf hing zwischen
Saphiras Vorderbeinen. Skeptisch betrachtete Eragon ihr
Werk. »Hoffentlich scheuern deine Schuppen die Decken
nicht durch.«

»Wir müssen eben ab und zu nachschauen, ob sie nicht
ausfransen«, sagte Murtagh.

Können wir jetzt aufbrechen?, fragte Saphira. Eragon wiederholte die Frage.

Murtaghs Augen funkelten gefährlich und seine Lippen
verzogen sich zu einem verkniffenen Lächeln. Er blickte in
die Richtung, aus der sie gekommen waren – wo man aus
dem Lager der Soldaten Rauch aufsteigen sah –, und sagte:
»Wettrennen haben mir schon immer gefallen.«

»Und hier haben wir eins, bei dem es um unser Leben
geht!«

Murtagh schwang sich in Tornacs Sattel und ritt voraus.
Eragon folgte ihm auf Schneefeuer. Saphira stieg mit der
Elfe in die Lüfte. Sie flog dicht über dem Boden, um nicht
von den Soldaten gesehen zu werden. So machten die drei
sich auf den Weg nach Südosten zur fernen Wüste Hadarac.

Eragon blickte ständig über die Schulter, um nach ihren
Verfolgern Ausschau zu halten. Seine Gedanken kehrten immer wieder zu der Elfenfrau zurück. *Eine Elfe!* Er war tatsächlich einer Elfe begegnet und jetzt war sie bei ihnen! Er

fragte sich, was Roran davon halten würde. Dabei wurde ihm klar, dass es schwer sein würde, den Leuten in Carvahall all seine Abenteuer glaubhaft zu machen, falls es ihm je gelingen sollte, nach Hause zurückzukehren.

Den Rest des Tages preschten Eragon und Murtagh durch die Landschaft, ungeachtet der Unbequemlichkeit und ihrer zunehmenden Müdigkeit. Sie trieben die Pferde so schnell voran, wie es möglich war, ohne sie umzubringen. Hin und wieder stiegen sie ab und liefen zu Fuß weiter, um Tornac und Schneefeuer zu entlasten. Sie rasteten nur zweimal – beide Male, um die Pferde fressen und trinken zu lassen.

Obwohl die Soldaten aus Gil'ead weit zurückgefallen waren, mussten Eragon und Murtagh jedes Mal, wenn sie an einem Dorf oder einer Stadt vorbeikamen, neuen Soldaten ausweichen. Offenbar war ihnen die Kunde von ihrer Flucht vorausgeeilt. Zweimal wären sie beinahe in einen Hinterhalt geraten und konnten jedes Mal nur deshalb entkommen, weil Saphira die in Deckung liegenden Soldaten rechtzeitig witterte.

Mit dem Einbruch der Dunkelheit fiel ein weiches Licht über die Landschaft, während der Himmel allmählich unter einer schwarzen Decke verschwand. Die ganze Nacht über ritten sie weiter, und irgendwann begann der Boden unter ihnen, anzusteigen und Hügel zu bilden, die mit Kakteen gesprenkelt waren.

Murtagh deutete nach vorn. »Ungefähr zehn Meilen entfernt liegt eine Stadt namens Bullridge, die wir umgehen müssen. Dort halten mit Sicherheit Soldaten nach uns Ausschau. Wir sollten versuchen, an ihnen vorbeizuschlüpfen, solange es noch dunkel ist.«

Nach drei Stunden sahen sie vor sich die strohgelben Laternen von Bullridge. Ein dichtes Netz von Soldaten patrouillierte zwischen den Wachfeuern, die um die Stadt herum verteilt waren. Eragon und Murtagh banden ihre klappernden Schwertscheiden fest und stiegen ab. Sie führten die Pferde in weitem Bogen um Bullridge herum und blieben immer wieder lauschend stehen, um nicht versehentlich in ein Soldatenlager hineinzumarschieren.

Als die Stadt hinter ihnen lag, entspannte Eragon sich ein wenig. Der Tagesanbruch ließ den Himmel in zartem Rosa erstrahlen und wärmte die kühle Nachtluft. Sie machten auf einer Hügelkuppe Halt, um ihre Umgebung in Augenschein zu nehmen. Links von ihnen floss der Ramr, aber er lag auch fünf Meilen zu ihrer Rechten. Der Fluss führte ein Stück nach Süden und kehrte dann in einer engen Schleife zurück, bevor er scharf nach Westen abbog. Sie hatten an einem einzigen Tag mehrere dutzend Meilen zurückgelegt.

Eragon lehnte sich an Schneefeuers Hals, zufrieden mit der bewältigten Entfernung. »Lass uns einen Platz suchen, wo wir ungestört schlafen können.« Sie entdeckten einen kleinen Hain und legten unter den Wacholderbäumen ihre Decken aus. Saphira wartete geduldig, während sie die Elfe von ihrem Bauch losbanden.

»Ich übernehme die erste Wache, dann wecke ich dich«, sagte Murtagh, das gezückte Schwert auf den Knien. Eragon murmelte etwas Zustimmendes und zog sich die Decke über die Schultern.

Bei Einbruch der Nacht waren sie immer noch müde und erschöpft, aber entschlossen, weiterzureiten. Während sie ihre

Sachen zusammenpackten, sagte Saphira: *Dies ist die dritte Nacht, seit wir dich aus Gil'ead befreit haben, und die Elfe ist noch immer nicht erwacht. Ich mache mir Sorgen. Sie hat in der Zeit weder gegessen noch getrunken. Ich weiß nur wenig über Elfen, doch diese hier ist sehr schlank, und ich bezweifle, dass sie noch lange ohne Nahrung überleben kann.*

»Worüber sprecht ihr?«, fragte Murtagh über Tornacs Rücken hinweg.

»Über die Elfe«, sagte Eragon, auf sie herabschauend. »Saphira ist beunruhigt, weil sie nicht aufwacht und noch nichts gegessen hat; mir macht es auch Sorgen. Ich habe ihre Wunden geheilt, zumindest an der Oberfläche, aber es scheint ihr nicht im Geringsten geholfen zu haben.«

»Vielleicht hat der Schatten ihren Geist verwundet«, meinte Murtagh.

»Dann müssen wir ihr helfen.«

Murtagh kniete neben der Elfe nieder. Er betrachtete sie eingehend, dann schüttelte er den Kopf und stand wieder auf. »Soweit ich erkennen kann, schläft sie bloß. Es scheint, als könnte man sie mit einem Wort oder einer Berührung aufwecken, aber sie schlummert einfach weiter. Ihre Ohnmacht könnte etwas sein, das die Elfen selbst herbeiführen, um dem Schmerz einer Verwundung zu entfliehen, aber wenn es so ist, warum beendet sie dann die Ohnmacht nicht? Sie hat keine schlimmen Verletzungen mehr und ist nicht in akuter Gefahr.«

»Aber weiß sie das auch?«, fragte Eragon leise.

Murtagh legte ihm die Hand auf die Schulter. »Bitte, warte noch eine kleine Weile. Wir müssen aufbrechen, sonst büßen wir unseren schwer erarbeiteten Vorsprung wieder ein. Du kannst dich später um sie kümmern, wenn wir Rast machen.«

»Aber eins muss ich noch tun«, sagte Eragon. Er tränkte einen Lappen und drückte den Stoff aus, sodass etwas Wasser zwischen die aufgesprungenen Lippen der Elfenfrau tropfte. Das wiederholte er mehrmals und betupfte dann ihre geraden, schräg sitzenden Augenbrauen, denn ein seltsames Gefühl der Fürsorglichkeit regte sich in ihm.

Sie ritten zwischen den Hügeln hindurch und mieden deren Gipfel aus Furcht, von Spähern gesichtet zu werden. Aus demselben Grund blieb Saphira bei ihnen am Boden. Trotz ihres massigen Körpers war sie sehr leise, man hörte nur ihren Schwanz wie eine dicke blaue Schlange über den Erdboden gleiten.

Irgendwann wurde im Osten der Himmel heller. Aiedail, der Morgenstern, ging auf, als sie den Rand eines Steilufers erreichten, das mit dichtem Gebüsch bedeckt war. Unten donnerten tosende Wassermassen über Felsen hinweg und spritzten durch tief hängendes Geäst.

»Der Ramr!«, rief Eragon über den Lärm hinweg.

Murtagh nickte. »Ja! Wir müssen eine Furt finden, um sicher ans andere Ufer zu kommen.«

Das ist unnötig, sagte Saphira. *Ich kann euch auf die andere Seite bringen, egal wie breit der Fluss ist.*

Eragon schaute in ihr blaugraues Gesicht auf. *Was ist mit den Pferden? Wir können sie nicht zurücklassen.*

Wenn ihr nicht auf ihnen sitzt und sie nicht zu sehr zappeln, kann ich sie bestimmt tragen. Wenn ich mit drei Leuten auf dem Rücken einem Pfeilhagel ausweichen konnte, werde ich wohl auch in der Lage sein, ein Pferd schnurstracks über den Fluss zu heben.

Das glaube ich dir, aber wenn es nicht unbedingt sein muss, lassen wir es lieber. Es ist zu gefährlich.

Saphira kletterte die Böschung hinab. *Wir können es uns nicht leisten, deswegen Zeit zu verlieren.*

Eragon folgte ihr mit Schneefeuer am Zügel. Das Ufer endete abrupt am Fluss, dessen Wasser dunkel und schnell an ihnen vorbeirauschte. Weiße Dunstschwaden stiegen von der Oberfläche auf wie dampfendes Blut im Winter. Die andere Seite war nicht zu erkennen. Murtagh warf einen Ast in die Strömung und beobachtete, wie er mitgerissen wurde und in den reißenden Fluten hin und her sprang.

»Was glaubst du, wie tief es ist?«, fragte Eragon.

»Das kann ich nicht sagen«, antwortete Murtagh mit sorgenvoller Stimme. »Kannst du mit deinen magischen Kräften erkennen, wie breit er ist?«

»Ich glaube nicht, jedenfalls nicht, ohne die Gegend zu erhellen wie ein Leuchtfeuer.«

Mit einem Luftstoß hob Saphira ab und flog über den Ramr. Nach kurzer Zeit erstattete sie Bericht: *Ich bin am anderen Ufer. Der Fluss ist über eine halbe Meile breit. Dies ist die ungeeignetste Stelle, um ihn zu überqueren, denn hier biegt er ab und ist deshalb am breitesten.*

»Eine halbe Meile!«, rief Eragon aus. Er erzählte Murtagh von Saphiras Angebot, sie durch die Luft überzusetzen.

»Ich möchte es lieber nicht versuchen, wegen Tornac. Er ist nicht so an Saphira gewöhnt wie Schneefeuer. Er könnte in Panik geraten und sie beide verletzen. Du solltest Saphira lieber bitten, eine flache Stelle zu suchen, wo wir sicher ans andere Ufer schwimmen können. Falls es im Umkreis von einer Meile in beide Richtungen keine solche Stelle gibt, dann soll sie uns meinetwegen hinübertragen.«

Saphira folgte Eragons Bitte und machte sich auf die Suche nach einer Furt. Während sie fort war, setzten sich Eragon und Murtagh neben die Pferde und aßen trockenes Brot. Es dauerte nicht lange, bis Saphira zurückkehrte, ihre samtigen Flügel nur ein Flüstern in der Dämmerung. *Das Wasser ist tief und reißend, sowohl flussaufwärts als auch flussabwärts.*

Nachdem Murtagh sich mit dem Unvermeidlichen abgefunden hatte, sagte er: »Ich fliege am besten als Erster hinüber, damit ich auf die Pferde aufpassen kann.« Er zog sich auf Saphiras Sattel hoch. »Sei vorsichtig mit Tornac. Ich habe ihn seit vielen Jahren. Ich möchte nicht, dass ihm etwas geschieht.« Dann hob Saphira ab.

Als sie zu Eragon zurückkehrte, hatte Murtagh die bewusstlose Elfe von ihrem Bauch losgeschnallt. Eragon führte Tornac zu Saphira und ignorierte das leise Wiehern des Pferdes. Saphira stellte sich auf die Hinterläufe, um mit den Vorderbeinen den Bauch des Pferdes zu umfassen. Er sah ihre beeindruckenden Klauen und sagte: »Warte!« Dann zog er Tornacs Satteldecke herunter und knotete sie ihm um den weichen Bauch, sodass dieser geschützt war; schließlich bedeutete er Saphira fortzufahren.

Tornac schnaubte erschrocken und versuchte davonzupreschen, als sich Saphiras Vorderbeine um seine Flanken legten, doch sie hielt ihn fest umschlungen. Das Pferd verdrehte die Augen, bis das Weiße die vor Entsetzen geweiteten Pupillen umrandete. Eragon versuchte, Tornac mit seinem Geist zu beruhigen, aber die Panik des Tieres verhinderte, dass er zu ihm durchdrang. Bevor Tornac einen weiteren Fluchtversuch unternehmen konnte, sprang Saphira himmelwärts. Ihre Hinterbeine stießen sich dabei mit solcher Kraft vom Boden ab, dass ihre Klauen sich in den Fels unter ihr bohrten. Ihre Flügel schlugen mit aller Kraft, versuchten, die gewaltige Last emporzuheben. Einen Moment lang sah es so aus, als würde sie abstürzen, aber dann schnellte sie mit einem mächtigen Ruck in die Höhe. Tornac schrie entsetzt auf, warf sich herum und trat um sich. Es war ein grauenvolles Geräusch, wie berstendes Metall.

Eragon fluchte und fragte sich, ob wohl jemand nah genug war, um das Gekreische zu hören. *Beeil dich, Saphira!* Er lauschte auf Soldaten, während sein Blick die pechschwarze Landschaft nach dem verräterischen Aufblitzen von Fackellichtern absuchte. Kurz darauf entdeckte er es, als in etwa drei Meilen Entfernung eine Gruppe von Reitern einen steilen Abhang heruntergaloppiert kam.

Als Saphira zurückkehrte, brachte Eragon Schneefeuer zu ihr. *Murtaghs dummes Tier ist ganz hysterisch. Er musste Tornac festbinden, damit der Gaul nicht davonrennt.* Sie packte Schneefeuer und stieg in die Luft; das Protestgewieher des Pferdes kümmerte sie nicht. Eragon, nun ganz allein, sah ihr verloren nach. Die Reiter waren nur noch eine Meile entfernt.

Endlich kam Saphira auch ihn holen und wenig später hatten sie wieder festen Boden unter den Füßen. Der Ramr lag hinter ihnen. Sobald die Pferde sich beruhigt hatten und die Sättel zurechtgerückt waren, setzten sie ihre Flucht in Richtung Beor-Gebirge fort. Silberhelles Vogelgezwitscher verkündete das Anbrechen eines neuen Tages.

Eragon döste im Sattel vor sich hin. Er bemerkte kaum, dass Murtagh ebenso schläfrig war wie er. Es gab Zeitspannen, in denen keiner der beiden mehr sein Pferd lenkte, und es war allein Saphiras wachsamen Augen zu verdanken, dass sie nicht vom Weg abkamen.

Schließlich wurde der Untergrund weich und gab unter ihren Füßen nach, sodass sie Halt machen mussten. Die Sonne stand hoch am Himmel. Der Ramr war jetzt nur noch eine verschwommene Linie hinter ihnen.

Sie hatten die Wüste Hadarac erreicht.

DIE WÜSTE HADARAC

Eine riesige Dünenlandschaft erstreckte sich bis zum Horizont wie ein wogendes Meer. Windböen wirbelten den rötlich goldenen Sand auf. Knorrige Bäume wuchsen auf vereinzelten Inseln mit festem Untergrund – ein Boden, den jeder Bauer als unfruchtbar bezeichnet hätte. In der Ferne ragten mehrere purpurrote Felsklippen zum Himmel empor. Bis auf einen Vogel, der auf den Südwestwinden dahinglitt, war in der allumfassenden Einöde kein einziges Lebewesen zu sehen.

»Bist du sicher, dass die Pferde hier draußen etwas zu fressen finden?«, krächzte Eragon. Die heiße, trockene Luft brannte in seiner Kehle.

»Siehst du das dahinten?«, fragte Murtagh und deutete auf die Felsklippen. »Dort wächst Gras. Es ist kurz und hart, aber für die Pferde reicht es.«

»Ich hoffe, du hast Recht«, sagte Eragon und blinzelte in die Sonne. »Lass uns eine Weile ausruhen, bevor wir weiterziehen. Meine Gedanken kriechen so langsam wie eine Schnecke und ich kann kaum noch die Beine heben.«

Sie banden die Elfe von Saphira los, aßen etwas und legten sich danach zu einem Nickerchen in den Schatten einer

Düne. Saphira setzte sich neben Eragon und breitete die Flügel über ihnen aus. *Dies ist ein wundersamer Ort,* sagte sie. *Ich könnte mich hier jahrelang aufhalten, ohne zu merken, wie die Zeit vergeht.*

Eragon schloss die Augen. *Es macht bestimmt Spaß, hier herumzufliegen,* meinte er schläfrig.

Nicht nur das; es kommt mir vor, als wäre ich für diese Wüste geschaffen. Sie bietet mir ausreichend Platz, hat Berge, wo ich schlafen kann, und meine Beute ist so gut getarnt, dass die Jagd eine wahrhaftige Herausforderung darstellt. Und diese Wärme! Kälte macht mir nichts aus, aber in dieser Hitze fühle ich mich erst richtig lebendig und voller Energie. Sie reckte den Kopf zum Himmel und streckte sich genüsslich.

So gut gefällt es dir hier?, fragte Eragon.

Ja.

Wenn das alles vorbei ist, können wir vielleicht noch einmal herkommen... Mitten im Wort übermannte ihn der Schlaf. Saphira freute sich und summte leise vor sich hin, während Eragon und Murtagh schlummerten.

Es war der Morgen des vierten Tages seit ihrer Flucht aus Gil'ead. Sie hatten schon mehr als hundertzwanzig Meilen zurückgelegt.

Sie schliefen gerade lange genug, um wieder einen klaren Kopf zu bekommen und den Pferden etwas Erholung zu gönnen. Hinter ihnen waren keine Soldaten zu sehen, aber sie ließen sich dadurch nicht verleiten, ihr Tempo zu verlangsamen. Sie wussten ja, dass man so lange nach ihnen suchen würde, bis sie Galbatorix' Herrschaftsgebiet weit hinter sich gelassen hatten. Eragon sagte: »Kuriere müssen Galbatorix die Kunde von meiner Flucht überbracht haben. Inzwischen hat er bestimmt die Ra'zac nach uns ausgeschickt. Sie werden zwar trotz ihrer Flugrösser eine Weile brauchen, bis sie uns einholen, aber wir müssen jederzeit damit rechnen, dass sie plötzlich auftauchen.«

Und diesmal werden sie merken, dass ich mich nicht mehr so leicht in Ketten legen lasse, sagte Saphira.

Murtagh rieb sich das Kinn. »Ich hoffe, sie können uns jenseits von Bullridge nicht mehr folgen. Der Flug über den Ramr war ein guter Schachzug, um unsere Häscher abzuschütteln. Es ist durchaus möglich, dass man unsere Spur nicht mehr findet.«

»Hoffentlich hast du Recht«, sagte Eragon, während er nach der Elfe schaute. Ihr Zustand war unverändert; sie reagierte noch immer nicht auf seine Worte. »Ich verlasse mich aber nicht darauf, dass wir ausgerechnet jetzt Glück haben. Möglicherweise sind die Ra'zac schon ganz in der Nähe.«

Bei Sonnenuntergang erreichten sie die Felsklippen, die sie am Morgen aus der Ferne gesehen hatten. Die senkrecht zum Himmel aufragenden Steinkolosse warfen schmale Schatten und um sie herum gab es im Umkreis von einer halben Meile keine einzige Düne. Die Hitze traf Eragon wie ein körperlicher Schlag, als er von Schneefeuer auf den ausgedörrten, rissigen Erdboden abstieg. In Gesicht und Nacken hatte er einen schlimmen Sonnenbrand und seine Haut war heiß und fiebrig.

Nachdem sie die Pferde an einer Stelle festgebunden hatten, wo sie am spärlichen Gras knabbern konnten, entfachte Murtagh ein kleines Feuer. »Was glaubst du, wie weit sind wir ungefähr gekommen?«, fragte Eragon, während er die Elfe losband.

»Keine Ahnung!«, sagte Murtagh kurz angebunden. Seine Haut war gerötet, die Augen waren blutunterlaufen. Er nahm einen Topf und fluchte leise. »Wir haben nicht genug Wasser. Und die Pferde müssen getränkt werden.«

Auch Eragon machten die Hitze und Trockenheit zu schaffen, aber er ließ es sich nicht anmerken. »Bring die Pferde her.« Mit ihren Klauen hob Saphira ihm eine kleine Grube aus, dann schloss er die Augen und entfesselte den Zauber. Obwohl der Boden an der Oberfläche völlig ausgedörrt war, enthielt er so viel Feuchtigkeit, dass die Pflanzen davon leben konnten, und es reichte aus, um die Grube mehrere Male mit Wasser zu füllen.

Murtagh füllte die Wasserschläuche auf, dann trat er zur Seite und ließ die Pferde trinken. Die durstigen Tiere saugten die Flüssigkeit eimerweise in sich hinein. Eragon war gezwungen, das Wasser aus noch größerer Tiefe heraufzuholen, damit sie ihren Durst stillen konnten. Es kostete ihn all seine Kraft. Als die Pferde endlich zufrieden gestellt waren, sagte er zu Saphira: *Wenn du trinken willst, dann tu es jetzt.* Ihr Kopf schlängelte sich um ihn herum, und sie trank zwei große Schlucke, das war alles.

Bevor er das Wasser wieder im Boden versickern ließ, schüttete Eragon so viel in sich hinein, wie er konnte, dann sah er zu, wie die letzten Tropfen im Erdreich verschwanden. Das Wasser oben zu halten, war schwerer gewesen, als er gedacht hatte. *Aber wenigstens schaffe ich es,* dachte er und erinnerte sich amüsiert daran, wie er sich einst abgemüht hatte, um einen kleinen Kieselstein hochzuheben.

Es war eiskalt, als sie am nächsten Tag aufstanden. Das Morgenlicht verlieh dem Sand eine rosige Färbung, und die Luft war diesig, sodass man kaum den Horizont sah. Murtaghs Laune hatte sich trotz des erholsamen Nachtschlafs nicht gebessert, und Eragon merkte, dass auch seine eigene Stimmung zunehmend sank. Beim Frühstück fragte er: »Glaubst du, es dauert lange, bis wir wieder aus der Wüste heraus sind?«

Murtagh funkelte ihn an. »Wir durchqueren ja nur einen kleinen Teil davon, daher kann ich mir nicht vorstellen, dass wir noch mehr als zwei oder drei Tage brauchen.«

»Aber sieh doch, wie weit wir schon gekommen sind.«

»Na schön, dann dauert es vielleicht nicht mehr ganz so lange! Ich will nur so schnell wie möglich raus aus dieser verdammten Wüste. Was wir tun, ist schon anstrengend genug, auch ohne sich alle paar Minuten den Sand aus den Augen kratzen zu müssen.«

Als sie mit dem Essen fertig waren, ging Eragon zu der Elfe hinüber. Sie lag da wie tot – ein Leichnam bis auf die gleichmäßigen Atemzüge. »Wo liegt deine Verletzung?«, flüsterte Eragon und strich ihr eine Haarsträhne aus dem Gesicht. »Wie kannst du so lange schlafen und trotzdem am Leben bleiben?« Er hatte noch deutlich das Bild vor Augen, wie sie wachsam und beherrscht in der Gefängniszelle gestanden hatte. Beklommen band er sie wieder an Saphiras Bauch, dann sattelte er Schneefeuer und stieg auf.

Als sie aus dem Lager ritten, wurden am Horizont verschwommene dunkle Flecken sichtbar. Murtagh hielt sie für ferne Hügel. Eragon war sich nicht sicher, konnte in der dunstigen Luft aber keine Einzelheiten erkennen.

Seine Gedanken kreisten um die Notlage der Elfenfrau. Er war sich sicher, dass man ihr irgendwie helfen musste, sonst würde sie sterben, doch er wusste nicht recht, was er tun sollte. Saphira teilte seine Sorge. Sie redeten stundenlang darüber, doch keiner von ihnen kannte sich gut genug in den Heilkünsten aus, um das Problem, das sich ihnen hier stellte, zu lösen.

Gegen Mittag legten sie eine kurze Pause ein. Als sie sich wieder auf den Weg machten, bemerkte Eragon, dass sich der Morgendunst verzogen hatte und die fernen Punkte deutlicher zu erkennen waren als zuvor.

Es waren keine verschwommenen purpurblauen Farbflecken mehr, sondern breite, bewaldete Hügel mit scharfen Konturen. Die Luft darüber war schneeweiß – alle Farbe schien aus dem Himmelsstreifen gewichen, der sich von den Hügeln bis an den Rand des Horizonts erstreckte.

Er starrte ungläubig in die Ferne, doch je mehr er versuchte zu begreifen, was er da sah, desto verwirrter wurde er. Er schloss die Augen, schüttelte den Kopf und redete sich ein, das Ganze müsse eine durch die heiße Wüstenluft hervorgerufene Halluzination sein. Doch als er die Augen wieder öffnete, sah er sich immer noch dieser rätselhaften Vision gegenüber. Genau genommen war jetzt der halbe Himmel vor ihnen weiß. Eragon hatte das Gefühl, dass irgendetwas an diesem Anblick ganz und gar nicht stimmte und wollte gerade Murtagh und Saphira darauf hinweisen, als er plötzlich begriff, was er sah.

Was sie für Hügel gehalten hatten, waren tatsächlich die Ausläufer einer gigantischen, dutzende Meilen breiten Gebirgskette. Bis auf den dichten Wald in den unteren Regionen waren die Berge völlig mit Schnee und Eis bedeckt. Das war es, was Eragon zu dem Trugschluss verleitet hatte, der Himmel sei weiß. Er reckte den Hals und versuchte, die Gipfel zu erkennen, doch sie waren nicht zu sehen. Die Berge reichten in den Himmel hinein, bis sie aus dem Blickfeld verschwanden. Enge, zerklüftete Täler und Schluchten lagen zwischen den gewaltigen Bergmassiven, die sich fast berührten. Von weitem sah es aus wie ein zersprungener, breiter Felswall, der Alagaësia mit dem Himmel verband.

Diese Berge nehmen ja gar kein Ende!, dachte er fassungslos. In Geschichten, in denen vom Beor-Gebirge die Rede war, wurde immer von seiner gewaltigen Größe gesprochen, aber Eragon hatte diese Berichte stets als übertrieben abgetan. Nun musste er jedoch zugeben, dass sie der Wahrheit entsprachen.

Seine Verwunderung und Überraschung spürend, folgte Saphira seinem Blick. *Wenn ich diese Berge sehe, komme ich mir wieder ganz klein vor, wie ein frisch geschlüpftes Drachenbaby!*

Wir müssten schon bald den Rand der Wüste erreicht haben, sagte Eragon. *Es hat nur zwei Tage gedauert und wir sehen schon die andere Seite und was dahinter liegt!*

Saphira kreiste über den Dünen. *Ja, aber wenn man bedenkt, wie riesig die Berge sind, könnten sie trotzdem noch hundertfünfzig Meilen weit weg sein. Entfernungen sind bei solchen Größenordnungen schwer abzuschätzen. Wäre das nicht ein ausgezeichnetes Versteck für die Elfen oder die Varden?*

Da drinnen ist Platz für viel mehr Völker als nur die Elfen und Varden, sagte Eragon. *Ganze Nationen könnten dort im*

Geheimen existieren, ohne dass das Imperium davon erfährt. Stell dir vor, man würde inmitten dieser gewaltigen Bergkolosse leben! Er ritt zu Murtagh heran und deutete grinsend in die Ferne.

»Was ist denn?«, brummte Murtagh.

»Sieh genau hin«, forderte Eragon ihn auf.

Murtagh starrte auf den Horizont. Er zuckte mit den Schultern. »Was denn, ich …« Dann blieb ihm das Wort im Hals stecken und seine Kinnlade klappte herunter. Kopfschüttelnd stammelte er: »Das ist doch nicht möglich!« Er sah noch einmal hin und schüttelte erneut den Kopf. »Ich wusste ja, dass das Beor-Gebirge groß ist, aber dass es so riesig ist, war mir nicht klar!«

»Hoffentlich richtet sich die Größe der dort lebenden Tiere nicht nach der Höhe der Berge«, sagte Eragon scherzhaft.

Murtagh lächelte. »Es wird gut tun, mal wieder im Schatten zu sein und sich ein paar Wochen lang zu erholen. Ich habe langsam genug von diesem Gewaltmarsch.«

»Ich bin auch erschöpft«, gestand Eragon, »aber ich möchte nicht Halt machen, bevor die Elfe wieder gesund ist.«

»Was sollte es ihr helfen, wenn wir ewig so weiterziehen?«, sagte Murtagh mit ernstem Gesicht. »Es ist doch besser für sie, in einem Bett zu liegen, als den ganzen Tag an Saphiras Bauch zu hängen.«

Eragon zuckte mit den Schultern. »Vielleicht hast du Recht. Wenn wir die Berge erreicht haben, könnte ich sie von dort aus nach Surda bringen – es ist nicht weit. Dort muss es doch einen Heiler geben, der ihr helfen kann. Wir können es jedenfalls nicht.«

Murtagh beschattete mit der Hand seine Augen und starrte zu den Bergen hinüber. »Darüber reden wir später. Unser erstes Ziel ist es, das Gebirge zu erreichen. Dort können die Ra'zac uns nicht so leicht finden und wir sind vor den Soldaten des Königs sicher.«

Während der Tag verstrich, schienen sie dem Beor-Gebirge keinen Zoll näher zu kommen, doch die Landschaft veränderte sich dramatisch. Der lockere rötliche Sandboden verwandelte sich langsam in feste dunkelbraune Erde. Anstelle der Dünen gab es nun des Öfteren Stellen mit struppigem Pfanzenbewuchs und tiefen Bodenfurchen, in denen das Schmelzwasser aus den Bergen herabflutete. Eine kühle Brise brachte willkommene Erfrischung. Die Pferde spürten die Klimaveränderung und eilten mit neuem Elan vorwärts.

Als der Abend hereinbrach und das Sonnenlicht schwand, waren sie nur noch wenige Meilen von den Bergausläufern entfernt. Gazellen sprangen durch üppige Felder aus wogendem Gras. Eragon sah, wie Saphira die Tiere hungrig beobachtete. Sie schlugen ihr Lager an einem Bach auf, erleichtert, dass sie endlich die strapaziöse Wüste Hadarac hinter sich gelassen hatten.

Zu neuen Ufern

Sie saßen völlig abgekämpft, aber mit triumphierendem Lächeln am Lagerfeuer und gratulierten einander. Saphira jauchzte vor Freude, was die Pferde erschreckte. Eragon starrte in die Flammen. Er war stolz darauf, dass sie in gerade einmal fünf Tagen fast zweihundert Meilen zurückgelegt hatten. Es war eine beeindruckende Leistung, selbst für einen Reiter, dem mehrere Pferde zur Verfügung standen.

Ich habe das Königreich hinter mir gelassen. Es war eine seltsame Vorstellung. Er war in Alagaësia geboren, hatte sein ganzes Leben unter Galbatorix' Herrschaft verbracht, seine engsten Freunde und seine Familie an die Schergen des Königs verloren und war in dessen Hoheitsgebiet mehrere Male fast umgekommen. Jetzt war Eragon frei. Er und Saphira mussten nicht mehr vor den Soldaten fliehen, mussten keinen Städten mehr ausweichen, und sie brauchten auch nicht mehr zu verheimlichen, wer sie waren. Doch der Preis dafür war der Verlust seiner vertrauten Welt.

Er schaute zu den Sternen am dämmernden Himmel auf. Obwohl ihm der Gedanke durchaus gefiel, sich irgendwo fernab der Heimat ein neues, sicheres Zuhause zu schaffen, hatte er doch – vom Mord bis zur Sklaverei – zu viel Unrecht gesehen, das in Galbatorix' Namen verübt wurde, um Alagaësia endgültig den Rücken zu kehren. Es war nicht mehr allein der Wunsch nach Vergeltung – für Garrows und nun auch für Broms Tod –, der ihn antrieb. Als Drachenreiter war es seine Pflicht, denen zu helfen, die sich nicht gegen Galbatorix wehren konnten.

Mit einem Seufzer beendete er seine Überlegungen und blickte zu der Elfe hinüber, die neben Saphira am Boden lag. Der orangefarbene Feuerschein warf ein warmes Licht auf ihre lieblichen Züge. Weiche Schatten flackerten unter ihren Wangenknochen. Als er sie so daliegen sah, kam ihm plötzlich eine Idee. Er konnte die Gedanken von Menschen und Tieren hören – und sich, wenn er es wollte, auf dieselbe Weise mit ihnen verständigen –, aber außer mit Saphira hatte er es nur selten getan. Er hatte sich immer an Broms Ermahnung gehalten, nicht in den Geist eines anderen einzudringen, wenn es nicht unbedingt sein musste. Bis auf das eine Mal, als er versucht hatte, Murtaghs Absichten zu überprüfen, war er stets davor zurückgeschreckt.

Nun fragte er sich jedoch, ob es wohl möglich wäre, mit der bewusstlosen Elfe in Verbindung zu treten. *Vielleicht gelingt es mir, aus ihren Erinnerungen zu erfahren, warum sie nicht aufwacht,* überlegte er. *Aber wenn sie sich irgendwann wieder erholt, wird sie mir dann mein Eindringen in ihren Geist vergeben? – Ganz gleich wie sie später reagieren wird, ich muss es versuchen. Sie ist jetzt seit fast einer Woche ohne Bewusstsein.* Er weihte weder Murtagh noch Saphira in sein Vorhaben ein, sondern kniete sich leise neben der Elfe nieder und legte ihr die Hand auf die Stirn.

Eragon schloss die Augen und tastete in Gedanken nach dem Geist der Elfe. Er fand ihn ohne Schwierigkeiten. Er war nicht benommen oder schmerzerfüllt, wie er angenommen hatte, sondern hell und klar wie das Licht in einer Kristallkugel. Plötzlich stach ein eisiger Dolch in seinen eigenen Geist. Der Schmerz explodierte hinter seinen Augen in einem grellen Farbblitz. Er wich vor dem Angriff zurück, merkte aber, dass er sich in einer eisernen Umklammerung befand, aus der er sich nicht befreien konnte.

Eragon kämpfte so vehement er konnte und wendete jeden Verteidigungstrick an, der ihm einfiel. Der Dolch stach abermals zu. Fieberhaft verstärkte er seinen eigenen Widerstand und wehrte den Dolch ab. Der Schmerz war weniger schlimm als beim ersten Mal, störte aber seine Konzentration. Die Elfe nutzte die Gelegenheit, um erbarmungslos seinen geistigen Schutzwall niederzureißen.

Ein lähmendes Gewicht drückte von allen Seiten auf Eragon und erstickte seine Gedanken. Die alles überwältigende Kraft zog sich zusammen und presste Stück um Stück seine Lebenskraft aus ihm heraus, doch er hielt dagegen, wollte sich nicht geschlagen geben.

Die Elfe verstärkte ihren Griff noch mehr, als wollte sie ihn auslöschen wie eine niedergebrannte Kerze. Verzweifelt rief er in der alten Sprache: »*Eka aí Fricai un Shur'tugal!*« – Ich bin ein Drachenreiter und ein Freund! – Die tödliche Umarmung wurde nicht schwächer, verstärkte sich aber auch nicht mehr, und er spürte, dass ihr Geist Überraschung verströmte.

Im nächsten Moment folgte Argwohn, doch er wusste, dass sie ihm glauben würde; in der alten Sprache konnte er nicht lügen. Doch auch wenn er gesagt hatte, er sei ein Freund, hieß das nicht, dass er ihr keinen Schaden zufügen wollte. Sie wusste nur, dass Eragon sich für ihren Freund hielt, was die Äußerung aus seiner Sicht wahr machte, doch vielleicht betrachtete *sie* ihn nicht als freundlich gesonnen. *Die alte Sprache hat durchaus ihre Grenzen,* dachte Eragon und hoffte auf die Neugier der Elfe.

Und sie war tatsächlich neugierig. Der Druck ließ nach und der Schutzwall um ihren Geist senkte sich. Sie ließ es zu, dass sich ihrer beider Gedanken vorsichtig abtasteten wie zwei wilde Tiere, die sich zum ersten Mal beschnuppern. Ein eisiger Schauder durchfuhr Eragon. Ihr Geist war vollkommen fremdartig. Er fühlte sich groß und mächtig an und war angefüllt mit den Erinnerungen ungezählter Jahre. Dunkle Gedanken lauerten außerhalb seiner Reichweite, leidvolle Erfahrungen ihres Volkes, die ihn zusammenzucken ließen, als sie sein Bewusstsein streiften. Und doch schimmerte durch all die Eindrücke eine Melodie wilder, unvergleichlicher Schönheit hindurch, die ihre Persönlichkeit verkörperte.

Wie ist dein Name?, fragte sie ihn in der alten Sprache. Ihre Stimme klang matt und voll stiller Verzweiflung.

Eragon. Und wie heißt du? Ihr Bewusstsein zog ihn an sich, lud ihn ein, in das verträumte Rauschen ihres Bluts einzutauchen. Mit großer Mühe widerstand er der Verlockung, wenngleich sein Herz ihrer Aufforderung liebend gern nachgegeben hätte. Zum ersten Mal verstand er die überirdische Anziehungskraft der Elfen. Sie waren magische Wesen, unterlagen nicht den natürlichen Gesetzmäßigkeiten der ihm bekannten Welt – sie unterschieden sich von Menschen so sehr, wie Drachen sich von anderen Tieren unterschieden.

...Arya. Warum sprichst du auf diese Weise mit mir? Bin ich noch immer eine Gefangene des Imperiums?

Nein, du bist frei!, sagte Eragon. Obwohl ihm die alte Sprache nicht allzu geläufig war, gelang es ihm, ihr zu erklären: *Ich wurde in Gil'ead gefangen gehalten genau wie du, aber ich bin geflohen und habe dich befreit. In den fünf Tagen, die seitdem vergangen sind, haben wir die Wüste Hadarac durchquert und befinden uns nun am Fuße des Beor-Gebirges. Du hast in der ganzen Zeit keinen Ton gesagt und nur ohnmächtig dagelegen.*

Ah... Also war ich in Gil'ead. Sie hielt inne. *Ich weiß, dass meine Wunden geheilt wurden, aber als es geschah, wusste ich nicht, warum – ich war sicher, dass man es nur tat, um mich anschließend von neuem quälen zu können. Jetzt aber weiß ich, dass du mich geheilt hast.* Leise fügte sie hinzu: *Und trotzdem bin ich noch nicht erwacht und das macht dich ratlos.*

Ja.

Während meiner Gefangenschaft wurde mir ein seltenes Gift verabreicht, das Skilna Bragh, zusammen mit der Droge, die meine Kräfte betäubte. Man gab mir jeden Morgen das Gegenmittel für die Giftdosis des Vortages, und wenn ich mich weigerte, es einzunehmen, wurde es mir gewaltsam eingeflößt. Ohne das Gegenmittel sterbe ich innerhalb weniger Stunden. Deshalb habe ich mich in diese Trance versetzt, denn sie verlangsamt das Fortschreiten der Vergiftung – aufgehalten wird sie dadurch jedoch nicht... Ich erwog aufzuwachen, um meinem Leben ein Ende zu setzen und mich dadurch Galbatorix zu entziehen, aber dann tat ich es doch nicht, weil ich hoffte, dass du auf meiner Seite stehst... Ihre Stimme erstarb.

Wie lange kannst du noch in diesem Zustand bleiben?, fragte Eragon.

Mehrere Wochen, aber ich fürchte, ich habe nicht mehr so viel Zeit. Dieser Dauerschlaf kann den Tod nicht ewig aufschieben ... Selbst jetzt spüre ich ihn in meinen Adern. Wenn ich das Gegenmittel nicht bekomme, wird das Gift mich in drei oder vier Tagen töten.

Und wo gibt es das Gegenmittel?

Außerhalb des Königreiches nur an zwei Orten: bei meinem Volk und bei den Varden. Meine Heimat ist jedoch selbst für einen Drachen zu weit entfernt.

Was ist mit den Varden? Wir würden dich umgehend zu ihnen bringen, aber wir wissen nicht, wo sie sich aufhalten.

Ich sage es dir – aber du musst mir versprechen, dass du ihren Aufenthaltsort niemandem verrätst, der in Galbatorix' Diensten steht. Außerdem musst du schwören, dass du mich nicht in irgendeiner Weise täuschst und dass du nicht vorhast, den Elfen, Zwergen, Varden oder den Drachen Schaden zuzufügen.

Was Arya von ihm verlangte, war eigentlich ganz einfach – wenn sie nicht in der alten Sprache miteinander geredet hätten. Eragon wusste, dass sie Schwüre hören wollte, die bindender waren als das Leben selbst. Einmal geleistet, konnte man ihn nie wieder zurücknehmen. Und selbst wenn das auch gar nicht seine Absicht war, so lastete diese Gewissheit doch schwer auf ihm, als er ernst sein Einverständnis bekundete.

Du hast deinen Schwur geleistet ... Eine Reihe Schwindel erregender Bilder blitzte plötzlich in seinem Geist auf. Er sah sich meilenweit nach Osten über das Beor-Gebirge fliegen.

Eragon versuchte, sich die Route so gut es ging einzuprägen, während zerklüftete Berge und tiefe Schluchten an ihm vorbeizogen. Jetzt flog er nach Süden, noch immer den Bergen folgend. Dann drehten sich die Bilder in seinem Kopf, und plötzlich sah er ein schmales, gewundenes Tal, das zu einem schäumenden Wasserfall führte, der in einen tiefen See hinabstürzte.

Die Bildfolge endete. *Es ist weit*, sagte Arya, *aber lass dich davon nicht entmutigen. Wenn du am Ende des Bärenzahnflusses den See Kóstha-mérna erreichst, nimm einen Stein, schlag damit auf die Klippe neben dem Wasserfall und rufe:* Aí Varden abr du Shur'tugals gata vanta. *Man wird dich einlassen und dir eine schwierige Prüfung auferlegen. Lehne sie nicht ab, wie gefährlich sie auch scheinen mag.*

Welches Gegenmittel soll man dir gegen das Gift verabreichen?, fragte er.

Ihre Stimme bebte, aber dann schöpfte sie noch einmal Kraft. *Sag ihnen – sie sollen mir Túnivors Nektar geben. Du musst mich jetzt verlassen … Ich habe schon zu viel Kraft verbraucht. Rede nicht mehr mit mir, nur wenn es keine Hoffnung mehr gibt, die Varden rechtzeitig zu erreichen. In diesem Falle muss ich dir einige Informationen mitgeben, damit die Varden überleben. Leb wohl, Eragon Drachenreiter … Mein Leben liegt in deinen Händen.*

Arya entzog sich der Verbindung. Eragon atmete tief durch und zwang sich, die Augen zu öffnen. Murtagh und Saphira standen neben ihm und schauten besorgt auf ihn herab. »Geht es dir gut?«, fragte Murtagh. »Du kniest seit fast fünfzehn Minuten hier.«

»Wirklich?«, fragte Eragon blinzelnd.

Ja, und am Anfang hast du so schmerzerfüllt dreingeblickt, als wärst du in eine Schlangengrube geraten, stellte Saphira trocken fest.

Eragon stand auf und streckte seine steifen Glieder. »Ich habe mit Arya gesprochen!« Murtagh runzelte die Stirn, als wollte er Eragon fragen, ob er verrückt geworden sei. Dieser sagte erklärend: »Die Elfe – das ist ihr Name.«

Und was fehlt ihr?, fragte Saphira ungeduldig.

Eragon schilderte rasch das ganze Gespräch. »Wie weit ist es bis zu den Varden?«, wollte Murtagh wissen.

»Ich bin mir nicht ganz sicher«, gab Eragon zu. »Wenn ich mich nach den Bildern richte, die sie mir gezeigt hat, glaube ich, es ist weiter als von hier nach Gil'ead.«

»Und das sollen wir in drei oder vier Tagen schaffen?«, fragte Murtagh ärgerlich. »Es hat fünf Tage gedauert, bis wir hier waren! Was willst du – die Pferde in den Tod hetzen? Sie sind jetzt schon völlig ausgelaugt.«

»Aber wenn wir nichts tun, stirbt sie! Wenn es zu viel ist für die Pferde, können Arya und ich ja vorausfliegen; so wären wir wenigstens rechtzeitig bei den Varden. Du könntest ein paar Tage später zu uns stoßen.«

Murtagh brummte und verschränkte die Arme vor der Brust. »Natürlich. Murtagh, der Packesel. Murtagh, der Pferdeknecht. Wie konnte ich das vergessen, dafür bin ich ja immer noch gut genug. Außerdem ist ja egal, dass mich jetzt jeder Soldat im Königreich sucht, weil du dich nicht verteidigen konntest und ich dich *befreien* musste. Ja, ich schätze, ich folge einfach deinen Anweisungen und komme mit den Pferden nach, ganz der pflichtgetreue Diener.«

Die plötzliche Schärfe in Murtaghs Stimme verblüffte Eragon. »Was ist mit dir los? Ich bin dankbar für deine Hilfe. Es besteht kein Grund, wütend auf mich zu werden! Ich habe dich nicht gebeten, mich zu begleiten oder mich in Gil'ead zu befreien. Das hast du aus freien Stücken getan. Ich habe dich zu nichts gezwungen.«

»Nein, offen ausgesprochen hast du es nie. Was blieb mir denn anderes übrig, als dir gegen die Ra'zac zu helfen? Und später in Gil'ead, wie hätte ich dich mit reinem Gewissen im Stich lassen können? Das Problem mit dir ist«, sagte Murtagh und stieß Eragon den Finger vor die Brust, »dass du so hilflos bist, dass du einen praktisch zwingst, dir beizustehen!«

Die Worte trafen Eragon in seinem Stolz, denn er merkte, dass ein Körnchen Wahrheit darin enthalten war. »Fass mich nicht an«, brauste er auf.

Murtagh lachte mit einem höhnischen Ton in der Stimme. »Oder was? Willst du mich verprügeln? Du würdest ja nicht mal eine Steinmauer treffen.« Er wollte Eragon erneut anstoßen, aber der packte seinen Arm und hieb ihm in den Bauch.

»Ich sagte, du sollst mich nicht anfassen!«

Murtagh ging fluchend in die Knie – und fiel im nächsten Augenblick über Eragon her. Sie stürzten in einem Wirrwarr aus Armen und Beinen zu Boden und droschen aufeinander ein. Eragon trat nach Murtaghs rechter Hüfte, verfehlte sie und streifte stattdessen das Feuer. Funken und brennende Holzstücke flogen in die Luft.

Sie krochen über den Boden, versuchten, sich gegenseitig in den Schwitzkasten zu nehmen. Irgendwie brachte Eragon die Füße unter Murtaghs Brustkorb und trat mit voller Wucht zu. Murtagh flog in hohem Bogen über ihn hinweg und landete mit einem dumpfen Knall auf dem Rücken.

Die Luft wich zischend aus seinem Körper. Er stemmte sich steifbeinig vom Boden hoch und wandte sich keuchend zu Eragon um. Als sie von neuem aufeinander losgingen, sauste Saphiras Schwanz zwischen den beiden herab, begleitet von ohrenbetäubendem Gebrüll. Eragon beachtete sie gar nicht und versuchte, über ihren Schwanz zu springen, doch sie stoppte seinen Hechtsprung mit ihrer klauenbewehrten Tatze und schleuderte ihn zu Boden.

Schluss jetzt!

Er versuchte vergeblich, Saphiras muskelbepacktes Bein von seiner Brust zu zerren, und sah, dass Murtagh genauso in der Klemme saß wie er. Saphira brüllte erneut, das Maul weit aufgerissen. Sie schwenkte den Kopf über Eragon und sah ihn funkelnd an. *Gerade du solltest es besser wissen! Raufst dich wie ein halb verhungerter Hund um einen Fleischbrocken. Was würde Brom wohl dazu sagen?*

Eragon spürte, wie seine Wangen brannten, und er wandte den Blick ab. Er wusste nur zu gut, wie Brom sein Verhalten kommentiert hätte. Saphira hielt sie beide auf dem Boden fest und ließ sie schmoren, dann sagte sie spitz zu Eragon: *Wenn du nicht die Nacht unter meinem Fuß verbringen willst, dann frage Murtagh jetzt ganz höflich, was ihn bedrückt.* Sie schwenkte den Kopf zu Murtagh hinüber und starrte mit ausdruckslosen blauen Augen auf ihn herab. *Und sag ihm, ich lasse mich von keinem von euch beleidigen.*

Lass uns endlich aufstehen, forderte Eragon.

Nein.

Widerwillig drehte Eragon den Kopf herum, während er Blut schmeckte. Murtagh mied seinen Blick und starrte zum Himmel hinauf. »Lässt sie uns nicht los?«

»Nein, nur wenn wir miteinander reden… Sie möchte, dass ich dich frage, was wirklich dein Problem ist«, presste Eragon verlegen zwischen den Zähnen hervor.

Saphira knurrte bekräftigend und starrte weiter auf Murtagh herab. Es war ihm nicht möglich, ihrem durchdringenden Blick auszuweichen. Schließlich zuckte er mit den Schultern und murmelte etwas Unverständliches. Saphiras Klauen bohrten sich fester in seine Brust und ihr Schwanz peitschte durch die Luft. Wütend blickte Murtagh zu ihr hinauf und brummte dann etwas lauter: »Ich habe es doch schon gesagt: Ich möchte nicht zu den Varden.«

Eragon runzelte die Stirn. Das allein sollte der Grund sein? »Du möchtest nicht… oder du kannst nicht?«

Murtagh versuchte, Saphiras Fuß beiseite zu schieben, gab aber fluchend wieder auf. »Ich möchte nicht! Sie würden etwas von mir erwarten, das ich ihnen nicht geben kann.«

»Hast du ihnen etwas gestohlen?«

»Ich wünschte, es wäre so einfach.«

Eragon verdrehte die Augen. »Nun sag schon, was ist es? Hast du jemanden umgebracht oder der falschen Frau nachgestellt?«

»Nein, ich wurde geboren«, sagte er rätselhaft. Dann drückte er erneut gegen Saphiras Bein. Diesmal ließ sie die beiden los. Sie standen unter ihrem argwöhnischen Blick auf und klopften sich die Erde von den Kleidern.

»Du weichst meiner Frage aus«, sagte Eragon, während er seine aufgeplatzte Lippe betastete.

»Na und«, polterte Murtagh und stapfte davon. Nach einer Minute kehrte er zurück. »Es spielt keine Rolle, warum ich mich in dieser Lage befinde, aber ich kann euch verraten, dass die Varden mich nicht willkommen heißen würden, selbst wenn ich ihnen den Kopf des Königs brächte. Oh, sie würden mich freundlich empfangen und mich in ihren Rat setzen, aber mir vertrauen? Niemals. Und wenn ich unter weniger glücklichen, zum Beispiel unter den gegebenen Umständen zu ihnen ginge, würden sie mich wahrscheinlich in Ketten legen.«

»Warum erzählst du mir nicht einfach, was passiert ist?«, fragte Eragon. »Ich habe auch schon Dinge getan, auf die ich nicht stolz bin. Ich würde dich also nicht verurteilen.«

Murtagh schüttelte langsam den Kopf, seine Augen waren feucht. »Es ist nichts dergleichen. Ich habe nichts *getan*, was diese Behandlung rechtfertigen würde, obwohl es leichter wäre, dafür zu büßen, wenn ich wirklich etwas verbrochen hätte. Nein, mein einziges Missgeschick ist, am Leben zu scin.« Er hielt inne und holte zitternd Luft. »Mein Vater, er ...«

Ein scharfes Fauchen von Saphira schnitt ihm das Wort ab. *Seht mal!*

Sie folgten ihrem nach Westen gerichteten Blick. Murtagh erbleichte. »Unheil zieht herauf!«

Etwa drei Meilen entfernt, parallel zur Bergkette, marschierte eine Kolonne von Gestalten nach Osten. Der mehrere hundert Mann starke Trupp war fast eine Meile lang. Staub wirbelte unter den Stiefeln auf. Die Waffen funkelten im schwindenden Tageslicht. Ihnen voran fuhr ein Standartenträger in einem schwarzen Streitwagen, ein riesiges scharlachrotes Banner vor sich herhaltend.

»Die Schergen des Königs«, sagte Eragon müde. »Sie haben uns gefunden.«

»Ja, aber es sind Urgals, keine Menschen«, sagte Murtagh. »Woran siehst du das?«

Murtagh deutete auf die Standarte. »Die Flagge zeigt das persönliche Wappen eines Urgal-Häuptlings. Er ist ein brutaler, halb wahnsinniger Rohling, der zu Wutausbrüchen neigt.«

»Du bist ihm schon begegnet?«

Murtaghs Augen verengten sich. »Einmal, ganz kurz. Ich habe immer noch Narben von damals. Diese Urgals wurden vielleicht gar nicht unseretwegen hergeschickt, aber ich bin sicher, dass sie uns inzwischen entdeckt haben und uns verfolgen werden. Ihr Häuptling ist nicht gerade dafür bekannt, sich einen Drachen entgehen zu lassen, besonders wenn er von der Sache in Gil'ead gehört hat.«

Eragon stürzte zum Feuer und trat es hastig aus. »Wir müssen fliehen! Du willst nicht zu den Varden, aber ich muss Arya zu ihnen bringen, sonst stirbt sie. Wie wäre es mit einem Kompromiss: Du begleitest mich bis zum See Kóstha-mérna und danach gehst du deines Weges.« Murtagh zögerte. Eragon fügte noch rasch hinzu: »Wenn du mich jetzt verlässt, vor den Augen der Urgals, werden sie dich verfolgen. Was willst du dann tun? Allein gegen sie antreten?«

»Na schön«, sagte Murtagh und warf die Satteltaschen über Tornacs Flanken, »aber wenn wir uns in der Nähe der Varden befinden, werde ich gehen.«

Eragon hätte Murtagh am liebsten weiter ausgefragt, doch die anrückenden Urgals waren jetzt das dringlichere Problem. Er packte seine Habseligkeiten zusammen und sattelte Schneefeuer. Saphira breitete die Flügel aus, hob ab und kreiste über ihnen. Sie blickte wachsam auf Murtagh und Eragon herab, während diese das Lager verließen.

In welche Richtung soll ich fliegen?, fragte Saphira.

Nach Osten, immer an der Bergkette entlang.

Saphira spannte die Flügel an und ließ sich von einem warmen Aufwind in die Höhe tragen, bis sie über den Pferden am Himmel schwebte. *Ich frage mich, warum die Urgals hier sind. Vielleicht sollen sie ja die Varden angreifen.*

Dann sollten wir versuchen, die Varden zu warnen, sagte Eragon und lenkte Schneefeuer an einigen halb versteckten Kaninchenbauten vorbei. Als der Abend in die Nacht überging, verschmolzen die Urgals hinter ihnen mit der Dunkelheit.

MEINUNGSVERSCHIEDEN-
HEITEN

Als ein neuer Morgen graute, hatte Eragon sich die Wange an Schneefeuers Hals wund gescheuert, und von der Rauferei mit Murtagh tat ihm noch immer alles weh. Die ganze Nacht hindurch hatten sie abwechselnd im Sattel geschlafen. Dadurch hatten sie die Urgals weit hinter sich gelassen, und doch wussten sie nicht, ob sie den Vorsprung würden halten können. Die Pferde waren kurz davor zusammenzubrechen. Trotzdem preschten sie unablässig weiter. Ob es reichen würde, um den Urgals zu entkommen, hing davon ab, wie ausgeruht die Ungeheuer waren ... und ob Tornac und Schneefeuer durchhielten.

Das Beor-Gebirge warf einen gewaltigen Schatten über das Land und raubte ihm dadurch jegliche Sonnenwärme. Im Norden lag die Wüste Hadarac, ein schmaler weißer Streifen, hell wie Schnee zur Mittagszeit.

Ich brauche etwas zu fressen, sagte Saphira. *Meine letzte Jagd liegt mehrere Tage zurück. Der Hunger krallt sich in meinen Magen. Wenn ich sofort losfliege, kann ich ein ganzes Dutzend dieser leckeren Gazellen verdrücken.*

Eragon lächelte über ihre Übertreibung. *Geh, wenn du jagen willst, aber lass Arya hier.*

Ich beeile mich. Er band die Elfe von Saphiras Bauch los und setzte sie in Schneefeuers Sattel. Saphira flog davon und verschwand in den Bergen. Eragon lief dicht neben dem Pferd her, sodass Arya nicht herunterfallen konnte. Weder er noch Murtagh sagten ein Wort. Ihre kleine Meinungsverschiedenheit schien angesichts der drohenden Gefahr zwar nicht mehr so wichtig, aber die blauen Flecken schmerzten noch immer.

Binnen einer Stunde hatte Saphira ihre Beute erlegt und meldete sich wieder bei Eragon. Er war froh, sie bald wieder bei sich zu haben, denn es machte ihn nervös, wenn sie nicht da war.

Sie rasteten an einem Teich, um die Pferde zu tränken. Eragon pflückte einen Grashalm und drehte ihn in den Fingern, während sein verträumter Blick auf der Elfenfrau ruhte. Da riss ihn plötzlich das metallische Kratzen eines Schwertes, das aus der Scheide gezogen wurde, aus seinen Gedanken. Instinktiv zückte er Zar'roc, wirbelte herum und hielt nach dem Feind Ausschau. Doch da war nur Murtagh, der sein Breitschwert in der Hand hielt. Er deutete auf einen Hügel, wo ein Hüne in einem bräunlichen Umhang auf einem rotbraunen Pferd saß, eine Keule in der Hand. Hinter ihm stand eine Gruppe von zwanzig Reitern. Keiner bewegte sich. »Könnten das Varden sein?«, fragte Murtagh.

Eragon spannte verstohlen den Bogen. »Nach Aryas Angaben sind sie noch einige Tagesritte entfernt. Wenn, dann sind es Kundschafter oder sie gehören zu einem Vorposten.«

»Oder es sind Banditen.« Murtagh schwang sich in den Sattel und machte seinen eigenen Bogen schussbereit.

»Sollen wir versuchen zu fliehen?«, fragte Eragon und wickelte Arya in eine Decke. Die Reiter hatten sie natürlich längst gesehen, aber er hoffte, wenigstens verbergen zu können, dass sie eine Elfe war.

»Das würden wir nicht schaffen«, sagte Murtagh kopfschüttelnd. »Tornac und Schneefeuer sind erstklassige Streitrösser, aber sie sind müde und auf kurze Distanz nicht schnell genug. Sieh dir die Pferde an, die diese Männer reiten. Auf kurzen Strecken rennen sie wie der Wind. Nach einer halben Meile hätten sie uns eingeholt. Außerdem haben die Kerle uns vielleicht etwas Wichtiges zu sagen. Sag Saphira lieber, sie soll schnell zurückkommen.«

Eragon war bereits dabei, ihr die Situation zu erklären. *Zeig dich nur, wenn es unbedingt sein muss*, warnte er sie. *Wir sind zwar nicht mehr im Königreich, aber ich möchte trotzdem nicht, dass irgendjemand von uns erfährt.*

Keine Sorge, gab sie zurück. *Und vergiss nicht, Magie kann dich schützen, wenn nichts anderes mehr hilft.* Er spürte, wie sie abhob und sich auf den Weg zu ihnen machte.

Die Männer auf dem Hügel beobachteten sie noch immer.

Zar'rocs drahtumwickelter Griff lag trotz des Handschuhs fest in Eragons Hand. Leise sagte er: »Wenn sie uns bedrohen, kann ich ihnen mit Magie Angst einjagen, dann verschwinden sie vielleicht. Sollte das nicht funktionieren, haben wir immer noch Saphira. Ich frage mich, wie diese Burschen auf einen Drachenreiter reagieren würden? In den Geschichten wird ja immer von deren besonderen Kräften geschwärmt. Vielleicht reicht das aus, um einen Kampf zu vermeiden.«

»Verlass dich lieber nicht darauf«, sagte Murtagh tonlos. »Falls es zum Kampf kommt, müssen wir einfach ein paar

Männer töten, sodass der Rest begreift, dass wir den Aufwand nicht wert sind.« Seine Gesichtszüge waren starr und völlig emotionslos.

Jetzt hob der Mann auf dem Fuchswallach die Keule und schickte seine Reiter los. Die Männer hielten Speere über ihren Köpfen und kamen mit lautem Gebrüll herangeprescht. Verbeulte Schwertscheiden baumelten an ihren Gürteln. Ihre Waffen waren rostig und verschmutzt. Vier von ihnen zielten mit Pfeil und Bogen auf Eragon und Murtagh.

Der Anführer ließ die Keule über seinem Kopf kreisen, und seine Männer antworteten mit lautem Johlen, während sie einen Kreis um Eragon und Murtagh bildeten. Eragons Mund zuckte. Er war kurz davor, seine magischen Kräfte zu entfesseln, hielt sich aber noch zurück. *Wir wissen noch nicht, was sie wollen,* sagte er sich, während er mit seiner wachsenden Unruhe rang.

Als die beiden vollständig umstellt waren, hielt der Anführer sein Pferd an, verschränkte die Arme vor der Brust und sah die beiden abschätzend an. »Die zwei sind besser als der Abschaum, den wir sonst finden! Diesmal haben wir wenigstens ein paar gesunde Kerle erwischt. Und wir mussten nicht mal auf sie schießen. Grieg wird zufrieden sein.« Die Männer grinsten breit.

Als er die Worte vernahm, beschlich Eragon ein ungutes Gefühl. Ein Verdacht keimte in ihm auf. *Saphira…*

»So, ihr beiden«, sprach der Anführer Eragon und Murtagh nun direkt an, »seid so gut und lasst eure Waffen fallen, dann müssen meine Männer euch nicht in Siebe verwandeln.« Die Bogenschützen grinsten vielsagend; der Rest lachte.

Doch anstatt es fallen zu lassen, hob Murtagh sein Schwert. »Wer bist du und was willst du? Wir ziehen als freie Männer durch dieses Gebiet. Du hast kein Recht, uns aufzuhalten.«

»Oh, ich habe jedes Recht dazu«, sagte der Mann verächtlich. »Und was meinen Namen betrifft: Sklaven sprechen ihre Herren nicht mit Namen an, es sei denn, sie wollen Prügel.«

Eragon fluchte innerlich. *Sklavenhändler!* Er erinnerte sich noch lebhaft an die Versteigerung in Dras-Leona. Zorn wallte in ihm auf und er betrachtete die Männer um sich herum mit neuem Hass und Abscheu.

Die Falten im Gesicht des Anführers wurden tiefer. »Legt eure Schwerter nieder und ergebt euch!« Die Sklavenhändler strafften sich und starrten sie mit kalten Blicken an, als weder Eragon noch Murtagh seine Waffe sinken ließ. Eragons Handfläche kribbelte. Er hörte ein Rascheln hinter sich, dann einen lauten Fluch. Erschrocken fuhr er herum.

Einer der Sklavenhändler hatte Arya die Decke weggezogen und ihr Gesicht entblößt. Er beäugte sie verblüfft, dann rief er: »Torkenbrand, die Frau ist eine Elfe!« Die Männer sahen sich überrascht an, während der Anführer zu Schneefeuer heranritt. Er betrachtete Arya und stieß einen anerkennenden Pfiff aus.

»Wie viel ist sie wert?«, fragte jemand.

Torkenbrand war einen Moment lang still, dann breitete er die Hände aus und sagte: »Was die wert ist? Ein Vermögen! Das Königreich wird uns einen ganzen Berg voll Gold für sie bezahlen!«

Die Sklavenjäger johlten begeistert und klopften sich gegenseitig auf den Rücken. Plötzlich hörte Eragon in seinem

Kopf ein lautes Brüllen, als Saphira hoch oben am Himmel erschien. *Greif an!*, rief er. *Aber lass sie entkommen, wenn sie fliehen.* Sie legte die Flügel an und kam im Sturzflug herabgeschossen. Eragon gab Murtagh ein Zeichen. Murtagh begriff sofort, rammte einem Sklavenhändler den Ellbogen ins Gesicht, stieß ihn aus dem Sattel und gab Tornac die Sporen.

Das Streitross sprang mit wallender Mähne vorwärts, wirbelte herum und bäumte sich auf. Murtagh schwenkte sein Schwert und ließ Tornac dem Reiter, den er aus dem Sattel geworfen hatte, die Hufe ins Kreuz stoßen. Der Mann schrie auf.

Bevor die Sklavenhändler wussten, wie ihnen geschah, ritt Eragon aus dem Tumult heraus, hob die Hand und murmelte ein paar Wörter in der alten Sprache. Eine Kugel aus blauem Feuer schlug inmitten der Reiter auf dem Boden auf und explodierte in einer Fontäne aus geschmolzenen Tropfen, die sich auflösten wie Tau im Sonnenschein. Im nächsten Moment stieß Saphira vom Himmel herab und landete neben Eragon. Sie riss das Maul auf, bleckte die Zähne und fauchte Furcht erregend. »Nehmt euch in Acht!«, rief Eragon über den Lärm hinweg. »Ich bin ein Drachenreiter!« Er schwang Zar'roc über dem Kopf – die rote Klinge schimmerte im Sonnenlicht – und richtete es dann auf die Sklavenhändler. »Verschwindet, wenn euch euer Leben lieb ist!«

Die Männer brüllten aufgeregt durcheinander und rissen in wilder Panik ihre Pferde herum. In dem Tumult wurde Torkenbrand von einem Speer an der Schläfe getroffen und fiel von seinem Wallach. Die anderen beachteten ihren Anführer gar nicht, sondern ergriffen Hals über Kopf die Flucht, wobei sie Saphira nicht aus den Augen ließen.

Torkenbrand erhob sich auf die Knie. Blut lief ihm von der Schläfe übers Gesicht. Murtagh stieg ab und ging zu ihm, das Schwert in der Hand. Der Hüne hob einen Arm, als wollte er einen Hieb abwehren. Murtagh sah ihn kalt an, dann ließ er seine Klinge auf Torkenbrands Nacken herabsausen. »Nein!«, rief Eragon, doch es war schon zu spät.

Torkenbrands enthaupteter Körper kippte zur Seite. Sein Kopf landete mit einem dumpfen Aufprall im Sand. Eragon stürmte auf Murtagh zu. »Bist du verrückt?«, brüllte er wutentbrannt. »Warum hast du ihn getötet?«

Murtagh wischte sein Schwert an Torkenbrands Wams ab. Die Klinge hinterließ einen großen dunklen Fleck. »Ich verstehe gar nicht, warum du dich so aufregst...«

»Aufregen!«, explodierte Eragon. »Das ist ja wohl untertrieben! Dir ist wohl nicht in den Sinn gekommen, dass wir ihn einfach hätten zurücklassen und weiterreiten können! Nein, du musstest ja gleich den Scharfrichter spielen und ihm den Kopf abschlagen. Er war wehrlos!«

Murtagh schien Eragons Zorn zu überraschen. »Er war gefährlich und wir hätten ihn *nicht* einfach zurücklassen können. Ich wollte nicht, dass die Urgals ihn finden und er ihnen von Arya erzählt. Deswegen dachte ich, es wäre...«

»Aber musstest du ihn gleich *umbringen?*«, fiel Eragon ihm ins Wort. Saphira schnüffelte neugierig an dem abgetrennten Kopf. Sie öffnete das Maul ein Stück, als wollte sie ihn aufheben, dann schien sie es sich anders zu überlegen und stapfte zu Eragon hinüber.

»Ich versuche nur, am Leben zu bleiben«, sagte Murtagh. »Mir ist mein Leben wichtiger als das irgendeines dahergelaufenen Sklavenhändlers.«

»Aber du kannst doch nicht einfach wahllos Leute töten. Wo ist dein Mitgefühl?«, schimpfte Eragon und deutete auf den Kopf.

»Mitgefühl? Ich soll Mitleid mit meinen Feinden haben? Soll ich vielleicht immer erst überlegen, ob ich mich zur Wehr setze, weil ich dabei jemandem wehtun könnte? Wenn ich das täte, hätte ich mein Leben schon vor Jahren verwirkt! Man muss bereit sein, sich und das, was einem teuer ist, zu verteidigen, um welchen Preis auch immer.«

Eragon schob Zar'roc kopfschüttelnd in die Scheide zurück. »Wenn man so argumentiert, kann man jede Gräueltat rechtfertigen.«

»Glaubst du etwa, es hat mir Spaß gemacht?«, brüllte Murtagh. »Mein Leben wird seit dem Tag meiner Geburt bedroht! Ich versuche unentwegt, gefährliche Situationen vorauszuahnen und ihnen wenn möglich zu entgehen. Und ich kann niemals entspannt einschlafen, weil ich mir immer Sorgen mache, ob ich den nächsten Morgen noch erleben werde. Falls es je eine Zeit gab, in der ich mich nicht bedroht fühlte, dann muss es wohl im Schoß meiner Mutter gewesen sein, obwohl ich selbst dort nicht in Sicherheit war. Du verstehst das nicht – würdest du mit dieser *Angst* leben, hättest du dieselbe Lektion gelernt wie ich: *Geh nie ein unnötiges Risiko ein.*« Er deutete auf Torkenbrands Leichnam. »Er stellte ein Risiko dar, das ich beseitigt habe. Ich bereue nichts, und ich bin nicht bereit, mich über etwas zu grämen, das aus und vorbei ist.«

Eragon trat so dicht an Murtagh heran, dass sein Gesicht nur wenige Zoll von dessen Nasenspitze entfernt war. »Und trotzdem war es falsch.« Er band Arya wieder an Saphiras

Bauch fest und stieg danach auf Schneefeuer. »Na los.« Murtagh führte Tornac um den Leichnam herum, der bäuchlings auf dem blutgetränkten Erdboden lag.

Sie legten ein Tempo an den Tag, das Eragon noch eine Woche zuvor für unmöglich gehalten hätte – die Meilen schmolzen unter ihnen nur so dahin, als hätten ihre Pferde Flügel an den Beinen. Irgendwann bogen sie zwischen zwei ausgestreckten Armen des Beor-Gebirges nach Süden ab. Die Höhenzüge hatten die Form halb geöffneter Scheren. Ihre Spitzen lagen einen ganzen Tagesritt auseinander. Doch die Entfernung wirkte geringer durch die Höhe der Berge. Es war, als ritten sie durch ein Tal, das für Riesen geschaffen worden war.

Am Abend aßen sie schweigend. Keiner schaute von seinem Essen auf. Als sie fertig waren, sagte Eragon nur knapp: »Ich übernehme die erste Wache.« Murtagh nickte und wickelte sich, den Rücken zu Eragon gewandt, in seine Decke.

Möchtest du reden?, fragte Saphira.

Nicht jetzt, murmelte Eragon. *Gib mir etwas Zeit zum Nachdenken. Ich bin… ein bisschen durcheinander.*

Sie zog sich mit einer zärtlichen Berührung aus seinem Geist zurück und flüsterte: *Ich hab dich sehr lieb.*

Ich dich auch. Sie rollte sich neben ihm zu einer Kugel zusammen und schenkte ihm ihre Wärme. Er saß reglos in der Dunkelheit und rang mit seinen aufgewühlten Gedanken.

DIE FLUCHT DURCHS TAL

Am Morgen flog Saphira mit Eragon und Arya los. Eragon wollte sich eine Weile von Murtagh fern halten. Er zitterte vor Kälte und zog seine Kleider enger um den Leib. Es sah aus, als könnte es Schnee geben. Saphira ließ sich von einem Aufwind in die Höhe tragen und fragte: *Woran denkst du?*

Eragon betrachtete die Berge, die sie weit überragten, obwohl Saphira sehr hoch flog. *Das war Mord gestern. Mir fällt kein anderes Wort dafür ein.*

Saphira machte einen Schwenk nach links. *Es war eine vorschnelle, unbesonnene Tat, aber Murtagh hat versucht, das Richtige zu tun. Menschen, die ihresgleichen zur Handelsware degradieren, verdienen jedes Unglück. Wären wir nicht verpflichtet, Arya zu helfen, dann würde ich jeden Einzelnen dieser Sklavenhändler aufspüren und in Stücke reißen!*

Ja, sagte Eragon missmutig, *aber Torkenbrand war wehrlos. Er konnte sich nicht verteidigen und nicht wegrennen. Im nächsten Moment hätte er sich wahrscheinlich sowieso ergeben. Murtagh hat ihm diese Gelegenheit genommen. Wäre er wenigstens noch imstande gewesen zu kämpfen, dann wäre das alles nicht so ... grausig.*

Eragon, selbst wenn Torkenbrand gekämpft hätte, wäre das Resultat dasselbe gewesen. Du weißt genauso gut wie ich, dass dir und Murtagh im Schwertkampf nur wenige gewachsen sind. Torkenbrand war so oder so des Todes, obwohl du offenbar denkst, in einem ungleichen Kampf wäre es gerechter oder ehrenhafter gewesen.

Ich weiß nicht mehr, was richtig und was falsch ist!, gab Eragon bekümmert zu. *Es gibt keine vernünftigen Antworten.*

Manchmal, sagte Saphira sanft, *gibt es eben keine Antwort. Du solltest aus dieser Sache etwas über Murtagh lernen. Dann vergib ihm. Und wenn du ihm nicht vergeben kannst, dann vergiss es, denn er hat dir nichts Böses gewollt, auch wenn er unbesonnen gehandelt hat. Dein Kopf ist ja noch dran, nicht wahr?*

Stirnrunzelnd rutschte Eragon auf seinem Sattel herum. Er schüttelte sich wie ein Pferd, das eine Fliege verscheuchen will, dann drehte er sich um und hielt nach seinem Gefährten Ausschau. Ein gutes Stück hinter ihm erregte ein dunkler Fleck in der Landschaft seine Aufmerksamkeit.

Die Urgals hatten an einem Fluss, den die vier gestern durchquert hatten, ihr Lager aufgeschlagen. Eragons Herz schlug schneller. Saphira sah die Ungeheuer ebenfalls, legte die Flügel an und neigte sich in einen steilen Sturzflug. *Ich glaube nicht, dass sie uns gesehen haben,* sagte sie.

Eragon hoffte, dass sie Recht hatte. Er kniff gegen den rauschenden Luftstrom die Augen zusammen, als Saphira sich noch steiler in den Sturzflug legte. *Der Häuptling muss die Männer antreiben wie ein Wahnsinniger,* sagte er.

Stimmt – vielleicht sterben sie ja an Erschöpfung.

Als sie landeten, fragte Murtagh schroff: »Was ist denn jetzt wieder los?«

»Die Urgals sind kurz davor, uns einzuholen«, sagte Eragon. Er deutete auf das Lager hinter ihnen, das von hier aus nur als dunkler Punkt zu erkennen war.

»Wie weit ist unser Ziel noch entfernt?«, fragte Murtagh und schaute zum Himmel hinauf, um abzuschätzen, wie viele Stunden ihnen bis zum Sonnenuntergang noch blieben.

»Normalerweise?... Ich würde sagen, noch fünf Tage. Bei dem Tempo, das wir vorlegen, drei. Aber wenn wir unser Ziel nicht morgen erreichen, werden die Urgals uns wahrscheinlich einholen, und dann wird Arya sterben.«

»Einen Tag länger wird sie schon noch überstehen.«

»Davon dürfen wir nicht ausgehen«, widersprach Eragon. »Die einzige Möglichkeit, rechtzeitig zu den Varden zu gelangen, ist, ohne Pause durchzureiten.«

Murtagh lachte bitter. »Wie willst du das schaffen? Wir sind schon seit Tagen unterwegs, ohne richtig zu schlafen. Wenn Drachenreiter nicht aus einem anderen Stoff gemacht sind als wir Sterblichen, dann bist du genauso müde wie ich. Wir haben bereits eine gewaltige Strecke hinter uns gebracht, und falls du es noch nicht bemerkt hast: Die Pferde sind kurz davor, tot umzufallen. Wenn wir noch einen Tag so weitermachen, gehen wir womöglich alle drauf.«

Eragon zuckte mit den Schultern. »Sei's drum. Uns bleibt keine andere Wahl.«

Murtagh schaute zu den Bergen. »Ich könnte mich aus dem Staub machen und du fliegst mit Saphira weiter... Das würde die Urgals zwingen, ihre Streitmacht zu teilen, und du hättest bessere Aussichten, die Varden zu erreichen.«

»Das wäre Selbstmord«, konterte Eragon, die Arme vor der Brust verschränkt. »Irgendwie sind diese Urgals schneller zu Fuß als wir auf den Pferden. Sie würden dich wie ein Tier zur Strecke bringen. Die einzige Möglichkeit, ihnen zu entkommen, ist, bei den Varden Zuflucht zu suchen.« Trotz seiner Worte war er unschlüssig, ob er Murtagh bei sich behalten wollte. *Ich mag ihn,* gestand sich Eragon ein, *aber ich bin mir nicht mehr sicher, ob meine Zuneigung berechtigt ist.*

»Ich werde später fliehen«, sagte Murtagh unvermittelt. »Wenn wir die Varden erreichen, werde ich in ein Seitental verschwinden und nach Surda gehen. Dort kann ich mich verstecken, ohne Aufsehen zu erregen.«

»Also bleibst du bei mir?«

»Ob wir Schlaf bekommen oder nicht, ich bringe dich zu den Varden«, sagte Murtagh.

Mit neu geweckter Entschlossenheit versuchten sie, den Urgals zu entkommen, doch ihre Verfolger rückten immer näher. Am Abend hatten die Ungeheuer den Abstand zu ihnen um ein Drittel verringert. Als die Müdigkeit Eragon und Murtagh überwältigte, schliefen sie abwechselnd auf den Pferden, während derjenige, der wach war, die Tiere in die richtige Richtung lenkte.

Eragon ließ sich allein von Aryas Erinnerungen leiten. Wegen der Fremdartigkeit ihres Geistes schlug er jedoch des Öfteren den falschen Weg ein, was ihnen kostbare Zeit raubte. Allmählich näherten sie sich den Ausläufern des östlichen Höhenzugs und hielten nach dem Tal Ausschau, das sie zu den Varden führen würde. Doch die Mitternacht verstrich, ohne dass sie es gefunden hatten.

Als die Sonne zurückkehrte, stellten sie erleichtert fest, dass die Urgals zurückgefallen waren. »Heute ist der letzte Tag«, sagte Eragon gähnend. »Wenn wir gegen Mittag noch immer nicht in der Nähe der Varden sind, fliege ich mit Arya weiter. Du kannst dann allein weiterziehen, aber du musst Schneefeuer mitnehmen. Ich werde nicht zurückkommen, um ihn zu holen.«

»Das ist vielleicht gar nicht nötig; wir können es noch immer rechtzeitig schaffen«, sagte Murtagh. Er rieb den Knauf seines Schwertes.

Eragon zuckte mit den Schultern. »Vielleicht.« Er ging zu Arya und legte ihr die Hand auf die Stirn. Sie war feucht und gefährlich heiß. Ihre Augen flackerten unruhig unter den Lidern, als hätte sie einen Albtraum. Eragon wischte ihr mit einem feuchten Tuch die Stirn ab und wünschte, er hätte mehr für sie tun können.

Nachdem sie am Vormittag um einen besonders breiten Berg herumgeritten waren, bemerkte Eragon einen Taleingang, der so schmal war, dass man ihn leicht übersehen konnte. Der Bärenzahnfluss, von dem Arya gesprochen hatte, floss aus dem Tal heraus und wand sich geruhsam durch die Landschaft. Er lächelte erleichtert. Dies war der Ort, den sie suchten.

Als er zurückschaute, sah Eragon mit Entsetzen, dass der Abstand zwischen ihnen und den Urgals auf kaum mehr als drei Meilen zusammengeschrumpft war. Er machte Murtagh auf den Taleingang aufmerksam. »Wenn es uns gelingt, dort unbemerkt hineinzuschlüpfen, könnten wir sie vielleicht abschütteln.«

Murtagh blickte skeptisch. »Es ist einen Versuch wert. Aber bis jetzt sind sie uns mühelos gefolgt.«

Als sie auf das Tal zuritten, kamen sie unter den knorrigen Ästen des Beor-Waldes durch. Die Bäume waren hoch und hatten eine zerfurchte, fast schwarze Rinde, ebensolche Nadeln und gewundene, knochige Wurzeln, die wie blanke Knie aus dem Erdboden ragten. Überall lagen Zapfen, jeder so groß wie ein Pferdekopf. Aus den Baumkronen drang das Schnattern von Eichhörnchen herab und aus Löchern in den Baumstämmen starrten dunkle Augen sie an. Von den knorrigen Ästen hingen verschlungene Vorhänge aus grünen Ranken.

Der Wald erfüllte Eragon mit Unbehagen. Seine Nackenhaare kribbelten. Etwas Feindseliges lag in der Luft, als nähmen die Bäume ihnen ihr Eindringen in den Wald übel. *Sie sind sehr alt,* sagte Saphira, die Nase an einem Baumstamm.

Ja, entgegnete Eragon, *aber nicht sehr freundlich.* Je weiter sie ritten, desto dichter wurde der Wald. Die Enge zwang Saphira, mit Arya in die Luft zu steigen. Es gab keinen Trampelpfad mehr, dem man hätte folgen können, und das immer dichtere Unterholz machte es Eragon und Murtagh schwer, voranzukommen. Neben ihnen wand sich der rauschende Bärenzahnfluss durch das Dickicht. Ein naher Berggipfel verdeckte die Sonne und hüllte sie in Dämmerlicht.

Am Eingang des Tals erkannte Eragon, dass es zwar aussah wie ein schmaler Einschnitt zwischen den Bergen, in Wirklichkeit aber breiter war als die meisten Täler im Buckel. Es wirkte nur wegen der gewaltigen Berge kleiner, als es tatsächlich war. Wasserfälle stürzten an steilen Felshängen in die Tiefe. Von dem größtenteils wolkenverhangenen Himmel über ihnen war nur noch ein schmaler, gewundener Streifen zu sehen. Vom feuchten Boden stieg Dunst auf, der die Luft so stark abkühlte, dass ihr Atem in kleinen Wölkchen vor ihren Gesichtern stand. Wilde Erdbeeren kämpften zwischen Farnen und Moosteppichen um das wenige Sonnenlicht. Auf verrottenden Hölzern wucherten rote und gelbe Giftpilze.

Alles war still und gedämpft von der schweren Luft. Saphira landete auf einer nahen Lichtung. Das Rauschen ihrer Flügel klang seltsam dumpf. Mit einer raschen Kopfdrehung nahm sie ihre Umgebung in Augenschein. *Ich kam gerade an einem Schwarm von Vögeln vorbei, die schwarz und grün waren und rote Flecken auf den Flügeln hatten. Solche Vögel habe ich noch nie gesehen.*

Alles in diesen Bergen scheint ungewöhnlich, entgegnete Eragon. *Hast du etwas dagegen, wenn ich eine Weile auf dir reite? Ich möchte die Urgals im Auge behalten.*

Einverstanden.

Er wandte sich zu Murtagh um. »Die Varden halten sich am Ende dieses Tales versteckt. Wenn wir uns beeilen, erreichen wir es noch vor Anbruch der Dunkelheit.«

Murtagh brummte, die Hände in die Hüften gestemmt. »Und dann? Wie soll ich danach hier rauskommen? Ich sehe kein angrenzendes Tal und hinter uns sind die Urgals. Ich brauche einen Fluchtweg.«

»Mach dir keine Sorgen«, sagte Eragon ungeduldig. »Das Tal ist lang. Weiter hinten gibt es bestimmt irgendwo einen Ausgang.« Er band Arya wieder los und setzte sie auf Schneefeuer. »Pass auf Arya auf – ich mache mit Saphira einen Erkundungsflug. Wir treffen uns später.« Er zog sich auf Saphiras Rücken hinauf und schnallte sich im Sattel fest.

»Sei vorsichtig«, warnte ihn Murtagh mit nachdenklichem Stirnrunzeln, dann schnalzte er mit der Zunge und verschwand mit den Pferden im Wald.

Als Saphira zum Himmel emporstieg, fragte Eragon: *Meinst du, du könntest auf einen der Gipfel fliegen? Vielleicht könnten wir unser Ziel sehen und für Murtagh einen Fluchtweg finden. Ich möchte mir nicht den ganzen Tag lang sein Genörgel anhören.*

Wir können es versuchen, sagte Saphira, *aber es wird eisig kalt werden.*

Ich bin warm angezogen.

Dann halt dich fest! Saphira schoss plötzlich senkrecht in den Himmel, sodass es ihn im Sattel zurückwarf. Ihre Flügel schwangen kraftvoll durch die Luft und trieben ihr Gewicht in die Höhe. Das Tal unter ihnen schrumpfte zu einer grünen Linie zusammen. Der Bärenzahnfluss schimmerte, wo Licht darauf fiel, wie geflochtenes Silber.

Sie erreichten die Wolkendecke, wo eisige Feuchtigkeit die Luft durchtränkte. Ein formloser grauer Schleier umhüllte sie, sodass ihre Sichtweite auf Armeslänge begrenzt war. Eragon hoffte, dass sie in der dichten Nebelsuppe nirgends anstoßen würden. Er hielt prüfend eine Hand heraus und schwenkte sie durch die Luft. Kondenswasser lief ihm den Arm hinunter und durchnässte seinen Ärmel.

Eine verschwommene graue Masse flatterte an seinem Kopf vorbei, und er sah, dass es eine Taube war. Ein weißer Streifen verlief rund um ihr eines Bein. Saphira schnappte nach dem Vogel, ließ die Zunge herausschnellen, das Maul weit geöffnet. Die Taube kreischte, als Saphiras scharfe Zähne die Schwanzfedern nur um Haaresbreite verfehlten. Dann schoss sie davon und verschwand in den Wolken.

Als sie die Oberseite der Wolkendecke durchbrachen, waren Saphiras Schuppen mit tausenden von Wassertropfen bedeckt, die winzige Regenbogen reflektierten und blau schimmerten. Eragon schüttelte sich bibbernd, um die Nässe aus seinen Kleidern zu schleudern. Er konnte den Boden nicht mehr erkennen, sah nur Wolkenmassen und Gebirge.

Die Bäume auf den Bergen wichen gewaltigen, im Sonnenlicht weißblau schimmernden Gletschern. Der grelle Schnee zwang Eragon, die Augen zu schließen. Nach einer Weile öffnete er sie wieder, aber das gleißend helle Licht blendete ihn noch immer. Er starrte in seine Armbeuge. *Wie hältst du bloß diese Helligkeit aus?*, fragte er Saphira.

Meine Augen sind stärker als deine, antwortete sie.

Es war eiskalt. Das Wasser in Eragons Haar gefror, sodass es aussah, als trüge er einen glänzenden Helm. Wams und Hose waren starr vor Kälte. Saphiras Schuppen waren vom Eis spiegelglatt und Reif überzog ihre Flügel. Sie waren noch nie so hoch geflogen und doch waren die Berggipfel noch immer meilenweit über ihnen.

Allmählich wurden Saphiras Flügelschläge langsamer und ihr Atem klang angestrengt. Eragon schnaufte und keuchte. Es schien nicht genug Luft zu geben. Gegen die Panik ankämpfend, schlang er die Arme um Saphiras Hals.

Wir... müssen hier verschwinden, sagte er. Rote Punkte schwammen vor seinen Augen. *Ich... bekomme keine Luft mehr*. Saphira schien ihn nicht zu verstehen, daher wiederholte er die Worte, diesmal lauter. Wieder kam keine Antwort. Da wurde ihm klar: *Sie kann mich nicht hören*. Er schwankte hin und her, konnte nicht mehr klar denken, dann schlug er gegen ihre Flanke und brüllte: »Bring uns runter!«

Von der Anstrengung wurde ihm schwindlig. Sein Blick verschwamm in tiefer Dunkelheit.

Er kam wieder zu sich, als sie die Unterseite der Wolkendecke durchbrachen. In seinem Kopf hämmerte es. *Was ist passiert?*, fragte er und schaute sich verwirrt um.

Du bist ohnmächtig geworden, antwortete Saphira.

Er versuchte, sich mit den Fingern durchs Haar zu fahren, hörte aber auf, als er die Eiszapfen spürte. *Ja, das weiß ich, aber warum hast du mir nicht geantwortet?*

Mein Hirn war verwirrt. Deine Worte ergaben keinen Sinn. Als du ohnmächtig wurdest, wusste ich, dass etwas nicht stimmte, und bin runtergeflogen. Schon nach einem kurzen Sinkflug wurde mir klar, was passiert war.

Ein Glück, dass du nicht auch ohnmächtig geworden bist, sagte Eragon und lachte nervös. Saphira peitschte mit dem Schwanz durch die Luft. Eragon schaute sehnsüchtig zu den Wolken hinauf, hinter denen sich die Berggipfel verbargen. *Schade, dass wir keinen der Gipfel erreichen konnten ... Nun, auf jeden Fall wissen wir jetzt, dass wir aus dem Tal nur dort wieder hinauskönnen, wo wir hereingekommen sind. Wieso ist uns die Luft ausgegangen? Warum können wir hier unten normal atmen, weiter oben aber nicht?*

Ich weiß nicht, aber ich werde nie wieder so nah zur Sonne fliegen. Wir sollten uns diese Erfahrung merken. Es könnte uns nützen, falls wir jemals gegen einen anderen Drachenreiter kämpfen müssen.

Ich hoffe, das wird niemals geschehen, sagte Eragon. *Lass uns auf dieser Höhe weiterfliegen. Für heute habe ich genug Abenteuer gehabt.*

Sie glitten auf sanften Luftströmen von einem Berg zum anderen, bis Eragon sah, dass das Urgal-Heer bereits den Talzugang erreicht hatte. *Was macht sie so schnell – und wie können sie auf Dauer solch ein Tempo beibehalten?*

Jetzt wo sie so nah sind, sagte Saphira, *sehe ich, dass diese Urgals größer sind als die, mit denen wir es bisher zu tun hatten. Sie überragen einen groß gewachsenen Mann um mehr als eine halbe Körperlänge. Ich weiß nicht, aus welchem Land sie kommen, aber es muss eine schreckliche Gegend sein, die solche Ungetüme hervorbringt.*

Eragon starrte in die Tiefe – im Gegensatz zu' Saphira konnte er keine Einzelheiten erkennen. *Wenn sie dieses Tempo durchhalten, werden sie Murtagh einholen, bevor wir die Varden erreichen.*

Verliere nicht die Hoffnung. Im Wald kommen sie vielleicht nicht so schnell voran ... Könntest du sie nicht mit einem magischen Kunststück aufhalten?

Eragon schüttelte den Kopf. *Aufhalten? Nein. Es sind zu viele.* Er dachte an die Dunstschwaden, die vom Talboden aufstiegen, und grinste. *Aber ich kann ihnen vielleicht das Leben ein bisschen schwerer machen.* Er schloss die Augen, wählte die Wörter aus, die er benötigte, nahm die Nebelschwaden ins Visier und befahl: »*Gath un reisa du Rakr!*«

Unten setzten sich die Dinge in Bewegung. Von oben sah es aus, als würde der Boden zu einem großen, trägen Strom zusammenfließen. Ein bleierner Dunstwall erhob sich vor den Urgals und ballte sich zu einer bedrohlichen Nebelwand zusammen, dunkel wie eine Gewitterwolke. Die Urgals zögerten kurz, dann stapften sie wie ein unaufhaltbarer Rammbock weiter. Der Nebel wirbelte auf und verschluckte die vorderste Reihe.

Die Energie strömte wie von selbst aus Eragon heraus und sein Herzschlag begann zu flattern wie ein sterbender Vogel. Stöhnend verdrehte er die Augen. Er versuchte krampfhaft, sich aus der magischen Umklammerung zu befreien – das Loch zu schließen, durch das seine Lebenskraft ausströmte. Mit einem Urschrei zerriss er die tödliche Verbindung. Die gekappten Energiebahnen zuckten in seinem Kopf wie enthauptete Schlangen und zogen sich schließlich aus seinem Geist zurück. Die Nebelwand fiel in sich zusammen wie ein einstürzender Turm. Die Urgals hatten sich nicht im Geringsten aus dem Tritt bringen lassen. Eragon lag indessen entkräftet auf Saphira und schnappte nach Luft. Erst jetzt fiel ihm ein, was Brom gesagt hatte: »Die Wirkung der Magie hängt von der Entfernung ab wie bei einem Pfeil oder einem Speer. Wenn man etwas anheben oder bewegen möchte, das eine Meile weit entfernt ist, bedarf es viel größerer Kraft als aus der Nähe.« *Das werde ich mir jetzt aber merken*, dachte er grimmig.

Du hättest es gar nicht erst vergessen dürfen, wies ihn Saphira scharf zurecht. *Erst die Sache in Gil'ead und jetzt das. Hast du denn nicht zugehört, als Brom dir diese Dinge erklärte? Wenn du so weitermachst, bringst du dich noch um.*

Ich habe sehr wohl zugehört, protestierte er und rieb sich verlegen das Kinn. *Es ist bloß schon eine Weile her, und ich hatte bisher keine Gelegenheit, mir darüber Gedanken zu machen. Ich habe noch nie etwas aus größerer Entfernung verzaubert, woher sollte ich also wissen, dass es so anstrengend ist?*

Sie knurrte. *Als Nächstes versuchst du noch, Tote aufzuerwecken. Vergiss bitte nicht, was Brom dir diesbezüglich auf den Weg gegeben hat.*

Schon gut, erwiderte er schnippisch. Saphira neigte sich in den Sinkflug und hielt nach Murtagh und den Pferden Ausschau. Eragon hätte ihr gern geholfen, hatte aber kaum die Kraft, sich aufzusetzen.

Dann landeten sie hart auf einer kleinen Wiese, und Eragon sah mit Erstaunen, dass die Pferde still standen und Murtagh auf Knien den Boden untersuchte. Als Eragon nicht abstieg, eilte Murtagh zu ihm. »Was ist los?«, wollte er wissen. Es klang verärgert, besorgt und erschöpft zugleich.

»Ich habe einen Fehler gemacht«, sagte Eragon wahrheitsgemäß. »Die Urgals sind ins Tal einmarschiert. Ich wollte sie irreführen, vergaß aber eine wichtige Regel der Magie, und das hat mich eine Menge Kraft gekostet.«

Murtagh deutete mit dem ausgestreckten Daumen grimmig über seine Schulter. »Ich habe Wolfsspuren entdeckt, aber die Abdrücke sind doppelt so breit wie meine Hand und gut einen Zoll tief. Es gibt hier also Tiere, die selbst dir gefährlich werden können, Saphira.« Er wandte sich zu ihr. »Ich weiß, du kannst nicht in den Wald, aber könntest du vielleicht über mir und den Pferden kreisen? Das sollte diese Biester fern halten. Sonst bleibt von mir möglicherweise nicht mehr übrig, als man in einem Fingerhut rösten kann.«

»Wieder gute Laune, Murtagh?«, fragte Eragon, ein flüchtiges Lächeln im Gesicht. Seine zitternden Muskeln machten es ihm schwer, sich zu konzentrieren.

»Das war nur Galgenhumor.« Murtagh rieb sich die Augen. »Ich kann kaum glauben, dass die Urgals uns die ganze

531

Zeit verfolgt haben. Wie ist es bloß möglich, dass sie so schnell sind?«

»Saphira sagt, sie seien größer als alle, die wir bisher gesehen haben.«

Murtagh packte fluchend den Schwertknauf. »Das erklärt alles. Saphira, wenn du Recht hast, dann sind das die Kull, eine Elite-Streitmacht der Urgals. Ich hätte wissen müssen, dass sie dem Häuptling unterstellt wurden. Sie reiten nicht, weil Pferde ihr Gewicht gar nicht tragen können – keiner von ihnen misst weniger als acht Fuß –, und sie können tagelang laufen, ohne zu schlafen, und trotzdem sind sie immer kampfbereit. Man braucht fünf Männer, um einen von ihnen zu töten. Kull verlassen nie ihre Höhlen, nur wenn es Krieg gibt. Sie müssen also ein gewaltiges Gemetzel erwarten, wenn sie in so großer Truppenstärke unterwegs sind.«

»Können wir ihnen entkommen?«

»Wer weiß?«, erwiderte Murtagh. »Sie sind stark, draufgängerisch und uns zahlenmäßig weit überlegen. Es ist gut möglich, dass wir uns ihnen stellen müssen. Sollte es dazu kommen, dann hoffe ich nur, dass die Varden in der Nähe Männer postiert haben, die uns helfen. Selbst mit all deinen magischen Künsten und Saphiras Hilfe sind wir den Kull nicht gewachsen.«

Eragon schwankte leicht. »Kannst du mir ein bisschen Brot geben? Ich muss etwas essen.« Murtagh brachte ihm rasch einen Laib. Er war alt und hart, aber Eragon biss dankbar hinein. Murtaghs Blick wanderte sorgenvoll über die Talwände. Eragon wusste, dass er nach einem Fluchtweg suchte. »Weiter hinten gibt es bestimmt ein weiteres Tal oder eine Schlucht.«

»Bestimmt«, sagte Murtagh mit gezwungenem Optimismus, dann schlug er sich auf den Oberschenkel. »Wir müssen los.«

»Wie geht es Arya?«, fragte Eragon.

Murtagh zuckte mit den Schultern. »Das Fieber ist gestiegen. Sie wirft sich herum. Was erwartest du? Ihre Kräfte gehen zu Ende. Du solltest sie zu den Varden bringen, bevor das Gift noch größeren Schaden anrichtet.«

»Ich lasse dich nicht im Stich«, sagte Eragon, der mit jedem Bissen kräftiger wurde. »Nicht mit den Urgals im Nacken.«

Wieder zuckte Murtagh die Achseln. »Wie du meinst. Aber ich warne dich, sie wird nicht überleben, wenn du bei mir bleibst.«

»Sag das nicht«, gab Eragon zurück und richtete sich im Sattel auf. »Hilf mir, ihr Leben zu retten. Wir können es noch schaffen. Betrachte es einfach als Wiedergutmachung – für Torkenbrands Tod.«

Sofort verdüsterten sich Murtaghs Gesichtszüge wieder. »Es geht hier um keine Schuld, die es abzutragen gilt. Du…« Er hielt inne, als ein Hornsignal durch den dunklen Wald hallte. »Ich habe dir später noch einiges zu sagen«, brach er das Gespräch ab und stapfte zu den Pferden, nahm die Zügel und eilte los, nachdem er Eragon noch einen wütenden Blick zugeworfen hatte.

Der schloss die Augen, als Saphira in die Luft stieg. Am liebsten hätte er sich in ein warmes Bett gelegt und alle Sorgen vergessen. *Saphira,* sagte er nach einer Weile und legte die Hände über seine Ohren, um sie zu wärmen, *könnten wir Arya nicht zu den Varden bringen und dann zu Murtagh zurückkehren und ihm helfen?*

Die Varden würden dich nicht gehen lassen, sagte Saphira. *Sie hätten Angst, dass du den Urgals ihr Versteck verrätst. Wir treffen nicht gerade unter den vertrauenerweckendsten Umständen bei ihnen ein. Sie werden wissen wollen, warum wir eine ganze Urgal-Streitmacht direkt vor ihre Tore gelotst haben.*

Wir werden ihnen einfach die Wahrheit erzählen und hoffen, dass sie uns glauben, sagte Eragon.

Und was tun wir, wenn die Kull Murtagh angreifen?

Wir nehmen den Kampf auf! Ich lasse doch nicht zu, dass sie ihn und Arya gefangen nehmen oder töten, sagte Eragon ungehalten.

In ihren Worten lag eine Spur von Sarkasmus. *Wie edelmütig. Oh, wir würden natürlich viele der Urgals töten – du mit Schwert und Magie, ich mit Zähnen und Klauen – aber letzten Endes wäre es doch vergebens. Es sind einfach zu viele… Wir können nicht gegen sie siegen, nur besiegt werden.*

Und was sollen wir stattdessen tun?, wollte er von ihr wissen. *Ich überlasse Arya oder Murtagh auf keinen Fall der Gnade dieser Ungeheuer.*

Saphira peitschte mit dem Schwanz hin und her, was ein lautes Zischen verursachte. *Das verlange ich auch gar nicht von dir. Wenn wir ihrem Angriff allerdings zuvorkämen, könnten wir im Vorteil sein.*

Bist du verrückt geworden? Sie würden… Eragons Stimme erstarb, als er darüber nachdachte. *Sie könnten nichts tun*, erkannte er schließlich.

Genau, sagte Saphira. *Wir können aus sicherer Höhe großen Schaden anrichten.*

Wir lassen Felsbrocken auf sie herabregnen!, schlug Eragon vor. *Das sollte sie in alle Winde zerstreuen.*

Falls ihre Schädel nicht dick genug sind, um sie zu schützen. Saphira legte sich in eine Rechtskurve und sank rasch zum Bärenzahnfluss hinab. Mit ihren starken Klauen packte sie einen mittelgroßen Felsen, während Eragon ein paar schwere Steinbrocken auflas. Beladen mit steinernen Wurfgeschossen, glitt Saphira auf leisen Schwingen dahin, bis sie sich genau über den Urgals befanden. *Jetzt!*, kommandierte sie. Mit dumpfem Krachen brachen die Geschosse durch die Baumkronen und rissen dabei etliche Äste mit sich. Gleich darauf schallten kehlige Schreie durch das Tal.

Eragon lächelte verkniffen, als er die Urgals in Deckung kriechen hörte. *Wir holen neue Munition*, schlug er vor, dicht über Saphira gebeugt. Sie knurrte zustimmend und kehrte zum Flussbett zurück.

Es war harte Arbeit, aber es gelang ihnen, den Vormarsch ihrer Verfolger deutlich zu verlangsamen – sie ganz und gar aufzuhalten, war jedoch unmöglich. Die Urgals preschten ungehindert weiter, sobald Saphira losflog, um neue Steine zu holen. Immerhin bewirkten ihre Mühen aber, dass Murtagh seinen Vorsprung gegenüber der heranrückenden Bedrohung halten konnte.

Es wurde dunkel im Tal, während die Stunden verstrichen. Ohne die Wärme spendende Sonne war es bald bitterkalt und der Bodennebel gefror an den Bäumen und überzog sie mit einer weißen Reifschicht. Die Tiere der Nacht krochen nach und nach aus ihren Löchern, um aus dunklen Verstecken die Fremden zu beobachten, die da unbefugt durch ihr Land zogen.

Eragons Blick suchte unaufhörlich die Bergflanken nach dem Wasserfall ab, der das Ende ihrer Hetzjagd markieren würde. Er war sich schmerzlich bewusst, dass mit jeder verstrichenen Minute Arya dem Tode näher kam. »Schneller, schneller«, murmelte er vor sich hin und schaute zu Murtagh hinab. Bevor Saphira begann, neue Steine aufzusammeln, sagte er: *Lass uns eine Pause einlegen und nach Arya schauen. Der Tag ist fast vorbei, und ich fürchte, ihr bleiben nur noch wenige Stunden, wenn nicht sogar Minuten.*

Aryas Leben liegt jetzt in den Händen des Schicksals. Du hast dich entschieden, bei Murtagh zu bleiben; es ist zu spät, jetzt etwas daran zu ändern, also hör auf herumzujammern… Mir jucken davon schon die Schuppen. Das Beste, was wir jetzt tun können, ist, weiter die Urgals zu bombardieren. Eragon wusste, dass sie Recht hatte, doch ihre Worte konnten ihm die Sorge um die Elfenfrau nicht nehmen. Er fuhr fort, nach dem Wasserfall Ausschau zu halten, aber das vor ihnen liegende Gebiet wurde von einer gewaltigen Bergflanke verdeckt.

Tiefe Dunkelheit begann, sich im Tal auszubreiten, senkte sich wie eine schwarze Wolke über Bäume und Berge. Selbst mit ihrem scharfen Gehör und dem ausgeprägten Geruchssinn konnte Saphira im dichten Wald die Urgals nicht mehr ausmachen. Es schien noch kein Mond, der ihnen hätte helfen können, und es würde noch Stunden dauern, bevor er über den Bergen aufging.

Saphira flog in einer weiten Linkskurve um die Bergflanke herum. Eragon spürte undeutlich, wie sie den Fels passierten, dann kniff er die Augen zusammen, als er in einiger Entfernung einen schwachen weißen Lichtstreifen sah. *Könnte das der Wasserfall aus Aryas Erinnerungen sein?*, fragte er sich aufgeregt.

Er schaute zum Himmel, an dem noch das Abendrot des Sonnenuntergangs schimmerte. Vor ihm trafen die dunklen Bergsilhouetten aufeinander und bildeten einen Kessel, der das Tal umschloss. *Das Ende des Tales ist nicht mehr weit!*, sagte er und deutete auf die Berge. *Glaubst du, die Varden wissen schon, dass wir kommen? Vielleicht schicken sie ja Männer los, um uns zu helfen.*

Ich bezweifle, dass sie uns helfen, solange sie nicht wissen, ob wir Freund oder Feind sind, sagte Saphira, während sie sich in einen steilen Sinkflug legte. *Ich kehre zu Murtagh zurück – wir sollten jetzt bei ihm bleiben. Da ich die Urgals nicht mehr finden kann, könnten sie ihn überfallen, ohne dass wir es merken.*

Eragon tastete prüfend nach Zar'roc und fragte sich, ob er wohl stark genug war, um zu kämpfen. Saphira landete links vom Bärenzahnfluss und kauerte sich kampfbereit hin. In der Ferne rauschte der Wasserfall. *Murtagh kommt,* sagte Saphira. Eragon lauschte angestrengt und hörte das Stampfen der Pferdehufe. Murtagh kam aus dem Wald gerannt. Er trieb die Pferde vor sich her und blieb auch nicht stehen, als er Eragon und Saphira sah.

Eragon glitt von Saphira herunter und geriet ein wenig ins Stolpern, als er neben Murtagh herrannte. Hinter ihm ging Saphira zum Fluss, um ihnen folgen zu können, ohne dass die Bäume sie behinderten. Bevor Eragon das Wort ergreifen konnte, sagte Murtagh: »Ich habe gesehen, wie ihr die Kull mit Steinen beworfen habt. Hat es was genützt? Haben sie angehalten oder kehrtgemacht?«

»Sie sind noch hinter uns her, aber wir haben das Talende fast erreicht. Wie geht es Arya?«

»Sie lebt noch«, sagte Murtagh knapp. Sein Atem ging stoßweise. Seine nächsten Worte klangen trügerisch ruhig, wie die eines Mannes, der gegen eine schreckliche Gewissheit ankämpft. »Gibt es ein angrenzendes Tal oder eine Schlucht, durch die ich verschwinden kann?«

Erschrocken versuchte Eragon, sich zu erinnern, ob er in den Bergen, die sie umgaben, irgendeinen Einschnitt bemerkt hatte. Murtaghs Dilemma war ihm völlig entfallen. »Es war schon sehr dunkel«, sagte er ausweichend und bückte sich unter einem tief hängenden Ast. »Vielleicht habe ich ja etwas übersehen, aber ... nein.«

Murtagh fluchte laut und blieb abrupt stehen. Er riss an den Zügeln der Pferde, bis auch sie stillstanden. »Willst du damit sagen, dass mir nichts anderes übrig bleibt, als bei den Varden Zuflucht zu suchen?«

»Ja, aber lauf weiter. Die Urgals haben uns fast eingeholt!«

»Nein!«, sagte Murtagh wütend. Er zeigte mit dem Finger auf Eragon. »Ich habe dich gewarnt, dass ich nicht zu den Varden gehen würde, aber du bist immer weitergezogen und hast mich in diese unselige Lage gebracht! Du bist derjenige mit den Erinnerungen der Elfe. Warum hast du mir nicht gesagt, dass das Tal eine Sackgasse ist?«

Empört über diese Anschuldigung, gab Eragon zurück: »Ich wusste nur, wohin wir gehen mussten, nicht, wie die Umgebung aussieht. Gib mir nicht die Schuld dafür, dass du mich begleitet hast.«

Murtagh ließ die Luft zwischen den Zähnen hindurchzischen, als er herumfuhr und wutentbrannt ein paar Schritte in die Dunkelheit machte. Eragon konnte nur noch seine reglose, gebückte Gestalt erkennen. Er selbst war ebenso angespannt und an seinem Hals pochte eine Ader. Er stemmte ungeduldig die Hände in die Hüften.

Warum seid ihr stehen geblieben?, fragte Saphira beunruhigt.

Störe mich jetzt nicht! »Was hast du bloß gegen die Varden? Es kann doch nicht so schrecklich sein, dass du selbst jetzt nicht darüber reden willst. Möchtest du es lieber mit den Kull aufnehmen, als es mir zu verraten? Wie oft müssen wir dieses Gespräch noch führen, bis du mir endlich vertraust?«

Es folgte eine lange Stille.

Die Urgals!, erinnerte Saphira ihn drängend.

Ich weiß, sagte Eragon und versuchte, seine Unruhe im Zaum zu halten. *Aber das müssen wir jetzt klären.*

Dann aber schnell.

»Murtagh«, sagte Eragon ernst, »wenn du nicht sterben willst, müssen wir zu den Varden gehen. Lass mich nicht in ihr Versteck marschieren, ohne zu wissen, wie sie auf dich reagieren werden. Es ist auch ohne unnötige Überraschungen schon gefährlich genug.«

Endlich wandte Murtagh sich zu ihm um. Sein Atem ging schwer und gehetzt wie bei einem in die Enge getriebenen Wolf. Er hielt inne und sagte dann mit gequälter Stimme: »Du hast ein Recht darauf, es zu erfahren. Ich – ich bin der Sohn von Morzan, dem ersten und letzten der Abtrünnigen.«

GEFAHR!

E ragon verschlug es die Sprache. Fassungslosigkeit
breitete sich in seinem Geist aus, während er versuchte, Murtaghs Behauptung als Unsinn abzutun.
*Die Abtrünnigen hatten keine Kinder, am allerwenigsten
Morzan. Morzan! Der Mann, der die Drachenreiter an Galbatorix verriet und für den Rest seines Lebens der ergebenste
Mitstreiter des Königs blieb. Wie ist das möglich?*

Im nächsten Moment überrollte ihn Saphiras panisches
Entsetzen. Sie verließ den Fluss und kam mit gefletschten
Zähnen und drohend erhobenem Schwanz zwischen den Bäumen hindurch auf ihn zugestürmt. *Sei auf alles gefasst*, warnte
sie ihn. *Vielleicht besitzt auch er magische Kräfte.*

»Du bist sein Sohn?«, fragte Eragon ungläubig und tastete
verstohlen nach Zar'rocs Griff. *Was könnte er von mir wollen? Steht er in Wahrheit in Diensten des Königs?*

»Ich habe es mir doch nicht ausgesucht!«, rief Murtagh
mit leidvoll verzerrter Miene. Verzweifelt riss er sich Wams
und Hemd vom Leib. »Sieh dir das an!«, flehte er und wandte
Eragon den Rücken zu.

Unsicher beugte dieser sich vor und versuchte, in der Dunkelheit etwas zu erkennen. Dann sah er die knotige weiße

Narbe auf Murtaghs gebräunter Haut, die sich von seiner rechten Schulter quer über den Rücken bis zur linken Hüfte herabzog – das Überbleibsel einer grauenvollen Qual.

»Siehst du das?«, fragte Murtagh verbittert. Er redete jetzt schnell, als wäre er erleichtert, sich endlich jemandem anvertrauen zu können. »Ich war erst drei, als das passiert ist. Während einer seiner vielen trunkenen Wutanfälle warf Morzan sein Schwert nach mir, als ich an ihm vorbeilief. Er hat mir den ganzen Rücken aufgeschlitzt, und zwar mit genau dem Schwert, das du jetzt besitzt – das einzige Erbstück, das er mir hinterlassen hätte, wenn Brom es ihm nicht nach seinem Tod weggenommen hätte. Ich hatte wohl Glück – in der Nähe gab es einen Heiler, der mir das Leben rettete. Du musst mir glauben, ich hege keinerlei Sympathie für das Imperium oder für Galbatorix. Ich bin ihm in keiner Weise verpflichtet und führe nichts gegen dich im Schilde!« Sein Appell klang fast verzweifelt.

Noch immer voller Unbehagen nahm Eragon die Hand von Zar'rocs Griff. »Dann hat also …«, seine Stimme stockte, »Brom deinen Vater getötet.«

»Ja«, sagte Murtagh. Er zog sich seine Kleider wieder an.

Hinter ihnen ertönte ein Horn. »Komm mit«, sagte Eragon rasch, »wir müssen weiter.« Murtagh schnalzte mit den Zügeln und trieb die Pferde in einen erschöpften Trab, während Arya schlaff auf Schneefeuer hin und her schaukelte. Saphira blieb bei Eragon. Ihre langen Beine konnten das Tempo mühelos mithalten. *Im Flussbett könntest du besser laufen,* sagte er, als sie durch ein dichtes Gewirr aus Ästen pflügte.

Ich lasse dich nicht mit ihm allein.

Eragon war froh, sie an seiner Seite zu haben. *Morzans Sohn!* Zwischen zwei Schritten sagte er zu Murtagh: »Deine Geschichte kann man kaum glauben. Woher weiß ich, dass du mir keine Märchen erzählst?«

»Warum sollte ich dich belügen?«

»Du könntest…«

Murtagh unterbrach ihn rasch. »Ich kann dir jetzt nichts beweisen. Zweifle ruhig weiter, bis wir die Varden erreichen. Sie werden mich schnell erkennen.«

»Ich muss es wissen«, drängte ihn Eragon. »Dienst du dem Imperium?«

»Nein. Und wenn ich es täte, was würde es mir einbringen, mit dir zu reisen? Wenn ich es darauf abgesehen hätte, dich zu fangen oder zu töten, hätte ich dich einfach im Gefängnis gelassen.« Murtagh stolperte über einen umgestürzten Baumstamm.

»Du könntest die Urgals zu den Varden führen.«

»Und warum bin ich dann immer noch bei dir? Ich weiß jetzt, wo die Varden sind. Aus welchem Grunde sollte ich mich ihnen ausliefern? Wollte ich sie angreifen, dann würde ich kehrtmachen und mich den Urgals anschließen.«

»Vielleicht bist du ja ein Meuchelmörder«, sagte Eragon tonlos.

»Vielleicht. Man kann ja nie wissen, was?«

Saphira?, fragte er nur.

Ihr Schwanz schwenkte über seinen Kopf. *Wenn er dir schaden wollte, dann hätte er es längst getan.*

Ein Ast traf Eragon im Nacken und riss eine kleine Platzwunde. Der Wasserfall wurde lauter. *Ich will, dass du Murtagh im Auge behältst, wenn wir bei den Varden sind. Viel-*

leicht stellt er ja irgendetwas Dummes an, und ich möchte nicht, dass man ihn versehentlich umbringt.

Ich tue mein Bestes, sagte sie, während sie sich zwischen zwei Bäumen hindurchzwängte und dabei mit ihren Schuppen die Rinde von den Stämmen abschälte. Hinter ihnen ertönte erneut das Horn. Eragon schaute über die Schulter und erwartete halb, Urgals aus der Dunkelheit stürmen zu sehen. Das dumpfe Rauschen des Wasserfalls vor ihnen verschluckte die Geräusche der Nacht.

Der Wald endete und Murtagh hielt die Pferde an. Sie standen auf einem Kiesstrand am linken Mündungsufer des Bärenzahnflusses. Der tiefe See Kóstha-mérna füllte das gesamte Tal aus und versperrte ihnen den Weg. Das Wasser schimmerte im funkelnden Sternenlicht. Die Berghänge grenzten den Weg um das Gewässer auf zwei schmale Uferstreifen zu beiden Seiten des Sees ein; beide waren nur wenige Schritt breit. Am anderen Ende des Sees stürzte ein mächtiger, weiß schäumender Wasserfall über schwarze Felsklippen in die Tiefe.

»Gehen wir zu dem Wasserfall?«, fragte Murtagh gepresst.

»Ja.« Eragon übernahm die Führung und wählte den linken Weg um den See. Der Kies war mit glitschigem Schlamm überzogen. Zwischen der steil aufragenden Talwand und dem See war kaum Platz für Saphira, sodass sie halb im Wasser waten musste.

Sie hatten die Hälfte der Strecke zurückgelegt, als Murtagh unvermittelt sagte: »Urgals!«

Eragon wirbelte herum. Der Kies knirschte unter seinen Stiefeln. Am Ufer des Kóstha-mérna, wo sie selbst noch vor wenigen Minuten gestanden hatten, strömten ungeschlachte

Gestalten aus dem Wald. Die Urgals scharten sich am See zusammen. Einer von ihnen deutete auf Saphira; kehlige Laute drangen übers Wasser. Sofort teilte sich die Horde in zwei Gruppen auf und stürmte auf beiden Seiten um den See, was Eragon und Murtagh keinen Fluchtweg mehr ließ. Die schmalen Uferstreifen zwangen die Urgals, hintereinander zu gehen.

»Los, lauft!«, brüllte Murtagh, zückte sein Schwert und versetzte den Pferden einen Klaps auf die Flanken. Saphira stieg ohne Ankündigung in die Luft und flog den Urgals entgegen.

»Bleib hier!«, rief Eragon und fügte lautlos hinzu: *Komm zurück!,* doch sie flog einfach weiter, ohne auf ihn zu hören. Mit schmerzlicher Anstrengung riss er den Blick von ihr los und rannte weiter, Zar'roc in der Hand.

Mit lautem Gebrüll schoss Saphira im Sturzflug auf die Urgals zu. Sie versuchten, sich zu verteilen, saßen an der Felswand jedoch in der Falle. Sie packte einen der Kull mit den Klauen, schleppte die kreischende Kreatur in die Höhe und schnappte mit den Fängen nach ihm. Im nächsten Moment klatschte der schlaffe Leib ins Wasser; ihm fehlten ein Arm und ein Bein.

Die Kull stürmten weiter ungehindert um den Kóstha-mérna. Mit dampfenden Nasenlöchern flog Saphira erneut auf sie zu. Sie wälzte und drehte sich in der Luft, als ein schwarzer Pfeilhagel auf sie zuschoss. Die meisten Pfeile prallten von ihren Schuppen ab, doch sie schrie auf, als der Rest ihre Flügel durchbohrte.

Eragon spürte ihren Schmerz als unangenehmes Zwicken im Arm und musste sich mit aller Kraft davon abhalten, ihr zu Hilfe zu eilen. Angst durchströmte ihn, als er sah, dass die Urgals ihnen immer näher kamen. Er versuchte, schneller zu laufen, doch seine Muskeln waren zu müde, und er rutschte auf dem glitschigen Kies ständig aus.

Dann stürzte sich Saphira mit einem lauten Platschen in den Kóstha-mérna. Sie tauchte vollständig unter, während der See hohe Wellen schlug. Die Urgals starrten nervös auf das schwarze Wasser, das an ihre Füße schwappte. Einer grunzte etwas Unverständliches und stieß seinen Speer in den See.

Das Wasser spritzte auf, als Saphiras Kopf aus der Tiefe hochschoss. Ihr Maul schloss sich um den Speer und zerbrach ihn wie einen Zweig, als sie ihn dem Kull mit einem heftigen Ruck aus der Hand riss. Bevor sie den Urgal selbst packen konnte, stießen seine Gefährten mit ihren Speeren nach ihr und stachen ihr in die Nase.

Saphira riss den Kopf zurück, fauchte wütend und peitschte mit dem Schwanz durchs Wasser. Den Speer auf sie gerichtet, versuchte der vorderste Kull, sich an ihr vorbeizuschlängeln, blieb aber stehen, als sie nach seinen Beinen schnappte. Die hinter ihm marschierenden Urgals kamen nicht vorwärts, solange sie ihn nicht vorbeiließ. Unterdessen stürmten die Kull auf der anderen Seite des Sees weiter auf den Wasserfall zu.

Ich habe sie aufgehalten, sagte sie knapp zu Eragon, *aber beeilt euch, viel länger schaffe ich es nicht.* Am Seeufer machten sich Bogenschützen bereit. Eragon konzentrierte sich darauf, schneller zu rennen, aber ein schlüpfriger Stein gab unter seinem Stiefel nach, und er kippte vornüber. Murtaghs kräftiger Arm hielt ihn auf den Beinen.

Sie waren jetzt fast am Wasserfall. Der Lärm war ohrenbetäubend, wie bei einer Lawine. Eine weiße Wasserwand stürzte über den Fels in die Tiefe und krachte mit solcher Wucht in den See, dass ein feiner Sprühnebel bis zu ihnen heranwehte und ihre Gesichter befeuchtete. Vier Schritt vor dem donnernden Vorhang wurde der Uferstreifen breiter, sodass sie etwas mehr Platz hatten.

Saphira brüllte auf, als ein Urgal-Speer ihre Flanke streifte, dann tauchte sie unter die Wasseroberfläche. Nach ihrem Rückzug rannten die Urgals mit langen Schritten los. Sie waren nur noch wenige hundert Schritte entfernt. »Was tun wir jetzt?«, fragte Murtagh kühl.

»Ich weiß nicht. Ich muss überlegen!«, rief Eragon und versuchte, sich Aryas letzte Anweisungen ins Gedächtnis zu rufen. Er schaute suchend über den Boden, bis er einen apfelgroßen Stein fand, und hob ihn auf, dann schlug er damit gegen die Felsklippe neben dem Wasserfall und rief: »*Aí Varden abr du Shur'tugals gata vanta!*«

Nichts geschah.

Er versuchte es erneut, rief lauter als zuvor, handelte sich aber nur eine Schramme auf der Hand ein. Verzweifelt wandte er sich zu Murtagh um. »Wir sitzen in der Falle...« Er verstummte, als plötzlich Saphira aus dem See sprang und sie dabei mit eiskaltem Wasser bespritzte. Sie landete auf dem Kies und kauerte sich kampfbereit hin.

Die Pferde wichen erschrocken zurück und wollten schon durchgehen, aber Eragon schickte ihnen ein paar beruhigende Gedanken. *Hinter dir!*, rief Saphira. Er fuhr herum und sah den vordersten Urgal auf sich zustürmen, den schweren Speer hoch erhoben. Aus der Nähe sah ein Kull wie ein kleiner Riese aus, mit Armen und Beinen so dick wie Baumstämme.

Murtagh zog den Arm zurück und warf mit unglaublicher Schnelligkeit sein Schwert. Die lange Waffe drehte sich einmal um sich selbst, dann traf die Klingenspitze den Kull mit einem dumpfen Knirschen in die Brust. Der Hüne kippte mit einem erstickten Gurgellaut zu Boden. Bevor der nächste Urgal angriff, stürmte Murtagh nach vorn und riss das Schwert aus dem Leichnam.

Eragon hob die Handfläche und rief: »*Jierda theirra Kalfis!*« Zwanzig der heranstürmenden Urgals stürzten schreiend in den Kóstha-mérna und hielten sich die Unterschenkel, aus denen die gebrochenen Schienbeine hervorragten. Die Übrigen stürmten achtlos an ihren gefallenen Kampfgenossen vorbei. Eragon kämpfte gegen die Erschöpfung und stützte sich mit einer Hand an Saphira ab.

Ein in der Dunkelheit unsichtbarer Pfeilhagel zischte an ihnen vorbei und prallte gegen die Klippe. Eragon und Murtagh duckten sich und hielten sich schützend die Hände über den Kopf. Saphira sprang über sie, sodass ihr Panzer die beiden Menschen und ihre Pferde schützte. Ein Klirren ertönte, als ein zweiter Pfeilhagel an ihren Schuppen abprallte.

»Was jetzt?«, rief Murtagh. In der Klippe hatte sich noch keine Öffnung aufgetan. »Hier können wir nicht bleiben!«

Eragon hörte Saphira knurren, als ein Pfeil am Rand ihres Flügels stecken blieb und die dünne Haut zerriss. Er schaute sich fieberhaft um und versuchte zu begreifen, warum Aryas Anweisungen nicht funktioniert hatten. »Ich verstehe das nicht! Wir sind genau dort, wo wir sein sollen!«

»Warum fragst du nicht die Elfe und vergewisserst dich?«,

schlug Murtagh vor. Er ließ sein Schwert fallen, zog den Bogen aus Tornacs Satteltasche und schoss zwischen den Zacken auf Saphiras Rücken einen Pfeil ab. Augenblicke später stürzte ein Urgal ins Wasser.

»Jetzt? Sie lebt ja kaum noch! Woher soll sie die Kraft nehmen, um mit mir zu reden?«

»Ich weiß nicht«, rief Murtagh, »aber lass dir lieber etwas einfallen, denn wir können keine ganze Armee abwehren!«

Eragon, knurrte Saphira drängend.

Was denn?

Wir stehen auf der falschen Seite des Wasserfalls! Ich habe Aryas Erinnerungen auch gesehen, und mir wurde eben klar, dass dies nicht die richtige Stelle ist. Sie zog den Kopf ein, als ein weiterer Pfeilhagel auf sie loszischte. Ihr Schwanz peitschte hin und her, als die Pfeile sie trafen. *Ich kann hier nicht mehr stehen bleiben! Sie schießen mich ab!*

Eragon schob Zar'roc in die Scheide zurück und rief: »Die Varden sind auf der rechten Seite des Wasserfalls. Wir müssen unter dem Wasser hindurch!« Mit Schrecken sah er, dass die Urgals auf der anderen Seite des Kóstha-mérna den Wasserfall schon fast erreicht hatten.

Murtaghs Blick schoss zu den herabstürzenden Wassermassen hinauf, die ihnen den Weg versperrten. »Die Pferde kriegen wir da nie im Leben durch, selbst wenn wir uns auf den Beinen halten können.«

»Ich werde sie überzeugen, uns zu folgen«, sagte Eragon. »Und Saphira kann Arya tragen.« Die Schreie der Urgals ließen Schneefeuer wütend schnauben. Die Elfe schwankte auf seinem Rücken hin und her und bemerkte nichts von der Gefahr.

Murtagh zuckte mit den Schultern. »Immer noch besser, als von den Ungeheuern in Stücke gerissen zu werden.« Eilig schnitt er Arya vom Sattel los, und Eragon fing sie auf, als sie zu Boden glitt.

Ich bin bereit, sagte Saphira und legte sich flach auf den Boden. Die heranstürmenden Urgals zögerten, unsicher, was der Drache vorhatte.

»Jetzt!«, rief Eragon. Er und Murtagh hoben Arya hinauf und schoben ihre Beine in die Sattelschlaufen. Sobald sie fertig waren, schnellte Saphira in die Luft und flog auf die andere Seite des Wasserfalls zu. Bei diesem Anblick schrien die Urgals wütend durcheinander und deckten sie mit einem Pfeilhagel ein. Die meisten Geschosse prallten an ihren Schuppen ab, aber einige durchbohrten ihre Flügel. Die Kull auf der anderen Uferseite beschleunigten noch einmal ihre Schritte, um den Wasserfall zu erreichen, bevor sie landen würde.

Eragon drang mit seinem Bewusstsein in den verschreckten Geist der Pferde ein. In der alten Sprache erzählte er ihnen, dass die Urgals sie töten und auffressen würden, wenn sie nicht durch den Wasserfall schwammen. Obwohl sie nicht alles verstanden, was er sagte, war die Bedeutung seiner Worte doch klar.

Da warfen Schneefeuer und Tornac die Köpfe zurück und sprangen in die herabstürzenden Fluten, die mit voller Wucht auf ihren Rücken krachten. Sie strampelten sich ab, um an der Oberfläche zu bleiben. Murtagh schob sein Schwert in die Scheide und sprang ihnen nach. Sein Kopf verschwand im schäumenden Nass, dann tauchte er wieder auf und spuckte Wasser.

Die Urgals waren direkt hinter Eragon. Er hörte das Knirschen ihrer Füße auf dem Kies. Mit einem lauten Kampfschrei sprang er Murtagh hinterher und schloss die Augen, bevor das eisige Wasser ihn umfing.

Die gewaltige Last des Wasserfalls schlug mit einer Wucht auf seine Schultern nieder, die ihm die Sinne raubte. Das Tosen war ohrenbetäubend laut. Er wurde auf den Grund gedrückt und schrammte mit den Knien über den felsigen Seeboden. Mit aller Kraft stieß er sich ab und schoss halb aus dem Wasser. Bevor er Luft schnappen konnte, drückte die tosende Kaskade ihn wieder unter die Oberfläche.

Er sah nur noch verschwommenen weißen Schaum. Fieberhaft versuchte er, an die Oberfläche zu gelangen, um Luft in seine brennenden Lungen zu bekommen, aber er kam nur wenige Fuß hoch, bevor es ihn erneut in die Tiefe zog. Er geriet in Panik, ruderte mit Armen und Beinen und kämpfte gegen die Wassermassen an. Von Zar'rocs Gewicht und dem seiner durchnässten Kleider hinabgezogen, sank er auf den Grund des Sees zurück und war nicht mehr imstande, die alten Worte auszusprechen, die ihn retten konnten.

Plötzlich packte ihn eine kräftige Hand im Genick und zog ihn durchs Wasser. Sein Retter schwamm mit schnellen, kurzen Stößen durch den See. Eragon hoffte, dass es Murtagh war und kein Urgal. Sie erreichten den Kiesstrand. Eragon zitterte am ganzen Leib und spuckte Wasser.

Zu seiner Rechten hörte er Kampfgeräusche und wirbelte in Erwartung eines Urgal-Angriffs herum. Die Ungeheuer auf der anderen Seite des Wasserfalls – dort, wo er eben noch gestanden hatte – stürzten unter einem vernichtenden Pfeilhagel zu Boden. Die Geschosse wurden aus Felsspalten in der Klippenwand abgefeuert. Dutzende Urgals trieben bereits tödlich getroffen im Wasser. Die Kulls auf seiner Uferseite wurden auf dieselbe Weise angegriffen. Keine der beiden Gruppen konnte ihre ungeschützten Positionen verlassen, da auf beiden Uferstreifen hinter ihnen wie aus dem Nichts Heerscharen von Kriegern aufgetaucht waren. Das Einzige, was verhinderte, dass die vordersten Kulls Eragon erreichten, war der stete Strom herabregnender Pfeile – die unsichtbaren Bogenschützen schienen fest entschlossen, die Urgals von ihm fern zu halten.

Eine mürrische Stimme neben Eragon sagte: »*Akh Guntéraz dorzada!* Was haben sie sich nur dabei gedacht? Du wärst beinahe ertrunken.« Eragon schrak überrascht zusammen. Es war nicht Murtagh, der neben ihm stand, sondern ein kleinwüchsiger Mann, der ihm kaum bis zum Ellbogen reichte.

Der Zwerg wrang sich emsig das Wasser aus den langen Bartflechten. Er hatte einen kräftigen Brustkorb, über dem er ein ärmelloses Kettenhemd trug, das seine muskelbepackten Arme freiließ. An einem breiten Ledergürtel um seine Hüfte hing eine Streitaxt. Auf dem Kopf trug er eine eisenumrandete Ochsenhautkappe, auf der das Symbol eines von zwölf Sternen umschlossenen Hammers prangte. Selbst mit Helm maß er kaum vier Fuß. Er schaute sehnsüchtig zum Kampfgeschehen hinüber und sagte: »*Barzul!* Ich wünschte, ich könnte mich zu ihnen gesellen!«

Ein Zwerg! Eragon zückte Zar'roc und schaute sich nach Saphira und Murtagh um. Zwei zwölf Fuß dicke Steintüren hatten sich im Fels geöffnet und offenbarten einen breiten, fast dreißig Fuß hohen Tunnel, der mitten ins Bergmassiv hineinführte. Eine Reihe flammenloser Lampen erfüllte den Gang mit hellblauem Licht, das bis auf den See hinausschien.

Saphira und Murtagh standen am Tunneleingang, umstellt von mehreren Männern und Zwergen. Hinter Murtagh hatte sich ein kahlköpfiger, bartloser Mann aufgebaut, der ein purpur- und goldfarbenes Gewand trug. Er war deutlich größer als die anderen Männer – und er hielt Murtagh einen Dolch an die Kehle.

Eragon wollte auf seine magischen Kräfte zurückgreifen, doch der Mann in dem rotgoldenen Gewand sagte mit scharfer, gefährlich klingender Stimme: »Halte ein! Wenn du Magie gebrauchst, werde ich deinen Freund töten, der so nett war, mir zu erzählen, dass du ein Drachenreiter bist. Glaub ja nicht, ich würde es nicht bemerken. Du kannst nichts vor mir verbergen.« Eragon machte Anstalten, etwas zu sagen, doch der Mann knurrte ihn an und drückte Murtagh den Dolch noch stärker an die Kehle. »Sei still! Wenn du auch nur ein Wort sagst oder etwas tust, wozu ich dich nicht aufgefordert habe, stirbt er. So, und jetzt alle Mann rein.« Er ging voraus in den Tunnel, Murtagh vor sich her treibend, behielt dabei aber auch Eragon im Auge.

Saphira, was soll ich tun?, fragte Eragon rasch, als die Männer und Zwerge dem Anführer folgten, die Pferde im Schlepptau.

Geh mit, riet sie ihm, *und lass uns hoffen, dass wir mit heiler Haut davonkommen.* Sie trat ebenfalls in den Tunnel und zog die nervösen Blicke der anderen auf sich. Eragon folgte ihr angesichts der zahlreichen Augenpaare, die ihn wachsam beobachteten, nur widerwillig. Sein Retter, der Zwerg, ging neben ihm her, eine Hand am Griff seiner Streitaxt.

Völlig erschöpft schlurfte Eragon in den Berg hinein. Hinter ihnen fielen die steinernen Türen so leise wie ein gehauchtes Flüstern zu. Er schaute zurück und sah nur eine nahtlose Felswand, wo eben noch der Tunneleingang gewesen war. Sie waren im Innern des Berges gefangen. Aber war es für sie hier sicherer als draußen?

Auf der Jagd
nach Antworten

Da lang«, sagte der kahlköpfige Mann schroff. Er wandte sich nach rechts, den Dolch noch immer an Murtaghs Kehle gepresst, und verschwand in einem gewölbten Tunneleingang. Die Krieger folgten ihm, die Blicke unentwegt auf Eragon und Saphira gerichtet. Die Pferde wurden in einen anderen Nebentunnel geführt.

Von der schlagartig veränderten Situation aus dem Konzept gebracht, trottete Eragon hinter Murtagh her. Er schaute kurz zu Saphira hinüber, um sich zu vergewissern, dass Arya noch sicher auf ihrem Rücken saß. *Sie braucht das Gegenmittel!*, dachte er verzweifelt bei der Vorstellung, das schleichende Gift könnte womöglich in diesem Augenblick seinen todbringenden Zweck erfüllen.

Eilig folgte er dem kahlköpfigen Mann durch den Türbogen. Die Krieger hielten ihre Waffen auf ihn gerichtet. Sie kamen an der Skulptur eines merkwürdigen Tieres mit dichtem Federkleid vorbei. Der Gang führte scharf nach links, dann wieder nach rechts. Eine Tür ging auf, und sie traten in einen leeren Raum, der so groß war, dass Saphira sich darin ungehindert bewegen konnte. Die Tür fiel mit einem hohlen Knall ins Schloss und wurde von draußen verriegelt.

Zar'roc fest umklammernd, nahm Eragon seine Umgebung in Augenschein. Wände, Boden und Decke bestanden aus poliertem weißem Marmor, der von allen Anwesenden geisterhafte, milchige Spiegelbilder hervorbrachte wie eine beschlagene Fensterscheibe. In jeder Ecke hing eine der ungewöhnlichen Laternen. »Wir haben hier eine verletzte…«, begann Eragon, doch eine scharfe Handbewegung des kahlköpfigen Mannes ließ ihn verstummen.

»Schweig! Damit warten wir, bis wir dich überprüft haben.« Er schob Murtagh zu einem der Krieger hinüber, der ihm sogleich sein Schwert an die Kehle hielt. Der kahlköpfige Mann klatschte leise in die Hände. »Leg deine Waffen ab und schieb sie zu mir herüber.« Ein Zwerg band Murtaghs Schwert los und ließ es klirrend zu Boden fallen.

Widerwillig machte Eragon die Scheide von seinem Gürtel los und legte sie mitsamt Schwert auf den Boden. Bogen und Köcher legte er daneben und schob dann den Haufen zu den Kriegern hinüber. »Jetzt tritt von deinem Drachen zurück und komm zu mir«, befahl der Kahlkopf schließlich.

Verwirrt ging Eragon auf ihn zu. Als die beiden nur noch ein Schritt voneinander trennte, sagte der Mann: »Bleib stehen! Lass jetzt alle Mauern fallen, die deinen Geist umgeben, und erlaube mir, deine Gedanken und Erinnerungen zu sehen. Falls du versuchst, etwas vor mir zu verbergen, werde ich die Wahrheit mit Gewalt aus dir herausholen… was dich unweigerlich in den Wahnsinn treiben würde. Wenn du nicht gehorchst, stirbt dein Gefährte.«

»Warum tust du das?«, fragte Eragon entsetzt.

»Um sicher zu sein, dass du nicht in Galbatorix' Diensten stehst, und um herauszufinden, warum ein paar hundert Urgals gegen unsere Pforten anrennen«, knurrte der Kahlkopf. »Niemand darf Farthen Dûr betreten, ohne überprüft worden zu sein.«

»Dafür ist keine Zeit. Wir brauchen einen Heiler!«, stieß Eragon aufgebracht hervor.

»Sei still!«, donnerte der Mann. »Bis du überprüft wurdest, sind deine Worte bedeutungslos!«

»Aber sie stirbt!«, gab Eragon wütend zurück und deutete auf Arya. Sie waren in einer prekären Lage, aber er würde sich auf nichts einlassen, bevor Arya versorgt war.

»Wir kümmern uns später um sie. Niemand verlässt diesen Raum, bis wir die Wahrheit über dich kennen. Es sei denn, du willst…«

Der Zwerg, der Eragon aus dem See gezogen hatte, sprang jetzt vor. »*Egraz Carn!* Bist du blind? Siehst du nicht, dass das auf dem Rücken des Drachen eine Elfe ist? Wir können sie nicht hier behalten, wenn sie todkrank ist. Ajihad und der König schlagen uns den Kopf ab, wenn wir zulassen, dass sie stirbt!«

Der andere zog wutentbrannt die Stirn zusammen. Nach kurzer Überlegung entspannte er sich jedoch wieder und sagte leise: »Natürlich, Orik, wir möchten sicher nicht, dass es dahin kommt.« Er schnippte mit den Fingern und deutete auf Arya. »Holt sie von dem Drachen herunter.« Zwei menschliche Krieger schoben ihre Schwerter in die Scheiden und gingen zögernd auf Saphira zu, die sie fest ansah. »Beeilt euch!«

Die Männer zogen Arya aus den Sattelschnallen und legten die Elfe auf den Boden. Einer der Männer sah sich ihr Gesicht genau an und sagte dann scharf: »Es ist Arya, die Hüterin des Dracheneis!«

»Was?«, rief der Kahlkopf aus. Die Augen des Zwergs Orik weiteten sich vor Erstaunen. Der andere richtete seinen stählernen Blick auf Eragon und sagte tonlos: »Du hast mir einiges zu erklären.«

Eragon erwiderte den Blick mit aller Entschlossenheit, die er aufbringen konnte. »Sie wurde in Gefangenschaft mit Skilna Bragh vergiftet. Nur Túnivors Nektar kann sie noch retten.«

Die Miene seines Gegenübers wurde undurchschaubar. Er stand unbewegt da, nur seine Lippen zuckten gelegentlich. »Gut, dann bringt sie zu den Heilern und sagt ihnen, was sie braucht. Wacht über sie, bis die Behandlung abgeschlossen ist. Wenn es vorüber ist, habe ich neue Befehle für euch.« Die Krieger nickten knapp und trugen Arya hinaus. Eragon sahen ihnen nach und wünschte sich, sie begleiten zu können. Seine Aufmerksamkeit kehrte zu dem Kahlkopf zurück, als dieser sagte: »Genug damit, wir haben schon zu viel Zeit vergeudet. Bereite dich auf die Prüfung vor.«

Eragon wollte diesen glatzköpfigen, Furcht einflößenden Mann nicht in seinen Geist einlassen und ihm all seine Gedanken und Gefühle offenbaren, aber er wusste, dass es zwecklos war, sich zu widersetzen. Die Atmosphäre war zum Zerreißen gespannt. Murtaghs Blick brannte sich in seine Stirn. Schließlich neigte er den Kopf. »Ich bin bereit.«

»Gut, dann…«

Er wurde unterbrochen, als Orik unvermittelt sagte: »Tu ihm nichts zuleide, sonst wird sich der König deiner annehmen.«

Der andere warf ihm einen verärgerten Blick zu, dann sah er Eragon mit dünnem Lächeln an. »Keine Sorge, er wird es überleben.« Er neigte ebenfalls den Kopf und murmelte mehrere unverständliche Wörter.

Eragon stöhnte schmerzerfüllt und erschrocken auf, als sich ein geistiger Dolch in seinen Kopf bohrte. Er verdrehte die Augen und begann unwillkürlich, die Barrieren um sein Bewusstsein zu ziehen. Der Angriff war unglaublich intensiv.

Tu das nicht!, rief Saphira. Ihre Gedanken schmiegten sich an seine und gaben ihm neue Kraft. *Du setzt Murtaghs Leben aufs Spiel.* Zähneknirschend gab Eragon nach und zwang sich, den Schutzschild fallen zu lassen und sich dem gierigen Fremden zu ergeben. Enttäuschung breitete sich auf dem Gesicht des Glatzkopfs aus. Sein wüstes Herumstochern wurde nachdrücklicher. Die von seinem Geist ausgehende Kraft fühlte sich verfault und ungesund an; etwas Grundlegendes war damit nicht in Ordnung.

Er will, dass ich mich ihm widersetze!, rief Eragon, als eine neue Schmerzwelle ihn erschütterte. Im selben Moment verebbte sie, aber nur, um von der nächsten ersetzt zu werden. Saphira tat ihr Bestes, um den Schmerz zu lindern, aber selbst sie konnte ihn nicht vollständig fern halten.

Gib ihm, was er will, sagte sie schnell, *aber behalte alles andere für dich. Ich helfe dir. Seine Kraft ist meiner weit unterlegen. Ich schirme bereits unser Gespräch vor ihm ab.*

Warum tut es trotzdem so weh?

Der Schmerz kommt von dir.

Eragon heulte auf, als sich die Präsenz des anderen auf der Suche nach Informationen noch tiefer in ihn hineinbohrte, wie ein Nagel, den man ihm in den Schädel schlug. Der kahlköpfige Mann stöberte grob in seinen Kindheitserinnerungen. *Die gehen ihn nichts an – hol ihn da raus!*, knurrte Eragon wütend.

Das kann ich nicht, nicht ohne dich in Gefahr zu bringen, sagte Saphira. *Ich kann Dinge vor seinem Blick verbergen, aber das muss ich tun, bevor er sie erreicht. Denk schnell nach und sag mir, was ich verstecken soll!*

Trotz der Schmerzen versuchte Eragon, sich zu konzentrieren. Er ging blitzschnell seine Erinnerungen durch, angefangen von dem Moment, als er Saphira gefunden hatte. Er verbarg Teile seiner Gespräche mit Brom, darunter alle alten Wörter, die er ihm beigebracht hatte. Ihre Reisen durch das Palancar-Tal, nach Yazuac, Daret und Teirm ließ er weitgehend unberührt. Aber seine Erinnerung an Solembum und an alles, was ihm von Angelas Prophezeiung im Gedächtnis geblieben war, ließ er Saphira verbergen. Er sprang von ihrem Einbruch in Teirm zu Broms Tod, seiner Gefangenschaft in Gil'ead und als Letztes zu Murtaghs Offenbarung seiner wahren Identität.

Auch diese wollte Eragon seinem Inquisitor vorenthalten, aber Saphira war dagegen. *Die Varden haben ein Recht darauf zu erfahren, wem sie Unterschlupf gewähren, besonders wenn es der Sohn eines Abtrünnigen ist!*

Mach es trotzdem, sagte er verkniffen, während er gegen eine weitere Schmerzwelle ankämpfte. *Ich möchte nicht derjenige sein, der sein Geheimnis preisgibt, vor allem nicht diesem Unhold gegenüber.*

Es wird herauskommen, sobald Murtagh überprüft wird, wandte Saphira scharf ein.

Tu es einfach!

Nachdem die wichtigsten Informationen versteckt waren,

gab es für Eragon nichts weiter zu tun, als darauf zu warten, dass der Mann seine Suche beendete. Es war, als müsse man stillhalten, während einem mit rostigen Zangen die Fingernägel herausgerissen wurden. Sein ganzer Körper war stocksteif, den Mund presste er fest zusammen. Hitze strahlte von seiner Haut ab und an seinem Nacken lief der Schweiß hinab. Er war sich jedes einzelnen Augenblicks bewusst, während die Minuten träge dahinkrochen.

Sein Peiniger wühlte sich auffällig langsam durch sein Gedächtnis, wie eine dornige Ranke, die sich einen Weg ins Sonnenlicht bahnt. Er achtete auf viele Dinge, die Eragon für nebensächlich hielt, zum Beispiel auf seine Mutter Selena, und es schien, als ließe er sich extra viel Zeit, um die Tortur in die Länge zu ziehen. Besonders ausgiebig betrachtete er Eragons Erinnerungen an die Ra'zac und später an den Schatten. Erst als er sich die Abenteuer des jungen Drachenreiters in allen Einzelheiten angesehen hatte, zog sich der Glatzkopf wieder aus Eragons Geist zurück.

Der Fremde glitt aus ihm heraus wie ein Splitter. Eragon schauderte, schwankte und stürzte zu Boden. Kräftige Arme fingen ihn auf, kurz bevor er auf den kühlen Marmor schlug. Er hörte Orik hinter sich rufen: »Du bist zu weit gegangen! Dafür war er nicht stark genug!«

»Er wird es überleben, das genügt«, antwortete der Mann knapp.

Es folgte ein ärgerliches Grunzen. »Was hast du entdeckt?« Stille.

»Was ist nun? Kann man ihm vertrauen oder nicht?«

Die Worte kamen widerwillig. »Er ... ist nicht unser Feind.«

Ein erleichtertes Raunen ging durch den Raum.

Eragons Lider hoben sich. Er stemmte sich mit weichen Knien hoch. »Sachte, sachte«, sagte Orik, schlang einen kräftigen Arm um ihn und half ihm auf die Beine. Eragon schwankte hin und her und funkelte den Glatzkopf wütend an. Ein tiefes Knurren drang aus Saphiras Kehle.

Der Mann blieb völlig ungerührt. Er wandte sich zu Murtagh um, dem noch immer die Schwertklinge an der Kehle saß. »Jetzt bist du dran.«

Murtagh wurde starr und schüttelte den Kopf. Die Klinge schnitt ihm leicht in die Haut. Blut lief ihm über den Hals. »Nein.«

»Wenn du dich weigerst, findest du keine Zuflucht bei uns.«

»Eragon wurde für vertrauenswürdig befunden, also kannst du mir nicht mit seinem Tod drohen. Und da du das nicht kannst, wirst du mich durch nichts dazu bringen, dich in meinen Geist eindringen zu lassen.«

Schnaubend hob der Glatzkopf die Stelle, wo eine Augenbraue gewesen wäre, wenn er Haare gehabt hätte. »Und was ist mit deinem eigenen Leben? Ich kann dir drohen, *dich* zu töten.«

»Das wird nichts nützen«, sagte Murtagh kühl und so überzeugend, dass es unmöglich war, an seinen Worten zu zweifeln.

Der Kahle explodierte wutschnaubend. »Dir bleibt gar nichts anderes übrig!« Er trat vor, legte eine Hand an Murtaghs Stirn und drückte fest zu, damit dieser sich ihm nicht entwinden konnte. Murtagh verkrampfte sich, seine Gesichtszüge wurden hart, die Hände waren zu Fäusten geballt und die Nackenmuskulatur trat hervor. Offensichtlich kämpfte er mit aller Kraft gegen den Angriff an. Der Glatzkopf fletschte die Zähne vor Wut und Ärger über den Widerstand. Seine Finger gruben sich gnadenlos in Murtaghs Haut.

Eragon stöhnte mitfühlend auf, denn er wusste um die Schlacht zwischen den beiden. *Kannst du ihm nicht helfen?*, fragte er Saphira.

Nein, sagte sie leise. *Er lässt niemanden in seinen Geist hinein.*

Mit finsterer Miene beobachtete Orik die beiden Kontrahenten. »*Ilf carnz orodüm*«, murmelte er, dann sprang er hervor und rief: »Das reicht!« Er packte den Glatzkopf beim Arm und riss ihn mit einer Kraft von Murtagh fort, die man seiner Körpergröße kaum zutraute.

Der Mann taumelte zurück, dann fuhr er wutschnaubend zu Orik herum. »Wie kannst du es wagen!«, brüllte er. »Erst stellst du meine Führerschaft infrage, dann öffnest du ohne Erlaubnis die Pforten, und jetzt das! Eine verräterische Frechheit nach der andern! Glaubst du etwa, der König hält jetzt noch seine schützende Hand über dich?«

Orik sagte empört. »Du hättest sie sterben lassen! Hätte ich noch länger gewartet, hätten die Urgals sie umgebracht.« Er deutete auf Murtagh, der heftig keuchte. »Wir haben kein Recht, ihn zu foltern, um Informationen aus ihm herauszuholen! Ajihad würde das nicht gutheißen! Nicht nachdem du den Reiter untersucht und für vertrauenswürdig befunden hast. Und sie haben Arya zu uns zurückgebracht.«

»Willst du ihn etwa ungeprüft einlassen? Bist du ein so großer Narr, dass du uns alle in Gefahr bringen willst?«, brauste der andere auf. Wilder Zorn flackerte in seinen Augen. Er sah aus, als wäre er kurz davor, den Zwerg in Stücke zu reißen.

»Besitzt er magische Kräfte?«

»Das ist ...«

»Besitzt er magische Kräfte?«, brüllte Orik so laut, dass seine tiefe Stimme im Raum widerhallte. Plötzlich wurde das Gesicht des Glatzkopfs ausdruckslos. Er verschränkte die Hände hinter dem Rücken.

»Nein.«

»Wovor hast du dann Angst? Er kann unmöglich fliehen, und Unfug mit uns treiben kann er auch nicht, wenn deine Kräfte so großartig sind, wie du behauptest. Aber du musst nicht auf mich hören – frage Ajihad, wie er es haben möchte.«

Der Glatzkopf starrte Orik einen Moment lang mit unergründlicher Miene an, dann schaute er an die Decke und schloss die Augen. Seine Schultern wurden sonderbar steif, während seine Lippen sich lautlos bewegten. Tiefe Falten zerfurchten die bleiche Haut über seinen Augen, und seine Finger krallten sich krampfartig zusammen, als würde er einen unsichtbaren Gegner erwürgen. Ein paar Minuten lang stand er so da, in ein lautloses Gespräch versunken.

Als er die Augen wieder aufschlug, ignorierte er Orik und herrschte die Krieger an: »Verschwindet, sofort!« Während die Männer den Raum verließen, sagte er mit kühler Stimme zu Eragon: »Da ich meine Prüfung nicht zu Ende führen konnte, werden du und dein Freund über Nacht hier bleiben. Sollte er versuchen zu fliehen, wird er getötet.« Mit diesen Worten machte er auf dem Absatz kehrt und marschierte hinaus. Sein fahler Schädel schimmerte im Schein der Laternen.

»Dank dir«, flüsterte Eragon Orik zu.

Der Zwerg grunzte. »Ich lasse euch etwas zu essen bringen.« Er murmelte einige unverständliche Worte und ging dann kopfschüttelnd hinaus. Draußen wurde der Riegel wieder vor die Tür geschoben.

Eragon setzte sich erschöpft hin. Der Gewaltmarsch und die Aufregungen des Tages hatten ihn in einen sonderbaren, traumartigen Zustand versetzt. Seine Augenlider waren schwer. Saphira ließ sich neben ihm nieder. *Wir müssen vorsichtig sein. Offenbar haben wir hier genauso viele Feinde wie im Königreich.* Er nickte bloß, zu müde zum Reden.

Murtagh lehnte sich mit leerem Blick an die Wand und rutschte dann auf den glänzenden Fußboden herab. Er drückte den Ärmel auf die Schnittwunde an seiner Kehle, um die Blutung zu stillen. »Alles in Ordnung?«, fragte Eragon. Murtagh nickte träge. »Hat er etwas aus dir herausgeholt?«

»Nein.«

»Wie konntest du ihn aus deinem Geist fern halten? Er ist so stark.«

»Ich wurde … gut ausgebildet.« Ein bitterer Ton schwang in seiner Stimme mit.

Stille umfing sie. Eragons Blick wanderte zu einer der Laternen, die in den Ecken hingen. Seine Gedanken schweiften umher, bis er plötzlich sagte: »Ich habe ihnen nicht verraten, wer du bist.«

Murtagh sah erleichtert aus. Er neigte den Kopf. »Danke, dass du es für dich behalten hast.«

»Sie haben dich nicht erkannt.«

»Nein.«

»Und du behauptest immer noch, du bist Morzans Sohn?«

»Ja«, seufzte er.

Eragon wollte etwas erwidern, hielt aber inne, als er spürte, dass eine warme Flüssigkeit auf seine Hand tropfte. Er betrachtete sie und sah mit Schrecken, dass es Blut war. Es tropfte von Saphiras Flügel. *Ich habe ganz vergessen, dass du verletzt bist!,* rief er und stemmte sich mühsam hoch.

Sei vorsichtig. Wenn man müde ist, unterlaufen einem leicht Fehler.

Ich weiß. Saphira breitete einen ihrer Flügel auf dem Boden aus. Murtagh sah zu, wie Eragon mit der Hand über die warme blaue Membranhaut strich und »*Waíse heill*« sagte, wenn er eine Wunde fand. Glücklicherweise waren die Verletzungen leicht zu schließen, selbst die an ihrer Nase.

Als er fertig war, sackte Eragon schwer atmend gegen Saphira. Er spürte ihren beruhigenden Herzschlag.

»Hoffentlich bringen sie uns bald etwas zu essen«, sagte Murtagh.

Eragon zuckte mit den Schultern; er war zu müde, um hungrig zu sein. Er verschränkte die Arme, vermisste Zar'rocs Gewicht an seiner Seite. »Warum bist du hier?«

»Wie bitte?«

»Wenn du wirklich Morzans Sohn bist, würde Galbatorix dich doch nicht einfach so in Alagaësia herumspazieren lassen. Wie ist es dir gelungen, die Ra'zac aufzuspüren? Warum hat man nie etwas davon gehört, dass einer der Abtrünnigen einen Sohn hatte? Und was tust du hier?« Am Ende schraubte sich seine Stimme fast zu einem Brüllen hoch.

Murtagh fuhr sich mit den Händen übers Gesicht. »Das ist eine lange Geschichte.«

»Du weichst aus«, sagte Eragon.

»Es ist zu spät zum Reden.«

»Morgen haben wir dafür wahrscheinlich keine Zeit.«

Murtagh schlang die Arme um seine Beine und legte das Kinn auf die Knie, schaukelte vor und zurück und starrte auf den Boden. »Es ist keine…«, sagte er, brach dann aber noch einmal ab. »Ich möchte nicht unterbrochen werden – also mach es dir bequem. Meine Geschichte dauert eine Weile.« Eragon lehnte sich zurück und nickte. Saphira beobachtete die beiden aufmerksam.

Murtaghs erster Satz kam ein wenig stockend, aber während er sprach, wurde seine Stimme kräftiger und selbstbewusster. »Soweit ich weiß, bin ich das einzige Kind der Dreizehn Diener oder der Abtrünnigen, wie man sie landläufig nennt. Vielleicht gibt es ja noch andere, denn die Dreizehn waren Meister darin, Geheimnisse für sich zu behalten, aber ich bezweifle es, aus Gründen, die ich dir später erkläre.

Meine Eltern lernten sich in einem kleinen Dorf kennen – ich habe nie erfahren, in welchem –, als mein Vater für den König unterwegs war. Morzan war wohl sehr nett zu meiner Mutter, zweifellos ein Trick, um ihr Vertrauen zu gewinnen, und als er weiterzog, begleitete sie ihn. Sie reisten eine Weile zusammen, und wie es mit diesen Dingen eben so ist, verliebte sie sich in ihn. Morzan freute sich, als er das merkte, nicht nur weil es ihm viele Gelegenheiten bot, sie zu quälen, sondern weil er erkannte, wie vorteilhaft es war, eine Dienerin zu haben, die ihn nicht betrügen würde.

Als Morzan an Galbatorix' Hof zurückkehrte, wurde sie zu seinem willigen Werkzeug. Er ließ sie seine geheimen Botschaften überbringen und brachte ihr die Grundlagen der Magie bei, was ihr half, unentdeckt zu bleiben und – gelegentlich – Informationen aus Leuten herauszuholen. Er tat alles, um sie vor den anderen Abtrünnigen zu schützen, nicht weil er Gefühle für sie hegte, sondern weil die anderen – hätte sich ihnen die Gelegenheit geboten – sie gegen ihn verwendet hätten. Drei Jahre lang ging das so, bis meine Mutter schwanger wurde.«

Murtagh machte eine Pause und wickelte sich eine Haarlocke um den Finger. Dann fuhr er in abgehacktem Ton fort: »Wenn schon nichts anderes, so war mein Vater jedenfalls ein gerissener Kerl. Er wusste, dass die Schwangerschaft ihn und meine Mutter in große Gefahr brachte, ganz zu schweigen von dem Kind – also von mir. Daher verschwand er mit ihr eines Nachts aus dem Palast und brachte sie auf seine Burg. Sobald sie dort waren, legte er einen mächtigen Zauber über das Anwesen, sodass es außer einigen ausgesuchten Dienern niemand betreten konnte. Auf diese Art wurde die Schwangerschaft vor allen geheim gehalten, außer vor Galbatorix.

Galbatorix wusste alles über das Leben der Dreizehn. Er kannte ihre privaten Angelegenheiten, ihre Intrigen und – am wichtigsten – ihre Gedanken. Er sah gern mit an, wie sie einander bekämpften, und zu seiner eigenen Belustigung half er manchmal dem einen oder dem anderen. Aber aus irgendeinem Grund hat er meine Existenz nie bekannt gemacht.

Nach meiner Geburt wurde ich in die Obhut einer Amme gegeben, damit meine Mutter zu Morzan zurückkehren konnte. Ihr blieb nichts anderes übrig. Morzan erlaubte ihr, mich alle paar Monate zu besuchen, aber davon abgesehen hielt man uns voneinander getrennt. Auf diese Weise vergingen drei weitere Jahre und in dieser Zeit fügte er mir die Verletzung zu ... die Narbe auf meinem Rücken.« Murtagh brütete eine Weile vor sich hin, bevor er fortfuhr.

»Ich wäre auf diese Art und Weise zum Mann herangewachsen, hätte man Morzan nicht fortgeschickt, um Saphiras Ei zu jagen. Sobald er weg war, verschwand meine Mutter. Keiner wusste, wohin sie gegangen war oder warum. Der König versuchte, sie zu fangen, doch seine Männer fanden keine Spur von ihr – zweifellos war Morzan ihr ein guter Lehrer gewesen.

Als ich geboren wurde, waren nur noch fünf der Dreizehn am Leben. Als Morzan fortging, hatte diese Zahl sich auf drei reduziert, und als er in Gil'ead Brom gegenübertrat, war er der Letzte. Die Abtrünnigen kamen auf verschiedene Weise zu Tode: durch Selbstmord, Hinterhalte, übermäßigen Gebrauch von Magie… Aber meist war es das Werk der Varden. Ich habe gehört, dass der König wegen der Verluste außer sich war vor Zorn.

Bevor uns jedoch die Kunde von Morzans Tod erreichte, kehrte meine Mutter zurück. Seit ihrem Verschwinden waren viele Monate vergangen. Sie war bei schlechter Gesundheit und wurde immer kränker. Zwei Wochen darauf starb sie.«

»Was geschah dann?«, fragte Eragon.

Murtagh zuckte mit den Schultern. »Ich wuchs auf. Der König holte mich in den Palast und sorgte für meine Erziehung. Davon abgesehen ließ er mich in Ruhe.«

»Warum bist du nicht ausgerissen?«

Ein hartes Lachen brach aus Murtagh hervor. »Geflohen wäre das passendere Wort. An meinem letzten Geburtstag, als ich achtzehn wurde, lud der König mich in seine Gemächer ein, zu einem privaten Abendmahl. Die Botschaft überraschte mich, weil ich mich stets vom Hof distanziert hatte und Galbatorix nur selten begegnet war. Wir hatten uns zwar einige Male unterhalten, aber stets in Hörweite lauschender Höflinge.

Ich nahm die Einladung natürlich an, denn mir war klar, dass es unklug gewesen wäre, sie auszuschlagen. Die Speisen waren köstlich, aber während des gesamten Essens ruhte der Blick seiner schwarzen Augen auf mir. Es schien, als suchte er etwas, das in meinem Gesicht verborgen war. Ich wusste nicht, wie ich mich verhalten sollte, und versuchte es mit höflicher Konversation, aber er wollte nicht reden, also gab ich den Versuch auf.

Als wir mit dem Essen fertig waren, begann er schließlich zu sprechen. Du kennst seine Stimme nicht, daher kann ich dir schwer begreiflich machen, wie es war. Seine Worte waren hinreißend, als würde mir eine Schlange goldene Lügen ins Ohr flüstern. Noch nie hatte ich einem überzeugenderen und erschreckenderen Mann als ihm gelauscht. Er erzählte mir von seiner großen Vision, einer Fantasie des Imperiums, so wie er es sich erträumte. Überall im Lande sollten prächtige Städte gebaut werden, in denen die größten Krieger wohnten, Künstler, Musiker und Philosophen. Die Urgals waren endgültig ausgelöscht. Und sein Reich sollte sich in jede Himmelsrichtung ausdehnen, bis es die vier Ecken Alagaësias erreichte. Es würde Frieden und Wohlstand geben – aber noch wundersamer war, dass die Drachenreiter zurückkehren und gemeinsam mit Galbatorix das Land regieren sollten.

Mehrere Stunden lang hörte ich ihm wie verzaubert zu. Als er mit seinen Ausführungen fertig war, fragte ich ihn aufgeregt, wie er die Drachenreiter wieder zum Leben erwecken wollte, wo doch jeder wusste, dass es keine Dracheneier mehr gab. Da wurde Galbatorix ganz still und sah mich nachdenklich an. Er schwieg eine Weile, aber dann streckte er plötzlich die Hand aus und fragte mich: ›Wirst du, o Sohn meines Freundes, mir dienen und helfen, dieses Paradies zu erschaffen?‹

Obwohl ich natürlich die Hintergründe von Galbatorix' Aufstieg kannte, war der Traum, den er mir da in den leuchtendsten Farben ausgemalt hatte, zu verlockend, zu verführerisch, um ihn einfach zu ignorieren. Begeisterung für seine Mission erfüllte mich und ich versicherte ihm bereitwillig meine Ergebenheit. Sichtlich zufrieden gab Galbatorix mir seinen Segen und entließ mich mit den Worten: ›Ich lasse dich rufen, wenn es nötig wird.‹

Mehrere Monate vergingen, bevor es dazu kam. Als mich schließlich sein Ruf ereilte, spürte ich, wie meine alte Aufgeregtheit zurückkehrte. Wie beim ersten Mal trafen wir uns allein, aber diesmal war er nicht freundlich oder liebenswürdig. Die Varden hatten im Süden gerade drei Brigaden vernichtet und er raste vor Wut. Er herrschte mich mit schneidender Stimme an, ich solle mir ein Soldatenheer nehmen und Cantos zerstören, wo sich die Rebellen bekanntermaßen hin und wieder versteckten. Als ich ihn fragte, was wir mit den Menschen dort machen und wie wir herausfinden sollten, ob sie schuldig waren, brüllte er: ›Es sind alles Verräter! Verbrennt sie auf dem Scheiterhaufen und begrabt ihre Asche mit Pferdedung!‹ Er schrie weiter herum, verfluchte seine Feinde und beschrieb, wie er im Lande jeden geißeln würde, der etwas gegen ihn im Schilde führte.

Er klang so anders als bei unserem ersten Treffen. Mir wurde klar, dass er weder die Gnade noch den Weitblick besaß, um die Loyalität der Menschen zu gewinnen, und dass er mit brutaler Gewalt regierte und dabei nur seinen eigenen Begierden folgte. In dem Moment beschloss ich zu fliehen und nie mehr nach Urû'baen zurückzukehren.

Sobald ich den Thronsaal verlassen hatte, bereitete ich mich und mein treues Pferd auf die Flucht vor. Wir sind noch in derselben Nacht losgeritten, aber irgendwie sah Galbatorix meinen Ausbruch voraus, denn an den Toren erwarteten mich Soldaten. Oh, mein Schwert war blutbesudelt, als es im schwachen Laternenschein aufblitzte. Wir besiegten die Männer… aber mein Pferd kam bei dem Kampf um.

Allein und tief betrübt, flüchtete ich mich zu einem alten Freund, der mir auf seinem Anwesen Unterschlupf gewährte. Während ich mich bei ihm versteckte, lauschte ich den kursierenden Gerüchten, versuchte, Galbatorix' Absichten vorauszuahnen und meine Zukunft zu planen. In dieser Zeit hörte ich, dass die Ra'zac losgeschickt worden waren, um jemanden zu fangen oder zu töten. Mir fielen Galbatorix' Pläne mit den Drachenreitern ein, und ich beschloss, die Ra'zac aufzuspüren und ihnen zu folgen, für den Fall, dass sie *tatsächlich* einen Drachen fanden. Und so bin ich dir begegnet… Das war meine Geschichte.«

Wir wissen noch immer nicht, ob er die Wahrheit sagt, meinte Saphira warnend.

Ich weiß, sagte Eragon, *aber warum sollte er uns belügen? Vielleicht ist er verrückt.*

Das bezweifle ich. Eragon fuhr mit dem Finger über Saphiras harte Schuppen und beobachtete, wie sich darin das Licht spiegelte. »Warum schließt du dich dann nicht den Varden an? Sie werden dir eine Weile misstrauen, aber nachdem du ihnen deine Loyalität bewiesen hast, werden sie dich respektieren. Und sind sie nicht in gewisser Weise deine Verbündeten? Ihr Ziel ist es, den König zu Fall zu bringen. Willst du das nicht auch?«

»Muss ich dir denn alles doppelt und dreifach erklären?«, fragte Murtagh. »Ich möchte nicht, dass Galbatorix erfährt, wo ich bin, und das ist unvermeidlich, wenn die Leute anfangen herumzuerzählen, dass ich mich seinen Feinden angeschlossen habe. Das war nie meine Absicht. Diese…«, er hielt inne, dann sagte er abfällig, »*Rebellen* wollen nicht nur den König stürzen, sondern das ganze Königreich zerstören… und das will ich nicht. Es würde nur Chaos und Anarchie geben. Der König hat seine Fehler, ja, aber das System selbst ist in Ordnung. Und was den Respekt der Varden betrifft: Ha! Wenn ich mich zu erkennen gebe, werden sie mich wie einen Verbrecher behandeln oder wie etwas noch Schlimmeres. Nicht nur das, auch du würdest unter Verdacht stehen, weil wir zusammen unterwegs waren!«

Er hat Recht, sagte Saphira.

Eragon beachtete sie nicht. »So schlimm würde es bestimmt nicht kommen«, sagte er und versuchte, optimistisch zu klingen. Murtagh schnaubte abfällig und sah weg. »Ich bin sicher, sie würden…« Er wurde unterbrochen, als die Tür eine Hand breit geöffnet wurde und man ihnen zwei Schalen hereinschob. Es folgten ein Brotlaib und ein Brocken rohes Fleisch, dann wurde die Tür wieder geschlossen.

»Na endlich!«, grummelte Murtagh und ging zu den Speisen hinüber. Er warf Saphira das Fleisch zu, die es aus der Luft schnappte und in einem Stück verschlang. Dann riss er den Brotlaib entzwei, gab Eragon die eine Hälfte, klaubte seine Schale auf und zog sich in eine Ecke zurück.

Sie aßen schweigend. Murtagh schlang seine Suppe hinunter. »Ich lege mich schlafen«, verkündete er, als er fertig war, und stellte ohne ein weiteres Wort seine Schale auf den Boden.

»Gute Nacht«, sagte Eragon. Er legte sich neben Saphira, die Arme unter seinem Kopf. Sie schlang ihren langen Hals um ihn wie eine Katze, die sich in ihren Schwanz einwickelt, und legte den Kopf neben seinen. Einer ihrer Flügel lag wie ein blaues Zelt auf ihm und hüllte ihn in Dunkelheit.

Gute Nacht, mein Kleiner.

Ein leises Lächeln umspielte seine Lippen, aber er war bereits eingeschlafen.

Prachtvolles
Tronjheim

Eragon fuhr ruckartig hoch, als ein lautes Knurren an sein Ohr drang. Saphira schlief noch, ihre Augen wanderten unter den geschlossenen Lidern umher, und ihre Oberlippe zuckte, als wollte sie jeden Moment zuschnappen. Er lächelte, dann schrak er zusammen, als sie erneut knurrte.

Wahrscheinlich träumt sie, sagte er sich. Er beobachtete sie eine Weile, dann kroch er vorsichtig unter ihrem Flügel hervor. Er stand auf und streckte sich. Der Raum war kühl, aber es war ihm nicht unangenehm. Murtagh lag mit geschlossenen Augen hinten in der Ecke auf dem Rücken.

Als Eragon um Saphira herumging, regte sich Murtagh. »Guten Morgen«, sagte er leise und setzte sich auf.

»Wie lange bist du schon wach?«, fragte Eragon mit gedämpfter Stimme.

»Eine ganze Weile. Ich bin überrascht, dass Saphiras Schnarchen dich nicht früher geweckt hat.«

»Ich war so müde, ich wäre selbst bei einem Gewitter nicht aufgewacht«, sagte Eragon trocken. Er setzte sich zu Murtagh und lehnte den Kopf an die Wand. »Weißt du, wie spät es ist?«

»Nein. Das lässt sich hier drin unmöglich abschätzen.«

»War schon jemand da?«

»Noch nicht.«

Sie saßen reglos und schweigend nebeneinander. Eragon empfand eine sonderbare Verbundenheit mit Murtagh. *Ich trage Murtaghs Schwert, das eigentlich sein… Erbe gewesen wäre. In vielerlei Hinsicht ähneln wir uns und doch sind unsere Herkunft und unsere Ansichten völlig verschieden.* Er dachte an Murtaghs Narbe und schauderte. *Was für ein Mensch tut einem Kind bloß so etwas an?*

Saphira hob den Kopf und blinzelte sich den Schlaf aus den Augen. Sie schnüffelte mit hoch erhobenem Kopf, dann gähnte sie herzhaft, die raue Zungenspitze aufgerollt. *Ist etwas passiert?* Eragon schüttelte den Kopf. *Hoffentlich bekomme ich heute mehr zu fressen als die Kleinigkeit gestern Abend. Ich könnte eine ganze Kuhherde verspeisen.*

Sie bringen dir bestimmt gleich etwas, versicherte er ihr.

Die sollen sich beeilen. Sie setzte sich an die Tür und wartete mit zuckendem Schwanz. Eragon schloss die Augen und genoss seine Schlaftrunkenheit. Er döste eine Weile vor sich hin, dann stand er auf und lief herum. Gelangweilt nahm er eine der Laternen in Augenschein. Sie bestand aus einem tränenförmigen Glaszylinder, etwa doppelt so groß wie eine Zitrone, in dem ein sanftes blaues Licht schimmerte, das weder flimmerte noch flackerte. Vier schlanke Metallrippen umschlossen das Glas, trafen am Scheitelpunkt zusammen und bildeten dort einen Haken, ebenso an der Unterseite, wo sie zu drei anmutigen Beinen verschmolzen. Das ganze Stück war äußerst elegant.

Stimmen im Gang unterbrachen Eragons Betrachtungen.

Die Tür ging auf und ein Dutzend Krieger marschierten herein. Der vorderste Mann schluckte, als er Saphira sah. Dann folgten Orik und der Glatzkopf, der erklärte: »Ajihad, der Anführer der Varden, möchte euch sehen. Falls ihr etwas essen müsst, könnt ihr es auf dem Weg zu ihm tun.« Eragon und Murtagh standen Seite an Seite und musterten ihn misstrauisch.

»Wo sind unsere Pferde? Und kann ich mein Schwert und meinen Bogen wiederhaben?«, fragte Eragon.

Der Glatzkopf sah ihn abfällig an. »Eure Waffen bekommt ihr zurück, wenn Ajihad es erlaubt, vorher nicht. Und eure Pferde warten im Tunnel auf euch. Kommt jetzt!«

Als er sich zum Gehen umwandte, fragte Eragon schnell: »Wie geht es Arya?«

Der Mann zögerte. »Das weiß ich nicht. Die Heiler behandeln sie noch.« Er verließ den Raum, Orik an seiner Seite.

Einer der Krieger deutete auf Eragon. »Du gehst zuerst.« Eragon trat hinaus, gefolgt von Saphira und Murtagh. Sie gingen durch den Tunnel zurück, durch den sie am Vorabend gekommen waren, und passierten wieder die merkwürdige Tierskulptur. Als sie den gewaltigen Haupttunnel erreichten, durch den sie in den Berg hineingelangt waren, erwartete sie dort der Glatzkopf mit Orik, der die Zügel von Tornac und Schneefeuer hielt.

»Ihr werdet nacheinander in der Mitte des Tunnels reiten«, befahl er ihnen. »Falls ihr versucht zu fliehen, hält man euch auf.« Als Eragon sich anschickte, auf Saphira zu steigen, brüllte der Mann: »Nein! Du reitest dein Pferd, bis ich dir etwas anderes sage.«

Achselzuckend nahm Eragon Schneefeuers Zügel. Er

schwang sich in den Sattel, dirigierte Schneefeuer vor Saphira und sagte ihr: *Bleib dicht hinter mir, falls ich deine Hilfe brauche.*

Natürlich, sagte sie.

Hinter Saphira stieg Murtagh auf Tornac. Der Glatzkopf inspizierte die kleine Aufstellung, dann gestikulierte er zu den Kriegern, die sich sogleich in zwei Gruppen aufteilten und sie umstellten, wobei sie einen gebührenden Abstand zu Saphira hielten. Orik und der Glatzkopf bildeten die Spitze der Prozession.

Nachdem er sie mit einem letzten prüfenden Blick bedacht hatte, klatschte der Glatzkopf zweimal in die Hände und marschierte los. Eragon stieß Schneefeuer sanft in die Flanken. Der ganze Trupp machte sich auf den Weg ins Herz des Berges. Das Hufgetrappel hallte als mannigfaltiges Echo in den Gewölben wider, um ein Vielfaches verstärkt vom nackten Fels. Hin und wieder sahen sie Türen und Tore in den glatten Wänden, aber sie waren stets geschlossen.

Eragon war überwältigt von der Größe des Tunnels, der mit unglaublicher Geschicklichkeit ins Bergmassiv getrieben worden war – Wände, Boden und Decke waren von vollendeter Form. Alle Winkel waren präzise gearbeitet, und soweit er es erkennen konnte, wich der Tunnel keinen Zoll von seinem Kurs ab.

Während sie tiefer und tiefer in den Berg hineingelangten, wuchs Eragons Unruhe über das bevorstehende Treffen mit Ajihad. Für die Menschen im Königreich war der Anführer der Varden nur eine schattenhafte Gestalt. Seit er sich vor fast zwanzig Jahren an die Spitze der Varden gestellt hatte, führte er einen erbitterten Krieg gegen König Galbatorix.

Niemand wusste, woher er kam oder wie er aussah. Es hieß, er sei ein meisterhafter Stratege und ein gnadenloser Kämpfer. Angesichts eines solchen Rufs fragte sich Eragon ängstlich, wie er sie wohl aufnehmen würde. Das Bewusstsein, dass Brom Ajihad vertraut hatte, dämpfte allerdings seine Beklommenheit.

Das Wiedersehen mit Orik warf neue Fragen in ihm auf. Offensichtlich war der Tunnel des Werk von Zwergen – niemand sonst konnte Stein so meisterhaft bearbeiten –, aber gehörten die Zwerge zu den Varden, oder boten sie ihnen nur Unterschlupf? Und wer war der König, den Orik erwähnt hatte? War es Ajihad? Eragon wusste jetzt, dass sich die Varden ihrer Entdeckung entzogen, indem sie sich im Innern der Berge versteckten, aber was war mit den Elfen? Wo waren sie?

Der Glatzkopf führte sie bereits seit mehr als einer Stunde durch den Tunnel, ohne ein Wort zu sagen oder sich umzudrehen. *Wir haben bestimmt schon drei Meilen hinter uns gebracht!*, wurde Eragon klar. *Vielleicht führen sie uns ja durch den ganzen Berg hindurch!* Schließlich wurde vor ihnen ein schwacher weißer Schimmer erkennbar. Er kniff die Augen zusammen, um die Lichtquelle zu sehen, aber sie waren noch zu weit entfernt, um Einzelheiten ausmachen zu können. Das Schimmern wurde heller, je näher sie ihm kamen.

Jetzt konnte er entlang der Wände dicke, mit Rubinen und Amethysten besetzte Marmorsäulen erkennen. Aberdutzende von Laternen hingen zwischen den Säulen und verströmten ein flüssig schillerndes Licht. Goldene Filigranmuster glänzten in den Säulensockeln wie geschmolzener Zwirn. Von der

Decke schauten aus dem Fels gemeißelte Rabenköpfe herab, die Schnäbel aufgerissen, als würden sie kreischen. Am Ende des hallenartigen Tunnelstücks befanden sich zwei kolossale schwarze Torflügel, auf denen eine siebenzackige silberne Krone prangte, die sich über beide Flügel erstreckte.

Der Glatzkopf blieb stehen und hob die Hand. Er wandte sich zu Eragon um. »Ab hier reitest du auf deinem Drachen. Versuch aber nicht davonzufliegen. Die Menschen werden auf dich blicken, also vergegenwärtige dir, wer und was du bist.«

Eragon stieg von Schneefeuer ab und kletterte auf Saphiras Rücken. *Ich glaube, sie wollen mit uns angeben,* sagte sie, während er sich in den Sattel setzte.

Das werden wir ja sehen. Ich wünschte, ich hätte Zar'roc bei mir, entgegnete er und zurrte die Schlaufen um seine Beine fest.

Vielleicht ist es besser, dass du nicht Morzans Schwert trägst, wenn die Varden dich zum ersten Mal sehen.

Da könntest du Recht haben. »Ich bin bereit«, sagte Eragon und straffte die Schultern.

»Gut«, sagte der Kahlkopf. Er und Orik traten von Saphira zurück und stellten sich so weit hinter sie, dass sie eindeutig an der Spitze stand. »Jetzt reite zu den Toren, und wenn sie sich öffnen, folge dem Weg. Aber langsam!«

Bist du bereit?, fragte Eragon.

Natürlich. Saphira trottete gemächlich auf die Tore zu. Ihre Schuppen glitzerten im Licht und warfen schillernde Farbflecken auf die Säulen. Eragon atmete tief durch, um sich zu beruhigen.

Die Tore schwangen ohne Vorwarnung in unsichtbaren

Angeln nach außen auf. Als der Spalt zwischen ihnen breiter wurde, fluteten Sonnenstrahlen in den Tunnel und fielen Saphira und Eragon ins Gesicht. Geblendet kniff Eragon die Augen zusammen. Als sie sich an das Licht gewöhnt hatten, stockte ihm der Atem.

Sie befanden sich in einem gewaltigen Vulkankrater, dessen Innenwände sich zu einer kleinen, zerklüfteten Öffnung verengten, die in so großer Höhe lag, dass Eragon die Entfernung kaum abschätzen konnte – es mochten gut und gerne mehr als ein Dutzend Meilen sein. Ein heller Lichtstrahl fiel durch die Öffnung und beleuchtete das Zentrum des Vulkans, ließ den Rest der höhlenartigen Weite jedoch in gedämpftem Zwielicht.

Die gegenüberliegende Kraterseite, diesig blau in der Ferne, schien etwa zehn Meilen entfernt zu sein. Gigantische Eiszapfen, hunderte Fuß dick und tausende Fuß lang, hingen meilenweit über ihnen wie glitzernde Dolche. Eragon wusste von seinem Erlebnis im Tal her, dass niemand, selbst Saphira nicht, diese luftigen Höhen erreichen konnte. Weiter unten an den Kraterwänden bedeckten Flechten und dunkle Moosflächen den Fels.

Er senkte wieder den Blick und sah, dass ein breiter, gepflasterter Weg von der Torschwelle fortführte, und zwar mitten ins Zentrum des Kraters, wo er am Fuße eines schneeweißen Berges endete, der in tausend Farben glitzerte wie ein ungeschliffener Edelstein. Er war gerade ein Zehntel so hoch wie der Krater selbst, der über ihm aufragte, aber der Eindruck seiner Winzigkeit täuschte, denn er reckte sich mehr als eine Meile in den Kraterhimmel empor.

Lang wie er war, hatte der Tunnel sie dennoch nur durch

eine Seite des Vulkans hindurchgeführt. Während Eragon mit weit aufgerissenen Augen umherblickte, hörte er Orik mit tiefer Stimme sagen: »Schau es dir gut an, Mensch, denn seit mehr als hundert Jahren hat dies kein Drachenreiter mehr gesehen. Der luftige Gipfel, unter dem wir stehen, ist der Farthen Dûr – vor vielen tausend Jahren von Korgan, dem Stammvater unseres Volkes, entdeckt, als er nach Gold grub. Und in der Mitte steht unsere größte Errungenschaft: Tronjheim, der aus purem Marmor erbaute Stadtberg.« Die Tore kamen zum Stehen.

Eine Stadt!

Dann sah Eragon die Menschen. Er war so in den Anblick seiner Umgebung vertieft gewesen, dass er die Menschenmenge gar nicht bemerkt hatte, die sich am Tunneleingang zusammendrängte. Sie hatten sich zu beiden Seiten des Wegs aufgestellt – Zwerge und Menschen, dicht an dicht wie die Bäume im Wald. Es waren hunderte, vielleicht sogar tausende. Und jeder Blick war auf ihn gerichtet, jedes Gesicht ihm zugewandt. Und alle waren sie mucksmäuschenstill.

Eragon umklammerte einen von Saphiras Halszacken. Er sah Kinder in schmutzigen Kitteln, raue Männer mit vernarbten Handknöcheln, Frauen in selbst gewebten Kleidern und stämmige, wettergegerbte Zwerge, die an ihren Bärten zupften. Alle hatten sie denselben angespannten Gesichtsausdruck – wie ein verwundetes Tier, das in der Falle sitzt.

Eragon brach der Schweiß aus, aber er wagte es nicht, sich übers Gesicht zu wischen. *Was soll ich denn jetzt tun?*, fragte er verzweifelt.

Lächle, wink ihnen zu, mach irgendwas!, antwortete Saphira scharf.

Eragon versuchte, sich ein Lächeln abzuringen, aber seine Lippen zuckten nur. Er nahm all seinen Mut zusammen, hob die Hand und winkte zaghaft. Als nichts geschah, stieg ihm die Schamesröte ins Gesicht. Er ließ die Hand wieder sinken und schaute betreten zu Boden.

Da zerriss ein einzelner Freudenschrei die Stille. Jemand klatschte. Die Menschenmenge zögerte noch einen Moment lang, dann brach sie in tosenden Jubel aus und ein ohrenbetäubender Lärm brandete über Eragon hinweg.

»Sehr gut«, sagte der Glatzkopf hinter ihm. »Und jetzt geht los.«

Erleichtert richtete sich Eragon wieder auf und fragte Saphira neckisch: *Sollen wir?* Sie hob den Kopf und setzte sich in Bewegung. Als sie an den ersten Menschen vorbeizogen, schaute sie nach links und rechts und stieß ein paar Rauchwölkchen aus. Die Menge verstummte und wich erschrocken zurück, dann erhob sich erneut lautstarker Jubel und jetzt war die Begeisterung noch größer.

Angeberin, meinte Eragon tadelnd. Saphira wedelte vergnügt mit dem Schwanz und beachtete ihn gar nicht. Er starrte neugierig auf die dicht gedrängt dastehenden Leute, an denen sie vorbeizogen. Die Zwerge waren deutlich in der Überzahl – und nicht wenige von ihnen funkelten sie argwöhnisch an. Einige wandten sich sogar ab und stapften mit versteinerten Mienen davon.

Die Menschen waren ein zähes, von vielen Entbehrungen gezeichnetes Volk. Die Männer trugen allesamt Dolche oder Messer an den Gürteln. Einige waren gar bis an die Zähne bewaffnet, als wollten sie in den Krieg ziehen. Die Frauen hielten die Häupter stolz erhoben, schienen aber eine tief liegende, anhaltende Erschöpfung zu verbergen. Die wenigen Kinder und Kleinkinder starrten Eragon aus großen Augen an. Er spürte, dass diese Menschen eine Menge durchgemacht hatten und dass sie alles Nötige tun würden, um sich zu verteidigen.

Die Varden hatten das perfekte Versteck gefunden. Die Kraterwände des Farthen Dûr waren zu hoch, als dass ein Drache hätte darüber hinwegfliegen können, und keine Streitmacht der Welt konnte den Eingang durchbrechen, selbst wenn es ihnen gelänge, die im Fels verborgenen Tore zu finden.

Die Leute strömten hinter der kleinen Prozession zusammen und folgten ihnen. Allmählich wurden sie leiser, doch sie starrten Eragon weiterhin neugierig an. Er schaute hinter sich und sah Murtagh, der ihm steif und mit bleichem Gesicht folgte.

Sie näherten sich dem Stadtberg, und Eragon erkannte, dass der Marmor glänzend poliert war und fließende Konturen hatte, als hätte man ihn dort hingegossen. Er war gesprenkelt mit zahllosen runden Fenstern, die von kunstvoll in den Fels gemeißelten Rahmen umschlossen wurden. In jedem Fenster hing eine farbige Laterne und warf ein weiches Licht auf den umliegenden Marmor. Türme oder Schornsteine waren nirgends zu sehen. Unmittelbar vor ihnen befand sich – etwa zwanzig Schritt tief in das Fundament zurückgesetzt – ein von zwei goldenen Greifen bewachtes, massives Holzportal, flankiert von dicken Stützpfeilern, die hoch oben eine gewölbte Kuppel trugen.

Als sie den Eingang nach Tronjheim erreichten, blieb Saphira stehen, um abzuwarten, ob der Glatzkopf neue Anweisungen hatte. Als keine kamen, ging sie weiter auf das Portal zu. Kannelierte Säulen aus blutrotem Jaspis säumten die Felswände. Zwischen den Säulen standen hünenhafte Statuen absonderlicher Kreaturen, auf ewig eingefangen vom Meißel des Bildhauers.

Das schwere Tor öffnete sich ächzend, als verborgene Ketten die gewaltigen Holzbalken in die Höhe zogen. Dahinter führte eine vier Stockwerke hohe Halle geradewegs ins Zentrum von Tronjheim. In den Obergeschossen lagen zahllose Torbögen, hinter denen graue Tunnel erkennbar waren, die in den Tiefen des Bergs verschwanden. Menschentrauben hatten sich dort gebildet und alle blickten neugierig zu Eragon und Saphira herab. Im Erdgeschoss hingegen versperrten schwere Türen den Zugang in die verschiedenen Tunnelgänge. Zwischen den Stockwerken hingen riesige, kunstvoll geknüpfte Wandteppiche mit Darstellungen heldenhafter Figuren und turbulenter Schlachtszenen.

Lauter Jubel schlug ihnen entgegen, als Saphira den Stadtberg betrat und durch die Halle marschierte. Eragon hob die Hand, was der Menge einen neuerlichen Jubelschrei entlockte, wenngleich auch hier die meisten Zwerge sich dem überschwänglichen Willkommensgruß nicht anschlossen.

Die etwa eine Meile lange Halle endete an einem hohen, von schwarzen Onyxsäulen flankierten Torbogen. Gelbe Zirkon-Aufsätze, dreimal so groß wie ein Mensch, saßen auf den Säulen und warfen goldene Lichtstrahlen in die Halle hinab. Saphira trat durch den Bogen, dann blieb sie stehen und reckte den Hals in die Höhe. Ein tiefes Summen drang aus ihrer Kehle.

Sie befanden sich in einem kreisrunden Saal, etwa tausend Fuß im Durchmesser, der bis zum Gipfel von Tronjheim hinaufreichte und sich mit zunehmender Höhe verjüngte. Ringsum in den Wänden stiegen Reihen von Torbögen auf – eine Reihe für jede der zahllosen Ebenen des Stadtberges –, und der Boden bestand aus poliertem Karneol, in welchen das Symbol eines von zwölf Sternen umschlossenen Hammers eingemeißelt war, so wie auf Oriks Helm.

Der Saal, die zentrale Kammer des Stadtberges, war der Ausgangspunkt von vier gewaltigen Hallen – einschließlich der, aus der sie gerade herausgekommen waren –, die Tronjheim in vier Viertel aufteilten. Die Hallen waren identisch, außer der, die Eragon gegenüberlag. In dieser erhoben sich rechts und links gewaltige Marmorsäulen, zwischen denen je eine nach innen einschwenkende Treppe in die Tiefe hinabführte.

Eine gute Meile über ihnen hing in der Mitte der Saaldecke ein riesengroßer Sternsaphir von ungewöhnlich strahlender rosaroter Farbe, der wie die Morgenröte schimmerte. Das Juwel maß gewiss zwanzig Schritt im Durchmesser und war fast ebenso dick. Seine Unterseite war so geschnitten, dass sie aussah wie eine Rosenblüte, und die Arbeit war so kunstfertig ausgeführt, dass sie beinahe echt aussah. Ein breiter Lichterring umgab den Sternsaphir und warf einen rötlichen Schimmer auf alles, was darunter lag. Das Funkeln des Juwels erweckte den Eindruck, als zwinkerte ihnen von oben ein gigantisches Auge zu.

Eragon konnte nur voller Verwunderung um sich blicken. Nichts hatte ihn auf etwas Derartiges vorbereitet. Es schien unmöglich, dass Tronjheim von sterblichen Wesen erbaut worden war. Der Stadtberg stellte alles in den Schatten, was er jemals im Königreich gesehen hatte. Er bezweifelte, dass selbst Urû'baen sich mit der hier offenbarten Pracht und Erhabenheit messen konnte. Tronjheim war ein überwältigendes Monument der Kraft und Beharrlichkeit der Zwerge.

Der Glatzkopf überholte Saphira und sagte: »Von hier ab musst du zu Fuß gehen.« Während er sprach, kamen vereinzelte Buhrufe aus der Menge. Ein Zwerg brachte Tornac und Schneefeuer fort. Eragon stieg von Saphira ab, blieb aber an ihrer Seite, als der Mann sie über den Karneolboden in den Gang zu ihrer Rechten führte.

Sie gingen eine Weile, dann bogen sie in einen kleineren Gang ein. Trotz der Enge wichen die Wachen ihnen nicht von der Seite. Nach vier scharfen Biegungen kamen sie an eine massive, vom Alter geschwärzte Zedernholztür. Der Glatzkopf öffnete sie und führte die drei hinein, während die Wachen draußen zurückblieben.

AJIHAD

Eragon betrat eine elegante, zweistöckige Bibliothek, deren Wände mit Bücherregalen aus Zedernholz verkleidet waren. Eine schmiedeeiserne Wendeltreppe wand sich zu einem kleinen Alkoven mit zwei Stühlen und einem Lesetisch empor. An Wänden und Decke hingen Laternen, die weißes Licht verströmten, sodass man überall im Raum lesen konnte. Den Steinfußboden zierte ein prachtvoller ovaler Teppich. Auf der gegenüberliegenden Seite stand ein Mann hinter einem großen Schreibtisch aus Walnussholz.

Seine dunkle Haut glänzte wie geöltes Ebenholz. Sein Schädel war völlig unbehaart, doch er hatte einen gepflegten Oberlippen- und Kinnbart. Seine markanten Züge verliehen ihm etwas Kriegerisches, doch unter seinen buschigen Augenbrauen blickten ernste, intelligente Augen hervor. Seine Schultern waren breit und kräftig, betont von einer v-förmig geschnittenen, mit Goldfäden bestickten roten Weste über einem purpurfarbenen Hemd. Er strahlte Würde und eine starke, natürliche Autorität aus.

Seine Stimme klang kräftig und selbstsicher, als er sie ansprach. »Willkommen in Tronjheim, Eragon und Saphira. Ich bin Ajihad. Bitte, nehmt Platz.«

Eragon setzte sich neben Murtagh auf einen Stuhl, während Saphira sich schützend hinter ihnen niederließ. Ajihad hob die Hand und schnippte mit den Fingern. Ein Mann trat hinter der Wendeltreppe hervor. Er sah genauso aus wie der Kahlkopf neben ihm. Eragon starrte die beiden überrascht an und Murtagh erschrak. »Eure Verwirrung ist verständlich; sie sind Zwillingsbrüder«, sagte Ajihad lächelnd. »Ich würde euch ihre Namen verraten, aber sie haben keine.«

Saphira fauchte verächtlich. Ajihad sah sie einen Moment lang an, dann setzte er sich in einen hochlehnigen Stuhl hinter seinem Schreibtisch. Die Zwillinge bezogen unter der Treppe Posten und standen reglos nebeneinander. Ajihad presste die Finger gegeneinander, während er Eragon und Murtagh musterte. Sein forschender Blick bohrte sich in ihre Gesichter.

Eragon rutschte unbehaglich auf seinem Platz hin und her. Nach einer Weile, die ihm wie eine Ewigkeit vorkam, ließ Ajihad die Hände wieder sinken und gab den Zwillingen erneut ein Zeichen. Einer der beiden eilte zu ihm. Ajihad flüsterte ihm etwas ins Ohr. Plötzlich erbleichte der Mann und schüttelte heftig den Kopf. Ajihad runzelte die Stirn, dann nickte er, als hätte sich soeben etwas bestätigt.

Er sah Murtagh an. »Deine Weigerung, dir in den Geist schauen zu lassen, bringt mich in eine schwierige Lage. Dir wurde nur erlaubt, Farthen Dûr zu betreten, weil die Zwillinge mir versichern, dass sie dich unter Kontrolle haben, und weil du Eragon und Arya geholfen hast. Mir ist klar, dass es Dinge gibt, die du lieber für dich behalten möchtest, aber solange du das tust, können wir dir nicht trauen.«

»Ihr würdet mir ohnehin nicht trauen«, sagte Murtagh trotzig.

Bei diesen Worten verdüsterte sich Ajihads Miene und seine Augen blitzten gefährlich. »Es ist zwar dreiundzwanzig Jahre her, seit ich sie zum letzten Mal gehört habe… Aber ich kenne diese Stimme.« Die Zwillinge blickten beunruhigt drein und steckten aufgeregt flüsternd die Köpfe zusammen. »Sie kam aus dem Munde eines anderen Mannes, der mehr Tier als Mensch war. Steh auf.«

Misstrauisch folgte Murtagh der Aufforderung, während sein Blick zwischen den Zwillingen und ihrem Herrn hin und her schoss. »Zieh dein Wams aus«, befahl Ajihad als Nächstes. Achselzuckend gehorchte Murtagh. »Jetzt dreh dich um.« Als er ihm den Rücken zuwandte, fiel das Licht auf die schreckliche Narbe.

»Murtagh«, stieß Ajihad hervor. Orik entfuhr ein überraschter Grunzer. Ohne Vorwarnung fuhr Ajihad zu den Zwillingen herum und herrschte sie an: »Habt ihr das gewusst?«

Die beiden zogen die Köpfe ein. »Wir fanden seinen Namen in Eragons Geist, hätten aber nie gedacht, dass dieses *Bürschchen* der Sohn eines so mächtigen Mannes wie Morzan sein könnte. Es war…«

»Und das habt ihr mir nicht erzählt?«, sagte Ajihad. Mit einer Handbewegung würgte er ihre Erklärungsversuche ab. »Darüber reden wir später.« Er wandte sich wieder Murtagh zu. »Zuerst muss ich dieses Durcheinander ordnen. Weigerst du dich noch immer, dich prüfen zu lassen?«

»Ja«, sagte Murtagh bestimmt und zog sich wieder an. »Ich lasse niemanden in meinen Geist eindringen.«

Ajihad stützte sich auf die Platte seines Schreibtischs. »Es wird unangenehme Folgen haben, wenn du weiterhin dickköpfig bleibst. Solange mir die Zwillinge nicht bestätigen, dass du keine Bedrohung darstellst, können wir dir keinen Glauben schenken, trotz oder gerade wegen der Hilfe, die du Eragon hast angedeihen lassen. Ohne diese Gewissheit werden dich die Leute – Menschen wie Zwerge – in Stücke reißen, wenn sie von deiner Anwesenheit erfahren. Ich müsste dich einsperren – zu deinem eigenen Schutz und zu unserem. Und es wird noch schlimmer, wenn Hrothgar, der Zwergenkönig, verlangt, dich in ihre Obhut zu überführen. Bring dich nicht in eine solche Situation, wenn du es mühelos vermeiden kannst.«

Murtagh schüttelte eigensinnig den Kopf. »Nein, selbst wenn ich einwillige, würde man mich doch wie einen Aussätzigen behandeln. Alles, was ich will, ist verschwinden. Wenn ihr mich in Frieden gehen lasst, werde ich dem Imperium niemals etwas von eurem Versteck verraten.«

»Und was passiert, wenn man dich gefangen nimmt und zu Galbatorix bringt?«, wandte Ajihad ein. »Er wird deinem Geist jedes Geheimnis entlocken, ganz gleich wie stark du bist. Selbst wenn du ihm standhalten könntest, woher sollen wir wissen, dass du dich nicht doch irgendwann einmal auf seine Seite schlägst?«

»Wollt ihr mich ewig gefangen halten?«, fragte Murtagh und richtete sich kerzengerade auf.

»Nein«, sagte Ajihad. »Nur so lange, bis du es zulässt, dass wir deinen Geist prüfen. Wenn du für vertrauenswürdig befunden wirst, entfernen die Zwillinge die Erinnerung an die Lage von Farthen Dûr aus deinem Geist, bevor du uns verlässt. Wir riskieren nie, dass jemand mit diesem Wissen Galbatorix in die Hände fällt. Was soll geschehen, Murtagh? Entscheide dich schnell, sonst treffen wir die Entscheidung für dich.«

Jetzt gib schon nach, flehte Eragon, der um die Sicherheit des Freundes bangte, lautlos. *Die Sache ist den Ärger nicht wert.*

Schließlich verkündete Murtagh in bedächtigen und bestimmten Worten seine Entscheidung. »Mein Geist ist die einzige Zuflucht, die mir nie jemand rauben konnte. Ein paarmal schon haben Leute versucht, in ihn einzudringen, aber ich habe gelernt, ihn aufs Schärfste zu verteidigen, denn nur in meinen innersten Gedanken finde ich wahre Sicherheit. Ihr habt mich gerade um das Eine gebeten, das ich nicht hergeben kann, schon gar nicht gegenüber den beiden da.« Er deutete auf die Zwillinge. »Macht mit mir, was ihr wollt, aber wisst: Ich werde eher sterben, als jemanden in meinen Geist eindringen zu lassen.«

Bewunderung schimmerte in Ajihads Augen. »Deine Entscheidung überrascht mich nicht, obwohl ich das Gegenteil gehofft hatte … Wache!« Die Zedernholztür flog auf und die Soldaten stürmten mit gezückten Waffen herein. Ajihad deutete auf Murtagh und befahl: »Sperrt ihn in den fensterlosen Raum. Stellt sechs Männer am Eingang auf und lasst niemanden herein, bis ich bei ihm war. Und sprecht nicht mit ihm.«

Die Krieger umstellten Murtagh und musterten ihn argwöhnisch. Als sie die Bibliothek verließen, rief Eragon ihm nach: »Es tut mir Leid!« Doch Murtagh zuckte nur mit den Schultern und starrte stur geradeaus. Er verschwand mit den Männern im Gang. Der Klang ihrer Schritte entfernte sich allmählich.

Plötzlich sagte Ajihad: »Ich will, dass alle außer Eragon und Saphira den Raum verlassen. Auf der Stelle!«

Die Zwillinge verneigten sich und verschwanden, aber Orik sagte: »Der König wird über Murtagh Bescheid wissen wollen. Und dann wäre da noch die Sache mit meinem Ungehorsam ...«

Ajihad zog die Stirn kraus, dann machte er eine wegwerfende Handbewegung. »Ich sage es Hrothgar persönlich. Und was dein Verhalten betrifft ... Warte draußen, bis ich nach dir schicke. Und sag den Zwillingen, sie sollen hier bleiben. Mit ihnen bin ich auch noch nicht fertig.«

»Wie Ihr wünscht«, sagte Orik mit einer leichten Verbeugung. Dann zog er die Tür mit einem leisen Knall hinter sich zu.

Nach längerer Stille setzte sich Ajihad mit einem müden Seufzer hin. Er fuhr sich mit der Hand übers Gesicht und starrte an die Decke. Eragon wartete ungeduldig darauf, dass er etwas sagen würde. Als nichts geschah, platzte er heraus: »Geht es Arya wieder gut?«

Ajihad schaute auf ihn herab und sagte ernst: »Nein, aber die Heiler haben mir gesagt, dass sie genesen wird. Sie haben sie die ganze Nacht über behandelt. Das Gift hat ihr furchtbar zugesetzt. Ohne dich hätte sie nicht überlebt. Dafür sind dir die Varden zutiefst dankbar.«

Erleichtert ließ Eragon die Schultern fallen. Zum ersten Mal hatte er das Gefühl, dass ihre Flucht aus Gil'ead und die anschließende Hetzjagd sich gelohnt hatten. »Gut, und was jetzt?«, fragte er.

»Du musst mir erzählen, wie du Saphira gefunden hast und was sich seitdem ereignet hat«, sagte der Varde und legte die Fingerspitzen aneinander. »Einiges weiß ich aus der Botschaft, die Brom uns zukommen ließ, anderes von den

Zwillingen. Aber ich möchte es von dir hören, besonders die Einzelheiten über Broms Tod.«

Eragon scheute sich davor, diese Dinge einem Fremden zu erzählen, aber Ajihad war geduldig. *Jetzt fang schon an,* drängte ihn Saphira sanft. Eragon rutschte verlegen herum, dann begann er mit seiner Geschichte. Am Anfang wollten ihm die Worte nur stockend über die Lippen kommen, aber mit der Zeit fiel es ihm immer leichter. Saphira half seinem Erinnerungsvermögen mit gelegentlichen Zwischenbemerkungen auf die Sprünge. Der Varde hörte ihm die ganze Zeit aufmerksam zu.

Eragon redete stundenlang und machte häufig Pausen zwischen den Sätzen. Er berichtete Ajihad von Teirm, behielt aber Angelas Prophezeiung für sich und auch, wie er und Brom die Ra'zac entdeckt hatten. Er erzählte sogar von seinen Träumen, in denen er Arya gesehen hatte. Als er von seiner Gefangenschaft in Gil'ead sprach und den Schatten erwähnte, verhärteten sich die Gesichtszüge des Varden, und er lehnte sich mit trübem Blick zurück.

Als er mit seinem Bericht fertig war, verfiel Eragon in brütendes Schweigen. Ajihad stand auf, verschränkte die Hände auf dem Rücken und betrachtete abwesend die Bücher in einem der Wandregale. Nach einer Weile kehrte er an den Schreibtisch zurück.

»Broms Tod ist ein schrecklicher Verlust. Er war ein enger Freund von mir und ein mächtiger Verbündeter der Varden. Mit seiner Tapferkeit und Weisheit hat er uns viele Male vor dem Untergang bewahrt. Und noch jetzt, nach seinem Tode, hat er uns ein Vermächtnis geschickt, das unser Überleben sichern kann – dich.«

»Aber was kann ich denn schon für euch tun?«, fragte Eragon.

»Das werde ich dir noch genau erklären«, sagte Ajihad, »aber es gibt dringendere Angelegenheiten, über die wir zuerst sprechen müssen. Die Nachricht vom Bündnis der Urgals mit dem Imperium ist äußerst besorgniserregend. Sollte Galbatorix tatsächlich eine Urgal-Streitmacht zu Hilfe nehmen, um uns zu vernichten, steht das Überleben der Varden auf Messers Schneide, auch wenn viele von uns hier in Farthen Dûr in Sicherheit sind. Dass ein Drachenreiter, selbst ein so bösartiger wie Galbatorix, einen Pakt mit diesen Ungeheuern überhaupt in Betracht zieht, beweist in der Tat, dass er wahnsinnig ist. Mich schaudert bei dem Gedanken, was er ihnen als Gegenleistung für ihre wankelmütige Loyalität versprochen hat. Und dann ist da ja auch noch der Schatten. Kannst du ihn mir beschreiben?«

Eragon nickte. »Er war groß, hager und sehr blass, hatte gelbliche Augen und purpurrotes Haar. Und er war ganz in Schwarz gekleidet.«

»Wie sah sein Schwert aus – hast du es gesehen?«, fragte Ajihad mit Nachdruck. »War auf der Klinge eine lange Schramme?«

»Ja«, sagte Eragon überrascht. »Woher weißt du das?«

»Weil *ich* sie verursacht habe, bei dem Versuch, ihm das Herz herauszuschneiden«, sagte Ajihad mit grimmigem Lächeln. »Er heißt Durza und ist einer der teuflischsten und listigsten Dämonen, von denen dieses Land je heimgesucht wurde. Er ist der perfekte Handlanger für Galbatorix und für uns ein gefährlicher Gegner. Du sagst, ihr habt ihn getötet. Wie ging das vor sich?«

Eragon erinnerte sich nur zu gut. »Murtagh hat zweimal auf ihn geschossen. Der erste Pfeil traf ihn in die Schulter, der zweite zwischen die Augen.«

»Das habe ich befürchtet«, sagte Ajihad stirnrunzelnd. »Ihr habt ihn nicht getötet. Einen Schatten kann man nur mit einem Schwertstoß mitten ins Herz vernichten. Alles andere bewirkt bloß, dass er sich in Luft auflöst, um einige Zeit später an einem anderen Ort wieder aufzutauchen. Es ist ein schmerzhafter Prozess, aber Durza wird überleben und stärker denn je zurückkehren.«

Eine düstere, Unheil verkündende Stille, wie die Ruhe vor dem Sturm, breitete sich in dem Raum aus. Nach einer Weile sagte Ajihad: »Du bist ein Rätsel, Eragon, ein Geheimnis, dem niemand auf die Spur kommt. Jeder weiß, was die Varden wollen – oder die Urgals oder selbst Galbatorix –, aber was *du* vorhast, weiß niemand. Und das macht dich so gefährlich, besonders für Galbatorix. Er fürchtet dich, weil er keine Ahnung hat, was du als Nächstes tun wirst.«

»Fürchten die Varden mich auch?«, fragte Eragon leise.

»Nein«, sagte Ajihad bedächtig. »Wir hoffen auf dich. Aber sollte sich diese Hoffnung als trügerisch erweisen, dann werden auch wir schließlich Angst vor dir haben, ja.« Eragon schlug betreten die Augen nieder. »Du musst begreifen, in welch außergewöhnlicher Lage du dich befindest. Es gibt Gruppen, die würden dich gern für ihre Interessen vereinnahmen, und zwar nur für ihre eigenen. In dem Moment, als du nach Farthen Dûr kamst, begannen ihr Einfluss und ihre Macht, an dir zu zerren.«

»Gehörst du auch zu einer solchen Gruppe?«, fragte Eragon.

Ajihad lachte, aber seine Augen blieben ernst. »Natürlich. Es gibt einige Dinge, die du wissen solltest: Das erste ist, wie Saphiras Ei in den Buckel gelangte. Hat Brom dir je erzählt, was damit geschah, nachdem er es hierher gebracht hatte?«

»Nein«, sagte Eragon und schaute über die Schulter zu Saphira. Sie zwinkerte ihm zu und streckte ihm die Zunge heraus.

Ajihad trommelte auf die Tischplatte, bevor er weitersprach. »Als Brom das Ei zu den Varden brachte, hatten alle größtes Interesse daran. Die Zwerge sorgten sich vor allem darum, wie man sicherstellen konnte, dass der zukünftige Drachenreiter ein Verbündeter war – obwohl auch einige dagegen waren, dass es überhaupt wieder einen Reiter geben sollte. Die Varden und Elfen hingegen waren eher aus persönlichen Gründen an der Sache interessiert. Der Grund dafür war einfach: In ihrer gesamten Historie waren die Drachenreiter immer entweder Elfen oder Menschen gewesen, in der Mehrzahl Elfen. Es hatte noch nie einen Reiter aus den Reihen der Zwerge gegeben.

Nach dem schändlichen Verrat von Galbatorix behagte es den Elfen gar nicht, das Ei in der Obhut der Varden zu lassen, denn sie befürchteten, der Drache darin könne am Ende womöglich bei einem ähnlich unzulänglichen Menschen ausschlüpfen. Es war eine schwierige Situation, denn beide Seiten wollten den Reiter für sich haben. Die Zwerge verschärften die Lage noch, weil sie bei jeder Gelegenheit die Elfen und uns gegeneinander aufstachelten. Die Spannungen eskalierten, und es wurden Drohungen ausgesprochen, die man später bereute. Das war der Zeitpunkt, als Brom einen Kompromiss zur Diskussion stellte, der es beiden Seiten erlaubte, das Gesicht zu wahren.

Er schlug vor, dass die Varden und Elfen das Ei abwechselnd jeweils ein Jahr lang in ihre Obhut nehmen sollten. In beiden Lagern würden Kinder daran vorbeilaufen, und die jeweiligen Hüter des Kleinods brauchten einfach nur abzuwarten, ob der Drache schlüpfte. Wenn nicht, sollten sie das Ei nach Ablauf der Jahresfrist der anderen Seite übergeben. Sollte der Drache jedoch schlüpfen, so würde man augenblicklich mit der Ausbildung des neuen Reiters beginnen. Im ersten Jahr sollte er oder sie hier bei uns unterwiesen werden, und zwar von Brom. Dann wollte man den Reiter zu den Elfen bringen, die seine Ausbildung vollenden würden.

Die Elfen nahmen den Vorschlag widerwillig an, unter der Bedingung, dass sie den neuen Reiter ohne fremde Einmischung unterrichten durften, falls Brom starb, bevor der Drache ausschlüpfte. Damit wurde die Vereinbarung zu ihren Gunsten abgewandelt – beide Seiten wussten, dass der Drache voraussichtlich einen Elf erwählen würde –, aber zumindest hatten wir dadurch den dringend nötigen Anschein von Gleichberechtigung erweckt.«

Ajihad machte eine Pause. Seine dunklen Augen waren ernst. Die Schatten, die ihm von unten ins Gesicht krochen, ließen die Wangenknochen hervortreten. »Wir hofften, der neue Drachenreiter würde unsere Völker einander näher bringen. Wir warteten gut über eine Dekade, doch der Drache ist nie geschlüpft. Allmählich vergaßen wir die Sache und sprachen kaum noch darüber, allenfalls um über die Unfruchtbarkeit des Dracheneis zu lamentieren.

Im letzten Jahr erlitten wir dann einen entsetzlichen Verlust. Arya und das Ei verschwanden auf dem Weg von Tronjheim zur Elfenstadt Osilon. Die Elfen entdeckten als Erste ihr Verschwinden. Sie fanden ihr totes Pferd und die Leichen ihrer ermordeten Begleiter im Wald Du Weldenvarden und in der Nähe eine Horde toter Urgals. Arya und das Ei aber waren verschwunden. Als mich die Kunde erreichte, fürchtete ich sogleich, sie würde von den Urgals gefangen gehalten, und die Ungeheuer würden alsbald erfahren, wo Farthen Dûr und Ellesméra, die Hauptstadt der Elfen und Sitz der Elfenkönigin Islanzadi, liegen. Jetzt weiß ich, dass die Urgals für das Imperium arbeiten, was noch viel schlimmer ist.

Wie der Überfall im Einzelnen ablief, erfahren wir erst, wenn Arya erwacht, aber einiges kann ich mir nach deinem Bericht schon denken.« Die Goldfäden in Ajihads Weste knisterten, als er sich mit den Ellbogen auf dem Schreibtisch abstützte. »Der Überfall muss blitzschnell und urplötzlich erfolgt sein, sonst wäre Arya entkommen. Offenbar blieb ihr nichts anderes übrig, als das Ei noch im letzten Moment rasch an einen anderen Ort zu schicken.«

»Sie besitzt magische Kräfte?«, fragte Eragon. Arya hatte ihm zwar erklärt, man hätte ihr eine Droge gegeben, die ihre Fähigkeiten unterdrückte, doch nun wollte er die Bestätigung haben, dass sie damit Magie gemeint hatte. Er fragte sich, ob sie ihm wohl weitere Worte in der alten Sprache beibringen konnte.

»Das war einer der Gründe, weshalb sie ausgewählt wurde, das Ei zu bewachen. Wie auch immer, Arya hätte es nicht zu uns zurückschicken können – dazu war sie schon zu weit entfernt –, und das Reich der Elfen wird von einer geheimnisvollen Barriere geschützt, die verhindert, dass irgendetwas auf magische Weise über seine Grenzen gelangt. In ihrer Verzweiflung muss ihr Brom eingefallen sein, sodass sie das Ei in Richtung Carvahall gesandt hat. Da sie keinerlei Zeit zur Vorbereitung hatte, überrascht es mich nicht, dass sie ihr Ziel um ein gutes Stück verfehlt hat. Die Zwillinge behaupten ohnehin, dass es eine unpräzise Kunst sei.«

»Wieso war sie näher am Palancar-Tal als bei den Varden?«, fragte Eragon irritiert. »Wo leben die Elfen eigentlich? Wo liegt dieses – Ellesméra?«

Ajihads prüfender Blick bohrte sich in Eragons Augen. »Ich verrate dir das nicht leichtfertig, denn die Elfen hüten ihr Wissen mit Argwohn. Aber du solltest es erfahren und ich tue dies als Beweis meines Vertrauens. Ihre Städte liegen hoch im Norden, in den entlegensten Winkeln des endlosen Waldes Du Weldenvarden. Seit der Zeit der Drachenreiter ist den Elfen niemand, egal ob Zwerg oder Mensch, Freund genug gewesen, um in ihren belaubten Hallen wandeln zu dürfen. Ich wüsste nicht einmal, wie ich Ellesméra finden sollte. Was Osilon betrifft – davon ausgehend, wo Arya verschwand, nehme ich an, es liegt irgendwo am Westrand des Waldes, in Richtung Carvahall. Du hast jetzt bestimmt noch viele andere Fragen, aber bitte warte damit, bis ich fertig bin.«

Er sammelte seine Gedanken und sprach dann in etwas schnellerem Tempo weiter. »Als Arya verschwand, entzogen die Elfen den Varden ihre Unterstützung. Königin Islanzadi war ganz besonders erzürnt und verweigert seither jeden Kontakt mit uns. Das hatte zur Folge, dass, obwohl ich Broms Botschaft erhalten habe, die Elfen noch immer nichts von dir und Saphira wissen ... Ohne ihre Hilfslieferungen für meine Truppen mussten wir in den vergangenen Monaten im

Kampf gegen das Imperium einige herbe Niederlagen einstecken.

Nach Aryas Rückkehr und deiner Ankunft erwarte ich, dass die Königin ihre feindselige Haltung ablegen wird. Der Umstand, dass du Arya gerettet hast, wird uns dabei sehr nützlich sein. Deine Ausbildung stellt allerdings für Elfen und Varden gleichermaßen ein Problem dar. Brom hatte offenbar noch Gelegenheit, dir das Wichtigste beizubringen, aber wir müssen genau wissen, wie gründlich er war. Deshalb wirst du dich einer Prüfung unterziehen, damit wir das Ausmaß deiner Fähigkeiten bestimmen können. Außerdem werden die Elfen erwarten, dass du deine Ausbildung bei ihnen beendest, obwohl ich nicht sicher bin, ob dafür noch genug Zeit ist.«

»Warum sollte dafür keine Zeit sein?«, fragte Eragon.

»Aus mehreren Gründen. Der wichtigste ist die Kunde, die du über die Urgals bringst«, sagte Ajihad, und sein Blick wanderte zu Saphira. »Du musst dir bewusst machen, Eragon, dass sich die Varden in einer extrem heiklen Position befinden. Einerseits müssen wir den Wünschen der Elfen nachkommen, wenn wir sie als Verbündete behalten wollen. Andererseits dürfen wir aber die Zwerge auch nicht verärgern, wenn wir weiterhin als Gäste in Tronjheim bleiben wollen.«

»Sind die Zwerge denn keine Verbündeten der Varden?«, wunderte sich Eragon.

Ajihad zögerte. »In gewisser Weise schon. Sie erlauben uns, hier zu leben, und unterstützen unseren Kampf gegen Galbatorix, aber ergeben sind sie nur ihrem eigenen König. Ich habe keine Macht über sie, außer der, die Hrothgar mir zugesteht, und selbst er hat oft genug Ärger mit den Zwergenclans. Die dreizehn Clans unterstehen zwar Hrothgar, aber auch ihre Oberhäupter besitzen große Macht. Sie bestimmen den neuen Zwergenkönig, wenn der alte stirbt. Hrothgar ist unserer Sache wohlgesonnen, aber viele der Anführer nicht. Er kann es sich nicht leisten, sie unnötig zu verärgern, sonst verliert er die Unterstützung seines Volks. Deswegen hat die Hilfe, die er uns gewährt, auch ihre Grenzen.«

»Diese Clan-Oberhäupter«, sagte Eragon, »sind die auch gegen mich?«

»Mehr als alle anderen, fürchte ich«, sagte der Varde verdrossen. »Es herrschte lange Feindschaft zwischen Drachen und Zwergen – bevor die Elfen kamen und sie befriedeten, haben sich die Drachen ständig über die Herden der Zwerge hergemacht und ihr Gold gestohlen. Und die Zwerge vergessen vergangene Missetaten nur langsam, wenn überhaupt. Genau genommen haben sie die Drachenreiter niemals richtig akzeptiert und ihnen sogar untersagt, in ihrem Königreich für Ruhe und Ordnung zu sorgen. Galbatorix' Machtübernahme bestärkte sie nur in ihrer Überzeugung, dass sie nie wieder etwas mit Reitern oder Drachen zu tun haben wollten.« Seine letzten Worte richtete er an Saphira.

»Warum weiß Galbatorix eigentlich nicht, wo Farthen Dûr und Ellesméra liegen?«, fragte Eragon. »Er muss doch während seiner Ausbildung zum Drachenreiter von den Orten gehört haben.«

»Von ihnen gehört, ja – aber wo sie liegen, hat man ihm nicht gezeigt. Es ist eine Sache, zu wissen, dass Farthen Dûr sich irgendwo in diesen Bergen befindet, aber es zu finden, ist etwas ganz anderes. Galbatorix hat keinen der beiden Orte gesehen, bevor sein Drache starb. Und danach haben ihm die anderen natürlich nicht mehr getraut. Während seiner Rebellion hat er bei mehreren Reitern versucht, ihnen die Information unter der Folter zu entreißen, aber sie starben lieber, als es ihm zu verraten. Und was die Zwerge selbst anbelangt – nun, es ist ihm nie gelungen, einen von ihnen lebendig gefangen zu nehmen, auch wenn das wohl nur eine Frage der Zeit ist.«

»Warum zieht er nicht einfach so lange mit einer Streitmacht quer durch Du Weldenvarden, bis er Ellesméra findet?«, fragte Eragon.

»Weil die Elfen noch mächtig genug sind, um sich ihm zu widersetzen«, sagte Ajihad. »Er wagt es nicht, seine Kräfte mit den ihren zu messen – vorläufig. Aber seine verfluchten Zauberkünste werden mit jedem Jahr stärker. Hätte er einen weiteren Drachenreiter an seiner Seite, dann könnte ihn nichts mehr aufhalten. Er wartet verzweifelt darauf, dass aus einem seiner beiden Eier der Drache ausschlüpft, aber bisher ist noch nichts geschehen.«

Eragon war verwirrt. »Wie kommt es denn, dass er von Jahr zu Jahr stärker wird? Seine Körperkraft setzt seinen Fähigkeiten doch bestimmte Grenzen – sie können sich doch nicht ewig weiterentwickeln.«

»Wir wissen nicht, wie er es anstellt«, sagte Ajihad achselzuckend, »und die Elfen auch nicht. Wir können nur hoffen, dass ihn eines Tages einer seiner eigenen Zauber zerstört.« Er griff in seine Weste und zog ein zerknittertes Pergament heraus. »Weißt du, was das ist?«, fragte er und legte es auf den Schreibtisch.

Eragon beugte sich vor und betrachtete das Schriftstück.

Darauf stand ein merkwürdig verschnörkelter, mit schwarzer Tinte geschriebener Text in einer ihm unbekannten Sprache. Weite Teile waren unleserlich, weil Blut darauf gespritzt war. Am Rand war das Pergament verkohlt. Er schüttelte den Kopf. »Nein, weiß ich nicht.«

»Man hat es dem Anführer der Urgals abgenommen, die wir vergangene Nacht vernichtet haben. Es hat uns zwölf Männer gekostet – sie haben sich geopfert, um dir zur Flucht zu verhelfen. Die Verschlüsselung ist eine Erfindung des Königs. Er benutzt sie, um sich mit seinen Schergen zu verständigen. Es hat eine Weile gedauert, aber es gelang mir, sie zu übersetzen, zumindest dort, wo man etwas erkennt. Der Text lautet:

... der Torwächter in Ithrö Zhada soll dem Überbringer dieses Schriftstücks und seinem Gefolge Einlass gewähren. Man möge sie zu den anderen ihrer Art bringen und ... aber nur, wenn die beiden Gruppen davon absehen, gegeneinander zu kämpfen. Befehlsgewalt haben Tarok, Gashz, Durza und Ushnark, der Mächtige.

»Ushnark ist Galbatorix. Es bedeutet ›Vater‹ in der Urgal-Sprache. Es gefällt ihm, so genannt zu werden.«

Findet etwas Passendes für sie und ... Die Fußsoldaten und die ... bleiben voneinander getrennt. Die Waffen werden erst ausgegeben, wenn ... Marschbefehl erfolgt.

»Danach ist außer einigen wenigen unklaren Worten nichts mehr zu lesen«, sagte Ajihad.

»Wo ist dieses Ithrö Zhada? Ich habe noch nie davon gehört.«

»Ich auch nicht«, gestand Ajihad, »und deswegen vermute ich, dass Galbatorix aus Geheimhaltungsgründen einen bereits existierenden Ort umbenannt hat. Nachdem ich dies entschlüsselt hatte, fragte ich mich, was hunderte von Urgals am Rande des Beor-Gebirges verloren hatten, wo sie euch entdeckt haben, und wohin sie ursprünglich wollten. In dem Schriftstück ist von ›anderen ihrer Art‹ die Rede, daher nehme ich an, dass an ihrem Zielort weitere Urgal-Horden warten. Es gibt nur einen Grund, weshalb der König eine solche Streitmacht zusammenzieht – er stellt eine gemischte Armee aus Menschen und Ungeheuern zusammen, um uns zu vernichten. Im Augenblick können wir nichts tun, außer abzuwarten und die Augen offen zu halten. Ohne weitere Informationen können wir dieses Ithrö Zhada nicht finden. Trotzdem, Farthen Dûr wurde noch nicht entdeckt, also besteht Hoffnung. Die einzigen Urgals, die den Weg hierher kannten, sind gestern Nacht umgekommen.«

»Woher wusstet ihr eigentlich, dass wir kommen?«, fragte Eragon. »Einer der Zwillinge hat uns erwartet und die Kull gerieten in einen wohl durchdachten Hinterhalt.« Er spürte, dass Saphira aufmerksam zuhörte. Sie behielt ihre Meinung für sich, doch er wusste genau, dass sie ihm später einiges zu sagen haben würde.

»Wir haben am Taleingang Späher postiert, auf beiden Seiten des Bärenzahnflusses. Sie schickten eine Taube los, um uns zu warnen«, erklärte Ajihad.

Eragon fragte sich, ob das wohl der Vogel war, den Saphira gejagt hatte.

»Wurde Brom davon unterrichtet, als das Ei und Arya verschwanden? Er sagte, er hätte nichts von den Varden gehört.«

»Wir haben versucht, ihn zu warnen«, sagte Ajihad, »aber ich nehme an, unsere Männer wurden von den königlichen Schergen abgefangen und umgebracht. Warum hätten die Ra'zac sonst in Carvahall auftauchen sollen? Danach war Brom mit dir unterwegs und wir konnten ihn unmöglich erreichen. Ich war erleichtert, als er mir aus Teirm eine Botschaft zukommen ließ. Es überrascht mich nicht, dass er Jeod aufgesucht hatte; schließlich waren sie alte Freunde. Und für Jeod war es leicht, uns eine Botschaft zu schicken, weil er regelmäßig durch Surda Vorräte zu uns schmuggelt.

All das wirft ernste Fragen auf. Woher wusste das Imperium, wo der Überfall auf Arya gelingen konnte? Woher wussten sie von unseren Boten nach Carvahall? Woher weiß Galbatorix, welche Händler den Varden helfen? Jeod wurde vollständig in den Ruin getrieben, seit du ihn verlassen hast, genau wie die anderen Händler, die uns unterstützen. Jedes Mal wenn eins ihrer Schiffe in See sticht, verschwindet es anschließend. Die Zwerge können uns nicht mit allem versorgen, was wir benötigen, daher sind die Varden auf Hilfe von außen angewiesen. Ich fürchte, wir haben einen Verräter, oder mehrere, in unseren Reihen, trotz unserer Bemühungen, den Geist der Leute zu überprüfen.«

Eragon versank tief in Gedanken über das, was er soeben erfahren hatte. Ajihad wartete geduldig ab, was er dazu zu sagen hätte, ohne sich von der Stille irritieren zu lassen. Zum ersten Mal, seit er mit Saphiras Ei in Berührung gekommen war, hatte Eragon das Gefühl, zu begreifen, was um ihn herum vorging. Endlich wusste er, wo das Ei herkam und welche Zukunft ihm selbst möglicherweise beschieden war. »Was wollt ihr von mir?«, fragte er.

»Wie meinst du das?«

»Ich meine, was erwartet man in Tronjheim von mir? Ihr und die Elfen habt irgendwelche Pläne mit mir, aber was ist, wenn mir diese Pläne nicht gefallen?« Ein harter Unterton schlich sich in seine Stimme ein. »Ich kämpfe, wenn es nötig ist, ich feiere, wenn sich die Gelegenheit ergibt, ich trauere, wenn etwas zu betrauern ist, und ich sterbe, wenn meine Stunde schlägt … aber ich lasse mich von niemandem gegen meinen Willen benutzen.« Er machte eine Pause, damit seine Worte wirken konnten. »In früheren Zeiten waren die Drachenreiter Hüter der Gerechtigkeit, die jenseits der weltlichen Anführer ihrer Zeit standen. Ich beanspruche diese Position nicht; ich bezweifle sowieso, dass die Menschen eine solche Aufsicht hinnehmen würden, die ihnen neu und fremdartig erscheinen würde, besonders wenn sie von jemandem ausgeübt wird, der so jung ist wie ich. Aber ich besitze nun einmal bestimmte Fähigkeiten und werde sie einsetzen, wann immer es mir richtig erscheint. Was ich wissen möchte, ist, welche Pläne *ihr* mit mir hegt. Dann werde ich entscheiden, ob ich damit einverstanden bin oder nicht.«

Ajihad lächelte ihn unbeeindruckt an. »Wärst du jemand anders und würdest jetzt vor einem anderen Anführer stehen, dann müsstest du diese dreiste Rede vermutlich mit dem Leben bezahlen. Wie kommst du auf die Idee, ich würde dir meine Pläne verraten, nur weil du es verlangst?« Eragon errötete, schlug aber nicht die Augen nieder. »Trotzdem, du hast Recht. Deine Position verschafft dir das Privileg, solche Dinge auszusprechen. Du kannst den politischen Aspekten deiner Situation nicht entfliehen – man *wird* dich in der einen oder anderen Richtung beeinflussen. Aber keine Sorge, ich möchte genauso wenig wie du, dass dich irgendjemand vor seinen Karren spannt. Du musst dir deine Freiheit bewahren, denn in ihr liegt deine wahre Macht: die Möglichkeit, unabhängig von irgendwelchen Anführern oder Königen Entscheidungen treffen zu können. Meine eigene Autorität über dich ist sehr beschränkt, aber ich finde, das ist gut so. Die Schwierigkeit liegt vielmehr darin, zu gewährleisten, dass die Machthaber dich in ihre Überlegungen mit einbeziehen.

Außerdem haben die Leute bestimmte Erwartungen an dich, ob du es willst oder nicht. Sie werden mit ihren Problemen, ganz gleich wie geringfügig sie sein mögen, zu dir kommen und fordern, dass du sie löst.« Ajihad beugte sich vor, seine Stimme war jetzt todernst. »Es wird Momente geben, in denen die Zukunft eines Menschen in deinen Händen liegt... mit einem einzigen Wort kannst du sie selig machen oder ins Unglück stürzen. Junge Frauen werden dich um Rat fragen, wen sie heiraten sollen – viele werden sich dich zum Gatten wünschen –, und alte Männer werden von dir wissen wollen, welches ihrer Kinder einmal ihr Erbe antreten soll. Du musst immer freundlich und weise sein, denn die Menschen setzen ihr Vertrauen in dich. Rede niemals flegelhaft oder unüberlegt daher, denn die Wirkung deiner Worte ist viel weitreichender, als du es dir vorstellen kannst.«

Ajihad lehnte sich zurück, die Lider halb gesenkt. »Das Belastende und Schwierige an einer Führerschaft ist, dass man die Verantwortung für das Wohlergehen der Menschen trägt, für die man sein Amt ausübt. Ich mache mir das seit dem Tage, als mich die Varden zu ihrem Anführer wählten, stets bewusst, und dasselbe musst du jetzt auch tun. Sei bedachtsam. Ich toleriere keine Ungerechtigkeit unter meiner Herrschaft. Mach dir keine Gedanken wegen deiner Jugend und Unerfahrenheit – beides wird schnell genug vergehen.«

Eragon war die Vorstellung, dass die Leute ihn um Rat fragen würden, gar nicht geheuer. »Aber ich weiß noch immer nicht, was ich hier eigentlich tun soll.«

»Fürs Erste gar nichts. Du hast in acht Tagen mehr als vierhundert Meilen zurückgelegt, eine wirklich stolze Leistung. Eine Ruhepause wird dir bestimmt gut tun. Und wenn du dich von den Strapazen erholt hast, testen wir deine Fähigkeiten im Kampf und in der Magie. Danach erkläre ich dir, welche Möglichkeiten du hast, und dann entscheidest du, welchen Weg du einschlagen willst.«

»Und was ist mit Murtagh?«, fragte Eragon herausfordernd.

Die Miene des Varden verdüsterte sich. Er griff unter seinen Schreibtisch und holte Zar'roc hervor. Die polierte weinrote Schwertscheide glänzte im Licht. Ajihad strich mit der Hand darüber und hielt über dem eingravierten schwarzen Wappen inne. »Er bleibt hier, bis er den Zwillingen Zugang zu seinem Geist gewährt.«

»Man kann ihn doch nicht einkerkern«, sagte Eragon. »Er hat doch nichts verbrochen!«

»Wir können ihm nicht seine Freiheit geben, ohne sicher zu sein, dass er sich nicht gegen uns wendet. Ob unschuldig oder nicht, er stellt für uns dieselbe potenzielle Gefahr dar wie sein Vater«, sagte Ajihad mit einem Anflug von Traurigkeit in der Stimme.

Eragon merkte, dass der Varde sich nicht umstimmen lassen würde, und seine Sorge war in der Tat nachvollziehbar. »Wie konntest du seine Stimme erkennen?«

»Ich bin einmal seinem Vater begegnet«, sagte Ajihad knapp. Er trommelte mit den Fingerspitzen auf Zar'rocs Griff. »Ich wünschte, Brom hätte mir gesagt, dass er Morzans Schwert an sich genommen hat. Du solltest es in Farthen Dûr besser nicht tragen. Viele erinnern sich noch mit Schrecken an Morzans Taten, besonders die Zwerge.«

»Ich werde es mir merken«, versprach Eragon.

Ajihad reichte ihm das Schwert. »Da fällt mir ein, dass ich ja noch Broms Ring habe, den er mir zur Bestätigung seiner Identität schickte. Ich wollte ihn bis zu seiner Rückkehr nach Tronjheim aufbewahren. Da er nun tot ist, nehme ich an, der Ring gehört dir, und ich denke, er hätte gewollt, dass du ihn bekommst.« Er zog ein Schubfach auf und holte den Goldring heraus.

Eragon nahm ihn ehrfürchtig entgegen. Das in die Oberfläche des Saphirs eingravierte Symbol glich der Tätowierung an Aryas Schulter. Er schob sich den Ring auf den Zeigefinger und bewunderte, wie sich das Licht darin fing. »Ich … ich fühle mich tief geehrt«, sagte er.

Ajihad nickte ernst, dann schob er seinen Stuhl zurück und erhob sich. Er ging zu Saphira und sagte feierlich: »Glaub nicht, ich hätte dich vergessen, o mächtiger Drache. Ich habe diese Dinge ebenso zu deinem Wohl gesagt wie zu Eragons. Und es ist fast wichtiger, dass *du* darüber Bescheid weißt, denn *dir* obliegt die Aufgabe, ihn in diesen gefährlichen Zeiten zu beschützen. Unterschätze nicht deine Kraft, und lass ihn nie im Stich, denn ohne dich ist er verloren.«

Saphira senkte den Kopf, bis sich ihre Augen auf gleicher Höhe mit seinen befanden, und sah ihn durch ihre geschlitzten schwarzen Pupillen an. Sie betrachteten einander schweigend; keiner von ihnen wandte den Blick ab. Ajihad bewegte sich schließlich als Erster. Er schlug die Augen nieder und sagte: »Es ist ein großes Privileg, dich kennen zu lernen.«

Saphira blinzelte verlegen und schwenkte den Kopf zu Eragon hinüber. *Sag ihm, ich bin beeindruckt von ihm und von Tronjheim. Das Imperium fürchtet ihn zu Recht. Sag ihm aber auch, dass ich, falls er vorgehabt hätte, dich zu töten, Tronjheim zerstört und ihn mit den Zähnen in Stücke gerissen hätte.*

Eragon zögerte, überrascht von der Schärfe in ihrer Stimme, dann gab er die Botschaft weiter. Ajihad sah sie ernst an. »Von einem so edlen Geschöpf wie dir hätte ich nichts anderes erwartet – aber ich bezweifle, dass du die Zwillinge überwältigen könntest.«

Saphira schnaubte verächtlich. *Pah!*

Eragon wusste, was sie meinte, und sagte: »Dann müssen sie aber viel stärker sein, als es scheint. Ich glaube nicht, dass die beiden dem Zorn eines Drachen gewachsen wären. Mit vereinten Kräften wären sie vielleicht imstande, mich zu besiegen, aber niemals Saphira. Du musst wissen, dass ein Drache die magischen Kräfte seines Reiters weit über das Maß eines normalen Magiers hinaus steigert. Deswegen war Brom immer schwächer als ich. Ich glaube, in Abwesenheit der Drachenreiter haben die Zwillinge angefangen, sich gehörig zu überschätzen.«

Ajihad wirkte beunruhigt. »Brom galt bisher immer als derjenige unter uns mit den ausgefeiltesten magischen Fähigkeiten. Nur die Elfen übertrafen ihn. Wenn das, was du sagst, wahr ist, müssen wir viele wichtige Punkte neu überdenken.« Er verneigte sich vor Saphira. »Nun, ich bin jedenfalls froh, dass es nicht nötig war, miteinander zu streiten.« Saphira senkte ihrerseits das Haupt.

Dann richtete sich der Vardenfürst mit einer herrschaftlichen Gebärde auf und rief: »Orik!« Der Zwerg kam herbeigeeilt und stellte sich mit verschränkten Armen vor den Schreibtisch. Ajihad musterte ihn mit gerunzelter Stirn. »Du hast mir großen Ärger eingehandelt, Orik. Ich musste mir den ganzen Morgen lang die Beschwerden der Zwillinge über deinen Ungehorsam anhören. Sie geben keine Ruhe, solange du nicht bestraft wirst. Leider sind sie im Recht. Es ist eine ernste Angelegenheit, die man nicht einfach übergehen kann. Was hast du dazu zu sagen?«

Oriks Blick wanderte kurz zu Eragon, doch auf seinem Gesicht zeigte sich keinerlei Gefühlsregung. Er sprach schnell und in rauem Ton. »Die Kull hatten den Kóstha-mérna schon fast umrundet. Sie beschossen den Drachen, Eragon und Murtagh mit Pfeilen, aber die Zwillinge taten nichts, um sie aufzuhalten. Als ob ... Nun, jedenfalls weigerten sie sich, die Tore zu öffnen, obwohl Eragon auf der anderen Seite des Wasserfalls die richtigen Worte rief. Und sie weigerten sich einzugreifen, als Eragon nicht wieder an die Wasseroberfläche kam. Vielleicht habe ich etwas Falsches getan, aber ich konnte doch einen Reiter nicht ertrinken lassen.«

»Mir fehlte die Kraft, allein aus dem Wasser zu kommen«, sagte Eragon. »Ich wäre wirklich ertrunken, wenn er mich nicht herausgezogen hätte.«

Ajihad schaute kurz zu ihm hinüber, dann fragte er Orik ernst: »Und warum hast du dich ihnen später widersetzt?«

Orik reckte trotzig das Kinn. »Es war nicht richtig, dass sie gewaltsam in Murtaghs Geist eindringen wollten. Aber ich hätte sie nicht aufgehalten, wenn ich gewusst hätte, wer er ist.«

»Nein, du hast dich richtig verhalten, obwohl es die Situation vereinfachen würde, wenn du es nicht getan hättest. Es steht uns nicht zu, gewaltsam den Geist eines Menschen zu unterwerfen, ganz gleich wer er ist.« Ajihad betastete seinen dichten Bart. »Deine Taten waren ehrenhaft, aber du hast den ausdrücklichen Befehl deines Vorgesetzten missachtet. Die Strafe dafür war stets der Tod.« Oriks Rückenmuskeln verkrampften sich.

»Deswegen kann man ihn doch nicht umbringen! Er hat mir das Leben gerettet«, rief Eragon entsetzt.

»Du bist nicht befugt, dich einzumischen«, sagte Ajihad streng. »Orik hat das Gesetz gebrochen und muss die Konsequenzen tragen.« Eragon wollte erneut widersprechen, doch Ajihad fiel ihm mit einer Handbewegung ins Wort. »Aber du hast Recht. Aufgrund der äußeren Umstände wird die Strafe herabgesetzt. Orik, du bist mit sofortiger Wirkung vom aktiven Dienst freigestellt und wirst vorerst an keinen militärischen Übungen mehr teilnehmen. Hast du verstanden?«

Oriks Gesicht verfinsterte sich, aber dann sah er nur noch verwirrt aus. Er nickte stramm. »Jawohl.«

»Ferner ernenne ich dich, in Vertretung deiner üblichen Pflichten, für die Dauer ihres Aufenthalts zu Eragons und Saphiras persönlichem Leibwächter. Du wirst dafür Sorge tragen, dass sie jeden Komfort und jede Annehmlichkeit erhalten, die wir zu bieten haben. Saphira wird auf Isidar Mithrim ihr Quartier beziehen. Eragon kann wohnen, wo er möchte.

Wenn er sich von seinen Strapazen erholt hat, bringst du ihn zum Übungsplatz. Sie erwarten ihn dort«, sagte Ajihad, ein amüsiertes Zwinkern im Auge.

Orik verneigte sich fast bis zum Boden. »Ganz zu Diensten.«

»Sehr schön, und nun dürft ihr gehen. Wenn ihr draußen seid, schickt die Zwillinge rein.«

Eragon verneigte sich ebenfalls und wandte sich zum Gehen, aber dann fiel ihm noch etwas ein. »Wo finde ich Arya? Ich würde sie gern sehen.«

»Es ist niemandem erlaubt, sie zu besuchen. Du wirst warten müssen, bis sie zu dir kommt.« Ajihad blickte nach unten auf seinen Schreibtisch, ein deutlicher Hinweis, dass sie entlassen waren.

SEGEN UND FLUCH

Draußen im Gang streckte Eragon erst einmal seine Glieder, denn vom langen Sitzen waren die Muskeln ganz steif. Hinter ihm verschwanden die Zwillinge in Ajihads Gemach und schlossen die Tür. Eragon sah Orik an. »Tut mir Leid, dass du meinetwegen so viel Ärger hast«, entschuldigte er sich.

»Mach dir darüber keine Gedanken«, grunzte der Zwerg und zupfte an seinem Bart. »Ich habe bekommen, was ich wollte.«

Selbst Saphira war erstaunt über diese Äußerung. »Wie meinst du das?«, fragte Eragon. »Du darfst an keinen militärischen Übungen teilnehmen und musst obendrein noch für mich das Kindermädchen spielen. War das etwa dein Wunsch?«

Der Zwerg sah ihn listig an. »Ajihad ist ein guter Anführer. Er versteht es, dem Gesetz zu folgen und trotzdem Gerechtigkeit zu üben. Er hat jetzt dafür gesorgt, dass ich meine Strafe bekommen habe, aber ich gehöre auch – oder vor allem – zu Hrothgars Untertanen. Und als solchem steht es mir frei, zu tun, was ich will.«

Eragon wurde klar, dass es unklug gewesen wäre, Oriks

doppeltes Loyalitätsverhältnis und das komplizierte Macht-
gefüge in Tronjheim außer Acht zu lassen. »Ajihad hat dir gerade eine wichtige Position verliehen, nicht wahr?«

Orik kicherte in sich hinein. »Das kann man wohl sagen,
und zwar auf eine Weise, die es den Zwillingen unmöglich
macht, sich zu beschweren. Das wird sie bestimmt ärgern.
Ajihad ist ein ganz schlauer Fuchs, das kannst du mir glauben.
Komm, Junge, du hast bestimmt Hunger. Und wir müssen
deinen Drachen einquartieren.«

Saphira zischte. Eragon sagte: »Sie heißt Saphira.«

Orik verneigte sich in ihre Richtung. »Ich bitte um Entschuldigung. Ich werde mir deinen Namen genau einprägen.« Er nahm eine orangefarbene Lampe von der Wand und
führte die beiden den Gang hinab.

»Gibt es noch andere in Farthen Dûr, die magische Kräfte
besitzen?«, fragte Eragon, während er versuchte, mit dem zü-
gigen Tempo des Zwerges Schritt zu halten. Er ließ den Arm
so über Zar'rocs Scheide herabhängen, dass das Wappen verdeckt war.

»Ganz wenige«, sagte Orik mit kurzem Achselzucken unter dem Kettenhemd. »Und diejenigen, die wir haben, können kaum mehr als Krankheiten heilen. Sie mussten sich alle
gemeinsam um Arya kümmern, wegen der immensen Kraft,
die erforderlich war, um sie zu retten.«

»Alle – mit Ausnahme der Zwillinge, nicht wahr.«

»*Oeí*«, grummelte Orik. »Deren Hilfe würde sie sowieso
nicht wollen, denn ihre Künste gelten nicht dem Heilen. Ihr
Talent liegt eher im Intrigieren und Ränkeschmieden – zum
Verdruss aller andern. Deynor, Ajihads Vorgänger, nahm sie
bei den Varden auf, weil er auf ihre Hilfe angewiesen war. Man

kann dem Imperium nicht ohne zauberkundige und kampfer-
probte Gehilfen entgegentreten. Die beiden sind ein scheuß-
liches Gespann, aber sie erfüllen ihren Zweck.«

Sie kamen in eine der vier Haupthallen, die Tronjheim
unterteilten. Scharen von Zwergen und Menschen schlenderten darin herum und ihre Stimmen hallten laut von dem
polierten Fußboden wider. Die Gespräche erstarben augenblicklich, sobald die Leute Saphira sahen. Viele Dutzend
Augenpaare blickten zu ihnen herüber. Orik beachtete die
Schaulustigen gar nicht, sondern wandte sich nach links und
hielt auf eines der vier Tore von Tronjheim zu. »Wo gehen wir
hin?«, fragte Eragon.

»Raus aus diesen Hallen, damit Saphira zum Drachenhort
auf Isidar Mithrim, dem Sternsaphir, hinauffliegen kann. Er
hat kein Dach – Tronjheims Gipfel ist zum Himmel hin offen,
wie Farthen Dûr selbst –, daher kann sie, das heißt, kannst
du, Saphira, direkt in den Hort hineinfliegen. Dort haben die
Drachen gewohnt, wenn ihre Reiter Tronjheim besuchten.«

»Ist es ohne Dach nicht kalt und nass?«, fragte Eragon.

»Nein.« Orik schüttelte den Kopf. »Farthen Dûr schützt
uns vor den Elementen. Weder Regen noch Schnee dringen
hier ein. Außerdem sind in den Wänden des Hortes mar-
morne Höhlen für die Drachen eingelassen. Sie bieten jeden
nötigen Schutz. Das Einzige, wovor man sich in Acht nehmen muss, sind die Eiszapfen – wenn einer herabfällt, kann
er erwiesenermaßen ein Pferd in zwei Hälften teilen.«

Ich komme schon zurecht, versicherte ihm Saphira. *Eine
Marmorhöhle ist sicherer als jeder andere Ort, an dem wir bis
jetzt gewesen sind.*

Mag sein … Glaubst du, Murtagh geht es gut?

Ajihad kommt mir wie ein ehrenwerter Mann vor. Solange er nicht versucht zu fliehen, wird man ihm bestimmt nichts tun.

Eragon verschränkte die Arme, wollte nicht mehr reden. Er hatte die Ereignisse, die sein Leben seit gestern schlagartig verändert hatten, noch immer nicht verdaut. Ihm war schwindlig. Ihre wahnwitzige Flucht aus Gil'ead war endgültig vorüber, doch sein Körper wollte immer noch fliehen, wollte laufen und reiten. »Wo sind unsere Pferde?«

»In den Stallungen am Tor. Wir können nach ihnen sehen, bevor wir hinausgehen.«

Sie verließen Tronjheim durch dasselbe Tor, durch das sie hereingekommen waren. Die goldenen Greife glänzten im Lichtschein der zahllosen Laternen an den Felswänden. Während seiner Unterredung mit Ajihad war die Sonne gewandert – durch die Krateröffnung fiel kein Licht mehr auf Farthen Dûr. Ohne die gebrochenen Sonnenstrahlen war das Innere des hohlen Bergs samtschwarz. Das einzige Licht kam von Tronjheim selbst, das im Halbdunkel silbrig schimmerte und noch mehrere hundert Schritt weit für ausreichend Helligkeit sorgte.

Orik deutete auf Tronjheims weißen Gipfel. »Dort oben erwarten dich frisches Fleisch und kristallklares Bergwasser«, sagte er zu Saphira. »Wenn du dir eine Höhle ausgesucht hast, wird dort weiches Stroh ausgelegt, und danach wird dich niemand mehr stören.«

»Ich dachte, ich würde mit ihr zusammenbleiben. Ich möchte nicht von ihr getrennt sein«, protestierte Eragon.

Orik wandte sich zu ihm. »Eragon Drachenreiter, ich werde tun, was ich kann, um dir eine wunschgemäße Unterkunft zu besorgen, aber während du etwas zu dir nimmst, wäre es am besten, wenn Saphira oben im Drachenhort bleibt. Die Gänge in den Speisesälen sind ohnehin nicht breit genug für sie.«

»Warum kann man mir das Essen nicht einfach nach oben bringen?«

»Weil es hier unten zubereitet wird und der Weg weit ist. Aber wenn du es wünschst, schicke ich einen Diener mit deiner Mahlzeit hinauf. Es wird eine Weile dauern, aber dann könntest du mit Saphira zusammen essen.«

Er meint es wirklich ernst, dachte Eragon, erstaunt darüber, dass man bereit war, sich ihm zuliebe so viel Mühe zu machen. Aber die Art, wie Orik gesprochen hatte, ließ ihn vermuten, dass der Zwerg ihn auf die Probe stellen wollte.

Ich bin müde, sagte Saphira. *Und dieser Drachenhort klingt behaglich. Geh ruhig essen und danach kommst du dann zu mir. Es ist bestimmt schön, sich gemeinsam ausruhen zu können, ohne sich vor wilden Tieren oder Soldaten ängstigen zu müssen. Wir haben unterwegs genügend Entbehrungen auf uns genommen.*

Eragon betrachtete sie nachdenklich, dann sagte er zu Orik: »Ich esse hier unten.« Der Zwerg lächelte, sichtlich zufrieden. Eragon nahm Saphira den Sattel ab, damit sie sich bequem hinlegen konnte. *Kannst du Zar'roc mit nach oben nehmen?*

Ja, sagte sie und packte Sattel und Schwert mit den Klauen. *Aber behalte den Bogen lieber. Wir sollten diesen Leuten vertrauen, aber nicht so weit, dass es an Torheit grenzt.*

Ich weiß.

Mit einem mächtigen Satz schnellte Saphira in die Höhe und stieg in die windstille Luft. Das Rauschen ihrer Flügelschläge war das einzige Geräusch in der Dunkelheit. Als sie über dem Rand des Gipfels verschwand, sagte Orik mit einem Stoßseufzer: »Ach, Junge, du bist ein echter Glückspilz. Auf einmal packt mich die Sehnsucht nach den Weiten des Himmels, den hohen Berggipfeln und dem aufregenden Gefühl, wie ein Falke zu fliegen. Trotzdem, meine Füße sind am besten auf dem Erdboden aufgehoben – lieber noch darunter.«

Er klatschte in die Hände. »Aber ich vernachlässige meine Gastgeberpflichten. Ich weiß ja, dass du seit der armseligen Mahlzeit, die dir die Zwillinge bringen ließen, nichts gegessen hast. Komm, wir gehen zu den Köchen und schauen, was sie dir Leckeres anbieten können.«

Eragon folgte dem Zwerg zurück nach Tronjheim. Sie gingen durch ein Labyrinth von Korridoren, bis sie in einen länglichen Saal gelangten, in dem etliche Reihen von Steintischen standen, die gerade hoch genug für Zwerge waren. Hinter einem langen Tresen loderten Feuer in mehreren Speckstein-Öfen.

Orik redete in einer fremdartig klingenden Sprache auf einen dicken, rotgesichtigen Zwerg ein, der ihnen wenig später zwei mit dampfenden Pilzen und Fisch beladene Steinteller reichte. Dann führte Orik Eragon mehrere Treppenabsätze hinauf und zog sich mit ihm in einen kleinen Alkoven zurück, der in die Außenmauer der Stadt hineingeschlagen war. Sie setzten sich im Schneidersitz auf den Boden und Eragon machte sich wortlos über das Essen her.

Als die Teller leer waren, seufzte Orik zufrieden und holte

eine lange Pfeife heraus. Beim Anzünden sagte er: »Ein gutes Mahl, aber eigentlich hätte man einen großen Krug Met gebrauchen können, um es anständig herunterzuspülen.«

Eragons Blick wanderte über die dunkle Kraterlandschaft unter ihnen. »Betreibt ihr Ackerbau in Farthen Dûr?«

»Nein, das wenige Sonnenlicht reicht nur für Moose, Pilze und Schimmel. Tronjheim kann ohne Lieferungen aus den Nachbartälern nicht überleben, was einer der Gründe dafür ist, warum viele von uns anderswo im Beor-Gebirge leben.«

»Dann gibt es also noch weitere Zwergenstädte?«

»Nicht so viele, wie wir es uns wünschen würden. Und Tronjheim ist von allen die größte.« Auf den Ellbogen gestützt, nahm Orik einen tiefen Zug aus seiner Pfeife. »Du hast bisher nur die unteren Ebenen gesehen, deshalb ist es dir nicht aufgefallen, aber weite Teile von Tronjheim sind verlassen. Je höher man kommt, desto leerer wird es. Ganze Stockwerke stehen schon seit Jahrhunderten leer. Die meisten Zwerge wohnen lieber unter Tronjheim und Farthen Dûr in den Höhlen und Grotten, die den Fels durchlöchern. Im Laufe der Jahrhunderte haben wir ein weit verzweigtes Tunnelsystem ins Beor-Gebirge gegraben. Man kann inzwischen von einem Ende des Gebirgszugs zum anderen gelangen, ohne einen Fuß auf die Erdoberfläche zu setzen.«

»Was für eine Verschwendung – so viel ungenutzter Platz«, stellte Eragon fest.

Orik nickte. »Einige Leute finden, man sollte Tronjheim aufgeben, weil die Versorgung der Einwohner so problematisch ist, aber der Ort erfüllt eine unschätzbar wertvolle Aufgabe.«

»Welche denn?«

»In Zeiten der Not kann man hier unser gesamtes Volk unterbringen. Bisher ist dieser Ausnahmezustand in unserer Geschichte nur dreimal vorgekommen, aber jedes Mal hat uns diese Zuflucht vor dem sicheren Untergang gerettet. Deshalb ist hier immer eine Garnison stationiert, sodass wir jederzeit Flüchtlinge aufnehmen können.«

»Ich habe noch nie etwas so Beeindruckendes gesehen«, gestand Eragon.

Orik lächelte in seine Pfeife hinein. »Freut mich, dass es dir gefällt. Es hat Generationen gedauert, Tronjheim zu erbauen – und unsere Lebensspanne ist viel länger als die der Menschen. Wegen des verdammten Imperiums ist es nur wenigen Außenstehenden erlaubt, sich an seinem prächtigen Anblick zu erfreuen.«

»Wie viele Varden leben hier?«

»In Farthen Dûr?«

»Ja – ich möchte wissen, wie viele Menschen aus dem Königreich fortgegangen sind.«

Orik stieß eine dicke Qualmwolke aus, die sich träge um seinen Kopf kringelte. »Ungefähr viertausend Mann. Aber diese Zahl kann deine Frage nicht beantworten, denn hierher kommen nur Leute, die bereit sind zu kämpfen. Die Übrigen leben unter König Orrins Schutz in Surda.«

So wenige?, dachte Eragon niedergeschlagen. Allein das königliche Heer bestand schon aus fast sechzehntausend Soldaten und dazu kamen noch die Urgals. »Warum kämpft Orrin nicht gegen das Imperium?«

»Wenn er sich offen mit ihm anlegen würde«, sagte Orik, »würde Galbatorix ihn zermalmen. Wie die Dinge stehen, hat er das bisher nur deshalb nicht getan, weil er Surda nicht für eine ernst zu nehmende Bedrohung hält, was allerdings eine Fehleinschätzung ist. Nur durch Orrins Wohlwollen kommen die Varden an den Großteil ihrer Waffen und Vorräte. Ohne ihn gäbe es keinen Widerstand gegen das Imperium.

Sei nicht betrübt wegen der geringen Zahl von Menschen in Tronjheim. Es gibt viele Zwerge hier – viel mehr, als du bisher gesehen hast –, und alle werden kämpfen, wenn die Zeit gekommen ist. Sowohl Orrin als auch die Elfen werden uns mit Truppen unterstützen, wenn wir Galbatorix angreifen.«

Geistesabwesend wanderten Eragons Gedanken zu Saphira, und er stellte fest, dass sie gerade genüsslich in eine mächtige Fleischkeule biss. Dann fielen ihm erneut der Hammer und die Sterne an Oriks Helm auf. »Was bedeutet das eigentlich? Ich habe dasselbe Symbol in Tronjheim auf dem Fußboden gesehen.«

Orik nahm die eisenbeschlagene Kappe ab und strich mit einem dicken Finger über die Gravur. »Das ist das Wahrzeichen meines Clans. Wir sind die *Ingietum*, Metallarbeiter und Meisterschmiede. Der Hammer und die Sterne zieren den Boden in Tronjheim, weil sie das persönliche Emblem unseres Gründungsvaters Korgan waren. Ein Clan herrscht, die anderen zwölf umgeben ihn. König Hrothgar gehört ebenfalls zum *Dûrgrimst Ingietum* und hat meinem Haus viel Ruhm und Ehre gebracht.«

Als sie dem Koch die Teller zurückbrachten, kam ihnen im Gang ein Zwerg entgegen. Er blieb vor Eragon stehen, verneigte sich und sagte respektvoll: »Argetlam.« Dann ging er weiter.

Eragon wusste nicht, was er von der Geste halten sollte,

aber irgendwie freute ihn die Respektsbekundung. Noch nie hatte sich jemand vor ihm verneigt. »Was hat er gesagt?«, fragte er und beugte sich zu Orik herab.

Orik zuckte verlegen die Achseln. »Es ist ein Elfenwort, die Anrede für einen Drachenreiter. Es bedeutet ›Silberhand‹.« Eragon betrachtete seine behandschuhte Hand und dachte an die *Gedwëy Ignasia* in seiner Handfläche. »Möchtest du jetzt wieder zu Saphira?«

»Kann ich zuerst irgendwo baden? Ich habe mich schon seit einer Ewigkeit nicht mehr richtig gewaschen. Außerdem ist mein Wams blutbesudelt und eingerissen und stinkt. Ich hätte gern ein neues, aber ich habe kein Geld, um mir eins zu kaufen. Ob ich mir wohl irgendwie ein paar Kronen verdienen könnte?«

»Willst du Hrothgars Gastfreundschaft beleidigen, Eragon?«, sagte Orik entrüstet. »Solange du in Tronjheim bist, brauchst du kein Geld. Du bezahlst auf andere Weise – Ajihad und Hrothgar werden sich darum kümmern. Ich zeige dir jetzt, wo du dich waschen kannst, und dann besorge ich dir ein neues Wams.«

Er führte Eragon eine Treppe hinab, bis sie sich ein gutes Stück unter Tronjheim befanden. Der Gang, den sie nun betraten, war nur fünf Fuß hoch, und alle Laternen verströmten ein gedämpftes rotes Leuchten. »Damit einen das Licht nicht blendet, wenn man aus dem Bad kommt«, erklärte Orik.

Sie betraten einen kahlen Raum mit einer Tür an der hinteren Wand. Orik deutete darauf. »Dahinter sind die Wasserbecken und Bürsten und Seife. Lass deine Kleider hier. Wenn du wieder rauskommst, liegen neue für dich bereit.«

Eragon dankte ihm und zog sich aus. Es war beklemmend, ganz allein unter der Erde zu sein, besonders mit einer so niedrigen Felsdecke. Als er entkleidet war, eilte er frierend durch die Tür und befand sich plötzlich in völliger Dunkelheit. Er tastete sich vorwärts, bis sein Fuß warmes Wasser berührte, dann ließ er sich hineingleiten.

Das Wasser war leicht salzig, aber angenehm weich und beruhigend. Einen Moment lang fürchtete er, von der Tür in tieferes Wasser abzutreiben, aber als er ein bisschen herumwatete, merkte er, dass es ihm überall nur bis zur Hüfte reichte. Er tastete über den feuchten Beckenrand, bis er Seife und eine Bürste fand, dann schrubbte er sich ab. Hinterher ließ er sich mit geschlossenen Augen treiben und genoss die wohlige Wärme.

Als er tropfnass in den beleuchteten Vorraum zurückkam, fand er dort ein Handtuch, ein kostbar gearbeitetes Leinenhemd und Kniehosen vor. Die Kleider passten ihm wie angegossen. Zufrieden trat er in den Tunnel hinaus.

Orik wartete auf ihn, die Pfeife in der Hand. Sie stiegen wieder die Treppe nach Tronjheim hinauf und verließen den Stadtberg. Eragon schaute zum Gipfel empor und rief im Geiste nach Saphira. Während sie zu ihm herunterkam, fragte er Orik: »Wie verständigt ihr euch eigentlich mit den Leuten, die ganz oben wohnen?«

Orik lachte. »Dieses Problem haben wir schon vor langer Zeit gelöst. Es ist dir nicht aufgefallen, aber um Tronjheims mittlere Kammer windet sich eine Treppe bis ganz nach oben zum Drachenhort auf Isidar Mithrim. Wir nennen sie Vol Turin, ›die endlose Wendeltreppe‹. Sie zu benutzen, dauert im Notfall zu lange, und für den Alltagsgebrauch ist es einfach zu anstrengend, daher verwenden wir Signallaternen, um Botschaften zu übermitteln. Um hinunterzukommen, gibt es noch eine andere Möglichkeit, die jedoch nur selten genutzt wird. Als Vol Turin erbaut wurde, hat man daneben eine breite, glatt polierte Rinne in den Fels gehauen. Sie ist sozusagen eine gigantische Rutsche, so hoch wie der Berg selbst.«

Ein schelmisches Lächeln umspielte Eragons Lippen. »Ist es gefährlich, sie zu benutzen?«

»Versuch es bloß nicht. Die Rutsche wurde für Zwerge konstruiert und ist zu schmal für einen Menschen. Wenn man da herausfällt, stürzt man entweder auf die Stufen oder gegen einen Torbogen, womöglich sogar hinab in die gähnende Tiefe.«

Saphira landete mit raschelnden Schuppen einen Speerwurf von ihnen entfernt. Als sie Eragon von weitem begrüßte, strömten Menschen und Zwerge aus dem Stadtberg und scharten sich mit neugierigen Blicken um sie. Eragon betrachtete die Menge mit Unbehagen. »Ihr verschwindet jetzt besser«, sagte Orik und schob ihn vorwärts. »Wir treffen uns morgen früh an diesem Tor. Ich warte auf dich.«

Eragon blieb ungerührt stehen. »Woher weiß ich, wann es Morgen ist?«

»Ich schicke jemanden, der dich wecken wird. Geh jetzt!« Ohne weiteren Widerspruch zwängte sich Eragon durch die Menschenmenge, die Saphira umringte, und stieg auf ihren Rücken.

Bevor sie losfliegen konnte, trat eine alte Frau vor und packte mit festem Griff Eragons Fuß. Er versuchte, sich loszureißen, aber ihre Hand lag wie eine Eisenschelle um seinen Fußknöchel – er konnte sich nicht aus ihrem Griff befreien. Die stechenden grauen Augen, mit denen sie ihn fixierte, waren von unzähligen, fein verästelten Falten eines langen Lebens umgeben. Die zerknitterte Haut hing schlaff auf die eingefallenen Wangen herab. Ein zerlumptes Bündel lag in ihrer linken Armbeuge.

Erschrocken fragte Eragon: »Was willst du von mir?«

Die Frau beugte den Arm und das Tuch verrutschte und offenbarte das Gesicht eines Säuglings. Heiser und verzweifelt sagte sie: »Das Kind hat keine Eltern – es hat niemanden außer mir und ich bin alt und gebrechlich. Segne es mit deiner Kraft, Argetlam. Wünsche ihm Glück!«

Eragon schaute Hilfe suchend zu Orik, doch der Zwerg hielt sich im Hintergrund. Die Menge verstummte abwartend, während der bohrende Blick der Frau nicht von Eragon abließ. »Segne sie, Argetlam, segne sie«, flehte die Alte ihn an.

Eragon hatte noch nie jemanden gesegnet. In Alagaësia tat man so etwas nicht leichtfertig, denn ein Segen konnte sich schnell ins Gegenteil verkehren und mehr ein Fluch denn eine Wohltat sein – besonders wenn man ihn in böser Absicht oder mit mangelnder Überzeugung aussprach. *Traue ich mir so eine Verantwortung zu?*, fragte er sich.

»Segne sie, Argetlam, segne sie.«

Er fasste einen Entschluss und suchte in Gedanken nach den passenden Worten. Doch es fiel ihm nichts ein, bis er sich auf einmal an die alte Sprache erinnerte. So würde eine wahrhaftige Segnung daraus, gesprochen in den Worten der Macht, von einem, dem Macht gegeben war.

Er beugte sich herab und streifte den rechten Handschuh ab. Die Hand auf die Stirn des Säuglings gelegt, sprach er:

»Atra Gülai un Ilian tauthr ono un atra ono Waíse skölir frá Rauthr.« Nachdem er die Worte ausgesprochen hatte, fühlte er sich seltsam geschwächt, als hätte er einen Zauber verübt. Langsam zog er den Handschuh wieder an und sagte zu der Frau: »Das ist alles, was ich für die Kleine tun kann. Wenn es Worte gibt, die Unglück fern halten können, dann sind es diese.«

»Ich danke dir, Argetlam«, flüsterte die Alte und verneigte sich ungelenk. Sie wollte das Kind wieder zudecken, doch Saphira schnaubte und zog den Kopf zurück, bis er über der Kleinen schwebte. Die Alte war wie gelähmt vor Schreck; ihr stockte der Atem. Saphira senkte vorsichtig die Schnauze und stupste das Kind behutsam mit der Nasenspitze zwischen den Augen an.

Ein Raunen ging durch die Menge, denn an der Stelle, wo sie die Stirn des Kindes berührt hatte, prangte jetzt ein Stern auf der Haut, so silberweiß wie Eragons *Gedwëy Ignasia*. Die alte Frau starrte Saphira mit fiebrigem Blick an, wortlose Dankbarkeit in den Augen.

Im nächsten Moment flog Saphira los und ließ die ehrfürchtigen Zuschauer im Windstoß ihrer kräftigen Flügelschläge stehen. Während der Boden unter ihnen zurückwich, atmete Eragon tief durch und schlang die Arme um ihren Hals. *Was hast du mit dem Kind gemacht?*, fragte er sie leise.

Ich gab ihm Hoffnung. Und du hast ihm eine Zukunft gegeben.

Plötzlich fühlte Eragon sich einsam, trotz Saphiras Gegenwart. Ihre Umgebung war so fremd – zum ersten Mal wurde ihm richtig bewusst, wie weit er von zu Hause entfernt war. Ein zerstörtes Zuhause, aber trotzdem seine Heimat.

Was ist aus mir geworden?, fragte er Saphira. *Ich bin gerade erst ins Mannesalter gekommen und habe bereits den Anführer der Varden getroffen, werde von Galbatorix gejagt und bin mit Morzans Sohn durch die Lande gezogen – und jetzt wollen die Menschen auch noch, dass ich sie segne! Welche Weisheiten kann ich den Leuten denn geben, die sie noch nicht kennen? Welche Heldentaten kann ich vollbringen, die erfahrene Krieger nicht viel besser ausführen würden? Das ist Wahnsinn! Ich sollte eigentlich zu Hause in Carvahall bei Roran sein.*

Saphira ließ sich Zeit mit der Antwort, aber als sie sprach, klang ihre Stimme ganz sanft. *Du bist ein Junge. Ein Junge, der versucht, sich in der Welt zurechtzufinden. In Jahren gemessen, mag ich jünger sein als du, aber meine Gedanken sind uralt. Mach dir keine Sorgen über diese Dinge. Finde dich damit ab, was du bist und wo du dich befindest. Meist wissen die Menschen ziemlich genau, was sie tun müssen. Du brauchst ihnen nur noch den Weg zu zeigen. Das ist Weisheit. Und was die Heldentaten betrifft – kein Krieger hätte die Kleine so segnen können wie du.*

Ach, das war doch nichts, sagte er, *nur ein bisschen Theater.*

Nein, das war es nicht. Was du gesehen hast, war der Anfang einer neuen Geschichte, einer neuen Legende. Glaubst du, das Mädchen wird damit zufrieden sein, sich in einem Schankhaus oder auf einem Hof zu verdingen, wenn sie auf der Stirn ein Drachenmal trägt und deine Worte über ihr schweben? Du unterschätzt deine Macht und die des Schicksals.

Eragon schmiegte den Kopf an ihren Hals. *Das ist alles*

so überwältigend. Ich komme mir vor, als lebte ich in einem Traum, in dem alles möglich ist. Hin und wieder geschehen wirklich unglaubliche Dinge, das weiß ich, aber sie passieren immer jemand anderem, an einem anderen Ort und zu einer anderen Zeit. Und dann, plötzlich, finde ich dein Ei, werde von einem Drachenreiter unterrichtet und kämpfe gegen einen Schatten – das sind nicht die Taten des Bauernjungen, der ich bin oder der ich war. Irgendetwas verändert mich.

Es ist dein Wyrda, das dich verändert, sagte Saphira. *Jedes Zeitalter braucht seinen Helden – vielleicht fällt dir ja diese Rolle zu. Bauernjungen werden nicht ohne Grund nach dem ersten Drachenreiter benannt. Dein Namensvetter war der Anfang und du bist die Fortsetzung. Oder das Ende.*

Ach, seufzte Eragon kopfschüttelnd. *Das alles ist mir ein Rätsel ... Aber wenn die Dinge sowieso vorherbestimmt sind, ist dann nicht das, was wir tun, völlig unbedeutend? Müssen wir vielleicht einfach lernen, unser Schicksal anzunehmen?*

Eragon, sagte Saphira bestimmt, *ich habe dich aus meinem Ei heraus erwählt. Du hast etwas bekommen, wofür die meisten Menschen sterben würden. Macht dich das unglücklich? Hör auf, dich mit solchen Fragen zu belasten. Man kann sie nicht beantworten und sie machen einen nicht zufriedener.*

Das stimmt, sagte er mürrisch. *Aber trotzdem spuken sie mir ständig im Kopf herum.*

Seit Broms Tod sind die Dinge ziemlich ... aus dem Lot geraten, räumte Saphira ein, was Eragon überraschte, denn sie gab selten zu, dass etwas sie beunruhigte. Sie befanden sich jetzt über Tronjheim. Eragon schaute in die Öffnung im Gipfel und sah den Boden des Drachenhorts: Isidar Mithrim, der große Sternsaphir. Er wusste, dass darunter nichts lag außer der gewaltigen mittleren Kammer Tronjheims. Saphira flog auf den Drachenhort zu. Sie schlüpfte über den Rand, schwebte zu dem rosa schimmernden Saphir hinab und landete mit ihren scharfen Klauen auf dem Edelstein.

Zerkratzt du ihn nicht?, fragte Eragon.

Nein. Das ist kein gewöhnliches Juwel. Eragon rutschte an ihrem Rücken hinab und drehte sich langsam im Kreis, um sich die ungewöhnliche Umgebung anzusehen. Sie standen in einem runden, deckenlosen Raum, der sechzig Fuß hoch war und sechzig Fuß im Durchmesser hatte. In den Wänden lagen die dunklen Höhleneingänge, einige kaum schulterhoch, andere groß genug für ein ganzes Haus. Dazwischen gab es glänzende Wandsprossen, über die man die höher gelegenen Höhlen erreichte. Ein breiter Torbogen führte aus dem Drachenhort hinaus.

Eragon betrachtete den riesigen Edelstein unter seinen Füßen und legte sich instinktiv darauf nieder. Er drückte die Wange an den kühlen Saphir und versuchte hindurchzuspähen. Verzerrte Linien und flackernde Farbpunkte schimmerten durch den Stein hindurch, aber er war zu dick, um Einzelheiten auf dem Boden der Kammer eine Meile unter ihnen erkennen zu können.

Muss ich eigentlich getrennt von dir schlafen?

Saphira schüttelte ihren großen Kopf. *Nein, in meiner Höhle steht ein Bett für dich. Komm, ich zeige sie dir.* Sie drehte sich um, sprang mit ausgebreiteten Flügeln zwanzig Fuß in die Luft und landete in einer mittelgroßen Höhle. Er trottete ihr hinterher und kletterte die Wandsprossen hinauf.

Die Höhle war dunkelbraun und tiefer, als er erwartet

hatte. Die Wände aus roh behauenem Marmor erweckten den Eindruck einer natürlichen Gesteinsformation. Vor der hinteren Wand lag ein teppichgroßes flauschiges Kissen, auf dem sich Saphira bequem niederlassen konnte. Daneben stand in einer Wandnische ein Bett. Die Höhle wurde von einer einzelnen roten Laterne erhellt, die eine Blende hatte, um das Licht abzudunkeln.

Es gefällt mir, sagte Eragon. *Ich glaube, hier sind wir sicher.*

Ja. Saphira machte es sich auf dem Kissen bequem und beobachtete ihn. Seufzend sank er auf die Matratze, von Müdigkeit übermannt.

Saphira, du hast kaum etwas gesagt, seit wir hier sind. Was hältst du von Ajihad und Tronjheim?

Das wird sich noch zeigen... Anscheinend werden wir hier in eine neue Art von Auseinandersetzung hineingezogen, Eragon. Schwerter und Klauen sind dabei überflüssig, aber Worte und Bündnisse können ebenso gefährlich sein. Die Zwillinge mögen uns nicht – wir müssen aufpassen, dass sie nicht versuchen, uns zu schaden. Nur wenige von den Zwergen trauen uns. Die Elfen wollten keinen menschlichen Drachenreiter, also werden wir auch aus dieser Richtung Ablehnung erfahren. Am besten, wir finden heraus, wer etwas zu sagen hat, und freunden uns mit diesen Personen an. Und zwar rasch.

Glaubst du, es ist möglich, von den verschiedenen Anführern unabhängig zu bleiben?

Sie rückte ihre Flügel ein wenig zurecht. *Ajihad unterstützt unsere Unabhängigkeit, aber wahrscheinlich lässt es sich nicht vermeiden, dass wir uns der einen oder anderen Gruppe anschließen. Wir werden bald wissen, für wen wir Partei ergreifen sollen.*

ALRAUNEWURZEL UND MOLCHSZUNGE

Als er aufwachte, lag Eragon auf der zerwühlten Wolldecke, aber ihm war trotzdem warm. Saphira schlief auf ihrem Kissen, ihr Atem ging ruhig und gleichmäßig.

Zum ersten Mal, seit er in Farthen Dûr war, fühlte sich Eragon in Sicherheit und verspürte so etwas wie Hoffnung. Er hatte es warm, sein Bauch war voll, und man hatte ihn so lange schlafen lassen, wie er wollte. Allmählich fiel die Anspannung von ihm ab, eine Anspannung, die sich seit Broms Tod – oder eigentlich bereits seit sie das Palancar-Tal verlassen hatten – in ihm aufgebaut hatte.

Ich brauche keine Angst mehr zu haben. Aber was ist mit Murtagh?, dachte er. Es fiel Eragon schwer, die Gastfreundschaft der Varden guten Gewissens anzunehmen, denn ihm war klar, dass er – ob absichtlich oder nicht – Murtagh in die Gefangenschaft gebracht hatte. Irgendwie musste er ihm helfen.

Sein Blick wanderte zur Höhlendecke, während seine Gedanken zu Arya abschweiften. Dann schämte er sich für seine Tagträumerei, wandte den Kopf und blickte in den Drachenhort hinaus. Am Höhleneingang saß eine große Katze und leckte sich die Pfote. Als sie zu ihm herüberschaute, sah er ein rotes Augenpaar aufblitzen.

Solembum?, fragte er ungläubig.

Wer denn sonst? Die Werkatze schüttelte ihre zottige Mähne und gähnte verschlafen, wobei sie die langen Fänge entblößte. Dann streckte sie sich und sprang vom Höhleneingang aus auf den Sternsaphir zwanzig Fuß unter ihr hinab. *Kommst du?*

Eragon schaute zu Saphira hinüber. Sie war mittlerweile aufgewacht und beobachtete ihn verschlafen. *Geh ruhig. Ich komme schon zurecht*, murmelte sie. Solembum wartete unter dem Torbogen, der aus dem Drachenhort hinausführte.

Sobald Eragons Füße den Sternsaphir berührten, wandte die Werkatze sich um und verschwand im Durchgang. Eragon eilte ihr nach und rieb sich unterdessen den Schlaf aus den Augen. Er trat durch den Ausgang und fand sich am oberen Treppenabsatz von Vol Turin wieder, der Endlosen Wendeltreppe. Da es keine andere Möglichkeit gab, stieg er zur nächsten Ebene hinab.

Er stand jetzt in einem offenen Säulengang, der nach links um Tronjheims mittlere Kammer herumführte. Zwischen den schlanken Säulen konnte er über sich den gewaltigen Saphir glitzern sehen und unter sich machte er den fernen Boden des Stadtbergs aus. Der Umfang der mittleren Kammer nahm mit jeder nachfolgenden Ebene zu. Die Treppe führte durch den Boden des Säulenganges zum nächsten Stockwerk hinab und verlor sich dann in der Tiefe. Die Rutschrinne führte außen um die Wendeltreppe herum. Am oberen Absatz von Vol Turin hatten längliche Lederkissen zum Rutschen gelegen. Rechts von Eragon führte ein staubiger Korridor zu den Räumen und Gemächern dieser Ebene. Solembum tappte mit zuckendem Schwanz den Gang hinunter.

Warte auf mich, sagte Eragon.

Er versuchte, die Katze einzuholen, erhaschte in den verlassenen Gängen aber nur kurze Blicke auf das Tier. Als er um eine Ecke bog, sah er sie schließlich miauend vor einer Tür sitzen. Die Tür ging wie von selbst nach innen auf. Solembum schlüpfte hinein, dann schloss sich die Tür wieder. Erstaunt blieb Eragon davor stehen. Er hob die Hand, um anzuklopfen, aber da öffnete sich die Tür erneut, und warmes Licht strömte heraus. Nach einem Augenblick der Unschlüssigkeit ging er hinein.

Er betrat ein aus zwei Räumen bestehendes Gemach, das mit prächtigen Holzschnitzereien und üppigen Blumengirlanden geschmückt war. Die Luft war warm, frisch und feucht. An den Wänden und der niedrigen Decke hingen hell leuchtende Laternen. Ganze Berge sonderbarer Gegenstände lagen über den Boden verstreut. In dem kleineren der beiden Räume stand ein Bett mit vier Holzpfosten, an denen noch mehr Girlanden hingen.

In der Mitte des größeren Raums saß auf einem lederüberzogenen Stuhl die Wahrsagerin und Hexe Angela. Sie lächelte ihn strahlend an.

»Was machst du denn hier?«, entfuhr es Eragon.

Angela faltete die Hände im Schoß. »Na, warum setzt du dich nicht einfach auf den Boden, dann erzähle ich es dir. Ich würde dir ja gern einen Stuhl anbieten, aber ich sitze auf dem einzigen, den es hier gibt.« Unzählige Fragen schwirrten in

Eragons Kopf herum, als er sich zwischen zwei mit einer grünen Flüssigkeit gefüllten Fläschchen am Boden niederließ.

»So, so!«, rief Angela aus. »Du bist also wirklich ein Drachenreiter. Ich dachte es mir schon, aber erst seit gestern habe ich Gewissheit. Solembum hat es wahrscheinlich schon die ganze Zeit über gewusst, aber er hat nichts verraten. Ich hätte sofort darauf kommen müssen, als du Brom erwähnt hast. Saphira… Der Name gefällt mir – er passt zu einem Drachen.«

»Brom ist tot«, sagte Eragon unvermittelt. »Die Ra'zac haben ihn umgebracht.«

Angela war bestürzt. Sie zwirbelte eine Haarlocke um ihren Finger. »Ach, das tut mir Leid, wirklich«, sagte sie leise.

Eragon lächelte bitter. »Aber es überrascht dich nicht, oder? Schließlich hast du seinen Tod ja vorausgesagt.«

»Ich wusste nicht, wen der Tod ereilen würde«, sagte sie kopfschüttelnd. »Aber, nein… Ich bin nicht überrascht.«

Eragon runzelte die Stirn. »In Teirm hast du über ihn gelacht und gemeint, sein Schicksal sei ein merkwürdiger Scherz. Warum hast du das gesagt?«

Einen Moment lang wurde Angelas Gesichtsausdruck hart. »Rückblickend war das ziemlich geschmacklos von mir, aber ich konnte ja nicht wissen, was ihm bevorstand. Wie soll ich es ausdrücken? – In gewisser Weise war Brom verflucht. Es war sein Schicksal, bei allem, was er anpackte – eine Sache ausgenommen –, zu scheitern, obwohl es nicht seine Schuld war. Er wurde zum Reiter auserwählt, aber sein Drache starb. Er liebte eine Frau, aber diese Liebe war ihr Ruin. Und er wurde dazu bestimmt, über dich zu wachen und dich auszubilden, aber am Ende konnte er auch dieses Vorhaben nicht vollenden. Das Einzige, was ihm wirklich gelang, war, Morzan zu töten, und eine bessere Tat hätte er nicht vollbringen können.«

»Brom hat mir gegenüber nie von einer Frau gesprochen«, entgegnete Eragon.

Angela zuckte gleichgültig mit den Schultern. »Ich habe es von jemandem gehört, der unmöglich lügen konnte. Aber genug mit dem Gerede! Das Leben geht weiter und wir sollten die Toten nicht mit unseren Sorgen belasten.« Sie klaubte einen Haufen Schilfrohr vom Boden auf und begann, es zusammenzuflechten. Damit war das Thema beendet.

Eragon zögerte, dann gab er nach. »Na schön. Also, warum bist du in Tronjheim statt in Teirm?«

»Ah, endlich eine interessante Frage«, sagte Angela. »Nachdem ich nach sehr langer Zeit wieder einmal Broms Namen gehört hatte – und zwar aus deinem Mund –, spürte ich, dass Alagaësia von seiner Vergangenheit eingeholt wird. Die Leute munkelten, dass der König einen Drachenreiter jagt. Da wurde mir klar, dass der Drache aus dem Ei der Varden geschlüpft sein musste. Ich schloss meinen Laden und machte mich auf, um mehr darüber zu erfahren.«

»Du wusstest von dem Ei?«

»Natürlich. Ich bin doch kein Trottel. Ich bin viel älter, als du glaubst. Es geschieht kaum etwas, ohne dass es mir zu Ohren kommt.« Sie machte eine Pause und konzentrierte sich auf ihre Handarbeit. »Wie auch immer, ich erkannte, dass ich so schnell wie möglich zu den Varden aufbrechen musste. Ich bin jetzt schon fast einen Monat hier, obwohl es mir nicht besonders gefällt – für meinen Geschmack ist es hier viel zu modrig. Und in Farthen Dûr sind alle so ernst und ehrenwert. Wahrscheinlich hält das Schicksal sowieso einen tragischen Tod für all die Sauertöpfe bereit.« Mit spöttischer Miene stieß sie einen lang gezogenen Seufzer aus. »Und die Zwerge sind nichts weiter als eine Horde abergläubischer Narren, die damit zufrieden sind, ihr ganzes Leben lang auf Felsen einzuschlagen. Das einzig Erfreuliche an diesem Ort sind die vielen Pilze, die in Farthen Dûr wachsen.«

»Warum bleibst du dann hier?«, fragte Eragon schmunzelnd.

»Weil ich gern dort bin, wo wichtige Dinge geschehen«, sagte Angela, den Kopf zur Seite geneigt. »Außerdem wäre Solembum ohne mich losgezogen, wenn ich in Teirm geblieben wäre, und ich genieße nun einmal seine Gesellschaft. Aber jetzt verrate mir bitte, was für Abenteuer du seit unserer letzten Begegnung erlebt hast.«

Während der nächsten Stunde fasste Eragon die Ereignisse der letzten zweieinhalb Monate zusammen. Angela lauschte schweigend, aber als er seinen Gefährten erwähnte, rief sie entgeistert: »Murtagh!«

Eragon nickte. »Er hat mir verraten, wer er ist. Aber lass mich erst meine Geschichte zu Ende erzählen, bevor du dir ein Urteil erlaubst.« Er fuhr mit seinem Bericht fort. Als er fertig war, lehnte sich Angela nachdenklich in ihrem Stuhl zurück. Das Schilfrohr war vergessen. Plötzlich sprang Solembum aus seinem Versteck und landete auf ihrem Schoß. Er rollte sich zusammen und sah Eragon unverwandt an.

Angela streichelte die Werkatze. »Faszinierend. Galbatorix hat sich mit den Urgals verbündet und Murtagh hat sich zu erkennen gegeben ... Ich würde dich ja warnen, mit ihm vorsichtig zu sein, aber du bist dir der Gefahr offenbar bewusst.«

»Murtagh war mir ein unerschütterlicher Freund und Verbündeter«, sagte Eragon bestimmt.

»Trotzdem, sei auf der Hut.« Angela hielt inne, dann sagte sie angewidert: »Dann ist da noch die Sache mit dem Schatten, Durza. Ich glaube, abgesehen von Galbatorix, stellt er momentan die größte Bedrohung für die Varden dar. Ich *hasse* diese Schatten – sie praktizieren die schlimmste Magie, die es außer der Nekromantie noch gibt. Am liebsten würde ich ihm mit einer stumpfen Haarnadel das Herz herausgraben und es an ein Schwein verfüttern!«

Eragon erschrak über ihre plötzliche Heftigkeit. »Das verstehe ich nicht«, unterbrach er sie. »Brom hat gesagt, Schatten wären Zauberer, die sich der Hilfe von Geistern bedienen, um ihren Willen zu bekommen. Aber warum macht sie das so böse?«

Angela schüttelte den Kopf. »Das tut es ja gar nicht. Zauberer sind eigentlich ganz normale Leute – sie sind weder besser noch schlechter als andere Menschen. Sie gebrauchen lediglich ihre Fähigkeiten, um die Kräfte der Geister zu nutzen. Schatten hingegen missbrauchen diese Kunst, um ihre Macht zu vergrößern, und dafür lassen sie es sogar zu, dass die Geister von ihrem Körper Besitz ergreifen. Leider nisten sich nur die allerbösesten Geister im Körper eines Menschen ein, und wenn man einen solchen Geist einmal in sich hat, verschwindet er nie wieder. So etwas kann auch versehentlich passieren, falls der beschworene Geist stärker ist als der Zauberer selbst. Doch wenn auf diese Weise ein Schatten entsteht, ist es fast unmöglich, ihn zu töten. Du weißt bestimmt, dass es bisher nur zwei Personen gab, die Elfe Laetri und den Drachenreiter Irnstad, denen dieses Kunststück gelang.«

»Ich kenne die Geschichten.« Eragon deutete mit ausholender Geste auf den Raum. »Warum wohnst du so weit oben? Ist es nicht langweilig, so allein zu sein? Und wie hast du all deine Sachen hier heraufgebracht?«

Angela lachte. »Willst du die Wahrheit hören? Ich bin geflüchtet. Als ich nach Tronjheim kam, hatte ich in den ersten Tagen meine Ruhe, bis einer der Torhüter, die mich nach Farthen Dûr einließen, ausgeplaudert hat, wer ich bin. Und dann kamen plötzlich alle Zauberkundigen – obwohl sie diese Bezeichnung kaum verdienen – zu mir und lagen mir in den Ohren, ihrem geheimen Zirkel beizutreten. Schließlich drohte ich ihnen damit, sie alle in Kröten – pardon: Frösche – zu verwandeln, aber als auch das nicht half, schlich ich mich mitten in der Nacht hier herauf. Es war weniger mühselig, als man meinen sollte, besonders für jemanden mit meinen Fähigkeiten.«

»Musstest du die Zwillinge deinen Geist untersuchen lassen, bevor du Farthen Dûr betreten durftest?«, fragte Eragon. »Mich haben sie gezwungen, sie in meinem Gedächtnis herumstöbern zu lassen.«

Ein kalter Glanz trat in Angelas Augen. »Das würden sie bei mir nicht wagen, aus Angst davor, was ich ihnen dann antun könnte. Oh, sie würden es natürlich liebend gern tun, aber sie wissen genau, dass sie hinterher nur noch Unsinn plappernde und sabbernde Wirrköpfe wären. Ich komme schon seit langem hierher, lange bevor die Varden sich angewöhnten, den Geist der Leute zu durchwühlen... Und jetzt lasse ich sie damit gar nicht erst anfangen.«

Sie schielte in den angrenzenden Raum und sagte: »So. Das war ein erhellendes Gespräch, aber ich fürchte, du musst jetzt gehen. Mein Gebräu aus Alraunewurzel und der Zunge eines Wassermolchs kocht gleich und man muss es ständig umrühren. Komm mich besuchen, wenn du Zeit hast. Und erzähle bitte niemandem, wo ich bin! Ich möchte nicht schon wieder umziehen. Es würde mich wahnsinnig – *aufregen*. Und du willst mich sicher nicht erleben, wenn ich mich aufrege!«

»Ich werde dein Geheimnis hüten«, versprach Eragon und stand auf.

Solembum sprang von Angelas Schoß, als sie sich erhob. »Gut!«, rief sie aus.

Eragon verabschiedete sich und ging. Solembum geleitete ihn zurück zum Drachenhort, dann entließ er ihn mit einem kurzen Zucken seines Schwanzes und strolchte.

DER THRONSAAL
DES ZWERGENKÖNIGS

Im Drachenhort wartete ein Zwerg auf Eragon. Nachdem er sich verneigt und »Argetlam« gemurmelt hatte, sagte er mit breitem Akzent: »Gut. Aufgewacht. *Knurla* Orik schickt nach dir.« Er verneigte sich erneut und trippelte davon. Saphira sprang aus ihrer Höhle und landete neben Eragon. Sie hielt Zar'roc in den Klauen.

Was soll ich damit?, fragte er stirnrunzelnd.

Sie legte den Kopf schräg. *Es tragen. Du bist ein Drachenreiter und solltest auch das Schwert eines Reiters an deiner Seite haben. Zar'roc mag auf eine blutige Geschichte zurückblicken, aber das darf dich nicht beeinflussen. Schreib damit ein neues Kapitel seiner Geschichte und trage es mit Stolz.*

Bist du sicher? Du weißt doch, was Ajihad gesagt hat.

Saphira schnaubte und eine Rauchwolke stieg aus ihren Nüstern auf. *Trage es, Eragon. Wenn du auch weiter dein eigener Herr sein willst, dann lass dich in deinem Handeln nicht von der Meinung anderer leiten.*

Wie du meinst, sagte er widerwillig und befestigte die Scheide an seinem Gürtel. Er kletterte auf Saphiras Rücken und flog mit ihr aus Tronjheim hinaus. Es war jetzt hell genug in Farthen Dûr, um die Kraterwände – in jeder Richtung fünf Meilen entfernt – zu erkennen. Während sie zum Eingang des Stadtbergs hinabkreisten, erzählte Eragon Saphira von seinem Besuch bei Angela.

Sobald sie vor den Toren von Tronjheim gelandet waren, kam Orik herbeigerannt. »Mein König, Hrothgar, wünscht, euch beide zu sehen. Steig schnell ab. Wir müssen uns beeilen.«

Eragon eilte dem Zwerg hinterher. Saphira hielt mühelos mit ihnen Schritt. Die neugierigen Blicke der Leute im Innern des Stadtbergs ignorierend, fragte Eragon: »Wo treffen wir Hrothgar?«

Ohne anzuhalten, antwortete Orik: »Im Thronsaal unter der Stadt. Es ist eine Privataudienz, zum Zeichen des *Otho* – des Vertrauens. Du brauchst keine besondere Anrede zu benutzen, aber sprich respektvoll mit ihm. Hrothgar wird schnell wütend, aber er ist weise und hat eine gute Menschenkenntnis, also denk nach, bevor du etwas sagst.«

Als sie die mittlere Kammer erreicht hatten, steuerte Orik die gegenüberliegende Halle mit den beiden abwärts führenden Treppen zwischen den Marmorsäulen an. Sie nahmen die rechte Treppe, die eine sanfte Kurve nach innen beschrieb, bis sie in die Richtung wies, aus der sie gekommen waren. Die andere Treppe vereinte sich mit der ihren zu einer Kaskade schwach beleuchteter Stufen, die nach hundert Schritten an zwei Türflügeln aus Granit endeten. Eine siebenzackige Krone war in die Türen eingemeißelt.

Sieben Zwerge hielten auf jeder Seite des Portals Wache. Sie waren mit schweren Queräxten bewaffnet und trugen juwelenbesetzte Gürtel. Als Orik, Eragon und Saphira näher kamen, schlug einer der Zwerge mit dem Griff seiner Axt gegen die Tür. Ein tiefes Dröhnen hallte die Treppe hinauf. Gleich darauf öffneten sich die Türflügel nach innen.

Vor ihnen lag eine dunkle Halle, einen guten Pfeilschuss lang. Es war eine natürliche Höhle. An den Wänden befanden sich zahlreiche Stalagmiten und Stalaktiten, jeder einzelne breiter als ein Mensch. Spärlich über den gesamten Raum verteilte Laternen verströmten trübes Licht. Der braune Boden war ebenmäßig und glatt poliert. Am hinteren Ende der Höhle sah man einen schwarzen Thron, auf dem eine reglose Gestalt saß.

Orik verneigte sich. »Der König erwartet dich.« Eragon legte Saphira die Hand auf den Rücken und machte sich mit ihr auf den Weg. Hinter ihnen schlossen sich die Türen, sodass sie mit dem König im Thronsaal allein blieben.

Ihre Schritte hallten durch die Höhle, während sie auf den Thron zugingen. In Nischen zwischen den Tropfsteinsäulen standen hohe Statuen. Jede Skulptur zeigte einen gekrönten König auf einem Thron. Ihre Augen starrten blicklos ins Leere, die zerfurchten Gesichter zeigten kühne Entschlossenheit. Unterhalb der Füße war in Runen der Name des jeweiligen Herrschers eingemeißelt.

Eragon und Saphira schritten zwischen den beiden Reihen längst verstorbener Monarchen hindurch. Sie kamen an mehr als vierzig Standbildern vorbei, dahinter harrten dunkle, leere Alkoven der Nachbildungen zukünftiger Könige. Zu guter Letzt blieben sie vor Hrothgar stehen.

Der Zwergenkönig saß selbst wie ein Standbild auf einem erhöhten Sitz aus schwarzem Marmor. Der Thronsessel bestand aus einem einzigen Block, hatte keine schmückenden Verzierungen und war mit gnadenloser Präzision aus dem

Fels geschnitten. Der Stein strahlte ein Gefühl von Stärke aus, die von den alten Zeiten kündete, als die Zwerge noch ohne Einmischung seitens der Menschen oder Elfen allein in Alagaësia geherrscht hatten. Anstelle einer Krone trug Hrothgar einen goldenen, mit Rubinen und Diamanten besetzten Helm auf dem Haupt. Sein mürrisches, zerfurchtes Gesicht war Zeugnis für die oft bitteren Erfahrungen seiner langen Regentschaft. Unter buschigen Augenbrauen funkelten tief liegende, durchdringend blickende Augen. Ein Kettenhemd wölbte sich über seinem mächtigen Brustkasten, und auf seinem Schoß lag ein schwerer Streithammer, den das Symbol von Oriks Clan zierte.

Eragon verneigte sich unbeholfen und kniete nieder. Saphira blieb stehen. Der König regte sich, als erwache er soeben aus tiefem Schlaf, und polterte: »Erhebe dich, Drachenreiter, du brauchst vor mir nicht niederzuknien.«

Eragon richtete sich auf und begegnete Hrothgars unergründlichem Blick. Der König musterte ihn eingehend und sagte schließlich mit rauer Stimme: »*Az knurl deimi lanok.* ›Gib Acht, der Fels wandelt sich‹ – ein altes Sprichwort bei uns… Und heutzutage wandelt der Fels sich in der Tat rasend schnell.« Er strich liebevoll über seinen Streithammer. »Ich konnte dich nicht eher empfangen, so wie Ajihad, weil ich mich um meine Gegner in den Clans kümmern musste. Sie verlangten von mir, dir die Zuflucht zu verwehren und dich aus Farthen Dûr fortzuschicken. Es war sehr mühsam, sie davon abzubringen.«

»Vielen Dank«, sagte Eragon. »Ich wusste ja nicht, welchen Wirbel meine Ankunft auslösen würde.«

Der König nahm den Dank an, dann hob er die knorrige

Hand und deutete auf die Statuen hinter Eragon: »Schau, junger Drachenreiter, wie meine in Stein gehauenen Vorgänger auf ihren Thronen sitzen. Es sind einer und vierzig und ich werde der Nächste sein. Wenn ich von dieser Welt gehe und mich in die Obhut der Götter begebe, wird meine *Hírna* dieser Ahnenreihe hinzugefügt. Die erste Statue ist das Abbild meines Vorfahren Korgan, unseres Stammvaters. Seit acht Jahrtausenden – seit den Anfängen unseres Volkes – haben die Zwerge unter Farthen Dûr gelebt. Wir sind die Gebeine des Landes, sind älter als die schönen Elfen und die wilden Drachen.« Saphira regte sich verstohlen.

Hrothgar beugte sich vor und seine Stimme klang feierlich. »Ich bin alt, Eragon – selbst nach unseren eigenen Maßstäben –, alt genug, um noch die Drachenreiter in ihrem vergänglichen Ruhm gekannt und mit ihrem letzten Anführer, Vrael, gesprochen zu haben, der mir in eben diesen Hallen einen Besuch abstattete. Nur wenige sind noch am Leben, die das von sich behaupten können. Ich erinnere mich noch gut an die Reiter und wie sie versuchten, sich in unsere Angelegenheiten einzumischen. Aber auch an den Frieden, den sie uns schenkten und der es möglich machte, unversehrt von Tronjheim bis nach Narda zu marschieren.

Und nun stehst *du* vor mir – eine verlorene Tradition, die wieder zum Leben erwacht ist. Verrate mir – und ich empfehle dir, die Wahrheit zu sagen: Warum bist du nach Farthen Dûr gekommen? Ich kenne zwar die Gründe deiner Flucht aus dem Königreich, aber welche Absichten hegst du hier?«

»Fürs Erste möchten Saphira und ich uns bloß von den Strapazen erholen«, erwiderte Eragon. »Wir wollen keinen Ärger verursachen, sondern uns nur vor den Gefahren verstecken, denen wir monatelang ausgesetzt waren. Vielleicht schickt uns Ajihad ja zu den Elfen, aber bis dahin würden wir gern hier bleiben.«

»Also hat dich nur dein Wunsch nach Sicherheit hergeführt?«, fragte Hrothgar. »Möchtest du dich einfach hier zur Ruhe setzen und deinen Streit mit dem Imperium vergessen?«

In seinem Stolz gekränkt, schüttelte Eragon den Kopf. »Wenn Ajihad Euch von meiner Vergangenheit erzählt hat, solltet Ihr wissen, dass ich Grund genug habe, so lange gegen das Imperium zu kämpfen, bis es in Staub und Asche liegt ... Und ich möchte denen helfen, die – anders als ich – Galbatorix nicht entfliehen können, einschließlich meinem Cousin. Mir wurden die Fähigkeiten dazu verliehen, also muss ich es tun.«

Die Antwort schien den König zufrieden zu stellen. Er wandte sich an Saphira und fragte sie: »Und *du*, Drache, was denkst du über diese Angelegenheit? Aus welchem Grunde bist *du* hergekommen?«

Saphira kräuselte die Lippen. *Sag ihm, ich dürste nach dem Blut unserer Feinde und sehne den Tag herbei, an dem wir gegen Galbatorix in die Schlacht ziehen. Ich kenne keine Gnade für Verräter und Ei-Schänder wie diesen falschen König. Er hielt mich mehr als ein Jahrhundert lang gefangen und hat noch heute zwei meiner Brüder in seiner Gewalt, die ich, wenn möglich, befreien werde. Und sage Hrothgar auch, ich finde, du bist deiner Aufgabe gewachsen.*

Eragon verzog das Gesicht ob ihrer Worte, gab sie aber pflichtgemäß weiter. Hrothgars Mundwinkel verzogen sich in einem Anflug grimmiger Belustigung, was seine Falten noch vertiefte. »Wie ich sehe, haben die Drachen sich im Laufe der Jahrhunderte kein bisschen verändert.« Er klopfte mit den Fingerknöcheln auf den Marmor. »Weißt du, warum dieser Sitz so flach und eckig ist? Damit niemand bequem darauf sitzen kann. Ich habe ihn nie gemocht und werde ihn ohne Bedauern räumen, wenn meine Stunde schlägt. Hast du etwas, das dich immer an deine Verpflichtung erinnert, Eragon? Oder wirst du, falls das Imperium fällt, Galbatorix' Platz einnehmen und seinen Thron für dich beanspruchen?«

»Ich strebe weder nach der Krone noch nach der Herrschaft«, sagte Eragon verärgert. »Ein Drachenreiter zu sein, ist genug der Verantwortung. Nein, ich würde nicht in Urû'baen den Thron besteigen... Es sei denn, es fände sich niemand anderer, der gewillt und dafür geeignet wäre.«

Mit ernster Stimme gab Hrothgar zu bedenken: »Du wärst bestimmt ein besserer König als Galbatorix, aber kein Volk sollte einen Anführer haben, der nicht altert oder irgendwann freiwillig abtritt. Die Zeit der Drachenreiter ist vorbei, Eragon. Und sie wird nie wieder zurückkehren – selbst wenn die Drachen in Galbatorix' anderen Eiern noch schlüpfen sollten.«

Sein Blick glitt an Eragons Seite hinab und verdüsterte sich. »Wie ich sehe, trägst du das Schwert eines Feindes; das wurde mir bereits berichtet, und auch, dass du mit dem Sohn eines Abtrünnigen reist. Es bereitet mir Unbehagen, diese Waffe hier zu wissen.« Er streckte die Hand aus. »Ich würde sie mir gern ansehen.«

Eragon zog Zar'roc aus der Scheide und reichte es dem Zwergenkönig, den Griff ihm zugewandt. Hrothgar nahm das Schwert und ließ seinen geübten Blick über die rote Klinge wandern, die das Laternenlicht einfing und es scharf reflektierte. Der Zwergenkönig prüfte mit der Handfläche die Spitze und sagte dann: »Ein meisterhaft geschmiedetes Schwert. Elfen fertigen nur selten Schwerter an – sie bevorzugen Bogen und Speere –, aber wenn sie es tun, dann ist das Resultat unnachahmlich. Dies ist eine vom Unglück verfolgte Klinge und ich sehe sie nicht gern in meinem Reich. Aber trage sie ruhig, wenn du willst, vielleicht hat sich ihre Bestimmung ja inzwischen gewandelt.« Er gab ihm das Schwert zurück und Eragon schob es wieder in die Scheide. »War dir mein Neffe während deines bisherigen Aufenthalts ein guter Diener?«

»Wer?«

Hrothgar hob eine buschige Augenbraue. »Orik, der Sohn meiner jüngsten Schwester. Er dient unter Ajihad, weil ich demonstrieren möchte, dass ich die Varden unterstütze. Allerdings wurde er offenbar wieder unter meinen Befehl gestellt. Ich habe mit Freude vernommen, dass du dich für ihn eingesetzt hast.«

Eragon wurde klar, dass dies ein weiterer Beweis für *Otho* war, das Vertrauen, das Hrothgar ihm entgegenbrachte. »Ich könnte mir keinen besseren Gastgeber wünschen.«

»Das ist gut«, sagte der König sichtlich zufrieden. »Leider habe ich nun keine Zeit mehr für dich. Meine Ratgeber erwarten mich, denn ich muss mich um einige Dinge kümmern. Eines möchte ich dir aber noch sagen: Wenn du willst, dass die Zwerge dich unterstützen, musst du ihnen zuerst deine Qualitäten unter Beweis stellen. Unser Gedächtnis reicht weit zurück und wir treffen keine übereilten Entscheidungen. Worte zählen nichts, nur Taten.«

»Ich werde es mir merken«, sagte Eragon und verneigte sich abermals.

Hrothgar nickte majestätisch. »Ihr dürft jetzt gehen.«

Die beiden wandten sich um und verließen den Thronsaal des Zwergenkönigs. Orik erwartete sie mit neugieriger Miene auf der anderen Seite der steinernen Türflügel. Während sie die Treppe nach Tronjheim wieder hinaufstiegen, fragte er aufgeregt: »Ist alles gut gegangen? Hat man euch wohlwollend empfangen?«

»Ich denke schon. Aber dein König ist vorsichtig und klug«, sagte Eragon.

»Deswegen hat er auch so lange überlebt.«

Ich möchte Hrothgar nicht zum Feind haben, bemerkte Saphira.

Eragon sah sie an. *Ich auch nicht. Ich bin mir nicht sicher, was er von dir hält – er scheint Drachen nicht besonders zu mögen, auch wenn er es nicht offen gesagt hat.*

Das schien Saphira zu amüsieren. *Wie klug von ihm, besonders da er mir kaum bis ans Knie reicht.*

Im Zentrum von Tronjheim, unter dem funkelnden Sternsaphir, sagte Orik: »Deine Segnung gestern hat die Varden aufgescheucht wie ein umgekippter Bienenstock. Das Kind, das Saphira berührt hat, wurde zur künftigen Heldin erklärt. Man hat sie und die Alte in den vornehmsten Gemächern einquartiert. Alles spricht nur noch von deinem ›Wunder‹. Die Mütter scheinen alle ganz versessen darauf, dir ebenfalls ihre Kinder zu bringen.«

Eragon erschrak und sah sich verstohlen um. »Was sollen wir denn jetzt tun?«

»Du meinst, außer den Segen zurückzunehmen?«, fragte

Orik trocken. »Halte dich so gut es geht von den Leuten fern. Den Drachenhort darf niemand außer euch betreten. Also seid ihr dort vor ihnen sicher.«

Eragon wollte aber nicht gleich wieder dorthin zurück. Es war noch früh am Tag und er wollte mit Saphira zusammen Tronjheim erkunden. Sie waren nicht mehr im Königreich, also gab es keinen Grund mehr, sie versteckt zu halten. Andererseits wollte er kein Aufsehen erregen, was unmöglich war, wenn Saphira neben ihm herlief. *Saphira, was möchtest du gern machen?*

Als sie an ihm vorbeischlüpfte, streiften ihre Schuppen seinen Arm. *Ich kehre zum Drachenhort zurück. Dort wartet jemand, den ich gern sehen würde. Lauf ruhig herum, so lange du willst.*

Na gut, sagte er, *aber von wem sprichst du? Wer erwartet dich?* Saphira zwinkerte ihm nur zu, bevor sie in einem der vier Haupttunnel von Tronjheim verschwand.

Eragon erklärte Orik, was sie vorhatte, dann sagte er: »Jetzt würde ich gern frühstücken. Und danach möchte ich mir Tronjheim ansehen – es ist ein unglaublicher Ort. Zum Übungsplatz gehe ich erst morgen, denn ich habe mich noch nicht richtig erholt.«

Orik nickte, dass der Bart auf seiner Brust tanzte. »Wenn das so ist, würdest du vielleicht gern einmal Tronjheims Bibliothek einen Besuch abstatten? Sie ist sehr alt und beherbergt viele wertvolle Schriftrollen. Vielleicht interessiert es dich ja, die wahre Geschichte Alagaësias zu lesen, eine Version, die nicht von Galbatorix verfälscht wurde.«

Plötzlich fiel Eragon wieder ein, dass Brom ihm ja das Lesen beigebracht hatte. Er fragte sich, ob er es wohl noch konnte. Es war schon eine Weile her, seit er zum letzten Mal geschriebene Worte gesehen hatte. »Das hört sich interessant an.«

»Gut.«

Nach dem Frühstück führte Orik Eragon durch unzählige Gänge zu ihrem Ziel. Als sie das Portal zur Bibliothek erreicht hatten, trat Eragon ehrfürchtig ein.

Der Saal erinnerte ihn an einen Wald. Zahlreiche kannelierte Säulen wuchsen anmutig bis unter das dunkle Deckengewölbe fünf Stockwerke über ihnen empor. Dazwischen standen Bücherschränke aus schwarzem Marmor. An den Wänden hingen Regale mit Schriftrollen, zwischen denen schmale Treppen in die oberen Etagen führten. Vor den Regalen gab es in regelmäßigen Abständen Paare von steinernen Sitzbänken, dazwischen kleine Tische, deren Sockel nahtlos in den Fußboden übergingen.

Abertausende von Büchern und Schriftrollen wurden in diesem Saal aufbewahrt. »Das ist das wahre Vermächtnis meines Volkes«, sagte Orik. »Hier liegen die Schriften unserer größten Könige und Gelehrten, von unseren Anfängen vor acht Jahrtausenden bis in die Gegenwart. Außerdem lagert hier die komplette Sammlung der Aufzeichnungen unserer Lieder und Geschichten. Vermutlich ist diese Bibliothek unser wertvollster Besitz. Es stammt jedoch nicht alles von uns – einige der Schriften wurden von Menschen verfasst. Ihr seid kurzlebige, aber äußerst produktive Geschöpfe. Von den Elfen haben wir so gut wie nichts. Sie hüten ihre Geheimnisse argwöhnisch.«

»Wie lange darf ich hier bleiben?«, fragte Eragon und ging auf die Regale zu.

»So lange du willst. Wenn du Fragen hast, komm zu mir.«

Begeistert nahm sich Eragon die Bücher vor und blätterte in dem einen oder anderen mit interessantem Titel oder Einband. Zu seiner Überraschung benutzten die Zwerge dieselbe Runenschrift wie die Menschen. Er war ein wenig enttäuscht darüber, wie schwer ihm nach wenigen Wochen ohne Übung das Lesen fiel. Er sprang von einem Band zum nächsten und arbeitete sich allmählich tief in die riesige Bibliothek vor. Irgendwann versank er in der Übersetzung der Gedichte von Dóndar, dem zehnten Zwergenkönig.

Während er die anmutig geschriebenen Zeilen las, vernahm er hinter dem Bücherschrank näher kommende Schritte. Das Geräusch erschreckte ihn, doch er schalt sich sofort für seine Dummheit – schließlich war er nicht der einzige Benutzer der Bibliothek. Trotzdem stellte er das Buch zurück und schlich auf leisen Sohlen davon, denn er witterte instinktiv Gefahr und war schon zu oft angegriffen worden, um derartige Warnsignale zu missachten. Wieder hörte er Schritte, nur dass es jetzt zwei Personen zu sein schienen. Beunruhigt eilte er den Gang hinunter und versuchte, sich zu erinnern, wo Orik saß. Er bog um eine Ecke und blieb erschrocken stehen, als er sich plötzlich den Zwillingen gegenübersah.

Sie standen Schulter an Schulter nebeneinander, einen leeren Ausdruck auf ihren glatten Gesichtern. Der Blick ihrer schwarzen Schlangenaugen bohrte sich in den seinen. Ihre Hände, die in den Falten ihrer purpurnen Gewänder verborgen lagen, zuckten leicht. Sie verneigten sich beide, doch die Geste wirkte eher herausfordernd und spöttisch als respektvoll.

»Wir haben dich gesucht«, sagte einer der beiden. Seine Stimme klang genauso unangenehm wie die der Ra'zac.

Eragon unterdrückte ein Schaudern. »Warum?« Im Geiste rief er nach Saphira. Sofort verschmolzen ihre Gedanken mit den seinen.

»Wir wollten uns schon seit deiner Unterredung mit Ajihad bei dir für unser ungebührliches Verhalten… *entschuldigen.*« Versteckter Hohn klang in den Worten durch. »Und dir unsere Ehrerbietung erweisen, werter Drachenreiter.« Eragon stieg die Zornesröte ins Gesicht, als sie sich erneut verneigten.

Vorsicht!, hörte er Saphiras warnende Stimme.

Er rang den brodelnden Zorn nieder, um sich nicht von den beiden Sonderlingen provozieren zu lassen. Plötzlich kam ihm eine Idee, und er sagte mit verschmitztem Lächeln: »Ach was, ich bin derjenige, der euch seine Ehrerbietung erweisen muss. Ohne euer Wohlwollen wäre mir der Weg nach Farthen Dûr verschlossen geblieben.« Er verneigte sich seinerseits und versuchte, die Geste so lächerlich wie möglich wirken zu lassen.

Die Augen der Zwillinge flackerten irritiert auf, doch sie lächelten nur und sagten: »Wir fühlen uns sehr geehrt, dass eine so… bedeutende Person wie du uns ihren Dank ausspricht. Wir stehen in deiner Schuld für deine freundlichen Worte.«

Nun konnte Eragon seine Gereiztheit nicht länger verbergen. »Ich werde es mir merken, falls ich wieder einmal eure Hilfe brauche«, sagte er betont höflich.

In seinem Kopf meldete sich plötzlich Saphira zu Wort. *Du übertreibst es. Sag nichts, was du später bereust. Sie wer-*

den sich an jedes Wort erinnern, das sie gegen dich verwenden können.

Sei still! Es fällt mir auch ohne deine Kommentare schon schwer genug, mich zu beherrschen!, knurrte er. Sie brummte verdrossen, sagte aber nichts mehr.

Die beiden traten jetzt dichter an ihn heran. Sanft glitten die Säume ihrer Gewänder über den Boden. Ihre Stimmen wurden nun freundlicher. »Wir haben dich aber noch aus einem anderen Grund gesucht, Drachenreiter. Die wenigen Zauberkundigen in Tronjheim haben einen Zirkel gegründet. Wir nennen uns Du Vrangr Gata, der …«

»›Der wandelnde Pfad‹, ich weiß«, unterbrach Eragon sie und erinnerte sich, was Angela darüber erzählt hatte.

»Deine Kenntnisse in der alten Sprache sind beeindruckend«, sagte der eine schmeichlerisch. »Wie gesagt, die Du Vrangr Gata hat von deinen Ruhmestaten gehört, und wir möchten dich einladen, unserem Bund beizutreten. Es wäre uns eine Ehre, jemanden von deinem Format in unseren Reihen zu wissen. Und ich nehme an, auch wir könnten dir durchaus von Nutzen sein.«

»Inwiefern?«

Der andere sagte: »Wir beide sind sehr erfahrene Magier. Wir könnten deine Entwicklung fördern … könnten dir Zaubersprüche und neue Worte der Macht beibringen. Nichts würde uns mehr erfreuen, als dir auf deinem Weg zu großen Taten mit unseren bescheidenen Künsten behilflich zu sein. Wir erwarten dafür keine Gegenleistung, doch wenn du das eine oder andere aus deinem eigenen Wissensschatz mit uns teilen willst, so soll es uns recht sein.«

Eragons Miene wurde hart, als ihm klar wurde, was sie im

Schilde führten. »Ihr haltet mich wohl für einen Trottel, was?«, fuhr er sie an. »Ich werde mich doch nicht bei euch in die Lehre begeben, damit ihr die Worte ausspionieren könnt, die Brom mir beigebracht hat! Ihr wart sicher zutiefst enttäuscht, dass ihr sie in meinem Kopf nicht finden konntet.«

Plötzlich ließen die Zwillinge ihre freundliche Maske fallen. »Uns führt man nicht an der Nase herum, Bürschchen! Wir sind diejenigen, die deine magischen Kräfte prüfen werden. Und das kann *sehr* unangenehm für dich werden. Vergiss nicht, es bedarf nur eines einzigen misslungenen Zaubers, um jemanden zu töten. Du magst ein Drachenreiter sein, aber zusammen sind wir trotzdem stärker als du.«

Eragon setzte eine teilnahmslose Miene auf, obwohl sein Magen sich schmerzhaft zusammenzog. »Ich werde über euer Angebot nachdenken, doch es könnte…«

»Dann erwarten wir morgen deine Antwort. Aber sieh zu, dass es die richtige ist.« Mit frostigem Lächeln wandten sie sich um und verschwanden.

Ich werde Du Vrangr Gata nicht beitreten, schimpfte Eragon trotzig in sich hinein, *egal was sie mit mir anstellen.*

Du solltest mit Angela reden, sagte Saphira. *Sie kennt die Zwillinge. Vielleicht kann sie dabei sein, wenn die beiden dich prüfen. Es könnte sie davon abhalten, dir etwas zu tun.*

Gute Idee, sagte Eragon. *Hol mich bitte ab.* Er lief zwischen den Bücherschränken umher, bis er Orik auf einer Sitzbank fand, wo er eifrig damit beschäftigt war, seine Streitaxt zu polieren. »Ich möchte zurück in den Drachenhort.«

Orik steckte den Griff der Axt in eine Lederschlaufe an seinem Gürtel, dann brachte er Eragon zum Tor, wo Saphira ihn schon ungeduldig erwartete. Eine Menschenmenge hatte sich um sie versammelt. Eragon ignorierte die Leute, kletterte auf Saphiras Rücken und erhob sich fluchtartig mit ihr in die Luft.

Dieses Problem muss schnell gelöst werden. Du darfst dich von diesen Halunken nicht einschüchtern lassen, sagte Saphira, als sie auf Isidar Mithrim landete.

Ich weiß. Aber ich will sie nicht gegen uns aufbringen. Sie könnten ein gefährlicher Gegner sein. Er stieg rasch ab, eine Hand am Griff seines Schwertes.

Auch du bist ein ernst zu nehmender Feind. Willst du sie etwa als Verbündete?

Er schüttelte den Kopf. *Natürlich nicht… Ich sage ihnen morgen, dass ich der Du Vrangr Gata nicht beitreten werde.*

Eragon ließ Saphira in der Höhle zurück und verließ den Drachenhort wieder. Er wollte zu Angela, aber er erinnerte sich nicht mehr an den Weg, und Solembum war nicht da, um ihn hinzuführen. Er wanderte durch die verlassenen Gänge, in der Hoffnung, Angela zufällig über den Weg zu laufen.

Als er es leid war, in leere Räume und endlose graue Gänge zu schauen, kehrte er zum Drachenhort zurück. Kurz davor hörte er drinnen jemanden reden. Er blieb stehen und lauschte, aber die helle Stimme war verstummt. *Saphira? Wer ist da drin?*

Eine Frau… Sie wirkt, als wäre sie gewohnt zu befehlen. Ich lenke sie ab, während du reinkommst. Eragon lockerte Zar'roc in der Scheide. *Orik hat gesagt, niemand dürfe den Drachenhort betreten. Wer könnte das also sein?* Er atmete tief durch, dann trat er ein, die Hand am Schwertgriff.

Eine junge Frau stand in der Mitte des Raums und schaute neugierig zu Saphira hinauf, die den Kopf aus ihrer Höhle herausstreckte. Sie war ungefähr siebzehn. Der Sternsaphir tauchte sie in rosiges Licht, das den Farbton ihrer Haut unterstrich, die genauso dunkel war wie die von Ajihad. Ihr Samtkleid war weinrot und elegant geschnitten. In einer verzierten Lederscheide an ihrer Hüfte steckte ein Dolch mit einem juwelenbesetzten, vom häufigen Gebrauch abgewetzten Griff.

Eragon verschränkte die Arme und wartete darauf, dass die Frau ihn bemerken würde. Doch sie schaute weiter zu Saphira hinauf, dann machte sie einen Knicks und fragte höflich: »Kannst du mir bitte sagen, wo Eragon Drachenreiter ist?« Saphiras Augen blitzten belustigt.

Mit einem amüsierten Lächeln auf den Lippen sagte Eragon von hinten: »Hier.«

Die Frau wirbelte zu ihm herum und ihre Hand flog an den Dolch. Sie hatte ein wunderschönes Gesicht mit mandelförmigen Augen, vollen Lippen und sanft geschwungenen Wangenknochen. Nun entspannte sie sich und knickste erneut. »Ich bin Nasuada«, sagte sie.

Eragon neigte den Kopf. »Offensichtlich weißt du ja, wer ich bin. Aber was willst du von mir?«

Nasuada lächelte ihn betörend an. »Mein Vater, Ajihad, schickt mich mit einer Botschaft zu dir. Möchtest du sie hören?«

Der Anführer der Varden war Eragon nicht wie jemand vorgekommen, der heiratete und Kinder bekam. Er fragte sich, wer wohl Nasuadas Mutter war – um Ajihads Aufmerksamkeit auf sich zu lenken, musste sie eine ungewöhnliche Frau sein. »Ja, gern.«

Nasuada warf ihr Haar zurück und sagte: »Es freut ihn, dass du dich gut erholst, aber er warnt dich vor Unternehmungen wie der Segnung des Kindes gestern. So etwas schafft mehr Probleme, als es löst. Außerdem bittet er, du mögest dich so schnell wie möglich der Prüfung unterziehen – er muss wissen, wie weit deine Fähigkeiten reichen, bevor er mit den Elfen spricht.«

»Bist du den weiten Weg hier heraufgestiegen, nur um mir das zu sagen?«, fragte Eragon und dachte daran, wie hoch Vol Turin, die endlose Wendeltreppe, war.

Nasuada schüttelte den Kopf. »Ich habe den Flaschenzug benutzt, mit dem wir Vorräte auf die höheren Ebenen transportieren. Wir hätten die Botschaft auch mit Signalen schicken können, aber ich wollte sie selbst überbringen und dich dabei kennen lernen.«

»Möchtest du dich setzen?«, fragte Eragon höflich und deutete auf Saphiras Höhle.

Nasuada lachte vergnügt. »Nein, man erwartet mich anderswo. Ach so, und mein Vater hat verfügt, dass du Murtagh besuchen darfst, wenn du willst.« Ein Anflug von Besorgnis überschattete ihre eben noch so entspannten Gesichtszüge. »Ich war vorhin bei ihm … Er möchte unbedingt mit dir reden. Er kommt mir einsam vor; du solltest ihn besuchen.« Sie erklärte Eragon, wo Murtaghs Zelle lag.

Eragon dankte ihr für die Nachricht, dann fragte er: »Was ist mit Arya? Geht es ihr besser? Kann ich sie sehen? Orik wusste nichts Genaues.«

Sie lächelte verschmitzt. »Aryas Genesung schreitet schnell voran, wie bei allen Elfen. Niemand darf zu ihr, außer meinem Vater, Hrothgar und den Heilern. Sie haben viel Zeit bei ihr verbracht und alles erfahren, was während ihrer Gefangenschaft geschehen ist.« Ihr Blick glitt zu Saphira hinauf.

»Ich muss jetzt gehen. Soll ich Ajihad etwas von dir ausrichten?«

»Nein, nur dass ich Arya gern besuchen würde. Und richte ihm meinen Dank für die Gastfreundschaft aus, die man uns hier entgegenbringt.«

»Ich werde es ihm sofort sagen. Leb wohl, Eragon Drachenreiter. Ich hoffe, wir sehen uns bald wieder.« Mit einem weiteren Knicks schritt sie hoch erhobenen Hauptes hinaus.

Wenn sie sich wirklich den weiten Weg gemacht hat, nur um mich kennen zu lernen – Flaschenzug hin oder her –, dann war diese Begegnung mehr als nur ein belangloses Schwätzchen, stellte Eragon fest.

Stimmt, sagte Saphira und zog den Kopf wieder in die Höhle zurück. Eragon kletterte zu ihr hinauf und sah mit Überraschung Solembum in der Mulde an ihrem Halsansatz liegen. Die Werkatze schnurrte grollend und schlug mit dem Schwanz hin und her. Die beiden sahen Eragon herausfordernd an, als wollten sie sagen: »Was guckst du denn so?«

Eragon schüttelte lachend den Kopf. *Dann wolltest du dich vorhin also mit Solembum treffen, Saphira?*

Die beiden blinzelten ihn an und antworteten wie aus einem Mund: *Ja.*

Aha, sagte er, noch immer amüsiert. Es war verständlich, dass die beiden sich angefreundet hatten – ihre Persönlichkeiten ähnelten sich sehr und sie waren beide magische Geschöpfe. Seufzend ließ er die Anspannung des Tages von sich abfallen, während er Zar'roc vom Gürtel losband. *Solembum, weißt du vielleicht, wo Angela ist? Ich brauche ihren Rat, aber ich kann sie nicht finden.*

Die Katze rieb ihre Tatzen an Saphiras geschupptem Rücken. *Sie ist irgendwo in Tronjheim.*

Wann kommt sie zurück?

Bald.

Wie bald?, fragte er ungeduldig. *Ich muss heute noch mit ihr reden.*

So bald nicht.

Obwohl er hartnäckig blieb, konnte Eragon der Werkatze keine genaueren Angaben entlocken. Schließlich gab er es auf und setzte sich neben Saphira, über dem Kopf Solembums ausdauerndes Schnurren. *Morgen muss ich Murtagh besuchen,* dachte er, während seine Finger Broms Goldring umschlossen.

ARYAS PRÜFUNG

Am Morgen seines dritten Tages in Tronjheim sprang Eragon frisch und voller Tatendrang aus dem Bett. Er befestigte Zar'roc am Gürtel und hängte sich den Bogen und den halb vollen Köcher über die Schulter. Nach einem gemächlichen Rundflug im Innern von Farthen Dûr traf er sich an einem der vier Haupttore von Tronjheim mit Orik. Eragon fragte ihn nach Nasuada.

»Ein ungewöhnliches Mädchen«, antwortete Orik, den Blick missbilligend auf Zar'roc gerichtet. »Sie ist ihrem Vater vollkommen ergeben und opfert ihm ihre ganze Zeit. Ich glaube, sie tut mehr für Ajihad, als ihm bewusst ist – sie hat schon ein paarmal seine Feinde überlistet, ohne ihm etwas von ihrer Rolle dabei zu verraten.«

»Wer ist ihre Mutter?«

»Das weiß ich nicht. Ajihad war allein, als er mit der kleinen Nasuada nach Farthen Dûr kam. Er hat nie erzählt, woher er und seine Tochter stammen.«

Dann ist sie also auch ohne Mutter aufgewachsen. Er schob den Gedanken beiseite. »Ich bin ein bisschen ruhelos. Es wird mir gut tun, meinen Körper wieder einmal zu gebrauchen. Wo soll diese Prüfung stattfinden, von der Ajihad sprach?«

Orik deutete ins Innere von Farthen Dûr. »Der Übungsplatz ist eine halbe Meile entfernt, aber man sieht ihn von hier aus nicht, weil er hinter Tronjheim liegt. Es ist ein großes Areal, auf dem sowohl Zwerge als auch Menschen sich im Kampf üben.«

Ich komme auch mit, verkündete Saphira.

Eragon teilte Orik Saphiras Entscheidung mit und der Zwerg zupfte an seinem Bart. »Das ist keine gute Idee. Es sind viele Leute dort; du wirst mit Sicherheit Aufsehen erregen.«

Saphira knurrte vernehmlich. *Ich komme mit!,* wiederholte sie, und damit war die Angelegenheit erledigt.

Wüstes Kampfgetöse drang vom Übungsplatz zu ihnen herüber: Das laute Klirren von aufeinander prallendem Metall, die dumpfen Schläge, mit denen sich die Pfeile in die ausgestopften Puppen bohrten, die ihnen als Ziel dienten, das Geklapper und Zerbersten der Holzknüppel und die Ausrufe der Männer, die sich in Scheinkämpfen miteinander maßen. Der Lärm war verwirrend und doch hatte jede einzelne Gruppe ihren eigenen Rhythmus und Klang.

Den Großteil des Feldes nahm eine Aufstellung von Fußsoldaten ein, die sich mit Schilden und Streitäxten abmühten, die fast so groß waren wie sie selbst. Sie übten als Gruppe in verschiedenen Formationen. Daneben kämpften hunderte von einzelnen Kriegern mit Schwertern, Keulen, Speeren, Knüppeln, Dreschflegeln und Schilden in allen Größen und Formen, und einer sogar, wie Eragon feststellte, mit einer Heugabel. Fast alle Kämpfer trugen Kettenhemd und Helm. Brustpanzer waren nicht so zahlreich vertreten. Es waren ebenso viele Zwerge wie Menschen da, wenngleich die beiden Gruppen weitgehend für sich blieben. Weiter hinten schoss eine lange Aufstellung von Bogenschützen unablässig auf Strohpuppen aus grauem Sackleinen.

Bevor Eragon Gelegenheit hatte, sich zu fragen, was er wohl würde tun müssen, trat ein bärtiger Mann mit einer bis auf die Schultern reichenden Kettenhaube auf ihn zu. Ein derber Ochsenlederanzug, an dem noch Haarbüschel klebten, schützte den Rest seines Körpers. Quer über seinem Rücken hing ein riesiges Schwert, fast so groß wie Eragon. Er ließ rasch einen prüfenden Blick über den Jungen und Saphira hinweggleiten, als wolle er feststellen, wie gefährlich sie waren, dann sagte er mürrisch: »*Knurla* Orik, du warst zu lange fort. Es ist keiner mehr übrig, mit dem ich kämpfen kann.«

Orik lächelte. »*Oeí*, das liegt daran, dass du mit deinem Monsterschwert jeden grün und blau schlägst.«

»Jeden außer dir«, korrigierte ihn der andere.

»Das kommt daher, weil ich schneller bin als so ein Riese wie du.«

Der Mann sah wieder Eragon an. »Ich bin Fredric. Mir wurde gesagt, ich soll rausfinden, was du kannst. Wie stark bist du denn?«

»Stark genug«, antwortete Eragon. »Das muss ich auch sein, um mit magischen Kräften kämpfen zu können.«

Fredric schüttelte den Kopf, dass die Kettenhaube klirrte wie ein voller Geldsack. »Bei dem, was wir hier tun, hat Magie nichts zu suchen. Wenn du nicht in einem Heer gedient hast, bezweifle ich, dass du länger als ein paar Minuten durchhalten kannst. Was wir herausfinden wollen, ist, wie du dich in einer

Schlacht schlägst, die sich stunden- oder gar wochenlang hinzieht, bei einer Belagerung etwa. Kannst du noch mit anderen Waffen umgehen außer mit Schwert und Bogen?«

Eragon überlegte. »Nur mit meinen Fäusten.«

»Gute Antwort!«, lachte Fredric. »So, wir fangen mit dem Bogen an und sehen, wie du dich schlägst. Später, wenn mehr Platz auf dem Feld ist, werden wir ...« Plötzlich verstummte er und blickte wütend an Eragon vorbei.

Die Zwillinge stolzierten auf sie zu, ihre kahlen Schädel wirkten bleich im Kontrast zu ihren purpurnen Gewändern. Orik murmelte etwas in der Zwergensprache und zog seine Streitaxt aus der Gürtelschlaufe. »Ich habe euch doch gesagt, ihr sollt euch vom Übungsfeld fern halten«, sagte Fredric und trat drohend auf sie zu. Die beiden wirkten geradezu zerbrechlich vor seiner massigen Gestalt.

Sie sahen ihn arrogant an. »Ajihad hat uns befohlen, Eragons magische Fertigkeiten zu testen – und zwar *bevor* er vom stundenlangen Kämpfen völlig erschöpft ist.«

Fredric sah sie wütend an. »Warum müsst gerade ihr ihn testen?«

»Weil kein anderer stark genug ist«, höhnten die beiden. Saphira knurrte grollend und funkelte sie an. Rauch wallte aus ihren Nasenlöchern, doch die beiden beachteten sie gar nicht. »Komm mit«, befahlen sie Eragon und steuerten eine leere Ecke auf dem Feld an.

Achselzuckend folgte Eragon ihnen. Saphira blieb ihm dicht auf den Fersen. Hinter sich hörte er Fredric zu Orik sagen: »Wir müssen aufpassen, dass sie nicht zu weit gehen.«

»Ich weiß«, antwortete Orik leise, »aber ich kann mich

nicht schon wieder einmischen. Hrothgar hat erklärt, beim nächsten Mal könne er mich nicht mehr schützen.«

Eragon rang mit seiner wachsenden Furcht. Die Zwillinge kannten wahrscheinlich mehr Techniken und Worte als er ... Trotzdem, er erinnerte sich daran, was Brom ihm einmal gesagt hatte: Drachenreiter verfügten über eine weitaus mächtigere Magie als gewöhnliche Menschen. Aber würde das ausreichen, um der vereinten Kraft der beiden standzuhalten?

Mach dir keine Sorgen, ich helfe dir, sagte Saphira. *Wir sind ja auch zu zweit.*

Er streichelte ihr zärtlich übers Bein, erleichtert über ihren Beistand. Die Zwillinge sahen Eragon an und fragten: »Und wie lautet deine Antwort?«

Ohne die verwirrten Mienen der anderen zu beachten, sagte er tonlos: »Nein.«

Scharfe Falten gruben sich in die Mundwinkel der beiden. Sie wandten sich ein Stück von Eragon ab, bückten sich und malten ein großes Pentagramm auf den Boden. Sie stellten sich in dessen Mitte und sagten schroff: »Wir fangen jetzt an. Du wirst versuchen, die Aufgaben zu lösen, die wir dir stellen ... Das ist alles.«

Einer der Zwillinge griff in die Tasche, holte einen faustgroßen Stein heraus und legte ihn auf den Boden. »Lass ihn auf Augenhöhe emporsteigen.«

Das ist leicht, sagte Eragon zu Saphira. »*Stenr reisa!*« Der Stein wackelte, dann erhob er sich gleichmäßig vom Boden. Bevor er eine Höhe von einem Fuß erreicht hatte, brachte ein unerwarteter Widerstand ihn in der Luft zum Stehen. Ein schadenfrohes Lächeln umspielte die Lippen der Zwillinge.

Eragon starrte sie wütend an – sie versuchten, ihn zu behindern! Wenn er sich jetzt zu sehr erschöpfte, würde ihm später die Kraft für die schwierigeren Aufgaben fehlen. Offenbar waren sie überzeugt, ihn mit vereinten Kräften rasch ermüden zu können.

Aber ich bin auch nicht allein, sagte sich Eragon. *Saphira, jetzt!* Ihr Geist verschmolz mit seinem und der Stein stieg mit einem Ruck auf Augenhöhe empor und kam zitternd zum Stehen. Die Augen der Zwillinge verengten sich zu schmalen Schlitzen.

»Sehr… gut«, zischten sie. Fredric wirkte nervös angesichts der magischen Vorführung. »Jetzt beweg den Stein im Kreis.« Erneut musste Eragon gegen ihre Versuche, ihn zum Scheitern zu bringen, ankämpfen, und wieder – zu ihrem deutlich sichtbaren Ärger – hatte er Erfolg. Die Aufgaben wurden rasch komplexer und schwieriger, bis Eragon intensiv nachdenken musste, um die richtigen Worte zu finden. Und jedes Mal kämpften die Zwillinge erbittert gegen ihn, obwohl ihren Gesichtern die Anstrengung nicht anzusehen war.

Nur mit Saphiras Hilfe gelang es Eragon, sich zu behaupten. In einer Pause zwischen zwei Aufgaben fragte er sie: *Warum machen sie noch weiter? Sie haben doch in meinem Geist gesehen, welche Fähigkeiten ich besitze.* Sie neigte nachdenklich den Kopf. *Weißt du, was?,* sagte er entrüstet, als ihm die Erklärung einfiel. *Sie nutzen die Gelegenheit, um herauszufinden, welche der ganz alten Worte ich kenne, und vielleicht wollen sie selbst ein paar neue lernen.*

Dann sprich ganz leise, damit sie dich nicht verstehen, und benutze wenn möglich nur die einfachsten Wörter.

Fortan gebrauchte Eragon nur eine Hand voll der elementaren Grundbegriffe, um die Aufgaben zu bewältigen. Aber um mit ihnen dieselbe Wirkung zu erzielen wie mit einem langen Satz oder einem komplizierten Ausdruck, musste er seinen Einfallsreichtum bis an die Grenzen ausschöpfen. Als Belohnung sah er die Enttäuschung auf den Gesichtern der Zwillinge, während er sie ein ums andere Mal überlistete. Was sie auch versuchten, sie konnten ihn nicht dazu bringen, noch mehr Worte der alten Sprache zu benutzen.

Mehr als eine Stunde war vergangen, doch die Zwillinge machten keine Anstalten aufzuhören. Eragon schwitzte und hatte Durst, verkniff es sich aber, um eine Unterbrechung zu bitten – er würde so lange weitermachen, wie sie es verlangten. Die verschiedensten Aufgaben wurden ihm gestellt: Wasser aus dem Boden holen, Feuer entfachen, jemanden beschreiben, der sich an einem anderen Ort aufhielt, mit Steinen jonglieren, Leder härten, Gegenstände einfrieren, die Flugbahn eines Pfeiles verändern und Schürfwunden heilen. Er fragte sich, wie lange es wohl dauern würde, bis den Zwillingen die Ideen ausgingen.

Schließlich hoben sie die Hände und sagten: »Jetzt gibt es nur noch eines zu tun, eine ganz simple Aufgabe, die jeder *kompetente* Zauberkundige mühelos bewerkstelligen kann.« Einer der beiden zog einen Silberring vom Finger und reichte ihn Eragon. »Beschwöre die Essenz des Silbers herauf.«

Eragon starrte verwirrt auf den Ring. Was sollte er tun? Die Essenz des Silbers heraufbeschwören? Wie sollte das gehen? Saphira hatte keine Ahnung und die Zwillinge würden ihm dabei nicht helfen. Er kannte das Wort für Silber nicht, doch er wusste, dass es ein Teil von *Argetlam* sein musste.

Verzweifelt kombinierte er das einzige Wort, das ihm passend erschien, *ethgrí,* was so viel hieß wie »heraufbeschwören«, mit *Arget.*

Er riss sich zusammen, konzentrierte alle Kraft, die er noch aufbringen konnte, und öffnete die Lippen, um die Wortkombination auszusprechen. Plötzlich erklang hinter ihm eine silberhelle, voll tönende Stimme.

»Hört auf!«

Das Wort ergoss sich wie kühles Wasser über Eragon – die Stimme kam ihm seltsam vertraut vor, wie eine halb vergessene Melodie. Sein Nacken kribbelte. Er wandte sich langsam um.

Hinter ihnen stand Arya. Ein ledernes Stirnband bändigte ihr volles schwarzes Haar, das ihr in einer üppigen Kaskade über die Schultern herabwallte. Ihr schlankes Schwert hing an ihrer Hüfte, der Bogen auf ihrem Rücken. Einfaches schwarzes Leder umhüllte ihren wohlgeformten Körper, ein bescheidener Aufzug für ein so schönes Geschöpf. Sie war größer als die meisten Menschen und ihre Haltung war perfekt ausbalanciert und entspannt. Ihrem makellosen Gesicht sah man nicht mehr an, welch grausame Misshandlungen sie erlitten hatte.

Aryas funkelnde smaragdgrüne Augen durchbohrten die Zwillinge, die vor Schreck kreidebleich geworden waren. Sie trat mit lautlosen Schritten heran und sagte mit leiser, drohender Stimme: »Schämt euch! Schämt euch dafür, dass ihr von ihm etwas verlangt, das nur ein Meister vollbringen kann. Schämt euch, dass ihr solche Methoden gebraucht. Und schämt euch, dass ihr Ajihad vorgelogen habt, ihr würdet Eragons Fähigkeiten nicht kennen. Ihr wisst genau, was er kann. Und nun fort mit euch!« Arya zog zornig die Stirn kraus, wobei ihre schrägen Augenbrauen zwei Lichtblitzen gleich zu einem spitzen V zusammentrafen. Sie deutete auf den Ring in Eragons Hand. »Arget!«, rief sie mit donnernder Stimme.

Das Silber schimmerte auf und daneben materialisierte sich ein geisterhaftes Ebenbild des Ringes. Die beiden waren identisch, bis auf die Tatsache, dass die Erscheinung reiner aussah und zu glühen schien. Als die Zwillinge das sahen, fuhren sie auf den Absätzen herum und ergriffen mit wehenden Gewändern die Flucht. Das Ebenbild des Ringes verschwand aus Eragons Hand und zurück blieb nur das wirkliche Schmuckstück. Orik und Fredric starrten Arya entgeistert an. Saphira schaute neugierig.

Die Elfe ließ den Blick über die Menschen schweifen. Ihre schrägen Augen nahmen Eragon einen Moment lang ins Visier. Dann wandte sie sich um und begab sich in die Mitte des Übungsfeldes. Die Krieger hörten auf zu kämpfen und starrten ihr mit großen Augen nach. Nach wenigen Augenblicken herrschte auf dem ganzen Platz andächtige Stille.

Wie von einem unsichtbaren Bindfaden gezogen, folgte Eragon ihr. Saphira sagte etwas, aber er hörte gar nicht zu. Ein großer Kreis bildete sich um Arya. Den Blick nur auf Eragon gerichtet, rief sie aus: »Ich beanspruche das Recht, dich im Kampf zu prüfen. Zieh dein Schwert!«

Sie will sich mit mir schlagen!

Aber ich glaube nicht, dass sie dir wehtun will, entgegnete Saphira. Sie stupste ihn mit der Nase an. *Geh und gib dein Bestes. Ich schaue euch zu.*

Widerwillig trat Eragon vor. Er mochte nicht kämpfen,

wenn er vom Gebrauch der Magie so müde war und wenn so viele Leute zusahen. Außerdem konnte Arya nach ihrer schweren Krankheit noch gar nicht wieder kampftüchtig sein. Es war schließlich erst zwei Tage her, dass man ihr Túnivors Nektar verabreicht hatte. *Ich werde nicht so hart zuschlagen, damit ich sie nicht verletze,* beschloss er.

In einem dichten Ring aus Kriegern standen sie sich gegenüber. Arya zog mit der linken Hand ihr Schwert. Die Waffe war schmaler als Eragons, aber genauso lang und scharf. Er zog Zar'roc aus der glänzenden Scheide und hielt die rote Klinge mit der Spitze nach unten an seiner Seite. Einen Moment lang standen sie reglos da, die Elfe und der Mensch, und fixierten einander. Plötzlich fiel Eragon ein, dass auf diese Weise viele seiner Kämpfe mit Brom begonnen hatten.

Vorsichtig trat er einen Schritt nach vorn. Mit einer blitzschnellen Bewegung sprang Arya auf ihn zu und zielte auf seine Rippen. Reflexartig parierte Eragon den Angriff und ihre Schwerter prallten in einem Funkenregen aufeinander. Zar'roc wurde zur Seite geschleudert, als wäre das Schwert so leicht wie eine Feder. Die Elfe nutzte seine Blöße jedoch nicht aus, sondern wirbelte mit durch die Luft peitschender Mähne nach rechts herum und griff ihn von dort aus an. Nur mit Mühe konnte er ihren Hieb abwehren und wich taumelnd zurück, verblüfft von ihrer Kraft und Schnelligkeit.

Mit einiger Verspätung fiel Eragon Broms Warnung ein, dass selbst die schwächsten Elfen mühelos einen Menschen überwältigen konnten. Er konnte Arya also gar nicht besiegen … Sie griff erneut an, ließ die Klinge auf seinen Kopf zuschnellen. Er duckte sich unter der messerscharfen Schneide.

Aber warum... warum *spielte* sie dann mit ihm? Einige Sekunden lang war er zu sehr damit beschäftigt, ihre Angriffe zu parieren, aber dann wurde ihm klar, was sie bezweckte: *Sie möchte herausfinden, wie gut ich den Schwertkampf beherrsche.*

Nachdem er das begriffen hatte, begann er mit den kompliziertesten Schlagfolgen, die er kannte. Geschmeidig glitt er von einer Stellung in die andere, kombinierte und veränderte die Schläge auf jede nur erdenkliche Art, aber was immer er sich ausdachte, Aryas Schwert hielt ihn stets in Schach. Jeder seiner Bewegungen folgte sie mit müheloser Behändigkeit.

In einen fiebrigen Tanz versunken, waren ihre Körper gleichzeitig vereint und getrennt durch die aufblitzenden Klingen. Manchmal berührten sie sich fast, die straff gespannte Haut nur eine Haaresbreite voneinander entfernt, aber dann riss der Schwung sie wieder auseinander, und sie wichen für einen Augenblick zurück, nur um sich im nächsten Moment erneut zu nähern. Ihre geschmeidigen Körper verschmolzen wie verschlungene, vom Wind aufgewirbelte Rauchfahnen.

Eragon wusste nicht mehr, wie lange sie schon kämpften. Es waren zeitlose Augenblicke, in denen es nur Aktion und Reaktion gab. Zar'roc wurde allmählich bleischwer in seiner Hand; bei jedem Hieb brannte sein Arm schmerzhaft. Als er nach einer kurzen Atempause erneut auf sie zusprang, trat Arya geschmeidig zur Seite und schwenkte das Schwert mit übernatürlicher Schnelligkeit hinauf unter sein Kinn.

Eragon erstarrte, als das kühle Metall seine Haut berührte. Seine Muskeln zitterten vor Anstrengung. Benommen hörte er, wie Saphira leise aufseufzte und die Krieger um sie herum in tosenden Jubel ausbrachen. Arya ließ ihr Schwert sinken und schob es in die Scheide. »Du hast bestanden«, sagte sie durch den Lärm hindurch.

Erschöpft richtete er sich auf. Fredric stand jetzt neben ihm und klopfte ihm begeistert auf den Rücken. »Das war ja ein unglaublicher Kampf! Ich konnte euch beiden sogar ein paar neue Finten abschauen. Und die Elfe – unfassbar!«

Aber ich habe verloren, dachte er im Stillen. Lächelnd lobte Orik ihn für seine Leistung, aber Eragon hatte nur Augen für Arya, die allein und schweigend dastand. Sie deutete mit einem Finger kurz auf eine Anhöhe, eine Meile vom Übungsplatz entfernt, dann wandte sie sich um und ließ die drei stehen. Die Menge teilte sich vor ihr. Ehrfürchtiges Schweigen befiel die Menschen und Zwerge, als die Elfe zwischen ihnen hindurchging.

Eragon wandte sich an Orik. »Ich muss gehen. Ich kehre nachher zum Drachenhort zurück.« Schwungvoll schob er Zar'roc in die Scheide und schwang sich auf Saphiras Rücken. Sie flog quer über das Feld, das sich in ein Meer aus Gesichtern verwandelte, als alle zu ihr aufschauten.

Während sie auf die Anhöhe zuflogen, sah Eragon unter ihnen Arya mit langen, geschmeidigen Schritten laufen.

Du findest sie schön, stimmt's?, bemerkte Saphira.

Ja, gab er zu und wurde rot.

Ihr Gesicht hat mehr Charakter als das der meisten Menschen, sagte sie. *Aber es ist lang wie bei einem Pferd und außerdem ist sie viel zu dünn.*

Eragon schaute Saphira verblüfft an. *Du bist ja eifersüchtig!*

Unsinn. Ich war noch nie eifersüchtig, sagte sie beleidigt.
Aber jetzt bist du's, gib's zu!, lachte er.

Sie klappte lautstark das Maul zu. *Bin ich nicht!* Er lächelte kopfschüttelnd, ließ ihr aber das letzte Wort. Sie landete mit einem harten Ruck auf der Anhöhe, sodass es ihn heftig durchschüttelte. Doch er sprang von ihr herab, ohne sich zu beschweren.

Arya war dicht hinter ihnen. Sie rannte schneller als jeder Läufer, den Eragon bisher gesehen hatte. Als sie den Kamm der Anhöhe erreichte, ging ihr Atem ruhig und gleichmäßig. Eragon, der plötzlich einen Kloß im Hals hatte, schlug die Augen nieder. Sie ging an ihm vorbei und sagte zu Saphira: »*Skulblaka, eka celöbra ono un mulabra ono un onr Shur'tugal né haina. Atra nosu waíse Fricai.*«

Die meisten Wörter kannte Eragon nicht, aber Saphira schien sie zu verstehen. Sie legte die Flügel an und betrachtete Arya neugierig. Dann nickte sie und ließ ein tiefes Summen hören. Arya lächelte. »Ich bin froh, dass du wieder gesund bist«, sagte Eragon. »Wir wussten nicht, ob du es noch schaffen würdest.«

»Deshalb bin ich gekommen«, sagte die Elfe. Ihre volle Stimme klang akzentuiert und fremdartig. Sie sprach deutlich, in einem leicht trillernden Tonfall, als wolle sie ein Lied anstimmen. »Ich stehe tief in deiner Schuld. Du hast mir das Leben gerettet. Das werde ich dir nie vergessen.«

»Ach, das … das war doch nicht der Rede wert«, stammelte Eragon. Er wusste nicht recht, was er sagen sollte. Verlegen wechselte er das Thema. »Wie bist du eigentlich nach Gil'ead geraten?«

Ein Schatten legte sich über Aryas schönes Gesicht. Ihr

Blick schweifte in die Ferne. »Wir müssen uns unterhalten.«
Sie stiegen von der Anhöhe hinab und schlenderten in Richtung Tronjheim. Eragon wartete geduldig ab, dass Arya das Gespräch wieder aufnehmen würde. Saphira trottete stumm neben ihnen her. Schließlich hob Arya den Kopf und sagte mit der ihr eigenen Anmut: »Ajihad hat mir erzählt, du seist dabei gewesen, als Saphiras Ei auftauchte.«

»Ja.« Zum ersten Mal wurde Eragon bewusst, wie viel Kraft es sie gekostet haben musste, das Ei über die vielen Meilen hinweg fortzubewegen, die zwischen Du Weldenvarden und dem Buckel lagen. Ein solches Kunststück auch nur zu versuchen, war schon lebensgefährlich.

Die nächsten Worte kamen ihr nur schwer über die Lippen. »In dem Moment, als du das Ei sahst, nahm Durza mich gefangen.« Bitterkeit lag in ihrer Stimme. »Er führte die Urgals an, die meine Gefährten Faolin und Glenwing angriffen und umbrachten. Irgendwie wusste er, wo er uns auflauern musste – sie kamen ohne Vorwarnung über uns. Ich wurde betäubt und nach Gil'ead verschleppt. Dort erhielt Durza von Galbatorix den Befehl, herauszufinden, wo ich das Ei hingeschickt hatte, und aus mir herauszuholen, wo Ellesméra liegt.«

Sie starrte eisig und mit zusammengebissenen Zähnen ins Leere. »Er versuchte es monatelang ohne Erfolg. Seine Methoden waren... brutal. Als er mit Foltern nicht weiterkam, befahl er seinen Soldaten, mich zu vergewaltigen. Zum Glück war ich noch in der Lage, ihren Geist zu verwirren und ihnen die Manneskraft zu rauben. Am Ende befahl Galbatorix, mich nach Urû'baen zu bringen. Als ich davon erfuhr, bekam ich schreckliche Angst, denn ich hatte keine Kraft mehr, mich ihm zu widersetzen. Wärst du nicht gewesen, hätte ich binnen einer Woche vor Galbatorix gestanden.«

Eragon schauderte innerlich. Es war ihm unbegreiflich, wie sie diese Tortur hatte überleben können. Er erinnerte sich noch lebhaft an ihre Verletzungen. Leise fragte er: »Warum erzählst du mir das alles?«

»Damit du weißt, wovor du mich bewahrt hast. Glaub ja nicht, dass ich dein Eingreifen für selbstverständlich halte.«

Unsicher senkte er den Blick. »Was wirst du jetzt tun – nach Ellesméra zurückkehren?«

»Nein, noch nicht. Es gibt hier noch viel zu tun. Ich kann die Varden nicht im Stich lassen – Ajihad braucht meine Hilfe. Du bist heute in der Magie und im Schwertkampf geprüft worden. Brom war dir ein guter Lehrer. Du bist reif für die nächste Stufe deiner Ausbildung.«

»Du meinst in Ellesméra?«

»Ja.«

Eragon verspürte einen Anflug von Verdruss. Durften er und Saphira in dieser Angelegenheit denn überhaupt nicht mitreden? »Wann?«

»Das wird noch entschieden, aber bestimmt erst in ein paar Wochen.«

Zumindest lassen sie uns noch ein bisschen Zeit, dachte Eragon. Saphira fragte ihn etwas und er gab die Frage an Arya weiter: »Was haben die Zwillinge am Ende der Prüfung von mir verlangt?«

Aryas wohlgeformte Lippen verzogen sich geringschätzig. »Etwas, das sie selbst nicht bewerkstelligen können. Man kann in der alten Sprache den Namen eines Gegenstands nennen und dadurch seine wahre Gestalt heraufbeschwören.

Dazu bedarf es jahrelanger Übung und größter Disziplin, aber wenn es einem gelingt, ist der Lohn die völlige Kontrolle über diesen Gegenstand. Das ist der Grund, warum man seinen wahren Namen geheim hält, denn wenn ihn jemand kennt, der böse Absichten hegt, hat er den Namensträger völlig in der Hand.«

»Es ist seltsam«, sagte Eragon kurz darauf, »aber bevor man mich in Gil'ead gefangen nahm, hatte ich in meinen Träumen Visionen von dir. Ich sah dich in deiner Zelle auf dem Bett liegen oder in der Ecke kauern. Aber immer nur, wenn ich schlief.«

Arya schürzte nachdenklich die Lippen. »Es gab Augenblicke, da bildete ich mir ein, die Gegenwart eines unsichtbaren Beobachters in meiner Zelle zu spüren, aber ich war die ganze Zeit so verwirrt und fiebrig. Ich habe noch nie von jemandem gehört, der im Schlaf die Traumsicht beherrscht.«

»Ich begreife es auch nicht«, sagte Eragon und schaute auf seine Hände herab. Er drehte Broms Ring an seinem Finger. »Was bedeutet eigentlich die Tätowierung auf deiner Schulter? Es war nicht meine Absicht, aber als ich deine Wunden heilte... Es ging nicht anders. Sie sieht genauso aus wie das Symbol auf diesem Ring.«

»Du hast einen Ring, auf dem das *Yawë* eingraviert ist?«, fragte sie scharf.

»Ja. Er hat Brom gehört. Siehst du?«

Er reichte ihr den Ring. Arya betrachtete den Saphir eingehend, dann sagte sie: »Dieses Geschenk erhalten nur die engsten Freunde der Elfen. Ich dachte, ein solcher Ring wäre seit Jahrhunderten niemandem mehr verliehen worden. Ich wusste gar nicht, dass Königin Islanzadi Brom so geschätzt hat.«

»Dann sollte ich ihn lieber nicht tragen«, sagte Eragon in der Annahme, er wäre vermessen.

»Nein, behalte ihn ruhig. Er wird dich schützen, wenn du zufällig anderen Elfen begegnest, und er wird dir helfen, das Wohlwollen der Königin zu gewinnen. Erzähle aber niemandem von meiner Tätowierung. Keiner soll davon wissen.«

»Gut.«

Er genoss die Unterredung mit Arya und wünschte, ihre Unterhaltung hätte länger gedauert. Nachdem sie sich getrennt hatten, schlenderte er eine Weile mit Saphira in Farthen Dûr herum. Trotz mehrmaliger Nachfrage weigerte sie sich hartnäckig, ihm zu verraten, was Arya zu ihr gesagt hatte. Schließlich kehrten seine Gedanken zu Murtagh zurück, und ihm fiel Nasuadas Bitte ein, ihn zu besuchen. *Ich esse jetzt etwas und danach gehe ich zu Murtagh,* sagte er. *Wartest du auf mich, damit ich später mit dir zum Drachenhort zurückfliegen kann?*

Natürlich, sagte Saphira, *geh nur.*

Mit einem dankbaren Lächeln lief Eragon nach Tronjheim zurück, nahm in der schummrigen Ecke eines Zwergenlokals eine kleine Mahlzeit zu sich und folgte danach Nasuadas Wegbeschreibung, bis er zu einer grauen Tür kam, vor der ein Mensch und ein Zwerg Wache hielten. Als er um Einlass bat, schlug der Zwerg dreimal kräftig an die Tür, dann entriegelte er sie. »Klopf einfach, wenn wir dich wieder hinauslassen sollen«, sagte er mit freundlichem Lächeln.

Die Zelle war warm und hell. In einer Ecke stand eine

Waschschüssel und in einer anderen ein kleines Pult samt Schreibfedern und Tintenfass. Die Holzdecke war reich mit lackierten Schnitzarbeiten verziert und den Boden bedeckte ein flauschiger Teppich. Murtagh lag auf einem stabilen Bett und las in einer Schriftrolle. Er schaute auf und rief freudig überrascht: »Eragon! Ich hatte gehofft, du würdest mich besuchen!«

»Wie hast du denn … Ich meine, ich dachte …«

»Du dachtest, ich sitze in einem Rattenloch und nage an einem alten Brotkanten«, sagte Murtagh und setzte sich grinsend auf. »Das hatte ich auch erwartet, aber solange ich keinen Ärger mache, bietet mir Ajihad alle Annehmlichkeiten. Ich bekomme üppige Mahlzeiten und alles, was ich aus der Bibliothek haben möchte. Wenn ich nicht aufpasse, verwandle ich mich bald in einen dickwanstigen Bücherwurm.«

Eragon lachte und setzte sich zu Murtagh auf die Bettkante. »Bist du gar nicht wütend? Schließlich bist du noch immer ein Gefangener.«

»Na ja, anfangs war ich natürlich zornig«, sagte Murtagh achselzuckend. »Aber je länger ich darüber nachdachte, desto klarer wurde mir, dass ich hier am besten aufgehoben bin. Selbst wenn Ajihad mir die Freiheit gäbe, würde ich ja doch die meiste Zeit drinnen hocken.«

»Aber warum denn?«

»Das weißt du ganz genau. In der Nähe von Morzans Sohn wäre niemand ungezwungen, und es gibt immer Leute, die sich nicht mit bösen Blicken oder dummen Bemerkungen begnügen. Aber genug davon, ich möchte wissen, was sich in der Zwischenzeit ereignet hat. Los, erzähl schon.«

Eragon schilderte ihm die Ereignisse der letzten zwei

Tage, einschließlich seiner Begegnung mit den Zwillingen in der Bibliothek. Als er fertig war, lehnte Murtagh sich nachdenklich an die Wand. »Ich nehme an«, sagte er, »dass Arya wichtiger ist, als wir beide vermutet haben. Überleg mal, was du alles über sie erfahren hast: Sie kann meisterhaft mit der Klinge umgehen, besitzt überragende magische Kräfte und – das ist am bedeutsamsten – sie wurde als Kurier für Saphiras Ei ausgewählt. Sie muss etwas ganz Besonderes sein, selbst unter den Elfen.«

Eragon war völlig seiner Meinung.

Murtagh starrte an die Decke. »Weißt du, es ist eigenartig«, sagte er, »aber ich finde diese Gefangenschaft regelrecht beruhigend. Zum ersten Mal in meinem Leben muss ich keine Angst haben. Ich weiß, eigentlich sollte ich mich fürchten… und doch fühle ich mich mit einem Mal ganz entspannt. Endlich wieder richtig ausschlafen zu können, hilft natürlich auch.«

»Ich weiß, was du meinst«, sagte Eragon trocken. Er rückte auf eine weichere Stelle des Bettes. »Nasuada sagte, sie hätte dich besucht. Hatte sie etwas Interessantes zu berichten?«

Murtaghs Blick schweifte in die Ferne und er schüttelte den Kopf. »Nein, sie wollte mich nur kennen lernen. Sieht sie nicht aus wie eine Prinzessin? Und wie sie sich bewegt! Als sie zum ersten Mal durch die Tür kam, dachte ich, sie wäre eine der vornehmen Damen an Galbatorix' Hof. Ich habe Grafen kennen gelernt, deren Gattinnen, verglichen mit ihr, eher in einen Schweinestall als an den Hof gepasst hätten.«

Eragon lauschte der Schwärmerei mit wachsender Sorge. *Vielleicht hat es ja nichts zu bedeuten*, sagte er sich. *Vielleicht ziehe ich übereilte Schlüsse.* Trotzdem wollte das ungute Gefühl nicht verschwinden. Um es abzuschütteln, fragte er: »Wie lange willst du noch hier bleiben, Murtagh? Du kannst dich doch nicht ewig verstecken.«

Der andere zuckte teilnahmslos mit den Schultern, aber seine Worte klangen wohl überlegt. »Im Augenblick bin ich ganz zufrieden, hier bleiben und mich ausruhen zu können. Ich habe keinen Grund, mir woanders Unterschlupf zu suchen oder mich von den Zwillingen malträtieren zu lassen. Bestimmt wird es mir hier irgendwann zu langweilig, aber im Augenblick… fühle ich mich wohl.«

DIE SCHATTEN
WERDEN LÄNGER

Saphira weckte Eragon mit einem nachdrücklichen Stupser und verpasste ihm dabei mit ihrem harten Kieferknochen einen blauen Fleck. »Au!«, rief er und fuhr aus dem Schlaf hoch. Bis auf das schwache Leuchten der gedämpften Laterne war es dunkel in der Höhle. Draußen im Drachenhort funkelte Isidar Mithrim in tausend verschiedenen Farben, illuminiert von dem Laternenring, der den gewaltigen Saphir umrahmte.

Ein aufgeregter Zwerg stand händeringend am Höhleneingang. »Du musst kommen, Argetlam! Große Gefahr – Ajihad lässt dich rufen. Die Zeit drängt!«

»Was ist denn los?«, fragte Eragon schlaftrunken.

Der Zwerg schüttelte bloß den Kopf, sodass sein Bart hin und her geschleudert wurde. »Komm! *Carkna bragha!* Schnell!«

Eragon schnallte Zar'roc um, nahm Pfeil und Bogen und sattelte Saphira. *Das war's dann wohl mit meiner Nachtruhe,* beklagte sie sich und legte sich flach hin, damit er aufsteigen konnte. Er gähnte laut, als Saphira aus der Höhle herausflog.

Orik erwartete sie mit grimmiger Miene, als sie vor den Toren von Tronjheim landeten. »Kommt, die anderen warten

schon.« Er führte sie durch den Stadtberg zu Ajihads Bibliothek. Unterwegs löcherte Eragon ihn mit Fragen, aber Orik
brummte nur: »Ich weiß selbst nicht genug – warte, was Ajihad zu sagen hat.«

Die große Tür zum Gemach des Anführers der Varden
wurde ihnen von einem der beiden Wachtposten geöffnet.
Ajihad stand hinter seinem Schreibtisch und starrte auf eine
Landkarte. Bei ihm waren Arya und ein Mann mit sehnigen
Armen. Ajihad schaute auf. »Eragon, gut, dass du da bist. Das
ist Jörmundur, mein oberster Befehlshaber.«

Eragon und Jörmundur begrüßten sich, dann richteten sie
ihre Aufmerksamkeit wieder auf Ajihad. »Ich habe euch fünf
wecken lassen, weil wir in großer Gefahr schweben. Vor etwa
einer halben Stunde kam aus einem verlassenen Tunnel unter Tronjheim ein Zwerg angerannt. Er war blutüberströmt
und redete wirres Zeug, aber er war noch so weit bei Sinnen,
dass er uns vor einer riesigen Urgal-Armee warnen konnte, die
höchstens noch einen Tagesmarsch entfernt ist.«

Stummes Entsetzen erfüllte den Raum. Dann fluchte Jörmundur lautstark und begann im gleichen Moment wie Orik,
Fragen zu stellen. Arya schwieg. Ajihad hob die Hände.
»Ruhe! Ich bin noch nicht fertig. Die Urgals rücken nicht von
draußen an, sondern arbeiten sich *unter der Erde* vorwärts.
Sie sind in den Tunneln... Wir werden von unten angegriffen.«

In dem Durcheinander, das nun folgte, erhob Eragon
schließlich die Stimme. »Warum wussten die Zwerge nicht
früher davon? Wie haben die Urgals die Tunnel gefunden?«

»Wir haben Glück, dass wir es so früh bemerkt haben!«,
polterte Orik los. Die anderen verstummten, um ihm zuzu-

hören. »Im Beor-Gebirge gibt es hunderte von Tunneln, die seit dem Tag ihrer Fertigstellung unbewohnt sind. Die einzigen Zwerge, die dort leben, sind kauzige Eigenbrötler, die keinen Kontakt zu anderen wollen. Es hätte uns sogar passieren können, dass wir überhaupt nichts davon erfahren hätten.«

Ajihad deutete auf die Karte und Eragon trat dichter heran. Die Karte zeigte die südliche Hälfte Alagaësias, aber im Gegensatz zu Eragons Exemplar war hier das gesamte Beor-Gebirge in allen Einzelteilen verzeichnet. Ajihads Finger lag auf dem Teil der Berge, der an Surdas Ostgrenze stieß. »Der Zwerg gibt an«, sagte er, »von diesem Punkt gekommen zu sein.«

»Orthíad!«, rief Orik aus. Auf Jörmundurs verwirrte Nachfrage hin erklärte er: »Das ist eine uralte Zwergensiedlung, die nach der Fertigstellung von Tronjheim aufgegeben wurde. Zu ihrer Zeit war es unsere größte Stadt. Aber dort lebt seit Jahrhunderten niemand mehr.«

»Also ist es so alt, dass einige der Tunnel eingestürzt sein dürften«, sagte Ajihad. »Wir vermuten, dass man von oben die Einsturzstelle entdeckt hat. Ich nehme an, Orthíad heißt jetzt Ithrö Zhada. Das war das eigentliche Ziel des Urgal-Trupps, der Eragon und Saphira verfolgt hat, und ich bin mir sicher, dass sich die Urgals schon das ganze Jahr über dort zusammenrotten. Von Ithrö Zhada aus erreicht man jeden Ort im Beor-Gebirge. Die Ungeheuer sind jetzt in der Lage, sowohl die Varden als auch die Zwerge zu vernichten.«

Jörmundur beugte sich über die Karte und betrachtete sie eingehend. »Weiß man, wie viele Urgals es sind? Ist Galbatorix' Heer auch dort? Wir können unsere Verteidigung schlecht planen, ohne zu wissen, wie groß das feindliche Aufgebot ist.«

Ajihad antwortete verdrossen: »Darüber sind wir uns noch nicht im Klaren, doch unser Überleben hängt gerade von der letzten Frage ab. Wenn Galbatorix die Urgal-Streitmacht mit seinen eigenen Truppen verstärkt, sind wir verloren. Wenn nicht – wenn er sein Bündnis mit den Urgals noch geheim halten will oder aus irgendeinem anderen Grund –, ist es vielleicht möglich, sie zu besiegen. Leider können uns zu diesem späten Zeitpunkt weder Orrin noch die Elfen Verstärkung schicken. Ich sende trotzdem Boten aus, damit sie von unserer Notlage erfahren. Dann sind sie zumindest darauf vorbereitet, falls wir fallen.«

Er fuhr sich mit der Hand über die pechschwarzen Augenbrauen. »Ich habe schon mit Hrothgar gesprochen und gemeinsam mit ihm einen Plan entwickelt. Unsere einzige Hoffnung besteht darin, die Urgals in drei der größeren Tunnel und so nach Farthen Dûr hinaufzulocken, damit sie nicht wie die Heuschrecken in Tronjheim einfallen.

Eragon und Arya, ihr helft den Zwergen, die äußeren Tunnel zu verschließen. Zwei Zwergentrupps arbeiten bereits daran, eine außerhalb von Tronjheim, die andere darunter. Eragon, du hilfst denen, die draußen sind, und du, Arya, schließt dich der Gruppe unter der Erde an.«

»Warum machen wir nicht einfach *alle* Tunnel dicht?«, fragte Eragon.

Orik antwortete: »Weil die Urgals dann gezwungen wären, einen zu durchbrechen, und sie sich vielleicht den Weg in eine Richtung bahnen würden, wo wir sie nicht haben wollen. Außerdem könnten sie noch andere Zwergenstädte angreifen und wir wären vom Rest der Welt abgeschnitten und könnten unseren Kameraden nicht rechtzeitig zu Hilfe kommen.«

»Es gibt noch einen Grund«, sagte Ajihad. »Hrothgar warnte mich, dass Tronjheim auf einem so dichten Tunnelnetzwerk steht, dass Teile der Stadt einbrechen könnten, wenn man zu viele der Tunnel zerstört. Das können wir nicht riskieren.«

Jörmundur hatte aufmerksam zugehört und fragte nun: »Also wird es in Tronjheim selbst keine Kämpfe geben? Du hast gesagt, die Urgals sollen von der Stadt fern gehalten und direkt in Farthen Dûr herausgelockt werden.«

Ajihad antwortete prompt: »Genau. Wir können nicht ganz Tronjheim verteidigen – es ist zu verschachtelt für unsere Streitmacht –, daher werden wir die in die Stadt führenden Tunnel verschütten und die Tore verbarrikadieren. Dadurch sind die Urgals gezwungen, im Krater herauszukommen, und dort hat unsere Streitmacht viel Platz, um aus verschiedenen Richtungen anzugreifen. Wir dürfen nicht zulassen, dass die Ungeheuer in Tronjheim einfallen. Wenn das geschieht, sitzen wir in der Falle, denn man würde uns von innen und außen angreifen. Wir müssen mit allen Mitteln verhindern, dass die Urgals die Stadt einnehmen. Sollte es ihnen gelingen, können wir sie wahrscheinlich nicht mehr zurückschlagen.«

»Und was ist mit unseren Familien?«, fragte Jörmundur. »Wir können doch nicht riskieren, dass sie den Urgals in die Hände fallen.«

Sorgenfalten gruben sich in Ajihads Gesicht. »Frauen und Kinder werden in die umliegenden Täler evakuiert. Falls wir unterliegen, werden Bergführer sie nach Surda bringen. Mehr kann ich in der kurzen Zeit nicht tun.«

Jörmundur bemühte sich, seine Erleichterung zu verbergen. »Geht Nasuada auch mit?«

»Ja, obwohl sie nicht will.« Alle Blicke waren auf Ajihad gerichtet, als er den breiten Rücken straffte und verkündete: »Die Urgals werden in wenigen Stunden hier sein. Wir wissen, dass es viele sind, aber wir *müssen* Farthen Dûr halten. Eine Niederlage würde die Ausrottung der Zwerge und den Untergang der Varden bedeuten – und irgendwann auch die Vernichtung Surdas und der Elfen. Dies ist eine Schlacht, die wir nicht verlieren dürfen. Jetzt geht und erledigt eure Aufgaben! Jörmundur, bereite die Männer auf den Kampf vor.«

Sie verließen das Gemach und verschwanden in verschiedene Richtungen: Jörmundur lief zu den Baracken, Orik und Arya zur Treppe, die in den Untergrund führte, und Eragon und Saphira eilten durch eine der vier Haupthallen. Trotz der frühen Stunde ging es im Stadtberg zu wie in einem Ameisenhügel. Menschen und Zwerge rannten mit ihren Habseligkeiten kreuz und quer durch die Gänge und brüllten einander Botschaften zu.

Obwohl Eragon bereits gekämpft und getötet hatte, löste der Gedanke an die Schlacht, die nun bevorstand, in seiner Brust nervöse Beklemmungen aus. Er hatte bisher nie die Gelegenheit gehabt, sich auf einen Kampf vorzubereiten. Nun wo sie sich ihm bot, bekam er es mit der Angst zu tun. Solange es nur um ihn allein ging, hatte er ein unerschütterliches Selbstvertrauen – er wusste, dass er mit Zar'roc und seinen magischen Kräften mühelos drei oder vier Urgals außer Gefecht setzen konnte –, aber bei einem so großen Gefecht konnte alles Mögliche passieren.

Sie verließen Tronjheim und hielten nach den Zwergen Ausschau, denen sie helfen sollten. Ohne Sonne oder Mond war das Innere des Farthen Dûr schwarz wie Lampenruß. Nur ein paar schwankende Laternenlichter im Krater durchdrangen die Finsternis. *Vielleicht sind sie auf der anderen Seite von Tronjheim,* überlegte Saphira. Eragon nickte und schwang sich auf ihren Rücken.

Sie flogen um Tronjheim herum, bis eine Gruppe von Laternen in Sicht kam. Saphira hielt direkt darauf zu und landete nahezu lautlos neben einer Schar erschrockener Zwerge, die damit beschäftigt waren, mit Spitzhacken eine Grube auszuheben. Eragon erklärte rasch, warum er gekommen war. Ein Zwerg mit spitzer Nase sagte zu ihm: »Der Tunnel verläuft etwa vier Schritt tief direkt unter unseren Füßen. Wir wissen jede Hilfe zu schätzen.«

»Räumt den Bereich über dem Tunnel. Mal sehen, was ich tun kann.« Der spitznasige Zwerg musterte ihn zweifelnd, forderte seine Gefährten aber dennoch auf zurückzutreten.

Mit tiefen Atemzügen bereitete sich Eragon auf das Auslösen der magischen Energie vor. Vermutlich hätte er das gesamte Erdreich auf einmal vom Tunnel abheben können, aber er musste seine Kraft für später aufsparen. Stattdessen wollte er versuchen, den Tunnel zu verschütten, indem er Druck auf schwache Teile der Decke ausübte.

»*Thrysta Deloi*«, flüsterte er und schickte seine tastenden Fühler in den Boden. Sie stießen fast augenblicklich auf Fels. Er achtete nicht darauf und ging immer tiefer, bis er den Hohlraum des leeren Tunnels spürte. Dann begann er, nach Rissen im Gestein zu suchen. Wenn er einen fand, drückte er mit aller Kraft darauf und verlängerte und weitete den Spalt. Es war eine mühselige Arbeit, aber auch nicht anstrengender, als mit der Spitzhacke auf das Gestein einzuschlagen. Er machte jedoch vorerst keine sichtbaren Fortschritte – ein Umstand, der den nervösen Zwergen nicht verborgen blieb.

Doch Eragon gab nicht auf. Wenig später wurde seine Beharrlichkeit mit einem dröhnenden, an der Oberfläche deutlich hörbaren Krachen belohnt. Der Lärm dauerte eine Weile an, und dann sackte der Boden in die Tiefe wie Wasser, das aus einem Waschkübel abgelassen wird. Zurück blieb ein klaffendes, sieben Schritt breites Loch.

Während die Zwerge begeistert die frisch entstandene Grube zuschaufelten, führte ihr spitznasiger Anführer Eragon zum nächsten Tunnel. Dieser war schwieriger zu verschließen, aber es gelang ihm, das Kunststück zu wiederholen. Mit Saphiras Hilfe brachte er in den nächsten Stunden überall im Farthen Dûr mehr als ein halbes Dutzend Tunnel zum Einsturz.

Während er unermüdlich arbeitete, kroch allmählich das Tageslicht auf das kleine Stück Himmel über ihnen zu. Man konnte noch immer kaum etwas erkennen, aber allein die trübe Helligkeit erhöhte schon Eragons Zuversicht. Er wandte sich von den Trümmern des letzten Tunnels ab und schaute sich neugierig um.

Ein Massenexodus von Frauen und Kindern und den Ältesten der Varden hatte eingesetzt. Jeder schleppte ein schweres Bündel mit Vorräten, Kleidern und anderen Habseligkeiten mit sich. Begleitet wurde der Flüchtlingsstrom von einer kleinen Kriegereskorte, die hauptsächlich aus jungen und alten Männern bestand.

Am turbulentesten ging es jedoch vor den Toren Tronjheims zu, wo die Varden und Zwerge ihre in drei Bataillone unterteilte Streitmacht aufstellten. Über jedem einzelnen Bataillon wehte die Standarte der Varden: Ein weißer Drache, der eine Rose über ein Schwert hält, dessen Klinge nach unten auf ein purpurnes Feld zeigt.

Die entschlossen dreinblickenden Krieger schwiegen. Ihre langen Haare quollen unter den Helmen hervor. Viele trugen nur Schwert und Schild, aber es gab auch mehrere Reihen Speer- und Lanzenträger. Ganz hinten prüften die Bogenschützen ihre Sehnen.

Die Zwerge trugen schwere Schlachtrüstungen. Eiserne Schutzpanzer bedeckten ihre Knie, und am linken Arm hingen dicke Rundschilde, in die das jeweilige Wappen ihres Clans eingestanzt war. Kurzschwerter steckten in Scheiden an der Hüfte, während sie in der rechten Hand Breithacken oder Streitäxte hielten. Die Beine wurden von feingliedrigen Kettenstrümpfen bedeckt. Sie trugen eiserne Kappen und messingbeschlagene Stiefel.

Aus dem hinteren Bataillon löste sich eine kleinwüchsige Gestalt und eilte auf Eragon und Saphira zu. Es war Orik, genauso gerüstet wie die anderen Zwerge. »Ajihad möchte, dass ihr euch der Streitmacht anschließt«, sagte er. »Es gibt keine Tunnel mehr, die verschlossen werden müssen. Kommt mit, euch erwartet vorher noch eine Mahlzeit.«

Eragon und Saphira folgten Orik in ein Zelt, in dem sie Brot und Wasser für Eragon und einen Haufen getrocknetes Fleisch für Saphira vorfanden. Sie aßen, ohne sich über das karge Mahl zu beschweren. Es war immer noch besser, als hungrig in die Schlacht zu ziehen.

Als sie fertig waren, trug Orik ihnen auf zu warten und verschwand zwischen den Kriegern seines Bataillons. Er kehrte mit einer Schar Zwerge zurück, die die aufgestapelten Bestandteile eines Panzerkleids herbeischleppten. Orik nahm ein Teil herunter und hielt es Eragon hin.

»Was ist das denn?«, fragte der und strich über das polierte Metall, in das filigrane goldene Verzierungen eingearbeitet waren. Es war sehr schwer und an manchen Stellen mehr als einen Zoll dick. Niemand konnte unter einer solchen Last kämpfen. Und es waren viel zu viele Einzelteile für eine Person.

»Ein Geschenk von Hrothgar«, sagte Orik mit zufriedenem Lächeln. »Es hat so lange unter unseren anderen Schätzen gelegen, dass wir es inzwischen schon fast vergessen hatten. Diese Rüstung stammt aus der Zeit vor dem Untergang der Drachenreiter.«

»Aber wozu soll eine so schwere Rüstung gut sein?«, fragte Eragon.

»Wieso, das ist doch eine Drachenrüstung! Glaubst du etwa, Drachen wären ungeschützt in die Schlacht gezogen? Ein kompletter Satz ist sehr selten, weil die Anfertigung so lange dauerte und die Drachen so schnell wuchsen. Trotzdem, so groß ist Saphira ja noch nicht, also sollte sie ihr ungefähr passen.«

Eine Drachenrüstung! Während Saphira sich eine der Metallplatten ansah, fragte Eragon sie: *Was hältst du davon?*

Ich probiere sie an, sagte sie, und ihre Augen glänzten aufgeregt.

Nach einer umständlichen Ankleideprozedur traten Eragon und Orik zurück, um das Resultat zu begutachten. Saphiras ganzer Hals – bis auf die Zacken in der Mitte – war mit dreieckigen, überlappenden Panzerplatten bedeckt. Den Bauch und die Brust schützten die dicksten, während die leichteren Stücke ihren Schwanz umhüllten. Die Beine und der Rücken waren völlig verdeckt. Die Flügel blieben ungeschützt. Eine eigens dafür geformte Panzerkappe saß auf ihrem Kopf, ließ den Unterkiefer aber frei, damit sie noch zuschnappen konnte.

Saphira drehte versuchsweise den Hals und die Rüstung folgte geschmeidig ihren Bewegungen. *Das macht mich zwar langsamer, aber es schützt vor den Pfeilen. Wie sehe ich denn aus?*

Ziemlich furchterregend, sagte Eragon wahrheitsgemäß. Das gefiel ihr.

Orik hob die restlichen Teile vom Boden auf. »Ich habe dir auch eine Rüstung mitgebracht, obwohl es ewig gedauert hat, bis wir deine Größe fanden. Wir fertigen selten Rüstungen für Menschen oder Elfen an. Ich weiß nicht, wer diese bekommen sollte, aber sie wurde nie getragen und sollte dir gute Dienste leisten.«

Er streifte Eragon ein steifes Kettenhemd mit ledernem Rückenteil über den Kopf, das ihm wie ein Kittel bis zu den Knien reichte. Es lag schwer auf seinen Schultern und klirrte bei jeder Bewegung. Er schnallte Zar'roc darüber, sodass die Kettenglieder nicht so frei hin und her schwangen. Dann stülpte man ihm eine Lederkappe auf den Kopf, darüber eine Kettenhaube und zum Schluss einen gold- und silberfarbenen Helm. Arm- und Beinschienen kamen dazu. Für die Hände bekam er Handschuhe mit Kettenrücken. Als Letztes reichte Orik ihm einen breiten Schild, in den eine Eiche eingraviert war.

Wohl wissend, dass das, was man ihm und Saphira hier dar-brachte, ein Vermögen wert war, verneigte sich Eragon und sagte: »Vielen Dank für die edlen Geschenke. Hrothgars Gaben sind uns höchst willkommen.«

»Bedank dich lieber später«, sagte Orik lachend, »wenn die Rüstung dir einmal das Leben rettet.«

Die Krieger marschierten los und die drei Bataillone verteilten sich auf verschiedene Abschnitte von Farthen Dûr. Unsicher, was sie jetzt tun sollten, schaute Eragon Orik an, der achselzuckend sagte: »Ich schätze, wir marschieren einfach mit.« Sie folgten einem Bataillon, das auf die Kraterwand zuhielt. Eragon fragte nach den Urgals, aber Orik wusste nur, dass in den Tunneln Späher postiert waren, die noch nichts gesehen oder gehört hatten.

Das Bataillon blieb an einem der eingestürzten Tunnel stehen. Die Zwerge hatten die Trümmer hier so locker aufgeschüttet, dass sich jeder mühelos hindurchwühlen konnte. *Das muss eine der Stellen sein, wo sie die Urgals an die Oberfläche locken wollen,* vermutete Saphira.

Hunderte von Laternen wurden an Holzpfosten befestigt und in den Boden gesteckt. Sie bildeten einen großen Lichterkreis, der wie die Abendsonne leuchtete. Am Rand der Tunneldecke brannten Feuer, über denen riesige, mit Pechsud gefüllte Kessel erhitzt wurden. Eragon sah weg und rang seinen aufwallenden Ekel nieder. Es war eine schreckliche Art, jemanden zu töten, selbst wenn es nur ein Urgal war.

Dutzende von Reihen spitzer Holzpflöcke wurden schräg in den Boden gerammt, sodass sie eine dornige Barriere zwischen dem Bataillon und der Tunnelöffnung bildeten. Eragon sah eine Gelegenheit zu helfen und ging zu einer Gruppe von Männern, die zwischen den Ästen Gräben aushoben. Saphira half ebenfalls und schaufelte mit ihren mächtigen Klauen Erde aus dem Boden. Während sie arbeiteten, ließ Orik sie allein, um den Bau einer Barrikade zu beaufsichtigen, hinter der alsdann Bogenschützen Aufstellung nahmen. Eragon trank dankbar aus dem Weinschlauch, der ständig herumgereicht wurde. Nachdem die Gräben ausgehoben und ebenfalls mit Pflöcken versehen waren, ruhten sich Saphira und Eragon erst einmal aus.

Dann kam Orik zurück. Er fuhr sich mit der Hand über die Stirn. »Alle Männer und Zwerge sind auf dem Schlachtfeld. Tronjheim ist abgeriegelt. Hrothgar befehligt das Bataillon zu unserer Rechten, Ajihad das linke.«

»Und wer führt unseres an?«

»Jörmundur«, brummte Orik und stellte seine Streitaxt am Boden ab.

Auf einmal stupste Saphira Eragon an. *Schau mal, wer da kommt.* Unwillkürlich griff Eragon nach Zar'roc, als er Murtagh – mit seinem Breitschwert, einem Schild und einem von Zwergen angefertigten Helm – auf Tornac heranreiten sah.

Orik sprang fluchend auf, aber Murtagh sagte rasch: »Ist schon gut – Ajihad hat mich freigelassen.«

»Warum sollte er das tun?«, wollte Orik wissen.

Murtagh lächelte trocken. »Er meinte, dies sei eine gute Gelegenheit, meine ehrlichen Absichten zu beweisen. Offenbar glaubt er nicht, dass ich viel Schaden anrichten kann, selbst wenn ich zur Gegenseite überlaufe.«

Eragon nickte ihm grüßend zu und lockerte seinen Griff um das Heft seines Schwertes. Murtagh war ein ausgezeichneter, gnadenloser Kämpfer – genau derjenige, den er in der Schlacht an seiner Seite haben wollte.

»Woher wissen wir, dass du nicht lügst?«, fragte Orik.

»Weil ich es sage«, verkündete eine energische Stimme. Ajihad trat in ihre Mitte, für die Schlacht gerüstet mit Brustpanzer und einem Schwert mit Elfenbeingriff. Er legte eine kräftige Hand auf Eragons Schulter und zog ihn fort, sodass niemand hörte, was er sagte. Er warf einen Blick auf Eragons Rüstung. »Gut, Orik hat etwas Passendes für dich gefunden.«

»Ja … Gibt es Neuigkeiten aus den Tunneln?«

»Nichts.« Ajihad stützte sich auf sein Schwert. »Einer der Zwillinge ist in Tronjheim geblieben. Er wird vom Drachenhort aus die Schlacht beobachten und mir durch seinen Bruder Informationen übermitteln. Ich weiß, dass du dich geistig mit ihnen verständigen kannst. Ich möchte, dass du den Zwillingen alles, *absolut alles* mitteilst, was dir während der Schlacht ungewöhnlich erscheint. Außerdem werde ich dir durch sie Befehle übermitteln. Verstanden?«

Der Gedanke, mit den Zwillingen verbunden zu sein, erfüllte Eragon mit Abscheu, aber er wusste, dass es notwendig war. »Ja, ich habe verstanden.«

Ajihad hielt inne. »Du bist kein Fußsoldat und kein berittener Krieger. Ich weiß nicht so recht, wie ich dich einsetzen soll. In der Schlacht könnte alles ganz anders kommen, aber ich glaube, am Boden bist du mit Saphira am sichersten. In der Luft würdest du ein vortreffliches Ziel für die Bogenschützen der Urgals abgeben. Willst du von Saphiras Rücken aus kämpfen?«

»Ich weiß nicht genau. Wenn ich auf Saphira sitze, befin-

de ich mich so hoch oben, dass ich nur an einen Kull heran-
komme.«

»Ich fürchte, es werden viele Kulls da sein«, sagte Ajihad.
Er richtete sich auf und zog das Schwert aus dem Boden.
»Der einzige gute Rat, den ich dir mitgeben kann, ist, unnötige Risiken zu vermeiden. Die Varden können es sich nicht
leisten, dich zu verlieren.« Dann drehte er sich um und verschwand.

Eragon kehrte zu Orik und Murtagh zurück und hockte
sich neben Saphira, den Schild an die Knie gelehnt. Die vier
warteten schweigend, wie hunderte von Kriegern um sie herum auch. Das Licht schwand, als die Sonne langsam hinter
den Rand der Krateröffnung kroch.

Eragon ließ den Blick über das Lager schweifen und erstarrte. Etwa dreißig Fuß von ihm entfernt, saß Arya, den Bogen im Schoß. Entgegen aller Vernunft hatte er gehofft, sie
habe Farthen Dûr mit den anderen Frauen zusammen verlassen. Besorgt lief er zu ihr hinüber. »Willst du etwa mit-
kämpfen?«

»Natürlich«, sagte Arya gelassen.

»Aber das ist doch viel zu gefährlich!«

Ihr Gesicht verfinsterte sich. »Hör auf, mich zu bemut-
tern, Eragon. Bei den Elfen werden beide Geschlechter
zu Kämpfern ausgebildet. Ich bin nicht wie eure hilflosen
Frauen, die wegrennen, sobald Gefahr droht. Ich hatte die
Aufgabe, Saphiras Ei zu beschützen … und habe versagt. Der
Name meiner Familie ist entehrt und würde weiteren Schaden nehmen, wenn ich dir und Saphira in der Schlacht nicht
tatkräftig zur Seite stünde. Du vergisst, dass ich von allen auf
diesem Feld, dich eingeschlossen, die stärksten magischen

Kräfte besitze. Wer außer mir könnte den Schatten besiegen, falls er auftaucht? Und wer sonst hat so viel Grund, ihn zu hassen?«

Eragon starrte sie hilflos an. Er wusste, dass sie Recht hatte. »Dann pass bitte gut auf dich auf.« In seiner Verzweiflung fügte er noch rasch in der alten Sprache hinzu: »*Wiol pömnuria Ilian.*« Mir zuliebe.

Die Elfe wandte unbehaglich den Blick ab. Eine Haarsträhne verdeckte ihr Gesicht. Sie fuhr mit der Hand über den polierten Bogen und murmelte: »Es ist mein *Wyrda*, hier zu sein. Ich muss meine Schuld abtragen.«

Ohne ein weiteres Wort stand er auf und kehrte zu Saphira zurück. Murtagh sah ihn fragend an. »Was hat sie gesagt?« »Nichts.«

Die Stunden krochen dahin, und die Krieger versanken in brütendem Schweigen, während jeder seinen eigenen Gedanken nachhing. Bis auf das blutrote Glühen der Laternen und den Schein der Feuer unter den Kesseln wurde es im Krater des Farthen Dûr dunkel. Eragon befingerte die Glieder seines Kettenhemds und schaute ständig verstohlen zu Arya hinüber. Orik fuhr wieder und wieder mit einem Wetzstein über die Schneide seiner Streitaxt und prüfte ständig ihre Schärfe. Das kratzende Geräusch des Steins auf dem Metall war unangenehm. Murtagh starrte reglos ins Leere.

Gelegentlich kam ein Bote ins Lager gerannt und sofort sprangen die Krieger auf. Aber es war jedes Mal falscher Alarm. Menschen und Zwerge wurden immer nervöser. Von Zeit zu Zeit erhoben sich wütende Stimmen. Das Schlimmste am Farthen Dûr war das Fehlen des leisesten Windhauchs – die Luft stand absolut still.

Während sich die Nacht hinzog, wurde es totenstill auf dem Schlachtfeld. Den Kriegern wurden die Muskeln steif von der endlosen Warterei. Eragon starrte unter schweren Lidern in die Dunkelheit. Ab und zu schüttelte er sich, um nicht einzuschlafen, und versuchte, trotz seiner Benommenheit die Konzentration aufrechtzuerhalten.

Schließlich sagte Orik: »Es ist spät. Wir sollten schlafen. Wenn etwas passiert, werden die anderen uns schon wecken.« Murtagh grummelte etwas vor sich hin, aber Eragon war zu müde, um sich über irgendetwas zu beschweren. Er schmiegte sich an Saphira und benutzte seinen Schild als Kopfkissen. Als ihm die Augen zufielen, sah er noch, dass Arya aufrecht sitzen blieb und über sie wachte.

Seine Träume waren wirr und verstörend, voller gehörnter Ungeheuer und unbekannter Gefahren. Wieder und wieder hörte er eine tiefe Stimme fragen: »Bist du bereit?« Aber er gab nie eine Antwort. Von derlei Visionen geplagt, blieb sein Schlummer leicht und unruhig, bis irgendwann etwas seinen Arm berührte. Er schreckte hoch.

DIE SCHLACHT UNTER
FARTHEN DÛR

Es ist so weit«, sagte Arya mit sorgenvoller Miene. Die Soldaten standen eilig auf und zückten ihre Waffen. Orik schwang seine Axt, um sich zu vergewissern, dass er genug Platz hatte. Arya nahm einen Pfeil und hielt den Bogen schussbereit.

»Vor ein paar Minuten war ein Späher hier«, sagte Murtagh zu Eragon. »Die Urgals kommen.«

Zwischen den Reihen aus Kriegern und Holzpflöcken hindurch starrten sie beide auf die dunkle Grube über dem Tunnel. Eine Minute verging, dann noch eine … und noch eine. Ohne den Blick von der Grube zu wenden, schwang sich Eragon mit Zar'roc in der Hand in Saphiras Sattel. Das Gewicht der Waffe beruhigte seine Nerven. Neben ihm stieg Murtagh aufs Pferd. Dann rief ein Mann: »Ich höre sie!«

Die Krieger spannten die Muskeln an; ihr Griff schloss sich fester um die Waffen. Niemand rührte sich … Alle hielten den Atem an. Irgendwo wieherte ein Pferd.

Grollendes Urgal-Gebrüll erschütterte die Luft, als sich dunkle Gestalten aus der Grube wühlten. Auf Befehl wurden die mit Pech gefüllten Kessel jetzt umgekippt, sodass sich die siedend heiße Flüssigkeit in den hungrigen Tunnelschlund ergoss. Die Ungeheuer schrien auf und ruderten mit den Armen. Jemand warf eine Fackel in das blubbernde Gebräu, worauf aus der Grube eine ölige orangefarbene Flammensäule emporschoss und die Urgals in ein todbringendes Inferno hüllte. Von Übelkeit gepackt, spähte Eragon quer durch Farthen Dûr zu den beiden anderen Bataillonen hinüber und sah dort die gleichen lodernden Feuersäulen. Er steckte Zar'roc in die Scheide und griff nach seinem Bogen.

Schon trampelten weitere Urgals das Pech in den Boden und kletterten über ihre verbrannten Brüder hinweg an die Oberfläche. Sie rottcten sich zusammen und bildeten einen dichten Wall. Hinter der Palisade, die Orik zu bauen geholfen hatte, standen die Bogenschützen und schossen ihre Pfeile ab. Eragon und Arya taten es ihnen nach und sahen zu, wie die tödlichen Geschosse in der Urgal-Horde einschlugen.

Der Wall der Ungeheuer geriet ins Schwanken, drohte auseinander zu brechen, doch sie hoben ihre Schilde und wehrten den Angriff ab. Die Bogenschützen zielten erneut, aber die Urgals strömten weiter in beängstigendem Tempo in den Krater hinaus.

Eragon war bestürzt über ihre gewaltige Zahl. Sollten sie etwa jede einzelne dieser Bestien umbringen? Es schien unmöglich. Das Einzige, was ihm etwas Hoffnung gab, war der Umstand, dass er unter den Urgals noch keinen von Galbatorix' Soldaten entdeckt hatte. Jedenfalls noch nicht.

Die feindliche Armee bildete eine einzige, sich scheinbar endlos hinstreckende Masse von Leibern. Zerschlissene dunkle Standarten ragten daraus hervor. Bedrohlich klingende Töne schallten über die Kraterlandschaft, als die Kriegshörner geblasen wurden. Ein Urgal-Trupp stürmte mit wütendem Gebrüll los.

Die Ungeheuer rannten in die Holzpflöcke und wurden bei lebendigem Leibe aufgespießt. Dickflüssiges Blut quoll aus den Wunden und rann an den Hölzern hinab. Eine schwarze Pfeilwolke flog über die schützende Deckung aus Holzpfählen auf die am Boden kauernden Varden zu. Eragon duckte sich hinter seinen Schild und Saphira zog den Kopf ein.

Fürs Erste von den Pflöcken aufgehalten, irrten die Urgals orientierungslos umher. Die Varden rückten zusammen und warteten auf die nächste Attacke. Nach einer Weile ertönten wieder die Schlachtrufe, als die Ungeheuer erneut lospreschten. Es war ein erbitterter Ansturm. Seine Wucht trug die Urgals über die Holzpflöcke und Gräben hinweg, hinter denen eine Aufstellung von Speerträgern fieberhaft auf sie einstach, um sie zurückzuschlagen. Die Männer hielten kurzzeitig die Stellung, doch die Welle der heranbrandenden Urgals war nicht aufzuhalten, und schließlich wurden sie überrannt.

Die Verteidigungslinie war jetzt durchbrochen und die Hauptgruppen der beiden Streitmächte prallten zum ersten Mal aufeinander. Ohrenbetäubender Lärm erhob sich, als Menschen und Zwerge losstürmten. Saphira stürzte sich brüllend in den Kampf.

Mit Maul und Klauen zerriss sie einen Urgal. Ihre Zähne waren so tödlich wie jedes Schwert, ihr Schwanz eine riesige Keule. Von ihrem Rücken aus parierte Eragon den Hammerschlag eines Urgal-Häuptlings und schützte so ihre verwundbaren Flügel. Zar'rocs rote Klinge schien freudig aufzublitzen, als das Blut des Ungeheuers an ihr herablief.

Aus dem Augenwinkel sah Eragon, wie Orik mehreren Urgals mit mächtigen Axthieben das Genick zertrümmerte. Neben dem Zwerg saß Murtagh auf seinem Pferd, das Gesicht verzerrt von einem teuflischen Fauchen, während er wütend das Schwert schwenkte und jede Verteidigung durchbrach. Dann wirbelte Saphira herum, und Eragon sah, wie Arya von dem leblosen Körper eines Gegners zurückschnellte.

Ein Urgal sprang über einen verletzten Zwerg und schwang sein Schwert gegen Saphiras rechtes Vorderbein. Die Waffe prallte Funken sprühend von ihrer Rüstung ab. Eragon schlug ihm auf den Kopf, aber er blieb mit Zar'roc in den Hörnern des Ungeheuers hängen, sodass ihm das Schwert aus der Hand gerissen wurde. Fluchend sprang er von Saphira herab, stürzte sich auf den Urgal und stieß ihm den Schild ins Gesicht. Dann riss er Zar'roc aus den Hörnern der Bestie und sprang zur Seite, als ihn ein anderer Urgal angriff.

Saphira, ich brauche dich!, rief er, aber die hin und her wogende Schlacht hatte sie getrennt. Plötzlich stand ein Kull vor ihm, die Keule zum Schlag gehoben. Da er den Schild nicht mehr rechtzeitig hochreißen konnte, rief Eragon: »*Jierda!*« Mit hörbarem Knacken brach es dem Kull das Genick. Vier weitere Urgals fielen Zar'rocs durstiger Klinge zum Opfer, dann ritt Murtagh an Eragons Seite und schlug die heranstürmenden Ungeheuer zurück.

»Komm!«, rief er, reichte ihm die Hand und zog Eragon aufs Pferd. Sie eilten Saphira zu Hilfe, die inmitten einer Horde von Angreifern stand. Zwölf mit Speeren bewaffnete Urgals umkreisten sie und stachen mit ihren Waffen auf sie ein. Sie hatten schon mehrfach ihre beiden Flügel durchbohrt. Saphiras Blut spritzte auf den Boden. Jedes Mal wenn sie auf einen der Urgals losging, rückten diese zusammen und stießen nach ihren Augen, sodass sie wieder zurückweichen musste. Sie versuchte, ihnen mit dem Schwanz die Speere aus der Hand zu schlagen, aber die Urgals sprangen zurück und duckten sich.

Beim Anblick von Saphiras Blut geriet Eragon außer sich. Mit einem wilden Aufschrei sprang er vom Pferd und rammte dem nächstbesten Urgal, alle Vorsicht vergessend, die Klinge in die Brust. Sein Angriff sorgte für die nötige Ablenkung, die Saphira brauchte, um den tödlichen Kreis durchbrechen zu können. Sie schleuderte einen Urgal aus dem Weg, eilte zu Eragon und beugte sich zu ihm hinab. Er packte einen ihrer Halszacken und zog sich in den Sattel. Murtagh hob zum Abschied die Hand, dann stürzte er sich auf ein anderes Knäuel von Urgals.

In stiller Übereinkunft hob Saphira ab und stieg über den kämpfenden Armeen in die Höhe, um sich eine Verschnaufpause von der Raserei und der Gewalt zu gönnen. Eragons Atem bebte. Seine Muskeln waren zum Zerreißen gespannt, bereit, sich dem nächsten Angriff entgegenzuwerfen. Jede Faser seines Wesens vibrierte vor Energie und er fühlte sich lebendiger als je zuvor.

Saphira kreiste in der Luft, bis sie neue Kräfte gesammelt hatte, dann flog sie einen weiten Bogen und hielt von hinten auf die Urgals zu, dort wo deren Bogenschützen standen.

Bevor die Ungeheuer merkten, was geschah, hatte Eragon zwei Bogenschützen enthauptet und Saphira drei weiteren den Bauch aufgeschlitzt. Als Alarm geschlagen wurde, legte sie sich in eine scharfe Kurve und entfernte sich rasch aus der Reichweite der Pfeile.

Sie wiederholten die Taktik an einer anderen Flanke der feindlichen Armee. Saphiras List und Schnelligkeit und die schlechten Lichtverhältnisse machten es den Urgals unmöglich, vorauszuahnen, an welcher Stelle sie als Nächstes angreifen würde. Wenn Saphira in der Luft war, gebrauchte Eragon seinen Bogen, aber ihm gingen schnell die Pfeile aus. Bald standen ihm – außer Zar'roc – nur noch seine magischen Kräfte zur Verfügung und die wollte er sich als letzte Reserve für den Notfall aufheben.

Saphiras Flüge über die kämpfenden Armeen verschafften Eragon einen einzigartigen Überblick über das Kampfgeschehen. In Farthen Dûr tobten drei separate Gefechte, eines an jedem offenen Tunnel. Die Urgals waren im Nachteil, weil ihre Streitmacht aufgespalten worden war und weil sie ihre Soldaten nicht alle auf einmal aus den Tunneln herausbekamen. Trotzdem konnten die Varden und Zwerge das Vorrücken der Ungeheuer nicht verhindern und wurden langsam in Richtung Tronjheim zurückgedrängt. Ihre Zahl schien unbedeutend im Vergleich zu den Massen von Urgals, die stetig anwuchsen, da immer mehr Ungeheuer aus den Tunneln zum Vorschein kamen.

Die Urgals hatten sich um verschiedene Standarten herum angeordnet, von denen jede einen Clan repräsentierte, aber es war nicht festzustellen, wer den Oberbefehl hatte. Die einzelnen Clans beachteten einander gar nicht, so als würden sie ihre Befehle von einer anderen, unsichtbaren Stelle erhalten. Eragon hätte zu gern gewusst, wer das Kommando hatte, damit er ihn ausschalten konnte.

Da fiel ihm Ajihads Auftrag ein und er gab die Informationen an die Zwillinge weiter. Auch sie interessierte besonders die Frage, wer wohl der Oberbefehlshaber der Urgals war und wo er sich aufhalten könnte. Zu diesem Punkt stellten sie ihm einige Fragen. Die Unterredung war kurz und verlief reibungslos. Als Letztes ließen ihn die Zwillinge noch wissen: *Du sollst Hrothgar helfen. Es steht schlecht um sein Bataillon.*

Verstanden, antwortete Eragon.

Saphira flog zu den belagerten Zwergen und schoss in niedriger Höhe über Hrothgar hinweg. In goldener Rüstung stand der Zwergenkönig in vorderster Reihe einer kleinen Kriegerschar und schwang Volund, den Hammer seiner Vorfahren. Sein weißer Bart reflektierte das Laternenlicht, als er zu Saphira aufschaute, und Bewunderung schimmerte in seinen Augen.

Saphira landete neben den Zwergen und wandte sich den anstürmenden Urgals zu. Selbst die tapfersten Kull mussten sich ihrer ungestümen Gegenwehr beugen. Eragon versuchte, Saphira so gut es ging zu schützen. Ihre linke Flanke wurde von den Zwergen gedeckt, aber vor ihr und an ihrer rechten Seite tobte ein Meer von Feinden. Diesen gegenüber zeigte Eragon keine Gnade, und er nutzte jede sich bietende Gelegenheit aus, um ein Ungeheuer zu töten, mal mit dem Schwert, dann wieder mit Magie. Ein Speer prallte von seinem Schild ab, der dabei mit voller Wucht gegen seine Schulter stieß. Er schüttelte den Schmerz ab und spaltete einem Urgal den Schädel. Leblos sank das Ungeheuer zu Boden.

Eragon war erstaunt über Hrothgar, der sich trotz seines selbst für Zwerge fortgeschrittenen Alters als hervorragender, unermüdlicher Kämpfer erwies. Jeder Treffer seines Hammers brachte einem Urgal den Tod. Nachdem ein Speer einen seiner Nebenleute niedergestreckt hatte, riss Hrothgar das Wurfgeschoss aus dem Leichnam und schleuderte es so kraftvoll zu seinem zwanzig Schritt entfernt stehenden Besitzer zurück, dass es diesen glatt durchbohrte und am Rücken wieder austrat. Bei diesem Anblick fühlte Eragon sich zu noch größerer Anstrengung aufgerufen, um mit dem heldenhaften König mithalten zu können.

Er griff einen riesigen, fast außerhalb seiner Reichweite stehenden Kull an und wäre fast aus Saphiras Sattel gestürzt. Bevor er sich wieder aufrichten konnte, stürmte der Kull an Saphira vorbei und holte mit dem Schwert aus. Der wuchtige Schlag traf Eragon seitlich am Helm. Vor seinen Augen verschwamm alles und in seinen Ohren läutete es Sturm.

Benommen versuchte er, sich aufzusetzen, doch der Kull setzte bereits zum nächsten Schlag an. Als sein Arm herabfuhr, schoss plötzlich eine schlanke stählerne Klinge aus seiner Brust hervor. Das Ungeheuer schrie auf und stürzte zu Boden. Statt seiner stand nun Angela dort.

Die Hexe trug einen langen roten Umhang über einer sonderbaren Rüstung, die schwarz und grün emailliert und an den Rändern elegant geschwungen war. In der Hand hielt sie eine lange hölzerne Stange, an deren Enden jeweils eine Schwertklinge befestigt war. Sie winkte Eragon schelmisch zu, dann stürmte sie davon, wie ein Wirbelwind ihr Doppelschwert schwingend. Ihr auf dem Fuße folgte Solembum in Gestalt des kleinen Jungen mit wuscheligem Haarschopf. Er hielt einen kleinen schwarzen Dolch in der Hand und bleckte die scharfen Zähne zu einem katzenartigen Fauchen.

Noch immer von dem Schlag benommen, gelang es Eragon jetzt, sich wieder im Sattel aufzurichten. Saphira stieg in die Luft empor und flog einen weiten Bogen, damit er sich ausruhen konnte. Er schaute auf die Kraterlandschaft hinab, und zu seiner Bestürzung sah er, dass es um alle drei Bataillone schlecht stand. Weder Ajihad noch Jörmundur oder Hrothgar konnten die Urgals aufhalten. Die Übermacht der Feinde war zu groß.

Da fragte er sich, wie viele auf einmal er wohl mit einem magischen Schlag töten konnte. Er kannte seine Grenzen nur zu gut. Wenn er genügend Urgals umbringen wollte, um den Sieg zu ermöglichen, dann würde das wahrscheinlich seinen eigenen Tod bedeuten. Aber vielleicht war dieses Opfer ja nötig, um zu gewinnen.

Die Kampfhandlungen dauerten Stunde um Stunde an. Varden und Zwerge waren völlig erschöpft, während die Urgals wegen der ständig aus den Tunneln nachströmenden Verstärkung unverändert frisch blieben.

Es war ein Albtraum für Eragon. Obwohl er und Saphira alles gaben, war immer sofort ein neuer Urgal zur Stelle, um den Platz des soeben gefallenen Ungeheuers einzunehmen. Eragons ganzer Körper schmerzte – besonders sein Kopf. Jede magische Handlung verbrauchte ein bisschen mehr von seiner Kraft. Saphira war noch in besserer Verfassung, obwohl ihre Flügel zahlreiche kleine Wunden aufwiesen.

Als er einen Schwertstreich parierte, meldeten sich plötzlich die Zwillinge bei ihm. *Unter Tronjheim ist lautes Getöse zu vernehmen. Es klingt, als würden die Urgals versuchen, sich in die Stadt durchzugraben. Du musst mit Arya den Tunnel, den sie graben, zum Einsturz bringen.*

Eragon entledigte sich seines Angreifers mit einem wuchtigen Schwerthieb. *Wir sind gleich da.* Er hielt nach Arya Ausschau und sah sie mit einer Horde Urgals kämpfen. Saphira bahnte sich rasch einen Weg zu der Elfe und ließ dabei einen Berg enthaupteter Leichname zurück. Eragon reichte Arya die Hand und sagte: »Steig auf!«

Ohne zu zögern, sprang Arya auf Saphiras Rücken. Sie schlang Eragon den rechten Arm um die Hüfte, in der anderen Hand ihr blutbesudeltes Schwert. Als Saphira sich niederkauerte, um sich vom Boden abzustoßen, rannte ein Urgal auf sie zu, hob seine Axt und versetzte ihr einen kräftigen Hieb gegen die Brust.

Saphira schrie vor Schmerz auf, machte einen Satz vorwärts und riss dabei ein Stück vom Kraterboden mit. Sie kämpfte mit der Schwerkraft, versuchte, nicht abzustürzen, kippte aber zur Seite und schrammte mit ihrer rechten Flügelspitze über den Boden. Unter ihnen holte der Urgal aus, um seine Axt nach ihr zu schleudern. Doch Arya hob die Hand, rief etwas, und ein grüner Lichtblitz schoss aus ihrer Handfläche und tötete das Ungeheuer. Mit einem gewaltigen Schulterrucken balancierte Saphira sich wieder aus. Sie flog schwer atmend dicht über die Köpfe der Krieger hinweg und verließ in einer weiten Kurve das Schlachtfeld.

Bist du verletzt?, fragte Eragon besorgt. Er konnte die Stelle nicht sehen, wo sie getroffen worden war.

Ich glaube nicht, sagte sie grimmig, *aber meine Rüstung ist verbeult. Sie drückt mir gegen den Brustkorb und behindert mich in meinen Bewegungen.*

Kannst du uns zum Drachenhort fliegen?

Ich glaube schon.

Eragon erklärte Arya, was mit Saphira geschehen war. »Wenn wir gelandet sind, bleibe ich bei ihr und helfe ihr aus der Rüstung«, erbot sich die Elfe. »Danach komme ich wieder zu dir hinunter.«

»Danke«, sagte er. Der Flug war anstrengend für Saphira, und sie ließ sich mit bewegungslosen Schwingen durch die Luft gleiten, so oft es ging. Als sie den Drachenhort erreichten, landete sie schwer auf Isidar Mithrim. Eigentlich sollte einer der Zwillinge von hier aus die Schlacht beobachten, aber es war niemand zu sehen. Eragon sprang ab und betrachtete erschrocken den Schaden, den der Urgal angerichtet hatte. Vier der Metallplatten an Saphiras Brust waren ineinander verkeilt, sodass ihre Atmung und ihre Bewegungsfreiheit eingeschränkt waren. »Pass auf dich auf«, sagte er, strich ihr kurz über die Seite und rannte durch den Torbogen hinaus.

Dann blieb er jedoch fluchend stehen. Er war am obersten Absatz von Vol Turin, der Endlosen Wendeltreppe. Vor lauter Sorge um Saphira hatte er noch gar nicht daran gedacht, wie er in Tronjheims Erdgeschoss gelangen sollte, wo die Urgals versuchten, sich in den Stadtberg durchzugraben. Er hatte keine Zeit, die Treppe hinabzulaufen. Sein Blick fiel auf die schmale Rutschrinne rechts daneben, dann griff er energisch nach einem der Lederkissen und setzte sich eilig darauf.

Die steinerne Rutschbahn war glatt wie lackiertes Holz. Mit dem Leder unter sich gewann er fast augenblicklich ein beängstigendes Tempo. Verschwommen flogen die Wände an ihm vorbei und die Fliehkraft drückte ihn am Außenrand hoch. Eragon lag flach auf dem Rücken, um noch schneller zu werden. Die Luft pfiff an seinem Helm vorbei und ließ ihn vibrieren wie eine Wetterfahne im Sturm. Die Rinne war eigentlich viel zu eng für ihn, und er lief ständig Gefahr, herausgeschleudert zu werden, aber solange er Arme und Beine still hielt, konnte nichts passieren.

Es ging rasend schnell, aber trotzdem brauchte er fast zehn Minuten, bis er unten ankam. Am Ende verlief die Rinne nur noch geradeaus und spie ihn schließlich auf den weitläufigen Karneolboden der mittleren Kammer aus.

Als die Schlitterpartie endlich zu Ende war und er aufstehen wollte, war ihm so schwindlig und übel, dass er sich auf dem Boden zusammenrollte, die Hände über den Kopf geschlagen, und abwartete, bis sich nicht mehr alles drehte. Als er sich besser fühlte, stand er auf und schaute sich mit weichen Knien um.

Der kreisrunde Saal war völlig verlassen, die Stille beunruhigend. Rosiges Licht fiel von Isidar Mithrim auf ihn herab. Er zögerte – was sollte er jetzt tun? – und schickte seinen Geist nach den Zwillingen aus. Dann erstarrte er, als ein lautes Klopfen durch Tronjheim hallte.

Eine Explosion zerriss die Luft. Ein langes Stück des Kammerbodens brach auf und flog dreißig Fuß hoch in die Luft, um gleich darauf in eine Trümmerwolke gehüllt unter ohrenbetäubendem Lärm wieder herunterzukrachen. Benommen taumelte Eragon zurück und griff nach Zar'roc. Bis an die Zähne bewaffnete Urgals kletterten aus dem Loch im Boden.

Eragon zögerte. Sollte er fliehen? Oder sollte er bleiben und versuchen, den Tunnel zu schließen? Selbst wenn ihm das gelänge, bevor die Urgals ihn angriffen, brachen sie in diesem Moment womöglich gerade an mehreren Stellen in Tronjheim durch den Boden. Er konnte unmöglich überall zugleich sein, um zu verhindern, dass der Stadtberg eingenommen würde. *Aber wenn ich eins der großen Stadttore aufsprenge, könnten die Varden Tronjheim wieder einnehmen, ohne die Stadt erst belagern zu müssen,* überlegte er fieberhaft. Noch bevor er einen Entschluss fassen konnte, stieg ein Mann in pechschwarzer Rüstung aus dem Tunnel und starrte ihn durchdringend an.

Es war Durza.

Er trug sein langes blankes Schwert mit der haarfeinen Scharte, die Ajihad der Klinge beigebracht hatte. An seinem Arm hing ein schwarzer Rundschild mit einem roten Emblem. Sein dunkler Helm war reich dekoriert wie der eines Generals und ein langer Schlangenhautumhang fiel über seine Schultern. Wahnsinn loderte in seinen gelblichen Augen, der Wahnsinn eines Dämonen, der seine Macht genießt und sie nur zu gern gebraucht.

Eragon wusste, dass er weder stark noch schnell genug war, um dem Schatten zu entkommen. Er warnte Saphira, obwohl ihm klar war, dass sie ihn nicht retten konnte. Dann ging er in die Hocke und rief sich rasch Broms Ermahnung ins Gedächtnis, was im Kampf gegen jemanden, der die Magie beherrscht, zu bedenken war. Es hörte sich nicht sehr ermutigend an. Und Ajihad hatte gesagt, man könne einen Schatten nur mit einem Stoß mitten ins Herz vernichten.

Durza musterte ihn verächtlich und sagte: »*Kaz jtierl trazhid! Otrag bagh.*« Die Urgals beobachteten Eragon argwöhnisch und bildeten einen großen Kreis um ihn. Mit triumphierender Miene trat Durza langsam auf Eragon zu. »So

trifft man sich wieder, mein junger Drachenreiter. Es war töricht von dir, mir in Gil'ead zu entfliehen. Das macht es am
Ende nur umso schlimmer für dich.«

»Du kriegst mich nie lebendig zu fassen«, sagte Eragon.

»Ach, wirklich?«, fragte der Schatten und zog eine Augenbraue hoch. Das Licht des Sternsaphirs verlieh seiner Haut
einen geisterhaften Farbton. »Ich sehe nirgendwo deinen
Freund Murtagh, der dir beim letzten Mal geholfen hat. Du
kannst mich nicht aufhalten. Niemand kann das!«

Furcht machte sich in Eragon breit. *Woher weiß er, dass
Murtagh auf dem Schlachtfeld ist?* Er versuchte, so veräczt-
lich wie möglich zu klingen, und sagte spöttisch: »Wie hat es
dir denn gefallen, einen Pfeil zwischen die Augen zu bekommen?«

Durza zuckte zusammen. »Das wird er mir mit Blut vergelten. Und jetzt verrate mir, wo sich dein Drache versteckt.«

»Niemals.«

Die Miene des Schattens verfinsterte sich. »Dann prügle
ich es eben aus dir heraus!« Sein Schwert schnellte durch
die Luft. In dem Moment, als Eragon die Klinge mit seinem
Schild abblockte, bohrte sich ein geistiger Fühler tief in seine
Gedanken. Eragon kämpfte mit aller Kraft dagegen an, trieb
Durza zurück und griff ihn seinerseits mit der ganzen Macht
seines Geistes an.

Er hämmerte verzweifelt gegen den eisenharten Verteidigungsring um Durzas Geist, konnte ihn aber nicht durchbrechen. Da versuchte er, mit Zar'roc einen Überraschungstref-
fer zu landen. Der Schatten stieß die Klinge jedoch mühelos
zur Seite und griff blitzschnell an.

Die Schwertspitze bohrte sich in Rippenhöhe in Eragons

Kettenhemd, das jedoch verrutschte und die Klinge ablenkte, sodass sie ihn um Haaresbreite verfehlte. Die Ablenkung reichte Durza, um in Eragons Geist durchzubrechen und dort nach der Kontrolle zu greifen.

»Nein!«, rief Eragon und stürzte sich auf den Schatten. Sein Gesicht verzerrte sich, während er mit Durza rang und versuchte, dessen Schwertarm zu packen. Durza versuchte, ihm die Hand abzuhacken, doch der Kettenhandschuh lenkte die Klinge nach unten ab. Als Eragon ihm ans Schienbein trat, knurrte Durza wütend, schwang seinen schwarzen Rundschild herum und stieß ihn zu Boden. Eragon schmeckte Blut; an seinem Hals pochte es. Doch er schenkte dem Schmerz keine Beachtung, rollte sich blitzartig zur Seite und rammte Durza seinen Schild in den Leib. Trotz der größeren Schnelligkeit des Schattens traf der schwere Schild ihn an der Hüfte. Durza taumelte und Eragon stieß zu. Zar'roc drang dem Schatten tief in den Oberarm. Blut quoll aus der Wunde.

Eragon rannte mit dem Geist gegen den Schatten an und durchbrach dessen geschwächten Verteidigungsring. Plötzlich stürzte eine Bilderflut auf ihn ein und rauschte durch sein Bewusstsein. *Durza als Sohn einer Nomadenfamilie, die in der menschenleeren Tiefebene lebt. Ihr Stamm hat sie verlassen und seinen Vater als »Eidbrecher« geächtet. Damals hieß Durza noch Carsaib – der Name war seiner Mutter eingefallen, als sie ihm das Haar kämmte...*

Der Schatten warf sich mit schmerzverzerrtem Gesicht hin und her. Eragon versuchte, die über ihn hereinbrechende Sturzflut der Erinnerungen in Schach zu halten, aber ihre Wucht war überwältigend.

Er steht auf einem Hügel am Grab seiner Eltern und wünscht sich weinend, die Männer hätten auch ihn umgebracht. Dann wendet er sich ab und taumelt mit tränenverschleierten Augen in die Wüste hinein...

Durza sah Eragon an. Abgrundtiefer Hass loderte in seinen gelblichen Augen. Eragon kniete auf einem Bein – stand fast – und versuchte, seinen Geist zu verschließen.

Der Blick des alten Mannes, als er Carsaib halb tot auf einer Sanddüne liegen sieht. Die vielen Tage bis zu Carsaibs Genesung, und seine Furcht, als er herausfindet, dass sein Retter ein Zauberer ist. Dann sein Flehen, der alte Mann möge ihm beibringen, wie man die Geister beherrscht. Und Haegs Einwilligung... Der Alte nennt ihn »Wüstenratte«...

Eragon stand wieder aufrecht. Durza griff an... das Schwert hoch erhoben... in seiner Wut vergaß er den Schild.

Die Tage seiner Unterweisung in der sengenden Sonne, immer nach den Echsen Ausschau haltend, die ihnen als Nahrung dienen. Seine stetig wachsende Kraft, die ihn stolz und selbstbewusst macht. Die Wochen, in denen er seinen nach einem fehlgeschlagenen Zauber erkrankten Lehrmeister pflegt. Seine Freude, als Haeg wieder gesund wird...

Es gab nicht genug Zeit, um zu reagieren... nicht genug Zeit...

*Die Banditen, die sie in der Nacht überfallen und Haeg um-
bringen. Carsaibs unendliche Wut und die Geister, die er he-
raufbeschwört, um Rache zu üben. Aber die Geister sind stärker als erwartet. Sie wenden sich gegen ihn, ergreifen Besitz
von seinem Geist und Körper. Er schreit. Er ist – ICH BIN
DURZA!*

Die Schwertklinge krachte auf Eragons Rücken, sprengte
das Kettenhemd und fuhr ihm ins Fleisch. Er schrie auf, als
ein brennender Schmerz ihn durchzuckte und in die Knie
zwang. Ein qualvolles Stechen krümmte seinen Körper und
verdrängte alle Gedanken. Er schwankte, kaum bei Bewusstsein. Heißes Blut lief an seinem Körper herab. Durza sagte
etwas, das er nicht hören konnte.

In seiner Verzweiflung hob Eragon den Blick zum Himmel, Tränen liefen ihm über die Wangen. Jetzt war alles verloren. Die Varden und die Zwerge waren vernichtet. Er war
besiegt. Saphira würde sich ihm zuliebe ergeben – sie hatte es
ja schon einmal getan –, und Arya würde man wieder gefangen nehmen oder töten. Warum musste es so enden? Welche
Art von Gerechtigkeit war das? Alles war umsonst gewesen.

Als er zu dem Sternsaphir weit oben über seinem geschundenen Körper aufschaute, explodierte dort plötzlich ein grelles Licht und blendete ihn. Im nächsten Moment schallte
ohrenbetäubender Lärm durch die Kammer. Dann konnte er
wieder sehen und starrte ungläubig in die Höhe.

Der herrliche Saphir war zerborsten. Riesige dolchartige
Scherben stürzten auf den fernen Boden zu, die meisten davon dicht an der Wand. In der Mitte der Kammer stieß Saphira kopfüber in die Tiefe. Aus ihrem weit aufgerissenen

Maul schoss eine gewaltige hellgelbe, mit einer Spur Blau durchsetzte Flammenzunge. Auf ihrem Rücken saß Arya mit hoch erhobenem Arm. Ihr Haar wehte im Flugwind und ihre Handfläche schimmerte in magischem Grün.

Die Zeit schien auf einmal langsamer zu vergehen. Als Eragon sah, wie Durza den Kopf zur Decke hob. Das Gesicht des Schattens verzerrte sich erst vor Überraschung, dann vor Wut. Höhnisch schnaubend hob er die Hand und deutete auf Saphira. Auf seinen Lippen nahm ein Wort Gestalt an.

Plötzlich brandete aus den Tiefen seines Wesens eine verborgene Kraftreserve in Eragon auf. Seine Finger schlossen sich um den Griff seines Schwertes. Er stieß durch die Barriere in seinem Geist und beschwor seine magischen Kräfte herauf. All sein Schmerz und Zorn ballten sich in einem einzigen Wort zusammen:

»Brisingr!«

Zar'roc blitzte blutrot auf, kalte Flammen schossen aus dem Metall…

Eragon machte einen Satz nach vorn…

Und rammte Durza die Klinge ins Herz.

Der Schatten starrte ungläubig auf die Waffe, die aus seiner Brust ragte. Sein Mund war geöffnet, aber anstelle von Worten ertönte ein grässliches Heulen. Das Schwert entglitt seinen kraftlosen Fingern. Er packte Zar'roc und zerrte daran, aber es steckte fest in ihm.

Dann wurde seine Haut durchsichtig. Darunter waren weder Fleisch noch Knochen, sondern nur umherwirbelnde dunkle Muster zu sehen. Er kreischte noch lauter, als diese Dunkelheit pulsierte und seine Haut aufbrach. In einem letzten Schrei riss es ihn von Kopf bis Fuß auseinander. Die Dunkelheit entwich aus seinem Körper und teilte sich in drei eigenständige Wesenheiten, die fluchtartig durch Tronjheims Mauern glitten und Farthen Dûr verließen. Der Schatten war vernichtet.

Aller Kräfte beraubt, sank Eragon mit ausgestreckten Armen in sich zusammen. Über ihm hatte Saphira mit Arya fast den Boden erreicht – einen Augenblick lang sah es so aus, als würden sie mit dem Scherbenmeer zusammen abstürzen. Doch als seine Wahrnehmung langsam erlosch, schienen Saphira, Arya und die unzähligen Bruchstücke des Sternsaphirs in ihrem Sturzflug innezuhalten und in der Luft zu erstarren.

DER TRAUERNDE WEISE

Die Erinnerungsfetzen des Schattens blitzten weiter unablässig in Eragon auf. Ein Wirbelwind düsterer Ereignisse und Empfindungen tobte über ihn hinweg und löschte jeden klaren Gedanken aus. Versunken in dem Mahlstrom, wusste er weder wer noch wo er war. Er war zu geschwächt, um die fremde Kraft abzuschütteln, die seinen Geist umwölkte. Grausame Bilder aus der Vergangenheit des Schattens explodierten hinter seinen Augen, bis sein Bewusstsein angesichts der blutigen Anblicke gequält aufschrie.

Vor ihm türmte sich ein Leichenberg… Unschuldige Menschen, die man auf Befehl des Schattens abgeschlachtet hatte. Er sah Heerscharen von Leichen – ganze Dörfer waren den tödlichen Worten oder dem Schwert des Schattens zum Opfer gefallen. Es gab kein Entrinnen aus dem Blutbad, das ihn umgab. Er schwankte hin und her wie eine Kerzenflamme, unfähig, dem Ansturm des Bösen standzuhalten. Er betete, dass ihn jemand aus diesem Albtraum erlösen möge, aber niemand erhörte ihn. Wenn er sich doch nur erinnern könnte… War er Kind oder Mann, Schurke oder Held, Schatten oder Drachenreiter? Alles war ein einziges, sinnloses Durcheinander. Er trieb völlig hilflos in der hin und her wogenden Flut der Bilder.

Plötzlich brachen Bruchstücke seiner eigenen Erinnerungen durch die düstere Wolke, die der Geist des Schattens hinterlassen hatte. Alles, was geschehen war, seit er Saphiras Ei gefunden hatte, stand ihm nun im klaren Licht der Erkenntnis vor Augen. Seine Erfolge und seine Niederlagen hielten sich die Waage. Er hatte vieles verloren, was ihm lieb und teuer war, und doch hatte das Schicksal ihn mit einigen seltenen, außergewöhnlichen Gaben bedacht. Zum ersten Mal war er stolz auf das, was er war. Als hätte die lähmende Schwärze des Schattens sein neu entdecktes Selbstbewusstsein gespürt, attackierte sie ihn von neuem. Sein Ich stürzte ins Leere, während Unsicherheit und Angst seine Zuversicht erstickten. Was bildete er sich eigentlich ein, dass er glaubte, die Mächte Alagaësias herausfordern und dabei mit heiler Haut davonkommen zu können?

Er kämpfte gegen die vernichtenden Gedanken des Schattens an, anfangs schwach, dann immer stärker. Er flüsterte Wörter aus der alten Sprache und merkte, dass sie ihm genug Kraft gaben, um die Übergriffe des Schattens abzuwehren. Obwohl seine Schutzbarrieren gefährlich wankten, begann er langsam, sein verstreutes Bewusstsein in einer kleinen hellen Hülle um sein innerstes Wesen zu sammeln. Außerhalb seines Geistes verspürte er einen quälenden Schmerz, der so stark war, dass er sein Leben auszulöschen drohte, aber irgendetwas – oder irgendjemand – schien sein Bewusstsein dagegen abzuschirmen.

Er war noch zu schwach, um seinen Geist vollständig zu befreien, aber er konnte immerhin klar genug denken, um sich seine Erlebnisse seit Carvahall zu vergegenwärtigen. Wohin sollte er nun gehen... und wer würde ihm den Weg weisen? Ohne Brom gab es niemanden mehr, der ihn führen oder anleiten konnte.

Komm zu mir.

Er zuckte zusammen, als ein anderes Bewusstsein ihn berührte – ein so großes und machtvolles, dass es wie ein Berg über ihm aufragte. Es war das Bewusstsein des Wesens, das ihn vor den Schmerzen schützte. Er konnte es förmlich spüren. Er vernahm dieselben melodischen Klänge, die er bereits aus Aryas Geist kannte – tiefe bernsteingoldene Akkorde voll bittersüßer Melancholie.

Schließlich wagte er zu fragen: *Wer... Wer bist du?*

Jemand, der dir helfen möchte. Mit einem kurz aufflackernden, unausgesprochenen Gedanken wurden die letzten Reste des Schattens weggewischt wie flüchtige Spinnweben. Befreit von der bedrückenden Last, entfaltete Eragon seinen Geist, bis er an eine Barriere stieß, an der er nicht vorbeikam. *Ich habe dich so gut ich konnte geschützt, aber du bist so weit entfernt, dass ich nun nichts mehr für dich tun kann, außer deinen Verstand gegen die Schmerzen abzuschirmen.*

Wer bist du?, fragte Eragon erneut.

Es folgte ein tiefes Knurren. *Ich bin Osthato Chetowä, der trauernde Weise. Und Togira Ikonoka, der unversehrte Krüppel. Komm zu mir, Eragon, denn ich kenne die Antworten auf all deine Fragen. Du bist nicht in Sicherheit, bis du zu mir findest.*

Aber wie kann ich zu dir finden, wenn ich gar nicht weiß, wo du bist?, fragte Eragon verzweifelt.

Vertraue Arya und geh mit ihr nach Ellesméra – ich wer-

de dort sein. Ich warte schon so lange, also beeil dich, sonst könnte es bald zu spät sein... Du bist tapferer, als dir bewusst ist, Eragon. Vergiss nie, was du geleistet hast, und freue dich darüber, denn du hast das Land von einem bösen Übel befreit. Du hast etwas getan, was niemand sonst hätte tun können. Viele stehen in deiner Schuld.

Der Fremde hatte Recht. Was er getan hatte, verdiente Ehre und Anerkennung. Welche Prüfungen die Zukunft auch für ihn bereithielt, er war nicht mehr nur ein einfacher Bauer im Spiel um die Macht. Er war über sich hinausgewachsen und war nun ein anderer, hatte Bedeutung erlangt. Er war zu dem geworden, was Ajihad sich von ihm erhofft hatte: eine von Königen und anderen Anführern unabhängige Autorität.

Er spürte Zustimmung, als er zu dieser Erkenntnis gelangte. *Du lernst schnell*, sagte der trauernde Weise und rückte ein Stück näher. Eine Vision sprang von ihm auf Eragon über, und vor dessen geistigem Auge erblühte ein Farbenmeer, das sich zu einer gebeugten, ganz in Weiß gekleideten Gestalt zusammensetzte, die auf einer sonnenbeschienenen Klippe stand. *Es ist an der Zeit, dass du dich ausruhst, Eragon. Wenn du aufwachst, erzähle niemandem von mir*, sagte die Gestalt sanft, das Gesicht verdeckt von einem Silberschein. *Vergiss nicht, du musst zu den Elfen gehen. Schlaf jetzt...* Er hob die Hand wie zum Segen und tiefer Friede durchströmte Eragon.

Sein letzter Gedanke war, dass Brom stolz auf ihn gewesen wäre.

»Aufwachen!«, drängte die Stimme. »Wach auf, Eragon, du hast lange genug geschlafen.« Er regte sich unwillig, wollte die Aufforderung nicht hören. Die Wärme, die ihn umgab, war zu behaglich, um sie schon aufzugeben. Doch die Stimme gab nicht nach. »Steh auf, Argetlam! Wir brauchen dich!«

Widerwillig schlug er die Augen auf und fand sich in einem geräumigen Bett wieder, eingehüllt in eine weiche Wolldecke. Neben ihm auf einem Stuhl saß Angela und sah ihn aufmerksam an. »Wie fühlst du dich?«, fragte sie ihn.

Orientierungslos und verwirrt, ließ er den Blick durch den kleinen Raum schweifen. »Ich… ich weiß nicht«, sagte er und merkte, dass sein Mund trocken und wund war.

»Dann beweg dich nicht. Heb dir deine Kraft auf«, sagte sie und fuhr sich mit der Hand durch das lockige Haar. Eragon sah, dass sie noch immer ihre seltsam geschwungene Rüstung trug. Warum nur? Ein Hustenanfall schüttelte ihn. Ihm wurde schwindlig und alles tat weh. Seine fiebrigen Gliedmaßen fühlten sich tonnenschwer an. Angela hob ein vergoldetes Horn vom Boden auf und hielt es ihm an die Lippen.

»Hier, trink.«

Der kalte Met, der seine Kehle hinabrann, erfrischte ihn. Dann breitete sich in seinem Bauch wohlige Wärme aus und stieg ihm ins Gesicht. Wieder hustete er, was das Pochen in seinem Schädel noch verschlimmerte. *Wie bin ich hierher gekommen? Es gab eine Schlacht… Wir standen kurz vor der Niederlage… Dann kam Durza und…* »Saphira!«, rief er aus und setzte sich ruckartig auf, sank aber sofort wieder zurück, denn in seinem Kopf drehte sich alles, und ihm war übel. »Was ist mit Saphira? Geht es ihr gut? Die Urgals hatten uns überwältigt… da stürzte sie auf einmal herab. Mit Arya!«

»Sie haben es überlebt«, versicherte ihm Angela, »und warten darauf, dass du endlich aufwachst. Möchtest du sie sehen?« Er nickte eifrig. Angela stand auf und öffnete die

Tür. Arya und Murtagh kamen herein. Hinter ihnen steckte Saphira den Kopf durch die Öffnung, denn sie passte nicht vollständig durch den Türrahmen. Ihr Brustkorb vibrierte, als sie ihn mit aufgeregt funkelnden Augen anbrummte.

Eragon, dem ein Stein vom Herzen fiel, suchte schmunzelnd ihre Gedanken. *Ein Glück, dass es dir wieder gut geht, Kleiner,* sagte sie zärtlich.

Und ich bin froh, dass dir nichts passiert ist. Aber wie ist das alles überhaupt…?

Das wollen dir die andern erzählen, also lasse ich sie.

Du hast Feuer gespuckt! Ich hab's gesehen!

Ja, sagte sie stolz.

Er lächelte matt, noch immer verwirrt, dann sah er Arya und Murtagh an. Beide trugen Verbände, Murtagh um den Kopf, Arya am Arm. Murtagh grinste breit. »Wird auch Zeit, dass du endlich wach wirst. Wir sitzen schon seit Stunden da draußen herum.«

»Was… was ist denn geschehen?«, fragte Eragon die beiden.

Arya sah traurig aus. Aber Murtagh krähte vergnügt: »Wir haben gesiegt! Es war unglaublich! Als die Geister des Schattens durch Farthen Dûr flogen, standen die Urgals plötzlich wie angewurzelt da und starrten hinter ihnen her. Es war, als wären sie von einem Zauber befreit, denn auf einmal drehten sich die verschiedenen Clans um und gingen aufeinander los. Ihre gesamte Streitmacht löste sich in wenigen Minuten auf. Danach haben wir sie zur Strecke gebracht.«

»Sind sie alle tot?«, fragte Eragon.

Murtagh schüttelte den Kopf. »Nein, viele konnten noch in die Tunnel fliehen. Die Varden und die Zwerge sind dabei, sie aufzustöbern, aber es wird eine Weile dauern. Ich habe mitgeholfen, bis mir ein Urgal einen Schlag über den Schädel verpasste und man mich hierher schickte.«

»Sie wollen dich doch nicht wieder einsperren, oder?«

Murtaghs Gesicht wurde ernst. »Daran denkt im Augenblick niemand. Viele Varden und Zwerge sind gefallen; die Überlebenden sind dabei, sich von der Schlacht zu erholen. Aber wenigstens du hast allen Grund, glücklich zu sein. Du bist ein Held! Alle reden darüber, wie du Durza getötet hast. Ohne dich wären wir verloren gewesen.«

Eragon brachte die Lobeshymne ein wenig in Verlegenheit, aber er verdrängte das Gefühl und beschloss, später darüber nachzudenken. »Wo waren denn die Zwillinge? Sie waren nicht dort, wo sie sein sollten – ich konnte sie nicht erreichen. Ich hätte ihre Hilfe gebraucht.«

Murtagh zuckte mit den Schultern. »Mir wurde gesagt, sie hätten einen Urgal-Trupp zurückgeschlagen, der an einer anderen Stelle in Tronjheim eingedrungen war. Wahrscheinlich waren sie zu beschäftigt, um dich zu hören.«

Aus irgendeinem Grund kam Eragon das komisch vor, ohne dass er hätte sagen können, warum. Er wandte sich an Arya. Der Blick ihrer großen hellen Augen hatte die ganze Zeit auf ihm geruht. »Wie ist es möglich, dass ihr unversehrt geblieben seid? Du und Saphira – ihr wart doch…« Ihm versagte die Stimme.

Langsam sagte die Elfe: »Als du Saphira vor Durza gewarnt hast, war ich noch dabei, ihr die beschädigte Rüstung abzunehmen. Als ich fertig war, war es zu spät, um Vol Turin hinunterzurutschen. Sie hätten dich gefangen genommen, ehe ich unten angekommen wäre. Außerdem hätte Durza dich eher getötet, bevor er zugelassen hätte, dass ich dich rette.« Bedauern schwang in ihrer Stimme. »Also habe ich das Einzige getan, was mir übrig blieb, um ihn abzulenken: Ich habe den Sternsaphir zerstört.«

Und ich habe Arya nach unten gebracht, fügte Saphira hinzu.

Eragon versuchte, sich vorzustellen, was passiert war, als ihn erneut ein leichter Schwindelanfall überkam und er die Augen schließen musste. »Aber warum hat keiner der Splitter einen von uns getroffen?«

»Weil ich es nicht zugelassen habe. Als wir den Boden fast erreicht hatten, hielt ich ihren Sturz auf und ließ sie langsam herabschweben – sonst wären sie in tausend Teile zerbrochen und hätten dich getötet«, sagte Arya sachlich. Nichts in ihrer Stimme deutete auf die Anstrengung hin, die diese Tat für sie bedeutet hatte.

»Ja, und mich hat es all meine Geschicklichkeit gekostet, euch beide am Leben zu erhalten«, fügte Angela mit säuerlichem Gesichtsausdruck hinzu.

Plötzlich breitete sich ein Gefühl der Beklommenheit in Eragon aus und wurde bald genauso intensiv wie das Hämmern in seinem Kopf. *Mein Rücken…* Aber er spürte dort keinen Verband. »Wie lange liege ich schon hier?«, fragte er nervös.

»Erst seit anderthalb Tagen«, antwortete Angela. »Du hast Glück, dass ich zur Stelle war, sonst hätte deine Genesung Wochen gedauert – falls du es überhaupt überlebt hättest.« Erschrocken schlug Eragon die Bettdecke zur Seite und verdrehte den Oberkörper, um seinen Rücken zu betasten. Angela packte sein Handgelenk, Besorgnis in den Augen. »Eragon… du musst wissen, meine Heilkunst funktioniert anders als deine oder Aryas. Die meine basiert auf dem Einsatz von Kräutern und Heiltränken. Meine Möglichkeiten sind begrenzt, besonders bei einer so großen…«

Er riss sich los und betastete seinen Rücken. Die Haut war glatt und warm. Harte Muskeln wölbten sich unter seinen forschenden Fingerspitzen. Seine Hand kroch in Richtung Nacken, und er spürte völlig unerwartet eine harte, etwa einen halben Zoll breite Erhebung. Mit wachsendem Entsetzen folgte er ihr den Rücken hinunter. Durzas Schwerthieb hatte eine lange, schnurgerade Narbe hinterlassen, die sich von der rechten Schulter bis zur gegenüberliegenden Hüfte hinabzog.

Mitleid schimmerte in Aryas Augen, als sie murmelte: »Du hast einen schrecklichen Preis für deinen Sieg gezahlt, Eragon Schattentöter.«

Murtagh lachte rau. »Ja. Jetzt siehst du aus wie ich.«

Voller Abscheu schloss Eragon die Augen. Er war entstellt. Dann fiel ihm etwas aus den Stunden seiner Bewusstlosigkeit ein… eine ganz in Weiß gekleidete Gestalt, die ihm geholfen hatte. Der unversehrte Krüppel, Togira Ikonoka. *Vergiss nie, was du geleistet hast, und freue dich darüber, denn du hast das Land von einem bösen Übel befreit. Du hast etwas getan, was niemand sonst hätte tun können. Viele stehen in deiner Schuld…*

Komm zu mir, Eragon, denn ich kenne die Antworten auf all deine Fragen.

Da erfasste Eragon ein Gefühl des Friedens und der Genugtuung.

Ja, ich komme.

Aussprache

Ajihad – AH-dschi-had
Alagaësia – al-la-GÄ-si-a
Arya – AH-ri-a
Carvahall – CAR-va-hall
Dras-Leona – DRAHS-le-OH-na
Du Weldenvarden – du WELL-den-VAR-den
Eragon – EHR-a-gon
Farthen Dûr – FAR-sen DUR
Galbatorix – gal-ba-TO-ricks
Gil'ead – GILL-i-ad
Jeod – DSCHOHD
Murtagh – MUR-tag
Ra'zac – RAH-zack
Saphira – sa-FI-ra
Shruikan – SCHRUH-kan
Teirm – TIRM
Tronjheim –TRONSCH-heim
Vrael – VRAIL
Yazuac – YA-suh-ack
Zar'roc – ZAR-rock

Glossar

Die alte Sprache

Anmerkung: Da Eragon noch kein Meister der alten Sprache ist, wurden seine Äußerungen nicht wörtlich übersetzt, damit dem Leser die grausige Grammatik erspart bleibt. Die Äußerungen der anderen Charaktere wurden hingegen unverändert übernommen.

Aí Varden abr du Shur'tugals gata vanta. – Ein Wächter der Drachenreiter begehrt Einlass.

Aiedail – der Morgenstern

Arget – Silber

Argetlam – Silberhand

Atra Gülai un Ilian tauthr ono un atra ono Waíse skölir frá Rauthr. – Mögen Glück und Zufriedenheit dir folgen und möge das Unheil deinen Weg meiden.

Breoal – Familie; Haus

Brisingr – Feuer

Delois – grünblättrige Pflanze mit purpurnen Blüten

Domia abr Wyrda – Die Macht des Schicksals (Buchtitel)

Dras – Stadt

Draumr kópa – Traumsicht

Du Grind huildr! – Haltet die Tore offen!

Du Silbena Datia – Der seufzende Nebel (ein gesungenes Gedicht)

Du Súndavar Freohr – Tod der Schatten

Du Vrangr Gata – Der wandelnde Pfad

Du Weldenvarden – Der schützende Wald

Edoc'sil – Die uneinnehmbare Festung

Eitha. – geh; fort mit dir; hier: flieg los

Eka aí Fricai un Shur'tugal! – Ich bin ein Drachenreiter und ein Freund!

ethgrí – (herauf)beschwören

Fethrblaka, eka weohnata néiat haina ono. Blaka eom iet Lam. – Vöglein, fürchte dich nicht. Flieg auf meine Hand.

Garjzla – Licht

Gath un reisa du Rakr! – Nebel, verdichte dich und steige empor!

Gedwëy Ignasia – Schimmernde Handfläche

Geuloth du Knífr! – Schneide, werde stumpf!

Helgrind – Das Tor zur Finsternis

iet – mein (zwanglos)

Istalrí boetk! – Flammen, brennt!

jierda – zerbrechen; zuschlagen

Jierda theirra Kalfis! – Brecht ihnen die Schienbeine!

Manin! Wyrda! Hugin! – Gedächtnis! Schicksal! Gedanken!

Moi Deloi! – Erde, verwandle dich!

Moi Stenr! – Stein, verwandle dich!

Nagz reisa! – Wolldecke, steige empor!

Osthato Chetowä – Der trauernde Weise

pömnuria – mein (förmlich)

Ristvak'baen – Ort des Kummers (baen wird wie *bejn* ausgesprochen und ist ein Ausdruck für tiefe Trauer oder Kummer)

Seithr – Hexe

Shur'tugal – Drachenreiter

Skulblaka, eka celöbra ono un mulabra ono un onr Shur'tugal né haina. Atra nosu waíse Fricai. – Drache, ich ehre dich und will dir und deinem Reiter nichts Böses. Lass uns Freunde sein.

Slytha – Schlaf

Stenr reisa! – Stein, steige empor!

thrysta – zustoßen; zusammendrücken

Thrysta Deloi. – Press die Erde zusammen.

Thverr Stenr un atra eka hórna! – Durchdringe das Mauerwerk und lass mich lauschen!

Togira Ikonoka – Der unversehrte Krüppel

Tuatha du Orothrim – Zähmung der Narrenweisheit (Stufe der Drachenreiter-Ausbildung)

Varden – die Wächter

Vöndr – ein dünner, gerader Stab

Waíse heill! – Werde gesund!

Wiol pömnuria Ilian. – Mir zuliebe.

Wyrda – Schicksal; Bestimmung

Yawë – das Band des Vertrauens

DIE SPRACHE DER ZWERGE

Akh Guntéraz dorzada! – O hochverehrter Guntéra!

Az knurl deimi lanok. – Gib Acht, der Fels wandelt sich.

Barzul! – ein Fluch, etwa: So ein Pech!

Carkna bragha! – Große Gefahr!

Dûrgrimst – Clan (wörtlich: unser Haus, unsere Heimat)
Egraz Carn – der Kahlköpfige
Farthen Dûr – Unser Vater
Hírna – Abbild; Statue
Ilf carnz orodüm. – Ich muss es tun.
Ingietum – Metallarbeiter; Meisterschmied
Isidar Mithrim – Der Sternsaphir
Knurl – Stein; Fels
Knurla – Zwerg (wörtlich: einer aus Stein)
Kóstah-mérna – Fußtümpel (ein See)
Oeí – Ja
Otho – Vertrauen; Glaube
Sheilven – Feiglinge
Tronjheim – Helm der Riesen
Vol Turin – Die endlose Wendeltreppe

DIE SPRACHE DER URGALS

Drajl – Madenbrut
Ithrö Zhada (Orthíad) – Untergang der Rebellen
Kaz jtierl trazhid! Otrag bagh. – Greift ihn nicht an! Umstellt
    ihn.
Ushnark – Vater

DANKSAGUNG

Ich erschuf *Eragon*, doch seinen Erfolg verdankt er der enthusiastischen Unterstützung von Freunden, meiner Familie, Fans, Bibliothekaren, Lehrern, Schülern, Schulverwaltungen, Vertrieben, Buchhändlern und vielen anderen. Ich wünschte, ich könnte alle Leute, die mitgeholfen haben, namentlich erwähnen, aber die Liste ist sehr, sehr lang. Ihr wisst, wer ihr seid, und ich danke euch!

Eragon wurde zuerst Anfang 2002 im Verlag meiner Eltern, Paolini International LLC, veröffentlicht. Sie hatten bereits drei Bücher herausgegeben, daher war es nur folgerichtig, dasselbe mit *Eragon* zu tun. Wir wussten, dass *Eragon* eine breite Leserschaft ansprechen würde. Die Herausforderung bestand darin, das Buch in der Öffentlichkeit bekannt zu machen. Im Laufe des Jahres 2002 und Anfang 2003 reiste ich kreuz und quer durch die Vereinigten Staaten und absolvierte über 130 Buchsignierungen und Präsentationen. Meine Mutter und ich organisierten all diese Veranstaltungen selbst. Anfangs hatte ich nur einen oder zwei solcher Auftritte im Monat, aber als unsere Terminplanung immer effizienter wurde, weitete sich unsere »hausgemachte« Buchtour aus, sodass ich fast ununterbrochen unterwegs war.

Ich lernte tausende wundervoller Menschen kennen, von denen viele treue Fans und Freunde wurden. Einer dieser Fans ist Michelle Frey, heute meine Lektorin bei Knopf Books for Young Readers, die mir ein Angebot zum Erwerb meines Buchs unterbreitete. Selbstverständlich war ich hocherfreut darüber, dass der Verlag an *Eragon* interessiert war.

Folglich gibt es zwei Gruppen von Leuten, denen ich zu Dank verpflichtet bin. Die erste war an der Produktion der Ausgabe von *Eragon* beteiligt, die bei Paolini International LLC erschien, während die zweite für die Knopf-Ausgabe verantwortlich ist.

Hier sind die tapferen Seelen, die dabei halfen, dass *Eragon* das Licht der Welt erblickte:

Mein Dankeschön an die »Geburtshelfer«: Meiner Mutter für ihre wohl überlegten Korrekturen und ihre wundervolle Hilfe mit Kommata, Doppelpunkten, Semikolons und anderen kleinen Scheußlichkeiten; meinem Vater für seine hervorragenden Kürzungen und die viele Zeit, die er investierte, um meine unklaren, umherirrenden Gedanken zu ordnen, die Geschichte zu gliedern, den Umschlag zu entwerfen und so unendlich viele Buchpräsentationen über sich ergehen zu lassen; meiner Oma Shirley, die mir half, einen zufrieden stellenden Anfang und ein ebensolches Ende zu schreiben; meiner Schwester für ihre Anregungen zum Handlungsaufbau, für die vielen Stunden, die sie mit Photoshop zubrachte, um Saphiras Auge auf den Umschlag zu bannen, und dafür, dass sie es mit Humor trägt, in *Eragon* als eine Kräuterhexe porträtiert zu werden; Kathy Tyers für die Mittel, derer es bedurfte, um eine radikale – und dringend erforderliche – Überarbeitung der ersten drei Kapitel vorzunehmen; John Taliaferro für seinen Rat und seine herrliche Besprechung; einem Fan namens Tornado – Eugene Walker –, dem einige inhaltliche Ungereimtheiten auffielen; und Donna Overall dafür, dass ihr die Geschichte so gefällt, für ihren Rat hinsichtlich des Aufbaus und für ihr wachsames Auge auf alles, was mit Ellipsen, Gedankenstrichen, Hurenkindern, Schusterjungen und Wortwiederholungen zusammenhängt. Wenn es im wahren Leben Drachenreiter gäbe, wäre sie einer – selbstlos kommt sie jungen Autoren zu Hilfe, die im Sumpfland der Zeichensetzung unterzugehen drohen. Und ich danke meiner Familie für ihre aufopfernde Unterstützung… und dafür, dass sie sich diese Saga öfter durchgelesen hat, als ein gesunder Mensch es tun sollte.

Und nun mein Dank an *Eragons* neue »Familie«: Michelle Frey, der die Geschichte nicht nur gut genug gefiel, um das Wagnis einzugehen, ein episches Fantasy-Werk zu erwerben, das von einem Teenager geschrieben wurde, sondern der es überdies gelang, *Eragons* Aufbau durch geschickte Eingriffe zu vervollkommnen; meinem Agenten, Simon Lipskar, der half, den geeigneten Verlag für *Eragon* zu finden; Chip Gibson und Beverly Horowitz für das wunderbare Angebot; Lawrence Levy für seinen Humor und seinen juristischen Beistand; Judith Haut, einer Publicity-Zauberin erster Güte; Daisy Kline für die Aufsehen erregende Werbekampagne; Isabel Warren-Lynch, die den bezaubernden Buchumschlag und die Landkarte entwarf; John Jude Palencar, der das Umschlagmotiv malte (genau genommen benannte ich das Palancar-Tal nach ihm, lange bevor er an *Eragon* mitzuarbeiten begann); Artie Bennett, dem großartigen Lektor alter Schule, der als Erster auf Anhieb den Unterschied zwischen der *Traumsicht* und *Hellsehen* begriff; und dem gesamten Team im Knopf-Verlag, das dieses Abenteuer erst möglich gemacht hat.

Und als Letztes ein spezieller Dank an meine Charaktere, die sich tapfer allen Gefahren stellen, die ich mir für sie ausdenke. Ohne sie gäbe es keine Geschichte.

Mögen eure Klingen scharf bleiben!

CHRISTOPHER PAOLINI

Christopher Paolini
Eragon
Der Auftrag des Ältesten

912 Seiten   3-570-12804-0

Geschunden, aber siegreich ist Eragon aus seiner ersten Schlacht
gegen den mächtigen Tyrannen Galbatorix hervorgegangen.
Er ist zum Helden vieler Elfen, Zwerge und Varden geworden,
doch nicht alle sind ihm wohlgesinnt. Die Kräuterfrau Angela hat
einen Verräter prophezeit, der aus Eragons eigener Familie
stammen soll. Ein Kampf auf Leben und Tod beginnt …

6185

www.cbj-verlag.de

Jonathan Stroud
Bartimäus
Das Amulett von Samarkand

544 Seiten   ISBN 3-570-12775-3

»Dämonen sind heimtückisch. Sie fallen dir in den Rücken, sobald sich ihnen die Gelegenheit dazu bietet. Hast du verstanden?«

Und ob Nathanael verstanden hat. Er weiß genau, was es mit der Macht von Dämonen auf sich hat. Deshalb hat er sich ja für Bartimäus entschieden, den 5.000 Jahre alten, ebenso scharfsinnigen wie spitzzüngigen Dschinn. Nathaniel braucht einen mächtigen Mitspieler für seinen Plan, denn: Er will sich rächen!

www.cbj-verlag.de